PAVILLON

ALASTAIR MACNEILL

# Teufelstor

Roman

*Aus dem Englischen*
*von Peter Pfaffinger*

PAVILLON VERLAG
MÜNCHEN

Titel der Originalausgabe:
THE DEVIL´S DOOR

*Umwelthinweis:*
Dieses Buch wurde auf chlor- und säurefreiem Papier gedruckt.

Taschenbuchausgabe 01/2008

Printed in Germany 2008
Umschlagillustration: © Nele Schütz Design
Umschlaggestaltung: Nele Schütz Design, München
Satz: IBV Satz- und Datentechnik GmbH, Berlin
Druck und Bindung: GGP Media GmbH, Pößneck
http://www.heyne.de

ISBN: 978-3-453-77210-6

# DAS TEUFELSTOR

Acht Kilometer südlich von San Salvador, der Hauptstadt El Salvadors, beginnt eine zerklüftete, unwegsame Gebirgslandschaft. Dort sollen während des langjährigen Bürgerkrieges die Armee und die berüchtigten Todesschwadronen die Leichen von Guerillas und ihren angeblich ›kommunistischen‹ Sympathisanten in eine enge, tiefe Schlucht geworfen haben, um auf diese schaurige Weise die Bevölkerung vor dem Versuch, die herrschende Junta zu stürzen, abzuschrecken.

Das gesamte Gebiet wurde nach dieser Schlucht benannt: La Puerta del Diablo – Das Teufelstor.

# 1

Er wußte, daß sie ihn töten würden, wenn sie ihn fanden.

Und schon leuchteten zwei Scheinwerfer am anderen Ende der Straße auf. Unwillkürlich kauerte er sich in den Schatten. Der Wagen kam näher und schoß vorbei. Fehlalarm. Er verlagerte das Gewicht, wischte sich den Schweiß aus dem Gesicht und spähte zu dem matt erleuchteten Hoteleingang auf der anderen Straßenseite hinüber. Das Foyer war gut zu sehen. Es wirkte leer. Aber das hatte nicht viel zu besagen. Sie konnten genausogut in seinem Zimmer auf der Lauer liegen. Seine Augen wanderten zum einzigen hellen Fenster im zweiten Stock hinauf. Er wußte, daß er eigentlich nicht mehr dorthin zurückzukehren brauchte – in einer Stunde traf er sich mit seinem Kontaktmann, und wenn alles klappte, war er morgen außer Landes und in Sicherheit –, aber sein Adreßbuch lag noch im Zimmer, und es enthielt die Namen sämtlicher wichtigen Kontakte, die er in fünfzehn Jahren als Enthüllungsreporter aufgebaut hatte. Es durfte auf keinen Fall in die falschen Hände geraten ...

Er warf einen letzten Blick auf die verlassene Straße, dann lief er los. Fast hatte er schon den Haupteingang erreicht, als er innehielt. Nein, lieber kein unnötiges Risiko eingehen. Nicht jetzt. So bog er in die enge Gasse neben dem Hotel ein, die in vollständiger Dunkelheit lag. Ein flüchtiger Blick auf die dort parkenden leeren Autos, und er huschte weiter zu der Metalltreppe, die sich, wie er wußte, auf der Rückseite des Hotels befand. Plötzlich schloß sich eine Hand um seinen Unterarm. Er schrie vor Schreck auf und geriet ins Stolpern. Die Hand ließ nicht los. In panischer Angst schlug er mit der Faust zu. Es folgten ein ersticktes Grunzen und ein dumpfer Aufprall. Dann herrschte Stille. Sein erster Impuls war es, zu fliehen, doch nachdem er mehrmals tief durchgeatmet und sich etwas beruhigt hatte, zündete er ein Streichholz an und hielt es der bewußtlosen Gestalt zu seinen Füßen vors

Gesicht. Es war ein Obdachloser. Mit einem nervösen Kichern löschte er die Flamme und begann, die Metallstufen zum zweiten Stock hinaufzuklettern. Die Feuertür war nach wie vor unversperrt, so wie er sie am frühen Abend hinterlassen hatte. Er wischte sich mit dem Handrücken über die von kaltem Schweiß bedeckte Stirn, schlüpfte hindurch und schlich über den Korridor zu seinem Zimmer. Vor der Tür ging er in die Hocke. Das winzige, mehrfach gefaltete Papier, das er zwischen Tür und Pfosten geklemmt hatte, war immer noch da. Sehr gut. Niemand war während seiner Abwesenheit eingedrungen. Lautlos schloß er auf und spähte hinein. Das Zimmer war leer. Schnurstracks ging er zum Kleiderschrank und zog das Adreßbuch aus der Jackentasche. Es war zu riskant, es jetzt noch zu behalten. Entschlossen strich er ein Zündholz an und hielt die Flamme an die Kante. Es dauerte eine Weile, bis sie Feuer fing. Als das Büchlein endlich brannte, warf er es in den Metalleimer zu seinen Füßen.

Dann setzte er sich auf die Bettkante und griff nach dem Telefon.

»Was für ein Abend!« rief Nicole Auger und sperrte ab. Die letzten Gäste hatten das Restaurant verlassen, und sie konnten für heute Schluß machen. »Ich dachte schon, die werden wir überhaupt nicht mehr los.«

»Immerhin haben sie eine Menge Geld dagelassen«, hielt ihr Carole Lewis vor.

»Und der Gastgeber hat wirklich jeden Trick ausprobiert, um mich abzuschleppen«, stöhnte Nicole und verdrehte die Augen.

»Das hat man davon, wenn man so gut aussieht«, grinste Carole.

»Männer! Jetzt will ich nur noch heim, heiß baden und dann ab ins Bett – aber allein. Ich bin hundemüde.«

»Kein Wunder, du schuftest ja schon seit heute morgen. Ich kann auch allein absperren. Fahr du schon mal heim und gönn dir dein Bad.«

»Bist du sicher?«

»Gute Nacht, Nicole«, sagte Carole und nahm ihrer Partnerin die Schlüssel aus der Hand.

»Aber erst muß ich noch etwas aus dem Büro holen«, erklärte Nicole und lief die Treppe hoch. Sie war eine zierliche Frau von zweiunddreißig Jahren mit einem von kurzem schwarzem Haar umrahmten, außerordentlich hübschen Gesicht, dem lebhafte haselnußbraune Augen und eine Stupsnase zusätzlichen Reiz verliehen. Seit zwei Jahren lebte sie in Chicago. Damals war sie frisch geschieden gewesen und hatte eigentlich nur Carole Lewis besuchen wollen, ihre beste Freundin seit ihrer beider Zeit als Kellnerinnen in einem New Yorker Imbiß, doch dann hatte sie sich spontan in Chicago verliebt. Und als eine Brasserie im schicken River-North-Viertel zum Verkauf angeboten wurde, hatten sie beschlossen, gemeinsam ein Restaurant aufzumachen. Sie hatten den Schuppen von Grund auf renovieren lassen und fünf Monate später unter dem Namen ›Legends‹ wiedereröffnet. Jetzt galt es als eines der In-Restaurants, in dem sich jeder, der auf sich hielt, einfach sehen lassen mußte.

Nicole betrat das Büro, schaltete das Licht an und setzte sich an den Schreibtisch. Zuallererst streifte sie die Schuhe ab und massierte sich die Füße. Dann schlug sie den Terminkalender auf, um zu sehen, was ihr morgen alles bevorstand. Ihr rotlackierter Fingernagel folgte den Eintragungen hinunter. Wunderbar. Morgen mußte sie erst ab Mittag im Restaurant sein. Zufrieden klappte sie das Notizbuch zu. Ihre Augen wanderten weiter zum gerahmten Foto ihrer sechsjährigen Tochter Michelle, das auf dem Schreibtisch einen Ehrenplatz einnahm. Sie machte kein Geheimnis daraus, daß sie ihre Tochter vergötterte. Unwillkürlich lächelnd, weil das sommersprossige Gesicht sie so frech angrinste, nahm sie das Bild in die Hand. Gestern war ihr Ex-Mann, Bob Kinnard, aus Washington gekommen, um mit Michelle zu einem zehntägigen Urlaub nach Acapulco zu düsen. Am Morgen hatte Bob angerufen und ihr gesagt, daß sie wohlbehalten eingetroffen seien und Michelle sich bereits mit Gleichaltrigen angefreundet habe, mit denen sie jetzt spiele. Er hatte Nicole versprechen müssen, daß Michelle bei seinem nächsten Anruf dabei sein würde, damit sie mit ihr reden konnte.

»Gute Nacht, mein Schatz«, flüsterte Nicole und strich mit dem Finger über Michelles Gesicht.

Dann stellte sie das Foto auf den Tisch zurück, schlüpfte wieder in die Schuhe, hängte sich die Handtasche über die Schulter und ging zur Tür. Gerade wollte sie das Licht löschen, als das Telefon schrillte. Langsam drehte sie sich zu den zwei Apparaten auf ihrem Schreibtisch um. Einer war ihr Geschäftsanschluß, der andere rein privat. Es war das private Telefon, das klingelte. Sie hatte die Nummer nur ganz wenigen engen Freunden gegeben. Aber wer rief sie schon um ein Uhr nachts im Restaurant an? Beunruhigt kehrte sie an den Schreibtisch zurück und nahm ab.

»Nicole?«

Sie erkannte die Stimme auf Anhieb.

»Ja. Was ist los, Bob? Ist Michelle was passiert?«

»Michelle geht es prima«, beruhigte er sie. »Hör zu, ich bin über eine Wahnsinnsstory gestolpert. Die landet daheim garantiert auf der ersten Seite. Aber die Sache ist nicht ganz ungefährlich. Wenn mir was passiert, bevor ich heimkomme, mußt du dafür sorgen, daß der Chefredakteur der *Washington Post* sie kriegt.«

Nicole bekam plötzlich weiche Knie. »Was soll das heißen – *nicht ganz ungefährlich*?« fauchte sie. »Wenn du Michelle in Gefahr bringst, nur wegen so einer Scheißstory ...«

»Ich habe dir doch gesagt, daß es ihr gutgeht!«

»Dann laß mich mit ihr sprechen, Bob. Sofort!«

»Ich schwöre dir, daß sie in Sicherheit ist. Ihr kann nichts ...« Seine Stimme erstarb.

»Bob, bist du noch da?« rief Nicole besorgt. »Bob?«

»Mein Gott, da fummelt jemand an der Türklinke rum!« rief Bob unvermittelt. »Er muß einen Schlüssel haben ... Jemand will hier rein ...«

Nicole preßte den Hörer an ihr Ohr. Am anderen Ende der Leitung herrschte Stille. Dann war im Hintergrund eine Männerstimme zu vernehmen, doch sie konnte die einzelnen Worte nicht verstehen.

»Ich weiß nicht, wovon Sie reden«, hörte sie Bob sagen.

»Verarsch mich nicht, Kinnard.« Der Mann stand nun offenbar beim Telefon.

»Hören Sie, ich weiß wirklich nicht, was ...«

»Ich will das Video!« herrschte ihn der Fremde an. »Wo ist es?«

Nicoles Finger krampften sich um den Hörer. Sie wartete auf die Antwort. Auch wenn sie keine Ahnung hatte, worüber die zwei stritten, so war ihr bereits klar, daß das hier mit dem Knüller, von dem er gesprochen hatte, zu tun haben mußte. *Gib ihm die verdammte Kassette, und sei es auch nur um Michelles willen, gib ihm ...*

Plötzlich krachte ein Schuß. Sie ließ den Hörer fallen und stolperte zurück. Noch begriff sie nicht so richtig, was sie gehört hatte. Fast in Zeitlupentempo griff sie schließlich wieder nach dem Hörer und hielt ihn sich mit heftig pochendem Herzen ans Ohr.

»Wer du auch bist, ich weiß, daß du noch dran bist. Ich kann dich atmen hören.«

Die bedrohlich leise Stimme machte Nicole angst. Hastig hielt sie sich die Hand vor den Mund und unterdrückte gerade noch einen Schrei. Aber warum ließ sie sich wie ein Schulmädchen einschüchtern, schalt sie sich im nächsten Moment. Dieser Mann konnte ihr doch überhaupt nichts tun. Übers Telefon doch nicht! Obwohl sie sich um Michelle fast zu Tode sorgte, war sie klug genug und sagte nichts. Damit würde sie ihm ja nur ein Druckmittel in die Hand geben, zumal er keine Ahnung hatte, wer sie sein mochte. Aber was war, wenn sich Michelle im gleichen Raum aufhielt? So hilflos hatte sie sich im ganzen Leben noch nicht gefühlt. Wenn sie doch nur Michelle in Sicherheit wüßte! Aber sie hatte keine Möglichkeit, das herauszufinden ...

»Es wird nicht schwer sein, die Nummer in Erfahrung zu bringen. Und wenn wir die haben, kriegen wir dich auch. Keine Zeugen, kein Ärger.«

Nicole knallte den Hörer auf die Gabel. Mit zitternden Händen griff sie nach dem Foto. Sie rang um Fassung. *Keine Zeugen, kein Ärger.*

Eine Träne quoll aus ihrem Augenwinkel. Sie wischte sie eilig ab und nahm erneut den Hörer, um die Polizei zu alarmieren.

Von den zwei Gestalten waren durch die Milchglasscheibe nur die Konturen zu sehen. »Wer sind Sie?« fragte Carole Lewis.

»Detective Andrews«, antwortete eine gedämpfte Männerstimme. »Wir haben vorhin miteinander telefoniert.«

»Können Sie sich ausweisen?« Sie öffnete die Tür einen Spaltbreit, ohne die Sicherheitskette zu lösen. Eine Dienstmarke wurde durchgereicht. Sie warf einen Blick darauf und machte ganz auf.

»Mrs. Kinnard?« fragte Andrews.

»Nein, ich bin Carole Lewis, Nicoles Partnerin. Nicole ist im Restaurant hinten. Aber sie nennt sich nicht mehr Kinnard. Nach der Scheidung hat sie wieder ihren Mädchennamen angenommen.«

Andrews deutete auf seinen Begleiter. »Das ist mein Partner, Sergeant Dobeck.«

Carole nickte dem Mann kurz zu. »Wenn Sie mir folgen wollen.« Sie drehte sich um und führte die Polizeibeamten durch das mit einem roten Teppich ausgelegte Foyer ins matt erleuchtete Restaurant.

Als Nicole, die die ganze Zeit an einem Tisch in der Mitte des Raums gesessen hatte, die zwei Männer sah, sprang sie wie elektrisiert auf. »Detective Andrews?«

»Ja«, antwortete der Beamte und stellte ihr seinen Kollegen vor.

»Haben Sie Michelle schon gefunden?« platzte Nicole mit vor Sorge zitternder Stimme heraus. »Ist sie in Sicherheit? Bitte, ich muß es wissen. Ist sie in Sicherheit?«

»Dürfen wir uns setzen?« fragte Andrews.

»Natürlich.« Nicole deutete geistesabwesend auf die zwei freien Stühle an ihrem Tisch.

»Möchten Sie einen Kaffee?« bot Carole den zwei Männern an.

»Gern, danke.« Andrews wartete, bis Carole sich an der

Kaffeemaschine zu schaffen machte, dann zog er ein abgewetztes Notizbuch aus der Jackentasche und plazierte es auf dem Tisch. Erst jetzt sah er Nicole ins Gesicht. »Ich habe nach Ihrem Anruf mit der Polizei von Acapulco Kontakt aufgenommen und sie gebeten, einen Wagen zum ...« – er hielt inne und schlug in seinem Büchlein nach – »... ›Las Brisas‹ Hotel in der Acapulco Bay zu schicken.«

»Und?« drängte Nicole.

»Weder Ihr Ex-Mann noch Ihre Tochter waren dort registriert.«

»I-ich verstehe nicht ganz«, stammelte Nicole. »Sie müssen dort sein! Bob hat mich heute morgen angerufen und mir gesagt, daß sie gut angekommen sind und daß Michelle ...«

»Mrs. Auger«, unterbrach Andrews sie freundlich, aber bestimmt. »Laut dem Geschäftsführer wurden sie erst ab morgen erwartet. Ihr Ex-Mann rief gestern im Hotel an und bestätigte die Buchung. Von wo aus er sich auch bei Ihnen gemeldet haben mag, es war nicht das ›Las Brisas‹.«

»Haben Sie auch die anderen Hotels in Acapulco überprüft?«

»Ja.« Andrews nippte am Kaffee, den ihm Carole inzwischen gebracht hatte. »Sie waren nirgendwo sonst angemeldet. Laut den mexikanischen Behörden gibt es auch keinen Vermerk, daß sie überhaupt ins Land eingereist sind.«

Nicole verbarg das Gesicht in den Händen. Carole legte ihr beruhigend die Hand auf die Schulter, doch sie schüttelte sie ab. Ihre Augen schimmerten feucht, als sie wieder zu Andrews aufsah. »Was ist das nur für ein Mann, der seine sechsjährige Tochter zu so etwas mitnimmt, obwohl er genau weiß, daß er sie damit in Lebensgefahr bringt? Und wozu? Nur damit er mit irgendeinem dämlichen Knüller auf der ersten Seite landet. Ich wußte ja schon immer, daß Bob keine Skrupel kennt, aber nicht einmal ich hätte ihm zugetraut, daß er so tief sinken würde!«

»Ich weiß, wie Sie sich jetzt fühlen müssen«, sagte Andrews mit sanfter Stimme. »Wir tun unser möglichstes, um sie aufzuspüren. Interpol ist bereits eingeschaltet und hat sich mit den Kripozentralen und den Zollbehörden in aller

Welt in Verbindung gesetzt.« Er nippte wieder an seinem Kaffee. »Mrs. Auger, ist Ihnen etwas an der Stimme des Mannes aufgefallen?«

»Er ist Londoner.« Sie griff nach der Zigarettenschachtel auf dem Tisch. »Er redete mit diesem Cockney-Dialekt.«

»Warum sind Sie sich da so sicher?« brummte Andrews und kritzelte eine Notiz in sein Büchlein.

Nicole zündete sich die Zigarette an. »Einer der Hauptkontakte meines Vaters in Afrika war ein Cockney – ein Typ, der seiner Mutter die Kehle aufgeschlitzt hätte, wenn er dafür bezahlt worden wäre. Ein Söldner eben.«

Die zwei Polizisten wechselten einen argwöhnischen Blick. »Seien Sie mir nicht böse, Mrs. Auger, aber wir kommen nicht ganz mit«, gestand Andrews.

»Mein Vater war Waffenhändler. Die meisten seiner Geschäfte verdankte er den Bürgerkriegen in Afrika. Dort bin ich aufgewachsen.«

Damit war die Frage beantwortet, die Andrews seit Nicoles Anruf unentwegt beschäftigte. Sie hatte einen eindeutig französischen Namen, aber ihr Amerikanisch verriet nicht die Spur eines französischen Akzents, auch wenn man hören konnte, daß sie nicht aus den USA stammte. Jetzt verstand er den Grund. »Wissen Sie noch, was dieser Mann zu Ihnen gesagt hat?«

Sie wiederholte es im Wortlaut.

»Und Sie selbst haben nichts zu ihm gesagt?«

»Nein.«

»Wir müssen seine Drohung ernst nehmen. Solange wir nicht genau wissen, was da passiert ist, halte ich es für das Klügste, Sergeant Dobeck zu Ihrem persönlichen Schutz abzustellen.«

»Es ist sehr nett von Ihnen, daß Sie sich um meine Sicherheit sorgen, Detective Andrews«, antwortete Nicole, »aber das ist wirklich nicht nötig. Wer wie ich schon als kleines Mädchen mit verwegenen Söldnern zurechtkommen mußte, lernt es, sich in der rauhen Welt zu behaupten. Setzen Sie nur alles daran, Michelle zu finden. Das ist im Moment das Allerwichtigste.«

»Ich habe keinen Zweifel, daß Sie es auch allein schaffen, Mrs. Auger, aber Sie sollten wirklich keine unnötigen Risiken eingehen. Auch uns ist dringend daran gelegen, Ihren Ex-Mann und Ihre Tochter zu finden und wir tun, wie gesagt, unser möglichstes. Aber im Augenblick haben wir alle Mittel ausgeschöpft und müssen abwarten. Sergeant Dobeck wird beizeiten Ihre Aussage protokollieren. Sie wird dann an Interpol weitergeleitet.« Detective Andrews klappte sein Notizbuch zu und schob es in die Jackentasche. »Haben Sie ein aktuelles Foto von Michelle und von Ihrem Ex-Mann, das wir Interpol zufaxen können?«

»Du hast doch dieses Porträt von Michelle auf dem Schreibtisch stehen«, schlug Carole vor.

»Nein!« schrie Nicole aufgebracht, um ihrer Freundin sofort versöhnlich die Hand zu drücken. »Sei mir nicht böse – ich habe es nicht so gemeint. Es ist nur so, daß dieses Foto mir sehr viel bedeutet.«

»Ich weiß«, murmelte Carole.

Nicole drückte ihre Zigarette aus und stand auf. »Ich habe eine ganze Reihe Fotos von Michelle im Büro oben. Nur bei Bob bin ich mir nicht so sicher. Zumindest hier habe ich keins. Vielleicht in der Wohnung. Ich gehe mal nachsehen.«

Die anderen blieben schweigend am Tisch sitzen, während Nicole die Treppe hinaufstieg. Erst als sie sie nicht mehr hören konnte, wandte sich Carole mit besorgter Miene an Andrews. »Michelle ist ihr Ein und Alles. Sie hat sich von Anfang an schier zerrissen, um ihrem Kind solche Dinge, wie sie sie in Afrika erleben mußte, zu ersparen und ihr eine richtige Kindheit zu ermöglichen. Nach allem, was Nicole mir so erzählt hat, wußte sie in Michelles Alter schon genau, was in der Welt abläuft. Sie hat es Ihnen ja gesagt: Sie hat eine harte Schule durchgemacht.«

»Was sind das nur für Eltern, die ihre Kinder solchen Gefahren aussetzen?« fragte Dobeck entrüstet.

»Nicole hat ihre Mutter nie gesehen. Ihr Vater erzog sie ganz allein. Sie ging auch nie in die Schule, aber mit zehn sprach sie bereits fließend englisch, deutsch und französisch und verstand auch ein paar afrikanische Dialekte. Er brachte ihr Mathematik bei, und mit sechzehn erledigte sie für ihn die ganze Buchführung.«

»Klingt ja nach einem außerordentlichen Mann«, staunte Andrews.

»Ich habe Claude Auger nur einmal in New York gesehen. Das war kurz nach Michelles Geburt. Michelle und ich arbeiteten damals als Kellnerinnen in einem New Yorker Imbiß. Ich weiß, daß unsere Kolleginnen ganz verrückt nach ihm waren. Er sah auch wirklich gut aus und hatten dazu diesen französischen Charme.«

»Aber Sie mochten ihn nicht«, stellte Dobeck fest.

»Das, was er getan hat, kann ich nicht akzeptieren. Ich spürte, daß der Charme nur Fassade war. Dahinter versteckte sich ein heimtückischer Manipulator, der an jeden Waffen verkaufte, wenn nur der Preis stimmte. Mir war klar, daß das Blut tausender Unschuldiger an seinen Händen klebte.«

»Dann könnten Sie auch dasselbe über seine Tochter sagen«, schloß Andrews.

»Nicole und ich haben unsere Meinungsverschiedenheiten«, gab Carole unumwunden zu. Sie deutete auf die leere Tasse in seiner Hand. »Möchten Sie noch etwas Kaffee?«

Andrews schüttelte den Kopf. Im nächsten Moment erhob er sich, denn Nicole kehrte mit einem Farbfoto zurück und reichte es ihm. Es zeigte Michelle und Kinnard im Disneyland Park und stammte von ihrer letzten Reise. »Vielen Dank, Mrs. Auger. Sie sehen müde aus. Gut, Sie werden wahrscheinlich die ganze Nacht aufbleiben und auf Nachrichten warten wollen, aber finden Sie nicht, daß es vernünftiger wäre, zu versuchen, wenigstens ein bißchen zu schlafen?«

»Könnten Sie schlafen, wenn Ihre Tochter verschwunden wäre?« fragte Nicole zurück.

»Ich wollte Ihnen nur sagen, daß es eine ganze Weile dauern kann, bis wir etwas erfahren«, erwiderte Andrews mit einem verständnisvollen Nicken.

»Das ist mir klar.« Nicole nahm ihren Autoschlüssel aus der Handtasche und drehte sich zu Dobeck um. »Mein Wagen steht hinter dem Haus. Treffen wir uns vorne, dann können Sie mir folgen.«

»Ich finde, angesichts der Umstände sollte besser ich Sie fahren«, meinte Dobeck. »Wir können Ihren Wagen später immer noch holen lassen.«

»Ich bin sehr wohl in der Lage, selbst heimzufahren«, wies ihn Nicole wütend zurecht.

»Der Sergeant wird Ihnen folgen, Mrs. Auger«, schaltete sich Andrews hastig ein.

»Möchtest du, daß ich bei dir übernachte?« fragte Carole ihre Freundin.

»Nicht nötig, das schaffe ich schon allein.«

Carole drückte sie fest an sich. »Na gut, aber wenn du darüber sprechen willst, dann weißt du, daß du mich anrufen kannst. Jederzeit. Auch in der Nacht.«

»Mache ich«, versprach Nicole mit einem tapferen Lächeln und verschwand im Flur.

»Tja, dann lasse ich Sie wohl besser raus«, sagte Carole an Dobeck gewandt. »So wie ich Nicole kenne, wird sie nicht auf Sie warten.«

»Irgendwie kann ich mir das gut vorstellen«, brummte der Sergeant.

Obwohl sie nach ihrem mörderischen Sechzehnstundentag erschöpft war, lag Nicole nichts ferner als an Schlaf zu denken. Gleich nach der Rückkehr in ihre Wohnung hatte sie sich mit Handy und einer Zigarettenschachtel bewaffnet ins Wohnzimmer zurückgezogen und die Tür hinter sich geschlossen. Deutlicher hätte sie Dobeck nicht zu verstehen geben können, daß sie allein sein wollte. So hatte er sich darauf beschränkt, zu überprüfen, ob alle Türen und Fenster geschlossen waren und ihr einen Kaffee zu bringen; gleich danach war er diskret in die Küche verschwunden. Seit ihrer Ankunft hatte sie kein Wort mit ihm geredet. Genausogut hätte er Luft sein können ...

Jetzt, eine Stunde später, stand die Tasse immer noch unberührt neben dem Telefon. Nicole hockte regungslos im Sessel vor dem Fenster. Mit den Händen hielt sie Michelles Lieblingsspielzeug, ein Kuscheltier mit Namen Kermit, fest vor der Brust umklammert. Sie hatte den Frosch Michelle zum zweiten Geburtstag geschenkt, und seitdem hatte er das Mädchen bei all ihren Abenteuern begleitet. Die nicht spurlos an ihm vorübergegangen waren. Eine Hand fehlte ganz, und der Körper war an allen möglichen Stellen mit Narben übersät, nachdem der Schäferhund des Nachbarn den armen Kerl zerfetzt hatte und Nicole mit Nadel und Faden vor den verheulten Augen ihrer Tochter eine Notoperation hatte durchführen müssen. Und als später auch noch ein Auge verlorengegangen war, hatte Michelle vorgeschlagen, sie solle doch statt eines neuen Auges lieber eine Klappe hinnähen. Nicole betastete die Augenklappe mit einem wehmütigen Lächeln. Ihren Humor hatte Michelle ganz gewiß von ihrem Großvater ...

Sie zündete sich eine weitere Zigarette an und plazierte sie vorsichtig am Rande des Aschenbechers, der mehr als wackelig auf der Armlehne stand. Ihr Blick flackerte zum Telefon hinüber. Keine Nachricht war eine gute Nachricht – normalerweise, dachte sie bitter, nur nicht in diesem Fall. Sie hatte sich bereits damit abgefunden, daß Bob aller Wahrscheinlichkeit nach tot war. Ihr Vater hatte ihr einmal gesagt, man solle nicht um die Toten trauern, sondern um die Kinder, die ihre Verstorbenen nie wieder sehen würden. Diese Philosophie hatte für ihre Begriffe so gar nicht zu ihm gepaßt, handelte er doch mit Todeswerkzeugen. Andererseits erschien sie ihr durchaus vernünftig. Sie wußte, daß sie irgendwann um Bob trauern würde, aber im Augenblick hatte sie nur Gedanken für Michelle. Sie mußte einfach glauben, daß Michelle noch lebte. Diese Hoffnung war das einzige, was ihr noch Kraft gab ...

Plötzlich schrillte die Türglocke. Vor Schreck fegte sie den Aschenbecher zu Boden. Hastig hob sie die brennende Zigarette auf, drückte sie aus und eilte in den Flur. Dobeck stand bereits mit dem Revolver in der Hand vor dem Türspion. Erleichtert schob er die Waffe in den Halfter zurück und öffnete die Tür. Andrews trat ein. Seine Augen suchten und fanden Nicole, die unsicher in der Wohnzimmertür stand.

»Haben Sie Michelle gefunden?« fragte sie aufgeregt.

»Es ist wohl besser, wenn wir im Wohnzimmer miteinander sprechen«, erklärte Andrews düster.

»Was ist geschehen? Bitte! Ich muß es wissen!«

Andrews ergriff sie am Arm und führte sie schweigend ins Wohnzimmer. Dort schaltete er zunächst eine Tischlampe ein, ehe er sich auf die Sofakante hockte. »Ich habe leider eine schlechte Nachricht für Sie«, sagte er leise. »Bob Kinnards Leiche ist in einem Hotelzimmer in San Salvador gefunden worden. Eine Kugel hat ihn aus kürzester Entfernung ins Herz getroffen.«

»Und Michelle?«

»Von Ihrer Tochter fehlte jede Spur. Als er im Hotel eincheckte, war sie nicht bei ihm, aber die Zollbehörde hat bestätigt, daß sie gestern mit ihm eingereist ist.«

»Das bedeutet, daß sie noch am Leben sein könnte.«

»Im Augenblick deutet nichts auf das Gegenteil hin, ja.«

Nicole ließ sich langsam in den Sessel sinken. »Wo liegt San Salvador eigentlich genau?«

»Zentralamerika. Die Hauptstadt von El Salvador.« Andrews stand auf und ging zum Fenster hinüber, wo er sich wieder zu Nicole umdrehte. »Die Polizisten, die den Fall untersuchen, vermuten offenbar, daß Kinnard Selbstmord begangen hat.«

»Was?« rief Nicole in ungläubigem Staunen.

»Ich kann Ihnen nur das sagen, was im Fax aus San Salvador stand. Die Pistole wurde direkt neben der Leiche gefunden. Es waren nur seine Fingerabdrücke darauf. Der Geschäftsführer des Hotels behauptet, er hätte einen Schuß gehört, aber als er oben nachsehen ging, sei die Tür verschlossen gewesen. Er mußte sich mit seinem Generalschlüssel Eintritt verschaffen. Es war niemand sonst darin. Der einzige andere Ausweg hätte durch das Fenster geführt, aber es war von innen verriegelt.«

»Dann ist das eine abgekartete Sache!« stieß Nicole hervor. »Glauben Sie etwa, ich hätte mir alles, was ich am Telefon gehört habe, nur eingebildet? Da war noch ein anderer Mann im Zimmer! Ich muß es doch wissen, verdammt noch mal! Er hat mir gedroht, daß er mich umbringt!«

»Ich glaube Ihnen, daß Sie etwas gehört haben, Mrs. Auger. Laut dem Geschäftsführer lief der Fernseher, als er eindrang.«

»Sie glauben doch nicht im Ernst, daß die Stimmen, die ich gehört habe, aus dem Fernseher kamen!«

»Nun, möglich wäre es«, meinte Andrews gedehnt.

»Da täuschen Sie sich aber gewaltig!«

»Was ich glaube, ist ja auch vollkommen egal, Mrs. Auger. Die Untersuchung liegt jetzt offiziell in den Händen der Behörden von San Salvador. Und die möchten, daß Sie so bald wie möglich nach El Salvador fliegen und ihren Ex-Mann identifizieren. Erst danach kann er für die Beerdigung freigegeben werden.«

Nicole nickte. »Na gut, das kann ich erledigen, wenn ich hinfliege und meine Tochter suche.«

»Ich verstehe Ihre Sorge um Ihre Tochter, aber es ist wirklich besser, wenn Sie die Suche den örtlichen Behörden überlassen. Die kennen das Land. Und Sie wüßten nicht mal, wo Sie überhaupt anfangen müßten. Abgesehen davon begeben Sie sich in größte Gefahr, wenn Ihr Ex-Mann tatsächlich ermordet worden ist und der Killer weiß, daß Sie im Land sind.«

»Und wenn die Behörden dort die Finger im Spiel haben und an Bobs Tod mitschuldig sind? Die Polizei hatte es ja auffällig eilig, die Sache als Selbstmord abzutun.«

»Worauf wollen Sie hinaus, Mrs. Auger?« fragte Andrews. »Daß die Regierung dort an einem Komplott beteiligt ist?«

»Ich will auf überhaupt nichts hinaus. Ich weiß nur, daß Michelle verschwunden ist und daß ich nicht aufhören werde, nach ihr zu suchen, solange es noch eine Chance gibt, daß sie lebt.« Plötzlich brach Nicoles Stimme. Sie schlug die Hände vor den Mund und kämpfte mit den Tränen. »Sie ist doch mein kleines Mädchen und braucht mich jetzt mehr als je zuvor. Können Sie das denn nicht verstehen?«

»Doch, das kann ich sehr gut«, sagte Andrews leise. Er zog ein Stück Papier aus der Tasche und reichte es ihr. »Ich wurde gebeten, Ihnen das hier zu geben. Es ist die Nummer der amerikanischen Botschaft in San Salvador. Der Botschafter ist bereits über alles informiert worden und hat die Behörden gebeten, ihn über jede neue Entwicklung auf dem laufenden zu halten. Rufen Sie ihn an, bevor Sie nach El Salvador aufbrechen. Er wird Sie am Flughafen abholen lassen.«

»Das werde ich bestimmt tun, danke.«

»Und dann schlage ich vor, daß Sergeant Dobeck Sie der Sicherheit halber überallhin begleitet, bis Sie an Bord der Maschine nach San Salvador sind.«

»Zuerst muß ich nach New York«, erklärte Nicole. »Dort will ich jemanden aufsuchen, bevor ich nach El Salvador weiterfliege.«

»Gut, dann werde ich veranlassen, daß die New Yorker Kollegen sich um Sie kümmern. Wir sollten wirklich jedes unnötige Risiko vermeiden.«

»Tun Sie, was Sie für richtig halten, aber sorgen Sie dafür, daß sie diskret zu Werke gehen. Ich brauche keine Aufpasser.«

»Wie Sie meinen«, antwortete Andrews. »Wie lange wollen Sie in New York bleiben?«

»Das kommt ganz auf die Person an, die ich besuchen möchte«, sagte Nicole. Sie starrte gedankenverloren zum Fenster hinaus. »Die Frage ist nur, ob er mich wiedersehen will.«

# 2

Mit kurzen Unterbrechungen waren den ganzen Tag Schneegestöber über New York hinweggefegt, und der schneidende Wind, der vom Atlantik kam, bescherte der Bevölkerung nun schon die vierte Nacht mit Minustemperaturen. Nachdem Nicole aus dem Taxi gestiegen war, schlug sie den Kragen hoch und eilte die Betonstufen zur Bar hinauf, hinter deren angeknackster Fensterscheibe in leuchtenden Neonbuchstaben der Name ›Rosewood‹ prangte. Darunter wies ein kleineres Neonzeichen auf Budweiser Bier hin. Die triste graue Fassade hatte einen frischen Anstrich bitter nötig, und als Nicole eintrat, sah sie sich in ihrer ersten spontanen Befürchtung bestätigt: Es war eine Spelunke. Besonders gut besucht war sie nicht. Nicole schätzte die Zahl der Kunden auf etwa zwanzig. Die meisten saßen mit dem Rücken zu ihr an einem bogenförmigen Tresen. Bis auf zwei Nutten in einer Nische, von denen eine trotz übermäßig dick aufgetragener Schminke ungewöhnlich hübsch war, handelte es sich ausnahmslos um Männer. Nicole wußte nicht, ob sie sich geschmeichelt oder beleidigt fühlen sollte, als ihr begehrliche Blicke auf dem Weg zum Tresen folgten.

»Was darf's sein?« fragte der Barkeeper und trocknete sich die Hände an seiner nicht gerade sauberen Schürze ab.

»Ich suche einen gewissen Richard Marlette«, sagte Nicole. »Er soll bei Ihnen Stammkunde sein.«

Der Barkeeper schüttelte den Kopf. »Ich kenne niemanden, der so heißt.«

»Ist das denn nicht die Rosewood Bar in Greenwich Village?«

»Soviel ich weiß, ist das die einzige Rosewood Bar in ganz New York. Aber das heißt noch lange nicht, daß ich diesen Typen kennen muß ... Marley oder wie er auch heißen mag.«

»Marlette. Richard Marlette. Seine Freunde nennen ihn Rich oder Richie.«

»Lady, ich habe Ihnen doch gesagt, daß ich den Typen nicht kenne. Und jetzt entschuldigen Sie mich bitte. Ich muß Kunden bedienen.«

Der Mann wollte sich schon abwenden, als Nicole ihn wütend am Arm packte. »Hören Sie, ich bin eigens aus Chicago hierher geflogen, um mit ihm zu sprechen. Brad Casey hat mir gesagt, daß ich ihn wahrscheinlich hier antreffe, wenn er nicht daheim ist. Brad gehört die Casey's Bar in Soho.«

»Ich weiß, wer Brad Casey ist«, knurrte der Barkeeper und warf einen Blick auf einen Kunden am anderen Ende des Tresens, der schon die ganze Zeit versuchte, seine Aufmerksamkeit zu erlangen. Dann sah er bedächtig nickend wieder Nicole an. »Tja, Sie gehören wohl dazu. Brad und Richie kennen sich schon sehr lange.«

»Ist Rich also da?«

Der Barkeeper zeigte auf eine Tür am anderen Ende des Raums. »Er ist dort hinten am Billardtisch.«

»Danke.«

»Woher kennen Sie Richie denn?« erkundigte sich der Barkeeper. »Ich habe Sie hier noch nie gesehen.«

»Ich kannte ihn lange bevor er hierherkam«, erwiderte Nicole und setzte sich in Bewegung. Unter der Tür blieb sie zunächst stehen, um sich zu orientieren. In dem rauchverhangenen Raum standen drei Billardtische, die alle besetzt waren, nur Marlette konnte sie von ihrer Warte aus nicht sehen. Ein bärtiger, stark übergewichtiger Mann wurde auf sie aufmerksam und musterte sie mit sichtlichem Interesse. Er trat auf sie zu.

»Na, was kann ich für dich tun?«

»Ich suche Richard Marlette. Richie Marlette.«

Der Mann trank einen gewaltigen Schluck aus einer Bierflasche, dann legte er einen Arm um ihre Schultern. Ihr erster Impuls war ihn wegzustoßen, doch dann gab sie sich einen Ruck und ließ sich zum hintersten Tisch führen. Eine Gruppe von Gaffern machte bereitwillig Platz, und schließlich erkannte Nicole eine über den Tisch gebeugte Gestalt, die sich auf den nächsten Stoß konzentrierte. Endlich hatte sie Richard Marlette gefunden.

»Du hast 'ne Besucherin, Rich«, kündigte der Dicke Nicole an und gönnte sich wieder einen tiefen Schluck. »'ne richtig scharfe obendrein.«

Ohne den Kopf zu bewegen, hob Marlette langsam die Augen. Einen Moment lang starrte er Nicole stumm an, dann führte er seinen Stoß aus und beförderte die gelbe Kugel in das Loch direkt gegenüber von Nicole. Erst jetzt richtete er sich auf. Seit sie sich vor sechs Jahren zuletzt begegnet waren, hatte er sich nicht verändert. Jetzt mußte er fünfunddreißig sein, und obwohl er nach den gängigen Standards nie gutaussehend gewesen war, so hatte er doch ein interessantes Gesicht, dem zwei Narben an den Wangen einen leicht bedrohlichen Zug verliehen. Er war bei über einem Meter achtzig schlank, und dennoch ließ sich unter seinem weißen Jackett und der hautengen Jeans ein muskelbepackter Körper erkennen. Mit seinem schulterlangen braunen Haar und einem goldenen Ring im linken Ohr wirkte er auf den ersten Blick eher wie ein Mitglied einer seiner geliebten Heavy Metal Bands denn als ein erfahrener und hochgeschätzter amerikanischer Söldner.

»Da haste dir ja wirklich 'ne Klassedame angelacht, Rich«, meinte der Bärtige mit einem anzüglichen Grinsen. »Sag, wo hast du sie die ganze Zeit versteckt?«

Marlette drückte ihm seinen Queue in die Hand. »Ich bin am Gewinnen, Bob. Sieh zu, daß es so bleibt.«

Noch einmal sah der Mann Nicole von oben bis unten an, dann wandte er sich widerstrebend dem Billardtisch und den übriggebliebenen Kugeln zu.

»Hallo, Rich«, sagte Nicole leise.

»Was willst du, Nicole?« knurrte er.

»Können wir miteinander sprechen?«

»Sprich.«

Sie sah sich um. »Hier nicht. Gibt es irgendwo einen ruhigen Ort?«

Marlette zischte scharf durch die Zähne, weil Bob seinen Stoß ausgeführt hatte und die Kugel am Loch vorbeirollte. Bob quittierte Marlettes wütenden Blick mit einem verlegenen Grinsen. »Nur die Ruhe, Kumpel. Ich brauch' noch ein paar Stöße, dann werd' ich richtig warm.«

»Es geht um fünfundzwanzig Dollar«, hielt ihm Marlette vor. »Wenn wir deinetwegen verlieren, zahlst du.«

»Reg dich ab, Rich. Ich krieg' das schon hin.«

Marlette ergriff Nicole am Arm und führte sie in die Bar zurück. Er deutete auf einen leeren Tisch in der Nähe der Tür. »Ist das ruhig genug?«

»Klar.« Sie ging geradewegs darauf zu und setzte sich.

»Hey, Richie, ist bei dir alles in Ordnung?« rief ihm der Barkeeper zu. »Es ist nur so, daß die Lady mir gesagt hat, daß sie von Brad Casey erfahren hat, wo du zu finden bist. Und ich weiß, daß Brad dein Freund ist.«

»Ist schon gut. Ira«, brummte Marlette.

»Soll ich euch was zu trinken bringen?«

»Das übliche«, antwortete Marlette.

»Und die Lady?«

»Das Übliche?« fragte Marlette, an Nicole gewandt.

Sie nickte.

»Bourbon ohne Eis«, beschied Marlette den Barkeeper und nahm Nicole gegenüber Platz.

»Zigarette?« Sie hielt ihm ihre Schachtel entgegen.

Marlette schüttelte den Kopf. »Ich rauche nicht mehr.«

»Daß du dir das Rauchen abgewöhnst, hätte ich mir nie träumen lassen«, sagte sie lächelnd und bediente sich aus ihrer Schachtel. »Es stört dich doch nicht, oder?«

»Nein«, brummte Marlette mißmutig.

»Warum diese Geheimniskrämerei, Rich?« fragte Nicole nach dem ersten Zug. »Der Barkeeper war erst dann bereit zuzugeben, daß er dich kennt, als ich Brad erwähnte. Du steckst doch nicht in Schwierigkeiten, oder?«

»Seit wann interessiert dich das?« fauchte Marlette sie an. Er schielte nervös zur Tür. »Ich habe ein paar Probleme mit Kredithaien, das ist alles.« Er sah auf, denn nun näherte sich der Barkeeper mit den Drinks. »Schreib sie auf meine Rechnung, Ira.«

»Laß mich zahlen, Rich«, sagte Nicole und griff nach ihrer Handtasche.

Hastig zog Marley den Zettel aus Iras Hand, trug die zwei Drinks ein und gab ihn ihm zurück. Als der Mann gegangen war, schob er sein eiskaltes Budweiser zur Seite, stemmte die Ellbogen auf die Tischplatte und musterte Nicoles Gesicht mit kühlem Blick. »Das ist ja ganz schön mutig von dir, daß du dich nach all den Jahren zu mir traust.«

»Ich kann deine Verbitterung durchaus verstehen«, antwortete sie leise.

»Ach, wirklich? Nach zweieinhalb Jahren hast du mich von einem Tag auf den anderen verlassen – ohne Erklärung, ohne ein Wort des Abschieds. Und drei Monate später erfahre ich von Brad, daß du so einen Schmierfink von der *Washington Post* geheiratet hast. Du hattest nicht mal den Anstand, es mir persönlich zu sagen. Menschenskind, Nicole, hat dir die Zeit mit mir denn gar nichts bedeutet?«

»Mehr als du dir vorstellen kannst«, seufzte sie. »Ich wollte es dir ja sagen, aber ...« Ihre Stimme erstarb.

»Sag bloß, dir fällt keine Ausrede ein«, spottete er. »Du läßt wohl nach, was? Sonst hattest du doch immer eine so flinke Zunge. Gegen dich ist nicht mal dein Vater angekommen. Und das will was heißen.«

Statt einer Antwort zog Nicole das Foto Michelles aus ihrer Handtasche und legte es auf den Tisch. Auf dem Weg zum Flughafen hatte sie es am Vormittag noch schnell aus ihrem Büro im Restaurant geholt. »Das ist meine Tochter Michelle. Sie ist jetzt sechs.«

»Du hast wirklich keine Zeit mit der Gründung deiner Familie verloren«, stieß er bitter hervor.

»Sie ist verschwunden«, flüsterte Nicole mit kaum noch vernehmbarer Stimme.

Marlette nahm das Porträt in die Hand und betrachtete das Mädchen, das ihn verschmitzt angrinste. »Was soll das heißen – verschwunden?«

Sie berichtete ihm, was gestern nacht geschehen war. Als sie geendet hatte, blieb er zunächst stumm und drehte nur nachdenklich die Flasche vor sich auf dem Untersetzer herum. Schließlich sah er wieder zu ihr auf. Mit einem Schlag war alle Härte aus seinem Blick gewichen. »Das mit Kinnard tut mir leid.«

»Bob und ich waren schon zwei Jahre geschieden, und unsere Ehe war schon lange davor kaputtgegangen. Zwischen uns war nichts mehr. Ich weiß, daß ich irgendwann auch um ihn trauern werde, aber im Moment habe ich nur eine Sorge – Michelle zu finden.«

»Und ich soll dir dabei helfen, richtig?«

»Du hast doch auch in El Salvador gearbeitet, Rich. Du kennst das Land.«

»Woher weißt du, daß ich dort war?« fragte er mißtrauisch.

»Ich erinnere mich, daß Brad das erwähnt hat, als ich ihm von meiner Hochzeit erzählte. Er sagte, du hättest dort einen Job als militärischer Berater angenommen.«

Marlette genehmigte sich einen langen Schluck und stellte die Flasche mit einem wütenden Knall auf den Tisch zurück. »Brad quatscht zuviel.«

»Er hat es mir nur erzählt, weil ich mich nach dir erkundigt habe«, verteidigte sie Brad eilig.

»Ich kann dir nicht helfen, Nicole«, sagte er lapidar.

»Wenn es dir ums Geld geht, zahle ich dir jeden ...«

»Ich habe dir gesagt, daß es nicht geht!« blaffte er sie an.

»Ich verstehe.« Sie drückte die Zigarette aus, verstaute das Foto in der Handtasche und erhob sich. »Wenn du mich bitte entschuldigst. Ich muß noch einen Flug nach San Salvador buchen.«

»Du glaubst, daß ich es dir jetzt nur heimzahlen will, nicht wahr?«

»Was ich glaube, tut nichts zur Sache. Wenn du mir bei der Suche nach Michelle nicht helfen kannst, dann muß ich es eben allein versuchen.«

Er deutete auf ihren Stuhl. »Setz dich noch mal, Nicole.«

»Es ist wirklich besser, wenn ...«

»Setz dich«, sagte er mit fester Stimme und schob den Stuhl mit dem Fuß auf sie zu.

Sie nahm langsam Platz. Ihre Finger umklammerten die Handtasche.

»Ich wurde aus El Salvador ausgewiesen«, erklärte er. »Das ist der Grund, warum ich dir nicht helfen kann.«

»Du wurdest ausgewiesen?« rief sie überrascht. »Aus welchem Grund?«

»Das ist eine lange Geschichte. Wenn ich jetzt zurückginge, wäre ich nur ein Sicherheitsrisiko für dich.«

»Aber die Lage hat sich doch bestimmt gebessert, seit der Bürgerkrieg vorbei ist.«

»Nichts hat sich gebessert. Die Leute, die für meine Deportation gesorgt haben, sitzen immer noch an den Schalthebeln der Macht. Der, der die Ausweisungsverfügung unterschrieben hat, bekleidet sogar ein hohes Amt in der neuen Regierung. Solchen Leuten kann man nicht einfach in die Suppe spucken und dann hoffen, sie würden alles vergessen und vergeben.« Marlette beugte sich über die Tischplatte und sah ihr fest in die Augen. »Wenn Kinnard diese Kassette Michelle gegeben hat, dann ist sie in großer Gefahr, falls die falschen Leute sie zuerst auftreiben. Und nach allem, was du mir erzählt hast, wird dort seitens der Behörden tatsächlich etwas vertuscht. Vertrauen kannst du ihnen jedenfalls nicht. Du wirst dringend auf Hilfe von außen angewiesen sein. Zwei gute Bekannte von mir haben ebenfalls als Söldner in El Salvador gearbeitet. Sie kennen das Land so gut wie ich. Aber laß dich warnen: Sie sind nicht billig.«

»Ich zahle jeden Preis, den sie mir nennen«, antwortete Nicole ohne zu zögern. »Geld spielt keine Rolle. Hauptsache ich finde Nicole und kann sie mit nach Hause nehmen.«

»Ich werde mal mit Brad sprechen. Er weiß bestimmt, wo die beiden sich gerade rumtreiben. Wenn sie in einem anderen Land sind, dürfte es allerdings ziemlich lange dauern, sie zurückzuholen. Und in deinem Fall kommt es auf jeden Tag an. Aber laß mich mal machen. Ich werde mein Möglichstes tun. In welchem Hotel erreiche ich dich?«

»Im Howard Johnson in der Eighth Avenue. Kennst du es?«

»Natürlich kenne ich es«, erwiderte er entrüstet. »Ich melde mich, sobald ich mehr weiß.«

»Danke, Rich«, sagte sie und legte die Hand auf seinen Arm.

»Wenn meine Kumpel keine Zeit haben, bist du auf dich allein gestellt«, warnte er sie. »Mit mir kannst du nicht rechnen. Ich gehe nicht noch mal nach El Salvador. Nicht für dich. Nicht für das Mädchen. Nur daß das klar ist.«

»Ich verstehe.« Sie erhob sich und ging zur Tür.

»Nicole?« rief er ihr nach. »Bist du dir ganz sicher, daß der Typ, der dir gedroht hat, ein Cockney ist?«

»Absolut sicher.« Sie legte die Stirn in Falten. »Warum fragst du? Weißt du etwa, wer es ist?«

»Könnte sein – oder auch nicht«, antwortete er zögernd.

»Ich habe dir alles gesagt, Rich. Da wäre es nur fair, wenn du auch mit offenen Karten spielen würdest.«

»Ich habe dir doch gesagt, daß ich mich melde«, knurrte er.

Sie schluckte ihre Wut hinunter, machte auf dem Absatz kehrt und stürmte aus der Bar.

Als Marlette in das Billardzimmer zurückkehrte, spielte Bob noch immer, nur hatte er jetzt einen anderen Gegner.

»Du schuldest mir ein Bier, Rich«, grinste Bob und gab ihm die fünfundzwanzig Dollar, die er im letzten Spiel gewonnen hatte.

Marlette steckte das Geld ein. »Laß dir eins von Ira bringen und sag ihm, daß es auf meine Rechnung geht.«

»Sag schon, wer ist diese Nicole?« fragte Bob mit einem lüsternen Grinsen.

»Hol dir dein Bier!« bellte Marlette und nahm seine Lederjacke vom Wandhaken.

»Komm schon, Rich, uns kannst du's doch sagen.« Immer noch grinsend, wandte sich Bob an seine Mitspieler. »Nicole – ist das nicht ein französischer Name? Die französischen Weiber sollen gut bumsen. Wetten, daß sie im Bett 'ne richtige kleine Tigerin ist.«

Ehe sich Bob versah, hatte Marlette ihn an der Gurgel gepackt. Bob klammerte sich an Marlettes Hand, aber je heftiger er sich wehrte, desto fester wurde der Griff um seine Kehle. Binnen Sekunden zitterte er am ganzen Leib und schnappte verzweifelt nach Luft. »Wenn du noch einmal so über sie sprichst, bringe ich dich um«, zischte Marlette zwischen zusammengebissenen Zähnen. »Ist das klar?«

Bob nickte, soweit der Würgegriff das zuließ. Marlette ließ ihn los, und er sackte japsend zu Boden. Auf der Straße winkte Marlette einem Taxi. Er hatte es eilig, in Caseys Bar zu kommen.

In vieler Hinsicht war Brad Casey für Rich Marlette ebenso ein Mentor wie ein Freund gewesen. Marlette hatte ihn kennengelernt, als er in einer Bar in Greenwich seinen achtzehnten Geburtstag gefeiert hatte. Der um zwölf Jahre ältere Casey war damals gerade aus Afrika zurückgekehrt, wo er zehn Jahre lang bei der französischen Fremdenlegion gedient hatte. Am Ende des Abends stand für Rich Marlette fest, daß er zur Legion wollte, und eine Woche später kratzte er seine letzten Ersparnisse für den Flug zum Hauptquartier der Fremdenlegion im französischen Aubagne zusammen. Dort mußte er eine Vielzahl von brutalen Tests überstehen, ehe er schließlich rekrutiert wurde. In den fünf Jahren, in denen er bei der Legion blieb, stieg er zum Korporal auf. Nach dem Auslaufen des Vertrags schlug er ein neues Angebot aus, um statt dessen zusammen mit Casey als selbständiger Söldner zu arbeiten. In den nächsten vier Jahren hielten sie sich an den Unruheherden Afrikas auf und stellten ihre besonderen Fähigkeiten gegen Höchstgebot zur Verfügung.

Diese äußerst lukrative Partnerschaft fand in Uganda ein jähes Ende, als ein Jeep mit Casey und drei Regierungssoldaten an Bord auf eine Landmine auffuhr. Casey überlebte als einziger, doch er verlor das linke Bein, und sein linker Arm mußte unter dem Ellbogen amputiert werden. Er kehrte in seine Heimatstadt New York zurück und kaufte sich von einem Teil des Geldes, das er in Afrika verdient hatte, eine Bar. Marlette blieb noch eine Weile in Afrika, besuchte Casey aber regelmäßig. Ein paar Monate lang arbeitete er sogar für ihn in der Bar, freilich vor allem Nicole zuliebe, die sich wünschte, daß er mehr Zeit mit ihr verbrachte. Im Laufe der Jahre wurde Caseys Bar allerdings immer mehr zur Anlaufstelle für professionelle Söldner aus der ganzen Welt, während Marlette außerhalb der Arbeit so wenig wie möglich mit seinen Kollegen zu tun haben wollte. Im Grunde genommen gab es nur sehr wenig Söldner, die er respektierte, und noch weniger, die er mochte.

Nun sah Marlette wieder einmal zu den blauen Neonröhren über der Tür zu Caseys Bar auf. Er konnte sich nicht erinnern, wann er zuletzt dort gewesen war. Vor einem Jahr? Wahrscheinlich war es noch länger her. Trotzdem versuchte er ihn bei jedem seiner New York-Aufenthalte zu treffen, meistens zu einem Essen in einem Steakhouse am Broadway. Kurz entschlossen stieß er die Tür auf. Die Bar war gedrängt voll, und während er Casey suchte, erkannte er einige Gesichter von früheren Streifzügen her. Schließlich entdeckte er seinen Freund an einem Tisch ganz hinten, an dem er mit zwei Männern Karten spielte.

»Hey, Richie!« rief Casey erfreut, als Marlette auf ihn zutrat. »Ich dachte mir schon, daß du dich früher oder später blicken lassen würdest.« Er deutete auf seine Spielpartner. »Du kennst doch Rhys Evans und Dietmar Rausch, oder?«

»Rausch und ich waren vor ein paar Jahren zusammen im Tschad«, antwortete Marlette und begrüßte den Deutschen mit einem knappen Nicken.

»Rhys hat die britischen Fallschirmjäger vor einem halben Jahr verlassen und sich selbständig gemacht«, erklärte Casey. »Er ist gerade von seiner ersten Tour in Bosnien zurückgekehrt. Ich könnte mir denken, daß ihr euch dort vielleicht mal über den Weg gelaufen seid.«

»Indirekt, ja; wir kämpften allerdings nicht auf derselben Seite«, sagte Evans und wandte sich Marlette zu. »Ich habe dort drüben aber viel von dir gehört. Du scheinst in der Bruderschaft einen ziemlich guten Ruf zu genießen.«

»Ich muß mit dir sprechen«, sagte Marlette zu Casey. »Allein«, fügte er mit einem Blick auf Evans hinzu.

»Könnt ihr uns entschuldigen?« bat Casey die anderen zwei. Er sammelte die Karten ein und drückte sie Evans in die Hand. »Wir spielen weiter, sobald ich fertig bin.«

»Setz dich«, forderte er seinen Freund auf, sobald sie allein waren. »Möchtest du ein Bier?«

»Nein, danke«, murmelte Marlette, nahm aber Platz.

»Nicole hat dich gefunden, nicht wahr?«

»Ja. Was hat sie dir gesagt, als sie bei dir war?«

»Nicht viel. Nur daß sie vergeblich versucht hat, dich in deiner Wohnung in Greenwich Village zu erreichen. Sie wollte wissen, ob ich ihr vielleicht sagen könnte, wo man dich am ehesten antrifft. Da habe ich ihr eben verraten, daß du Stammkunde im Rosewood bist.« Casey nippte an seinem Bourbon und stellte das Glas auf den Tisch zurück. »Sie sitzt in der Tinte, was?«

Marlette berichtete ihm kurz, was er wußte.

Casey nahm es kommentarlos zur Kenntnis. »Es hat noch jemand anderes nach dir gefragt«, sagte er nur. »Er hatte es auch vergeblich mit deiner Wohnung versucht.«

»Ein Kredithai?« fragte Marlette argwöhnisch.

»Wohl kaum. Sein Name ist Alex Pruitt.«

»Der Name ist mir kein Begriff.«

»Aber mir. Arbeitet für die CIA. Ist DDO in Langley.«

»Was, zum Teufel, ist ein DDO?« fragte Marlette entnervt.

»Deputy Director of Operations. Er leitet die Abteilung Spionage, die intern Directorate of Operations heißt. Das DO ist nicht nur für sämtliche verdeckten Operationen außerhalb der USA zuständig, sondern rekrutiert und führt alle im Ausland tätigen Agenten und Doppelagenten. Mit anderen Worten, Alex Pruitt ist in Langley ein hohes Tier.«

»Woher kennst du ihn?«

»Ich hatte früher mal mit ihm zu tun.« Mehr ließ sich Casey nicht entlocken.

»Das hätte ich mir ja fast denken können«, brummte Marlette. »Und du glaubst, seine Anwesenheit hier hat mit Kinnards Tod zu tun?«

»Sonst wäre der Zufall doch etwas arg strapaziert, oder?«

»Wie auch immer, er vergeudet seine Zeit. Du weißt so gut wie ich, daß ich nicht mehr nach El Salvador zurück kann.«

Casey griff erneut nach seinem Glas. »So schnell würde ich das nicht abschreiben, Richie. Du bist über die Ohren verschuldet und weißt so gut wie ich, daß deine Gläubiger über kurz oder lang die Geduld verlieren.«

»Laß das ruhig meine Sorge sein«, knurrte Marlette.

Casey leerte sein Glas und lehnte sich mit einem wissenden Lächeln zurück. »Du hast dich ja ganz offensichtlich entschlossen, Nicole zu helfen. Sonst wärst du doch nicht gekommen.«

»Wenn Nicole recht hat und dort drüben was vertuscht wird, dann werden die Behörden einen Teufel tun und sie unterstützen. Und ich brauche dir wohl nicht zu sagen, was passiert, wenn der Mörder als erster an das Kind rankommt.« Er verstummte.

»Sprich weiter«, forderte ihn Casey auf.

»Als ich in El Salvador war, arbeiteten dort noch zwei andere Söldner, beides gute Soldaten. Wenn ich wenigstens einen von ihnen erreichen könnte, ließe er sich vielleicht dazu überreden, Nicole bei der Suche zu helfen – gegen angemessene Bezahlung natürlich. Deswegen bin ich hier. Du weißt in der Regel, wer sich wo rumtreibt.«

»Wen meinst du?«

»Der, mit dem ich am liebsten sprechen würde, ist Jim Zilber.«

»Zilber ist in Armenien«, kam es wie aus der Pistole geschossen. »Er ist vor zehn Tagen aufgebrochen. Ich bezweifle, daß er so kurzfristig zurückkommt. Ich könnte ihn wohl erreichen, aber das würde eine Zeitlang dauern, und er würde wohl nur darauf eingehen, wenn Nicole bereit wäre, ihm mindestens soviel zu bieten, wie ihm dort durch die Lappen ginge. Es könnte sie eine hübsche Summe kosten.«

»Gut, vergiß Zilber. Was ist mit Jessey Delaney?«

»Jessey ist tot. Sag bloß, du wußtest das nicht? Na gut, du warst in Bosnien, aber diese Nachricht muß doch die Runde bis dorthin gemacht haben.«

»Kein Wort habe ich gehört. Wie ist das passiert?«

»Er kam vor nicht mal einem Monat aus Afrika zurück und fuhr wie nach jedem Einsatz zum Fischen an den Lake Tahoe. Offenbar ist sein Boot gekentert, und er ist ertrunken. Die Autopsie ergab, daß er mordsmäßig gesoffen hatte.«

Marlette stieß die Luft aus. »Das war's dann wohl mit meiner Idee.«

»Damit bleibst nur noch du übrig.«

»Ganz bestimmt nicht. Selbst wenn ich rüberginge, wäre ich nur ein Sicherheitsrisiko für sie.«

»Du könntest mit falschen Papieren in einen Nachbarstaat fliegen und über die grüne Grenze nach El Salvador gelangen. Dort hast du immer noch genug Kontakte, mit deren Hilfe das Kind zu finden wäre.« Casey sah, wie sich ein Schleier über Marlettes Augen legte. »Vergiß die Vergangenheit, Richie. Nicole braucht dich mehr denn je. Du bist wahrscheinlich ihre einzige Chance, das Mädchen in die Staaten zurückzuholen.«

»Du gibst wohl nie auf, was?« seufzte Marlette kopfschüttelnd.

»Du genausowenig. Du hast dich noch nie einschüchtern lassen. Diese Sache ist eine Herausforderung, und du hast mir immer gesagt, daß dich nichts mehr reizt als die scheinbar unmöglichen Aufgaben. Und wenn du das Mädchen sicher aus El Salvador schaffen solltest, könntest du nach allem, was dir dort zugestoßen ist, endlich auch eine offene Rechnung begleichen.«

»Alte Rechnungen interessieren mich nicht!« schnaubte Marlette verächtlich. »Schwamm drüber, okay?«

»Na gut«, lenkte Casey achselzuckend ein und signalisierte dem Mann hinter dem Tresen, daß er ihm nachschenken solle. »Und du willst wirklich kein Bier, Richie?«

»Nein«, antwortete Marlette einsilbig.

»Was liegt dir eigentlich auf dem Herzen?« setzte Casey nach und schob das leere Glas zur Tischkante.

»Worauf willst du hinaus?« fragte Marlette mißtrauisch.

»Irgendwas bedrückt dich doch.«

»Ach was, da ist nichts ...«

»Erzähl keinen Unsinn!« fuhr ihn Casey an. »Ich spüre doch, wenn dir was zu schaffen macht. Menschenskind, wir sind zusammen durch dick und dünn gegangen – da lernt man einen Menschen kennen.«

Marlette beugte sich über den Tisch und starrte, das Kinn auf die Fäuste gestützt, die Wand an. Erst nach einer ganzen Weile richtete er den Blick wieder auf Casey. »Erinnerst du dich noch an einen Kollegen namens Stuart Jayson?«

»Und ob ich mich erinnere. Wir haben zweimal in Afrika zusammengearbeitet, aber ich muß gestehen, daß ich mich mit seinem Cockney-Akzent nie anfreunden konnte.« Casey lächelte versonnen vor sich hin. »Trotzdem war er ein guter Soldat.«

»Er war ein Scheißkerl, und das weißt du!« fauchte Marlette.

Der Barkeeper stellte ein weiteres Brandyglas auf den Tisch. Casey wartete, bis er gegangen war. »Warum das plötzliche Interesse an Jayson?«

»Ich habe dir doch vorhin erzählt, daß der Typ, der Kinnard erschossen hat, auch Nicole am Telefon bedrohte. Eins habe ich dir aber noch nicht gesagt: Er hatte einen Cockney-Akzent, und seine letzten Worte waren: ›Keine Zeugen, kein Ärger.‹ Jeder, der mit Jayson zusammengearbeitet hat, weiß, daß das sein Motto war.«

»Du weißt aber auch, daß Stuart Jayson tot ist«, brummte Casey.

»Ich habe gehört, daß er getötet worden sein soll«, korrigierte ihn Marlette. »Wahrscheinlich hast du es mir gesagt.«

»Er wurde irgendwo in Südafrika umgelegt. Mozambique, glaube ich. Muß auch schon wieder gut vier, fünf Jahre her sein. Ich kann mich nicht mehr an die Umstände seines Todes erinnern, aber ich weiß noch gut, was mir einer von seinen Kumpeln erzählt hat, der sogar bei der Beerdigung in London dabei war.« Casey nippte wieder an seinem Bourbon. »Es muß eine andere Erklärung geben, Richie. Wen immer Nicole am Telefon gehört hat, Jayson kann es nicht gewesen sein.«

»Und wenn er gar nicht tot ist ...?«

»Er ist tot«, sagte der andere ungeduldig. »meine Quelle war ein hoher Offizier der südafrikanischen Streitkräfte. Was hätte er davon gehabt, zu lügen?«

»Ich bin mir nicht so sicher, Brad«, murmelte Marlette. »Diese Häufung von Zufällen ist merkwürdig. Derselbe Akzent, dieselben Worte.«

»Du hast doch selbst gesagt, daß jeder, der mit Casey zusammengearbeitet hat, weiß, daß das sein Motto war. Solche Phrasen machen die Runde. Wenn nun ein anderer Cockney sie aufgegriffen hat? Immer vorausgesetzt, daß der Typ, der mit Nicole gesprochen hat, einer von uns ist. Aber nicht einmal das wissen wir.«

»Dein Kontakt in Südafrika – ist er noch bei der Armee?«

»Meines Wissens ja.«

»Dann bitte ihn doch, die genauen Umstände von Jaysons Tod zu überprüfen.«

»Ich fürchte, daß du diesmal total daneben liegst, Richie.«

»Tu's einfach mir zuliebe.«

»Na gut, ich rufe ihn an. Und dann?«

»Du erreichst mich in meiner Wohnung. Und wenn der andere Typ, dieser Oberspion, so versessen auf meine Leistungen ist, dann wird er sich bestimmt noch mal bei mir melden. Auch wenn ich kein Interesse habe, wäre es doch ganz aufschlußreich zu wissen, was ich der CIA so wert bin.«

»Und wenn er dich mit dem richtigen Köder lockte, würdest du dann nach El Salvador zurückgehen?«

»Jeder Söldner ist käuflich, Brad«, entgegnete Marlette mit einem matten Lächeln. »Das müßtest gerade du wissen.«

»Warum hast du dann Nicoles Bitte abgelehnt, ohne ihr Angebot abzuwarten?«

»Weil sie sich einen wie mich nicht leisten kann.«

Casey maß seinen Freund mit einem abschätzigen Blick. »Du kannst ein ganz schön hartherziger Dreckskerl sein.«

»Seit wann so sentimental?« spottete Marlette. »Aber natürlich – ich vergesse immer wieder, daß du eine Schwäche für Nicole hast.«

»Sie ist das Beste, was dir begegnen konnte, und du hast sie dir entgehen lassen. Wenn du ihr den Respekt gezeigt hättest, den sie verdient, dann wärt ihr jetzt immer noch zusammen und du würdest bestimmt nicht auf einem solchen Schuldenberg sitzen; denn sie hätte es nie soweit kommen lassen.«

Marlette stand abrupt auf. »Es ist doch jedesmal das Gleiche mit dir. Du bist der einzige, der mir die Schuld für unser Zerwürfnis gibt.«

»Ich bin ja auch der einzige, der dich wirklich mag.«

»Ruf mich an«, murmelte Marlette, die Zähne fest aufeinandergebissen, und trat auf die Straße hinaus.

Casey wußte, daß Marlette sich maßlos ärgerte, wenn er ihn so leicht durchschaute. Der einzige andere Mensch, der seinem Freund trotz des Walls, hinter dem er sich seit seiner Kindheit verschanzt hatte, so nahe gekommen war, daß er den wahren Marlette kennengelernt hatte, war Nicole. Aber sie hatte ihn nun schon sechs Jahre nicht mehr gesehen, und seitdem hatte er sich verändert. Jetzt war er sogar noch verschlossener als früher. Zugleich war er noch abweisender zu den Menschen um sich herum geworden. Hinzu kam – und das war vielleicht die beunruhigendste Entwicklung, die Casey bemerkt hatte – Marlettes wachsende Desillusionierung hinsichtlich seiner Arbeit. Aus persönlicher Erfahrung wußte Casey nur zu gut, daß Desillusionierung Gleichgültigkeit nach sich zog. Und Gleichgültigkeit führte unweigerlich zu Fehlern. Er selbst hatte Glück gehabt – er hatte seinen Fehler überlebt. Nun, er wußte, daß Marlette eine neue Betätigung suchte, doch seine Sorge war, daß sein Freund das Leben fern der Kriegsschauplätze nicht bewältigen würde. Er hatte ja nichts anderes gelernt. Und dann hatte er auch noch beträchtliche Spielschulden. Obwohl Marlette sich weigerte, ihm Zahlen zu nennen, hatte Casey erfahren, daß er in allen Stadtteilen Geldverleihern enorme Beträge schuldete und ständig neue Kredite aufnehmen mußte, um die alten zu begleichen – ein Teufelskreis, der zwangsläufig in den Ruin führen würde. Er hatte ihm mehrmals angeboten, seine Verbindlichkeiten für ihn zu tilgen, doch davon wollte Marlette nichts wissen. Nun, überrascht hatte das Casey nicht gerade. Marlette war schon immer stolz auf seine Unabhängigkeit gewesen. Hilfe anzunehmen – und kam sie von seinem engsten Freund –, das schloß er kategorisch aus. Andererseits wäre Marlette alle Sorgen los, wenn er einen lukrativen Auftrag annähme. Und den konnte ihm die CIA wahrscheinlich anbieten, wenn Pruitt eigens aus Langley nach New York angereist kam und sich nach ihm erkundigte. Aber würde Marlette darauf eingehen? Casey wußte, wie sehr sein Freund nach all den Jahren immer noch darunter litt, daß Nicole ihn hatte sitzen lassen. Und trotz des Panzers um sein Innerstes hatte Marlette vor ihm nicht verbergen können, wie sehr er sie trotz allem noch liebte. Das war freilich nach ihrer leidenschaftlichen Beziehung zu erwarten gewesen. Wenn Marlette nun aber nach El Salvador ging, dann nur zu seinen Bedingungen. Von seinen Gefühlen würde er sich dabei nicht beeinflussen lassen. Dafür war er zu sehr Profi. Es kam also einzig auf Pruitts Angebot an. Falls der genug auf den Tisch legte ...

»Machst du wieder mit, Brad?«

Casey sah zu Evans hinüber, der nun mit Rausch und drei anderen Männern an einem Tisch in der Nähe der Tür saß. »Ich muß nur noch kurz ins Büro und einen Anruf erledigen. Sobald ich durchgekommen bin, steige ich wieder ein. Aber laßt genügend Geld auf dem Tisch; ich gewinne nämlich.«

»Das ist nicht so sicher«, erwiderte Evans. »Bring lieber noch ein paar Scheine mit. Du wirst sie brauchen.«

Casey schob sich mit seinem Rollstuhl durch eine Tür hinter der Theke und weiter einen mit schwarzen und weißen Fliesen gekachelten Korridor hinunter zu einer massiven Tür, auf der in goldenen Buchstaben sein Name stand. Er sperrte auf, dann fuhr er zum mit Papieren übersäten Schreibtisch und kramte sein Notizbuch hervor. Darin waren sämtliche Kontakte, die er im Laufe der Jahre aufgebaut hatte, verzeichnet. Nachdem er den gesuchten Namen gefunden hatte, klemmte er den Hörer zwischen Schulter und Kinn und wollte gerade die Nummer wählen, als er im Korridor eine Tür zufallen hörte. Er stieß einen Fluch aus. Wie oft hatte er dem Barkeeper schon eingeschärft, er solle jedesmal die Hintertür absperren, wenn er den Müll weggebracht hatte! Erst letzten Monat hatte er zweimal Penner auf der Suche nach etwas Alkoholischem erwischt. Die Tür knallte erneut zu. Schon wollte er den Barkeeper anrufen und auffordern, das Versäumte sofort nachzuholen, doch dann überlegte er es sich wieder anders: Der arme Kerl war ja ganz allein im Lokal und total überfordert. Später konnte er ihn immer noch darauf ansprechen. Fruchten würde das jedoch ebensowenig wie die bisherigen Mahnungen. Vielleicht sollte er Strafen einführen, die da trafen, wo es am meisten schmerzte – am Geldbeutel. Die Idee hatte ihren Reiz. Genau, so wollte er es in Zukunft handhaben ...

Auf einmal bemerkte Casey in der Tür einen Mann in

schwarzer Lederkluft. Sein Gesicht war unter dem Sturzhelm nicht zu erkennen. Caseys Augen wanderten vom Visier nach unten und entdeckten eine Neunmillimeter Heckler & Koch P47 mit Schalldämpfer in der schwarz behandschuhten Hand. In diesem Moment wußte er, daß er sterben würde.

Langsam hob der Mann die Pistole und schoß Casey ins Herz. Vage bekam Casey noch mit, wie der Killer sich dem Schreibtisch näherte. Dann durchschlug eine zweite Kugel seine Brust und tötete ihn.

Als Casey nach vorne zu kippen drohte, stieß ihn der Mann hastig in den Rollstuhl zurück, nahm das Adreßbuch an sich, blätterte es kurz durch und steckte es ein. In aller Ruhe schraubte er den Schalldämpfer ab, schob ihn ebenfalls in die Tasche, zog schließlich den Reißverschluß herunter und verstaute die Pistole im Halfter. Nachdem er die Jacke wieder zugemacht hatte, vergewisserte er sich mit einem Blick in den Korridor, daß die Luft rein war, und verschwand durch die Hintertür.

Es war bereits Mitternacht, als Marlette sein Apartment in Greenwich Village erreichte. Als erstes ging er in die Küche und holte sich ein Bier aus dem Kühlschrank, stellte es dann aber nach kurzem Überlegen wieder zurück. Für die Verhandlung mit Pruitt brauchte er einen klaren Kopf. So ging er ins Wohnzimmer, ließ sich aufs Sofa fallen und schaltete den Fernseher ein. Nachdem er den Nachrichtenkanal CNN angewählt hatte, streckte er die Füße auf dem Kaffeetisch aus und machte es sich bequem. Er legte stets großen Wert darauf, über das Weltgeschehen informiert zu bleiben. Da er sich täglich stundenlang Nachrichten und Analysen ansah, hatte er ein so detailliertes Verständnis der Zusammenhänge entwickelt, daß er bestimmte Entwicklungen oft noch vor den sogenannten ›Experten‹ voraussah. Wenn sie dann in einem bequemen und meistens Tausende von Meilen vom Geschehen entfernten Studio zu ihren Kommentaren ansetzten, hatte er nichts als Verachtung für sie übrig.

Im Moment lief eine Diskussion, doch er konnte sich kaum darauf konzentrieren. Seine Gedanken kreisten in einem fort um Nicole, und das ärgerte ihn maßlos. Das Wiedersehen hatte eine Flut von Erinnerungen ausgelöst. Die guten Zeiten. Die schlechten Zeiten. Vor allem die schlechten. Er erinnerte sich nur zu lebhaft an die vergiftete Atmosphäre in den letzten Wochen ihrer Beziehung mit all den heftigen Streitereien und gegenseitigen Anschuldigungen. Dennoch waren ihre Gefühle zu tief gewesen, als daß er oder sie hätten Schluß machen wollen. Hatte er geglaubt. Am Ende war Nicole trotzdem gegangen. Ohne Warnung. Ohne Abschied. Es kam ihm vor, als sei es gestern gewesen: Er war in die Wohnung gekommen, und sie war mit ihren zwei Koffern und allem, was ihr gehörte, verschwunden. Auf dem Bett hatte ein Zettel gelegen. Der Inhalt war so knapp wie deutlich gewesen und hatte sich unauslöschbar in sein Gedächtnis eingebrannt: *Rich, ich brauche eine Pause – vielleicht verstehst du eines Tages, warum. Anders würde ich es nicht schaffen. Immer die Deine, Nicole.*

Immer die Deine ... Drei Monate danach hatte sie geheiratet. Wie schnell wir doch vergessen, dachte er bitter. Nur er hatte nie vergessen können. Nicole war seine einzige wahre Liebe geblieben. In einem verzweifelten Versuch, das Feuer, das Nicole in ihm entfacht hatte, wieder aufleben zu lassen, war er eine Reihe von Verhältnissen eingegangen – alle endeten in Katastrophen. Er brauchte sich nichts mehr vorzumachen. Das Feuer war erloschen ...

Ein scharfes Klopfen riß ihn aus seinen Gedanken. Er schaltete den Fernseher aus und eilte in den Flur. Dort holte er zunächst die Beretta aus dem Sekretär, dann schlich er weiter und lugte durch den Spion. Draußen stand Nicole zusammen mit einem unbekannten Mann von etwa Ende Vierzig, dessen strähniges braunes Haar schon sehr spärlich war. Ohne die Sicherheitskette zu lösen, öffnete er die Tür einen Spaltbreit und fragte den Fremden, was er wolle.

»Mein Name ist Pruitt«, antwortete der Mann. »Ich bin von der CIA.«

»Sollte der Name mir bekannt sein?« fragte Marlette.

»Ihrem Freund Casey, den ich heute aufgesucht habe, ist er einer.«

»Stimmt, das hat er mir erzählt. Haben Sie einen Ausweis dabei?«

Eine Sekunde später wurde eine Klarsichthülle durch den Spalt gereicht. Nachdem er die Dienstmarke gesehen hatte, löste Marlette die Kette und machte ganz auf. Pruitt, der eine schwarze Aktentasche in der Hand hielt, ließ Nicole den Vortritt. Als er den Fuß über die Schwelle setzte, fiel sein Blick auf die Beretta in Marlettes Hand.

»Man kann heutzutage nicht vorsichtig genug sein«, erklärte der Söldner. »Sie würden sich wundern, wenn Sie wüßten, was für Typen bei mir anklopfen.«

»Ich kann es mir gut vorstellen«, erwiderte Pruitt kalt.

Marlette musterte Nicole, die mit vor der Brust verschränkten Armen stehengeblieben war und sich umsah. »Weckt das alte Erinnerungen?«

»Es ist, als wäre ich nie weg gewesen.« Mit einem wehmütigen Lächeln deutete sie auf ein Bild an der Wand. »Wie ich sehe, hast du den Sara-Moon-Druck, den ich im Schlafzimmer hängen hatte, behalten. Ich dachte immer, er wäre dir ein Greuel.«

»Ist er auch, aber er hat genau die richtige Größe, um den Riß in der Wand zu verdecken«, knurrte Marlette. Er wandte sich an Pruitt. »Könnten Sie mir vielleicht sagen, warum Sie mich sprechen wollen?«

»Wie wäre es, wenn wir uns setzen?«

Marlette führte seine Besucher ins Wohnzimmer. »Woher wußten Sie, wo Nicole sich aufhält?« fragte er und ließ sich aufs Sofa fallen. »Hat Brad es Ihnen gesagt?«

»Seit ihrer Ankunft haben wir Mrs. Auger nicht mehr aus den Augen gelassen. Nach ihrem Gespräch mit Casey suchte ich sie im Hotel auf und stellte mich vor. Ich halte es für das klügste, sie zu meiner Unterredung mit Ihnen hinzuzuziehen. Schließlich ist sie ja genauso betroffen wie die CIA.«

»Mit anderen Worten: Es hat mit Kinnard und der verschollenen Kassette zu tun«, schloß Marlette.

Pruitt nickte. »Ich habe Mrs. Auger noch nicht über die Hintergründe aufgeklärt. Damit wollte ich warten, bis wir bei Ihnen sind.«

»Gut, jetzt sind Sie bei mir.«

Pruitt legte die Aktentasche sorgfältig auf seine Knie, entnahm ihr einen Ordner und stellte sie wieder auf den Boden. Nachdem er ein bestimmtes Dokument gefunden hatte, wandte er sich an Nicole. »Mrs. Auger, Ihr Ex-Mann arbeitete für die CIA.«

Nicole sah kopfschüttelnd erst ihn, dann Marlette an. »Das glaube ich nicht!« rief sie. »Bob hatte nichts als Verachtung für die CIA und ihre Methoden übrig. Ich brauche Sie sicher nicht auf seine vernichtenden Reportagen über Langley in der *Washington Post* hinzuweisen.«

»Die alle in Langley verfaßt wurden«, belehrte Pruitt sie. »Bob gab nur seinen Namen dafür her. Es war alles pure Desinformation, die wir mit fiktiven Fakten aufpeppten, um sie authentischer erscheinen zu lassen.«

»Bestimmt haben Sie rein zufällig die Originalreportagen dabei«, fauchte Nicole.

»Damit wäre doch niemandem gedient.« Pruitt reichte ihr das Dokument, das er die ganze Zeit in der Hand gehalten hatte. »Das ist der Bericht, den Bob kurz vor Ihrer Hochzeit über Sie verfaßt hat. Wir mußten uns doch vergewissern, daß Sie seine Tarnung nicht auffliegen lassen würden, was ja angesichts Ihrer Kindheit in Afrika durchaus zu befürchten war. Die größten Sorgen bereitete uns dabei, daß Sie und Ihr Vater dort auch mit marxistischen Terroristen verkehrten. Leider werden Sie bei der Lektüre auch auf einige sehr intime Details stoßen. Dafür möchte ich mich vorab entschuldigen.«

Nicole überflog den Bericht schweigend. Als sie schließlich zu Marlette aufsah, schwammen ihre Augen in Tränen. Tränen des Zorns über den gemeinen Verrat. Mit zitternder Hand reichte sie Marlette den Bericht.

»Ich brauche das nicht zu lesen«, brummte Marlette. »So wie es dich getroffen hat, kann ich mir den Inhalt nur zu gut vorstellen.«

Wütend knüllte sie das Blatt zusammen und schleuderte es zu Boden. »Und wie lange genau arbeitete er für die CIA?«

»Er wurde vor fünfzehn Jahren angeworben«, erklärte Pruitt. »Mir ist bewußt, daß das ein Schock für Sie sein muß, Mrs. Auger, aber er konnte nicht anders, als Ihnen sein Doppelleben zu verschweigen. Das werden Sie doch sicher verstehen.«

Nicole steckte sich eine Zigarette an und stürmte damit zum Fenster. »Die CIA hat ihn nach El Salvador geschickt, nicht wahr?«

»Ja. Aber wir konnten nicht ahnen, daß er auch Michelle mitnehmen würde. Wir waren genauso entsetzt wie Sie, als wir von ihrem Verschwinden erfuhren.«

»Machen Sie mir nichts vor!« fuhr sie ihn an. »Michelle ist Ihnen scheißegal. Ihnen geht es nur um diese kostbare Kassette!«

»Natürlich wollen wir verhindern, daß das Video in die falschen Hände gerät, aber das ändert nichts daran, daß auch die Sicherheit Ihrer Tochter für uns von höchster Bedeutung ist.«

»Sie spielen Ihre Rolle gut, und wenn ich es nicht besser wüßte, könnte ich Ihnen fast glauben. Aber ich habe Typen Ihres Schlags in Afrika zur Genüge kennengelernt: CIA, KGB, MI6. Die Ideologien mögen sich unterscheiden, aber im Grunde seid Ihr alle derselbe Haufen von Lügnern, Heuchlern und Verrätern!«

Das wollte Pruitt sich nicht gefallen lassen, doch mit erhobener Hand gebot ihm Marlette Schweigen. »Die Politik der CIA oder irgendeines anderen Geheimdienstes ist mir gleichgültig. Bis jetzt haben Sie uns ja nur gesagt, daß Kinnard für Ihren Laden arbeitete. Ich möchte aber etwas ganz anderes wissen, nämlich was das Video enthält, wenn Langley derart scharf darauf ist.«

Pruitt trommelte nervös mit den Fingern auf dem Aktendeckel herum. Schließlich sah er zu Marlette auf. »Es steht mir nicht zu, Ihnen mehr zu verraten, solange ich nicht weiß, ob Sie für uns arbeiten oder nicht.«

»Sagen wir es so: Solange Sie nicht wissen, ob ich bereit bin, Michelle in San Salvador zu finden und diese Kassette zu bergen«, entgegnete Marlette.

»Wenn Michelle das Video überhaupt hat«, warf Nicole vom Fenster her dazwischen.

»Es liegt doch auf der Hand, daß sie es hat!« sagte Marlette. »Warum wäre Pruitt sonst hier?«

Der CIA-Mann drehte sich zu Nicole um. »Wir sind fast hundertprozentig sicher, daß Bob das Video irgendwann gestern nachmittag an Michelle übergab. Nur was danach aus ihr geworden ist, wissen wir leider nicht.«

»Ich habe es Nicole vorhin schon gesagt«, knurrte Marlette. »Michelle in El Salvador zu suchen, ist für mich unmöglich. Menschenskind, die würden mich nicht mal durch den Zoll lassen. Ich wollte zwei andere Söldner anheuern, die sich dort gut zurechtgefunden hätten ...« Er schnitt eine Grimasse. »Pech auf der ganzen Linie. Tut mir leid.«

»Aber danke, daß du es versucht hast«, murmelte Nicole mit einem warmen Lächeln.

»Sie würden nicht mal durch den Zoll kommen?« grinste Pruitt. »So kann man es natürlich auch ausdrücken.«

Nicoles Augen flackerten von einem zum anderen. »Rich, was meint er damit?«

»Nicht so wichtig«, erwiderte Marlette barsch.

»Die Scharfschützen der Regierung wollten schon auf Marlette anlegen, als ihn ein Angehöriger unserer Botschaft rauspaukte und aus El Salvador wegschaffte«, erklärte ihr Pruitt. »Am Flughafen wurde ihm aber unmißverständlich klargemacht, daß der Hinrichtungsbefehl nur aufgeschoben wäre und sofort in Kraft treten würde, sobald er auch nur einen Fuß ins Land setzt.«

»Sie hätten Anwalt werden sollen«, kommentierte Marlette sarkastisch.

»Stellen Sie sich nicht so an, Marlette. Sie sind Profi. Einer der besten sogar. Unsere Leute können Sie jederzeit von einem Nachbarstaat aus nach El Salvador hineinschmuggeln, und wir haben im Land genügend Kontakte, mit deren Hilfe es uns möglich ist, den Behörden einige Schritte vorauszubleiben. Sie sind nun mal höchstwahrscheinlich der einzige, der diese Sache durchziehen kann.«

»Ich fühle mich geschmeichelt.«

»Ich bin ermächtigt worden, Ihnen hunderttausend Dollar in bar anzubieten, wenn Sie das Mädchen und das Video sicher zurückbringen.« Pruitt musterte Marlettes Gesicht auf eine Reaktion hin. Es verriet nichts. »Ich würde sagen, dieses Angebot ist mehr als großzügig.«

»Das muß immer noch ich beurteilen.«

»Ich glaube nicht, daß Sie es sich leisten können, abzulehnen, Marlette. Wie wir wissen, bekamen Sie für Ihren letzten Einsatz in Bosnien keinen Cent, und jetzt steht Ihnen das Wasser bis zum Hals. Ich brauche Sie doch sicher nicht daran zu erinnern, daß einige dieser Kredithaie sehr einfallsreich sein können, wenn es darum geht, überfällige Zahlungen einzutreiben. Sie verstehen doch, was ich meine?«

»Ich bin durchaus in der Lage, für mich zu sorgen, Pruitt«, fauchte Marlette. »Und wenn ich ein neues Darlehen brauche, dann kriege ich mühelos eins.«

»Sie kennen mein Angebot«, sagte Pruitt. »Und Sie haben die Wahl: ja oder nein.«

»Um Himmels willen, Rich, nimm an!« flehte Nicole. »Wenn es dir nur ums Geld geht, ich zahle den Rest. Mir ist egal, wieviel du verlangst, ich zahle es.«

»Halt dich da raus, Nicole«, knurrte Marlette ohne sie anzusehen. Er beugte sich weit vor und starrte Pruitt mit bohrendem Blick an. »Verdoppeln Sie. Zweihunderttausend Dollar. In bar. Die Hälfte auf die Hand, den Rest nach Erledigung des Auftrags. Außerdem begleichen Sie vor meinem Aufbruch meine sämtlichen Schulden. Das sind meine Bedingungen. Jetzt sind Sie dran.«

»Sie haben sich soeben aus einem Vertrag gepokert, Marlette«, sagte Pruitt und verstaute den Ordner. In diesem Moment klingelte das Handy in seiner Tasche. Er zog es heraus und schaltete ein. »Sekunde, bitte, bleiben Sie dran«, bat er den Anrufer und hielt die Hand über die Sprechmuschel. »Entschuldigen Sie, aber ich würde dieses Gespräch gerne ohne Zuhörer führen«, wandte er sich an Marlette.

»Sie können die Küche benutzen. Am Ende des Flurs.«

Sobald sie allein waren, setzte sich Nicole neben Marlette aufs Sofa und drückte ihre Zigarette aus. »Nimm die hunderttausend, Rich. Ich kann auf die Schnelle siebzig- bis achtzigtausend flüssig machen. Ich bin Teilhaberin eines gutgehenden Restaurants in Chicago und würde mühelos einen Käufer für meinen Anteil finden. Außerdem habe ich eine Vierzimmerwohnung und ...«

»Ich will dein Geld nicht, Nicole«, fiel Marlette ihr ins Wort.

»Warum hältst du Pruitt dann hin?« fragte sie frustriert.

»Ganz einfach. Falls sie mich wirklich so dringend brauchen, dann zahlen sie auch. Wenn ich in meinem Geschäft etwas über Verhandlungen gelernt habe, dann eins: jede Seite blufft, so gut es geht. Glaub mir, ich weiß, was ich tue.«

»Du willst doch nur die CIA reinlegen. Was haben sie dir denn getan, daß du so sauer auf sie bist?« Sie bemerkte einen Ausdruck von Verunsicherung auf seinem Gesicht. »Mich konntest du doch nie anlügen, oder?«

Er sackte gegen die Lehne und fuhr sich mit den Fingern durch die Haare. »Einer von den Leuten, denen ich die Deportation zu verdanken habe, war Geheimagent und saß in der amerikanischen Botschaft in San Salvador. Es heißt, daß er der Topmann der CIA in El Salvador, wenn nicht sogar in ganz Zentralamerika, war. Er unternahm nichts ohne Langleys Zustimmung.«

»Das ist also der Grund, warum du es ihnen heimzahlen willst?«

»Pruitt wird schon auf meine Bedingungen eingehen«, erwiderte Marlette ausweichend. »Vertrau mir ruhig. Ich weiß, was ich tue.«

Bevor Nicole etwas entgegnen konnte, erschien Pruitt in der Tür, durchquerte schweigend den Raum und setzte sich wieder. Das Handy hielt er immer noch in der Hand. Er richtete den Blick auf Marlette. »Ich fürchte, ich habe eine schlechte Nachricht für Sie.«

»Michelle?« schrie Nicole und schlug die Hände vor den Mund.

»Nein, es ging nicht um Michelle«, beruhigte Pruitt sie. »Dieser Anruf kam von einem Kontaktmann bei der New Yorker Polizei. Brad Casey ist in seiner Bar erschossen worden. Es ist vor nicht mal einer Stunde passiert. Es tut mir sehr leid. Ich weiß, daß Sie gute Freunde waren.«

»O Gott, nein!« rief Nicole entsetzt.

»Ein Angestellter hat ihn in seinem Büro gefunden. Er wurde zweimal aus unmittelbarer Nähe ins Herz getroffen. Im Moment wird anscheinend nur sein Adreßbuch vermißt, das er immer auf dem Schreibtisch liegen hatte.« Nun erst schob Pruitt das Handy in die Tasche zurück. »Die Indizien weisen alle auf einen Auftragsmord hin. Niemand hat etwas gehört, und der Täter konnte das Gebäude unbemerkt verlassen. Einen Anhaltspunkt gibt es aber. Und meiner Ansicht nach ist er sehr wichtig. Kurz vor dem Verbrechen betrat ein Mann die Bar und erkundigte sich nach Casey. Sobald er erfahren hatte, daß Casey im Haus wäre, ging er wieder. Der Zeuge konnte sein Gesicht nicht richtig sehen, weil der einen Motorradhelm trug und nur das Visier hochgeklappt hatte. Aber er ist sich ganz sicher, daß der Mann mit deutlichem Cockney-Akzent sprach.«

Nicole wurde aschfahl. »Der Mann am Telefon!«

Pruitt nickte. »Ich halte es für sehr wahrscheinlich, daß es sich um ein und denselben Mann handelt.«

»Wissen Sie, wer es ist?« fragte Nicole.

»Ja«, antwortete Pruitt leise.

»Stuart Jayson, nicht wahr?« sagte Marlette.

Pruitt sah ihn überrascht an. »Woher wissen Sie das?«

»Etwas, das er zu Nicole gesagt hat...« Mehr gab Marlette nicht preis.

»Wer ist dieser Jayson?« fragte Nicole und zündete sich erneut eine Zigarette an.

»Ein Söldner, der angeblich vor Jahren in Afrika getötet wurde«, erklärte Marlette. »Das Ganze war offenbar eine abgekartete Sache. Für wen arbeitet er denn jetzt? Für Langley?«

»Wir haben uns immer noch nicht über Ihren Vertrag geeinigt«, erinnerte ihn Pruitt. »Mir ist klar, daß die Situation sich durch Caseys Tod etwas geändert hat...«

»Überhaupt nichts hat sich geändert! Sie kennen meine Bedingungen.«

»Na gut, zweihunderttausend Dollar in bar. Die Hälfte im voraus, den Rest nach Erledigung des Auftrags. Aber Ihre Schulden begleichen Sie selbst. Und wenn Sie entweder das

Mädchen oder das Video nicht zurückbringen, ist die zweite Hälfte weg.«

Nicole biß sich nervös auf die Unterlippe. *Nimm doch an!* flehte sie innerlich.

»Abgemacht«, willigte Marlette ein. »Aber jetzt beantworten Sie mir meine Frage: Steht Jayson in Langley auf der Gehaltsliste?«

»Bis vor ungefähr einem Jahr«, gab Pruitt zu. »Die CIA drehte das mit seinem Tod und schickte ihn mit einer neuen Identität und genügend Geld für die Eröffnung eines Ladens nach Guatemala City. Dort lernte er fließend spanisch und portugiesisch und heiratete sogar eine Einheimische, womit er sich ein perfektes Cover verschaffte.«

»Und was machte er dort?« wollte Nicole wissen.

»Ganz offensichtlich mordete er im Auftrag der CIA«, schnaubte Marlette verächtlich. »Für etwas anderes reicht Jaysons Verstand nicht aus.«

Pruitt nickte. »Stimmt. Sie werden verstehen, daß ich mich nicht näher darüber äußern darf. Ich kann Ihnen nur soviel verraten, daß Jayson Teil einer Maßnahme war, die wir nur als illegal bezeichnen können. Sie paßte Warren van Horn, dem neuen Direktor durchaus nicht, als er vor einem Jahr die Geschäfte in Langley übernahm. Ich wurde damit beauftragt, dieses Programm sofort zu beenden. Die Betroffenen arbeiteten bei meiner umgehenden Untersuchung auch bereitwillig mit, als sie begriffen, daß Langley sie im Falle ihrer Weigerung strafrechtlich verfolgen würde. Nur einer ließ nicht mit sich reden, und zwar Jayson. Er weigerte sich auch, zum Rapport nach Washington zurückzukehren, und bevor ich ihn holen lassen konnte, erfuhr ich, daß er sich abgesetzt hatte. Alle Versuche, ihn aufzuspüren, scheiterten. Eine Zeitlang nahmen wir an, er sei ermordet worden. Doch dann tauchte er in San Salvador als Sicherheitsberater eines der wohlhabendsten und einflußreichsten Kaffeebarone des Landes auf. Jetzt arbeitet er für ein mächtiges rechtslastiges Kartell, das, wie wir annehmen, den Sturz der demokratisch gewählten Regierung und die Wiederherstellung der Militärherrschaft plant.«

»Und diesem Komplott war Kinnard auf die Spur gekommen, als er umgebracht wurde?« fragte Marlette.

»Ja. Bob war in unserem Auftrag in El Salvador, um die nötigen Beweise dafür beizubringen, daß ein Staatsstreich unmittelbar bevorsteht.«

»Heißt das etwa, daß die Regierung von El Salvador von diesem Putsch keine Ahnung hat?« fragte Nicole entgeistert.

»Soviel wir wissen, hat sie das nicht. Das Kartell hält seine Pläne streng geheim.«

Marlette musterte Pruitt argwöhnisch. »Und wie ist dann die CIA dahintergekommen?«

»Wir haben einen Maulwurf im Kartell. Aber mehr kann ich Ihnen wirklich nicht verraten.«

»Und warum informiert Langley nicht die Regierung von El Salvador?« wollte Nicole wissen.

»Wir haben ja keinerlei handfeste Beweise und sind auf keinen Fall bereit, unseren Maulwurf auffliegen zu lassen. Mit seinem Wort allein ließe sich nicht viel ausrichten. Abgesehen davon gehören zu den Mitgliedern des Kartells führende Politiker und Offiziere der Armee, die alle beste Verbindungen zum Präsidenten haben. Da wird er wohl kaum die Aussage eines Doppelagenten höher bewerten als die Meinung seiner Freunde.«

»Hatte denn Kinnard mit dieser Kassette den nötigen Beweis in der Hand?« setzte Marlette nach.

»Ja. Das ist offenbar auch der Grund, warum sie Jayson damit beauftragten, sie an sich zu bringen. Als ich gestern nachmittag mit Bob telefonierte, wirkte er ganz aufgeregt, wollte mir aber keine Einzelheiten verraten, sondern sagte nur, daß die Kassette alle Beweise enthielte, die wir benötigten, um den Putsch noch zu verhindern. Er wollte umgehend in die Staaten zurückfliegen und mir das Video persönlich übergeben. Was in der Zeit zwischen seinem Anruf und seiner Ermordung geschah, ist uns allerdings ein Rätsel.«

»Sagte er auch etwas über Michelle, als er mit Ihnen sprach?« fragte Nicole mit zitternder Stimme.

»Nein. Daß Ihre Tochter bei ihm war, erfuhr ich erst von der Chicagoer Polizei, nachdem die Behörden von El Salvador ihr ein Fax geschickt hatten. Und als Jayson sich gestern abend beim Kartell meldete, berichtete er ihnen, daß er das ganze Hotelzimmer durchwühlt habe, ohne eine Spur von der Kassette zu finden. Das kann nur eins bedeuten: Bob hat sie Michelle nach unserem Gespräch gegeben und das Mädchen dann bei irgendeiner Vertrauensperson versteckt.« Pruitt wandte sich an Marlette. »Sie haben doch schon mal mit Jayson zusammengearbeitet und wissen, was ihm zuzutrauen ist. Wir dürfen nicht zulassen, daß er Michelle vor uns erreicht.«

»Er würde sie umbringen, nicht wahr?« murmelte Nicole mit tonloser Stimme.

»Du weißt doch noch, was er am Telefon gesagt hat«, entgegnete Marlette. »Keine Zeugen, kein Ärger. Nach dieser Methode ist er seit jeher vorgegangen. Warum sollte er sie diesmal ändern?« Er richtete den Blick auf Pruitt. »Ich nehme an, daß Sie für mich schon einen Flug in einen der Nachbarstaaten gebucht haben?«

Der Mann von der CIA zog einen Flugschein aus dem Aktenordner und reichte ihn Marlette. »Ihre Maschine nach Honduras fliegt morgen früh um 5 Uhr 50 von Newark Airport ab. Einer unserer Leute wird Sie in Empfang nehmen und zur Grenze bringen. Aber ich muß Sie warnen, Marlette: Niemand darf wissen, daß die CIA die Hände im Spiel hat. Wenn Sie in El Salvador gefaßt werden, sind Sie auf sich allein gestellt.«

»Ich hatte mit nichts anderem gerechnet«, brummte Marlette, um dann unvermittelt mit den Fingern zu schnippen und die Hand auszustrecken. »Haben Sie nicht was vergessen?«

Pruitt öffnete seinen Aktenkoffer und entnahm ihm einen sperrigen Umschlag, den er vor Marlette auf den Tisch warf. »Das hier sind fünfzigtausend. Den Rest gebe ich Ihnen noch heute nachmittag.«

»Was ist mit Waffen?«

»Sie bekommen alles, was Sie brauchen. Wenn Sie mir eine Liste geben, sorge ich dafür, daß das Gewünschte bei Ihrer Ankunft in Honduras auf Sie wartet.«

»Und was habe ich in dieser ganzen Angelegenheit zu tun?« meldete sich Nicole zu Wort.

»Wir brauchen Sie dringend vor Ort in El Salvador, Mrs. Auger. Die CIA kann es sich wie gesagt nicht leisten, offiziell in Erscheinung zu treten, aber meine Sekretärin hat unter Ihrem Namen bereits für morgen früh um 6 Uhr 30 einen Flug von Newark nach San Salvador gebucht. Bei der Fluggesellschaft nimmt man an, Sie hätten den Anruf persönlich getätigt und sich einverstanden erklärt, das Ticket zwei Stunden vor dem Abflug gegen Vorlage Ihrer Kreditkarte abzuholen. Zwischen Ihnen und Langley besteht also kein Zusammenhang. Das dient nicht nur unserem, sondern gleichermaßen Ihrem eigenen Schutz.« Pruitt sammelte alle losen Blätter ein und heftete sie wieder im Ordner ab.

»Ein Punkt noch«, fuhr er fort. »Der Präsident von El Salvador macht sich verständlicherweise Sorgen, daß dieser Vorfall sich schädlich auf den Fremdenverkehr seines Landes auswirken könnte, zumal die Angelegenheit schon in den Schlagzeilen unserer Zeitungen gelandet ist. Ihm ist daran gelegen, daß Michelle so schnell wie möglich gefunden wird, auch um allen Gerüchten um eine Entführung durch linksradikale Terroristen, die diese junge Demokratie nur untergraben würden, zum Verstummen zu bringen. Aus diesem Grund hat er einen persönlichen Freund gebeten, die Ermittlungen bezüglich Michelles Verschwinden zu leiten. Es handelt sich um einen Amerikaner, der schon lange im Land lebt. Die Wahl ist auch deshalb auf ihn gefallen, weil er Ihnen, Mrs. Auger, am ehesten in der fremden Umgebung helfen kann. Anders als das in den gängigen Reiseführern steht, sprechen in El Salvador die wenigsten Einheimischen englisch. Er hat den Auftrag, Ihnen in allem beizustehen und Ihnen Ihren Aufenthalt so angenehm wie möglich zu gestalten.« Seine Augen richteten sich wieder auf Marlette. »Er heißt Peter Dennison.«

Unwillkürlich ballte Marlette die Fäuste. Er sprang erregt auf und ging zum Fenster.

»Wer ist dieser Dennison?« fragte Nicole.

»Er ist der Spion in der amerikanischen Botschaft, von dem

ich dir erzählt habe! Er hat dafür gesorgt, daß ich beschuldigt und ausgewiesen wurde!«

»Dennison war ein Karrierediplomat und hat nie für die CIA gearbeitet«, sagte Pruitt steif.

»Verarschen Sie uns nicht, Pruitt!« zischte Marlette. »Sie wissen so gut wie ich, daß Dennison im Bürgerkrieg Langleys Verbindungsmann zu den Todesschwadronen war.«

»Ich leugne nicht, daß er Kontakte zu den Todesschwadronen hatte«, antwortete Pruitt hastig. »Das war sogar der Hauptgrund, warum er das diplomatische Corps verlassen mußte. Aber mit uns arbeitete er nie zusammen.«

»Sie können sagen, was Sie wollen – ich weiß, daß er bei der CIA war. Gehört er auch diesem Kartell an?«

»Nein. Soweit ich das beurteilen kann, ist er sauber.«

»Was treibt er dann dort?«

»Er ist Chef des größten Sicherheitsdienstes im Land. Seine Firma hat ihm bereits Zigmillionen eingebracht, und seine Kundenkartei liest sich wie das *Who's Who* von El Salvador, und zwar aus einem ganz einfachen Grund: Nur die ganz Reichen können sich seine Preise leisten. Andererseits muß er wirklich gut sein, sonst würden sie nicht zu ihm gehen.« Pruitt nahm ein Foto aus dem Ordner und reichte es Nicole. »Es wurde bei der Hochzeit der Tochter eines führenden Politikers gemacht. Der Mann rechts neben der Braut ist Dennison.«

Nicoles Blick fiel auf einen großen, imposanten Mann mit weißem Smoking und schwarzer Fliege. Mit seiner weltmännischen Eleganz und dem vollen schwarzen Haar erinnerte er sie an den Typ des Hollywoodhelden, den man in fast jedem B-Film der dreißiger und vierziger Jahre angetroffen hatte, um ihn danach gleich wieder zu vergessen. Und doch hatte sein Lächeln etwas Beunruhigendes an sich – es erreichte seine Augen nicht. Kalt und ernst starrten sie in die Kamera. Fast kam es ihr so vor, als richteten sie sich direkt auf sie. Sie erschauerte und wollte das Foto schon zurücklegen, als Marlette es ihr aus der Hand nahm.

Pruitt zog einen weiteren Umschlag aus dem Aktenkoffer und legte ihn neben den mit dem Geld. »Er enthält einen gefälschten Paß für Sie und achtzigtausend Colónes in bar. Das entspricht etwa zehntausend Dollar und sollte für Ihre Spesen reichen. Außerdem finden Sie darin eine Liste mit Kontakten, die Ihnen in El Salvador weiterhelfen können. Vernichten Sie sie, sobald Sie die Namen auswendig gelernt haben.« Er klappte die Tasche wieder zu. »Sie haben für die Operation genau drei Tage Zeit. Am Abend des dritten Tages wird Sie um Punkt neun Uhr am Teufelstor ein Hubschrauber abholen. Ich nehme an, Sie wissen, wo das Teufelstor liegt?«

»Natürlich.«

»Und noch eine Warnung. Der Helikopter wird nicht auf Sie warten. Der Pilot hat den Befehl, die Aktion abzubrechen und ohne sie zurückzufliegen, wenn Sie nicht rechtzeitig da sind. Alle weiteren Details finden Sie im Umschlag.«

»Was ist denn dieses Teufelstor?« fragte Nicole.

»Der spanische Name ist ›La Puerta del Diablo‹«, erklärte Marlette. »Es ist eine Felsformation in der Nähe von San Salvador. Soviel ich mitbekommen habe, ist es heute vor allem eine Touristenattraktion, aber im Bürgerkrieg luden die Armee und die Todesschwadronen zur Abschreckung aller Regimegegner dort die Leichen von Guerillas ab.«

Es überlief Nicole eiskalt, doch sie sagte nichts.

»Ich bringe Ihnen den Rest des Geldes, sobald es mir ins Hotel geliefert wird«, kündigte Pruitt an. »Natürlich werde ich Sie auch über jede neue Entwicklung im Fall des Mordes an Casey auf dem laufenden halten.«

»Tun Sie das«, brummte Marlette. »Aber bis dahin werde ich selbst hinfahren und sehen, was ich ...«

»Nein!« fuhr ihn Pruitt an. »Ich verbiete Ihnen, auch nur in die Nähe der Bar zu gehen. Wir wissen noch nicht, warum Jayson dort war, aber wenn er versucht hat, über Casey an Sie heranzukommen, ist es durchaus möglich, daß er noch in der Nähe des Tatorts auf der Lauer liegt und nur auf Sie wartet.«

»Genausogut könnte er hier auftauchen. Er muß ja jetzt wissen, wo ich wohne.«

»Wollen wir es hoffen«, erwiderte Pruitt mit einem matten Lächeln. »Vor dem Haus halten sich drei bewaffnete Teams auf. Wenn er so dumm ist und sich hier blicken läßt, wird er abgeschossen.«

»Es ist ja wirklich tröstlich, zu wissen, daß ich von der CIA beschützt werde«, spottete Marlette.

»Kennt Jayson Sie persönlich, Mr. Pruitt?« wollte Nicole wissen.

»Nein, warum?«

»Wenn Jayson die Wohnung beobachtet, hat er uns zusammen kommen sehen. Dann würde das Kartell bald erfahren, daß ich mich mit Rich in Verbindung gesetzt habe. Und es erfordert wohl nicht allzuviel Intelligenz, den Grund meines Umwegs über New York zu erraten.«

»Eine ernstzunehmende Sorge, Mrs. Auger«, gab Pruitt zu. »Es ist tatsächlich die naheliegendste Reaktion, Marlette zu bitten, Ihnen bei der Suche nach Nicole zu helfen. Schließlich hat er dort gearbeitet und kennt das Land gut. Und das ist bestimmt auch der Grund, warum Jayson überhaupt hierher geschickt wurde. Aber leider fliegt Marlette in den nächsten Tagen offiziell nach Bosnien, wo er einen neuen lukrativen Auftrag hat, und mußte Ihr Angebot deshalb ablehnen.« Er tippte auf den zweiten Umschlag auf dem Tisch. »Darin befinden sich auch Ihr ›Vertrag‹ und der Anschlußplan für den Flug nach Sarajewo, Marlette.«

»So was läßt sich leicht überprüfen«, wandte Rich ein.

»Morgen wird ein Richard Marlette nach Sarajewo fliegen. Es wird einer unserer Männer sein. Übermorgen kehrt er unter seinem eigenen Namen zurück. In Bosnien herrscht derzeit so großes Chaos, daß der Trick bestimmt nicht so schnell aufgedeckt werden kann.«

»Raffiniert«, räumte Marlette widerstrebend ein.

»Es gibt keine Erfolgsgarantie, aber es sollte Ihnen in El Salvador etwas Luft verschaffen. Es ist das Beste, was wir in der kurzen Frist zustande bringen konnten.« Pruitt erhob sich. »Ich muß los. Mrs. Auger. Darf ich Sie zum Hotel mitnehmen?«

»Danke, aber ich möchte noch etwas bei Rich bleiben und mit ihm reden. Brads Tod hat mich doch schwer getroffen. Er war ein sehr guter Freund.«

Pruitt nickte. »Ich verstehe.«

»Sie fährt mit!« rief Marlette und drückte Nicole ihre Tasche in die Hand. »Wir sehen uns morgen früh am Flughafen.«

»Rich, Brad ist tot ...«

»Und wird auch nicht wieder lebendig, wenn wir rumsitzen und in Erinnerungen an die Vergangenheit schwelgen. Ich hoffe, es macht dir nichts aus, aber ich muß noch ein paar Sachen erledigen, wenn ich den Flug morgen nicht verpassen will.«

»Alles klar«, erwiderte Nicole kühl. »Wie ich sehe, haben sich bei dir in den letzten sechs Jahren bestimmte Dinge nicht geändert.«

»Was, zum Teufel, soll das schon wieder heißen?«

»Du konntest doch noch nie über deine Gefühle sprechen. Dabei ist es doch nur natürlich, wenn dich Brads Tod schwer trifft – er war dein bester Freund. Aber du läßt dir nichts anmerken. Du sperrst deine Gefühle weg, als wäre nichts passiert.«

»Ich habe eben meine eigene Art, damit umzugehen.«

»Du hast deine eigene sehr zerstörerische Art, damit umzugehen«, verbesserte sie ihn und stürmte an Pruitt vorbei in den Korridor.

Der CIA-Beamte folgte ihr, und wenig später hörte Marlette die Wohnungstür ins Schloß fallen. Er ging zum Sofa, setzte sich aber nicht. Sein Blick schweifte zu einer Vitrine in der Ecke. Darauf stand ein gerahmtes Foto, das ihn zusammen mit Casey bei einem Soldier-of-Fortune-Treffen zeigte. Es hatte Anfang des Jahres stattgefunden, und eigentlich hatte er überhaupt keine Lust gehabt, hinzugehen, aber Casey hatte ihn schließlich doch überredet. Im nachhinein hatte er sich in seinen Vorbehalten bestätigt gefühlt. Im Grunde war es doch immer dasselbe mit diesen Treffen. Na gut, diesmal hatte er einige interessante Seminare mit hilfreichen Anregungen absolvieren können, aber insgesamt wurde dort viel zu sehr auf das Macho-Image gepocht, das seiner Meinung nach daran schuld war, daß die Söldner in einem so schlechten Ruf standen. Auf dem Rückflug nach New York hatte er sich geschworen, nie wieder an einer solchen Versammlung teilzunehmen. Nun erinnerte er sich, wie Casey die ganze Zeit vor sich hingelächelt hatte. Ihm war klar gewesen, daß er Marlette beim nächsten Mal wieder genauso überreden würde. Aber das war jetzt alles egal. Brad Casey war tot...

Plötzlich brach all der Zorn, der sich in seinem Innern aufgestaut hatte, explosiv an die Oberfläche. Voller Wut trat er gegen den Kaffeetisch, der über den Boden schlitterte. Dann packte er ihn an einem Bein und wollte ihn schon gegen die Wand schleudern, als er Nicole vor sich sah. *Du hast deine eigene sehr zerstörerische Art, damit umzugehen.* Sie hatte recht. Sie hatte ja immer recht. Niemand kannte ihn so gut wie sie. Was hatte Brad heute zu ihm gesagt? *Sie ist das Beste, was dir begegnen konnte, und du hast sie dir entgehen lassen. Wenn du ihr den Respekt gezeigt hättest, den sie verdient, dann wärt ihr jetzt immer noch zusammen ...*

Er atmete mehrmals tief durch. Als er sich beruhigt hatte, stellte er den Tisch wieder ordentlich auf, um dann noch einmal das Foto zu betrachten. »Du warst ja immer schlauer als ich, Kumpel, tausendmal schlauer ...«

»Haben Sie den Rest des Geldes dabei?« fragte Marlette, als Pruitt erneut vor seiner Tür stand, und machte bewußt keine Anstalten, ihn hereinzubitten.

Der CIA-Beamte zog einen Umschlag aus seinem Aktenkoffer und reichte ihn Marlette, der ihn auf den Sekretär hinter ihm warf. Später hatte er noch genug Zeit, das Geld zu zählen.

Marlette hatte schon die ganze Zeit einen Zettel in der Hand gehalten. Jetzt gab er ihn Pruitt. »Das sind die Waffen, die ich brauche.«

Der andere überflog kurz den Inhalt. »Können Sie haben.«

»Irgendwelche Neuigkeiten von Jayson?«

»Nein. Die Flugplätze und Häfen sind alle alarmiert, aber ich könnte mir vorstellen, daß er das Land längst verlassen hat. Wir haben es mit Vollprofis zu tun, Marlette. Wahrscheinlich ist er gleich nach den Schüssen auf Casey zum Flughafen gefahren und davongedüst, bevor die Leiche gefunden wurde.«

»Dann freue ich mich schon auf unser Treffen in El Salvador«, entgegnete Marlette in eisigem Ton.

»Persönliche Gefühle haben in dieser Operation nichts zu suchen. Damit gefährden Sie nur ihren Erfolg.«

»Ob so oder so, ich werde ihn töten, und sei es auch nach Ablauf des Vertrags.« Marlette legte die Hand auf den Türgriff. »Gut – wenn sonst nichts ansteht, dann muß ich jetzt noch ein paar Sachen packen.«

Er wollte schon die Tür zumachen, als Pruitt bedächtig die Hand hob. »Eigentlich steht noch etwas an. Ich habe einen Vorschlag. Wenn Sie ihn gehört haben, werden Sie auch verstehen, warum ich vor Mrs. Auger nicht darüber sprechen konnte.«

Marlette beäugte ihn argwöhnisch. »Was für ein Vorschlag soll das sein?«

»Könnten wir drinnen darüber sprechen? Immerhin geht es um zweihundert Riesen zusätzlich. Die Hälfte im voraus, der Rest nach Erledigung des Auftrags. Hören Sie ihn sich wenigstens an. Was haben Sie schon zu verlieren?«

»Und Sie haben hundert dabei?«

Pruitt tätschelte seinen Aktenkoffer. »Da drin.«

»Dann kommen Sie mal rein«, sagte Marlette und ließ Pruitt vorbei.

# 3

Noch am Abend hatte Nicole an der Rezeption für drei Uhr morgens einen Weckruf angefordert, doch es stellte sich heraus, daß das gar nicht nötig gewesen wäre. Nun hatte sie schon die zweite Nacht hintereinander kaum ein Auge zugetan. Wie hätte sie auch schlafen können, wenn ihre Gedanken unentwegt um ihre verschwundene Tochter kreisten? Nach Mitternacht gab sie die Hoffnung auf Schlaf endgültig auf und zappte zerstreut durch die Fernsehprogramme, bis sie schließlich auf ein uraltes Melodram in Schwarzweiß mit der jungen Carole Lombard als stoischer Heldin stieß. Das half ihr wenigstens die Zeit zu vertreiben. Als der Film zu Ende war, stieg sie in ein dampfend heißes Bad und bestellte sich ein kleines Frühstück aufs Zimmer. Bei der zweiten Tasse schwarzen Kaffee rauchte sie ihre letzte Zigarette, dann packte sie den Koffer und beglich unten die Rechnung. Draußen wartete bereits ein Taxi, das der Nachtportier für sie bestellt hatte. Der Fahrer begriff schnell, daß sein freundliches Geplauder zu dieser frühen Stunde bei ihr nicht ankam und schwieg folglich bis zu ihrer Ankunft am Newark Airport.

Nachdem sie die Formalitäten am Schalter der Continental Airline erledigt und sich einen Fensterplatz in der für Raucher reservierten Hälfte gesichert hatte, deckte sie sich im Dutyfree Shop mit einer ganzen Stange Marlboros ein – die würde ihr in El Salvador fürs erste über die Runden helfen –, besorgte sich noch die Morgenausgabe der *New York Times* und verzog sich damit ins Café. Mit einem Auge hielt sie nach Marlette Ausschau. An den Tischen saßen bereits etliche Leute, nur Rich war nicht da. Sie sah auf die Uhr. Es war zehn nach vier. Sie war zu früh dran. Bei seinem Anruf im Hotel gestern abend hatte er vorgeschlagen, sie sollten sich um halb fünf im Café treffen. Sie kaufte sich einen Kaffee und ging damit zu einem Tisch in der Nähe der Tür. So würde Rich sie nicht übersehen können. Dann breitete sie die Zeitung vor sich aus. In großen Balken prangte auf der Frontseite die Schlagzeile: JOURNALIST IN EL SALVADOR ERMORDET! Im Bericht darunter stand allerdings nichts, was sie nicht schon wußte.

»Du bist zu früh gekommen.«

Sie fuhr erschrocken zusammen. Einen Moment lang starrte sie Marlette ungläubig an, dann betastete sie unwillkürlich ihre Schläfen. »Was hast du mit deinen Haaren gemacht?«

»Ich habe sie schneiden lassen«, antwortete Marlette und fuhr sich mit der Hand über den ungewohnten Stiftenkopf. »El Salvador ist noch immer ein äußerst konservatives Land. Wenn ich dort wie ein Hippie rumliefe, würde ich nur unnötig auffallen.«

»Bisher habe ich dich nie anders als mit langen Haaren gesehen. Da dauert es ein bißchen, bis ich mich daran gewöhnt habe.« Sie musterte den neuen Schnitt mit einem anerkennenden Nicken. »Auf alle Fälle wirkst du damit gepflegter.«

»Schön, daß es dir gefällt«, meinte er trocken.

»Ich finde es wirklich nicht schlecht«, lächelte sie.

»Hast du schon eingecheckt?« erkundigte er sich.

Nicole nickte. »Und du?«

»Klar.« Er sah auf die Uhr. »Mein Flug dürfte bald aufgerufen werden.«

»Hast du das schon gesehen?« Sie zeigte ihm den Bericht auf der ersten Seite.

»Ja, ich habe mir unterwegs eine Zeitung gekauft.« Er deutete auf ihre leere Tasse. »Möchtest du noch einen Kaffee?«

»Das da ist schon mein dritter heute morgen«, sagte sie und zündete sich eine Zigarette an. »Ich halte mich jetzt lieber an diese Dinger hier.«

»Wie du meinst. Ich brauche jedenfalls noch einen.« Marlette steuerte die Theke an und kehrte wenig später mit einer dampfenden Tasse und einem Apfelkuchen zurück. Bevor er sich darüber hermachte, zog er einen Zettel aus der Tasche und gab ihn Nicole. »Das ist die Adresse eines Waisenhauses in San Salvador. Es wird von einem Pater Bernard Coughlin geführt. Ich habe ihn gestern abend angerufen. Er ist bereit, sich uns als Anlaufstelle zur Verfügung zu stellen. Du kannst unbesorgt mit ihm sprechen. Ich habe ihm die Situation kurz erklärt.«

»Und was ist mit dem Mann, den uns Pruitt vermittelt hat?«

»Ich traue Pruitt nicht über den Weg.«

»Aber Pater Coughlin schon?«

»In ganz El Salvador ist er der einzige, dem ich blind vertrauen kann. Natürlich wirst du nicht an Pruitts Handlanger vorbeikommen, und sei es auch nur, um jeden Verdacht von Coughlin abzulenken. Wenn sich irgendwas Wichtiges ergibt, das du mir mitteilen mußt, dann laß die Nachricht Coughlin zukommen. Merk dir die Adresse und vernichte den Zettel dann. Dennison darf keinen Verdacht schöpfen und Coughlin auf die Spur kommen; aber das wird er, wenn er in deiner Abwesenheit dein Hotelzimmer durchsucht.«

»Okay. Er wird von sich aus Kontakt mit mir aufnehmen, nehme ich an?«

»Bestimmt. Ich weiß nur nicht, wann. Aber wenn du in Not gerätst, findest du ihn immer unter dieser Adresse.«

»Woher kennst du ihn?«

»Das ist eine lange Geschichte.«

»So wie der Grund für deine Ausweisung. Du hast mir immer noch nicht erzählt, was du getan hast, daß sie dich gleich deportiert haben.«

»Ich will nicht darüber sprechen, okay?« sagte Marlette und biß in seinen Apfelkuchen. Damit war das Thema von seiner Seite aus beendet.

»Schon gut«, murmelte sie mit einem hilflosen Schulterzucken.

Marlette aß schweigend seinen Kuchen auf und spülte ihn mit einem Schluck Kaffee herunter. Dann sah er wieder Nicole an. »Was treibt dein Vater dieser Tage? Beliefert er noch sämtliche Kriegsparteien in Afrika?«

»Er ist tot, Rich«, sagte sie leise.

Marlette ergriff sie am Arm. »Das tut mir leid. Ich weiß, daß ihr euch sehr nahegestanden habt. Wie ist das passiert?«

»Er war in einem Hubschrauber im Norden des Sudans unterwegs, als er abgeschossen wurde. Es gab keine Überlebenden. Wer dahintersteckte, konnte nie ermittelt werden, aber weil eine ganze Reihe hochrangiger Offiziere mit ihm im Hubschrauber saßen, ging die Regierung von einem Anschlag einer Rebellengruppe aus. Ich bin mir da allerdings nicht so sicher. Kontaktleute meines Vaters haben gemunkelt, er selbst könne das Ziel gewesen sein. Allerdings waren das nur Gerüchte. Das ist nun auch schon wieder vier Jahre her. Ich fürchte fast, ich werde die Wahrheit nie erfahren.«

»Ich mochte deinen Vater wirklich gern«, sagte Marlette nach längerem gedankenverlorenem Schweigen.

»Du weißt, daß das auf Gegenseitigkeit beruhte. Er hielt große Stücke auf dich, Rich. Ich glaube, er hat mir nie verziehen, daß ich dich verlassen habe. Bob konnte er jedenfalls nicht ausstehen. Das merkte ich gleich, als er zur Hochzeit rüberkam.«

»So schien es vielen mit Kinnard zu gehen«, brummte Marlette, allerdings ohne jede Bitterkeit. »Hat dein Vater je deine Tochter gesehen?«

»Ja«, antwortete sie lächelnd. »Er kam uns besuchen, als Michelle ein paar Monate alt war. Man konnte sehen, wie glücklich er war, als er sie zum erstenmal in den Armen hielt. Endlich ein Enkelkind! Ich glaube nicht, daß er je zu hoffen gewagt hat, ich würde eines Tages seßhaft werden und eine Familie gründen.«

»Das kann ich gut verstehen – bei deinem Temperament und Unabhängigkeitsdrang. Dich hätte ich mir nie mit einem Kind vorstellen können. Jedenfalls nicht in der Zeit, in der wir zusammengelebt haben. Aber offenbar hat sich seitdem vieles verändert.«

»Allerdings«, stimmte sie mit einem nachdenklichen Lächeln zu.

Marlette trank seinen Kaffee aus, stellte die Tasse auf das Tablett zurück und schob es von sich. »Nicole, ich muß dich warnen. Nimm dich vor diesem Peter Dennison in acht. Pruitt schien sich ja ziemlich sicher zu sein, daß er nicht an den Umsturzplänen beteiligt ist, aber ich bin davon nicht so überzeugt. Nicht bei seiner Vorgeschichte.«

»Wie kommst du darauf?«

»Soweit ich zurückdenken kann, stand Dennison politisch immer am äußersten rechten Rand. Er ist Mitglied des Western Goals Institute, einer fanatischen antikommunistischen Organisation mit Sitz in London, die sich als konservative Expertenkommission versteht. Na ja, so kann man es auch ausdrücken. Präsident dieses Vereins war eine Zeitlang der inzwischen verstorbene Roberto D'Aubuisson, der Gründer der Arenapartei in El Salvador. Damals war die Arena als eine der extremsten Rechtsparteien von ganz Zentralamerika verschrien. D'Aubuisson war auch Schirmherr der Todesschwadrone. Und es war D'Aubuisson, der Dennison zur Aufnahme in das Western Goals Institute vorschlug. Bei meinem letzten Aufenthalt in El Salvador war Dennison der Busenfreund von Major Hector Amaya, eines hohen Offiziers des Atlacatl-Bataillons – das ist die Eliteeinheit des Salvadorianischen Militärs. Amaya war angeblich auch eng mit den Todesschwadronen verbunden. Vor allem aber soll er die Anlaufstelle der berüchtigten UGB gewesen sein, der *Union Guerrera Blanca* – also der Weißen Kriegervereinigung –, der gefürchtetsten und verhaßtesten aller Todesschwadrone. Nur damit du eine Ahnung davon bekommst, mit was für Leuten du es zu tun haben wirst. Und wie mir Coughlin gestern abend erzählt hat, unterhält Dennison immer noch enge Beziehungen zur Armee. Coughlin behauptet auch, daß mindestens zwei Direktoren von Dennisons Sicherheitsdienst ehemalige Atlacatl-Offiziere mit Verbindung zur Arena und zu den Todesschwadronen sind. Darum kaufe ich Pruitt diese Geschichte einfach nicht ab. Wenn ein Rechtskartell ein Komplott zum Sturz der Regierung und zur Einsetzung einer Militärjunta ausgeheckt hat, dann steckt Dennison mitten drin. Darauf würde ich sogar mein Leben verwetten.«

»Warum sollte Pruitt bewußt lügen?« fragte Nicole. »Glaubst du etwa, daß die CIA die Hände ebenfalls im Spiel hat?«

»In Langley ist so gut wie alles möglich. Vergiß nie, was ich dir über Dennison gesagt habe. Und laß dich von seinem Charme nicht blenden. Unter der Fassade der Freundlichkeit verbirgt sich der kaltherzigste und berechnendste Schweinehund, dem ich je begegnet bin. Der macht vor nichts Halt, wenn er was haben will. Vergiß das nie.«

Eine Lautsprecherdurchsage beendete ihr Gespräch mit der Ankündigung, daß das Flugzeug der American Airlines nach Tegucigalpa bereit stand.

»Das bin ich«, sagte Marlette und stand auf.

Nicole drückte ihre Zigarette aus, erhob sich und umarmte ihn. »Paß auf dich auf, Rich.«

Marlette nickte nur, dann ergriff er seine abgewetzte Reisetasche.

»Rich!« rief sie ihm nach, als er sich schon abgewandt hatte. »Danke!«

Er drehte sich noch einmal um. »Bilde dir nichts ein, Nicole. Ich tue das nicht für dich. Es geht mir einzig und allein ums Geld. Einmal noch will ich es riskieren, damit ich meine Schulden bezahlen und dann für immer aus diesem Scheißgeschäft aussteigen kann. Aber mach dir keine Sorgen; ich werde dir dein Mädchen zurückbringen, allein schon, weil ich mir die hunderttausend nicht durch die Lappen gehen lassen will.«

Sie sah ihm nach, bis er verschwunden war, dann setzte sie sich langsam wieder. Sie hatte vergessen, wie leicht er sie mit seinen schneidenden Bemerkungen verletzen konnte. Das war eine Seite an ihm, die sie nie wirklich hatte verstehen können. Zwar hatte sie damals, als sie noch zusammen gewesen waren, immer wieder versucht, ihn darauf anzusprechen, hatte jedoch nie eine befriedigende Antwort erhalten. Schließlich hatte sie sich eine eigene Erklärung zurechtgelegt und sich gesagt, er igele sich hinter diesem schroffen Gebaren ein, weil er sich seiner Gefühle schäme. Hieß das, daß er noch etwas für sie empfand, obwohl sie ihn verlassen hatte? Einen Moment lang war sie von den eigenen Gedanken richtiggehend überrumpelt. Bedeutete er ihr wirklich noch so viel? Auch wenn sie sich einzureden versuchte, daß das nicht stimmte, konnte sie nicht leugnen, daß ein Teil von ihr nie aufgehört hatte, ihn zu lieben. Und als sie ihn gestern im Rosewood wiedergesehen hatte, waren diese schlummernden Gefühle mit einem Schlag zurückgekehrt und ließen sie seitdem nicht mehr in Ruhe. Hastig verdrängte sie diese Gedanken wieder. Es war doch aus zwischen ihnen. Oder ...?

»Wie bitte?«

Sie sah unsicher zu einem Geschäftsmann in grauem Anzug auf. »Verzeihung, haben Sie etwas gesagt?«

Der Mann lächelte. »Als ich an Ihnen vorbeiging, fragten Sie auf einmal. ›Ist es aus?‹ Mir war nicht ganz klar, ob Sie mich meinten oder nicht.«

Nicoles Hand flog zu ihrem Mund. Sie unterdrückte gerade noch ein nervöses Kichern, spürte aber, daß sie dunkelrot anlief. »Das tut mir leid. Ich muß laut gedacht haben.«

»Und?« fragte der Mann. »Ist es aus?«

»Ich weiß es nicht«, meinte sie mit einem verlegenen Schulterzucken. Dann huschte ein Lächeln über ihre Lippen. »Hoffentlich nicht.«

Warren van Horn hatte eine Obsession: Pünktlichkeit. Wann immer es möglich war, richtete er sein Leben nach der Uhr aus. Das hatte ihn bereits zwei Ehen gekostet, dennoch zwang er sogar seine drei erwachsenen Kinder, sich nach seiner strengen Lebensweise zu richten, wenn sie ihn mit ihren Familien in Washington besuchen kamen. Diese Besessenheit rührte von einer fünfunddreißigjährigen Bilderbuchlaufbahn in der Armee der Vereinigten Staaten her. Als ihn sein enger Freund, der damalige Direktor der CIA, von der Armee nach Langley gelockt hatte, war er bereits Dreisternegeneral gewesen. Bei der CIA leitete er zunächst den militärischen Abschirmdienst, um kurz nach der Wahl einer neuen Regierung zum *Director of Operations* aufzusteigen. Seine Beförderung war nicht unumstritten, da viele Geheimdienstler ihm die nötige Erfahrung und das Fingerspitzengefühl für eine so sensible Führungsposition absprachen. Nun, er war ein sorgfältiger und unermüdlicher Arbeiter, der nie verhehlt hatte, daß er noch viel lernen müsse, und der seinen Kritikern bislang keine Munition geliefert hatte.

Seine Augen wanderten von der Wanduhr zu dem an ein Chiffriergerät angeschlossenen roten Telefon auf dem Schreibtisch. Der Anrufer verspätete sich. Van Horn beugte sich wieder über das Dokument, mit dem er gerade befaßt war, las es zu Ende, markierte die letzte Seite mit seinem Kürzel und heftete es ab, um den Ordner auf einem der drei in gleichem Abstand voneinander vor ihm plazierten Stapel abzulegen. Militärische Präzision. Er sah erneut auf die Uhr. Zwei Minuten Verspätung. Dabei war gerade dieser Kontaktmann normalerweise die Pünktlichkeit in Person. Was hielt ihn diesmal auf? War ihm etwas zugestoßen? Er rutschte auf seinem Stuhl hin und her und begann, mit den Fingern auf die Tischplatte zu trommeln. Als wolle er es hypnotisieren, starrte er das Telefon an. Es blieb stumm. Zweieinhalb Minuten. Er öffnete einen neuen Ordner.

Endlich vernahm er das penetrante Summen des Apparats. Er schloß den Ordner, schraubte den Füllfederhalter zu, schob beides zur Seite und nahm ab.

»Sie haben Verspätung«, knurrte er.

»Doch nur zwei Minuten.«

»Zeit ist Energie.«

»Es tut mir leid, wird nicht wieder vorkommen«, seufzte der Anrufer.

»Sagt Ihnen der Name Richard Marlette etwas?« fragte van Horn.«

»Sicher. Das ist doch der amerikanische Söldner, der deportiert wurde ...«

»Ja, ja«, fiel ihm van Horn gereizt ins Wort. »Nun, er ist anscheinend auf dem Weg nach El Salvador. Alex Pruitt suchte ihn gestern zweimal in seiner Wohnung auf. Beim erstenmal sahen ihn seine Beschatter mit Nicole Auger darin verschwinden, beim zweitenmal kam er allein.«

»Was hat sie mit Marlette zu tun?«

»Sie hatten früher mal ein Verhältnis.«

»Wie klein die Welt doch ist!« schnaubte der andere. »Und Sie glauben, daß Pruitt Marlette angeheuert hat, damit er ihm das Video besorgt?«

»Das ist wohl ein Teil des Plans, ja. Aber meiner Meinung nach steckt noch mehr dahinter. Er will damit bestimmt auch Jayson abservieren. Wie Sie wissen, benutzte Pruitt ihn früher als Killer. Aber seit Jayson sich selbständig gemacht hat, stellt er eine Bedrohung für ihn dar. Er weiß zuviel über die ›illegalen Operationen‹, die Pruitt im Laufe der Jahre organisiert hat. Also könnte er mit Hilfe von Marlette zwei Fliegen mit einer Klappe schlagen.«

»Klingt plausibel. Wann fliegt Marlette los?«

»Er ist heute früh abgeflogen«, erklärte van Horn. »Nach Honduras.«

»Das heißt, er wird vermutlich über die Grenze nach El Salvador geschmuggelt. Na gut, es gibt nicht viele Orte, wo man unbemerkt ins Land kommen kann. Ich werde ihn von meinen Leuten beobachten lassen. An ihnen kommt er unmöglich vorbei.«

»Nur nichts überstürzen. Ich will, daß Sie ihn an einer möglichst langen Leine laufen lassen, aber Ihre Leute sollen ihn sehr genau beobachten. Und wenn er mit den Behörden Schwierigkeiten bekommt, müssen Sie ihn irgendwie rauspauken.«

»Das ist doch verrückt! Wie soll ich das denen verkaufen?«

»Da fällt Ihnen bestimmt etwas ein«, brummte van Horn. »Dafür werden Sie schließlich bezahlt.«

»Und wenn sie rausfinden, daß ich für Langley arbeite?«

»Bis jetzt ahnen sie es ja noch nicht mal.«

»Verdammt, warum beschützen wir überhaupt diesen Marlette?«

»Weil er im Moment das einzige As ist, das ich im Ärmel habe. Wie Sie wissen, steht Pruitt seit zwei Monaten im Mittelpunkt einer verdeckten internen Ermittlung. Falls Marlette Jayson abschießt, haben wir endlich den Durchbruch geschafft und können Pruitt festnageln. Marlette wird sich bestimmt zu einer Aussage gegen ihn bewegen lassen, wenn er sich zwischen Freiheit und zwanzig Jahren in San Quentin entscheiden muß. Bei solchen Alternativen wird er sich garantiert meiner Sichtweise anschließen, finden Sie nicht auch?«

»Sie haben es ja bis ins Letzte durchgeplant, was?«

»Alex Pruitt ist nicht nur durch und durch korrupt, sondern wird in Langley auch schon als der zukünftige Direktor gehandelt. Können Sie sich vorstellen, was hier los wäre, wenn solche käuflichen Typen auch noch die Führungsebenen besetzen dürften? Natürlich kann ich nicht erwarten, daß nur Saubermänner in unserer Organisation arbeiten, aber irgendwann muß man eben durchgreifen. Und der Teufel soll mich holen, wenn ich meine Autorität von diesem Alex Pruitt untergraben lasse.«

»Ich verstehe, Sir.« Kurz trat Stille ein. »Und wenn mehr dahinter steckt als nur ein Schlag gegen Jayson?«

»Worauf wollen Sie hinaus?«

»Marlette ist ein Heckenschütze. Einer der besten obendrein. Und bei unserem letzten Gespräch haben Sie selbst gesagt, daß Sie eine Verbindung zwischen Pruitt und den Umsturzplänen gegen unsere Regierung vermuten.«

»*Falls* es ein Komplott gibt«, hielt van Horn dagegen. »Und was Pruitts Beteiligung daran betrifft, so hoffe ich mit Kinnards Kassette letzte Gewißheit zu erhalten. Aber ich nehme Ihre Bedenken ernst. Mit seinen Fähigkeiten würde Marlette tatsächlich einen guten Attentäter abgeben.«

»Eben.«

Van Horn nickte. »Um so enger wird es für Pruitt, wenn wir ihm nachweisen können, daß er Marlette als Attentäter angeworben hat.«

»Und wenn Marlette tatsächlich den Auftrag hat, unseren Präsidenten zu ermorden? El Salvador ist schließlich mein Land, und ich will nicht zusehen, wie es wieder den Militärs ausgeliefert wird.«

»Ihr Land?« höhnte van Horn. »Und wo versteckt sich Ihre Vaterlandsliebe, wenn Langley regelmäßig Geld auf Ihr Schweizer Bankkonto überweist? Beides können Sie nicht haben.«

»Mord ist etwas anderes.«

»Sie arbeiten für Langley, vergessen Sie das bitte nie. Aber wenn Ihnen das nicht mehr paßt, können wir unser kleines Arrangement jederzeit beenden und Ihren Kollegen verklickern, was Sie alles in den letzten Jahren an uns verkauft haben. Die werden sicher einiges dazu zu sagen haben, meinen Sie nicht auch?«

»Sind Sie wirklich bereit, zuzusehen, wie das Land wieder

im Chaos versinkt – nur damit Sie Ihre Beweise gegen Alex Pruitt bekommen?«

»Endlich verstehen wir uns«, beschied ihn van Horn kühl und legte auf.

Nicole fuhr mit einem Ruck hoch, als die Stewardeß sie sanft anstupste. »Wir landen bald«, sagte die Flugbegleiterin mit einem freundlichen Lächeln. »Könnten Sie bitte Ihren Sitz geradestellen und den Sicherheitsgurt anlegen?«

»Ich muß mitten im Film eingenickt sein«, murmelte Nicole verschlafen und rieb sich die verquollenen Augen, ehe sie die Kopfhörer abnahm und an den Haken über sich hängte.

»Kaum hatten wir die Beleuchtung für den Film gedämpft, sind Sie schon eingeschlafen«, entgegnete die Stewardeß. »Ich wollte Ihnen noch den Kopfhörer abnehmen, aber dann lag ihre Hand quer darüber, und ich wollte Sie nicht unnötig wecken.«

»Das war sehr nett von Ihnen«, bedankte sich Nicole und ließ den Sicherheitsgurt zuschnappen.

»Gern geschehen«, sagte die Stewardeß im Weitergehen.

Obwohl immer noch müde, war Nicole froh, daß sie endlich ein bißchen Schlaf gefunden hatte. Sie setzte ihre Sonnenbrille auf und sah zum Fenster hinaus. Kleine Gruppen flockiger Wolken trieben am tiefblauen Himmel vorbei; jede von ihnen warf ihren eigenen Schatten auf das Land, das sich wie eine riesige grünbraune Steppdecke unter ihnen erstreckte. Es war ein atemberaubender Anblick. Nicole preßte die Nase ans Fenster. Irgendwo dort unten mußte Michelle sein. Auf eine ganz merkwürdige Weise war dieser Gedanke tröstlich, und Nicole hing ihm noch nach, als die Boeing 747 den Anflug begann und weich auf der Piste aufsetzte. Während die Maschine auf das Terminal zurollte, verkündete der Pilot durch den Lautsprecher, daß es bei 35° Celsius ein warmer und schwüler Tag in San Salvador wäre.

Das Flugzeug war noch nicht zum Stillstand gekommen, als die nächste Durchsage erst auf englisch, dann auf spanisch kam: »Mrs. Nicole Kinnard, bitte wenden Sie sich an das für Sie zuständige Mitglied des Luftpersonals.«

Nicole sprach die Stewardeß an, die sie bat, auf ihrem Sitz zu warten, bis alle anderen das Flugzeug verlassen hatten; später würde jemand an Bord kommen und sie persönlich in Empfang nehmen. Als Nicole wissen wollte, wer das sein könne, erklärte die Stewardeß mit einem bedauernden Achselzucken, daß sie auch nicht mehr wisse. Andererseits konnte sich Nicole bereits vorstellen, wer sie abholen würde. Dennison. Wer sonst? Ihr Blick flackerte zum Terminalgebäude hinüber. Auf dem Dach prangten in grellen roten Buchstaben die Worte El SALVADOR. Vor drei Tagen noch hätte sie ohne die Hilfe eines Atlanten nicht sagen können, wo genau dieses Land lag. Und jetzt wußte sie wahrscheinlich mehr über Geschichte, Wirtschaft und Politik El Salvadors als die Mehrheit der Einheimischen, die mit ihr hierher geflogen waren. Die bittere Ironie dieses Umstands blieb ihr nicht verborgen.

Flüchtig lächelte sie dem salvadorianischen Paar zu, das neben ihr gesessen hatte und jetzt seine Taschen aus der Gepäckablage holte. Die zwei musterten sie mit ausdruckslosem Gesicht und schlossen sich eilig den übrigen Passagieren an, die alle dem Ausgang zustrebten. Plötzlich fühlte sie sich allein. Und verletzlich. Regte sich da die Mutter in ihr, die ahnte, was Michelle in den letzten Tagen mitgemacht haben mußte? Dieser Gedanke verflüchtigte sich schnell wieder, denn nun sah sie einen weißen Mercedes auf das Flugzeug zufahren und vor der Gangway anhalten. Wer darin saß, ließ sich wegen der getönten Fenster nicht erkennen. Zunächst geschah nichts. Erst als die letzten Passagiere die Gangway verlassen hatten, öffnete sich die Fahrertür, und ein bulliger, leger mit Flanellhose und offenem T-Shirt gekleideter Salvadorianer stieg aus. Er sah erst den zum Terminalgebäude strömenden Passagieren nach, bevor er schließlich die hintere Tür öffnete. Nicole beugte sich gespannt vor. In dem Mann, der nun ausstieg, erkannte sie dank dem Foto, das Pruitt ihr gezeigt hatte, auf Anhieb Dennison. Er trug einen weißen Anzug, ein blaßblaues Seidenhemd und eine marineblaue Krawatte. Im Gehen strich er sich mit der Hand über das von Pomade glänzende schwarze Haar. Als er die Gangway erreichte, verlor Nicole ihn aus den Augen. Sie zog ihre Tasche aus der Gepäckablage, setzte sich noch einmal an den Rand des Gangs und wartete.

Gleich darauf trat Dennison in die Kabine und sprach die Stewardeß an, die in ihre Richtung wies, dann trat er auf sie zu. »Mrs. Kinnard?«

»Mrs. Auger«, verbesserte Nicole. »Nach der Scheidung habe ich meinen Mädchennamen wieder angenommen.«

Dennison lächelte sie freundlich an. »Verständlich. Darf ich mich vorstellen? Mein Name ist Peter Dennison. Sie haben vielleicht schon von mir gehört.«

»Muß ich das?« fragte sie und schüttelte widerstrebend die ihr entgegengestreckte Hand. Sowohl Rich als auch Pruitt hatten ihr geraten, die Ahnungslose zu spielen.

»Wir haben einen gemeinsamen Bekannten, wie ich glaube«, erklärte Dennison. »Richard Marlette. Ich dachte, er hätte mal von mir gesprochen.«

»Nein.«

»Ich verstehe. Ist ja auch egal. Der Präsident hat mich gebeten, Ihnen auf jede nur erdenkliche Weise zu helfen, Ihre Tochter wiederzufinden. Außerdem möchte er, daß ich Ihnen sein Beileid für den plötzlichen Verlust übermittle. Und ich teile seine Gefühle. Ich kannte Bob gut. Er war ein hervorragender Reporter.«

»Aber ein erbärmlicher Vater«, murmelte Nicole.

»Sorgen Sie sich nicht, Mrs. Auger, wir werden Ihre Tochter finden«, versicherte Dennison ihr eilig.

»Und wie lange wird das dauern?«

»Wir tun alles in unserer Macht Stehende. Das Foto Michelles ist sämtlichen Polizeirevieren und Kasernen des Landes zugefaxt worden. Ferner habe ich über einhundert handverlesene Mitarbeiter damit beauftragt, die Suche von den auf alle größeren Städte verteilten Einsatzzentralen aus zu koordinieren. Und um auch wirklich nichts unversucht zu lassen, sind alle zuständigen Behörden unserer Nachbarstaaten über das Verschwinden Ihrer Tochter in Kenntnis gesetzt und um Hilfe ersucht worden. Glauben Sie mir, Mrs. Auger, es ist nur eine Frage der Zeit, bis wir sie finden.« Er zog einen Umschlag aus der Brusttasche und reichte ihn ihr. »Ich wurde gebeten, Ihnen das zu geben. Es ist ein Brief des Präsidenten, in dem er Ihnen bestätigt, daß er mich persönlich gebeten hat, Ihnen während Ihres Aufenthaltes hier in El Salvador in allem behilflich zu sein.«

Nicole brach das Siegel auf und überflog die Mitteilung. Sie war handschriftlich und in englischer Sprache auf einem offiziellen Briefbogen des Präsidialamts verfaßt. Dann faltete sie den Brief zusammen und schob ihn in die Handtasche. »Warum sind Sie hierhergekommen und nicht in mein Hotel?«

»Leider hat die Presse schon von der Story Wind bekommen. Ich brauche Ihnen wohl nicht zu sagen, wozu Journalisten in der Lage sind, wenn sie eine Sensation wittern. Sie warten schon im Flughafengebäude auf ein Interview mit Ihnen.«

»Und wenn sie es hier nicht kriegen, dann folgen sie mir eben ins Hotel und legen sich dort auf die Lauer.«

»Darum habe ich mir erlaubt, Ihre Buchung im Sheraton zu stornieren. Ich habe ein eigenes Gästehaus, das Ihnen zur Verfügung steht. Es liegt in San Benito, einem der vornehmeren Viertel von San Salvador. Ich lade alle meine Kunden – und potentiellen Kunden – dorthin ein, wenn sie geschäftlich in der Stadt weilen.«

»Womit handeln Sie denn?« fragte Nicole.

»Mir gehört ein Sicherheitsdienst hier in San Salvador«, antwortete Dennison und hob ihre Reisetasche auf, bevor sie danach greifen konnte. »Wenn Sie mir erlauben …«

»Und was ist mit dem übrigen Gepäck?«

»Ich habe veranlaßt, daß es Ihnen nachgeschickt wird. Sie brauchen sich auch nicht um den Zoll zu kümmern. Ich werde dafür sorgen, daß man Ihren Reisepaß abstempelt.«

Sie setzten sich in Bewegung.

»Wie kommt es, daß ein amerikanischer Zivilist zum Vertrauten des Präsidenten von El Salvador wird?« wollte Nicole wissen.

»Ich hatte Glück und knüpfte in den Achtzigern während meiner Tätigkeit an der Botschaft hier in San Salvador wertvolle Kontakte. Tatsächlich verliebte ich mich in das Land, so daß ich ein Angebot, meine diplomatische Karriere in Europa fortzusetzen, ausschlug. Statt dessen blieb ich hier und gründete einen eigenen Sicherheitsdienst. Wie gesagt, ich hatte genügend Kontakte; der Rest hing von meinem Geschick ab. Als geschultem Diplomat gelang es mir wohl auch ganz gut, mich zu verkaufen.«

Als Nicole aus der gekühlten Kabine ins Freie trat, schlug ihr Treibhausatmosphäre entgegen. Die klebrige, schwüle Hitze wickelte sie förmlich ein, und sie schwitzte aus allen Poren, noch bevor sie die Gangway ganz hinabgestiegen war. Mit einem Tuch wischte sie sich die Stirn ab und drehte sich zu Dennison um. »Ist es hier immer so schwül?«

»In dieser Jahreszeit ja«, erwiderte er und reichte ihre Reisetasche dem Fahrer, der sie in den Kofferraum lud.

»Ihnen scheint das ja nichts auszumachen«, murmelte sie mit einer Spur von Neid in der Stimme.

»Ich habe mich im Laufe der Jahre an die Hitze gewöhnt. Aber der Wagen ist klimatisiert.«

Der Fahrer hielt ihr die Tür auf.

»Na, Gott sei Dank«, stöhnte Nicole und kletterte auf den Rücksitz.

Dennison stieg neben ihr ein und wartete, bis der Fahrer die Tür geschlossen hatte. Dann deutete er auf eine imposante Bar, die sich an der Seite befand. »Hätten Sie Lust auf eine Erfrischung? Kalte Limonade vielleicht?«

»Zu einem Kaffee würde ich nicht nein sagen.«

»Damit kann ich leider nicht dienen«, entschuldigte sich Dennison lächelnd. »Aber in der Botschaft machen sie einen vorzüglichen Kaffee.«

»Was für eine Botschaft?« fragte Nicole mißtrauisch, als der Wagen sich in Bewegung setzte.

»Es tut mir leid, das wollte ich Ihnen noch sagen. Der Botschafter der Vereinigten Staaten würde Sie gerne kennenlernen. Natürlich kann mein Chauffeur Sie zuerst ins Gästehaus bringen, wenn Sie sich vorher frischmachen wollen, aber ich bezweifle, daß Ihr Gepäck so schnell eintreffen wird. Leider ist der Gepäckdienst hier nicht so tüchtig wie der vom JFK- oder vom La Guardia-Flughafen.«

»Ich habe nichts dagegen, zuerst zur Botschaft zu fahren«, versicherte ihm Nicole.

Dennison wies den Chauffeur auf spanisch an, sie in die amerikanische Botschaft in der Avenida Norte im Stadtzentrum zu bringen. Dann ließ er die Trennscheibe zwischen den Vorder- und Rücksitzen per Knopfdruck herunter und entnahm seiner Aktentasche einen Ordner. »Noch gibt es keine konkreten Hinweise über den Aufenthaltsort Ihrer Tochter, aber ich bin zuversichtlich, daß wir den Durchbruch bald schaffen.« Er klappte den Ordner auf. »Lassen Sie mich kurz resümieren, was wir bislang in Erfahrung gebracht haben ...«

»Der Botschafter läßt bitten.«

Dennison dankte dem Sekretär mit einem knappen Nicken und durchquerte das Vorzimmer zum Büro des Botschafters. Er öffnete die Tür selbst und ließ Nicole dann galant den Vortritt, ehe er ebenfalls eintrat.

Ein Mann Anfang Sechzig mit silbergrauem Haar und gepflegtem Schnurrbart erhob sich und kam um seinen Schreibtisch herum. »Schön, Sie wiederzusehen, Peter«, dröhnte er und ergriff Dennisons Hand.

»Die Freude ist ganz meinerseits, Sir. Darf ich Ihnen Mrs. Nicole Auger vorstellen?« Dennison drehte sich zu Nicole um. »Das ist Botschafter Maxwell Hersch.«

»Guten Tag.« Hersch gab Nicole einen herzlichen, festen Händedruck. »Mein aufrichtiges Beileid.«

»Danke«, sagte Nicole.

»Wollen Sie sich nicht setzen, Mrs. Auger?« Hersch deutete auf die schwarzen Ledersessel vor seinem Schreibtisch.

Sie nahm Platz und sah zu, wie Hersch zu seinem Stuhl zurückkehrte. »Kannten Sie meinen Ex-Mann?«

»Wir unterhielten uns zwei-, dreimal miteinander, als er politischer Korrespondent am Capitol Hill war, aber das begründet noch keine gute Bekanntschaft.« Lächelnd klappte Hersch ein silbernes Zigarettenetui auf und hielt es Nicole entgegen. »Die milden sind links«, erklärte er und registrierte erstaunt, daß Nicole sich von der rechten Seite bediente.

»Ich habe schon mit fünfzehn zu rauchen angefangen«, erklärte sie, als sie seine verblüffte Miene bemerkte. »Damals lebte ich in Nordafrika. Mein Vater kaufte seine Zigaretten immer bei einem lybischen Schwarzmarkthändler. Sie waren handgedreht und schmeckten nach Teer. Aber weil ich nichts anderes kannte, gewöhnte ich mich schnell daran. Das ist der Grund, warum ich bis heute nur starkes Kraut rauche.«

»Nach allem, was ich über Ihren Vater gelesen habe, war er so etwas wie eine Legende unter den Volksstämmen in Nordafrika«, sagte Dennison und gab ihr Feuer.

»Das muß wohl so gewesen sein«, erwiderte Nicole in einem Ton, als hätte sie nie darüber nachgedacht.

Hersch klappte sein Etui wieder zu und legte es auf den Tisch. »Mrs. Auger, ich habe Ihre Aussage, die Sie in der Nacht von Bob Kinnards Tod vor der Chicagoer Polizei gemacht haben, durchgelesen. Sie scheinen ja davon überzeugt zu sein, daß er ermordet wurde.«

»Das wurde er auch.«

»Obwohl alle Indizien auf Selbstmord hindeuten?«

»Ich weiß, was ich am Telefon gehört habe.«

»Und ich glaube Ihnen«, schaltete sich nun Dennison ein. Er zog eine Schachtel Zigarren aus der Brusttasche und zündete sich eine an. Den Blick unverwandt auf Hersch gerichtet, erklärte er: »Ich weiß, daß die örtliche Polizei ebenfalls langsam zu dieser Auffassung gelangt. Es wäre doch wirklich widersinnig, wenn ein erfahrener Journalist wie Bob Kinnard seine Tochter erst spontan hierher brächte, sie dann irgendwo versteckte und Selbstmord beginge.«

»Warum hat mir keiner gesagt, daß die Polizei die Selbstmordtheorie neuerdings in Frage stellt?«

»Sie müssen verstehen, daß die Ermittlungen noch in vollem Gange sind, Botschafter. Selbstverständlich werde ich dafür sorgen, daß man sie rechtzeitig über jede neue Entwicklung informiert.« Dennison wandte sich zu Nicole um. »Gestern abend hat der Präsident den Chef seines Sicherheitsteams mit der Untersuchung von Bobs Tod beauftragt, und nach unserem Gespräch von heute morgen weiß ich, daß der neue Einsatzleiter Ihre Aussage im Gegensatz zu seinem Vorgänger sehr ernst nimmt. Er hat mich sogar gebeten, ein Treffen mit Ihnen zu arrangieren. Wäre Ihnen das recht?«

»Sicher«, stimmte Nicole zu, die nun allerdings immer weniger wußte, was sie von Dennison halten sollte. Wenn Rich recht hatte und Dennison diesem Kartell angehörte, dann lag es doch eigentlich in seinem Interesse, dafür zu sorgen, daß die Polizei Bobs Tod auch weiterhin als Selbstmord hinstellte. Und sollte die Polizei tatsächlich den Mörder jagen, war nicht auszuschließen, daß die Spur zu Jayson führte. Das wiederum könnte einen nicht wieder gutzumachenden Schlag gegen das Kartell bedeuten. Eine solche Logik war doch absurd, es sei denn, Dennison hatte mit der Verschwörung nichts zu tun. Andererseits wußte sie, daß Rich mit seinem Gespür für solche Dinge meistens richtig lag, und auch alle ihre eigenen Instinkte warnten sie vor Dennison. Dieser Mann hatte fast sein ganzes Leben den Kampf gegen die Marxisten gewidmet. Das war bei ihm nachgerade zur Obsession geworden. Nicole zog an ihrer Zigarette. Auf einmal kam ihr ein neuer Gedanke: Wollte Dennison ihr auf den Zahn fühlen, ob sie von Jayson gehört hatte? Möglich war es, zumal er wußte, daß sie gestern bei Rich gewesen war. Und Jayson hatte ihm bestimmt gesagt, daß er und Rich einmal in Afrika zusammengearbeitet hatten. Nachdem er schließlich auch Jaysons Drohung am Telefon kannte, konnte er sich an den Fingern einer Hand ausrechnen, daß Rich wußte, wer Bobs Mörder war. Das bedeutete, sie mußte genau überlegen, was sie sagte. Ein falsches Wort, und sie hatte sich verraten ...

»Mrs. Auger?«

Nicole fuhr zusammen. »Seien Sie mir nicht böse, Mr. Dennison«, murmelte sie mit einem verlegenen Lächeln. »Ich war in Gedanken ganz woanders.«

»Das habe ich schon gemerkt. Bedrückt Sie etwas?«

»Ich dachte nur an die Stimme, die ich am Telefon gehört habe«, improvisierte sie und verfluchte sich insgeheim, daß sie so schnell unaufmerksam geworden war. »Hat die Polizei schon Näheres über die Identität dieses Mannes erfahren?«

Dennison schüttelte den Kopf.

»So viele Cockneys kann es in El Salvador doch nicht geben, oder?« Nicole durchbohrte Dennison schier mit den Augen, während sie gleichzeitig die Zigarette über dem Aschenbecher abklopfte.

»Es ist nie auszuschließen, daß es sich um einen aus dem Ausland herbeigeschafften Auftragsmörder handelt«, erklärte Dennison. »Die Polizei ist dabei, die Passagierlisten sämtlicher Flüge der letzten Wochen von und nach El Salvador zu überprüfen.«

»Sie glauben also, daß Bob zum Schweigen gebracht wurde, weil er über eine heiße Story gestolpert war?«

»Das ist möglich.«

»Mir erscheint es müßig, über die näheren Umstände von Bob Kinnards vorzeitigem Tod zu spekulieren«, brach Hersch das sich an Dennisons letzten Kommentar anschließende Schweigen. »Wir werden die Wahrheit erst erfahren, wenn die Polizei alle Fakten auf den Tisch legen kann.«

»Und ich bin zuversichtlich, daß ihr das gelingen wird«, fügte Dennison hinzu, den Blick auf die glühende Spitze seiner Zigarre gerichtet.

Hersch schlug den vor ihm liegenden Aktenordner auf und wandte sich an Nicole. »Mrs. Auger, ich habe Sie aus einem konkreten Anlaß zu mir gebeten. Mir wurde zur Kenntnis gebracht, daß vor einer Reihe von Jahren Sie und ein Söldner namens Richard Marlette einander – wie soll ich sagen? – nahestanden ...«

»Wir waren ein Liebespaar, wenn Sie das meinen«, erwiderte Nicole unverblümt.

»Äh, richtig«, murmelte Hersch, peinlich berührt. »Ich nehme an, Sie wissen, daß er einmal in El Salvador unter Vertrag stand und Regierungssoldaten ausbildete?«

»Ja, das hat er mir erzählt.«

»Hat er Ihnen auch erzählt, daß er nach einem halben Jahr ausgewiesen wurde?«

»Ja.« Nicole drückte ihre Zigarette aus und lehnte sich mit vor der Brust verschränkten Armen zurück. »Wollen Sie auf etwas Bestimmtes hinaus?«

»Es geht um folgendes, Mrs. Auger«, antwortete Dennison

an Herschs Stelle. »Haben Sie Richard Marlette mit der Suche nach Ihrer Tochter beauftragt?«

»Nein!« rief sie in scharfem Ton. Pruitt hatte sie davor gewarnt, daß man sie nach ihrer Beziehung mit Rich befragen würde, doch was sie antworten sollte, hatte er ihr nicht gesagt – da mußte sie sich auf ihren gesunden Menschenverstand und ihr Improvisationsvermögen verlassen.

»Haben Sie ihn während Ihres Aufenthalts in New York gesehen?« fragte Dennison.

»Was geht das Sie an?« rief sie entrüstet.

»Bitte haben Sie etwas Geduld mit uns, Mrs. Auger«, bat Hersch in fast flehendem Ton.

Nicole bediente sich unaufgefordert aus dem silbernen Zigarettenetui. »Ja, ich habe ihn getroffen«, sagte sie gedehnt, wohl wissend, daß sie keine andere Wahl hatte, als es zuzugeben, denn man konnte sie jederzeit zusammen mit ihm gesehen haben. »Und ich habe auch versucht, ihn für die Suche nach Michelle zu gewinnen. Aber er hatte kein Interesse – nicht einmal an der Summe, die ich ihm bot. Wie er mir erklärte, wäre er aus El Salvador ausgewiesen worden und könne nicht zurück. Den Grund für seine Ausweisung hat er mir allerdings nicht genannt.«

»Ich kann nicht gerade sagten, daß mich das wundert«, schnaubte Hersch.

»Was meinen Sie damit, wenn ich fragen darf?«

Dennisons Blick wanderte von Hersch zu Nicole. »Wenn Marlette es Ihnen nicht sagen wollte, dann haben wir wohl nicht das Recht ...«

»Was, zum Teufel, war los?« fuhr sie ihn an. »Ich habe es satt, nur immer hingehalten zu werden!«

»Ich glaube, Mrs. Auger sollte die Wahrheit erfahren«, sagte Hersch, an Dennison gewandt. »Sie waren dabei, als er ins Flugzeug gesetzt wurde. Darum ist es wohl das beste, wenn Sie es ihr erklären.«

Dennison ging zum Fenster, wo er sich langsam zu Nicole umdrehte. »Wie Sie bereits wissen, war Marlette ins Land gekommen, um Regierungssoldaten auszubilden. Zumindest stand es so in seinem Vertrag. Ich traf ihn sogar mehrmals, und er machte auf mich immer den Eindruck eines verdammt guten Soldaten. Aber psychisch war er total kaputt. Er trank bis zum Exzeß und nahm auch Drogen. Zwar nur weiche Sachen, aber Rauschgift bleibt Rauschgift. Ich glaube, es war darum fast unvermeidlich, daß er den Lockungen der Todesschwadrone erlag. Viele von den ausländischen Söldnern waren in dieselbe Falle getappt. Die Bezahlung dort war drei- bis viermal so hoch wie das reguläre Honorar der Regierung. Und die reichen Großgrundbesitzer, die die Todesschwadrone zu ihrem Schutz angeheuert hatten, zahlten diese überteuerten Preise bereitwillig, Hauptsache, sie konnten sich in Sicherheit fühlen. An diese Banden kam Marlette über zwei andere amerikanische Söldner heran, die den Kerlen das Mordhandwerk nach allen Regeln der Kunst beibrachten. Weil im Land Bürgerkrieg herrschte, glaubte Marlette wohl, er stehe über allen Gesetzen. Sein Verhalten und seine Trunksucht wurden immer schlimmer, und bei einer Party eskalierte das Ganze schließlich. Er vergewaltigte ein zwölfjähriges Mädchen. Als die zwei Amerikaner ihn daran hindern wollten, schoß er blindlings auf sie. Beide starben auf der Stelle. Dann richtete er seine Pistole auf das Mädchen und erschoß sie ebenfalls. Sie war die Tochter eines der mächtigsten Kaffeebarone im ganzen Land. Der hatte Marlette zu ihrem Schutz angeheuert, da die Familie befürchtete, die FMLN, die größte marxistische Guerillabande in El Salvador, könnte ihre Entführung planen. Nun, Marlette wurde verhaftet, aber die Regierung hatte Bedenken, ihn vor Gericht zu stellen, weil dann wahrscheinlich bekannt geworden wäre, daß er parallel zu den Todesschwadronen auch die Nationalgarde ausgebildet hatte. Ich weiß nicht, wie gut sie über den Bürgerkrieg in diesem Land informiert sind, Mrs. Auger, aber die Regierung hat vor der internationalen Presse immer behauptet, sie hätte keinerlei Verbindungen zu den Todesschwadronen. Natürlich war das gelogen, aber man wollte eben den Schein wahren. So wurde beschlossen, Marlette heimlich hinzurichten. Davon bekam aber die amerikanische Botschaft Wind, und wir drohten sofort mit einem internationalen Skandal, wenn Marlette kein fairer Prozeß gewährleistet würde. Schließlich erzielte man einen Kompromiß. Marlette wurde mit der Auflage, nie wieder einen Fuß auf salvadorianischen Boden zu setzen, in die USA deportiert. Sollte er es dennoch versuchen, wurde ihm klar zu verstehen gegeben, daß er dann nicht mehr mit Milde rechnen könne.«

»Es war Peter, der sich für Marlette stark gemacht hat«, ergänzte Hersch. »Ein Hinrichtungskommando stand schon buchstäblich Gewehr bei Fuß, als er ihn außer Landes schaffte.«

Nicole sah von einem zum anderen und schüttelte ungläubig den Kopf. »Erwarten Sie allen Ernstes, daß ich Ihnen diese Geschichte abkaufe – daß Nick ein zwölfjähriges Mädchen vergewaltigt haben soll? Ich wäre die letzte, die leugnen würde, daß Rich manchmal ein ausgemachter Dreckskerl sein kann, aber genauso weiß ich, daß er so etwas nicht tun würde. Nie!«

Hersch tippte auf den Ordner vor ihm. »Da drin stehen die Aussagen von über einem Dutzend Zeugen, die es mit eigenen Augen gesehen haben.«

»Und wenn Sie eine Aussage vom Präsidenten selbst haben, zu so etwas Widerwärtigem wäre Rich einfach nicht in der Lage!«, fauchte ihn Nicole an. »Ganz offenbar ist die Sache von A bis Z so hingedreht worden, und ich kann einfach nicht glauben, daß man bei der amerikanischen Botschaft derart leichtgläubig ist.«

»Ich kann Ihnen versichern, daß es so geschehen ist, Mrs. Auger!« plusterte sich Hersch voller Entrüstung auf.

»Alkohol und Drogen können ein gefährlicher Cocktail sein, Mrs. Auger«, fügte Dennison hinzu. »Und beim Test wurde beides reichlich in Marlettes Blut festgestellt.«

»Ich weiß, wie Alkohol auf Rich wirkt. Er wird immer stiller, aber nicht aggressiv. Genauso weiß ich, wie er ist, wenn er sich zugekifft hat. Und wenn jemand das beurteilen kann, dann ich. Mein Gott, wie oft haben wir uns zusammen mit Hasch vollgedröhnt, zum psychopathischen Vergewaltiger macht ihn der Stoff jedenfalls nicht.«

»Es geht hier ja gar nicht darum, ob er schuldig ist oder

nicht«, wiegelte Hersch ab und bat Nicole mit erhobener Hand um Schweigen, bevor sie protestieren konnte. »Vielmehr stellt sich die Frage, ob Marlette so dumm ist und trotz allem, was vor fünf Jahren geschehen ist, nach El Salvador zurückkommt. Wenn er das wirklich riskiert, dann kann ihm niemand mehr helfen. Die amerikanische Botschaft wäre im Falle seiner erneuten Verhaftung machtlos. Fällt er diesmal den Falschen in die Hände, kann ihm nur noch Gott helfen. Es heißt, daß das Kopfgeld, das der Vater des Mädchens auf Marlette ausgesetzt hat, immer noch steht. Und es gibt genügend Leute, die sich um so etwas reißen.«

»Ich habe es Ihnen schon mal gesagt: Rich war an meinem Angebot nicht interessiert.« Nicole hatte auf einmal einen Knoten im Hals. Sie konnte nur hoffen, daß die anderen es ihrer Stimme nicht anmerkten.

»Hoffen wir um seinetwillen, daß das stimmt, Mrs. Auger.« Hersch klappte den Ordner zu und erhob sich. »Es war sehr freundlich von Ihnen, daß Sie so kurzfristig kommen konnten. Und es versteht sich von selbst, daß ich Ihnen jederzeit zur Verfügung stehe. Wenn Sie irgend etwas benötigen sollten, bitte zögern Sie nicht, mich hier in der Botschaft anzurufen. Uns ist genauso aufrichtig wie den salvadorianischen Behörden daran gelegen, Sie mit Ihrer Tochter so bald wie möglich wiedervereint zu sehen.«

»Dessen bin ich mir ganz sicher«, erwiderte Nicole nicht gerade überzeugt und schüttelte nur widerstrebend die ihr entgegengestreckte Hand.

»Peter«, bat Hersch, als Dennison Nicole zur Tür führte, »könnten wir noch etwas besprechen, bevor Sie gehen?«

Dennison wartete, bis Nicole draußen war, dann schloß er die Tür und kehrte zu Hersch zurück. »Was ist?«

»Was halten Sie von ihr?« fragte der Botschafter und setzte sich wieder.

»Tolle Frau«, antwortete Dennison wie aus der Pistole geschossen.

»Glauben Sie, daß Sie uns über Marlette was vorgelogen hat?«

Mit den Händen in den Hosentaschen schlenderte Dennison erneut zum Fenster. »Mein Gefühl sagt mir, daß sie ehrlich war«, meinte er gedehnt. »Sie hätte uns ja nicht von sich aus zu erzählen brauchen, daß sie in New York bei ihm war.«

Hersch wölbte die Hände um Mund und Nase und sah nachdenklich zur Tür. Schließlich ließ er die Hände wieder fallen und wandte sich Dennison zu. »Ich bin davon nicht so überzeugt. Nach allem, was ich über Marlette gelesen habe, ist das genau die Art von Auftrag, auf die er sich einlassen würde. Das muß ihn doch reizen, das Mädchen wohlbehalten aus diesem Land zu schmuggeln. Er würde es als persönlichen Triumph ansehen.«

»Er wäre wirklich dumm, wenn er noch mal zurückkäme«, brummte Dennison. »Er weiß, was ihn erwartet.«

»Ich würde sagen, das hängt ganz davon ab, wer ihn zuerst kriegt.«

Dennison runzelte verwirrt die Stirn. »Das heißt?«

»Würden ihn die Behörden verhaften, würde er mit größter Wahrscheinlichkeit erneut ausgewiesen. Die wollen bestimmt keinen Staub aufwirbeln. Käme es zum Prozeß, würde es in der internationalen Presse gleich heißen, das Gericht wolle die illegalen Aktionen der früheren Junta indirekt billigen.« Hersch erhob sich und stellte sich neben Dennison ans Fenster. Auf einmal drückte sein Gesicht nichts als Verachtung aus. »Ich habe nie einen Hehl daraus gemacht, daß ich Sie nicht ausstehen kann, aber wenn der Präsident ausdrücklich wünscht, daß Sie diesen Fall bearbeiten, dann muß ich das eben akzeptieren. Aber ich warne Sie: Sollte Marlette nach El Salvador zurückkehren, haften Sie persönlich für seine Unversehrtheit. Falls er nämlich tot in einer Gasse aufgefunden wird, sorge ich dafür, daß Sie auf der Anklagebank landen. Ich glaube nicht, daß der Präsident oder ihre neuen einflußreichen Freunde in der Regierung davon sonderlich erbaut wären. Es wäre wohl auch nicht so gut für Ihre Geschäfte. Verstehen Sie mich nicht falsch: Ich verabscheue Marlette allein schon seiner Verbrechen wegen, aber noch widerwärtiger sind in meinen Augen Sie und Ihresgleichen. Deswegen würde ich mit Ihren faschistischen Freunden im ganzen Land

Klartext reden für den Fall, daß einer den Drang verspüren sollte, das Gesetz selbst in die Hand zu nehmen.«

Ein Lächeln flackerte von Dennisons Lippen, doch es erreichte seine Augen nicht. »Danke für die Warnung, Herr Botschafter. Ich werde sie im Hinterkopf behalten.«

Hersch folgte Dennison mit dem Blick, als dieser sich zur Tür wandte. »Ich hoffe sogar fast, daß Marlette tot in irgendeiner Seitengasse aufgefunden wird«, knurrte er. »Dann könnte ich endlich gegen Sie vorgehen. Sie mögen sich ja in Regierungskreisen lieb Kind gemacht haben, aber von den Politikern hierzulande hat keiner die Akte gesehen, in der Langley aufgelistet hat, was Sie alles seit Ihrer Ankunft in El Salvador angestellt haben.«

»Und sie werden sie auch kaum zu Gesicht bekommen«, grinste Dennison. »Ich glaube, die Information gilt als so vertraulich, daß sie sogar als streng geheim eingestuft wurde. Und das liegt daran, daß die Akte auch hochbrisantes Material über die verdeckten Operationen enthält, die ich sowohl für das Pentagon als auch für Langley durchgeführt habe. Zumindest ist es so brisant, daß die CIA größten Schaden nehmen würde, sollte es bekannt werden. Wer im Glashaus sitzt, soll nicht mit Steinen werfen, Botschafter. Also seien Sie lieber nicht zu übereifrig. Man würde das daheim nicht schätzen.« Er legte die Hand auf den Türgriff, drehte sich aber noch einmal um. »Ich weiß, daß Sie irgendwo einen Kassettenrecorder laufen haben. Aber es wäre wohl in Ihrem eigenen Interesse, unser kleines Gespräch wieder zu löschen. Meinen Sie nicht auch, daß Langley nicht allzu erbaut davon wäre, wenn es in die falschen Hände geriete?«

# 4

Das Bild der Stadt San Salvador wird geprägt von den zwei Gipfeln des sich an ihrem Rande auftürmenden erloschenen Vulkans El Buqueron. An seinen Hängen breitet sich das exklusive Villenviertel San Benito aus, und dort herrscht Überfluß in Reinkultur. Edle Boutiquen mit den neuesten Kreationen der Modeschöpfer frisch vom Laufsteg stehen hier neben internationalen Feinschmeckerrestaurants, und in den glitzernden Nachtclubs des Viertels können die Reichen und Berühmten bis in die Morgenstunden tanzen. Die meisten der Prachtvillen werden nicht nur von hohen, oben zusätzlich mit Stacheldraht oder elektrischen Zäunen gesicherten Ziegelmauern geschützt, sondern obendrein von verborgenen Videoanlagen überwacht. In dieser Gegend würden die wenigsten Besucher es wagen, nicht im neuesten Modell von Mercedes, BMW oder Porsche vorzufahren.

An San Benito grenzen andererseits die übelsten *Mesones* der Stadt, Slums mit windschiefen, aus verrosteten Metallplatten und verzogenen Sperrholzbrettern zusammengestückelten Baracken, die allenfalls noch Gebete vor dem Einsturz bewahren können. Und diese grotesk entstellten Gebilde wuchern überall vor den Straßen der Reichen, als wollten sie über die Pracht ihrer glücklicheren Nachbarn wachen.

Dieser Kontrast mit seiner ganzen makabren Ironie blieb Nicole natürlich nicht verborgen, als der Chauffeur Dennisons Mercedes durch die Boulevards von San Benito steuerte.

»Die meisten Einwohner hier ziehen es vor, die Slums zu ignorieren«, erklärte ihr Dennison, als sie das Thema ansprach. »Das ist auch einer der Hauptgründe, warum die Sicherheitsvorkehrungen trotz des offiziellen Endes des Bürgerkriegs beibehalten wurden. Jetzt droht der Gesellschaft eine andere Gefahr: das Verbrechen. Und wie überall auf der Welt tun die Besitzenden alles, damit sich nichts an den bestehenden Verhältnissen ändert. Sie wollen nicht, daß die Armen sich auf ihrem Territorium breitmachen. Folglich treffen sie alle zu ihrem Schutz nötigen Vorkehrungen. Auf den meisten Grundstücken hier patrouillieren bewaffnete Wächter.«

»Und die werden von Ihrer Firma gestellt?«

»Viele davon arbeiten für mich, ja. Die meisten sind ehemalige Soldaten, die dankbar waren, wieder eine Anstellung zu finden, als die halbe Armee nach Inkrafttreten des Waffenstillstands heimgeschickt wurde.«

Nicole bedachte Dennison mit einem Blick von der Seite. »Das klingt ja so, als wären Sie nicht damit einverstanden, wie man mit der Armee umgegangen ist.«

»Die Nationalgarde hat damals viele ihrer Soldaten direkt von den Schulen rekrutiert. Sie kannten kein anderes Leben. Als dann eine Horde Politiker das Heer am Verhandlungstisch dezimierte, wurden diese jungen Männer mit wenig oder überhaupt keinem Geld und ohne echte Aussicht auf einen vernünftigen Beruf einfach auf die Straße geworfen. Gleichzeitig schlägt den Soldaten im ganzen Land heftige Ablehnung entgegen. So traurig es ist, aber der Haß der Bevölkerung wird größtenteils von linken Politikern mit völlig haltlosen Behauptungen über angebliche Greueltaten geschürt. Leider schlagen diese Vorurteile auch auf den Beschäftigungsmarkt durch: man verweigert den Soldaten Arbeit. Es ist eine Schande, daß man diese jungen Männer, die sich für ihr Land aufgeopfert haben, so behandelt.« Ein wehmütiges Lächeln huschte über Dennisons Lippen. »Es ist immer wieder die gleiche Geschichte, die ich von meinen Angestellten zu hören bekomme. Diese Männer sind von der Regierung bitter enttäuscht.«

»Das ist ja auch nur zu verständlich«, stimmte Nicole spontan zu. Danach hätte sie sich allerdings am liebsten auf die Zunge gebissen.

»Da vorn kommt gleich das Haus«, verkündete Dennison. »Es wird Ihnen bestimmt gefallen.«

Als der Mercedes vor einem schmiedeeisernen schwarzen Flügeltor anhielt, trat aus einem Häuschen dahinter ein mit Khakihose und brauner Schirmmütze bekleideter Wächter und beäugte den Wagen mißtrauisch durch das Gitter. Seine Hand ruhte auf dem Griff einer Uzi-Maschinenpistole. Der Chauffeur ließ das Fenster herunter und rief dem Wächter etwas zu, woraufhin dieser ihn hereinwinkte und per Fernbedienung das Tor öffnete. Als der Mercedes an ihm vorbeifuhr, nahm der Mann Haltung an und salutierte, um gleich darauf das Tor wieder zu schließen und in seinem Häuschen zu verschwinden.

Der Mercedes glitt auf einer von Bäumen gesäumten Auffahrt weiter und bog nach gut fünfzig Metern auf die großzügig angelegte Kiesfläche des Vorhofs ein. An dessen Ende stand ein im spanischen Stil erbautes prachtvolles zweistöckiges Herrenhaus mit rotem Ziegeldach und weiß getünchter Fassade, die einen lebhaften Kontrast zu den schwarzen Fensterläden bildete. Der Chauffeur parkte den Wagen vor einem Portal, stieg aus und hielt Nicole die Tür auf. Ein uniformiertes Dienstmädchen, ungefähr so alt wie Nicole, näherte sich über den Vorhof und begrüßte sie freundlich auf spanisch.

»Das ist Manuela«, stellte Dennison vor. »Sie ist die Haushälterin. Leider kann sie kein englisch. Sie lebt hier zusammen mit ihrem Mann, der meinen Gästen als Chauffeur dient. Sein Name ist Raoul. Er ist im Moment am Flughafen, um Ihr Gepäck zu holen, müßte aber bald zurück sein. Leider spricht auch er nicht englisch, doch das ist nicht so schlimm. Wenn Sie irgendwohin wollen, brauchen Sie nur die Adresse aufzuschreiben, und er fährt Sie hin.«

Nicole nickte. »Das werde ich gerne machen, danke.«

Dennison drehte sich mit ausladender Geste zum Haus um. »Und was halten Sie davon?«

»Sie haben mir nicht zuviel versprochen«, antwortete sie wahrheitsgemäß. »Ich kann mir gut vorstellen, daß Ihre Gäste alle genauso beeindruckt sind.«

»Die beeindruckt vor allem, daß sie eine kostenlose Unterkunft haben«, grinste Dennison. Er führte sie zu einem Holztor, sperrte es auf und forderte sie mit einer Geste auf, durchzugehen.

Mit zögernden Schritten betrat sie die Anlage und ließ staunend das ganze Ambiente auf sich wirken. Ein geschmackvoll gepflasterter Weg schlängelte sich zwischen zahllosen farbenprächtigen kleinen Blumenbeeten hindurch und führte vorbei an einem rautenförmigen Swimmingpool in der Mitte des üppig grünen Gartens zur überdachten Terrasse an der Rückseite des Gebäudes. Am anderen Ende kehrte ein Gärtner mit entblößtem Oberkörper die Tennisanlage. Als er Dennison sah, verbeugte er sich tief.

Der Amerikaner nahm den Gruß mit einer Handbewegung zur Kenntnis und ging weiter zu einem im Schatten eines Sonnenschirms stehenden Tisch beim Swimmingpool. Während er sich setzte, kauerte sich Nicole vor das Becken und ließ die Finger durch das glitzernde Wasser gleiten. »Schwimmen Sie?« wollte er wissen.

»Bei jeder sich bietenden Gelegenheit. Aber das ist nichts im Vergleich zu Michelle. Sie ist eine richtige Wasserratte. Ihr Lieblingsstrand ist der Oak Street Beach an der Golden Coast. Leider ist das auch der bevölkertste Strand im Einzugsbereich von Chicago, vor allem an den Wochenenden. Aber Sie wissen ja, wie Kinder sind. Sie können gar nicht genug Leute um sich herum haben. Ich persönlich würde ja lieber ...« Ihre Stimme erstarb. »Also wirklich«, fuhr sie mit einem verlegenen Lächeln fort. »Sie stellen mir eine ganz einfache Frage, und was mache ich? Ich halte Ihnen einen Vortrag über die Chicagoer Strände.«

»Im Gegenteil«, erwiderte Dennison. »Ich bin Ihnen für jeden Einblick in Michelles Charakter dankbar. Im Moment habe ich ja nichts als ihr Gesicht auf einem Foto. Ich würde gern noch mehr über sie erfahren.«

»Dann sind Sie bei mir auf alle Fälle an die Richtige geraten«, sagte Nicole, die immer noch die Hand ins Wasser hängen ließ. »Ich wünschte, ich hätte meinen Badeanzug dabei. Na ja, dann muß ich wohl in die Stadt fahren und mir einen kaufen.«

»Das ist nicht nötig«, meinte Dennison. »Im Haus werden Sie ganze Schubladen voll davon finden. Da wird sicher was Passendes für Sie dabei sein. Ich gebe viele Poolpartys, wissen

Sie, und meistens hier, weil der Swimmingpool bei mir viel kleiner ist.«

»Ich nehme Sie beim Wort.« Nicole richtete sich auf und setzte sich ihrem Gastgeber gegenüber an den Tisch. »Wo leben Sie eigentlich? Auch in San Benito?«

Dennison nickte. »Zu meinem Haus sind es nur fünf Minuten mit dem Auto. Ich würde es Ihnen gern mal zeigen. Vielleicht noch heute? Möchten Sie am Abend zum Dinner kommen? Bei der Gelegenheit könnten wir uns auch über Michelle unterhalten.«

Auf einmal sah sich Nicole in einem Dilemma. Falls Dennison an den Putschplänen beteiligt war, wäre es höchst töricht von ihr, wenn sie Informationen preisgäbe, die ihn und seine Spießgesellen auf die Spur von Michelle bringen könnten. Aber hatte sich Rich nicht vielleicht doch in Dennison getäuscht? Sie vertraute immer noch zuallererst Richs Gefühl, doch zugleich war ihr eindringlich bewußt, daß Michelle irgendwo in diesem Land auf sie wartete, wahrscheinlich allein und total verängstigt ...

»Ah, die Erfrischungen!« kündigte Dennison an und klatschte erfreut in die Hände, als Manuela mit einem Tablett aus der Küche kam.

Nicole war froh über die Ablenkung. Sie sah zu, wie Manuela zwei Gläser mit einem kalten Getränk aus einer Karaffe füllte und auf den Tisch stellte, um sich dann wieder zurückzuziehen. »Ist das ein exotischer salvadorianischer Drink?«

»Es ist leider nichts Exotischeres als ein Fruchtsaft. Aber an Tagen wie heute gibt es nichts Erfrischenderes.«

Nicole nippte daran. Mangosaft. Und er schmeckte wirklich großartig. sie trank das halbe Glas leer und lehnte sich zurück. »An das Leben hier könnte ich mich gewöhnen«, verkündete sie und streckte die entblößten Beine in die Sonne.

»Ich bin längst süchtig danach«, lächelte Dennison. »Ein Leben woanders könnte ich mir gar nicht mehr vorstellen. Der einzige Grund, warum ich meinen amerikanischen Paß noch behalte, ist der, daß er einem das Reisen erleichtert. Ansonsten betrachte ich mich als Salvadorianer.«

Nicole schwenkte nachdenklich den Inhalt ihres Glases

hin und her. »Es heißt, einen wahren Patrioten erkennt man daran, daß er bereit wäre, für sein Land das Leben zu lassen. Oder, wie in Ihrem Fall, für seine Wahlheimat. Würden Sie für dieses Land auch sterben?«

»Mit Freuden!« antwortete Dennison ohne zu zögern. Er sah sie scharf an. »Vielleicht sollte man diese Regel gerade angesichts der Immigrantenflut einführen, die Jahr für Jahr über die Vereinigten Staaten hereinbricht. Womöglich ließe sich damit die Spreu vom Weizen trennen. Aber wenn wir die Parasiten ausmerzen, kommen bestimmt wieder die Aktivisten irgendwelcher Menschenrechtsorganisationen daher und reißen den Mund auf. Merkwürdig ist nur, daß ich noch keinen von ihnen habe klagen hören, wenn amerikanische Staatsbürger ihren Job an sogenannte Flüchtlinge verloren haben.«

Nicole hielt seinem Blick stand. »Und was würden Sie mit den Einwanderern machen, die sich nicht an Ihre Regel halten?« fragte sie. »Sie in die Heimat zurückschicken, wo ihnen Folter und Tod durch die Schergen irgendeiner Diktatur drohen?«

»Was ist ein politischer Flüchtling anderes als ein Unruhestifter in seinem Heimatland?«

Nicole schüttelte verständnislos den Kopf. »Wissen Sie was? Einigen wir uns lieber darauf, daß wir uns nicht einigen können, und lassen es so stehen.«

»Wie Sie meinen«, lachte Dennison. »Aber um noch mal auf die erste Frage zurückzukommen: Für welches Land wären denn *Sie* bereit zu sterben? Sie sagen, Sie hätten französische Eltern, seien in Afrika aufgewachsen und lebten jetzt in den Staaten. Eine interessante Konstellation, würde ich meinen.«

»Ich bin eine Nomadin. Seit frühester Kindheit schon. Und im Herzen einer Nomadin ist kein Platz für Patriotismus. Kämpfen würde ich nur für meine Tochter.«

»Bewundernswert«, sagte Dennison. Sein Blick richtete sich an Nicole vorbei auf eine Gestalt, die am Tor erschienen war. Er winkte den Mann zu sich, stand sogleich auf und begrüßte ihn mit einem herzlichen Händedruck.

Nicole hatte das Gefühl, diesen Mann schon einmal gesehen zu haben. Er war Anfang Vierzig und hatte einen adrett gestutzten schwarzen Schnurrbart und schütteres dunkles Haar, das er sich nach hinten gekämmt hatte, um die kahle Stelle am Scheitel zu verdecken. Während die zwei Männer sich auf spanisch unterhielten, konnte sie ihn unauffällig mustern, und je länger sie ihn ansah, desto sicherer war sie, daß sie dieses Gesicht kannte. Aber woher?

Dennison wandte sich ihr wieder zu. »Das ist der Mann, den ich in der Botschaft erwähnt habe. Er ist der Chef der Präsidentengarde und wurde jetzt offiziell mit der Untersuchung von Bob Kinnards Tod beauftragt. Mrs. Nicole Auger, Colonel Hector Amaya.«

Plötzlich hatte sie wieder Richs Worte in den Ohren: *Bei meinem letzten Aufenthalt in El Salvador war Dennison der Busenfreund von Major Hector Amaya, eines hohen Offiziers des Atlacatl-Bataillons – das ist die Eliteeinheit des salvadorianischen Militärs. Amaya war angeblich auch eng mit den Todesschwadronen verbunden ...* Es fiel ihr wie Schuppen von den Augen. Genau! Sie hatte ihn auf dem Hochzeitsfoto gesehen, das Pruitt ihr gestern in Richs Wohnung gezeigt hatte und auf dem er neben Dennison stand.

»Sie sehen ja aus, als wäre Ihnen soeben ein Gespenst erschienen«, scherzte Amaya.

»Seien Sie mir nicht böse, aber ich habe mich auf einmal schrecklich schwindlig gefühlt«, sagte Nicole, die sich selbst verübelte, daß sie sich so wenig unter Kontrolle hatte. Zur Vorsicht rieb sie sich leicht an der Schläfe und hoffte, daß das nicht allzu theatralisch wirkte. »Wahrscheinlich bin ich die Hitze hier noch nicht gewöhnt.«

»So wie Sie aussehen, haben Sie eher ein paar Stunden Schlaf nötig«, sagte Amaya und setzte sich auf den freien Stuhl.

»Wäre keine schlechte Idee«, stimmte Dennison zu. »Zumindest würde Ihnen das nicht schaden. Und sobald wir Neuigkeiten von Ihrer Tochter haben, wecken wir sie auf.«

»Es wird schon gehen, danke«, entgegnete Nicole, ohne den Blick von Amaya zu wenden. »Sagen Sie, wo haben Sie englisch gelernt?«

»In einer Abendschule in San Salvador, als ich noch Unteroffizier bei der Nationalgarde war. Außerdem wurde mir eine Ausbildung bei der zweiundachtzigsten Kompanie der US-Luftwaffe in Fort Bragg in North Carolina zuteil. Dort habe ich einige ihrer blumigsten Ausdrücke aufgeschnappt. Was immer man über die amerikanischen Soldaten sagen kann, auf den Mund gefallen sind sie nicht.«

»Das kann ich nur bestätigen«, meinte Nicole lächelnd.

»Marlette war doch nie bei der amerikanischen Armee, oder?« erkundigte sich Dennison.

Nicole schüttelte den Kopf. »Nein. Er verbrachte fünf Jahre bei der französischen Fremdenlegion und machte sich dann zusammen mit Brad Casey in Nordafrika selbständig.«

»Ich kenne Casey gut«, meinte Amaya. »Er war mein Ansprechpartner in den Staaten, als ich für die Anwerbung von ausländischen Soldaten zur weiteren Ausbildung unserer Nationalgarde zuständig war. Treffen Sie Brad manchmal noch?«

*Du falsches Luder!* dachte Nicole wütend, doch diesmal ließ sie sich nichts anmerken. »Brad ist tot. Er wurde gestern in seiner Bar in New York erschossen.«

»Das ist ja schrecklich!« rief Amaya. »Hat die Polizei schon eine Ahnung, wer es war?«

»Ich glaube, sie verfolgt mehrere Spuren«, log Nicole. Keiner der beiden zeigte sich irgendwie beunruhigt, aber das überraschte sie nicht weiter. Das waren eiskalte Profis.

»Apropos Spuren«, wandte sich Dennison an Amaya, »wie kommen Sie in Ihren Ermittlungen voran?«

»Wir gehen der Sache mit diesem Cockney nach. Das ist im Moment noch unser bestes Indiz. Oder vielmehr unser einziges. Die Passagierlisten vom Flughafen haben bisher nichts ergeben, aber wenn sich meine Vermutung bestätigt, daß er mit falschem Paß eingereist ist, dann könnte es noch sehr lange dauern, bis alle Verdächtigen aussortiert sind. Wir haben bereits Interpol um Hilfe bei der Überprüfung der vielen Namen gebeten.« Amaya sah Nicole betrübt an. »Es tut mir leid, daß ich Ihnen im Moment nicht allzuviel Mut machen kann, aber seien Sie versichert, daß wir alles in unserer Macht

Stehende tun, um diesen Mann aufzuspüren. Und wenn wir ihn finden, stellen wir ihn vor Gericht!«

»Im Moment geht es mir mehr darum, Michelle zu finden, als Bobs Mörder zu schnappen.«

»Das sehe ich ganz genauso«, erklärte Dennison.

*Aber klar doch*, dachte Nicole bitter.

Amaya sah auf die Uhr. »Sie müssen mich entschuldigen, ich habe noch einen dringenden Termin. Mrs. Auger, ich muß Sie noch bitten, den Toten offiziell zu identifizieren. Dürfte ich Sie um vier Uhr nachmittags abholen und ins Leichenschauhaus fahren?«

»Ja, das wäre machbar«, antwortete Nicole ernst.

»Das ist sehr freundlich von Ihnen, danke«, sagte Amaya und erhob sich.

Dennison trank sein Glas leer und stand ebenfalls auf. »Und ich muß mich auch verabschieden. Ich war heute noch gar nicht im Büro. Bei meinem letzten Anruf meldete mir meine Sekretärin, daß der Schreibtisch sich unter den vielen Mitteilungen förmlich biegt. Aber ich kann doch davon ausgehen, daß Sie zum Dinner heute abend kommen?«

Das hatte Nicole ganz vergessen. Sie hatte vorhin weder zu- noch abgesagt. Aber was blieb ihr schon übrig? Sie konnte seine Einladung schlecht ausschlagen. »Ja, natürlich«, antwortete sie und gab sich alle Mühe, einen halbwegs begeisterten Ton anzuschlagen.

»Sehr schön. Dann holt mein Fahrer Sie um acht Uhr ab.« Dennison wandte sich Amaya zu. »Und Sie sind auch herzlich eingeladen.«

»Leider habe ich um halb acht eine Besprechung mit dem Präsidenten«, antwortete der andere. »Er wünscht über die Ermittlungen auf den neuesten Stand gebracht zu werden.«

Die zwei Männer ließen Nicole am Swimmingpool zurück und gingen zum Holztor am Ende der Gartenanlage.

»Was halten Sie von ihr?« fragte Amaya, nun wieder auf spanisch, als sie weit genug weg waren.

»Lebhaft, fällt mir spontan ein. Bevor wir hierher gekommen sind, bin ich mit ihr zu Hersch in die Botschaft gefahren. Sie wußte, daß Marlette aus El Salvador ausgewiesen worden ist, nur kannte sie den Grund nicht, und darum beschloß Hersch in seiner unendlichen Weisheit, daß sie ihn erfahren müsse. Sie glaubte ihm kein Wort und warf ihm sogar vor, daß die Botschaft ganz schön leichtgläubig sein müsse, wenn sie sich eine solche Geschichte andrehen lasse. Und als Hersch die Botschaft zu verteidigen versuchte, griff sie ihn nur noch heftiger an.« Dennison gluckste vor sich hin. »Sie hätten sein Gesicht sehen sollen. Ich glaube, er war ziemlich erleichtert, als er sie endlich von hinten sah.«

»Was haben Sie über Marlette herausgefunden?«

»Sie gab zu, daß sie ihn gestern in New York gesprochen hat, sagte aber, daß er sich geweigert hätte, ihr zu helfen.«

»Glauben Sie ihr?« fragte Amaya, als sie Dennisons Mercedes erreicht hatten.

Mit einer Handbewegung verscheuchte Dennison seinen Chauffeur, als dieser schon Anstalten machte, ihm die Hintertür aufzuhalten. Er wartete, bis der Mann sich so weit entfernt hatte, daß er sie nicht mehr hören konnte. »Nein«, antwortete er kurz und bündig.

»Sie glauben also, daß er schon in El Salvador ist?«

»Das ist anzunehmen, ja«, sagte Dennison und lehnte sich mit verschränkten Armen gegen die Wagentür.

»In der New Yorker Söldnergemeinde heißt es, er sei nach Bosnien aufgebrochen«, meinte Amaya. »Er hat für heute morgen einen Flug nach Sarajewo gebucht.«

»Das ist eine auffällige Häufung von Zufällen. Ich schätze eher, daß er uns damit auf eine falsche Fährte locken wollte. So etwas muß er ja auch versuchen; er weiß genau, was ihm passiert, wenn er noch einmal in El Salvador erwischt wird.«

»Haben Sie schon Befehl gegeben, ihn auf der Stelle zu erschießen?«

»Nein, ich möchte, daß er lebend gefangengenommen wird«, antwortete Dennison sehr zu Amayas Überraschung und klärte ihn dann über das auf, was ihm Hersch unter vier Augen gesagt hatte.

Amaya zeigte sich bestürzt. »Wenn Marlette als erster auf das Video stoßen sollte, wäre der ganze Putsch gefährdet!«

»Über hundert von meinen Männern durchkämmen bereits

das ganze Land nach der Kleinen. Jedem ist eine ganz bestimmte Gegend zugewiesen worden, die er wie seine Westentasche kennt. Und da kommen Sie zu der Annahme, daß Marlette, der nicht mal ein halbes Jahr in El Salvador verbracht hat, sie ganz allein finden könnte?«

»Unterschätzen Sie Marlette nicht«, warnte ihn Amaya.

»Das habe ich bestimmt nicht vor«, entgegnete Dennison. »Aber Marlette ist auf Kontakte angewiesen, wenn er überhaupt eine Chance haben will, seinen Plan zu verwirklichen. Und Sie können sicher sein, daß meinen Leuten jede ungewöhnliche Aktivität in ihrem Gebiet sofort auffällt. Keine Angst, Hector, wir haben die Sache voll im Griff. Der Putsch wird wie geplant übermorgen durchgezogen.«

»Das hoffe ich auch, allein schon um Ihretwillen.«

Obwohl er noch nie in Honduras gewesen war, wußte Marlette, was für Gefahren den großen Jets auf dem Landeanflug zum Toncontin-Flughafen von Tegucigalpa drohten. Er hatte es von Kollegen oft genug gehört: Da die Stadt ringsum von Bergen eingeschlossen war, mußten die Piloten bis zum letztmöglichen Moment warten, dann in extrem schnellem Sinkflug auf eine mehr als kurze Landebahn zurasen und ihr ganzes Können aufbieten, bis die Maschine endlich stand. Diese schlechten Bedingungen hatten natürlich jedes Jahr tödliche Abstürze zur Folge, weswegen immer mehr Flüge zum Morales-Flughafen von San Pedro Sula Ramon Villiera im Norden des Landes gingen.

Nun, besonders gern war Marlette noch nie geflogen, und eigentlich wäre ihm der sicherere Flughafen lieber gewesen, dennoch ließ er sich auf Tegucigalpa ein, weil es nur eine Autostunde von der salvadorianischen Grenze entfernt lag. Und der Zeitfaktor zählte nun mal ...

Marlette hatte wie immer einen Sitz neben dem Gang gewählt. Als der Jumbo den steilen Sinkflug begann, starrte er krampfhaft auf die Lehne des Sitzes vor sich. So sehr er sich auch bemühte, an etwas anderes zu denken, die Schreckensvorstellung, der geringste Flugfehler könnte dafür sorgen, daß er in der nächsten Statistik über die Opfer dieses Jahres auftauchte, konnte er nicht mehr abschütteln. Sollte seiner etwa so gedacht werden? Seine Befürchtungen erwiesen sich schließlich als unbegründet, da dem Piloten eine perfekte Landung gelang und er die Maschine sicher zum Terminal steuerte. Gleichwohl gehörte Marlette zu den ersten, die ausstiegen. Als er in das gleißende Sonnenlicht trat, kramte er hastig seine Sonnenbrille hervor. Er hatte vergessen, wie brutal die Hitze von Zentralamerika sein konnte. Entsprechend froh war er, daß er gleich wieder in das mit einer Klimaanlage ausgestattete Terminal treten durfte, wo er sich in eine lange Warteschlange vor der Paßkontrolle einreihte. Als er endlich an die Reihe kam, musterte ihn der Beamte äußerst mißtrauisch. Marlette nahm seine Sonnenbrille ab und schob mit einem freundlichen Gruß auf spanisch seinen Flugschein und die gefälschten Papiere durch den Schlitz unter der Glasscheibe. Er hatte gehört, daß die honduranischen Behörden äußerst strenge Einreisebestimmungen hatten und wußte von mehr als einem Söldner, der nicht ins Land gelassen worden war, weil er keinen Rückflugschein oder einen liberianischen Stempel im Paß hatte. Marlette dagegen hatte keinen Grund zur Unruhe. Er sah gelassen zu, wie der Mann seine Dokumente durchblätterte – die CIA hatte ihre Hausaufgaben mit Sicherheit gründlich erledigt und ihm nur Stempel von Ländern in den Paß gedrückt, die diplomatische Beziehungen zu Honduras unterhielten. Fehler hätten sie sich in seinem Fall gar nicht leisten können. Als der Beamte ihn in gebrochenem Englisch über seine Ziele in Honduras zu befragen versuchte, versicherte ihm Marlette sofort, daß er auch spanisch spreche. Das beruhigte den Mann sichtlich, und in dem angenehmen Gefühl, die Schlacht schon halb gewonnen zu haben, legte er die Bescheinigung über seine Unterbringung während des Aufenthalts und eine Deviseneinfuhrerklärung vor. Daraufhin studierte der Beamte noch einmal seinen Paß und den Flugschein und griff endlich nach dem Stempel. Nachdem er eine freie Seite gefunden und sie mit dem Hoheitszeichen seines Landes geziert hatte, reichte er Marlette alle Dokumente zurück.

Marlette fand die Gepäckausgabe, barg seinen schlichten Koffer und machte sich auf den Weg zum Zoll.

»*Señor* Graves?« fragte ihn eine Stimme.

Dank des Fotos, das ihm Pruitt gezeigt hatte, erkannte Marlette den Mann auf Anhieb. Er nickte und reichte ihm wie mit Pruitt vereinbart seinen Paß. Der Mann überprüfte nur das Foto und gab ihm das Dokument gleich wieder zurück. Dann bedeutete er Marlette, ihm zu folgen. Draußen wehrte er mit einer Handbewegung die Taxifahrer ab, die den Ausgang belagerten, und führte Marlette zu einem im Parkhaus abgestellten grünen Peugeot. Wenige Minuten später brausten sie den Pan American Highway in Richtung El Salvador hinunter. Der Mann erwies sich als penetranter Schwätzer und plapperte auch dann noch vor sich hin, als Marlette ihm längst klargemacht hatte, daß ihm durchaus nicht nach Small talk war.

Nach fünfzig Minuten verließen sie in der Nähe des Grenzorts Goascoran den Highway und hielten schließlich auf dem Gelände einer stillgelegten Tankstelle hinter einem zerbeulten Ford-Pickup an. Marlette verfolgte aufmerksam, wie sein Fahrer sich dem Insassen des Ford näherte, konnte aber nicht verstehen, was er zu ihm sagte. Schließlich winkte der Fahrer ihn zu sich. Marlette griff gerade nach seinem Gepäck, als die Tür des Ford aufging und die Person heraussprang. Erst jetzt sah er, daß es sich nicht um einen Mann handelte, sondern um eine Frau Mitte Zwanzig. Von ihrem linken Ohr bis zum Halsansatz verlief eine tiefe Narbe. Ungeduldig deutete sie mit dem Daumen auf ihren Pickup.

Marlette nickte. Eilig packte er ein paar Sachen von seinem Koffer in eine Reisetasche um und ließ den Koffer im Peugeot zurück. Man würde sein Gepäck in einem Schließfach im Flughafen verwahren, aus dem er es bei seiner Rückkehr nach Tegucigalpa abholen konnte. Er ging zum Ford hinüber, warf die Tasche auf die Ladefläche und kletterte auf den Beifahrersitz. Wortlos ließ die Frau den Motor an und fuhr mit quietschenden Reifen an. Der Peugeot blieb in einer Staubwolke zurück. Als sie die Tankstelle hinter sich gelassen hatten, deutete sie auf einen Rucksack zu Marlettes Füßen. Er hob ihn behutsam auf seinen Schoß und öffnete ihn. Darin befanden sich alle Waffen, die er bei Pruitt bestellt hatte. Wie so viele seiner Kollegen schwor Marlette auf die Marke Heckler & Koch, deren Produkte ihm schon mehrfach das Leben gerettet hatten. Der Rucksack enthielt eine P9S Automatic mit neun zusätzlichen Magazinen und eine MP5-Maschinenpistole mit fünf Ersatzmagazinen. Wie versprochen gab es auch Tarnkleidung der Armee, ein Überlebensmesser von Buckmaster mit einer zwanzig Zentimeter langen gezackten Klinge und ein Fernglas von Zeiss. Auch der Halfter für die Pistole und eine Messerscheide fehlten nicht. Nachdem er den Rucksack wieder auf den Boden gestellt hatte, erkundigte sich Marlette, wie weit es noch zur Grenze wäre. Die Fahrerin öffnete und schloß die Hand zweimal. »Zehn Kilometer?« Sie nickte und deutete auf ihren Mund. Erst jetzt erkannte Marlette zu seinem Entsetzen, daß man ihr die Zunge herausgeschnitten hatte.

Die ungeteerte Straße schien sich endlos in ein Niemandsland zu erstrecken. Das war offenbar auch der Grund, warum man sie gewählt hatte. Auch wenn Marlette nicht mit Bestimmtheit zu sagen vermochte, wann sie die Grenze überquerten, konnte er doch davon ausgehen, daß sie es nach El Salvador geschafft hatten, als der Pickup sich zwischen Minenkratern hindurchzuschlängeln begann. An den ausgebrannten Überresten eines Militärtransporters, der vor Jahren im Straßengraben liegengeblieben war, entzifferte Marlette die inzwischen verwitterten Buchstaben ›FMLN‹. Damit stand endgültig fest, daß sie sich in El Salvador befanden. Diese Initialen standen für *Farabundo Marti Frente de Liberaciòn Nacional* – Farabundo-Befreiungsfront – die mit Abstand populärste und mächtigste Vereinigung unter den marxistischen Guerillatruppen in dem langjährigen Bürgerkrieg. Bei den Waffenstillstandsverhandlungen hatte die FMLN sich bereit erklärt, die Waffen niederzulegen, wenn die Regierung ihrerseits ihre Armee um die Hälfte reduzierte. Außerdem hatte sie auf ihren in all den Jahren stets aufrechterhaltenen Anspruch auf eine Beteiligung an der Regierung verzichtet. Beide Bedingungen waren für den am

1. Januar 1992 unterzeichneten Vertrag unerläßlich gewesen. Zwar hatte Marlette Gerüchte gehört, wonach sich ein harter Kern von FMLN-Guerillas weigerte, es ihren Genossen gleichzutun; sie hatten sich angeblich in den Norden des Landes zurückgezogen, wo sie nach wie vor Rückhalt in der Bevölkerung fanden, doch dafür fehlte jeder Beweis. Abgesehen davon war ihm das alles herzlich egal. Für ihn war der Bürgerkrieg offiziell beendet, und er wurde auch nicht dafür bezahlt, sich an Kämpfen gegen Rebellen zu beteiligen. Nicht mehr.

Ein resolutes Zupfen an seinem schweißgetränkten Ärmel riß ihn aus seinen Gedanken. Die Frau deutete auf ein Dorf in der Ferne. Sie fuhren weiter in diese Richtung und kamen schließlich mitten auf einem Dorfplatz vor einer roten Ziegelkirche, die den ganzen Ort beherrschte, zum Stehen. Marlette betrachtete das massive Eichenportal, dann fiel sein Blick auf die Einschußlöcher, die die Wand wie Pockennarben übersäten und unverkennbar darauf hinwiesen, daß der Bürgerkrieg wirklich jeden Winkel dieses kleinen Landes heimgesucht hatte.

Winzige Hände klammerten sich an Marlette, als er aus dem Ford kletterte, und grinsende Kindergesichter sahen zu ihm empor. Ihm fiel auf, daß viele von ihnen Ketten aus abgeflachten Projektilen um den Hals trugen, die sie vermutlich aus den Gebäuden gegraben hatten. Auf einmal empörte es ihn, zu sehen, wie gründlich der Bürgerkrieg sogar die Unschuld der Kindheit zerstört hatte. Er kauerte sich nieder und winkte den Jungen, der sich am nächsten zu ihm hingewagt hatte, zu sich. Der Kleine eilte auf ihn zu, und Marlette strich mit der geschlossenen Hand kurz an seinem Ohr vorbei. Als er die Finger wieder öffnete, lag eine glänzende Fünfzigcentavomünze in seiner Handfläche. Der Junge betastete unwillkürlich sein Ohr. Erst sah er perplex drein, dann nahm er die Münze mit einem entzückten Kichern an sich. Nun zog Marlette eine Handvoll Geldstücken aus der Tasche und warf sie auf die Erde. Während die Kinder sich um das Geld balgten, hängte er sich den Rucksack um und holte die Reisetasche von der Ladefläche. Dann bedankte er sich bei der Fahrerin mit in die Höhe gerecktem Daumen. Sofort ließ sie den Motor an, wendete und fuhr davon.

Marlette hörte ein Geräusch hinter sich. Er drehte sich um und sah einen jungen Priester auf der obersten Stufe zur Kirche stehen. »*Padre* Lorenzo?« fragte er.

»*Si*«, lautete die Antwort.

»Ich nehme an, Pater Coughlin hat Sie von meiner Ankunft unterrichtet?« erkundigte sich Marlette auf spanisch.

Pater Lorenzo nickte. »Richtig, er hat es mir gesagt. Als ich hörte, daß Sie auf dem Weg hierher sind, habe ich ihn per Funk benachrichtigt. Er bat mich, Ihnen einen Wagen zu besorgen. Sie werden bald abgeholt.«

»Vielen Dank.«

»Ich will Ihren Dank nicht«, knurrte Lorenzo. »Ich bin froh, wenn Sie mein Dorf so schnell wie möglich verlassen. Glauben Sie, wäre es nicht Pater Coughlin zuliebe, hätte ich mich nie auf diese Sache eingelassen. Mir kam zu Ohren, was Sie diesem Mädchen in San Salvador angetan haben. Sie und Ihresgleichen haben hier nichts zu suchen.«

»Sie sollten nicht alles glauben, was man Ihnen sagt, Pater«, entgegnete Marlette gereizt. Er wischte sich mit dem Handrücken den Schweiß von der Stirn. »Darf ich drinnen warten, bis der Wagen hier eintrifft?«

»Was haben Sie in diesen Taschen?« wollte Lorenzo wissen. »Waffen?«

Marlette sah auf den Jungen hinab, der sich, die Hand fest um die Fünfzigcentavomünze geschlossen, neben ihn gestellt hatte, und streichelte ihm übers Haar. »Ich glaube, Sie kennen die Antwort bereits, Pater Lorenzo.«

»Dann lassen Sie die Tasche draußen stehen. In meiner Kirche dulde ich keine Waffen.«

»Ich soll sie stehen lassen, damit die Kinder sie entdecken? Sie wissen doch so gut wie ich, wie neugierig sie in diesem Alter sind.«

Lorenzo warf einen Blick auf die spielenden Kinder. »Kommen Sie rein«, sagte er abrupt und verschwand im Inneren der Kirche. Marlette nahm seine Reisetasche und folgte ihm.

»*Padre, Padre!*« rief eine Stimme ängstlich in ihrem Rücken.

Marlette fuhr herum und sah ein Mädchen auf die Kirche zurennen.

Aufgeschreckt von ihrem Ton, ließ Lorenzo den Amerikaner stehen und eilte die Stufen hinunter.

»*Soldados!*« keuchte sie und deutete aufgeregt auf die Straße.

Soldaten. Marlette unterdrückte einen Fluch. Das hatte ihm gerade noch gefehlt. Hatten sie etwa die Fahrerin abgefangen? Wie lange würde sie in einem Verhör durchhalten können? Und was wurde aus ihm?

Lorenzo sah zu Marlette auf. »Suchen die Soldaten etwa Sie?«

»Das ist möglich«, gab der Amerikaner zu.

Lorenzo forderte das Mädchen auf, mit den übrigen Kindern zum Fluß hinunterzugehen. Dann würde wenigstens ihnen nichts passieren, falls die Soldaten das Dorf durchsuchten. Kaum war sie losgelaufen, eilte er zu Marlette zurück, packte ihn am Arm und zerrte ihn ins Kircheninnere. »Ich weiß nicht, was Sie in El Salvador vorhaben, und will es ehrlich gesagt auch nicht wissen, aber im Augenblick gefährden Sie mit Ihrer bloßen Anwesenheit das Leben aller Dorfbewohner. Und die liegen mir am Herzen.«

»Was wollen Sie tun? Mich den Soldaten ausliefern?«

»Ich habe Pater Coughlin versprochen, daß Sie bei mir in Sicherheit sind, bis man Sie abholt, und ich werde mein Wort halten. Hinter der Kirche ist ein Anbau. Dort kann ich Sie verstecken, bis sie wieder weg sind.«

Marlette folgte dem Pfarrer zu dem Holzbau, der sich gegenüber der Sakristei befand. Auf ein Zeichen Lorenzos hin trat er ein und sah sich um. Zwei zerbrochene Holzkisten lagen in einer Ecke. An der Wand gegenüber waren sechs Maissäcke abgeladen worden. Einer davon hatte einen Riß, und rings umher war der Boden mit Maiskörnern bedeckt. Die Bohlen knarzten, als Pater Lorenzo auf den ersten Sack zutrat. Mit vor Anstrengung verzerrtem Gesicht zog er ihn von seinem Platz. Darunter kam eine Falltür zum Vorschein, die er nun aufklappte. Marlette spähte ängstlich in die Öffnung, konnte aber in der Dunkelheit nichts erkennen.

»Was ist denn da unten?« fragte er mißtrauisch.

»Das war früher mal eine Versenkgrube«, beschied ihn Lorenzo. »Beeilen Sie sich, bevor die Soldaten kommen.«

Marlette warf seine Reisetasche durch die Öffnung und hörte sie dumpf auf der Erde unten aufschlagen. »Stellen Sie den kaputten Sack auf die Tür, sobald ich unten bin, und verstreuen Sie die Körner auf dem Boden; dann fällt ihnen nichts auf.«

»Okay, aber jetzt machen Sie endlich«, drängte Lorenzo.

Marlette stieg die rostige Leiter hinunter. Als seine Finger über Spinnenweben streiften, die überall zwischen den Sprossen hingen, schnitt er eine angewiderte Grimasse. Dann landete er auf dem harten Zementboden. Kaum hatte Lorenzo die Tür zugeklappt, hüllte ihn vollständige Dunkelheit ein. Er hörte ein Schleifgeräusch über sich, dem das Prasseln von Maiskörnern folgte. Jetzt waren nur noch sich entfernende Schritte zu hören, bis zum Schloß völlige Stille herrschte.

Marlette setzte den Rucksack ab und kauerte sich auf die Fersen. Was hätte er für ein Feuerzeug gegeben! Oder Zündhölzer. Zum erstenmal bedauerte er, daß er das Rauchen aufgegeben hatte. Doch er verdrängte diesen Gedanken gleich wieder. Es gab Wichtigeres. Falls sie ihn entdeckten, mußte er schußbereit sein. Er würde ganz bestimmt keine Skrupel haben, diese Soldaten zu töten – nicht, wenn sein Überleben davon abhing. Hastig tastete er nach dem Rucksack und schnallte ihn auf. Sobald er die Pistole gefunden hatte, schob er sie sich in den Gürtel. Plötzlich hörte er Stimmen. Sekunden danach näherten sich Schritte. Obwohl jetzt direkt über ihm gesprochen wurde, waren die Stimmen zu gedämpft, als daß er einzelne Worte hätte verstehen können.

Dann kam, was er befürchtet hatte: Der Maissack wurde über den Boden geschleift. Marlette schob den Rucksack hinter seine Füße und kauerte sich unter die Leiter. Im selben Moment wurde die Falltür aufgeklappt, und der Schein einer starken Taschenlampe fiel in den engen Raum. Zum erstenmal konnte Marlette erkennen, wo er überhaupt war. Er selbst war hinter der Leiter gut abgeschirmt. Der Schweiß brannte ihm gnadenlos in den Augen, doch er durfte ihn jetzt auf keinen Fall abwischen. Mit jeder Bewegung hätte er nur einen Schatten an die Wand geworfen. Der Lichtschein tastete die zerbröckelnde Ziegelwand ihm gegenüber ab, und er machte sich noch kleiner. Auf einmal spürte er ein Kribbeln im Genick – es war eine Spinne, die mit ihren langen, dünnen Beinen Schritt für Schritt seine Haut erforschte. Es erforderte all seine Selbstbeherrschung, sie nicht wegzufegen. Dann ein Knarzen, als ein dick besohlter Stiefel auf die oberste Leitersprosse gestellt wurde. Der Scheißkerl wollte sich das Loch doch tatsächlich genauer ansehen! Marlette packte die Automatic mit beiden Händen und richtete den Lauf langsam nach oben.

»Was willst du denn hier?« fragte auf einmal eine Männerstimme. Marlette befiel namenloses Entsetzen. Hatten sie ihn gesehen?

»Suchen Sie wen?« fragte ein dünnes Stimmchen zurück.

Marlette spürte förmlich die Erleichterung. Es war die Stimme des kleinen Jungen von vorhin.

»Ja. Einen *Yanqui*. Er ist etwa einsachtzig groß und spricht gut spanisch. Hast du ihn gesehen?«

Marlette hielt den Atem an. Der Kleine brauchte doch nur die Wahrheit zu sagen. Und taten Kinder nicht immer genau das im unpassendsten Augenblick?

»Nein«, lautete die Antwort.

»Was hast du denn da in der Hand?«

»Fünfzig Centavos.«

»Und wie kommt ein Junge wie du an ein Fünfzigcentavostück heran? Hast du es gestohlen?«

»Nein«, erwiderte der Junge mit vor Angst zitternder Stimme.

»Wer hat es dir dann gegeben?«

»Ich.«

Erst rätselte Marlette, wer das sein konnte, dann erkannte er Pater Lorenzos Stimme.

»Ich habe es bei meinem letzten Einkauf in San Miguel als Wechselgeld rausgekriegt«, fuhr der Pfarrer fort. »Und weil man in dieser Gegend nicht allzu oft neue Münzen sieht, habe ich mir gedacht, daß Eduardo sich darüber freuen würde. Ist das so schlimm?«

Mit einem verächtlichen Schnauben kletterte der Mann wieder nach oben und knallte die Falltür zu. Marlette wartete noch, bis die Stimmen sich verloren hatten, dann schlug er wütend nach der Spinne, die inzwischen seinen Mundwinkel erreicht hatte. Eilig wischte er sich ihre klebrigen Überreste von der Wange, ehe er hinter der Leiter hervorkroch. Endlich konnte er sich auch von all den Spinnweben befreien, die ihm über das schweißverschmierte Gesicht hingen.

Mit einem Schlag wurde die Falltür aufgerissen, und grelles Licht flutete zu ihm herunter. Instinktiv riß Marlette die Automatic hoch und krümmte den Finger um den Abzug. Es war nur der Junge. Sofort ließ Marlette die Waffe wieder sinken. Zu spät. Der Ausdruck panischer Angst in den Augen des Kindes verriet ihm, daß der Schaden nicht so schnell wieder gutzumachen war.

»Die Soldaten sind weg«, sagte der Junge, ließ die Tür wieder zufallen und verschwand.

Marlette verstaute die Pistole im Rucksack, den er sich über eine Schulter gehängt hatte, nahm die Reisetasche an sich und erklomm die Leiter. Der Junge wartete neben der Tür. Marlette kniete sich vor ihn hin. »Ich wollte dir keine angst machen, weißt du«, versuchte er ihn zu beruhigen. »Ich dachte, es wäre einer von den Soldaten.«

»Das waren keine Soldaten«, murmelte das Kind und ging.

Marlette eilte ihm nach. »Hey, Eduardo, warte doch!« Der Kleine blieb wie angewurzelt stehen. Woher wußte der Fremde seinen Namen? »Was soll das heißen – keine Soldaten?«

»Eduardo hat recht, das waren keine regulären Soldaten«, ließ sich Lorenzo von der Tür zur Sakristei her vernehmen. »Ich könnte mir vorstellen, daß sie ausgemustert worden sind. Ihre Vorgehensweise bei der Durchsuchung der Umgebung der Kirche ließ erkennen, daß sie militärisch ausgebildet wurden. Wahrscheinlich bei der Nationalgarde. Aber diese Männer waren alle unrasiert, und ihre Tarnkleidung war schmutzig und zerlumpt. Einer von ihnen hatte sogar schulterlange Haare. Außerdem wies ihr Jeep kein offizielles Kennzeichen auf. An der Armee in diesem Land ist vieles faul, aber sie legt stets Wert auf ein gutes Erscheinungsbild. Darum handelte es sich bei denen hier garantiert nicht um Soldaten der Armee.« Der Pfarrer sah auf die Uhr. »Ihr Transporter müßte in den nächsten zwanzig Minuten eintreffen. Sie können in der Kirche auf ihn warten.«

»Sie haben vorhin angedeutet, daß Sie ein Funkgerät haben. Könnten Sie mich mit Coughlin verbinden? Ich muß ihn vor der Abfahrt unbedingt sprechen.«

Lorenzo deutete auf das Pfarrhaus. »Das Gerät ist da drinnen. Ich werde es versuchen.«

Marlette wollte sich schon bedanken, hielt es dann aber für klüger, nichts zu sagen, und folgte dem Pater schweigend ins Pfarrhaus. Im Wohnzimmer stellte er Rucksack und Reisetasche ab und wartete mit vor der Brust verschränkten Armen, während Lorenzo versuchte, Coughlin im Waisenhaus in San Salvador zu erreichen. Als sich endlich jemand meldete, war das aber nicht der Priester, sondern einer seiner Mitarbeiter, der ihm erklärte, daß Coughlin gerade in einem anderen Raum unterrichte. »Es ist aber dringend«, beschwor Marlette den Pater, woraufhin dieser die Bitte weitergab.

»Er wird geholt«, erklärte er und erhob sich. »Ich nehme an, Sie wissen, wie man mit Funkgeräten umgeht.«

Marlette nahm seinen Platz ein und stülpte sich den Kopfhörer über die Ohren. »Das kriege ich schon hin, danke, Pater.«

Lorenzo verließ das Zimmer, während Marlette sich dem Funkgerät zuwandte. Der Amerikaner wartete noch auf Pater Coughlin, als Eduardo mit einem Tablett eintrat, auf dem er eine Tasse schwarzen Kaffee und ein halbes Dutzend mit Käse gefüllte, dampfend heiße *Pupusas* balancierte. Diese Maistortillas, die mit allem möglichen gefüllt werden können, sind das Nationalgericht von El Salvador.

»Meine Mutter hat sie gemacht«, verkündete der Junge stolz. »Ich soll sie Ihnen bringen.«

Marlette bedankte sich und nahm sich gleich eine *Pupusa.* Er hatte ganz vergessen, wie gut sie schmeckten. Nach dem Happen genehmigte er sich einen kräftigen Schluck Kaffee, der ihn allerdings weniger begeisterte. Es hatte ihn schon immer gewundert, daß man in einem Land, dessen Exportgut Nummer eins Kaffee war, ein derart schwaches und geschmackloses Gebräu zu trinken bekam. Offenbar waren die besten Marken für den ausländischen Markt bestimmt.

»Hallo, hier Pater Coughlin«, meldete sich eine angespannt klingende Stimme aus dem Apparat.

»Und hier ist dein Lieblings-Rock-'n'-Roll-Söldner«, grinste Marlette.

»Richie?« rief der Priester überrascht.

»Der und kein anderer. Ich habe Pater Lorenzo gebeten, mich mit dir zu verbinden, auch wenn ich das Gefühl nicht loswerde, daß er mit mir nicht gerade einverstanden ist.«

»Er ist aber schwer in Ordnung.«

»Ich bezweifle, daß er dasselbe über mich sagen würde«, erwiderte Marlette trocken. »Ich wollte von dir eigentlich nur wissen, ob Nicole sicher in San Salvador angekommen ist.«

»Sie ist vor wenigen Stunden gelandet. Dennison hat sie am Flughafen abgeholt. Aber es gibt ein Problem, Richie.«

Marlette ließ eine *Pupusa*, die er sich in den Mund hatte schieben wollen, langsam wieder sinken und legte sie auf den Teller zurück. »Was für ein Problem?«

»Von einem meiner Kontaktleute habe ich gehört, daß Dennison die Buchung Nicoles im Sheraton storniert hat.«

»Wo übernachtet sie dann?«

»Das weiß ich noch nicht, aber eins steht schon fest: Sie hat sich in keinem anderen der großen Hotels angemeldet. Ich könnte mir vorstellen, daß Dennison sie in seinem eigenen Gästehaus in San Benito untergebracht hat. Und das wirft das eigentliche Problem auf. Das Ding ist eine wahre Festung. Wenn sie tatsächlich dort wohnt, komme ich nicht mal in ihre Nähe, ohne daß Dennison davon erfährt.«

»Das ist wahrscheinlich auch der Grund, warum er die Sache so eingefädelt hat. Er rechnet damit, daß ich mit Nicole Kontakt aufnehme. In dem Maße, in dem es ihm gelingt, mich zu behindern, wachsen seine Aussichten, als erster an das Video heranzukommen.«

»Du glaubst also, daß er dich bereits im Land vermutet?«

»Na klar! Ich war kaum angekommen, da hat schon ein

Trupp nach mir gesucht. Ich selbst habe die Kerle nicht gesehen, aber Pater Lorenzo hat mir versichert, daß sie nicht der Nationalgarde angehörten. Wahrscheinlich waren es Ex-Soldaten.«

»Das klingt plausibel. Außer der regulären Armee und der Polizei hat Dennison auch mehr als hundert Mitglieder seines eigenen Sicherheitsdienstes mit der Suche beauftragt. Das sind alles ausgemusterte Soldaten, viele waren sogar bei der *Atlacatl*, und jedes Kommando wird von einem erfahrenen Spurenleser geführt.«

»Um so besser, wenn ich hier bald rauskomme. Ich melde mich wieder bei dir, sobald ich in San Salvador bin. Hoffentlich konntest du bis dahin mit Nicole sprechen.«

»Wenn Sie tatsächlich in Dennisons Gästehaus wohnt, muß sie die Initiative ergreifen und den Kontakt zu mir herstellen. Hoffentlich ist ihr das auch klar.«

»Sie wird das schon kapieren«, versicherte ihm Marlette. »Darauf kannst du dich verlassen.«

# 5

Nachdem Dennison und Amaya das Haus verlassen hatten, beschloß Nicole, fürs erste auf ein Bad im Swimmingpool zu verzichten. Statt dessen ging sie in ihr Zimmer, wo sie ihr Gepäck am Fuß des Bettes aufgestellt vorfand. Sie zog ihre Reisekleider aus und trat ins Badezimmer. Bevor sie die Kabine schloß und sich unter die Dusche stellte, ließ sie das Wasser laufen, bis es ganz heiß war. Genüßlich legte sie den Kopf nach hinten, schloß die Augen und spürte so richtig, wie ein wohliges Gefühl ihren ganzen Körper durchströmte, als das dampfende Wasser ihre müden, schmerzenden Glieder massierte.

Ihr Geist blieb gleichwohl hellwach. Noch einmal ließ sie die Stunden seit ihrer Ankunft in San Salvador Revue passieren. Ihr war klar, daß, unabhängig davon, ob tatsächlich Reporter am Flughafen auf sie gewartet hatten und ihre Unterbringung im Gästehaus wirklich so notwendig gewesen war, Dennison jetzt alle Trümpfe in der Hand hielt. Sie war auf seinem Territorium isoliert, und er diktierte ihr die Regeln. Damit war es um so schwerer geworden, mit Rich Kontakt aufzunehmen. Andererseits traute sie sich immer noch zu, Dennison auszumanövrieren. Doch zuallererst mußte sie Coughlin erreichen. Aber auch das ging jetzt nicht mehr so ohne weiteres, da Dennison die Spielregeln zu seinen Gunsten geändert hatte. Oder sollte sie sagen: Dennison und Amaya? Der Besuch des letzteren hatte sie nun wirklich überrascht. Das war also derselbe Mann, der einmal als Verbindungsglied der Armee zu den berüchtigten Todesschwadronen fungiert hatte und der jetzt das Oberhaupt der Leibgarde des Präsidenten war. Aber als noch viel beunruhigender empfand sie den Umstand, daß er es geschafft hatte, die Untersuchung von Bobs Tod an sich zu reißen. Oder hatte sich Dennison beim Präsidenten für ihn stark gemacht? Übte Dennison am Ende derart viel Macht in den engsten Regierungskreisen aus? Eine beängstigende Vorstellung. Aber was immer die zwei auch getan hatten, es hatte ihnen Vorteile gebracht. Nicole war davon überzeugt, daß sie am Komplott gegen die Regierung beteiligt waren – und da sie in der Schaltzentrale der Macht saßen, würde es ihnen um so leichter fallen, das Video zu finden, das Bob letztlich das Leben gekostet hatte. Und wo bliebe sie dabei? Und wo bliebe Michelle? Plötzlich kehrten dieses quälenden Worte zurück, die einfach nicht aufhörten, sie zu verfolgen: *Keine Zeugen, kein Ärger …*

Abrupt riß sie die Augen auf, stellte das Wasser auf kalt und schnitt eine Grimasse, als sich ein eisiger Strahl über sie ergoß. Dreißig Sekunden später drehte sie das Wasser ganz ab und trat aus der Duschkabine. Nachdem sie sich abgetrocknet hatte, hüllte sie sich in einen weißen Bademantel, den man ihr an die Tür gehängt hatte. Zurück in ihrem Zimmer stellte sie fest, daß ihre verschwitzten Sachen nicht mehr dort waren, wo sie sie hingelegt hatte. Ein zweiter Blick offenbarte ihr, daß jemand ihre übrige Kleidung ausgepackt und säuberlich in den Schrank gehängt hatte. Das Foto von Michelle, das sie mitgenommen hatte, war liebevoll neben dem Telefon auf dem Nachtkästchen aufgestellt worden. Darunter hatte man ihr einen Stadtplan gelegt. Insofern hatte sie es hier bestimmt besser getroffen als in jedem Hotel, sagte sie sich, während sie eine weite Bluejeans und eine weiße Bluse auswählte. Sie zog sich eilig an, kämmte sich kurz das noch feuchte Haar, nahm auf dem Weg zur Tür die Handtasche mit und ging hinaus. Sie war bereits die Treppe hinuntergestiegen und hatte fast die Haustür erreicht, als Manuela aus der Küche kam und ihr etwas auf spanisch zurief. Nicole, die kein Wort verstand, zuckte nur hilflos die Schultern. Lächelnd wiederholte Manuela ihre Worte, wenn auch langsamer. Das Ergebnis war freilich dasselbe.

»Raoul?« fragte Manuela und tat so, hielte sie ein Lenkrad zwischen den Händen.

»Nein, nein, ich gehe nur spazieren«, antwortete Nicole und machte die entsprechende Geste mit zwei Fingern.

Manuela verstand. Sie zog einen Schlüssel aus der Schürzentasche und gab ihn Nicole. Erneut redete sie auf spanisch auf sie ein, deutete aber gleichzeitig zur Tür. Jetzt begriff Nicole. Sie probierte den Schlüssel aus, und er paßte. »*Gracias*«, sagte sie und steckte ihn in ihre Handtasche.

Manuela wartete noch, bis Nicole die Veranda ein gutes Stück hinter sich gelassen hatte, dann ging sie zum nächsten Telefonapparat und wählte eine Nummer, die sie schon seit langem auswendig kannte – die von Dennisons Privatanschluß in seinem Büro im Boulevard de los Heroes.

»*Hola?*« meldete er sich nach dem ersten Klingeln.

»Hier ist Manuela«, sagte sie auf englisch. »Die Frau hat soeben das Haus verlassen. Zu Fuß.«

»Sag Raoul, daß er auf sie aufpassen soll. Ich möchte wissen, wohin sie geht und mit wem sie spricht.«

»Ich werde es ihm sagen, Sir.«

»Sind die Taxis an Ort und Stelle?«

»Jawohl, Sir. An beiden Enden der Straße steht eins.«

»Die Frau ist nicht dumm. Irgendwann wird sie bestimmt das Taxi wechseln. Leider erstreckt sich mein Einfluß nicht auf jeden Taxifahrer in der Stadt, darum muß Raoul ihr auf den Fersen bleiben. Andererseits darf sie nicht einen Moment Verdacht schöpfen.«

»Sie wird nichts merken, Sir«, versicherte ihm Manuela.

»Hast du dir schon ihr Gepäck ansehen können?«

»Ich habe alles rausgeholt, Sir. Es ist nichts dabei, was eine Verbindung zu Marlette nahelegen würde.«

»Ich kann nicht sagen, daß mich das überrascht«, brummte Dennison. »Halte mich über jede neue Entwicklung auf dem laufenden.«

»Ganz bestimmt, Sir«, antwortete sie, doch die Leitung war bereits tot.

Als sie das Haupttor hinter sich hatte, orientierte Nicole sich zum erstenmal mit Hilfe des Stadtplans. Sie wollte in die Zona Rosa, San Benitos schickste und teuerste Einkaufsstraße, die nur wenige hundert Meter vom Haus entfernt war. Dort würde sie am ehesten ein Taxi anhalten können. Auf halbem Weg stach ihr ein zerbeultes gelbes Alcaya-Taxi in die Augen. Es stand kurz vor dem Kreisverkehr im Boulevard del Hipódromo am Straßenrand. Der Fahrer las die *La Prensa*, die beliebteste Tageszeitung der Stadt. Als Nicole sich zum Fenster beugte, wollte er ihr wie schon zwei anderen Leuten zu verstehen geben, daß das Taxi nicht frei sei, doch dann erkannte er in ihr die Frau von dem Foto, das Dennisons Beauftragter ihm gegeben hatte. Eilig faltete er die Zeitung zusammen und kletterte aus dem Wagen, um ihr die hintere Tür aufzuhalten.

Als er sich wieder hinters Steuer gesetzt hatte, bemerkte er, daß sie in einem Buch mit spanischen Wendungen blätterte. »Ich spreche bißchen englisch«, sagte er und entblößte mit einem Lächeln seine nikotingelben Zähne. »Wohin wollen Sie fahren, *Señorita*?«

»Ins Metrocentro.«

Der Fahrer ließ den Motor an. »Sie wollen kaufen Souvenirs? Es gibt dort viele Läden.«

»Ja«, log sie. »Was kostet die Fahrt?« Ihr war Richs Warnung eingefallen, daß die Taxis oft keinen Zähler hatten und daß man sich unbedingt immer vor der Fahrt auf den Preis einigen sollte.

»*Veinte Colónes*«, antwortete der Mann und fuhr los. »Zwanzig Colónes.«

Rich hatte den Preis für eine einfache Stadtfahrt auf zwischen zwanzig und dreißig Colónes geschätzt.

»Sie sind aus Amerika, ja?« fragte der Mann und musterte sie im Rückspiegel.

»Ja.«

»Woher? New York?«

»Chicago.«

»Gangster«, grinste der Fahrer.

Nicole nickte zustimmend und wandte ihre Aufmerksamkeit wieder dem an ihnen vorbeigleitenden Panorama zu. Sie hoffte, der Fahrer würde den Wink verstehen und sie mit ihren Gedanken allein lassen. Und sie schien Erfolg zu haben. Zehn Minuten später hielt das Taxi vor dem Metrocentro an, dem größten Einkaufszentrum von ganz Lateinamerika. Nachdem sie gezahlt hatte, trat sie in die klimatisierte Passage und verbrachte die nächsten zwanzig Minuten mit einem ausgiebigen Schaufensterbummel. Als sie sich sicher war, daß ihr niemand folgte, verließ sie das Zentrum, winkte ein vorbeifahrendes Taxi heran und nannte als Ziel die Avenida Cuscatlan. Nach weniger als fünf Minuten kamen sie dort an. Sie wartete, bis das Taxi sich entfernt hatte, dann orientierte sie sich. Links von ihr stand die Metropolitan Kathedrale, geradeaus vor ihr türmte sich der Volkspalast auf. Beide Gebäude waren in einem erbärmlichen Zustand. Das Hauptportal der Kathedrale war verriegelt, und obwohl es auf dem Kirchenvorplatz von Einheimischen wimmelte, wirkte die Umgebung irgendwie unheimlich.

Nicole schlenderte die große Straße entlang weiter zum Mercado Cuartel, einem der Hauptmärkte der Stadt. Gelegentlich blieb sie vor einem Schaufenster stehen und tat so, als interessiere sie sich für die Auslage. Noch immer war kein Verfolger auszumachen. Als sie den Markt erreichte, flanierte sie noch einmal zehn Minuten zwischen den Ständen und hielt unablässig mit hinter einer dunklen Sonnenbrille verborgenen Augen nach Beschattern Ausschau. Nachdem sie ein T-Shirt für Michelle gekauft hatte, bog sie in eine Seitenstraße ein, die sie zu einer kleinen Barackensiedlung brachte. Dort roch es penetrant nach überreifem, teils schimmeligem Obst, das überall vor den Wellblechschuppen zum Verkauf auslag. Ein Hupen schreckte sie auf. Sie sprang zur Seite und sah einen verrosteten alten Tiertransporter vorbeirumpeln. Voller Entsetzen starrte sie den verängstigten Kühen in die Augen, die zusammengepfercht auf der Ladefläche standen und auf dem sich zwischen den Schlaglöchern in der ungeteerten Straße hindurchschlängelnden Fahrzeug hin und her schwankten. Nach einer scharfen Kurve war der Laster nur noch zu hören. Auf einmal kam hinter ihr eine Henne aus einer offenen Tür geschossen und rettete sich ins Gestrüpp auf der anderen Straßenseite. Ihr rannte, ein Schlachtmesser schwingend, eine fette Frau hinterher, die Nicole kurzerhand beiseite stieß und weiter aufs Dickicht zustürmte. Zurück blieb eine Wolke säuerlich riechenden Schweißes. Nicole verzog angewidert das Gesicht. Wie konnten Menschen nur in einer solchen Enge leben? dachte sie und verscheuchte eine

Schmeißfliege, die um ihren Kopf herumsummte. Doch ihr war längst klar, daß sie gar keine andere Wahl hatten. In einer Stadt, in der fast die halbe Bevölkerung arbeitslos war, fanden wohl die wenigsten Slumbewohner eine regelmäßige Beschäftigung. Und das galt gleichermaßen für die Kinder. Was für eine Zukunft in dieser jungen Demokratie!

Die Frau tauchte wieder aus dem Dickicht auf. Die sich verzweifelt windende gackernde Henne hielt sie an den Füßen fest. Sie sagte irgend etwas zu Nicole und verschwand laut lachend in der Baracke. Nicole sah ihr mit einem traurigen Lächeln nach. Zum wiederholten Mal wischte sie sich mit ihrem Taschentuch die schweißbedeckte Stirn ab, dann setzte sie ihren Weg fort, bis sie zu einer Kreuzung kam. Dort bog sie links ab. Als sie die nächste Abzweigung erreichte, zog sie ihren Stadtplan zu Rate, wunderte sich aber nicht, daß sie diese Seitenstraßen nicht darin verzeichnet fand. Wahrscheinlich war der Plan nur für Touristen gedacht. Kurzentschlossen trat sie auf einen Mann zu, der im Schatten eines Baumes saß. »Hallo«, sprach sie ihn mit einem unsicheren Lächeln an. »Ich suche Pater Coughlins Mission.« Keine Reaktion. »Pater Coughlin? *Padre* Coughlin?«

*»Padre?«* fragte der Mann zurück. *»Yanqui padre?«*

Sie nickte heftig. *»Si.«*

Der Mann wies mit ausladender Geste auf die nächste Straße, eine Sackgasse, und sagte irgend etwas auf spanisch. Nicole stieß verzweifelt die Luft aus, bat ihn aber erst gar nicht, seine Worte zu wiederholen; sie hätte sie ohnehin nicht verstanden. Sie bedankte sich und bog in die Gasse, obwohl sie sich immer noch nicht sicher war, ob die Richtung wirklich stimmte. Eine Touristin, die durch die Seitengassen eines Slums irrte – damit forderte sie ihr Schicksal ja geradezu heraus! Sie sah sich um. Zwei Kinder kickten einen Fußball aus Plastik; eine Frau mit einem Korb in der Hand überquerte die Straße; ein Mann hantierte am Motor eines verrosteten Buick herum. Eins zumindest war tröstlich: Sie konnte jederzeit feststellen, ob ihr jemand folgte ...

Wie aus dem Nichts tauchten plötzlich drei Jugendliche aus einem Durchgang auf. Sie mochten nicht ganz zwanzig sein, und ihrer protzigen Kleidung und ihren billigen Halsketten nach zu urteilen, stammten sie nicht aus diesem Viertel. Als sie sich ihr näherten, zog der in der Mitte ein Messer und ließ die Klinge herausspringen. Dabei musterte er sie die ganze Zeit mit einem lüsternen Grinsen von oben bis unten. Ihr erster Gedanke war, wegzulaufen. Aber wohin? Und wie weit würde sie denn schon kommen, ehe sie sie einholten? Dann gab der in der Mitte seinen Kumpanen ein Zeichen. Sie blieben stehen, während er allein auf sie zutrat. Verhandeln ist angesagt, beschloß sie und streckte ihm ihre Handtasche entgegen. Der Typ riß sie ihr aus der Hand und warf sie achtlos seinen Freunden zu. Im Guten ging es also nicht ab. Jetzt kam es darauf an, ihn einzulullen, in falsche Sicherheit zu wiegen ... Und die beste Methode, die sie kannte, bestand darin, die hilflose Frau zu spielen. Langsam hob sie die Hände, als wollte sie ihn anflehen. Der Typ lachte nur höhnisch und rief seinen Kumpeln etwas zu, was noch mehr Gejohle auslöste. *Na komm schon, du Dreckskerl.* Sie wartete, bis er dicht vor ihr stand, um dann jäh mit dem Ellbogen sein Handgelenk nach unten zu schlagen und so das Messer von sich abzuwenden. Bevor der Typ reagieren konnte, rammte sie ihm das Knie in die Hoden und jagte ihm gleichzeitig die Handkante gegen das Kinn. Der wuchtige Schlag riß ihn von den Füßen, und er krachte zu Boden. Das Messer flog ihm in hohem Bogen aus der Hand und landete vor seinen Kumpanen. Einer hob es unwillkürlich auf. Er hatte sich noch nicht aufgerichtet, als er einen gellenden Schrei ausstieß, selbst stürzte und sich vor Schmerzen am Boden krümmte. Erst jetzt sah sie, daß sich ein Mann von hinten an den Jugendlichen herangeschlichen und ihm einen Baseballschläger in die Kniekehlen gedroschen hatte. Er war Mitte Fünfzig, hatte kurzgeschnittenes braunes Haar und die Art von wettergegerbtem Gesicht, wie man es nur bekommt, wenn man lange Jahre unter der brennenden Sonne zugebracht hat. Der Mann barg das Messer, schob die Klinge zurück und steckte es ein. Mit wutbebender Stimme brüllte er die zwei Jugendlichen an. Daraufhin eilten sie zu ihrem Anführer, der immer noch vor Schmerz wimmernd auf dem Boden lag und sich die Hoden hielt, zogen ihn hoch und zerrten ihn, ohne weiter auf seine verzweifelten Schreie zu achten, mit sich in den Durchgang zurück.

Der Mann hob Nicoles Handtasche auf. »Sie sind Nicole Auger, nicht wahr?«

»Woher wissen Sie ...?« Nicoles Stimme erstarb. Zögernd nahm sie die Tasche an sich. »Sind Sie etwa Pater Coughlin?«

»Ja. Ist Ihnen auch nichts passiert?«

»Ich glaube nicht. Danke. Sie sind gerade im richtigen Moment gekommen. Sie haben mir das Leben gerettet.«

»Ich würde sagen, Sie hatten die Lage auch schon vor meinem Eintreffen ganz gut im Griff. Wer hat Ihnen eigentlich beigebracht, sich so zu wehren? Richie Marlette?«

»Mein Vater«, antwortete sie. »In der Zeit, in der gleichaltrige Mädchen in die Ballettschule gingen, lernte ich die Feinheiten der Selbstverteidigung.«

»Ihr Vater? Das hätte ich mir ja gleich denken können. Richie hat mir viel von ihm erzählt. Und so wie er sich angehört hat, hält er große Stücke auf ihn.«

»Glauben Sie mir, die Hochachtung war gegenseitig. Mein Vater hat mir nie verziehen, daß ich Rich verlassen habe.«

»Und Rich ebensowenig«, meinte Coughlin mit einem matten Lächeln.

»Woher wußten Sie, wer ich bin?« fragte Nicole.

»Als Richie hier war, hat er immer nur von Ihnen gesprochen. Und nach ein paar Drinks holte er unweigerlich alle Fotos raus. Ich muß schon sagen, Sie haben sich seitdem ganz schön verändert.«

»Doch hoffentlich zum Guten?«

»Ganz bestimmt sogar.«

»Wer waren diese Scheißkerle überhaupt?« fragte Nicole abrupt. »Mit ihren Klamotten gehören sie doch nicht in dieses Viertel, oder?«

Der Pfarrer nahm sie beim Arm und führte sie auf das am Ende der Straße gelegene Waisenhaus zu. »Das stimmt. Sie kommen aus der Spielhölle, die's hier im Slum gibt. Wie oft habe ich meinen Leuten schon gepredigt, sie sollen kein Geld verwetten, wenn sie sowieso fast keins haben, aber mit Vernunft ist ihnen nicht beizukommen. Irgendwo kann ich sie sogar verstehen. Es bräuchte ja nur ihre Glückszahl zu fallen, und schon könnten sie sich eine Wohnung woanders leisten. Wahrscheinlich ist ihnen das das Risiko wert.«

»Sie werden doch jetzt mit diesen Typen keine Schwierigkeiten bekommen?«

»Machen Sie sich wegen denen keine Sorgen. Ich bin hier schon seit acht Jahren, und da müssen schon Kerle von einem anderen Kaliber kommen als ein paar wilde Jugendliche, um mir Angst einzujagen.« Sie hatten die Umzäunung des Waisenhausgeländes erreicht. Coughlin zögerte, dann sagte er mit gedämpfter Stimme: »Die Nachricht von Bob Kinnards Tod hat mich sehr getroffen.«

»Danke«, antwortete Nicole leise.

»Sie haben sich scheiden lassen, habe ich gehört?«

»Ja. Vor zwei Jahren. Als die Scheidung durch war, sah ich Bob nur noch in den Ferien, wenn er Michelle abholte. Sie verbrachte jedes Jahr immer zwei Wochen bei ihm in Washington.« Nicole folgte Coughlin durch das Tor und weiter auf einem schmalen Betonweg zum roten Ziegelgebäude. »Aber eins muß ich Ihnen gestehen: Ich hatte Sie mir ganz anders vorgestellt.«

»Sie hatten wohl mit einem versoffenen irischen Priester in einer schmutzigen Soutane gerechnet«, entgegnete er sarkastisch mit seinem unverkennbaren New Yorker Akzent.

»Sie haben die Brille vergessen«, meinte sie mit einem verlegenen Grinsen.

»Da drinnen«, sagte Coughlin und pochte auf seine Brusttasche. Er führte sie in sein kleines Büro, nahm einen Stapel Ordner vom Besucherstuhl und forderte sie mit einer Geste auf, sich zu setzen. »Möchten Sie Kaffee?«

»Das wäre nett, danke.«

Sie sah zu, wie er einen zerbeulten Wasserkessel vollaufen ließ und ihn auf einen Gasherd in der Ecke stellte. »Ich fürchte, daß hier alles ein bißchen altmodisch ist«, entschuldigte er sich beim Anzünden der Flamme. »Wir haben zwar auch Strom, aber nur, wenn der Generator mal wieder funktioniert. Leider ist er ein furchtbar launischer alter Kasten, aber ich habe ihn von meinem Vorgänger in dieser Pfarrei geerbt. Wenn ich es bedenke, war dieser Bursche genauso unzuverlässig.«

Nicole verbarg ein Kichern hinter vorgehaltener Hand. Sie kannte Coughlin erst seit wenigen Minuten, fühlte sich aber auf Anhieb gut bei ihm aufgehoben. In vielem erinnerte er sie an ihren Vater, was sie selbst für das schönste Kompliment hielt, das sie einem Menschen machen konnte; andererseits bezweifelte sie, ob Coughlin das auch so sehen würde. Sie zog eine Zigarettenschachtel aus der Tasche und hielt sie dem Pfarrer entgegen.

»Ich nicht, danke«, sagte Coughlin.

»Stört es Sie, wenn ich rauche?«

»Keineswegs.« Coughlin reichte ihr einen Aschenbecher.

Dankbar zündete sie sich eine Zigarette an. »Haben Sie schon was von Rich gehört?«

»Er hat sich am frühen Nachmittag bei mir gemeldet.«

»Heißt das, daß er schon in El Salvador ist?«

»Richtig. Und wenn Gott will, ist er auf dem Weg hierher.«

Nicole nickte. »Sie haben sicher eine Nummer, unter der Sie ihn in San Salvador erreichen können?«

»Stimmt. Er hat mir eine Nummer gegeben, damit ich in einem Notfall dort anrufen kann. Aber er wird sich bei mir melden, sobald er da ist.« Coughlin stellte eine mit dampfendem Kaffee gefüllte Tasse auf den kleinen Tisch neben ihr. »Möchten Sie Milch und Zucker?«

»Nur Milch, danke.«

»Leider kann ich Ihnen nur Milchpulver anbieten«, entschuldigte sich der Priester und zeigte ihr die Dose. »Aber wenn Ihnen frische Milch lieber ist, kann ich auch eins der Kinder in den Laden schicken.«

»Nein, nein, Milchpulver genügt mir«, versicherte sie ihm und bediente sich aus der Dose.

Er nippte an seinem Kaffee und lehnte sich lächend zurück. »Ich freue mich schon darauf, Richie nach all den Jahren wiederzusehen.«

Sie nahm einen langen Zug aus ihrer Zigarette. »Wie haben Sie einander eigentlich kennengelernt? Ein Pfarrer und ein Söldner – das paßt doch gar nicht zusammen.«

»Ich bin ja erst seit zwölf Jahren Priester. Davor war ich fünfzehn Jahre lang bei der Fremdenlegion. Dort habe ich mich mit Richie angefreundet.«

»Sie waren Söldner?« rief sie überrascht.

»Ich war bei der Legion«, korrigierte er. »Das ist ein großer Unterschied.«

»Und was hat Sie dazu gebracht, Priester zu werden?«

Gedankenverloren spielte Coughlin mit seiner Tasse, ehe er schließlich antwortete: »Während meines Einsatzes im Libanon habe ich ein Kind getötet. Eines Nachts war ich auf Patrouille, als ein Junge aus einer Durchfahrt schoß und direkt auf meinen Jeep zurannte. Er hatte etwas in der Hand, aber in der Dunkelheit konnte ich nicht erkennen, was. Mein erster Gedanke war, daß das eine Handgranate sein mußte, und ich drückte ab. Er war auf der Stelle tot. Als ich ausstieg und ihn untersuchte, sah ich zu meinem Entsetzen, daß das gar keine Handgranate war, sondern ein Apfel. Eine freundschaftliche Geste von einem unschuldigen Kind. Bei der sich daran anschließenden Untersuchung wurde ich vollständig entlastet, trotzdem kam ich mit meiner Tat nicht zurecht. Ich wäre daran zerbrochen, hätte mir nicht unser Kaplan geholfen. Er war ein Fels in der Brandung und half mir aus dem Schlimmsten heraus. So fand ich zur Religion. Ich weiß, es klingt abgedroschen, aber sie brachte mich weiter. Ja, ich glaube, wenn ich nicht Halt im Glauben gefunden hätte, wäre ich heute nicht mehr am Leben.«

»Ist das der Grund, warum Sie jetzt mit Kindern arbeiten?« wollte Nicole wissen.

»Es war der einzige Weg für mich. Eine Art Katharsis, wenn Sie so wollen. Da ich schon als Teenager zur Legion gegangen war, hatte ich praktisch nie mit Kindern zu tun gehabt. Als ich hier anfing, wurden mir insofern die Augen geöffnet. Mein Spanisch war noch sehr bescheiden, und im Umgang mit Kindern, zumal mit Waisen, hatte ich überhaupt keine Erfahrung. Aber es heißt, man lernt am schnellsten, wenn man ins kalte Wasser geworfen wird. Entweder man geht gestärkt daraus hervor, oder man versinkt in Selbstmitleid. Mir sind seitdem Stellen in Afrika und im Fernen Osten angeboten worden, aber ich könnte hier nicht weggehen. Nicht mehr. Das ist jetzt mein Zuhause. Das hier sind meine Kinder. Ich könnte mir nicht mehr vorstellen, wie mein Leben ohne sie aussehen sollte.«

»Genau so fühle ich mich im Hinblick auf Michelle«, sagte Nicole leise.

»Ich würde mir gern eine Vorstellung von ihr machen«, meinte der Pfarrer. »Haben Sie ein Foto von ihr dabei?«

»Ja.« Nicole öffnete bereitwillig die Handtasche und gab Coughlin einen Schnappschuß, den sie vor einem Jahr im Zirkus gemacht hatte. »Sehen Sie, was für eine Schnute sie zieht? Sie war nicht gerade davon begeistert, daß sie dieses Kleid da tragen mußte. Schauen Sie es sich doch nur an! Welches Mädchen trägt denn schon Sachen mit Rüschen und tausend Schleifen. Bobs Mutter hatte es ihr zum Geburtstag geschenkt, und sie war gerade bei uns zu Besuch. Da bestand ich eben darauf, daß Michelle es trug, damit sie nicht beleidigt war. Seitdem hat sie es nie wieder angezogen.«

Coughlin mußte über den Schmollmund lachen. »Wie alt war sie damals?«

»Das Foto wurde wenige Tage nach ihrem fünften Geburtstag gemacht.«

»Sie ist ihrer Mutter geradezu aus dem Gesicht geschnitten.«

»Aber nicht, wenn sie so beleidigt dreinschaut!«

Coughlin gab ihr das Foto zurück. »Hoffentlich lerne ich sie bald persönlich kennen.«

»Darauf können Sie sich verlassen«, versprach Nicole.

Der Priester nippte an seinem Kaffee und stellte die Tasse auf den Tisch zurück. »Sie sind In Dennisons Gästehaus in San Benito untergebracht, nehme ich an ...«

»Nicht freiwillig, das können Sie mir glauben. Bei meiner Ankunft hatte er schon alles ohne mein Einverständnis geregelt. Er hat ganz einfach meine Buchung im Sheraton storniert und das damit gerechtfertigt, daß die Journalisten mich spätestens im Hotel aufspüren würden, wenn sie nicht schon am Flughafen über mich herfielen.«

»Die Presse berichtet tatsächlich ausführlich über diesen

Fall«, brummte Pater Coughlin. »Insofern hat Dennison wohl die Wahrheit gesagt. Trotzdem hätte er es nicht geschickter einfädeln können. Er weiß, daß Richie nicht unbemerkt an Sie herankommen kann, solange sie dort wohnen.«

»Wie gut kennen Sie Peter Dennison?« erkundigte sich Nicole.

»Ich bin ihm zwei-, dreimal begegnet«, antwortete Coughlin in verächtlichem Ton. »Er stellt sich gern als Philantrop dar und spendet regelmäßig beträchtliche Beträge an karitative Organisationen. Aber anders als er den Leuten weismachen will, hat er mit Wohltätigkeit nichts am Hut. Bei ihm steckt immer ein bestimmter Zweck dahinter. Außerdem ist sein Geld schmutzig.«

»Wie hat er es geschafft, sich bei der Regierung lieb Kind zu machen, wenn er so korrupt ist?«

Coughlin rieb Zeigefinger und Daumen gegeneinander. »Mit Geld natürlich. Auch wenn er offiziell immer noch Bürger der Vereinigten Staaten ist, hat sich Dennison bei der letzten Wahl schnell mit der Arena-Partei verbündet. Ich weiß nicht, wieviel er ihr gespendet hat, aber laut Gerüchten bewegte der Betrag sich so um eine Million Dollar herum.«

»Eine Million Dollar?« wiederholte Nicole verdattert.

»Nach allem, was ich gehört habe, handelte es sich dabei nicht ausschließlich um Geldleistungen. Immerhin führt er das größte Sicherheitsunternehmen im Land, und als klugem Geschäftsmann ist ihm bestimmt daran gelegen, daß alles so bleibt, wie es ist. Sagen wir, er würde nicht wollen, daß ein Konkurrent in seinen Gewässern fischt.«

»Mit anderen Worten: Bestechung«, schloß Nicole.

»Das haben Sie gesagt«, entgegnete Coughlin lächelnd. »Ich beziehe mich nur auf die Gerüchte, die in der Stadt kursieren. Es gibt in El Salvador noch andere Sicherheitsfirmen, aber keine hat auch nur annähernd so viel Macht wie die seine. Er stellt auch über neunzig Prozent der Wachleute auf den *Fincas*.«

»*Fincas?*«

»Kaffeeplantagen, die in den Händen steinreicher Leute sind. Und das ist auch eine Methode, das Wohlwollen einer konservativen Regierung zu gewinnen. Die Freundschaft mit der finanziellen Elite des Landes öffnet einem völlig neue Türen.«

»So wie es auch bei Hector Amaya der Fall war!« stieß Nicole verächtlich hervor. »Vom einfachen Offizier zum Chef der Leibgarde des Präsidenten – ein hübscher Sprung, finden Sie nicht auch?«

»Sagen wir einfach, seine enge Freundschaft mit Dennison hat ihm nicht geschadet, als die Stelle frei wurde und sein Name ins Spiel kam.«

»Ich habe ihn heute nachmittag kennengelernt. Er ist mit der Untersuchung von Bobs Tod beauftragt worden.«

»Wann?«

»Gestern nacht. Zumindest hat Dennison es mir so gesagt. Offenbar ist das ein weiterer Zug, um die Polizei kaltzustellen und die Suche nach Michelle an sich zu reißen, sonst könnte am Ende Rich vor ihm an das Video herankommen.«

»Sie glauben also auch an die Theorie von einem geplanten Putsch?«

»Sie etwa nicht?«

»Ich lebe hier lange genug, um zu wissen, daß in El Salvador alles möglich ist. Mich kann nichts mehr überraschen. Richie hat mich über Pruitts Erklärungen in New York informiert, aber ich traue Langley offen gesagt auch nicht mehr als Dennison oder seinen faschistischen Spießgesellen. Die haben alle gleich viel Dreck am Stecken. Ich kann mich noch an die Zeit erinnern, als die CIA die Junta hier in El Salvador unterstützte. Damals war es hierzulande ein geflügeltes Wort, daß das Sheraton in San Salvador das zweite Langley der CIA sei. Da wundert es mich eben, wenn die CIA sich wegen einer Machtübernahme durch die Rechten plötzlich besorgt zeigt, wo sie doch vor nicht allzu langer Zeit dieselben Leute noch gehätschelt hat.«

»Worauf wollen Sie hinaus? Daß die CIA irgendwie an dem Komplott beteiligt ist?«

Coughlin lehnte sich zurück und verschränkte die Hände hinter dem Kopf. »Wie gesagt, mich kann nichts mehr überraschen.«

Nicole ging zur Tür hinüber und schaute einer Gruppe Kinder zu, die unter viel Gelächter und aufgeregtem Geschrei auf der freien Fläche zwischen Coughlins Büro und dem Nachbarhaus Fußball spielten.

»Was bedrückt Sie, Nicole?« fragte der Priester.

Sie warf ihre Zigarette zur Tür hinaus und trat sie auf der Betonstufe aus. Dann erst drehte sie sich wieder zu Coughlin um. »Darf ich Sie etwas fragen, Pater? Es geht um Rich.«

»Selbstverständlich.«

»Als ich ihn in New York traf, fragte ich ihn nach dem Grund für seine Ausweisung, aber er weigerte sich, darüber zu sprechen.«

»Und jetzt soll ich Ihnen weiterhelfen.«

»Die offizielle Version habe ich inzwischen gehört«, erklärte Nicole. »Der amerikanische Botschafter hat sich bei unserer Unterredung heute nachmittag des langen und breiten darüber ausgelassen und mir kein noch so widerwärtiges Detail erspart. Er soll die zwölfjährige Tochter eines steinreichen Kaffeebarons vergewaltigt und ermordet haben. Ich habe nicht ein Wort davon geglaubt. Ausgerechnet Rich! Wissen Sie, was wirklich geschehen ist?« Sie bemerkte, daß seine Augen sich verschleierten. »Sie kennen doch die Wahrheit, Pater, denn Sie könnten es nicht mit Ihrem Glauben vereinbaren, Rich zu helfen, wenn er sich wirklich schuldig gemacht hätte. Ich will einfach wissen, was passiert ist. Das ist alles.«

Coughlin schwieg eine ganze Weile. Schließlich erhob er sich und kam langsam um den Tisch herum. Er schob einen Stoß Akten beiseite und setzte sich auf die Kante. »Sie haben recht, ich weiß, was in der besagten Nacht geschehen ist. Wahrscheinlich bin ich sogar einer der wenigen, die die Wahrheit kennen und noch leben. Aber das soll nicht heißen, daß ich bereit wäre, Sie einzuweihen. Richie hat es mir unter dem Schutz des Beichtgeheimnisses anvertraut. Und sein Vertrauen ist mir heilig.«

»Sie wissen genausogut wie ich, daß Rich kein Katholik ist«, entgegnete Nicole verwundert. »Sein Vater war ein erzkonservativer Prediger in Alabama. Rich hat von frühester Kindheit an jede Form der Religiosität verachtet.«

»Ich kenne Richies Standpunkt zur Religion nur zu gut«, seufzte Coughlin. »In diesem Zimmer haben wir uns mehr als genug hitzige Wortgefechte über die Verdienste des Glaubens, vor allem des katholischen, geliefert. Aber das ändert nichts daran, daß er im Vertrauen mit mir gesprochen hat. Das muß ich respektieren, Nicole, und ich bin sicher, daß Sie mich verstehen können. Der einzige Mensch, der es Ihnen sagen kann, ist Richie. Aber offen gesagt glaube ich nicht, daß er darüber reden wird. Nicht unter diesen Umständen.«

»Was soll das heißen – ›nicht unter diesen Umständen‹?«

»Es tut mir leid, mehr kann ich Ihnen nicht sagen«, lehnte Coughlin mit einem freundlichen Lächeln ab.

Nicole schob die Hände in die Taschen ihrer Jeans. »Ich kann sie ja verstehen, Pater. Ich selbst wäre jedenfalls stinksauer, wenn ich Ihnen etwas im Vertrauen gesagt hätte und Sie es Rich weitererzählten.«

»Möchten Sie noch einen Kaffee?«

Nicole sah auf die Uhr. »Ich mache mich wohl besser auf die Socken. Amaya fährt mich heute nachmittag noch ins Leichenschauhaus. Ich muß Bob identifizieren, damit er für die Beerdigung freigegeben werden kann.«

»Soll ich vielleicht einen Beistand ins Leichenschauhaus schicken? Einen Priester oder Kaplan oder was immer Sie wünschen. Ich weiß nur zu gut, wie traumatisch das sein kann, wenn man jemanden identifizieren muß, der einem nahegestanden hat.«

»Danke, aber ich komme schon allein zurecht.« Nicole ging zum Tisch zurück und nahm ihre Handtasche. Als sie sich wieder zu Coughlin umdrehte, glühten ihre Augen vor Zorn. »Im Moment empfinde ich absolut keine Trauer um Bob! Was hat der Kerl Michelle alles zugemutet! Und wofür? Wegen irgend so einer Scheißstory, damit sein Name auf der ersten Seite seiner Zeitung groß rauskommt! Sie halten mich jetzt wahrscheinlich für kalt und herzlos, aber so fühle ich mich im Augenblick nun mal, und mir wurde schon sehr früh beigebracht, mit meiner Meinung nicht hinterm Berg zu halten. Mein Vater sagte gern, daß es so nie zu Mißverständnissen kommen könne.«

»Ich kann Ihre Wut gut verstehen, Nicole«, murmelte Coughlin.

»Nein, das glaube ich nicht, Pater«, widersprach Nicole scharf. Plötzlich traten ihr Tränen in die Augen. Sie machte keinerlei Anstalten, sie wegzuwischen, sondern ließ sie ungehemmt ihre Wangen hinunterfließen. Langsam setzte sie sich noch einmal auf den Stuhl. Als sie weitersprach, verriet ihr Ton immer noch Wut, aber auch Angst. »Ich halte mir ständig vor, daß Michelle irgendwo da draußen sitzt und darauf wartet, daß ich sie endlich holen komme, daß sie allein und verängstigt ist, aber daß sie wenigstens lebt. Die Wahrheit ist doch aber, daß ich im Grunde gar nichts weiß. Sie könnte ebensogut...« Sie fuhr sich mit der Handfläche über die Wangen. »Sie könnte ebensogut tot sein, nicht wahr?«

»Sie müssen positiv denken, Nicole.«

»Und selbst wenn sie lebt, was passiert, wenn Dennisons Schergen sie als erste kriegen?« fuhr Nicole fort, ohne auf Coughlins Aufmunterungsversuch zu achten. »Oder dieser Dreckskerl von Jayson. ›Keine Zeugen, kein Ärger.‹ So lautet doch sein widerwärtiges Motto, oder? Und Michelle ist eine Zeugin. Ein unschuldiges Kind, aber immer noch eine Zeugin. Und da erwarten Sie allen Ernstes von mir, daß ich um einen Mann trauere, der ihr Leben eines Knüllers wegen aufs Spiel gesetzt hat? Von mir aus kann er in der Hölle schmoren! Wenn es so etwas wie Gerechtigkeit nach dem Tod gibt, dann kommt er auch dort hin! Geradewegs in die Hölle!«

Coughlin kniete sich neben sie und drückte ihr ein Taschentuch in die Hand. »Ihr Vater hatte recht. Es ist gut, wenn man seiner Meinung Luft macht. Das befreit die Seele. Aber noch besser ist es, wenn man weint. Das reinigt die Seele. Und danach fühlt man sich besser.«

Nicole tupfte sich mit dem Taschentuch die Augen ab. »Bei den ersten Geburtswehen dachte ich, nichts und niemand sei solch gräßlichen Schmerzen wert. Dann war sie auf einmal da. Ich weiß noch gut, was mein erster Gedanke war, als ich sie sah: Sie erinnerte mich in so vieler Hinsicht an die Fohlen, bei deren Geburt ich als Teenager in Afrika mithalf. Diese verschmutzten, fleckigen kleinen Geschöpfe waren in allem total von ihrer Mutter abhängig. Und plötzlich hatte ich dieses Bedürfnis, sie in eine Decke zu wickeln und immer in den Armen zu halten, sie vor all der Ungerechtigkeit dieser Welt zu beschützen. Ich wünschte mir, sie würde nie erwachsen und unabhängig werden, sondern für immer dieses verschmutzte, fleckige kleine Geschöpf bleiben. Und jetzt wünsche ich mir, ich könnte diese Chance noch einmal bekommen. Nur würde ich sie dann nie mehr aus meinen Armen lassen. Ständig quält mich der Gedanke, daß ich bei ihr hätte sein müssen, als sie mich am meisten brauchte.«

»Ich weiß, daß Sie immer für sie da sein werden, Nicole, und ich habe so ein Gefühl, daß Michelle das auch weiß. Wo immer sie jetzt sein mag, allein schon diese Gewißheit wird ihr die Kraft geben, durchzuhalten, bis sie Sie wiedersieht.«

»*Wenn* sie mich wiedersieht«, entgegnete Nicole und gab ihm sein Taschentuch zurück.

Der Priester hob mahnend den Finger. »Sie vergessen da einen ganz wichtigen Faktor – Richie Marlette. Ich kann Ihnen natürlich nicht sagen, wie lange es dauern wird, aber er wird Ihnen Michelle zurückbringen. Darauf würde ich sogar mein Leben verwetten.«

»Geld war bei Rich schon immer das überzeugendste Argument«, schnaubte Nicole und stand auf.

»Das hier hat nichts mit Geld zu tun«, entgegnete Coughlin. »Richie liebt Sie noch immer.«

Nicole starrte ihn an. »Hat er Ihnen das gesagt?«

»Wissen Sie noch, was Sie mich vorhin auf der Straße gefragt haben, als wir uns noch gar nicht kannten? Warum ich gewußt hätte, wer Sie sind? In den letzten Jahren war ich ein paarmal in New York und habe Richie besucht. Zweimal stellte er mich jeweils einer anderen Frau vor, mit der er gerade befreundet war. Andererseits habe ich aus zuverlässigen Quellen erfahren, daß er nie wieder eine ernsthafte Beziehung hatte, seit mit Ihnen Schluß war.«

»Das heißt noch lange nicht, daß er mich noch liebt.«

»Als er sich zuletzt in El Salvador aufhielt, hatte er ein Foto von Ihnen dabei. Diese Frauen sahen Ihnen beide sehr, sehr ähnlich. Da merkt doch jeder, daß er den Bruch mit Ihnen nie verwunden hat.« Er drohte ihr schelmisch mit dem Finger. »Aber das habe ich Ihnen im Vertrauen gesagt.«

Nicole gab ihm ein Küßchen auf die Wange. »Sie sind ein Halunke, Pater, wußten Sie das?«

Coughlin begleitete sie lächelnd zur Tür. »Wenn alles klappt, trifft Richie in den nächsten zwei Stunden in San Salvador ein. Könnten Sie sich später am Abend oder morgen gleich in der Früh noch mal melden? Bis dahin habe ich garantiert von ihm gehört.«

»Ich rufe Sie heute abend an. Im Gästehaus gibt es bestimmt auch ein Münztelefon.«

»Seien Sie vorsichtig, Nicole. Sie werden dort garantiert beobachtet.«

»Machen Sei sich keine Sorgen«, versicherte sie ihm. Sie setzte sich die Sonnenbrille auf und verließ das Grundstück. Beim Tor drehte sie sich noch einmal um, doch Pater Coughlin war nicht mehr zu sehen. Was hatte er ihr gesagt? Sollte es stimmen, daß Rich sie immer noch liebte? Darüber sann sie einen Moment lang nach, um sich dann wieder auf die anstehenden Probleme zu konzentrieren. Allerdings war ihr Gang jetzt elastischer, als sie sich auf die Suche nach einem Taxi machte.

Dennison telefonierte gerade in seinem Büro, als die Rufanlage auf seinem Schreibtisch summte. Er unterbrach sein Gespräch und drückte auf den Knopf. »Was ist?« fragte er gereizt.

»Colonel Amaya ist da und will Sie sprechen«, meldete ihm seine persönliche Sekretärin aus dem Vorzimmer.

»Bring ihn rein!« bellte Dennison, um das Gerät sofort auszuschalten und das andere Gespräch wieder aufzunehmen. Dann ging auch schon die Tür auf, und die Sekretärin führte Amaya herein. Dennison deutete stumm auf den Ledersessel vor seinem Schreibtisch. Der Besucher setzte sich, während die Sekretärin sich abwandte und die Tür lautlos hinter sich zuzog. Dennison telefonierte noch gut zwei Minuten lang. Schließlich legte er auf und griff nach seiner Zigarrenkiste. Sie enthielt nur noch eine Cheroot. Er zündete sie sich an und warf die Kiste in den Papierkorb. Erst jetzt sah er Amaya an. »Sind Sie schon im Leichenschauhaus gewesen?«

Der Besucher nickte. »Die Auger hat ihn eindeutig identifiziert. Ich habe schon die Übergabe des Toten an die amerikanische Botschaft genehmigt. Die können alles übrige mit seiner Familie regeln und ihn nach Washington überführen. Aber diese Frau ist ganz schön cool, sage ich Ihnen. Sie hat ihn sich angeschaut, ohne auch nur mit der Wimper zu zucken. Menschenskind, man hätte meinen können, es ginge um ein verlorenes Hemd.«

»Sie vergessen, daß sie in Afrika aufgewachsen ist, immer inmitten von irgendwelchen Bürgerkriegen. Wahrscheinlich hat sie mehr Leichen gesehen als wir beide zusammen. Und Sie wissen so gut wie ich, daß so was einen auf die Dauer abstumpfen läßt.«

»Trotzdem, der Typ war immerhin ihr Ex-Mann. Der Vater ihrer Tochter. Man sollte meinen, daß das wenigstens ein bißchen zählt.«

»Er ist aber auch der Typ, der eigentlich mit ihrer Tochter in den Urlaub nach Acapulco hätte fliegen sollen. Statt dessen schleppt er sie einfach hierher mit, lädt sie irgendwo ab und sagt keinem Schwein Bescheid. Ein toller Vater.«

Amaya zuckte die Schultern. »Hauptsache, wir haben es hinter uns. Mit dem Papierkrieg kann sich jetzt die Botschaft rumschlagen.«

Dennison wartete einen Moment, dann verkündete er: »Wie auch immer, Nicole Auger hat in den letzten Stunden eine ganz schöne Aktivität entwickelt. Wir hatten das Haus kaum verlassen, da rief mich Manuela an und meldete, daß die Auger zu einem Spaziergang aufgebrochen war. Ich bin Ihnen wirklich dankbar, daß Sie mir Manuela letztes Jahr empfohlen haben. Sie ist bienenfleißig und verdammt effizient. Eine bessere Kraft als sie kann ich mir gar nicht vorstellen.«

»Sie war eben bei der Armee. Was hatten Sie da anderes erwartet? Ich konnte es nicht fassen, als sie dort im Zuge der Kürzungen rausgeworfen wurde. Eine Frau im Offiziersrang, die fließend englisch spricht! Von der Sorte gibt es nicht allzu viele in der Nationalgarde.«

»Der Verlust der Armee ist mein Gewinn«, grinste Dennison.

»Und wohin ist sie gegangen?« erkundigte sich Amaya.

»Sie hat ein Taxi zum Metrocentro genommen und die nächsten zwanzig Minuten damit verbracht, zu überprüfen, ob ihr jemand gefolgt ist. Dann ist sie mit einem anderen Taxi zum Cuartelmarkt in der Innenstadt gefahren, wo sie so getan hat, als würde sie sich für die Waren interessieren; dabei drehte sie sich aber immer wieder um.«

»Glauben Sie, daß sie Raoul bemerkt hat?«

»Raoul ist ihr ja nur bis zum Metrocentro gefolgt. Es lag auf der Hand, daß sie mit Beschattern rechnen würde. Darum hielt ich es für das klügste, noch zwei zusätzliche Männer als Verstärkung einzusetzen. Beide waren Kundschafter bei der Armee. Wie sie mir berichtet haben, mußten sie höllisch aufpassen, um nicht doch von ihr überrascht zu werden. Aber sie hat sie garantiert nicht gesehen, denn sonst hätte sie ihren Plan fallen lassen und wäre ins Haus zurückgekehrt.«

»Hat sie jemanden auf dem Markt getroffen?« fragte Amaya aufgeregt. »Am Ende vielleicht sogar Marlette?«

»Das hätte Ihnen so gepaßt, was? Nein, sie ging in den Slum hinter dem Markt und traf sich mit Pater Bernard Coughlin. Wenn man es genau bedenkt, ist das eigentlich ganz logisch. Er und Marlette kennen sich ja schon lange. Sie haben früher zusammen in der Fremdenlegion gedient. Offenbar benutzt Marlette Coughlin als Verbindungsmann.«

»Und wie geht es nun weiter?« wollte Amaya wissen.

»Wir statten Coughlin einen Besuch ab. Wer weiß, vielleicht läßt er sich ja dazu überreden, uns zu verraten, wo wir Marlette finden können.«

»Wann wollen Sie zu ihm rausfahren?«

Dennison sah auf die Uhr. »Es ist jetzt fünf vorbei. Um sechs habe ich einen Termin mit einem Kunden. Ich hätte natürlich absagen können, aber er kommt extra meinetwegen aus Santa Ana hierhergeflogen. Darum kann ich frühestens um sieben losfahren.«

»Auf mich können Sie nicht zählen. Wie ich Ihnen am Nachmittag gesagt habe, bin ich um halb acht beim Präsidenten, um ihm über die letzten Entwicklungen in diesem Fall Bericht zu erstatten. Und vergessen Sie nicht: Sie wollten heute abend die Auger bei sich zu Hauses bewirten.«

»Das habe ich schon geregelt. Ich habe ihr gesagt, daß ein unerwarteter Termin dazwischengekommen ist und daß ich es heute nicht mehr schaffe.«

»Wollen Sie sich Coughlin denn persönlich vorknöpfen?«

»Ich nehme Jayson mit. Es wird ihm guttun, ein bißchen rauszukommen. Seit der letzten Aktion war er ja ständig eingesperrt.«

»Halten Sie das für eine kluge Entscheidung?« gab Amaya zu bedenken. »Jeder Polizist im Land ist angewiesen, auf Ausländer mit Cockney-Akzent zu achten.«

»Es ist ja nicht so, als ob die Polizei eine Beschreibung von ihm bekommen hätte«, erwiderte Dennison.

»Es sei denn, Coughlin liefert sie ihnen«, warnte Amaya. »Und was machen wir dann? Ich halte es für zu riskant, ihn jetzt zu benutzen, Peter.«

»Ich würde mir wegen Coughlin keine grauen Haare wachsen lassen.« Dennison lehnte sich mit einem dünnen Lächeln zurück. »Wie sagt Jayson immer? Keine Zeugen, kein Ärger.«

## 6

Im Waisenhaus mußten alle Kinder unter zehn um acht Uhr im Bett sein. Die älteren durften länger aufbleiben und versammelten sich meistens im Gemeinschaftszimmer um den neuen Farbfernseher, den der Bürgermeister gestiftet hatte. Bis dahin hatte sich Coughlin stets in seine Räume zurückgezogen, nachdem er den Kleinen eine Gutenachtgeschichte vorgelesen hatte, doch jetzt verbrachte er den Abend mehr und mehr vor dem Fernseher. Vor allem die alten Western hatten es ihm angetan; er konnte sich köstlich darüber amüsieren, wenn Helden wie John Wayne oder James Stuart auf einmal fließend spanisch sprachen.

Aber heute abend hatte er anderes im Kopf. Sobald er das Licht im Schlafsaal gelöscht hatte, verließ er das Hauptgebäude und eilte auf einem von Bäumen gesäumten schmalen Weg zu einem Häuschen am anderen Ende des Grundstücks. Als er hier angefangen hatte, war es nicht viel mehr als ein Schuppen gewesen, doch mit vereinten Kräften hatten die Kinder es in ein gemütliches Schmuckstück verwandelt, in das er sich nach langen Arbeitstagen gerne zurückzog, auch wenn er natürlich nach wie vor die meiste Zeit im Hauptgebäude und im Büro verbrachte.

Die Tür ging knarzend auf. Seit Wochen schon nahm er sich vor, die Angeln zu schmieren, und tat es dann doch nicht. *Schreib's dir endlich auf,* hielt er sich ärgerlich vor. Er schaltete das Licht ein und wollte ganz eintreten, als er wie angewurzelt auf der Schwelle stehenblieb. Im Sessel ihm gegenüber saß ein Mann. Sein Gesicht war ihm nur zu vertraut.

»Treten Sie doch bitte ein, Pater«, sagte Dennison und winkte ihn zu sich. »Die Tür stand offen. Darum sind wir einfach reingekommen. Das macht Ihnen doch hoffentlich nichts aus.«

Coughlin zog es vor, Dennisons höhnischen Ton zu ignorieren. Er wollte sich wieder in Bewegung setzen, als er sah, daß Dennison nicht allein war. Auf dem Bett hockte ein Mann Ende Dreißig mit verfilztem, fettigem blonden Haar, das ihm auf die massiven Schultern fiel. Seine Haut an Gesicht und Händen schälte sich. Offenbar war er zu lange in der Sonne gewesen.

»Lange nicht gesehen, was, Coughlin?« dröhnte der Typ mit unverkennbarem Cockney-Akzent. »Herrgott, es ist bestimmt zehn Jahre her!«

Dennisons Augen flackerten zwischen den beiden hin und her, um sich schließlich wieder auf Coughlin zu richten. »Sie kennen also Stuart Jayson, wie ich sehe.«

»Und ob ich ihn kenne!« stieß der Pfarrer mit unverhohlenem Abscheu hervor. »Tschad. Vor zwölf Jahren.«

»Ist das wirklich schon so lange her?« fragte Jayson in gespielter Überraschung. »Damals warste noch in der Fremdenlegion, oder? Ihr habt auf der Seite der Regierungstruppen gekämpft. Ich war militärischer Berater der vom Libanon unterstützten Rebellen.«

»Berater?« rief Coughlin mit vor Verachtung bebender Stimme. »Schlächter wäre wohl die bessere Bezeichnung für das, was du dort getrieben hast. Was ich da mit eigenen Augen gesehen habe, Jayson, werde ich mein Leben lang nicht vergessen! Ein ganzes Dorf wurde auf deinen Befehl hin dem Erdboden gleichgemacht. Frauen und Kinder wurden kaltblütig abgeschossen, als sie aus ihren brennenden Häusern flohen.«

»Es gibt auch noch andere Methoden, seine Feinde fertigzumachen, als bloß auf sie zielen und abzudrücken. Ihr schleicht euch in ihren Kopf rein und versaut ihnen den Verstand. Ihr demoralisiert sie. Ihr klaut ihnen ihre Menschlichkeit. Aber es gibt doch nichts Besseres, als die Frauen der Feinde zu vergewaltigen und ihre Kinder umzubringen. Das ist psychologische Kriegführung, Coughlin. Und glaub mir, es klappt jedesmal.«

»Du hättest vor ein Kriegsgericht gehört!« zischte der Priester wütend.

»Dieser Meinung schien die Fremdenlegion nach meiner Gefangennahme auch zu sein, aber aus irgendeinem Grund konnte euer kommandierender Offizier keine Zeugen gegen mich auftreiben.«

»Kein Wunder, die waren ja alle tot.«

»Keine Zeugen, kein Ärger«, sagte Jayson mit einem eisigen Lächeln. »Anders kann man in diesem Geschäft nicht überleben, Coughlin.«

»Kommen Sie endlich rein und machen Sie die Tür zu«, wies Dennison den Priester mit einer ungeduldigen Geste an.

»Was wollen Sie von mir?« knurrte Coughlin, gehorchte jedoch.

»Nichts als eine schlichte Antwort auf eine schlichte Frage. Danach lassen wir sie in Frieden.«

Coughlin spürte auf einmal einen Klumpen im Magen. Und seine Angst nahm zu. Dennison mußte Nicole beschattet haben. Sonst wäre er doch nie zu ihm gekommen. Damit stand für ihn schon fest, was Dennison von ihm wollte, noch ehe er es sagte.

»Wo finden wir Richard Marlette?«

Coughlin hockte sich auf die Tischkante. »In New York, soviel ich weiß«, brummte er achselzuckend.

Dennisons Augen verengten sich, doch dann überspielte er seinen Zorn mit einem vagen Lächeln. Er erhob sich und ging zur Tür, wo er erst den Teppich anstarrte, bevor er sich wieder dem Priester zuwandte. »Ich kann verstehen, daß es Ihnen widerstrebt, Marlette zu verraten. Schließlich sind Sie schon lange miteinander befreundet. Das ändert aber nichts an der Tatsache, daß Marlette in diesem Land eine *Persona non grata* ist und daß jeder, der ihn deckt, sich der Behinderung der Justiz schuldig macht. Wenn ihn andererseits jemand, der ihm früher geholfen hat, meiner Obhut übergibt, dann wäre ich gerne bereit, seine – sagen wir – Jugendsünde zu übersehen.« Er zog ein Dokument aus der Brusttasche und hielt es Coughlin entgegen. »Diese Anweisung wurde mir vom Präsidenten persönlich überreicht. Wie Sie sehen, ist sie mit dem Briefkopf und der Unterschrift des Präsidenten versehen. Mein Auftrag lautet schlicht und ergreifend: Finden Sie Marlette, koste es, was es wolle. Bitte fühlen Sie sich so frei und lesen sie das.«

»Befehle lassen sich leicht fälschen«, knurrte Coughlin.

»Das ist eine schwerwiegende Beschuldigung!« Jayson war wütend aufgesprungen, doch Dennison forderte ihn mit einer Geste auf, sich wieder zu setzen.

»Wenn Richie in El Salvador ist, dann ohne mein Wissen«, erklärte Coughlin, ohne Dennisons kaltem Blick auszuweichen.

»Dann streiten Sie wohl auch ab, daß Nicole Auger Sie heute nachmittag in Ihrem Büro aufgesucht hat?«

Coughlin wußte genau, was für ein tückisches Minenfeld Dennison da für ihn ausgelegt hatte. Ein Fehler, und Richie war verloren. Doch wie sollte Nicole ihre Tochter je ohne ihn finden? »Nicole kam heute nachmittag zu mir ins Büro«, gab er zögernd zu.

»Na, endlich kommen wir weiter.« Ein Lächeln breitete sich auf Dennisons Gesicht aus. Gleichwohl fiel Coughlin auf, daß die Augen kalt und starr blieben.

»Richie hat mich gestern von New York aus angerufen und mir gesagt, daß Nicole nach El Salvador kommen würde, um ihre vermißte Tochter zu suchen. Er fragte, ob ich jemanden wisse, der für sie dolmetschen könnte. Da wußte freilich noch niemand, daß der Präsident Sie mit den Ermittlungen in diesem Fall beauftragt hat. Das ist auch der Grund, warum Nicole mich sprechen wollte. Sie sagte, sie hätte versucht, Richie für sich zu gewinnen, aber er hätte kein Interesse gezeigt, weil er schon einen anderen Auftrag in Bosnien angenommen habe. Daraufhin hätte sie ihr Angebot verdoppelt, aber ihm muß klar gewesen sein, daß er im Falle seiner Verhaftung den Rest seiner Tage in einem Loch wie dem Mariona-Gefängnis verbringen würde. Eine wenig verlockende Aussicht, meine ich.«

Dennison klatschte anerkennend in die Hände. »Das ist gut, Pater, wirklich gut. Und soll ich Ihnen was sagen? Wenn ich es nicht besser wüßte, würde ich Ihnen sogar fast glauben.«

»Hören Sie, ich habe Ihnen ...«

»... eine faustdicke Lüge aufgetischt. Und Sie haben meine Geduld überstrapaziert. Wir wissen längst, daß Marlette im Land ist. Nur seinen momentanen Aufenthaltsort kennen wir noch nicht. Die Frau, die ihn an der Grenze abgeholt hat, ist vor wenigen Stunden von einer Patrouille im Norden des Landes aufgegriffen worden. Sie ist ein bekanntes Mitglied der FMLN. Zwar ist sie stumm, aber ich habe mir sagen lassen, daß sie am Ende noch ganz schön mitteilsam wurde. Offenbar hat sie Marlette bei der Kirche eines Kollegen von Ihnen abgesetzt. Einem Pater Lorenzo. Hätten wir das früher gewußt, hätten wir Marlette noch dort schnappen und Pater Lorenzo unnötige Schmerzen ersparen können. Lorenzo gab an, daß er nicht mehr wisse, als daß Marlette auf dem Weg nach San Salvador sei und mit Ihnen Kontakt aufnehmen wolle. Ich persönlich glaube ja, daß er die Wahrheit gesagt hat, denn um einen Menschen zu schützen, den man kaum kennt, erträgt wohl niemand diese Art von Folter.«

»Sie Dreckschwein!« schrie Coughlin und schlug blind nach ihm.

Doch Dennison wich geschickt aus, und als Coughlin ihn erneut angreifen wollte, sah er sich der Mündung einer Beretta gegenüber. »Hinsetzen.«

Der Priester sank deprimiert auf den Sessel. »Wo ist Pater Lorenzo jetzt?«

»Das kommt darauf an, ob Sie an ein Leben im Jenseits glauben oder nicht«, erwiderte Dennison kalt.

Coughlin verbarg das Gesicht in den Händen. Das hätte nie geschehen dürfen! Er stand vor einem Trümmerhaufen. Er hatte Lorenzo sein Wort gegeben, daß ihm und seinen Gemeindemitgliedern keine Gefahr drohen würde, wenn er Marlette bis zum Weitertransport nach San Salvador bei sich aufnähme. In Wahrheit hatte er ihn benutzt und ihm verschwiegen, worauf er sich da einließ. Er hatte ihn belogen. Was galt sein Wort noch? Was hatte er ihm angetan ...?

»Wo ist Marlette?« fragte Dennison.

Coughlin sah langsam zu ihm auf. »Ich habe Ihnen doch gesagt, daß ich es nicht weiß«, zischte er.

»Schade.« Dennisons Blick wanderte zu Jayson hinüber. »Zeig sie ihm.«

Jayson zog unter dem Bett eine blaue Reisetasche hervor, griff hinein und förderte eine Handgranate zutage. Grinsend hielt er sie dem Priester vor die Augen, dann zog er den Sicherungsstift heraus. »Ich brauch' dir wohl nich' extra zu sagen, wie fies diese kleinen Schönheiten in einem abgeschlossenen Raum wirken können.«

Coughlin blieb gefaßt. Er wußte, daß er nicht unmittelbar gefährdet war, solange sie glaubten, nur über ihn an Marlette heranzukommen. »Darf ich annehmen, daß der Präsident Sie auch ermächtigt hat, jeden zu bedrohen, der Richies momentanen Aufenthaltsort kennen könnte?«

»Was der Präsident nicht weiß, macht ihn nicht heiß«, erwiderte Dennison. »Glauben Sie mir, Pater, mir ist jedes Mittel recht, das mich zu Marlette führt. Und wenn dazu Drohungen und Gewaltanwendung nötig sind ... auch gut. Der Zweck heiligt die Mittel.«

»Das kaufe ich Ihnen nicht ab. Hinter dieser Sache steckt doch mehr, als Sie zugeben. Warum sind Sie denn so verzweifelt hinter Richie her?« Trotz aller Angst zwang sich Coughlin, in die Offensive zu gehen. Er konnte diesem Typen doch nicht verraten, daß er von dem vermißten Video und dem geplanten Umsturz wußte. Das hieß, er mußte den Ahnungslosen spielen und zugleich einen vagen Verdacht erkennen lassen. Vielleicht gelang es ihm ja noch, Dennison zu überlisten. Es war seine einzige Chance.

»Wo ist Marlette?« herrschte ihn Dennison an. »Ich frage Sie nicht noch mal.«

»Und was passiert dann?« spottete Coughlin. »Sperren Sie mich dann in ein Zimmer und jagen mich in die Luft? Ich hätte gedacht, daß ich Ihnen lebend eher von Nutzen wäre.«

»Das ist richtig«, bestätigte Dennison in gleichgültigem Ton. »Wenn ich Sie töten wollte, hätte ich sie längst erschießen können. Das wäre ja um einiges leichter als eine Handgranate zu benutzen und bestimmt nicht halb so dramatisch. Nein, die Granate hat einen anderen Zweck. Sagen Sie, Pater, wie viele Kinder schlafen in dem großen Saal?«

Coughlin wurde aschfahl. Er sank in sich zusammen und schüttelte fassungslos den Kopf, und als er zu einer Antwort ansetzte, versagte ihm die Stimme den Dienst; seine Kehle war auf einmal wie ausgedörrt.

»Wie ich sehe, habe ich Sie endlich an einem wunden Punkt

getroffen«, bemerkte Dennison voller Genugtuung. »Stellen Sie sich nur vor, was für ein Blutbad das im Schlafsaal gäbe, wenn Jayson die Granate tatsächlich durch das Fenster werfen würde. Sie hätten die ganze nächste Woche damit zu tun, die Toten zu beerdigen. Und sollte es Überlebende geben, wären sie für den Rest ihres Lebens verstümmelt. Wollen Sie das wirklich, Pater? Diese kleinen Kinder haben in ihrem kurzen Leben doch sicher genügend Tragödien mitangesehen. Es würde mich zutiefst betrüben, wenn ihnen nur wegen Ihrer Sturheit etwas zustieße. Aber die Entscheidung liegt ganz bei Ihnen. Es ist doch so einfach: Entweder Sie geben mir Marlette, oder Sie fangen an, Gräber zu schaufeln.«

»Ich weiß nicht, wo Marlette ist«, ächzte Coughlin.

»Tu es!« befahl Dennison Jayson, der sofort aufstand und zur Tür ging.

»Warte!« schrie ihm Coughlin verzweifelt nach.

Dennison winkte ihn zurück. »Sie wollten etwas sagen, Pater?«

Coughlin war klar, daß es keinen anderen Ausweg mehr gab. Falls er nicht auspackte, würde Jayson dafür sorgen, daß die Granate möglichst viele Kinder zerfetzte. Das war genau die Art von feigen Überfällen, mit denen er zu einem der verrufensten Kriegsverbrecher im Tschad geworden war. Aber wenn er sein Schweigen brach, daran zweifelte Coughlin nicht eine Sekunde, würde Marlette den nächsten Morgen nicht mehr erleben. Und mit Marlettes Tod wäre auch Nicoles Hoffnung besiegelt, Michelle vor Dennisons Handlangern zu erreichen. Ob so oder so, er selbst würde in jedem Fall sterben. Aber das bedrückte ihn nicht mehr. Im Gegenteil, er wäre sogar dankbar. von diesen schrecklichen Schuldgefühlen erlöst zu werden, die sich bereits jetzt in ihm auszubreiten begannen wie eine bösartige Geschwulst ...

»Wo ist Marlette?« fauchte Dennison. Erneut wanderte sein Blick zu Jayson hinüber, der mit der Granate in der Hand, das Gesicht zu einem schiefen Grinsen verzogen, in der Tür stand und begierig darauf wartete, zum Hauptgebäude zu laufen und das Geschoß in den Schlafsaal zu schleudern.

»Ich schwöre Ihnen, daß ich nicht weiß, wo Marlette im Moment ist«, flüsterte der Priester stockend, »aber er hat mir eine Telefonnummer hier in San Salvador gegeben, unter der ich ihn in einem Notfall erreichen kann. Ich gebe sie Ihnen, aber entfernen Sie dieses Schwein von der Tür.«

Dennison schickte Jayson mit einer Handbewegung zum Bett zurück. Das Lächeln auf Jaysons Gesicht erstarb, und er gehorchte nur widerstrebend.

»Schreiben Sie die Nummer auf«, befahl Dennison und richtete die Pistole wieder auf Coughlin, als dieser sich mühsam erhob. »Denken Sie daran, daß Sie kein Soldat mehr sind, Pater. Die kleinste Dummheit, und Sie sind tot. Was würde dann aus Ihren lieben kleinen Waisen?«

Wortlos ging Coughlin zum Schreibtisch und kritzelte die Nummer, die er längst auswendig konnte, auf ein Stück Papier. Sein Kampfeswille war gebrochen. Trauer erfüllte ihn ...

Marlette fuhr sich mit dem Handrücken über die schweißbedeckte Stirn und zog die Heckler & Koch aus dem Halfter. Er wußte immer noch nicht, was er von diesem Anruf halten sollte, der ihn vor einer halben Stunde aufgeschreckt hatte. Coughlin hatte ihn mit aufgeregter Stimme gebeten, sofort zu ihm ins Waisenhaus zu kommen; Nicole sei in größten Schwierigkeiten. Er hatte ihn bedrängt, ihm mehr zu sagen, doch sein Freund hatte nur noch angedeutet, Dennison würde sie festhalten und abrupt aufgelegt. War dieser Anruf echt? Oder war Coughlin dazu gezwungen worden? Bei Marlette schrillten sämtliche Alarmglocken. Aber was war, wenn letzteres stimmte ...? Sollte er wirklich mit Nicole unter Druck gesetzt werden, damit er sich aus der Deckung wagte? Andererseits: Auch wenn Marlette immer noch mit einer Falle rechnete, durfte er die Möglichkeit, daß Nicole in Gefahr schwebte, nicht außer acht lassen.

So war er mit dem Wagen, den ihm Pruitt in sein Versteck geschickt hatte, zum Cuscatlan-Platz gefahren und von dort zu Fuß in das Barackenviertel gelaufen. Wegen seiner Tarnkleidung war er von den *Tugurios*, den Slumbewohnern, mißtrauisch beäugt worden. Es hatte ihn jedoch noch niemand zur Rede gestellt. Anscheinend herrschte hier immer noch große Angst. Die Leute hatten noch allzugut in Erinnerung, wie sich die von den Kaffeebaronen angeheuerten Fremden mit den Todesschwadronen zusammengerottet und die Armenviertel mit blutigen Überfällen heimgesucht hatten.

Marlette zog ein olivgrünes Stirnband aus der Jackentasche und streifte es sich über, bevor er das Tor öffnete und das Grundstück betrat. Im Hauptgebäude fielen ihm hinter zugezogenen Vorhängen Lichter auf, doch das kleinere Haus mit Coughlins Büro lag in völliger Dunkelheit. Er huschte zum Büro und drückte die Klinke herunter. Die Tür war zugesperrt. Mit der Heckler & Koch im Anschlag ließ er sich auf ein Knie sinken und sah sich langsam um. Alles schien ruhig zu sein. Dennoch – oder gerade deswegen – wurde er das Gefühl nicht los, daß sich ein Netz um ihn zusammenzog. Doch jetzt gab es kein Zurück mehr, nicht solange auch nur die geringste Möglichkeit bestand, daß Nicole in Schwierigkeiten steckte. Wenn ihr etwas zustieß, würde er sich das nie verzeihen können.

Er ließ den Blick über die Anlage schweifen, konnte aber von seiner Warte aus Coughlins Häuschen nicht sehen. Wie oft er dort mit seinem Freund gesessen und, ein Bier in der einen Hand, eine Zigarette in der anderen, über das Geschehen in der Welt diskutiert hatte, wußte er nicht mehr. Wie er, zeichnete sich auch Coughlin durch profunde Kenntnisse der politischen Zusammenhänge aus, und manchmal hatten sie sich ganze Nächte lang bis zum Sonnenaufgang erregte Debatten geliefert.

Unwillig schob Marlette den Gedanken an die Vergangenheit beiseite und sah sich noch einmal flüchtig um; dann wagte er sich aus der Deckung und sprintete in den Schatten der Bäume. Dort hielt er keuchend inne und spähte erneut in die Dunkelheit. Jetzt konnte er die Konturen des Häuschens erkennen, doch hinter den Vorhängen brannte kein Licht. Er schlängelte sich zwischen den Baumstämmen hindurch zum freien Gelände, wo er sich sofort zu Boden warf und die letzten zwanzig Meter zum Häuschen kroch. An einer Stelle, die sich im toten Winkel des Fensters befand, richtete er sich auf und schlich, den Rücken gegen die Wand gepreßt, weiter zur Tür. Er hatte sie schon fast erreicht, als er auf einen trockenen Zweig trat. Das Knacken dröhnte ihm in den Ohren. Überraschen konnte er nun niemanden mehr, dachte er wütend, tastete sich aber weiter, erreichte die Tür und schloß die Hand um die Klinke.

»Richie?« zischte eine Stimme von drinnen. »Bist du das, Richie?«

Am Bronxer Tonfall erkannte Marlette auf Anhieb den Pater.

»Richie, sie beobachten das Waisenhaus. Darum mußte ich das Licht ausschalten. Mach schnell und komm rein, bevor sie dich sehen.«

Marlette schluckte nervös, drückte aber die Klinke herunter und preßte sich wieder an die Wand, während er die Tür aufstieß. Nichts geschah. Er schlich hinein und sank sofort wieder aufs Knie, die Automatic in die Dunkelheit richtend. Seine Augen stellten sich langsam auf die Finsternis im Flur ein, doch da war es bereits zu spät. Der kalte Lauf einer Pistole bohrte sich in sein Genick. Im nächsten Moment ging das Licht an.

Coughlin saß auf dem Holzstuhl vor seinem Schreibtisch. Er war an Händen und Füßen gefesselt, und sein Gesicht war mit Blutergüssen übersät. Hinter ihm stand Jayson. In der einen Hand hielt er die Granate, in der anderen eine Pistole, die auf Coughlins Hinterkopf gerichtet war. Marlette sah schräg nach oben und erkannte Dennison. Er konnte nicht sagen, daß ihn das überraschte.

Dennison nahm Marlette die Heckler & Koch ab. Mit einem anerkennenden Nicken wog er sie in seinen behandschuhten Händen. »Was Waffen betrifft, sind Sie gewiß ein Kenner. So, und jetzt bitte aufstehen, aber ganz langsam.«

»Alles in Ordnung bei dir?« fragte Marlette Coughlin, sobald er stand.

»Mir ist nichts passiert, Richie«, murmelte der Priester niedergeschlagen. »Es tut mir leid, daß ich dich hierhergelockt habe. Wenn ich mich geweigert hätte, hätte Jayson die Granate in den Schlafsaal geworfen. Es tut mir schrecklich leid,

Richie, aber ich mußte es wegen der Kinder tun. Bitte verzeih mir.«

»Das kann ich schon verstehen«, erwiderte Marlette schulterzuckend und sah Jayson an. »Wie war's in New York?«

Jayson runzelte die Stirn. »New York? Wovon quatschst du da?«

»Du weißt verdammt genau, wovon ich rede!« knurrte Marlette.

»Ich störe nur ungern, aber wir haben noch Arbeit zu erledigen«, fuhr Dennison dazwischen und rief mit einem Blick über die Schulter etwas auf spanisch. Hinter ihm erschien ein Mann in der Tür; auch er war mit einer Pistole bewaffnet. Dennison forderte ihn mit einer Geste auf, die Tür zu schließen. Als das geschehen war, band Jayson den Pater los und trat nach vorne.

Nun entfernte sich auch Dennison von Marlette und steckte seine Beretta ein. »Sie können sich glücklich schätzen, Marlette. Der Präsident hat ein persönliches Interesse an diesem Fall, was für mich zur Folge hat, daß ich mich streng an die Regeln halten muß. Ich habe den ausdrücklichen Befehl, Sie lebend zu ergreifen. So bleibt mir nichts anderes übrig, als Sie wegen Mordverdachts zu verhaften und der Gnade der Justiz zu überlassen.«

»Und wen soll ich ermordet haben?« stieß Marlette voller Verachtung hervor.

Statt einer Antwort hob Dennison die Heckler & Koch Marlettes und schoß Coughlin zweimal durchs Herz. Die Wucht der Geschosse schleuderte den Priester nach hinten, der Stuhl krachte gegen den Schreibtisch, und Coughlins lebloser Körper schlug auf den abgetretenen Teppich. Marlette wollte sich auf Dennison stürzen, doch Jayson traf ihn mit dem Kolben seiner Pistole direkt hinter dem Ohr. Er sackte auf die Knie und schüttelte benommen den Kopf. Als er wieder aufsah, richteten sich drei Pistolen auf ihn.

»Sieht so aus, als hätten wir es nicht mehr geschafft, Sie an Pater Coughlins Ermordung zu hindern.« Dennison kauerte sich neben den Priester und fühlte seinen Puls. Als er sich vergewissert hatte, daß er tot war, richtete er sich wieder auf.

»Zum Glück konnten wir die Mordwaffe sicherstellen. Im Polizeilabor wird man Ihre Fingerabdrücke finden. Das bedeutet vorsätzlicher Mord, Marlette. Die Staatsanwaltschaft wird vor Gericht auf zwei zuverlässige Zeugen zurückgreifen können. Jayson wollen wir lieber nicht in die Sache mit hineinziehen – das würde nur unangenehme Fragen aufwerfen. Aber auch so ist dieser Fall eindeutig, finden Sie nicht auch?«

Marlette betastete vorsichtig die Beule hinter seinem Ohr. »Und was hindert mich daran, vor Gericht die Wahrheit zu sagen?« entgegnete er. »Ich könnte nicht nur Jayson des Mords an Kinnard bezichtigen, sondern auch den Zusammenhang mit Ihnen klarstellen. Was wäre dann mit Ihrer angeblich so reinen Weste?«

»Ihr Wort stünde gegen das meine. Und wem, meinen Sie, würden die Geschworenen angesichts Ihrer Verbrechen hier in El Salvador eher glauben?«

»Sie haben die Sache ja wunderbar ausgeklügelt, genauso wie vor fünf Jahren.«

»Nur daß die amerikanische Botschaft Sie diesmal nicht mehr rauspauken kann«, grinste Dennison. Er winkte den anderen Mann zu sich und befahl ihm, Marlette zum draußen wartenden Wagen zu bringen.

Marlette war bereits klar, daß er den Prozeß nicht mehr erleben würde. Vielmehr würden ihn Dennisons Schläger übernehmen, bis er ihnen verriet, was er über das verschollene Video wußte. Danach würden sie ihn töten. Dem Präsidenten würden sie wahrscheinlich sagen, er wäre in der Untersuchungshaft von Mitgefangenen ermordet worden. Und sollte der Staatsstreich glücken, würde der neue Präsident seinen Tod als Triumph des Militärregimes werten. Wie er es drehte und wendete, es sah düster für ihn aus. Aber die Hoffnung kann eine wirksame Waffe sein, zumal wenn man mit dem Mut der Verzweiflung kämpft. In Marlette nahm bereits ein Plan Gestalt an. Nun, er nannte seine Idee Plan, wenngleich es wohl eher ein tollkühner Gedanke war und sein Gelingen am seidenen Faden hing. Scheiterte er, war er tot, aber, tröstete er sich, das wäre er ja so oder so.

»Ich kann allein aufstehen!« fauchte Marlette, als der Salvadorianer ihn hochreißen wollte. Er sah Jayson an. »Pfeif ihn zurück, Herrgott noch mal. Ich kann doch nicht gehen, wenn er mir auf den Füßen steht.«

»Nimm einem Mann seine Würde, und du hast ihm seine Seele geraubt«, rezitierte Jayson. »Das hat mein alter Herr immer gesagt.«

»Sehr weise«, kommentierte Marlette und rappelte sich auf.

»Er war auch ein weiser Mann«, erwiderte Jayson und trat einen Schritt auf ihn zu.

*Na komm schon, du Scheißkerl,* flehte Marlette innerlich. *Nur noch ein bißchen, ein kleines bißchen ...*

»Schafft ihn hier raus!« bellte Dennison.

Der Salvadorianer öffnete die Tür und ging, die Pistole weiter auf den Gefangenen gerichtet, rückwärts hinaus. Marlette setzte sich in Bewegung. Durch die Tür sah er einen bei den Bäumen geparkten weißen Ford. Auf der Schwelle drehte er sich abrupt um und betrachtete noch einmal Coughlins Leiche.

Jayson, der ihm dicht gefolgt war, wäre fast gegen ihn geprallt und fing sich gerade noch. »Sprich auf dem Weg zum Knast ein Gebet für ihn«, höhnte er und stieß ihm seine Pistole in die Seite.

Jetzt sah Marlette seine Chance, jetzt mußte er es einfach riskieren. Er täuschte eine Drehung an, stieß blitzschnell Jasons Pistole mit dem linken Arm weg und drosch ihm gleichzeitig die rechte Faust aufs andere Handgelenk. Jayson schrie auf vor Schmerzen. Die Granate fiel ihm aus der Hand und rollte über den Teppich. Marlette rammte den anderen Typen mit der Schulter zu Boden und sprintete auf den Wagen zu. Der Fahrer riß erschrocken seine Pistole aus dem Halfter, stieß die Tür auf und legte an. In vollem Lauf trat Marlette gegen die Tür, dem Fahrer damit die Hand einquetschend. Der Mann ließ die Waffe mit einem Aufheulen fallen. Marlette bückte sich danach – als das Gebäude mit einem gewaltigen Knall explodierte und glühende Trümmer in alle Richtungen geschleudert wurden. Die Wucht der Explosion riß Marlette von den Füßen. Bei dem Versuch, das Gleichgewicht zurückzuerlangen, schlug er sich den Fuß an der Motorhaube an.

Mit schmerzverzerrtem Gesicht sank er auf ein Knie. Plötzlich schlug Zentimeter neben seinem Kopf eine Kugel in die Karosserie ein. Er warf sich zur Seite, sprang sofort wieder auf und rannte in geduckter Haltung auf die Bäume zu. Im Laufen sah er, daß Dutzende von Kindern aus dem Waisenhaus geströmt waren und sich schutzsuchend aneinander klammerten. Auf ihren unschuldigen Gesichtern spiegelte sich das Zucken der Flammen wider; in gespenstischer Stille starrten sie das brennende Gerippe an, das einmal Coughlins kleines Reich gewesen war.

Ein zweiter Schuß krachte, und plötzlich spürte Marlette ein Brennen im Genick. Lähmendes Entsetzen zuckte ihm durch alle Glieder, doch als er die Stelle vorsichtig betastete, stellte er fest, daß die Kugel ihn nur gestreift hatte. Die Schmerzen waren allerdings schier unerträglich, als sich das Blut mit dem vom Hinterkopf herabrinnenden Schweiß mischte. Erneut war er gerade noch davongekommen. Riß die Glückssträhne beim drittenmal? Er hatte keine Lust, es abzuwarten, und rannte im Zickzack über das offene Gelände zum Tor. Eine Kugel pfiff weit an ihm vorbei.

Irgendwo hinter sich hörte er Dennison schreien: »Ich will ihn lebendig! Habt ihr verstanden ...?« Den Rest übertönte das Quietschen des Tors. Er riß es weit auf und jagte auf die Straße hinaus. Hinter Fenstern wurden Vorhänge verstohlen zur Seite geschlagen, und Slumbewohner musterten ihn neugierig. Niemand wagte sich jedoch in die Nacht hinaus, um nachzusehen, was da explodiert war. Marlette wußte nur zu gut, daß die Bewohner der zahllosen Elendsviertel während des Bürgerkriegs jahrelang in unbeschreiblicher Angst gelebt hatten. Ständig waren sie von der Furcht geplagt worden, mitten in der Nacht aus dem Haus gezerrt zu werden, weil entweder die Miliz oder die verhaßten Todesschwadronen Opfer für ihre willkürlichen nächtlichen Hinrichtungen brauchten, mit denen sie Rache für die Tötung eigener Mitglieder durch FMLN-Guerillas übten. Von frühester Jugend an hatte man den Leuten eingeimpft, sich aus allem herauszuhalten. Und alte Gewohnheiten halten sich hartnäckig ...

Er hörte ein Motorenbrummen. Sekunden später tauchte

am anderen Ende der Straße ein Jeep der Armee auf. Der Soldat auf dem Beifahrersitz schoß, und die Kugel schlug vor Marlettes Füßen ein. Dann schrie er ihm zu, sich nicht von der Stelle zu rühren. Als der Jeep auf ihn zufuhr, sah sich Marlette um. Jayson hatte mittlerweile, seine Pistole schwingend, das Tor erreicht. Einen kurzen Moment lang fiel das Scheinwerferlicht auf sein Gesicht. Befriedigt stellte Marlette fest, daß in seiner rechten Wange eine blutende Wunde klaffte. Das verlieh ihm neuen Auftrieb, und bevor der Jeep ihn erreichen konnte, jagte er in den nächsten Durchgang. Ein Kugelhagel schlug in die Fassade der nächsten Hütte ein, und Marlette hörte, wie Jayson in seinem holprigen Spanisch die Soldaten anschrie, sie sollten das Feuer einstellen. Marlette rannte weiter, bis der Durchgang in die nächste Gasse mündete. Aus eigener Erfahrung kannte er das labyrinthartige Geflecht von Straßen und Gäßchen der Slums in diesem Land. Während seiner Zusammenarbeit mit der Armee hatte er bei genügend Operationen gesehen, wie schnell man sich selbst im kleinsten Barackenviertel hoffnungslos verirren konnte. Die Guerillas dagegen hatten sich dort blind ausgekannt; oft hatten sie junge, unerfahrene Soldaten in eine Sackgasse gelockt und ihnen dort mit einem raschen Schnitt ihrer scharf geschliffenen Klingen die Kehle aufgeschlitzt. Wenn der Getötete von seinen Kameraden endlich gefunden wurde, war sein Mörder längst über alle Berge, meistens mit Hilfe von Sympathisanten unter den Slumbewohnern ... Danach hatte die Armee unweigerlich ihre mitternächtlichen Razzien durchgeführt, um die ganze Gemeinschaft für die Unterstützung von Leuten zu bestrafen, die sie als Staatsfeinde betrachtete. Der ganze Krieg war ein unauflösbarer blutiger Wirrwarr gewesen.

Marlette hörte Schritte näherkommen und kauerte sich in eine dunkle Nische. Dann sah er auch schon, wie ein Soldat vor der nächsten Kreuzung stehenblieb. Der Mann wischte sich den Schweiß vom Gesicht, sah nach links, nach rechts und lief weiter geradeaus. Marlette wartete noch ein paar Sekunden, ehe er sich wieder aus der Deckung wagte. Ihm war klar, daß Jayson und die anderen Soldaten sich ebenfalls überall herumtrieben. Vielleicht sogar Dennison. Aber was machte er, wenn Dennison Verstärkung angefordert hatte? Er mußte so schnell wie möglich aus dem Slum herausfinden, sonst bewegte er sich ständig im Kreis, und seine Verfolger kesselten ihn ein. Andererseits fürchtete er, einer Patrouille geradewegs in die Arme zu laufen, wenn er es auf demselben Weg versuchte, auf dem er gekommen war. So entschied er sich für die nächste Abzweigung nach links.

Plötzlich – er hatte sich nur wenige Meter vorangetastet – nahm er aus dem Augenwinkel eine Bewegung wahr. Sein Herz setzte für einen Schlag aus, als sich hinter einem Maschenzaun ein Schäferhund knurrend auf die Hinterbeine stellte und ihn wütend anbellte. Marlette spähte in den menschenleeren Durchgang – halb erwartete er schon, daß sich gleich eine Horde Soldaten auf ihn stürzen würde. In der Ferne schlug ein anderer Hund an, und gleich noch einer, bis binnen Sekunden unaufhörliches Kläffen von allen Ecken und Enden des Slums widerhallte. Marlette fiel ein Stein vom Herzen. Das war der ideale Schutz. Diese Kakophonie würde nicht nur seine Schritte übertönen, sondern es den Soldaten unmöglich machen, zu erkennen, wo der Tumult angefangen hatte. In der Hoffnung, die Hunde würden noch lange toben, eilte er weiter und blieb nur an den Ecken kurz stehen, um die Lage zu peilen. Bislang war es ihm tatsächlich gelungen, sich Dennisons Häscher vom Leib zu halten; dafür war das eingetreten, was er unbedingt hatte vermeiden wollen: jetzt hatte er sich hoffnungslos verirrt.

Plötzlich tauchten am anderen Ende der Straße Scheinwerfer auf. Sofort kauerte er sich hinter zwei Blechtonnen. Obwohl aus ihnen bereits der Müll herausquoll und ihm ein unerträglich fauliger Gestank entgegenschlug, wagte er es nicht, sich zu bewegen. Durch die Spalte zwischen den Tonnen konnte er erkennen, daß es sich nicht um ein Armeefahrzeug handelte. So zerbeult, wie es war, gehörte es wahrscheinlich einem Slumbewohner. Das Auto bog ab, aber Marlette wartete, bis das Motorengeräusch verhallt war. Er richtete sich auf und sah sich um. Wo, zum Teufel, war er nur? Auf gut Glück entschied er sich für die nächste Querstraße. Daß es sich um eine Sackgasse handelte, merkte er erst, als es nicht mehr weiter ging. Schon wieder war dieses Brummen zu hören. Aufgeschreckt drehte er sich um und schaute mitten ins grelle Licht zweier Scheinwerfer. Verzweifelt sah er sich nach einem Fluchtweg um. Keiner bot sich an – er saß hoffnungslos in der Falle. Und dann kroch der Wagen auf ihn zu. Er schirmte die Augen mit den Händen ab und versuchte zu erkennen, wer hinter dem Steuer saß. Es war dasselbe Auto wie vorhin, nur beschwichtigte er sich jetzt nicht mehr so ohne weiteres damit, daß das Anwohner sein mußten. Saßen am Ende Dennisons Leute darin? Das wäre ja noch schlimmer, als von regulären Soldaten gefaßt zu werden, denn sie würden ihn einfach verschwinden lassen, ohne daß die Behörden davon erfuhren. Er suchte seine Umgebung nach einer Waffe ab. Ein Holzstück vielleicht ... oder ein Stahlrohr. Es gab nichts, womit er sich hätte verteidigen können. Dann mußt du es eben mit Verhandeln versuchen, redete er sich zu, als der Wagen anhielt, die Beifahrertür aufging und eine Frau ins Freie kletterte. Sie trug eine weite olivgrüne Hose, und ihr Gesicht war zur Hälfte hinter einem roten Halstuch verborgen. In den Händen hielt sie ein AK-47-Gewehr. Sowohl die Kleidung als auch die Waffe waren typisch für die Guerillabewegung FMLN. Trotzdem konnte das immer noch eine Falle sein.

»Wer bist du?« fragte Marlette.

»Du bist doch der, der die kleine Auger sucht«, gab die Frau in scharfem Ton zurück.

Marlette blieb stumm.

»Wir wissen, wer du bist und daß du wegen des Mädchens gekommen bist«, fuhr sie fort. »Einer unserer Genossen hat mit Kinnard am Tag seiner Ermordung gesprochen. Er weiß, wo das Mädchen ist. Wir können dich zu ihr führen.«

»Solange ich nicht weiß, wer du bist, gehe ich mit dir nirgendwohin«, knurrte Marlette. »Bist du von der FMLN?«

Sie ignorierte seine Frage. »Dennison hat bereits Verstärkung angefordert und will den Slum vollständig abriegeln. Wir wissen das, weil wir den Polizeifunk abgehört haben. Wahrscheinlich ist jetzt schon ein Dutzend Militärfahrzeuge auf dem Weg hierher. Wenn wir einer von Dennisons Patrouillen in die Arme laufen, werden wir auf der Stelle umgebracht. Du hast die Wahl, Marlette: Entweder du fährst jetzt mit uns, oder du versuchst allein hier rauszukommen.«

»Woher weiß ich, daß ihr nicht doch für Dennison arbeitet?«

»Glaubst du wirklich, wir würden mit dir sprechen, wenn wir zu Dennisons Schlägertrupps gehörten?« erwiderte sie ironisch. »Aber wir haben keine Zeit mehr zu verlieren. Das Viertel kann jeden Moment dichtgemacht werden. Steigst du jetzt ein oder nicht?«

Marlette überlegte fieberhaft. War das nur ein raffinierter Schachzug von Dennison, um ihn in eine Falle zu locken? Oder gehörte diese Frau tatsächlich der FMLN an? Wenn ja, warum wollte sie ihm unbedingt helfen? Und – das war noch wichtiger – konnte sie ihn wirklich zu Michelle führen? Ohne Verbündete würde er das Mädchen nie finden, zumal nach den Geschehnissen im Waisenhaus. Wenn er es überhaupt schaffte, durch den Absperrgürtel zu schlüpfen, würde Dennison in jedem Fall dafür sorgen, daß sein Foto im Zusammenhang mit dem Mord an Bernard Coughlin auf der Frontseite jeder Zeitung im Land prangte. Man würde ihn hetzen. Und was könnte er Nicole dann noch nützen? So ungern er es sich eingestand, er hatte keine andere Wahl, als dieser Frau zu vertrauen und einzusteigen.

Zögernd setzte sich Marlette in Bewegung. Als er durch das Fenster spähte, sah er, daß der Fahrersitz jetzt leer war. Die Frau hatte sich schon wieder in den Wagen gezwängt und fummelte mit irgend etwas auf dem Boden herum. Obwohl sie das Halstuch abgenommen hatte, konnte er ihr Gesicht noch immer nicht erkennen. Plötzlich richtete sie sich auf und sah ihm direkt in die Augen. Einen Moment lang starrte er sie fassungslos an, bis ihn ein kräftiger Schlag hinter dem Ohr traf. Er war schon bewußtlos, bevor er zusammensackte.

Amaya sah schweigend zu, wie der Sanitäter den Leichensack zuzog und Coughlin gemeinsam mit seinem Kollegen auf einer Bahre zum Krankenwagen trug.

»Sie konnten sich also doch noch von der kleinen Abendgesellschaft des Präsidenten losreißen«, kommentierte eine Stimme in Amayas Rücken.

Der Offizier fuhr mit vor Wut blitzenden Augen zu Dennison herum. »Nur weil der Präsident mir befohlen hat, ihm gleich morgen früh einen vollständigen Bericht über die Ereignisse von heute nacht auf den Schreibtisch zu legen.« Er packte den Amerikaner am Arm und zerrte ihn außer Hörweite der Spurenfahnder. »Der einzige Grund, warum der Militärrat diese Aktion befürwortet hat, war Ihr persönliches Versprechen, daß Sie Marlette in eine Falle locken und töten würden, ohne daß die Behörden etwas mitbekämen. Einen narrensicheren Plan haben Sie das genannt! Was, zum Teufel, ist schiefgegangen?«

»Na gut, es hat nicht wie am Schnürchen geklappt, aber was ist denn schon Schlimmes passiert?« meinte Dennison achselzuckend und zündete sich eine Cheroot an.

»Wie?« rief Amaya ungläubig. »Coughlin ist tot, Marlette ist entkommen, und über vierzig Kinder können einen Schießerei vor dem Waisenhaus bezeugen. Und da sagen Sie, es sei nichts Schlimmes geschehen! Der Militärrat hat für morgen acht Uhr eine Krisensitzung einberufen. Sie werden dort erscheinen und den Herren erklären, was heute nacht passiert ist. Und Jayson muß dabeisein. Apropos, wo ist der Kerl überhaupt?«

»Er mußte ärztlich versorgt werden. Ein Glassplitter hat ihn bei der Explosion getroffen. Ich habe ihn zu einem Arzt in San Benito geschickt, den ich gut kenne. Der wird ihn zusammenflicken, ohne Fragen zu stellen.«

»Und was gedenken Sie jetzt wegen Marlette zu unternehmen? Ich habe vorhin im Polizeifunk gehört, daß er Ihren Leuten entwischt ist. Andererseits ist es angesichts dieses Fiaskos kein Wunder, daß er Ihre Leute überlisten konnte. Das scheint ja wohl nicht allzu schwer zu sein, wie?«

Dennisons Züge verhärteten sich. In nur mühsam bezähmter Wut starrte er zu Boden. Als er wieder zu Amaya aufsah, hatte er seine Fassung wiedererlangt. »Ob Marlette entkommt oder nicht, ist doch zweitrangig. Ich habe die Mordwaffe in meinen Besitz gebracht: seine Pistole mit seinen Fingerabdrücken. Außerdem habe ich veranlaßt, daß *La Prensa, Diario de Hoy* und *El Mundo* morgen sein Gesicht groß auf der ersten Seiten rausbringen. Für Hinweise, die zu seiner Ergreifung führen, habe ich eine Belohnung ausgesetzt, die zwanzigmal so hoch ist wie das Monatseinkommen eines Durchschnittsbürgers. Da kann er sich nirgendwo blicken lassen, ohne daß ihn jemand dem nächsten Polizeirevier meldet. Glauben Sie mir, Marlette ist endgültig erledigt, und genau das wollte der Militärrat doch, oder?«

»Er wollte aber auf keinen Fall, daß vierzig mögliche Zeugen Jayson identifizieren können. Was soll ich denn nun dem Präsidenten sagen?«

»Geben Sie ihn doch einfach als Polizisten aus.«

»Sagen Sie, haben Sie schon mal einen Salvadorianer mit heller, fleckiger Haut und schulterlangen blonden Haaren gesehen? Ich habe Sie davor gewarnt, Jayson zu benutzen, aber Sie wollten nicht auf mich hören!«

»Sie haben doch hier das Sagen. Nutzen Sie einfach Ihren Einfluß und halten Sie die Aussagen der Kinder eine Zeitlang zurück. Das dürfte Ihnen angesichts der überwältigenden Beweise gegen Marlette nicht so schwer fallen. Sollte es je zum Prozeß kommen, würden sie zehnmal für einen Schuldspruch ausreichen.«

»Und wie lange soll ich diese Aussagen ›zurückhalten‹?« fragte Amaya ironisch.

Dennison packte ihn am Arm und zog ihn näher zu sich. »Der Staatsstreich geht in weniger als achtundvierzig Stunden los. Da wird sich doch eine Möglichkeit finden lassen, diese Sache für eine kleine Weile zu vertuschen, oder? Sie wissen so gut wie ich, daß Jayson eine zentrale Rolle in dem Putsch spielt. Danach können Sie von mir aus mit ihm machen, was Sie wollen.«

»So sieht also Ihre Treue aus«, schnaubte Amaya.

»Er ist ein gedungener Killer. Politik, egal in welchem Land, ist ihm und seinesgleichen scheißegal. Der einzige Grund, warum er sich für den Putsch einsetzt, ist die Erfolgsprämie. Aber es bräuchte ihm nur jemand ein noch lukrativeres Angebot zu unterbreiten, und er würde sein Gewehr ohne zu zögern auf mich richten. Erwarten Sie also von mir keine Freundschaft für ihn.«

Aus dem Augenwinkel verfolgte Amaya die Arbeit der Spurenfahnder. Er strich sich nachdenklich mit dem Finger über die Unterlippe. »Warum haben Sie Marlette entkommen lassen?«

»Wovon reden Sie da?« brauste Dennison auf.

»Ich habe bereits mit den zwei Männern gesprochen, die Sie und Dennison hierher begleitet haben. Sie versicherten mir übereinstimmend, daß Sie mehr als ausreichend Zeit gehabt hätten, Marlette zu töten, statt dessen aber Coughlin erschossen haben. Ich kann ja Ihre Gründe verstehen, warum Sie den Priester lieber zum Schweigen bringen wollten, andererseits sagten die zwei mir auch, daß Sie Jayson ausdrücklich angewiesen haben, Marlette nicht zu töten, weil sie ihn lebend haben wollten. Dem Militärrat versicherten Sie dagegen bei der Vorstellung Ihres Plans, daß Sie Marlette bei der ersten Gelegenheit erschießen würden. Warum haben Sie gelogen?«

»Ich habe nicht gelogen, und ich habe Marlette auch nicht entkommen lassen«, entgegnete Dennison eilig. »Ich hatte meine Gründe, ihn lebend zu fangen.«

»Und die wären?« bedrängte ihn Amaya, als er verstummte.

»Ich habe es Ihnen ja schon gesagt: Als ich meinen ursprünglichen Plan dem Militärrat vorstellte, sah ich in Coughlin den einzigen Weg, an Marlette heranzukommen, und dachte, ich müßte nur geeignete Druckmittel anwenden, um ihn zur Mitarbeit zu bewegen. Doch dann stellte sich heraus, daß Coughlin sein Versteck auch nicht kannte. Er hatte nur eine Telefonnummer, unter der er Marlette in einem Notfall hätte erreichen können. Ich ließ diese Nummer sofort durch den Polizeicomputer überprüfen, und er identifizierte eine bestimmte Adresse in San Salvador. Zuerst wollte ich gleich hinfahren und Marlette dort erledigen. Das wäre jedenfalls viel einfacher gewesen, als Coughlin zu zwingen, ihn ins Waisenhaus zu locken.«

»Warum haben Sie das dann nicht getan?« fragte Amaya verständnislos.

»Das Haus liegt im Viertel La Floresta im Süden der Stadt. Ich kenne es sogar. Als ich noch für die Botschaft arbeitete, war ich öfter dort.«

Amaya runzelte verwirrt die Stirn. »Ja, und?«

»Damals war es ein sicheres Haus der CIA, und das ist es meines Wissens auch heute noch. Sollte die CIA es nach wie vor benutzen, können Sie davon ausgehen, daß dort strengste Sicherheitsvorkehrungen gelten. Bei meinem letzten Besuch war das zumindest der Fall: Scheinwerfer, Stolperdrähte, Infrarotkameras an jeder Tür. Wir hätten uns dort nie blicken lassen können, ohne Marlette aufzuschrecken. Darum blieb mir nichts anderes übrig, als ihn zu ködern. Noch etwas anderes: Wenn das Haus immer noch von der CIA benutzt wird, heißt das, daß die hinter ihm stehen. Das ist der Grund, warum ich ihn lebend haben wollte. Wir müssen herausfinden, warum Langley ihn hergeschickt hat.«

»Doch sicher, um das Video zu bergen«, meinte Amaya.

»Und wenn mehr dahintersteckt?« fragte Dennison.

»Worauf wollen Sie hinaus, Peter? Daß Langley von den Putschplänen Wind bekommen hat?«

Dennison nickte. »Das dürfen wir nicht ausschließen.«

»Sie haben ja selbst gesagt, daß Sie nach Kinnards Tod diskret Erkundigungen in Langley eingezogen haben und daß Ihre Kontakte Ihnen ausnahmslos dasselbe bestätigten: die CIA wisse von der Existenz des Videos, aber Kinnard wäre nicht bereit gewesen, Details preiszugeben, bevor er den sicheren Boden der Vereinigten Staaten erreicht hätte.«

»So wurde es mir damals mitgeteilt«, räumte Dennison ein. »Aber wer weiß denn schon, ob Kinnards Führungsagent sie nicht alle in die Irre geführt hat? Um seine Agenten zu schützen, muß man bisweilen auch die eigene Seite mit Fehlinformationen füttern.«

»Wollen Sie damit unterstellen, daß im Militärrat ein Maulwurf der CIA sitzt, der Insiderwissen an Langley weitergibt?«

»Das ist gut möglich.«

»Eine schwerwiegende Beschuldigung! Und sie entbehrt jeder Grundlage. Sie wissen so gut wie ich, daß die Mitglieder des Militärrats ausnahmslos über jeden Verdacht erhaben sind.«

»Können wir es uns erlauben, uns blind darauf zu verlassen?« Dennison nahm einen tiefen Zug aus seiner Zigarre und ließ den Rauch durch beide Mundwinkel entweichen. »Wenn es nun doch einen Maulwurf im Militärrat gibt, dann besteht auch die Möglichkeit, daß Marlette seine Identität kennt. Das ist der Grund, warum er unbedingt lebend gefaßt werden muß.«

»Damit Sie ihn verhören – oder beschützen – können?«

Einen Moment lang sah Dennison verwirrt drein. Als ihm dämmerte, was Amaya damit gemeint hatte, breitete sich ein verschlagenes Lächeln über sein Gesicht aus. »Glauben Sie wirklich, ich hätte Ihnen das alles gesagt, wenn ich der Maulwurf wäre?«

»Nun, es ist Ihre Theorie, Peter, nicht meine.« Amaya sah auf die Uhr. »Wenn Sie mich jetzt bitte entschuldigen würden ... Ich habe eine lange Nacht vor mir.«

Dennison wandte sich zum Gehen, drehte sich dann aber noch einmal zu Amaya um. »Wenn im Militärrat ein Verräter sitzt, mache ich ihn fertig, das verspreche ich Ihnen.«

»Einen Rat noch, Peter!« rief ihm Amaya nach. »Seien Sie morgen früh pünktlich und machen Sie es für sich nicht noch schlimmer, als es ohnehin schon ist. Nach diesem Fiasko sind die Herren sowieso nicht mehr allzu gut auf Sie zu sprechen.«

Dennison schluckte seinen Zorn hinunter und stapfte eilig zu seinem hinter dem Tor geparkten Wagen.

»Aufstehen!«

Marlette schlug langsam die Augen auf und kniff sie sofort geblendet zusammen. Direkt vor ihm hing eine nackte Glühbirne von der Decke herab. Als er sich aufzusetzen versuchte, schoß ihm ein stechender Schmerz durch den Kopf. Vorsichtig legte er sich auf die Matratze zurück und schloß wieder die Augen.

»Aufstehen, habe ich gesagt!« Diesmal begleitete ein Tritt in die Rippen den Befehl.

Marlette schaffte es irgendwie, sich aufzusetzen, und blinzelte zu der über ihm stehenden Frau hoch. Sie war Ende Dreißig und hatte ein schmales Gesicht. Ihr langes schwarzes Haar trug sie streng nach hinten gerafft und zu einem Pferdeschwanz zusammengebunden. Bekleidet war sie mit derselben Tarnhose wie gestern. In der Hand hielt sie eine russische T-33-Pistole, deren Lauf auf Marlettes Brust zeigte.

»Du weißt doch, wer ich bin«, sagte sie auf spanisch. »Dein Gesichtsausdruck hat es mir verraten, als du mich im Wagen gesehen hast.«

»Ist das der Grund, warum ich bewußtlos geschlagen wurde?« knurrte Marlette und richtete sich mühselig auf.

»Wir wußten ja nicht, wie du reagieren würdest.«

»Anna Chavez«, sagte Marlette. »Kopf der Propagandamaschinerie der FMLN in den letzten Jahren des Bürgerkriegs. Wie sollte ich dich nicht wiedererkennen? Dein Gesicht war ja im ganzen Land auf jedem Fahndungsplakat zu sehen.«

»Das ist es immer noch«, entgegnete sie stolz. »Nur bin ich jetzt die stellvertretende Führerin der Bewegung.«

»Sollte sich die FMLN nach dem Waffenstillstandsabkommen nicht auflösen?« fragte er ironisch.

»Größtenteils hat sie das auch.«

»Stimmt, gerüchteweise habe ich gehört, daß sich ein harter Kern militanter Marxisten weigert, die neue Regierung anzuerkennen. Wahrscheinlich spielt es dabei überhaupt keine Rolle, daß sie demokratisch vom Volk gewählt worden ist.«

»Du hast doch mit eigenen Augen gesehen, was für ein Elend immer noch in den Slums herrscht. Diese Regierung hat vor der Wahl versprochen, daß sie den Obdachlosen Wohnungen geben und die unerträglich hohe Arbeitslosigkeit abbauen will. Nichts hat sie getan. Und sie wird auch weiter nichts tun. Der Bürgerkrieg mag offiziell zu Ende sein, aber der Kampf muß weitergehen. Wir wollen dieses ungerechte Klassensystem beseitigen, das nach wie vor in El Salvador herrscht.«

Marlette kannte ihresgleichen. Diese Leute konnten einfach nicht akzeptieren, daß ihre ehemaligen Parteigänger sich für einen anderen Weg entschieden hatten, auch wenn das hieß, daß sie in einem abgelegenen Landesteil ihren eigenen kleinen Privatkrieg führen mußten. Und wie ihre Genossen glaubte diese Frau immer noch, sie kämpfe für Recht und Gleichheit... Eine Diskussion mit ihr schien Marlette zwecklos.

Er betastete die Beule hinter seinem Ohr und sah sich um. Das Zimmer war klein und spartanisch eingerichtet: angebrochenes Waschbecken, Holztisch, Stuhl, zerschlissene Matratze. Durch das mit einem Eisengitter gesicherte Fenster konnte er nichts sehen. »Wo bin ich?«

»In Sicherheit«, erhielt er zur Antwort. »Wenn wir dich im Slum zurückgelassen hätten, wärst du von Dennisons Leuten aufgespürt und umgebracht worden. Wir haben dir das Leben gerettet.«

»Ich werde euch ewig dankbar sein«, spottete er.

»Weißt du überhaupt, warum ich mich der FMLN angeschlossen habe, Marlette?«

»Ich könnte mir denken, daß...«

»Um den Tod meines Bruders zu rächen!« fuhr sie ihm über den Mund. »Er war Sozialarbeiter. Er half den Familien in den Elendsvierteln, um darüber hinwegzukommen, daß er seine eigene Familie im Bürgerkrieg verloren hatte. Als er eines Nachts eine Frau tröstete, deren Söhne getötet worden waren, drangen plötzlich drei Männer in das Haus ein, zerrten ihn ins Freie und jagten ihm eine Kugel durch den Kopf. Wie sich später herausstellte, übten sie mit seinem Tod Vergeltung für die Ermordung eines ihrer Männer. Nur waren das keine Soldaten, sondern Mitglieder einer Todesschwadron, die Tag für Tag im Viertel marodierte und rein willkürlich Zivilisten hinrichtete. Mein Bruder war nur zufällig zur falschen Zeit am falschen Ort.«

»Das tut mir leid«, murmelte Marlette. »Das wußte ich nicht.«

»Es war auch nicht irgendeine Todesschwadron, sondern das UGB.« Sie drückte den Lauf ihrer Pistole an Marlettes Schläfe. »Hast du nicht Mitglieder des UGB ausgebildet?«

Marlette hielt ihrem eisigen Blick stand. »Das gehörte zu meinem Vertrag. Hätte ich gewußt...«

»Spar dir deine Krokodilstränen! Woher weiß ich denn, ob

du nicht auch die Leute geschult hast, die meinen Bruder ermordet haben? Und wenn das so ist, dann wärst du ihr Komplize.«

»Wenn du das glaubst, dann solltest du besser abdrücken.«

»Wie überzeugt du von dir bist!« Ihr Finger spannte sich um den Abzug. »Du traust mir wohl nicht zu, daß ich dich töte, was?«

»Wenn das deine Absicht wäre, hättest du doch nicht dein Leben riskiert und mich direkt unter der Nase von Dennisons Meute aus dem Slum herausgeschmuggelt. Ganz offenbar wolltest du mich lebend haben. Die Frage ist nur – warum?«

»Und ich dachte schon, du wüßtest alle Antworten«, höhnte Chavez. Sie schob die Pistole in ihren Gürtel und ging zur Tür. Dort drehte sie sich um und winkte ihn zu sich. »Komm mit.«

Die Holzdielen knarrten unter seinem Gewicht, als er ihr den Flur hinunter in einen hell erleuchteten Raum folgte. Es war die Küche. In ihrer Mitte standen ein Tisch und vier Stühle. Auf einem saß ein magerer Mann, den Marlette nicht kannte. Er nahm lediglich an, daß es der Fahrer von gestern sein mußte. Neben ihm nahm Chavez Platz. Sie deutete auf den Stuhl ihr gegenüber. »Setz dich.« Marlette gehorchte zögernd. »Hast du Durst?« fragte sie. »Wir haben gerade Kaffee gekocht.«

»Ein Kaffee wäre mir sehr recht.«

Der Mann ging zum Herd und wickelte einen Lappen um den Henkel der noch heißen Kaffeekanne, ehe er eine Tasse vollschenkte. Er stellte sie vor Marlette auf den Tisch und setzte sich wieder. Der Amerikaner trank sofort einen Schluck. Der Kaffee war bitter, tat aber gut.

»Das ist Miguel«, stellte Anna Chavez den anderen vor. »Mehr brauchst du nicht über ihn zu wissen.«

»Gut, da wir nun die üblichen Höflichkeitsfloskeln ausgetauscht haben, können wir ja zum Wesentlichen übergehen«, brummte Marlette. »Wo ist Michelle Auger?«

Ein mattes Lächeln flackerte über Miguels Lippen. »Das ist leider nicht so einfach, mein Freund.«

»Irgendwie hatte ich das schon geahnt«, erwiderte Marlette und stellte seine Tasse ab. »Okay, was wollt ihr von mir?«

Chavez zog ein abgegriffenes Foto aus der Jackentasche und schob es zu Marlette hinüber. »Kennst du diesen Mann?«

Marlette nahm das Bild in die Hand. Es zeigte Chavez mit einem bärtigen Mann vor einem einsamen Panzer. Er gab es ihr zurück. »Guillermo Ruiz. Dein damaliger Liebhaber. Er war bis zu seinem Tod Anfang dieses Jahres der Anführer des Rests der FMLN.«

Schmunzelnd zog Miguel eine Zigarettenschachtel aus der Jackentasche, klopfte eine Zigarette ein Stück weit heraus und nahm sie direkt in den Mund. Dann zündete er sich ein Streichholz an der Schuhsohle an, steckte die Zigarette an und warf das Streichholz achtlos auf den Boden. »Ersteres stimmt, zweites nicht. Aber du hast recht – es ist Guillermo Ruiz.«

Marlette wandte sich an Chavez. »Im *Time Magazine* wurde damals gemeldet, er sei gestorben, als eine Bombe bei einer Besprechung mit seinen Militärberatern hochging. laut dem Artikel soll es keine Überlebenden gegeben haben.«

»Doch, einen hat es gegeben«, widersprach Chavez. »Es hat aber fünf Monate gedauert, bis Guillermo sich von seinen Verletzungen erholte.«

»Und was genau hat er mit dieser Geschichte hier zu tun?«

»Ich habe dir doch gesagt, daß einer unserer Genossen Kinnard einen Tag vor seiner Ermordung getroffen hat. Das war Guillermo.«

»Kinnard hat sich mit Ruiz getroffen?« rief Marlette verblüfft. »Warum?«

Chavez lehnte sich zurück. »Guillermo hat mir nur soviel verraten, daß Kinnard ihm die Kopie eines Videos versprochen hätte, mit dem sich Putschpläne bestimmter Mitglieder der Armee beweisen ließen. Ich nehme an, du weißt über dieses Video Bescheid.«

»Ich habe davon gehört«, erwiderte Marlette vage.

»Guillermo war sofort klar, daß wir mit Hilfe dieses Videos nicht nur den Staatsstreich verhindern, sondern auch die Regierung zu weitergehenden Reformen zwingen könnten«, fuhr Chavez fort. »Sie wäre bestimmt bereit, auf die Stimme der Vernunft zu hören, zumal wir uns mit dieser Information in einer besseren Verhandlungsposition befänden.«

»Mit anderen Worten: Erpressung.«

Anna Chavez zuckte die Schultern. »Wenn du es so nennen willst. Als Gegenleistung für das Video sollte Guillermo den Schutz des Mädchens garantieren, bis Kinnard das Land verlassen konnte.«

»Und wo ist Michelle jetzt?«

»Ihren genauen Aufenthaltsort kennen nur diejenigen, die mit ihrem Schutz beauftragt sind. Guillermo hat sich geweigert, uns mehr zu sagen, damit niemand zuviel verraten kann, falls die Armee von dem Video erfährt. Und mit Kinnards Ermordung durch Jayson haben sich seine Befürchtungen ja voll und ganz bestätigt.«

»Woher wißt ihr das mit Jayson?«

»Wir haben unsere Quellen«, ließ sich Miguel vernehmen.

Marlette wandte sich wieder an Chavez. »Ich nehme an, Ruiz weiß, wo Michelle ist?«

»Das muß er wohl. Schließlich hat er das Ganze in die Wege geleitet.«

»Wo ist dann der Haken an der Sache?« fragte der Amerikaner mißtrauisch.

Chavez griff nach der Morgenausgabe der *La Prensa*, die auf dem Kühlschrank lag, und schob sie Marlette über den Tisch zu. Der nahm sie in die Hand und las einen rot markierten Artikel. Als er fertig war, ließ er die Zeitung sinken. Er sah Chavez mit fragender Miene an. »Darin steht doch nur, daß zwei noch nicht identifzierte Männer, die gestern abend in einem Außenbezirk von San Salvador in einem verlassenen Wagen gefunden wurden, durch Kopfschüsse aus kürzester Distanz getötet wurden. Was hat das mit Ruiz zu tun?«

»Das waren Guillermos Leibwächter. Er war auf dem Weg zu einem Treffen in einem Dorf in der Nähe der Stadt – nur kam er dort nie an. Als ich es erfuhr, dachte ich zuerst, die Polizei hätte ihn verhaftet und stellte sofort Erkundigungen an, die jedoch alle nichts ergaben. Erst dank einem von Miguels Kontaktleuten haben wir heute früh endlich die Wahrheit erfahren. Guillermo wird in einem Bauernhaus in einem Dorf am Rand von San Salvador gefangengehalten. Die Armee benutzte es eine Zeitlang als sicheres Haus, aber nach dem Waffenstillstandsabkommen hat die Regierung es wie so viele andere Immobilien verkauft, um Geld in die leeren Staatskassen zu pumpen.«

Marlette nippte wieder an seinem Kaffee. »Laß mich raten. Ich soll Ruiz für dich rausholen, richtig?«

»Du bist schnell von Begriff, mein Freund«, grinste Miguel.

»Überleg doch nur, Marlette, dir muß genauso daran gelegen sein wie uns, Guillermo zu befreien«, meinte Chavez.

Der Amerikaner lehnte sich mit verschränkten Armen zurück. »Irgendwie verstehe ich das nicht. Ihr habt doch sicher selbst genug Leute zur Hand, die Ruiz befreien könnten, und trotzdem riskiert ihr Kopf und Kragen, um mich aus dem Slum zu lotsen. Da stellt sich automatisch die Frage: Warum macht ihr das? Es sei denn, es steckt noch etwas anderes dahinter ...«

Chavez drückte ihre Zigarette aus und stellte sich vors Fenster. »Du hast recht; wir hätten unsere eigenen Leute benutzen können. Nun ist es aber so, daß außer Miguel, mir und zwei wichtigen Vertrauensleuten, zu denen Guillermo gestern unterwegs war, niemand weiß, daß er diese Explosion damals überlebt hat. Das Fußvolk hält ihn nach wie vor für tot.«

»Warum?« fragte Marlette perplex. »Es würde ihnen doch bestimmt Auftrieb geben, wenn sie wüßten, daß er noch lebt!«

»Das hat zwei Gründe. Wir glauben, daß ein Mitglied unserer Organisation den Bombenüberfall auf dem Gewissen hat. Jemand in hoher Position. Wir hatten gehofft, er würde nach Guillermos Tod versuchen, sich an die Spitze der Bewegung zu setzen, aber bislang hat sich noch niemand aus der Deckung gewagt und mir meine Funktion als kommissarische Kommandantin streitig gemacht. Nächsten Monat wollten wir auf einem Kongreß in Tejutla, einer unserer Bastionen im Norden des Landes, unseren neuen Führer wählen. Es war beschlossene Sache, daß Guillermo dort unangekündigt auftreten sollte. Das wäre ein Riesenerfolg für ihn und für die Organisation als ganzes gewesen. Sämtliche Zeitungen hätten es groß auf der ersten Seite rausgebracht, und genau diese Art von Werbung wäre uns gelegen gekommen.«

Marlette sah sie fragend an. »Du sprichst in der Vergangenheit …«

»Guillermos größte Stärke war immer sein Verhandlungsgeschick. Er war auch einer der Vertreter der Organisation bei den von der UN unterstützten Friedensgesprächen zwischen der Regierung und der FMLN Anfang der neunziger Jahre in Genf und New York. Erst als seine Genossen sich von der Regierung über den Tisch ziehen ließen und sich nicht nur bereit erklärten, auf Angriffe auf militärische Ziele zu verzichten, sondern auch der weiteren Aushöhlung der demokratischen Rechte unserer Organisation zustimmten, haben wir die Verhandlungsrunde verlassen und den bewaffneten Kampf wiederaufgenommen. Aber wenn wir mit Hilfe dieses Videos neue, für uns und unsere Anhänger akzeptable Rechte aushandeln wollen, brauchen wir unbedingt Guillermo als Sprecher der Delegation. Sein Wiederauftauchen würde ein gewaltiges Echo in den Medien auslösen; der Schub in unseren eigenen Reihen wäre aber noch ungleich höher.« Chavez zündete sich eine weitere Zigarette an. »Vielleicht verstehst du jetzt, warum wir dich aus dem Slum rausgeholt haben. Wir müssen uns ja nicht mögen, Marlette, aber im Moment sind wir aufeinander angewiesen.«

Marlette mußte sich – wenn auch widerstrebend – eingestehen, daß sie recht hatte. Es war eine auf beiden Seiten durch Not und Verzweiflung bedingte Allianz. Keiner konnte seine Ziele ohne den anderen erreichen. Aber das hieß noch lange nicht, daß er jede Information, von der sie noch nichts wußten, preisgab. So erwähnte er weder die CIA noch den Umstand, daß er genauso scharf auf das Video war wie sie. Damit wäre die ohnehin schon komplizierte Situation nur noch unübersichtlicher geworden.

»Okay, ihr habt mir also gesagt, warum ihr eure eigenen Leute nicht benutzen könnt, aber damit ist meine Frage noch nicht ganz beantwortet. Auch zu zweit wäre es euch doch möglich, Ruiz rauszuholen. Warum bringt ihr da mich ins Spiel?«

»Weil wir im Moment die wichtigsten Führungspersonen sind. Wenn es eine Panne gäbe und wir geschnappt würden, wäre das ein schwerer Schlag für die ganze Organisation.«

»Ich soll es also allein machen«, knurrte Marlette.

»Nein, du wirst mit Miguel zusammenarbeiten.«

»Mit ihm zusammenarbeiten oder seine Befehle entgegennehmen?«

»Du bist Berufssoldat, Marlette. Deine Erfahrung und deine Fähigkeiten sind für eine Operation dieser Art unerläßlich. Du wirst der Anführer sein. Miguel wird sich nach dir richten. Zufrieden?«

Plötzlich trat Schweigen ein. »Was sagst du dazu, mein Freund?« fragte Miguel schließlich. »Machst du mit oder nicht?«

»Was weißt du über dieses Bauernhaus?« fragte Marlette.

Miguel beugte sich weit vor. Seine Augen bohrten sich in die von Marlette. »Du hast meine Frage noch nicht beantwortet.«

»Natürlich macht er mit!« blaffte ihn Chavez an und fügte mit der Andeutung eines verächtlichen Lächelns hinzu: »Es ist ja nicht so, als ob er eine Wahl hätte. Zeig ihm die Blaupause.«

Miguel zog ein Blatt Papier aus der Brusttasche und gab es Marlette. Es war der Grundriß des Bauernhauses. Die verschiedenen Eingänge waren rot markiert.

»Ich habe das von einem Rathausangestellten bekommen, der uns unterstützt«, erklärte Chavez. »Er hat mir erzählt, daß ein hoher Offizier das Haus nach der Machtübernahme durch die neue Regierung gekauft hat. Vor einem Jahr ist er gestorben, und seitdem steht das Haus anscheinend leer. Ein perfektes Versteck für Geiseln wie Guillermo.«

Marlette beugte sich über den Plan. »Wie viele Wachmänner sind im und um das Haus stationiert?«

»Das weiß ich nicht«, antwortete Chavez.

»Dein Kontaktmann hat doch sicher eine ungefähre Vorstellung.«

»Leider nein«, antwortete Miguel. »Das mit Guillermo hat er ja nur zufällig erfahren, als er gestern nacht in einer Bar mit einem Kumpel zusammensaß. Anscheinend war dieser Mann direkt an Guillermos Entführung beteiligt. In der Hoffnung, noch mehr aus ihm rauszukriegen, spendierte er ihm einen Drink nach dem anderen, aber außer Einzelheiten über die Entführung selbst und die Rolle, die der Typ dabei spielte, erfuhr er nur noch das Versteck.«

»Wer war dieser Mann?« fragte Marlette. »Ein Soldat?«

»Ein Ex-Soldat«, sagte Miguel. »Laut meiner Quelle hatte die reguläre Armee nichts mit der Entführung zu tun. Die Entführer arbeiten für Peter Dennison.«

»Dennison!« fauchte Marlette angewidert. »Ich hätte mir ja denken können, daß der seine Hand im Spiel hat.«

»Das wirft aber die Frage nach seinem Interesse an Guillermo auf«, schaltete sich Chavez ein.

»Kann gut sein, daß er vom Treffen zwischen Ruiz und Kinnard wußte«, mutmaßte Marlette. »Ruiz könnte ihn zu Michelle Auger führen – und zu dem Video, hinter dem alle her sind.«

»Dich eingeschlossen, mein Freund?« fragte Miguel.

»Das Video selbst ist mir scheißegal«, fuhr Marlette ihn an und hoffte einigermaßen überzeugend zu klingen. »Ich bin von Nicole Auger angeheuert worden, um ihr ihre Tochter zurückzubringen. Mir geht es ausschließlich um die Sicherheit des Mädchens.«

»Wie rührend!« spottete Chavez. »Aber du und die Auger, ihr wart früher doch mal mehr als nur Freunde, oder?«

»Woher weißt du das?«

»Wir wissen sehr viel über dich, Marlette.«

Der Amerikaner starrte sie kalt an. »Ja«, meinte er schließlich mit einem bedächtigen Nicken, »wir hatten mal was miteinander. Vor Jahren. Und das bringt mich auf meine Bedingungen für Ruiz' Befreiung.«

»Bedingungen?« rief Miguel erbost. »Bildest du dir etwa ein, du könntest in deiner Lage noch Forderungen stellen?«

Chavez brachte Miguel mit einem scharfen Blick zum

Schweigen, dann wandte sie sich wieder Marlette zu. »Schieß los.«

»Nach der Sache im Waisenhaus gestern nacht könnt ihr davon ausgehen, daß heute mein Gesicht auf allen Zeitungen des Landes prangt und daß man eine hohe Belohnung für meine Ergreifung aussetzt. Die Polizei wird unter Druck gesetzt werden, mich so schnell wie möglich in Handschellen zu präsentieren, und bestimmt wird man Nicole so lange bearbeiten, bis sie alles über meine Pläne verrät. Womöglich wird sie sogar wegen Mithilfe an Coughlins Ermordung angeklagt. Ich bezweifle, daß die Kerle ihr was anhängen können, aber ich will es nicht darauf ankommen lassen. Außerdem ist Nicole unverzichtbar. Wenn wir Michelle vor Dennisons Handlangern finden, wird sie ihre Mutter mehr denn je brauchen. Wer weiß, was das Mädchen alles durchgemacht hat.«

»Du willst also, daß wir die Auger hierher bringen?« fragte Chavez.

»Richtig.«

»Wo ist sie überhaupt? Wir können sie doch bestimmt binnen einer Stunde holen.«

»Das ist nicht so einfach. Sie wohnt in Dennisons Gästehaus in San Benito.«

»Vergiß es«, schnaubte Miguel. »Wir kämen da nicht mal in Sichtweite.«

Chavez nickte. »Miguel hat recht. Dennison hat dieses Haus zu einer Festung umbauen lassen. Wie es heißt, wollte er auch einen schalldichten Keller haben, damit die von ihm beauftragten Todesschwadronen dort ihre Gefangenen unauffällig verhören konnten. Vor allem mit dem UGB soll er auf gutem Fuß gestanden haben. Wahrscheinlich sind die Anlagen noch alle vorhanden.«

»Mich wundert nur, daß du noch nie davon gehört hast«, fügte Miguel voller Verachtung hinzu. »Immerhin hattest du doch auch enge Kontakte zum UGB, als du zuletzt im Lande warst.«

»Ich war militärischer Berater und sonst nichts!« entgegnete Marlette in scharfem Ton.

»Und wie viele unserer Genossen haben deinen so überaus klugen Ratschlägen den Tod zu verdanken?« zischte Miguel.

»Ich wurde für meine Arbeit bezahlt, so wie übrigens auch die Russen und Kubaner, die eure Leute ausgebildet haben. Da gibt es keinen Unterschied.«

»Nur daß keiner von ihnen ein zwölfjähriges Mädchen vergewaltigt hat.«

Marlette sprang so wütend auf, daß der Stuhl umkippte, und stürmte zum Fenster. Mit vor der Brust verschränkten Armen blieb er dort stehen und starrte stumm in die Dunkelheit hinaus.

»Sag bloß, du hast keine Antwort darauf, mein Freund«, höhnte Miguel. Er stand nun ebenfalls auf und näherte sich Marlette von hinten. »Verrat mir doch: Was war es für ein Gefühl, sie herzunehmen?«

Unvermittelt rammte ihm Marlette den Ellbogen in den Bauch. Miguel klappte in sich zusammen, während Marlette herumwirbelte und ihm die Faust an die Schläfe jagte. Nach hinten taumelnd sackte er benommen auf die Knie. Mit schmerzverzerrtem Gesicht richtete er sich wieder auf und hatte plötzlich eine Pistole in der Hand.

»Steck das Ding weg«, befahl ihm Chavez.

»Das wirst du bereuen, Marlette!« zischte Miguel zwischen zusammengebissenen Zähnen.

»Weg damit, habe ich gesagt!« herrschte ihn Chavez scharf an.

Miguels Atem ging stoßweise. Schwankend verlagerte er das Gewicht und ließ im Zeitlupentempo die Waffe sinken. Mit den Worten: »Das ist noch nicht vorbei, mein Freund«, knallte er sie schließlich auf den Tisch.

»Da hast du verdammt recht«, erwiderte Marlette eisig. Er wandte sich wieder an Chavez. »Entweder ihr geht auf meine Bedingungen ein, oder ihr könnt Ruiz selbst rausholen. Das ist mein letztes Wort. Ja oder nein.«

Chavez hielt seinem Blick stand. »Ich habe dir doch schon einmal gesagt, daß wir nicht mal in die Nähe des Hauses kämen.«

»Ich habe eine Idee, wie wir Nicole da rausholen könnten. Ich hoffe nur, daß es noch nicht zu spät dafür ist und daß die Polizei sie noch nicht zum Verhör mitgenommen hat.«

Chavez deutete auf den Stuhl ihr gegenüber. »Setz dich. Wenn ich deinen Plan für durchführbar halte, will ich es mir überlegen. Wenn nicht, muß sie allein zurechtkommen. Das ist *mein* letztes Wort, Marlette. Ja oder nein.«

## 7

Der Wachposten sprang auf und griff hastig nach seiner Maschinenpistole, als ein Wagen in die Auffahrt bog und vor dem schmiedeeisernen Tor anhielt. Sich mit der freien Hand die Augen gegen das grelle Scheinwerferlicht abschirmend, trat er vorsichtig näher.

Die Beifahrertür wurde geöffnet, und ein großgewachsener, glattrasierter Mann stieg aus. Unter seinem Jackett bemerkte der Wachposten eine Ausbeulung, die von einer Pistole herrühren mußte. Sofort krümmte sich sein Finger um den Abzug.

»Polizei«, erklärte der Mann und hielt ihm seine Kennmarke entgegen.

Nachdem er sich von ihrer Echtheit überzeugt hatte, ließ der Wächter seine Pistole sinken. »Was wollen Sie?«

»Wir sind wegen einer Frau namens Nicole Auger gekommen. Soviel ich weiß, hält sie sich hier auf.«

Der Wächter runzelte die Stirn. »Eine Ausländerin wohnt zur Zeit hier, aber ich kenne ihren Namen nicht. Sie ist *Señor* Dennisons Gast.«

»Würden Sie bitte das Tor öffnen?« bat der Mann. Als der Wachposten zögerte, fügte er hinzu: »Ich habe vorhin mit *Señor* Dennison telefoniert. Er hat mir zugesichert, daß er Sie umgehend anrufen und Ihnen die Situation erklären würde.«

»Mich hat er nicht angerufen.«

Mit einem wütenden Fluch kramte der Mann in seiner Jackentasche herum und förderte ein Notizbuch zutage. Darin blätterte er herum, bis er die richtige Seite fand, und reichte es zwischen den Gittern hindurch. »Das ist seine Nummer. Rufen Sie ihn an.«

Der Wächter verschwand mit dem Notizbuch in seinem Häuschen und wählte die Nummer. Nach einem kurzen Gespräch legte er auf und öffnete per Fernbedienung das Tor. Daraufhin stieg der Mann wieder ein und fuhr los. Neben dem Häuschen blieb er noch einmal stehen und rief dem Wächter durch das offene Beifahrerfenster zu: »Wir wären Ihnen sehr dankbar, wenn Sie Mrs. Auger von unserem Kommen unterrichten könnten!«

»Ich werde es der Haushälterin melden«, versprach der andere und griff erneut nach dem Telefonhörer.

Das Beifahrerfenster wurde wieder geschlossen, und der Wagen verschwand um die Kurve.

»*Señora,* wachen Sie auf!« drängte Manuela und rüttelte Nicole an der Schulter. »Bitte, *Señora,* wachen Sie doch auf.«

Nicole fuhr wie elektrisiert hoch und schaltete die Nachttischlampe an. »Was ist? Ist was passiert?«

»Sie müssen sich anziehen, *Señora.* Unten wartet ein Polizist, der Sie sprechen will.«

Nicole packte Manuela erschrocken am Arm. »Ist es wegen meiner Tochter? Ist sie gefunden worden?«

»Nein, er möchte Ihnen nur ein paar Fragen wegen Richard Marlette stellen«, erwiderte Manuela und wand sich los. »Mehr wollte er mir nicht sagen.«

Nicole schlug die Decke zurück und wollte schon aufstehen, als sie jäh zu Manuela aufsah. »Ich dachte, Sie könnten kein Englisch?«

»Doch, doch«, meinte die andere in beiläufigem Ton, ohne weiter darauf einzugehen. »Ich habe schon versucht, *Señor* Dennison anzurufen, aber bei ihm ist ständig belegt. Ich probiere es gleich noch mal.« Damit verließ sie das Zimmer und schloß die Tür hinter sich.

Nicole überlegte fieberhaft, während sie sich ein weites Sweatshirt und eine Jeans anzog. War am Ende Rich etwas zugestoßen? War er verhaftet worden? War er verletzt? War er ...? Nein, sie weigerte sich schlichtweg, so etwas für möglich zu halten. Sie schlüpfte in ihre Turnschuhe und lief entschlossen die Treppe hinunter. Doch trotz allem konnte sie ein Gefühl der Beklommenheit einfach nicht abschütteln.

Am Fuß der Treppe nahm Manuela sie in Empfang und führte sie ein Stück beiseite. »Kennen Sie einen Pater Coughlin?«

»Nein«, antwortete Nicole hastig. Zu hastig, wie sie sich im selben Moment vorhielt. Und Manuelas Miene verriet nur zu deutlich, daß sie ihr nicht glaubte. »Wer soll das sein?«

»Er war ein amerikanischer Missionar hier in San Salvador. Heute abend hat man ihn in seinem Waisenhaus erschossen. Die Polizei verdächtigt Ihren Freund, Richard Marlette, und glaubt anscheinend, daß Sie ihr bei den Ermittlungen weiterhelfen könnten. Sie sollen ins Revier gebracht und verhört werden.«

»Wollen sie mich etwa verhaften?« fragte Nicole entrüstet. Es war ein verzweifelter Versuch, ihr Entsetzen über die Nachricht vom Tod des Priesters zu kaschieren.

»Nein, nein, die Polizei glaubt nicht, daß Sie in Pater Coughlins Tod verwickelt sind. Sie möchte Ihnen nur ein paar Fragen über Marlette stellen. Ich bin immer noch nicht zu *Señor* Dennison durchgekommen, aber der Polizist hat mir gesagt, sein Vorgesetzter hätte sowohl die amerikanische Botschaft als auch *Señor* Dennison verständigt. Die Botschaft hat auch schon einen englisch sprechenden Anwalt beauftragt, der Ihnen beim Verhör zur Seite stehen wird.« Manuela deutete mit dem Kinn auf den vor der Tür wartenden Mann. »Weil er nicht englisch spricht, werde ich Sie begleiten und bis zum Eintreffen des Anwalts alles für Sie übersetzen.«

Nicole folgte Manuela über die Terrasse zu dem auf der Auffahrt wartenden Zivilfahrzeug. Der Fahrer hielt den zwei Frauen die hintere Tür auf. Manuela musterte er mit sichtlichem Mißtrauen, sagte aber kein Wort. Sobald beide eingestiegen waren, wurde die Tür geschlossen, und der Wagen fuhr los. Die Arme um die Schultern gekrampft, starrte Nicole zum Fenster hinaus. Sie war bereits jetzt felsenfest von Richs Unschuld überzeugt. Was hätte er denn auch von Pater Coughlins Tod haben können? Nein, garantiert wollte man ihm den Mord nur in die Schuhe schieben. Und der Reaktion der Polizei nach zu urteilen war das auch gelungen – immer vorausgesetzt, sie war an diesem Komplott nicht auch beteiligt. Letzteren Gedanken verwarf sie allerdings gleich wieder, wußte sie doch, wie schlecht das Verhältnis zwischen Polizei und Militär in El Salvador war. Sie konnte sich sogar gut vorstellen, wer hinter dem Mord steckte. Doch genauso klar war ihr, daß sie Dennison ohne handfeste Beweise nicht beschuldigen konnte. Ihr Blick flackerte zu Manuela hinüber. Ihre aufrechte Haltung verriet eindeutig eine militärische Schulung. Hatte Dennison sie etwas auch von der Armee rekrutiert? Und warum hatte Dennison ihr weisgemacht, sie spreche nur spanisch? Das ergab doch überhaupt keinen Sinn. Oder etwa doch? Ihr fiel ein, wie eifrig Manuela ihre Sachen gleich nach ihrer Ankunft ausgepackt hatte. Da hatte sie ihre Schnelligkeit noch beeindruckt, doch je genauer sie es bedachte, desto klarer wurde ihr, daß Manuela ihre Besitztümer nach Hinweisen auf Rich durchforscht hatte ...

Plötzlich kam der Wagen mit quietschenden Reifen so abrupt zum Stehen, daß Nicole, die völlig in ihre Gedanken versunken gewesen war, nach vorne geschleudert wurde und mit dem Kopf gegen die Beifahrerlehne prallte. Sie richtete sich benommen auf und sah, was geschehen war. Direkt vor ihnen war ein Auto aus einer Querstraße geschossen und blockierte die gesamte Fahrbahn. Drei mit Kapuzenmützen maskierte Männer sprangen auf die Fahrbahn und bedrohten sie mit Maschinenpistolen. Zwei von ihnen trugen T-Shirts und vergammelte Jeans, der dritte eine Bomberjacke, eine Tarnhose und abgewetzte Stiefel. Jäh sah Nicole im Rückspiegel zwei Scheinwerfer auftauchen. Zu ihrem Entsetzen stellte sich hinter ihnen ein zweiter Wagen mit laufendem Motor quer über die Straße. Sie saßen in der Falle.

Der Fahrer sprach nervös mit seinem Partner, dann wandte er sich an Manuela. Nicole verstand natürlich kein Wort, doch Manuelas verstörtes Gesicht bedurfte keines Übersetzers.

»Was hat er gesagt?« fragte Nicole.

»Er sagt, das sei *un escuadrón de la muerte*«, stammelte die andere, den Blick starr auf die drei Bewaffneten gerichtet. »Ein Todesschwadron.«

Nicole zitterte vor Angst. »Was wollen die von uns?«

»Ich weiß es nicht. Aber wenn sie Geld oder Schmuck verlangen, versuchen Sie erst gar nicht, sich zu wehren. Die bringen sie nur um und plündern Ihre Leiche.«

Auf ein Fingerschnippen des Mannes in der Bomberjacke hin bezogen die zwei anderen zu beiden Seiten des Wagens Stellung und richteten ihre Waffen auf den Fahrer und den Beifahrer.

Zögernd löste der Fahrer die zentrale Verriegelung, doch bevor er den Türgriff herunterdrücken konnte, wurde die Tür von außen aufgerissen und der Lauf einer Maschinenpistole bohrte sich in seinen Hals. In Null Komma nichts wurden er und der andere entwaffnet, aus dem Auto gezerrt und zum Waldrand gescheucht.

Mit zunehmendem Unbehagen sah Nicole zu, wie die zwei Männer verschwanden. Sekunden später krachten zwei Schüsse, danach war kein Laut mehr zu hören. Nicole drehte sich zu Manuela um. In ihren Augen erkannte sie nackte Angst. Ein Spiegelbild ihrer eigenen Emotionen? Die zwei Maskierten tauchten wieder aus dem Unterholz auf und kamen rasch näher. Nicole machte sich auf ihrem Sitz so klein wie möglich, als auch ihre Tür aufgerissen und Manuela ins Freie gezogen wurde. Sie versuchte sich zu befreien, doch der Mann brüllte sie auf spanisch an und drückte ihr den Lauf seiner Maschinenpistole gegen die Rippen. Daraufhin ließ sie sich widerstandslos gefallen, daß sie zum hinteren Wagen geführt und unsanft auf den Rücksitz befördert wurde. Die zwei Männer setzten sich neben sie, und das Auto brauste davon.

Nicole schluckte nervös. Vor ihr stand nur noch eine einsame Gestalt. Natürlich könnte sie einen Fluchtversuch wagen, aber wie weit würde sie denn schon kommen, ehe er sie einholte? Doch was war die Alternative? Lieber wollte sie sterben, als sich von ihm anfassen zu lassen. Aber was geschah dann mit Michelle? Der Gedanke an ihre Tochter schien ihr frischen Mut zu verleihen, der freilich schon im nächsten Moment auf die Probe gestellt wurde, denn der Mann trat nun auf sie zu. Auf einmal schoß ihr eine Idee durch den Kopf. Ein verwegener Gedanke, aber was blieb ihr anderes übrig? In der Verzweiflung mußte man sich eben verzweifelt wehren. Und wenn es nicht klappte? Sie schob den Zweifel gleich wieder beiseite. Sie mußte es einfach versuchen.

Als wäre sie total verängstigt, schlang sie die Arme um die Knie und kauerte sich in die hinterste Ecke. Sie hörte ihr Herz wild pochen und verklammerte die Hände ineinander, damit sie nicht so zitterten. Jetzt wußte sie selbst nicht mehr, wieviel von ihrer Pose gespielt und was echte Angst war. Sie biß die Zähne zusammen. Michelle brauchte sie doch! Sie wußte, daß sie ihn überrumpeln mußte. Der geringste Fehler, und sie hatte verloren. Gespannt wartete sie, bis der Mann die offenstehende Tür erreichte, dann schnellten ihre Füße mit der Wucht einer Sprungfeder vor, mitten in seine Hoden. Sie stieß einen Triumphschrei aus, als er vor Schmerzen stöhnend in die Knie sackte. Jetzt mußte sie die Flucht riskieren. Sie wollte nach vorne krabbeln und durch die Fahrertür entwischen, als er sie am Knöchel packte. So wütend sie auch nachtrat, er ließ sie nicht los, obwohl sie blindwütend auf sein Gesicht einschlug.

Ein erstickter Schrei drang unter der Maske hervor. »Menschenskind, Nicole, ich bin's doch!«

Sie hatte schon zum nächsten Hieb angesetzt und konnte sich gerade noch zurückhalten. Dann zog sie ihm die Mütze herunter und erkannte Marlette. Mit schmerzverzerrtem Gesicht starrte er sie an. »Rich, was machst du denn hier?« fragte sie verdattert.

»Dich von Dennison befreien«, ächzte er. »Und so dankst du es mir.«

»Ich wußte ja nicht, daß du das bist.«

»Natürlich nicht.« Noch immer biß Marlette vor Schmerzen die Zähne zusammen. »Herrgott noch mal, Nicole! Was hast du da in den Absätzen? Blei?«

»Ich habe dir doch gesagt, daß ...« Sie verstummte abrupt und funkelte ihn wütend an. »Warum entschuldige eigentlich *ich* mich bei dir? Du hast gerade diese zwei Cops kaltblütig ermorden lassen! Und warum habt ihr Manuela verschleppt? Oder gehört das zu deinem Pakt mit der ›Todesschwadron‹? Du kotzt mich an, Rich. Du bist um keinen Deut besser als Dennison mitsamt seinen Killern.«

»Bist du jetzt fertig?« fauchte Marlette. Er richtete sich vorsichtig auf und lehnte sich gegen den Wagen. »Erstens geschieht dieser Frau nichts. Wir hatten nur nicht damit gerechnet, daß sie dich begleiten würde und mußten uns darum auf die Schnelle was einfallen lassen. Zweitens bin ich mit keiner ›Todesschwadron‹ verbandelt, und drittens sind diese ›Cops‹ keine Polizisten und außerdem quicklebendig.«

»Ich habe doch die Schüsse gehört!« protestierte Nicole, allerdings in schon nicht mehr ganz so sicherem Ton.

»Du solltest nicht alles glauben, was du hörst«, brummte Marlette und stieß abrupt einen gellenden Pfiff durch die Finger aus. Gleich darauf kamen die zwei ›Polizisten‹ aus dem Unterholz und reckten triumphierend die Daumen in die Höhe. Nun zeigte sich auch der Fahrer des Wagens, der nach wie vor quer über der Fahrbahn stand. »Bist du jetzt zufrieden, oder traust du mir immer noch das Schlimmste zu?«

Nicole sah den zwei Männern nach, die wieder im Wald verschwanden. »Ich verstehe noch nicht ganz«, murmelte sie zögernd.

»Warte, ich erkläre es dir gleich. Aber erst müssen wir hier verschwinden, bevor die richtigen Cops anrücken.«

»Rich?« sagte sie, als der andere Wagen wendete und neben ihnen hielt. »Das mit Pater Coughlin tut mir sehr leid.«

»Mir auch«, stieß er bitter hervor und öffnete ihr die hintere Tür. »Steig ein.«

»Die zwei Typen, die zum Haus kamen, waren also Guerilleros von der FMLN?« fragte Nicole und schenkte sich Kaffee ein. Marlette hatte sie soeben in Chavez' Küche geführt.

»Stimmt«, sagte Marlette und setzte sich an den Tisch. »Während des Bürgerkriegs haben sich die Mitglieder der FMLN oft für hochrangige Polizisten und Militärs ausgegeben; auf diese Weise konnten sie sich immer wieder Zugang zu abgeschotteten Arealen verschaffen. Die zwei Dienstausweise waren gestohlen. Es brauchten nur noch die Fotos ausgetauscht zu werden. Darum hat Dennisons Wachmann nichts gemerkt.«

»Aber Dennison hat doch sicher ihre Identität überprüft, als sie bei ihm anriefen, nicht wahr?«

Marlette lehnte sich mit einem zufriedenen Lächeln zurück.

»Ich habe nur gesagt, daß der Wachposten die Nummer auf dem Papier angewählt hat. Daß er mit Dennison gesprochen hat, habe ich nie behauptet.«

»Aber wen ...?« Sie verstummte. Allmählich dämmerte ihr die Wahrheit. »Sag bloß, er hat mit dir gesprochen!«

Marlette nickte. »Ich leugne nicht, daß Dennisons Spanisch weitaus besser als meins ist, trotzdem spricht er es mit amerikanischem Akzent. Und für die Einheimischen klingen alle Amerikaner gleich. Zumindest habe ich darauf gebaut, als der Wächter mich anrief. Mehr Kopfschmerzen bereitete mir da schon die Sorge, daß jemand im Haus, die Haushälterin zum Beispiel, Dennison alarmieren könnte. Deswegen habe ich kurz bevor die zwei falschen Cops vor dem Gästehaus aufkreuzten seine Privatnummer von einer Telefonzelle in der Stadt aus angewählt. Er nahm auch gleich ab, legte aber auf, als ich nichts sagte. Um die Leitung zu blockieren, habe ich den Hörer einfach danebengelegt. Darum konnte ihn die Haushälterin die ganze Zeit nicht erreichen.«

Nicole griff nach den Zigaretten, die Miguel auf dem Tisch liegengelassen hatte. »Was wird jetzt aus Manuela?«

»Sie wird morgen freigelassen, ohne daß ihr jemand auch nur ein Härchen gekrümmt hätte.«

»Ist es also tatsächlich nur ein Tauschgeschäft? Die FMLN hilft dir, mich von Dennison loszueisen, und du befreist dafür Ruiz?«

Bevor Marlette eine Antwort geben konnte, erschien Anna Chavez in der Tür. »Seid ihr fertig?«

»Gib mir noch ein paar Minuten«, bat Marlette.

Chavez' Züge spannten sich an, doch sie sagte nichts und verschwand wieder im Flur.

Nicole blickte ihr zweifelnd nach. »Können wir ihr trauen?«

»Auch nicht mehr als Dennison.«

»Warum hast du dich dann mit ihr zusammengetan?«

»Weil wir sie brauchen.«

»*Wir*?«

Marlette beugte sich über die Tischplatte und sah sie eindringlich an. »Da ist etwas, wovon ich dir noch nichts gesagt habe, Nicole.«

»Warum werde ich nur das Gefühl nicht los, daß es eine schlechte Nachricht ist?«

»Ganz und gar nicht. Es geht um Michelle.«

Sie packte ihn aufgeregt an der Hand. »Was ist es, Rich? Wissen sie, wo Michelle ist?«

»Laut Chavez hat Kinnard einen Tag vor seiner Ermordung mit Ruiz eine Vereinbarung getroffen. Demnach wollte er ihm eine Kopie seines Videos geben, sofern Ruiz das Mädchen versteckte, bis er alles erledigt hatte und das Land wieder verlassen konnte. Nur verriet Ruiz niemandem Michelles Versteck, nicht einmal Chavez. Außer den Guerilleros, die sie beschützen, ist er der einzige, der Michelles momentanen Aufenthaltsort kennt. Ich muß ihn da rausholen, wenn wir sie finden wollen.«

Nicole lehnte sich langsam zurück und wölbte die Hände über Mund und Nase. Marlettes Eröffnungen mußte sie erst noch verdauen. Schließlich ließ sie die Hände wieder sinken und lächelte ihn durch tränenverschleierte Augen kurz an, antwortete aber nicht. Was hätte sie denn auch nach allem, was sie in den letzten Tagen durchgemacht hatte, sagen sollen?

Marlette brach schließlich das Schweigen. »Es ist möglich, daß Dennison bereits über das Guerrillatreffen Bescheid weiß. Damit ließe sich erklären, warum er Ruiz' Verschleppung geheimgehalten hat. Chavez ist fest davon überzeugt, daß Ruiz auch unter Folter durchhalten würde. Ich bin mir da nicht so sicher. Nicht, wenn sie Jayson auf ihn loslassen. Darum muß ich ihn unbedingt noch heute rausholen. Ich will ja nicht pessimistisch klingen, aber es wird verflucht schwer werden.«

»Man muß immer mit dem Schlimmsten rechnen, dann kann es nur besser kommen«, schniefte Nicole. »Das war das Motto meines Vaters.«

»Und es wird besser kommen, das verspreche ich dir.« Marlette stand auf. »Ich gehe jetzt mal lieber zu Chavez. Schaffst du es auch allein?«

»Klar.«

Im Vorübergehen legte ihr Marlette ermutigend die Hände

auf die Schultern, dann verschwand er im matt beleuchteten Flur und gesellte sich zu Chavez und Miguel im Wohnzimmer. Als erstes fiel ihm ein Sofa mit grellem orangefarbenem Bezug in einer Nische vor dem Erkerfenster auf. Gegenüber standen in der Ecke zwei abgewetzte Sessel, der eine grün, der andere braun. In der Mitte des Raums saß Miguel an einem Korktisch und reinigte ein altes Ak-47-Sturmgewehr. Chavez, die auf dem Sofa hockte, sog heftig an einer selbstgedrehten Zigarette, und als sie den Rauch ausgestoßen hatte, forderte sie Marlette mit einer Geste auf, sich in den braunen Sessel zu setzen. Der Amerikaner beäugte das Ding mißtrauisch. Als er schließlich Platz nahm, vermied er sorgfältig eine rostige Federspitze, die aus dem verschlissenen Bezug herausschaute.

»Meine Leute haben dir die Waffen besorgt, die du gefordert hast«, erklärte Chavez und deutete auf eine vergammelte Reisetasche neben seinem Sessel. »Sie enthält alles, was du aufgelistet hast. Nur das Nachtsichtfernrohr ist nicht dabei. Aber ich habe dich ja schon darauf hingewiesen, daß es schwer aufzutreiben sein würde.«

Marlette zog den Reißverschluß auf und begutachtete den Inhalt: eine Heckler & Koch-Maschinenpistole mit drei Magazinen, vier Blendgranaten und vier Rauchgranaten. Er nickte zufrieden. »Wie konntest du das alles so schnell besorgen?« fragte er.

»Das braucht dich nicht zu kümmern!« erwiderte sie in scharfem Ton. »Aber jetzt, da du die Waffen hast, kann ich doch davon ausgehen, daß du deinen Teil der Vereinbarung genauso zuverlässig einhältst wie die Leute, die das alles für dich aufgetrieben haben. Oder hast du es dir schon wieder anders überlegt?«

»Ich bin nach wie vor der Meinung, daß wir vier Leute bräuchten, zumal wir keine Ahnung haben, wie viele Männer Ruiz bewachen«, brummte Marlette und machte sich daran, den Verschluß der Maschinenpistole zu überprüfen. »Ihr habt doch bestimmt noch zwei weitere Männer, die den Mund halten können, bis Ruiz sich wieder in der Öffentlichkeit zeigt.«

»Das haben wir schon mal besprochen. Du ziehst das allein mit Miguel durch.« Chavez sah auf die Uhr. »Miguel, hol den Wagen.«

Der Rebell sprang auf und eilte zur Tür. Dort wäre er fast mit Nicole zusammengestoßen. Er drängte sich an ihr vorbei und stürmte hinaus. Chavez maß die immer noch in der Tür stehende Nicole mit einem kalten Blick.

»Sie mag mich nicht, was?« sagte Nicole, an Marlette gewandt. Sie wußte, daß Chavez sie nicht verstehen würde.

»Dich. Mich. Die ganze Welt.« Marlette zog eine Tube Tarncreme aus der Reisetasche und sah zu Nicole auf. »Sie lebt in ihrer eigenen kleinen Welt, in der jeder, der nicht in ihre veraltete marxistische Ideologie paßt, im besten Fall als verdächtig, im schlimmsten als Feind gilt. Ich werde das Gefühl nicht los, daß sie uns irgendwo dazwischen ansiedelt.«

»Meinst du, sie hat vor, uns umzubringen, sobald Ruiz frei ist?«

»Nein. Wenn ich etwas über die FMLN gelernt habe, dann daß sie ungemein stolz auf ihre Fairneß ist. Wer anständig zu ihnen ist, den behandeln sie auch gut. Wer sie betrügt, lebt allerdings nicht mehr lange.«

Nicole setzte sich. Als sie zusah, wie Marlette vor dem Spiegel großzügig Tarncreme auf seinem Gesicht auftrug, kehrten all die Erinnerungen zurück. Plötzlich war sie wieder da, die Ungewißheit, die ihr früher immer wie ein Stein in der Magengrube gelegen hatte, wenn er sich vor einer nächtlichen Operation das Gesicht geschwärzt hatte: Die Ungewißheit, ob er auch diesmal zurückkehren würde. Die Ungewißheit, ob sie ihn je wiedersehen würde. Ihr fiel auch ein, daß er ihr jedesmal mit einem Lächeln oder Zwinkern hatte Mut machen wollen, doch sie hatte dieselbe Angst auch bei ihm gespürt; und es war gerade seine Schwäche gewesen, die ihr so gut an ihm gefallen hatte. In ihrer Magengrube zog sich ein Knoten zusammen. Sie stutzte. Das war keine Erinnerung mehr, das war echt. War es überhaupt jemals eine Erinnerung gewesen oder nicht vielmehr ein unbewußter Rest der Vergangenheit, der sich jetzt wieder regte? Plötzlich spürte sie, daß Marlette sie beobachtete. Als ihre Augen sich im Spiegel begegneten, lächelte er sie liebevoll an. Dann kam dieses Zwinkern. Er wußte genau, was in ihr vorging. Das störte sie allerdings keineswegs. Mit ihm zusammen hatte sie sich immer wohl gefühlt. Sie erwiderte sein Lächeln und zündete sich eine Zigarette an.

»Liebst du sie noch?«

Marlette drehte sich überrascht um. Hinter ihm stand Chavez. Sie bedachte ihn mit einem matten Lächeln. »Sie wird immer einen besonderen Platz in meinem Herzen einnehmen«, antwortete er ihr auf spanisch. »Das ist ja wohl natürlich nach allem, was wir miteinander erlebt haben.«

»Es bedarf nur eines Funkens, um ein Feuer neu zu entfachen«, sagte Chavez und ging zur Tür. »Ich sehe, daß dieser Funke schon da ist.«

»Du bist ja eine richtige Expertin, und das bei einem Menschen, den du kaum kennst.«

»Ich brauche sie nicht zu kennen. Es liegt in ihren Augen. Du mußt noch viel über die Frauen lernen, Marlette.« Damit verließ sie den Raum.

Nicole sah ihr nach. Als sie sich wieder Marlette zuwandte, musterte er sie aufmerksam. Es kam ihr so vor, als wolle er in ihren Augen etwas lesen. »Was ist, Rich?« fragte sie mit einem nervösen Kichern.

Ihre Stimme riß ihn aus seinen Gedanken. »Nichts«, versicherte er hastig. »Überhaupt nichts.«

»Du hast mich noch nie anlügen können«, sagte sie und hob sofort die Hand, als er zum Widerspruch ansetzte. »Aber mach dir keine Sorgen. Es ist ja nicht so wichtig. Ich weiß nicht, was Chavez gesagt hat, aber es hat sicher mit uns zu tun.«

Marlette hatte schon die nächste Lüge auf der Zunge, hielt sich aber zurück. Nicole hätte ihn ohnehin durchschaut. Es hatte ihn schon immer geärgert, daß er jeden anderen Menschen nach Belieben anlügen konnte, nicht aber Nicole. Ihm war, als würde er durchsichtig, sobald er versuchte, ihr etwas vorzumachen. Er warf einen letzten Blick in ihre Richtung, dann wandte er sich kopfschüttelnd ab. *Es ist in ihren Augen.* Na gut, selbst wenn das stimmte, der Teufel sollte ihn holen, wenn ihm etwas auffiel. Aber vielleicht hatte Chavez ja recht, und er mußte noch viel über Frauen lernen. Er und alle anderen Männer auf der Welt. Hastig zog er ein olivgrünes Halstuch aus der Tasche und wickelte es zu einem Stirnband.

Nicole beäugte es mit kritischem Blick. »Das ist aber nicht dasselbe, das du in Afrika getragen hast, oder?«

»Doch. Ich trug es auch an dem Abend, an dem wir uns kennengelernt haben, weißt du noch?«

»Wie könnte ich das vergessen? Und schon damals hielt ich es für alt und schmutzig. Ich möchte lieber nicht wissen, in was für einem Zustand es jetzt ist.«

»Alt, ja, aber nicht schmutzig. Wie du genau weißt, wird es regelmäßig gewaschen.« Damit knotete er es sich um den Kopf.

»Trotzdem finde ich es gräßlich. Du solltest dir mal ein neues gönnen.«

»Dieses Tuch ist mein Maskottchen. Du kannst nicht leugnen, daß es mir bislang immer Glück gebracht hat.«

»Von mir aus, aber wozu brauchst du jetzt noch eins, wo dir die Haare nicht mehr davonflattern?«

Er fuhr mit der Hand über sein kurzgeschnittenes Haar. »Na ja, ich habe mich daran gewöhnt und mag es eben. Das wird wohl immer so bleiben.«

In diesem Moment rief Chavez nach ihm. Er ergriff die Reisetasche und ging zur Tür, in der Nicole immer noch stand. Sie benetzte mit der Zunge den Daumen und wischte ihm Tarncreme vom Mundwinkel ab, dann stellte sie sich auf die Zehenspitzen und drückte ihm einen Kuß auf die Lippen. Sie sahen sich in die Augen. Beide blieben stumm. Sie spürten es gleichermaßen: Worte hätten in diesem Moment nur gestört. Erneut hallte Chavez' Stimme über den Flur und brach den Bann. Marlette wandte sich eilig ab und ging.

Chavez stand mit der Hand auf der Klinke in der Haustür. »Ihr habt exakt neunzig Minuten für die Operation. Jetzt ist es zwanzig nach drei. Um spätestens zehn vor fünf seid ihr zusammen mit Guillermo wieder hier.«

»Und wenn ich mich verspäte?«

»Dann bringe ich die Frau um.«

Marlette spürte, daß das keine leere Drohung war. »Wenn du ihr auch nur ein Härchen ...«

»Neunzig Minuten sind mehr als genug«, unterbrach sie ihn. »Eigentlich müßtet ihr es auch in einer Stunde schaffen. So habt ihr dreißig Minuten für unvorhergesehene Komplikationen.«

»Deine Großzügigkeit ist umwerfend.«

»Ich traue dir nicht, Marlette. Ich schließe nicht aus, daß du dich versucht fühlen könntest, Miguel eine Kugel in den Rücken zu jagen, wenn die Operation vorbei ist, und dann Guillermo zu zwingen, dir zu verraten, was du über das Mädchen wissen willst. Dann hätte er lange genug gelebt, um dir zu nützen, oder?«

»Ich bin Profi und habe im ganzen Leben noch nie einen Vertrag gebrochen!« knurrte Marlette. Es verletzte ihn, daß ihm jemand so etwas zutraute.

»Freut mich zu hören«, erwiderte Chavez. »Leider läßt sich dasselbe nicht über alle fremden Söldner sagen, wie ich aus eigener bitterer Erfahrung weiß. Sagen wir einfach, daß das meine persönliche Art ist, dafür zu sorgen, daß du die Abmachung einhältst. Du würdest bestimmt genauso handeln, wenn du an meiner Stelle wärst.«

Marlette überlegte kurz, ob er Nicole warnen sollte. Aber wovor eigentlich? Je genauer er es bedachte, desto klarer wurde ihm, daß ihr Leben nur dann gefährdet war, wenn er die Frist nicht einhielt. Es lag sozusagen in seinen Händen. Und er würde sie nicht im Stich lassen.

Chavez stieß die Tür auf. »Neunzig Minuten, Marlette.«

»Neunzig Minuten«, willigte er ein und eilte zum Wagen.

Marlette versuchte erst gar nicht, die Zeit mit Small talk zu vertreiben, sondern konzentrierte sich statt dessen auf einen imaginären Flecken auf der Windschutzscheibe und ließ sich dabei auch nicht von Miguels gelegentlichen Blicken in seine Richtung beirren. Sein Verhalten hatte freilich nichts mit Miguel zu tun; er nahm ihn schlichtweg nicht wahr, weil er zu sehr in seine eigenen Gedanken vertieft war.

Nicole ... Sie ging ihm einfach nicht mehr aus dem Kopf.

Seit sie ihn verlassen hatte, war nicht ein Tag vergangen, an dem er nicht in Gedanken bei ihr gewesen war. Das hatte er allerdings vor keinem Menschen zugegeben. Und ihr würde er es bestimmt auch nicht gestehen. Vor allem ihr nicht. Seine Gedanken hatten sich immer um die kleinen Dinge gedreht, die sich in der Zeit ihres Zusammenseins ereignet hatten, die meisten davon so unbedeutend, daß sie kaum des Erinnerns wert schienen. Doch wie oft hatte er über den winzigsten Details gebrütet, die er in mühsamer Kleinarbeit zu einer Art emotionalem Puzzle rekonstruiert hatte. Er hatte mit sich gehadert, ja, er war verzweifelt gewesen, daß er sich so besessen an die Vergangenheit klammerte. Und er war in diesen sechs Jahren tatsächlich ein Süchtiger geworden, ein Gedächtnisjunkie, der ohne seine Erinnerungen den Tag nicht mehr bewältigen konnte. Einige davon waren schön. Andere häßlich. Aber das hatte ihn nicht gestört. Er hatte sich auf alle gestürzt, egal wie sehr sie ihn schmerzten. Und es gab genug, die tiefe Narben hinterließen. Ihm war stets klar gewesen, daß er ohne das vollständige Spektrum seiner Emotionen nie aus seinen Fehlern hätte lernen können. Aber war er überhaupt konstruktiv damit umgegangen, oder hatte er sich nur in Schuldgefühlen und seinem Selbstmitleid gesuhlt, was sich nach dem abrupten Ende einer Beziehung wohl nie ganz vermeiden ließ? Diese Frage hatte ihn in all den Jahren verfolgt, und er hatte nie eine schlüssige Antwort darauf gefunden. Oder hatte er sich das die ganze Zeit nur eingeredet? Er wußte es einfach nicht...

Sein Lieblingsdichter, Alfred Lord Tennyson, hatte einmal geschrieben: »Es ist besser, geliebt und verloren, als nie geliebt zu haben.« Voller Wehmut sagte sich Marlette, daß er eindeutig nie jemanden so geliebt und vermißt hatte wie Nicole. Wie oft hatte er sein Schicksal verflucht, daß es ihm Nicole geschenkt und wieder genommen hatte. Jener Moment in der Rosewoodbar fiel ihm ein, als er vom Billardtisch aufgesehen und sie vor ihm gestanden hatte. Sechs Jahre der aufgestauten Erinnerungen waren in einem Wimpernschlag über ihn hereingebrochen. Er war high gewesen wie noch nie, kein Joint hatte je stärker gewirkt. Nie hätte er gedacht, daß in ihm Platz für so viele Emotionen sein könnte – und sie alle schienen sich in seiner Magengrube zu drängen. Es erforderte seine ganze Selbstbeherrschung, sich nicht anmerken zu lassen, wie aufgewühlt er war. Nach der ersten Aufregung hatte er sich auf die negativen Gefühle konzentriert und sie als Puffer benutzt, um Nicole auf Distanz zu halten. Es hatte geklappt, aber nur, weil sie offenbar noch unsicherer als er gewesen war. Verständlicherweise. Sie war auf seine Hilfe angewiesen und damit automatisch in der Position der Schwächeren. Aber was fühlte sie? Seit ihrem Wiedersehen hätte er es nicht zu beurteilen vermocht. Erst jetzt, nach dem Kuß, sah er klarer. Aber das lag nicht am Kuß, sondern an dem Ausdruck in ihren Augen, den er nicht in Worte fassen konnte. Plötzlich fuhr ihm ein neuer Gedanke durch den Kopf. War das der ›Funke‹, den Chavez gemeint hatte? Doch er kam nicht weiter. Im Gegenteil – damit wurden nur noch mehr Fragen aufgeworfen. Nicole hatte den Mut gehabt und ihm ihre Gefühle gezeigt, doch er verschanzte sich weiter hinter seinen Barrieren. Ein Schutzwall, ein blinder Spiegel, der es ihm erlaubte, seine wahren Gefühle vor der Welt zu verbergen. Das war ihm bisher ganz gewiß geglückt, aber seine Verteidigungswälle würden mit einem Schlag einstürzen, wenn er nicht auf der Hut bliebe. Vielleicht war Freundschaft die einzige realistische Option, die sie noch hatten. Zumindest konnte er dann nicht mehr verwundet werden. Was für ein leichter Ausweg, dachte er voller Selbstverachtung. Zugleich war ihm klar, daß das einfach nicht seine Art war. Im Grunde seines Herzens wußte er, daß er Nicole immer noch liebte. Er hatte sie die ganze Zeit geliebt und würde sie auch in Zukunft lieben. Aber war er bereit, sich noch einmal auf sie einzulassen – in dem Bewußtsein, daß es keine Garantie für eine bessere Zukunft gab als beim ersten Mal?

»Bist du bereit?«

»Ich weiß es nicht!« rief Marlette gequält. Dann erst merkte er, daß Miguel ihn verblüfft anstarrte. »Tut mir leid, ich war in Gedanken ganz woanders. Doch, doch, ich bin bereit.«

Miguel beäugte ihn mißtrauisch, stellte aber den Motor ab und griff nach dem auf der Rückbank liegenden Sturmgewehr. »Zum Bauernhaus sind es noch ungefähr dreihundert Meter. Es kommt erst nach der nächsten Kurve in Sicht. Den Rest der Strecke müssen wir zu Fuß zurücklegen.«

Marlette stellte die Reisetasche auf seinen Schoß und zog eine Blendgranate heraus. »Hast du so was schon mal benutzt?«

Miguel nahm ihm das längliche Ding aus der Hand und betastete es fast ehrfürchtig. »Nein, aber ich war dabei, als die Nationalgarde die Dinger gegen uns einsetzte. Es gab einen furchtbaren Knall, dem ein greller Blitz folgte. Danach konnte ich mehrere Sekunden lang nichts sehen.«

Marlette förderte eine zweite Blendgranate zutage und pochte leicht auf das Gehäuse. »Die Granate enthält ein Gemisch aus Magnesiumpulver und Knallquecksilber, ein äußerst explosiver Cocktail. Siehst du den Ring da oben? Du mußt ihn rausziehen, die Granate auf dein Ziel schleudern und sofort wegschauen. Wenn das Knallquecksilber explodiert, gibt das den Donnerschlag, den du gehört hast. Dabei wird das Magnesiumpulver entzündet, das den grellen Blitz erzeugt. Wer sich in unmittelbarer Nähe der Explosion aufhält, ist bis zu eine Minute lang taub und blind. Das bedeutet totale Orientierungslosigkeit.«

Miguel betrachtete den Sprengkörper in seiner Hand und hielt ihn dann wieder Marlette entgegen. »Du kennst dich mit diesem Zeug offenbar viel besser aus als ich. Trotzdem bleibe ich dabei, daß wir uns an meinen ersten Plan halten sollten. Du erledigst die Wachposten, während ich reingehe und Guillermo suche.«

»Ich habe es doch schon vorhin gesagt: Wer garantiert uns, daß die Typen uns den Gefallen tun und alle friedlich in einem Zimmer sitzen? Sie werden sich wohl eher über das ganze Haus verteilt haben. Behalte die Blendgranate lieber; du wirst sie vielleicht noch brauchen.« Marlette sah, daß der andere wütend die Zähne aufeinanderbiß, als er die Granate an seinem Gürtel befestigte. »Wir haben auch so schon genügend Probleme und sollten nicht auch noch gegeneinander arbeiten. Entweder du akzeptierst, daß ich hier das Sagen habe, oder wir brechen das Ganze ab und kehren ohne Ruiz zurück.

Allerdings kann ich mir nicht vorstellen, daß Chavez von deinem Verhalten sonderlich erbaut wäre.«

Miguel schaute verdrießlich auf sein AK-47 hinunter. »Ich habe doch nur einen Vorschlag gemacht.«

»Deinen Plan haben wir des langen und breiten im Haus erörtert und als zu riskant verworfen. Jetzt bleibt uns keine Zeit mehr für Diskussionen. Wir gehen wie mit Chavez vereinbart vor. Erst erledigen wir die Wachposten auf dem Gelände vor dem Haus, wenn es dort welche gibt, dann dringst du durch die Hintertür ein. Ich übernehme die Haupttür, die in den Flur führt. Sobald wir drinnen sind, durchsuchen wir jedes Zimmer systematisch, bis wir Ruiz finden. Die Blendgranaten heben wir uns für die Flucht auf.«

»So wie du das sagst, klingt es ja wie ein Kinderspiel.«

»Im Gegenteil. Weil wir nur zu zweit sind, wird es extrem schwer für uns, aber wir müssen eben das Beste daraus machen.« Marlette zog die zwei Funkgeräte aus der Tasche und gab eins Miguel. Dann schraubte er einen Schalldämpfer an den Lauf seiner Maschinenpistole, schob ein Magazin in die Waffe und ließ den Sicherungshebel zurückschnappen. Die Reservemagazine steckte er in die Jackentasche. Zum Schluß teilte er die restlichen Blendgranaten und die Rauchgranaten zwischen sich und Miguel auf. »Zeitvergleich. Bei mir ist es ... drei Uhr zweiundvierzig.«

»Bei mir auch.«

»Ich werde länger bis zur Vordertür brauchen. Wenn das Gelände vor dem Haus noch so aussieht wie auf dem Bauplan, muß ich eine freie Fläche überqueren. Dort gebe ich eine perfekte Zielscheibe ab. Folglich darfst du auf keinen Fall Funkkontakt mit mir aufnehmen. Ich melde mich zuerst, verstanden?«

»Verstanden.«

»Dann los«, befahl Marlette und wollte schon die Tür aufstoßen.

»Warte«, flüsterte Miguel. Er nahm einen Schlüssel aus der Tasche. »Anna hat gemeint, ich soll dir den Reserveschlüssel geben, falls mir etwas passiert.«

Marlette steckte den Schlüssel ein und stieg aus. Er wartete, bis Miguel sich in die Büsche geschlagen hatte, dann folgte er, sich stets im Schatten der Bäume haltend, der Straße zum schmiedeeisernen Tor. Früher war es garantiert mit einer Alarmanlage gesichert gewesen, doch jetzt war es mit einem einfachen Vorhängeschloß zugesperrt. Er kauerte sich nieder und spähte zu dem in der Dunkelheit liegenden Grundstück hinüber. Soweit er es beurteilen konnte, war die Auffahrt verlassen. Klarheit hätte ihm nur ein Nachtsichtfernglas verschaffen können. Aber Jammern half ihm nicht weiter. Jetzt mußte er eben improvisieren.

Die sich links und rechts an das Tor anschließende Mauer war oben mit Glasscherben und Stacheldraht bestückt. Drüberklettern kam nicht in Frage. Blieb also nur das Tor. Er sah sich noch einmal um, dann klappte er sein Schweizer Armeemesser auf und schob die Klinge ins Schlüsselloch. Mit zusammengepreßten Lippen drehte er sie konzentriert im Schloß hin und her – ohne Erfolg. Einen Moment lang hielt er inne, um sich die klammen Hände an der Jacke abzuwischen, dann nahm er die mühselige Arbeit wieder auf. Er fragte sich schon, ob die Klinge überhaupt stark genug war, als der Bolzen endlich zurücksprang und er die Kette entfernen konnte. Das Tor gab beim Öffnen ein entsetzliches Quietschen von sich, so beließ er es bei einem schmalen Spalt, schlüpfte hindurch und brachte die Kette wieder an, ohne sie freilich abzuschließen. Das stellte natürlich ein Risiko dar, falls jemand auf die Idee käme, das Tor zu überprüfen, doch er mußte sich den Fluchtweg freihalten.

Kaum hatte er sich aus dem Schatten der Bäume gewagt, hörte er auch schon Schritte von der Auffahrt. Hatte das quietschende Tor etwa die Wächter alarmiert? Hatten sie ihn schon gesehen? Sein Finger krümmte sich um den Abzug der MP. Mit angehaltenem Atem wartete er und wich unwillkürlich in den Schatten zurück, als sich eine Gestalt in der Dunkelheit abzeichnete. Es war ein Mann. Er trug Jeans und eine Denimjacke. Von seiner Schulter baumelte ein G-3-Gewehr herab, im Bürgerkrieg die Standardwaffe der Nationalgarde. Marlette konnte bereits sehen, daß der Mann betrunken war. Wenige Meter vor Marlette blieb er stehen, schüttete den Rest einer Flasche Zuckerrohrschnaps in sich hinein, sah sie verärgert an und schleuderte sie mit einem wüsten Fluch gegen den nächsten Baum. Marlette wich ihr gerade noch aus, konnte aber nicht verhindern, daß ein Splitter ihm die Wange aufschnitt. Es schmerzte nicht wirklich, aber vor Schreck hätte er fast aufgeschrien. Er befühlte die Wunde und spürte warmes Blut. Als er wieder aufsah, knöpfte sich der Wächter gerade die Hose auf und näherte sich schwankend dem Baumstamm. Er steuerte geradewegs auf ihn zu. Marlettes erster Impuls war, ihn zu töten. Eine Kugel ins Herz würde genügen. Und niemand würde etwas hören. Marlettes Finger krümmte sich um den Abzug, doch dann ließ er wieder los. Nein, von diesem Typen ging keinerlei Gefahr aus. Er konnte ja kaum stehen.

Marlette packte seine Waffe am Lauf und hatte sich gerade aufgerichtet, als der Wächter den Baum erreichte. Für eine Reaktion blieb ihm keine Zeit mehr. Mit voller Wucht schlug ihm Marlette den Kolben gegen die Schläfe. Der Mann war sofort bewußtlos. Marlette fing ihn mitten im Sturz auf und lehnte ihn vorsichtig gegen den Baumstamm, doch kaum hatte er ihn losgelassen, kippte er zur Seite. Marlette ließ ihn liegen, leerte aber noch das Magazin seines G-3 und warf Patronen wie Gewehr ins Gebüsch. Heute nacht würde der Mann keine Verwendung mehr dafür haben – vorausgesetzt, er wachte überhaupt vor morgen früh auf.

So lange es ging, lief Marlette im Schutz der Bäume weiter. Als er das freie Gelände erreichte, kauerte er sich zunächst in den Schatten. Zum Bauernhaus waren es jetzt nur noch fünfzig Meter. Direkt neben der Eingangstür sah er hinter einer Gardine ein Licht schimmern. Das andere Fenster im Erdgeschoß war dunkel. Er nahm sein Stirnband ab, wischte sich den Schweiß aus dem Gesicht, band es sich wieder um und robbte ein Stück weiter, bis er alles überblicken konnte. Weit und breit kein Wächter. Aus dem erleuchteten Zimmer drang Gelächter. Sofort wich er wieder zurück, als ein Mann den Vorhang beiseite schlug und einen Zigarettenstummel auf die Veranda warf. Daß er eine Bierflasche in der Hand hielt, bemerkte Marlette erst, als er sich weit aus dem Fenster lehnte und spuckte. Der Mann unterdrückte eine Gähnen und verschwand wieder.

Was, zum Teufel, machten die da nur? Marlette wußte, daß Dennison sonst immer streng auf eiserne Disziplin achtete und daß seine Angestellten beim geringsten Fehlverhalten ausnahmslos gefeuert wurden. Wie war es dann möglich, daß diese Burschen hier im Dienst tranken, zumal sie einen derart wichtigen Gefangenen zu bewachen hatten? War Dennison vielleicht nicht im Bilde? Nein, das konnte Marlette sich nicht vorstellen. Der Kerl hatte doch überall seine Spione. Seine Angestellten lebten in ständiger Angst und würden es nie riskieren, hinter seinem Rücken zu trinken. Das ergab beim besten Willen keinen Sinn. Es sei denn... Auf einmal kam ihn ein schrecklicher Gedanke – es sei denn, Ruiz war etwas zugestoßen. War er am Ende längst tot? Marlette hatte kein gutes Gefühl bei dieser Sache. Andererseits erleichterte es ihm die Arbeit ungemein, wenn die Wächter tranken. In der Theorie zumindest...

Er sah auf die Uhr. Miguel wartete bestimmt schon auf sein Signal. Hastig sprang er aus dem Schatten und sprintete zur Hecke vor der Veranda, wo er sich wieder duckte. Noch immer lag das ganze Gelände verlassen. Nur ein Wächter, der die Umgebung patrouillierte? Nun, vielleicht hatten die anderen schon einen Vollrausch. Ihr Kollege war ja kurz davor gewesen. Wie auch immer, er mußte ihre Unachtsamkeit für sich ausnutzen. So huschte er die Stufen zur Veranda hinauf und preßte sich neben dem erleuchteten Fenster an die Wand. Schließlich wagte er einen kurzen Blick durch die Gardine. In der Mitte des von Rauchschwaden durchzogenen Raums stand ein Kartentisch mit fünf Stühlen darum herum. Für fünf Leute waren Karten ausgegeben worden, aber nur drei Spieler waren zu sehen. Zwei saßen mit dem Rücken zu ihm am Tisch, der dritte dem Fenster halb zugewandt an einem Eckplatz. Die vielen auf dem Boden liegenden Flaschen verrieten ihm, daß sie alle getrunken hatten, doch wirkten sie vergleichsweise nüchtern. Marlette bemerkte ihre gegen die Wand gelehnten Gewehre. Dann fiel sein Blick auf die leeren Stühle. Zwei Wächter fehlten also. Gehörte der, den er bewußtlos geschlagen hatte, dazu? Möglicherweise, aber ihm war klar, daß er sich nicht darauf verlassen konnte.

Marlette kroch zum anderen Fenster und spähte in das dunkle Zimmer. Soweit er es beurteilen konnte, war dort niemand. Behende sprang er über die Brüstung in den Schatten und schaltete das Funkgerät ein.

»Das ist ein Wächter mehr als ich gesehen habe«, flüsterte Miguel, sobald Marlette ihm seine Beobachtungen gemeldet hatte. »In der Küche brennt Licht, aber niemand war drin, als ich durchs Fenster schaute. Ich habe die übrigen Fenster überprüft, aber überall scheint es dunkel zu sein. In drei Zimmern sind allerdings die Vorhänge zugezogen. Ich könnte mir vorstellen, daß in einem davon Guillermo festgehalten wird. Sieh zu, daß du die Wächter ausschaltest, dann übernehme ich die Zimmer.«

»Vergiß nicht, daß sich noch mindestens zwei weitere Männer irgendwo im Haus aufhalten. Vielleicht sind sie sogar bei Ruiz.«

»Mach dir lieber über deinen Bereich Gedanken«, zischte Miguel.

Marlette schluckte seinen Zorn hinunter. »In dem Moment, in dem die Blendgranate explodiert, dringst du durch die Küchentür ein, verstanden?«

»Verstanden.« Danach war die Verbindung tot.

Marlette schnallte das Funkgerät wieder am Gürtel fest, und nachdem er sich vergewissert hatte, daß niemand draußen stand, schwang er sich erneut auf die Veranda und näherte sich lautlos dem Fenster. Schon wollte er die erste Granate herausholen, als die Haustür von innen aufgesperrt wurde. Er richtete die Maschinenpistole auf die Tür und wartete.

»Was, zum Kuckuck, machst du denn?« rief jemand gereizt.

»Er wollte doch nur für zwei Minuten raus«, kam die Antwort aus dem Flur. »Und jetzt ist er schon mindestens zehn Minuten weg. Wo, zum Teufel, ist er abgeblieben?«

»Er wird schon wiederkommen. Wir können bis dahin auch ohne ihn weiterspielen. Der Scheißkerl hat uns sowieso schon unser ganzes Geld abgeknöpft.«

»Ich habe meinen letzten Wochenlohn an ihn verloren«, meldete sich eine dritte Stimme aus dem Hintergrund. »Wenn meine Frau das rauskriegt ...«

»Er hat uns gesagt, wir sollen hier auf ihn warten!« rief der andere in den Flur hinaus. »Und du weißt doch, wie sauer er wird, wenn wir seine Befehle nicht befolgen. Also komm gefälligst zurück, bevor er was merkt.«

Plötzlich flog die Tür auf, und ein Schatten fiel auf die Veranda. Marlette blinzelte einen Schweißtropfen weg, der ihm in den Augenwinkel geflossen war. Sein Finger spannte sich um den Abzug.

»Leck mich am Arsch«, murmelte der Mann. »Und du kannst mich kreuzweise, Dennison!« Die Tür knallte wieder zu.

Marlette atmete auf. Das war eng gewesen. Er wischte sich den Schweiß aus den Augen, schulterte die Heckler & Koch und entsicherte die Blendgranate. Dann richtete er sich auf, schleuderte sie durch das Fenster und wandte sich sofort mit zugekniffenen Augen ab. In Erwartung des Knalls hielt er sich beide Ohren fest zu. Die Explosion hörte er nur gedämpft, aber er spürte die Vibration, und kurzzeitig bebte der Holzboden unter seinen Füßen. Mit der Heckler & Koch im Anschlag trat er die Tür auf und schwenkte den Lauf über den Flur. Er war verlassen. Bis am anderen Ende eine Gestalt auftauchte. Einen Moment lang bedrohten sie sich gegenseitig. Es war Miguel. Er musterte Marlette kalt, ließ schließlich seine Waffe sinken und huschte zur nächsten Tür. Sie war nicht verschlossen. Marlette sah noch zu, wie er in dem Zimmer verschwand, dann konzentrierte er sich auf die drei Wächter im vorderen Raum. Einer lag bewußtlos auf dem Boden. Offenbar hatte er sich den Kopf am Kaminsims angeschlagen. Die anderen waren in die Knie gegangen und hielten sich die Ohren zu. Der, der Marlette am nächsten war, wimmerte vor sich hin. Seine Augen waren weit aufgerissen, und er schwankte hin und her. Marlette wußte, daß er ihn nicht sehen konnte, er trat auf ihn zu und setzte ihn mit einem Kolbenschlag hinter das Ohr endgültig außer Gefecht. Mit dem zweiten verfuhr er genauso. Gerade wollte er die Patronen aus ihren Gewehren entfernen, als er hinter sich ein Geräusch hörte. Blitzschnell fuhr herum und zielte auf die Tür. Es war aber nur Miguel. Mit vor Anstrengung hochrotem Kopf zerrte er Ruiz' leblose Gestalt über die Schwelle.

Marlette befürchtete das Schlimmste. »Was ist los mit ihm?« fragte er mit tonloser Stimme.

»Sie haben ihn unter Drogen gesetzt«, keuchte der andere.

»Laß mich ihn tragen«, bot Marlette ihm an und eilte zur Tür.

»Nein! Er ist einer von uns. Ich habe die Verantwortung für ihn.«

»Ich bin doch größer und kräftiger. Wenn ich ihn trage, kommen wir schneller zum Auto.«

»Ich sage es nicht noch mal. Er geht dich nichts an, Marlette!«

»Chavez hat mir eine Frist gesetzt. Wenn wir es nicht rechtzeitig schaffen, will sie Nicole erschießen. Und ich nehme ihre Drohung ernst. Wir haben jetzt keine Zeit für diese Kindereien. Nachher kannst du Chavez von mir aus sagen, daß du ihn ganz allein getragen hast, aber wenn du ihn jetzt nicht sofort mir überläßt, wirst du Chavez überhaupt nichts mehr sagen können. Habe ich mich klar genug ausgedrückt, *mein Freund*?«

Miguel starrte die Heckler & Koch in Marlettes Hand an, die jetzt auf seine Brust gerichtet war. »Vielleicht ist es wirklich besser, wenn du ihn übernimmst«, räumte er widerwillig ein.

Marlette legte seine Waffe auf den Boden, dann schlang er sich Ruiz' rechten Arm um den Hals und packte ihn mit festem Griff am rechten Hosenbein. So konnte er ihn mühelos mit einer Hand halten. Nachdem er mit der freien linken Hand die Heckler & Koch gegriffen hatte, stemmte er sich hoch. »Lauf zum Wagen und fahr ihn vors Tor«, wies er Miguel an.

»Du brauchst unbedingt jemanden, der dir den Rücken freihält.«

»Das schaffe ich schon allein.«

»Wenn Guillermo was passiert ...«

»Hol einfach den Wagen!«

Miguel setzte schon zur erneuten Widerrede an, überlegte es sich dann aber anders und lief zur Tür, von der aus er zunächst das Gelände beobachtete. Da niemand zu sehen war, rannte er im Zickzack zu den Bäumen. Marlette festigte den Griff um Ruiz, dann wagte er sich ebenfalls hinaus. Es war Jahre her, daß er den Rettungsgriff hatte anwenden müssen, und er spürte das Gewicht bereits jetzt. Der Schweiß floß ihm in Strömen über Gesicht und Nacken, und das Hemd klebte ihm am Leib. Diese Art von Unbequemlichkeit konnte er hinnehmen – schlimmer war, auf offenem Gelände eine lebende Zielscheibe abzugeben. Wenn er es genau bedachte, hätte ihm Miguel tatsächlich Rückendeckung geben sollen, zumindest bis sie die schützenden Bäume erreicht hatten. Nun, jetzt war es zu spät dafür. Er war auf sich allein gestellt. Seine Augen flogen in alle Richtungen, stets auf eine Bewegung gefaßt. Noch fehlte ja der fünfte Wächter. Oder waren es sogar mehr? Als ob das noch etwas ausmachte. Eine Kugel würde genügen, und er wäre tot. Ein ernüchternder Gedanke. Und beängstigend ...

Marlette war noch mitten auf dem freien Gelände, als er aus dem Augenwinkel einen Schatten hinter dem Bauernhaus hervorkommen sah. Jeans ... T-Shirt ... G-3 ... Die Zeit, Ruiz abzuladen, sich zu Boden zu werfen und zu schießen hatte er nicht. Er mußte aus der Hüfte feuern, wollte er dem Wächter zuvorkommen. Aber wie sollte er da treffen? Er wußte die Antwort, noch bevor er sich umgedreht hatte, und machte sich auf den unvermeidlichen Tod gefaßt.

Ein Schuß durchbrach die Stille. Mit fest aufeinandergebissenen Zähnen wartete Marlette auf den brennenden Schmerz, den er von früher her so gut kannte. Nichts geschah. Dann registrierte er eine neuerliche Bewegung. In dem durch das Fenster strömende Licht vollführte der Wächter eine groteske Pirouette und torkelte zu Boden. Marlette sah zu den Bäumen hinüber. War der Schuß von dort gekommen? Hatte Miguel ihm das Leben gerettet? Mit immer noch heftig pochendem Herzen versuchte er, seine Gedanken zu ordnen. Aber es hatte keinen Sinn, jetzt nachzugrübeln. Das konnte er auch noch später, wenn er sich in den Schutz der Bäume gerettet hatte.

Marlette packte Ruiz erneut fester und eilte weiter. Am Waldrand blieb er stehen, um sich den Schweiß aus dem Gesicht zu wischen, und drehte sich noch einmal um. Nichts rührte sich mehr in der gespenstischen Stille der Nacht. Die Leiche des Wächters lag vor den Verandastufen. Die Szene mit der verkrümmten Gestalt und dem durch das Fenster auf sie fallenden Licht hatte etwas Surreales an sich, wie im Film. Fast rechnete Marlette mit dem Ruf ›Schnitt!‹ des Regisseurs, nach dem der Mann aufstehen und sich den Staub aus den Kleidern klopfen würde. Nur war das hier Realität. Die Realität des Todes. Ein letzter Blick auf den Toten, und Marlette setzte seinen Weg fort. Noch vorsichtiger als zuvor und sich ständig nach etwaigen Feinden umsehend schlängelte er sich zwischen den Bäumen hindurch weiter. Nur der Betrunkene, den er in der Nähe des Tors hatte liegen lassen, fiel ihm auf. Der Mann zeigte noch immer kein Lebenszeichen. Wenig später sah er das Tor. Es stand weit offen. Schloß und Kette lagen auf dem Boden. Als er sich auf die Straße wagte, leuchteten zwei Scheinwerfer auf. Er erkannte Miguels zerbeulten Ford. Miguel sprang heraus und öffnete die Hintertür. Gemeinsam wuchteten sie Ruiz auf die Rückbank und legten ihn hin.

Sobald Marlette sich auf den Beifahrersitz gezwängt hatte, legte er die Tasche und seine Maschinenpistole auf den Boden und nahm das schweißgetränkte Stirnband ab. Als Miguel einstieg, sagte er nur kurz: »Ich bin dir was schuldig. Danke.«

Der andere sah ihn erstaunt an. »Was sollst du mir schulden?«

»Soviel Bescheidenheit hätte ich dir gar nicht zugetraut«, meinte Marlette mit einer Spur von Sarkasmus. »Danke, daß du den Wächter umgepustet hast. Ich hätte das nicht mehr geschafft.«

Für einen Moment fiel ein Schleier über Miguels Augen, dann zuckte er gleichgültig die Schultern und gab Gas.

Kaum war der Wagen mit quietschenden Reifen davongebraust, tauchte eine schattenhafte Gestalt beim Tor auf. Von ihrer behandschuhten Hand baumelte eine Uzi herab. Aus der Jackentasche zog der Mann ein Handy und tippte eine Nummer ein. Sofort nahm am anderen Ende jemand ab.

»Dennison – ich bin's, Jayson. Sie haben angebissen.«

# 8

»Hi.«

Marlette sah auf. »Hi«, sagte er zu Nicoles Spiegelbild. Er stand mit eingeseiftem Gesicht und bis zur Hüfte entblößt im Badezimmer über dem Waschbecken. Jetzt ließ er Wasser in die gewölbten Hände laufen und wusch sich den Schaum ab.

Mit verschränkten Armen gegen den Türpfosten gelehnt, sah Nicole ihm zu. Zum erstenmal nach seiner Rückkehr ins sichere Haus hatten sie Gelegenheit, miteinander zu sprechen. Seit sie ihn zuletzt oben ohne gesehen hatte, hatte er ein paar Pfund zugelegt. Trotzdem gefiel er ihr immer noch verdammt gut. Völlig unbefangen musterte sie seinen muskelbepackten Körper.

»Na los, sag's schon«, brummte Marlette. Und während er sich das Gesicht abtrocknete, fügte er hinzu: »Ich hab' seit damals zugenommen.«

Nicole errötete. Sie fühlte sich auf frischer Tat ertappt. »Das springt einem nicht unbedingt ins Auge«, log sie und versuchte hinter vorgehaltener Hand, ein Grinsen zu verbergen.

»Was ist daran so lustig?«

»Nichts«, sagte sie verschämt.

»Los schon, raus mit der Wahrheit«, forderte Marlette. Er faltete das Handtuch säuberlich zusammen und legte es an seinen Platz zurück.

Sie setzte sich auf den Wannenrand. »Dich so zu sehen ... na ja, da sind alte Erinnerungen zurückgekehrt.«

»Hoffentlich gute.« Er streifte sich ein T-Shirt über, das ihm Chavez geliehen hatte.

Ihr Gesicht wurde plötzlich ernst. »Aber etwas bedrückt dich doch.«

»Wie kommst du darauf?«

»In der ganzen Zeit mit dir habe ich dich nur einmal ein Handtuch so ordentlich zusammenlegen sehen, und damals hattest du was auf dem Herzen. Wahrscheinlich war es eine Art unbewußte Geste, mit der du Ordnung in den eigenen Gedanken schaffen wolltest.«

Ihre Worte machten Marlette ein wenig nachdenklich. Bewußt hatte er das Handtuch jedenfalls nicht zusammengelegt; das tat er immer ganz mechanisch. Nun, er selbst war kein Psychologe, aber vielleicht hatte sie tatsächlich recht. Nein, nicht vielleicht – ganz bestimmt sogar: Ihm machte etwas zu schaffen. Ihr Gespür war ihm unheimlich. Er konnte alles abstreiten, doch ihm war jetzt schon klar, daß sie seine Lügen durchschauen würde. So war es ja schon immer gewesen. Bei ihr kam er sich vor wie unter einem Mikroskop. Andererseits hieß das, daß sie sich um ihn sorgte – sonst hätte sie es gar nicht erwähnt. Ihr lag an ihm, und das tat ihm gut. Er lehnte sich gegen das Waschbecken und verschränkte die Arme vor der Brust. »Du hast recht«, gab er zu, »ich habe was auf dem Herzen.«

»Möchtest du darüber sprechen?«

»Sicher. Nur weiß ich selbst nicht, was es ist.«

»Das verstehe ich nicht«, erwiderte sie zögernd.

»Je mehr ich darüber nachdenke, desto deutlicher beschleicht mich der Verdacht, daß wir in diesem Bauernhaus erwartet wurden.«

»Warum?«

Marlette erklärte ihr in knappen Worten, wie die Befreiung vonstatten gegangen war. »Es war fast so, als hätten sie uns großzügig gestattet, reinzumarschieren und Ruiz mitzunehmen«, schloß er. »Alles war zu verdammt einfach.«

»Einfach?« rief sie überrascht. »Du wärst fast erschossen worden!«

»Gerade darum glaube ich ja, daß die Wächter eingeweiht worden sind. Das ist wohl auch der Grund, warum sie vor unserem Eintreffen fleißig Alkohol getankt hatten. Das kann nur eins bedeuten. Wer immer hinter dieser kleinen Eskapade steckt – und ich würde mein ganzes Geld auf Dennison verwetten –, muß über Insiderwissen verfügen. Wie hätten sie sonst ahnen können, daß wir Ruiz gestern nacht befreien würden?«

»Willst du etwa andeuten, daß Anna Chavez oder dieser andere Typ, Miguel, für Dennison arbeitet?«

»Nur wir drei kannten den Plan. Und ich habe Dennison nichts verraten. Also bleiben nur diese Chavez oder Miguel übrig.«

»Das sind doch bloß Verdächtigungen, Rich. Was ist, wenn du dich getäuscht hast?«

»Ich habe mich nicht getäuscht, Nicole.«

»Aber du hast keinerlei Beweise. Das ist eine straff geführte Organisation. Da kannst du nicht einfach rumlaufen und ohne handfeste Begründung wilde Beschuldigungen erheben. Am Ende geht der Schuß noch nach hinten los.«

»Das ist es ja, was mich bedrückt. Etwas hat einfach nicht gestimmt, Nicole. Ich habe die ganze Operation bestimmt ein Dutzendmal im Kopf durchgespielt und jedes noch so winzige Detail analysiert, aber der Teufel soll mich holen, wenn ich weiß, wo der Haken an der Sache ist. Aber ich finde es raus, und dann kriege ich auch den Verräter.«

»Dann mußt du immer noch die anderen davon überzeugen.«

»Das laß ruhig meine Sorge sein.« Er warf einen Blick zur Tür, denn über den Flur drang Gelächter. »Ich würde sagen, Ruiz hat sich von den Nachwirkungen des Schlafmittels erholt. Hast du ihn schon gesehen?«

»Er sitzt die ganze Zeit zusammen mit Miguel und Chavez im Wohnzimmer. Aber ich wollte nicht unaufgefordert hineinplatzen. Außerdem hätte ich ohnehin nichts davon gehabt. Wir würden uns ja nicht verstehen.«

»Ach, Ruiz spricht hervorragend englisch. Er hat in den Staaten studiert.«

»Ich dachte, die Guerillas stammten alle aus den Elendsvierteln?«

»In der Regel stimmt das auch. Ruiz ist allerdings eine Ausnahme. Er kommt aus einer sehr wohlhabenden Familie. Seinem Vater gehörte eine der größten Kaffeeplantagen des Landes. Wahrscheinlich hat er sie immer noch. Er war ein Parteigänger der antikommunistischen Diktaturen der siebziger und achtziger Jahre, und als er erfuhr, daß sein Sohn sich mit der FMLN zusammengetan hatte, hat er ihn sehr medienwirksam verstoßen.«

»Wie kommt es, daß du so genau über Ruiz und seine Familie Bescheid weißt?«

»Ich war damals gerade im Lande. Die Story kam in sämtlichen Zeitungen groß raus. Als Nebeneffekt bedeutete sie einen unschätzbaren Werbecoup für die FMLN in einer Zeit, in der sie dringend auf Unterstützung angewiesen war. Über Nacht wurde Ruiz zum Helden der Arbeiterklasse. Und weil er fließend englisch spricht, stieg er schnell zu einem der Führer der Bewegung auf, vor allem bei ihren Kontakten mit der internationalen Linken in Europa und im Nahen Osten. Er bekam auch einen hohen Posten, was ihm allerdings einige Veteranen verübelten, die ihn für einen intellektuellen Emporkömmling hielten und sich zurückgesetzt fühlten. Tatsächlich hatte er damals keine Erfahrung im bewaffneten Kampf, und auch wenn er sich seitdem vielfach bewährt hat, haben sich die Ressentiments angeblich nie ganz gegeben. Fraglos hat er eine ganze Reihe von Feinden innerhalb der Organisation, und als sich die Nachricht von seinem Tod verbreitete, wurde sie von einigen Leuten sicher mit Schadenfreude aufgenommen.«

»Bist du ihm auch mal persönlich begegnet?«

»Nein, aber nach allem, was ich gehört habe, soll er genauso charmant wie tückisch sein. Ich weiß nicht, ob das stimmt, aber wir werden es sicher bald selber herausfinden.«

»Ich habe Angst, Rich«, flüsterte Nicole plötzlich mit tränenerstickter Stimme. »Was ist, wenn er gar nicht weiß, wo Michelle versteckt wird? Oder wenn Dennison sie längst hat? Du hast doch gehört, was Pruitt über Jayson ...«

»Ruiz hat das Geschäft mit Kinnard abgeschlossen. Drum weiß er auch, wo Michelle ist. Was Dennison betrifft, so tappt der bestimmt noch im dunkeln.«

»Wie kannst du dir da so sicher sein?«

»Aus welchem anderen Grund hätte er uns erlaubt, Ruiz zu befreien, es sei denn, er hofft, daß er ihn zu Michelle und dem Video führt?«

»Das klingt plausibel«, gab Nicole mit matter Stimme zu.

Marlette drückte ihr ein Taschentuch in die Hand. »Wisch dir die Augen ab. Du willst doch sicher Chavez nicht die Genugtuung gönnen, daß sie dich hat weinen sehen, oder?«

Nicole tupfte sich die Augen ab und spritzte sich dann Wasser übers Gesicht. Als sie sich wieder zu Marlette umdrehte, war ihr nichts mehr anzumerken. »Wie sehe ich aus?«

»Gut. Komm jetzt mit.«

Ein Lächeln huschte über ihre Lippen. »Schön, daß du ganz der Alte geblieben bist. Deine Komplimente kommen immer noch an. Bei Bob war das ganz anders. Der hatte einfach kein Gespür dafür und überhäufte mich mit Schmeicheleien. Zumindest am Anfang unserer Ehe. Eigentlich hätte ich mir gleich denken können, daß etwas nicht mehr stimmte, als sie nach ein paar Monaten aufhörten.«

»Hohle Worte von einem hohlen Typen«, knurrte Marlette, um sofort beschwichtigend die Hand zu heben. »Sei mir nicht böse. Ich habe es nicht so gemeint.«

»Du meinst alles so, wie du es sagst, Rich. Das weiß ich aus schlechter Erfahrung nur zu gut. Mit deiner unverblümten Art konntest du den Sachverhalt schon immer auf den Punkt bringen, selbst wenn du andere damit verletzt hast. Und soll ich dir noch was sagen? Du und mein Vater, ihr wart die einzigen Männer, die mich je zum Weinen bringen konnten. Er sagte gern, daß echte Tränen nur von echter Liebe kommen. Ich glaube, er hatte recht.«

»Und jetzt ist Michelle der einzige Mensch, der dich zum Weinen bringen kann«, murmelte Marlette mit einem nachdenklichen Nicken. »Ich schätze, daß er recht hatte.«

Sie gab ihm sein Taschentuch zurück. »Weißt du, was ich jetzt gebrauchen könnte? Eine Umarmung wie damals immer, wenn ich deprimiert war.«

Einen Moment lang schwankte er. Er wollte auf keinen Fall derjenige sein, der die Initiative ergriff. Aber warum nur? Fürchtete er etwa die Intimität nach all den Jahren? Das war ja, als ob der Kopf über sein Herz bestimmte. Er wollte sie halten, trösten, und dennoch sträubte sich etwas in ihm dagegen. Laß dir deine Barrieren nicht einreißen! Nicht schon wieder. Achte auf Distanz. Laß *sie* kommen. Halte dich zurück. Hör ...

Auf einmal waren die Selbstzweifel verflogen. Es gab kein Zurück. Nicht mehr. Er drückte sie fest an sich und schlang seine kräftigen Arme um ihren zierlichen Körper, als wolle er seine Kraft auf sie übertragen. Sie ließ den Kopf gegen seine Brust sinken, und er roch den Duft ihres frisch gewaschenen Haares. Erinnerungen ... So viele verdammte Erinnerungen. Er schob sie gleich wieder beiseite. Jetzt war nicht die Zeit, um in Nostalgie zu versinken. Sie brauchte seine Kraft und nicht seine Gefühle. Als er sich widerstrebend von ihr löste, trat sie einen Schritt zurück und legte die Hände in die seinen. »Du weißt gar nicht, wie sehr ich das gebraucht habe.«

Er deutete mit dem Kinn zur Tür. »Bist du bereit?«

»Wenn nicht jetzt, wann dann?« Sie holte tief Luft und setzte sich in Bewegung.

Sie fanden die Wohnzimmertür geschlossen. Von innen war Anna Chavez' Stimme zu hören. Sie wirkte erregt. Marlette drückte das Ohr an die Tür, als sich hinter ihm Schritte näherten. Nicole und Marlette fuhren herum. Es war Miguel. Er starrte sie mit kaltem Blick an, dann schob er Nicole kurzerhand beiseite, machte auf und winkte sie herein.

Nicole betrachtete Ruiz neugierig. Sie schätzte ihn auf Mitte Dreißig. Das vom Duschen noch nasse Haar hatte er sich aus dem jugendlichen Gesicht hinter die Ohren gekämmt. An einer vergoldeten Halskette trug er ein herzförmiges Amulett, das, wie sie fand, überhaupt nicht zu einem Mann wie ihm paßte.

»Ich habe mich schon gefragt, wann ihr zwei euch zu uns gesellen würdet«, erklärte Ruiz mit unverkennbar amerikanischem Akzent. Er legte die Zeitung, in der er gelesen hatte, beiseite und trat auf sie zu. »Ich stehe in deiner Schuld, Marlette. Miguel hat mir erzählt, was im Bauernhaus passiert ist. Natürlich war seine Version der Ereignisse äußerst farbenprächtig, um es vorsichtig auszudrücken. Aber er hatte schon immer einen Hang zum Übertreiben. Im Laufe der Jahre habe ich eben gelernt, Fakten von Fiktion zu trennen.«

Marlette schüttelte seine Hand. »Ohne ihn hätte ich es nicht geschafft. Er hat mir sogar das Leben gerettet.«

»Das hat er mir auch erzählt. Mehrmals sogar.« Ruiz wandte sich nun an Nicole und gab ihr die Hand. »Das mit Bob tut mir sehr leid. Er hat mir erzählt, daß ihr nach der Scheidung nicht besonders gut miteinander ausgekommen seid, aber ich empfand seine Gesellschaft immer als höchst angenehm. Er hatte sehr viele gute Seiten.«

»Wie zum Beispiel seine Tochter in einem fremden Land auszusetzen«, entgegnete Nicole sarkastisch. Schon beim Betreten des Zimmers hatte sie sich entschieden, von Anfang an in die Offensive zu gehen, weil sie damit ihre Angst und Unsicherheit noch am ehesten kaschieren konnte. Doch in diesem Moment brauchte sie keine Fassade. Sie war wirklich wütend. Wie konnte dieser Ruiz Bob nach allem, was er Michelle angetan hatte, noch verteidigen?

»Ich kann deine Bitterkeit ja verstehen, aber Bob hat sie nicht ausgesetzt«, sagte Ruiz. »Er hatte an Michelle einen Narren gefressen und wäre nie mit etwas einverstanden gewesen, was ihr Leben in Gefahr gebracht hätte. Ursprünglich sollten wir sie nur für eine Nacht in einem sicheren Haus beschützen, und am nächsten Morgen wollte er sie abholen.«

»Deine Lobhudeleien kannst du dir sparen!« fuhr ihn Nicole an. »Im Moment geht es mir ausschließlich darum, meine Tochter wiederzufinden. Weißt du, wo sie ist?«

»Ja, und ich kann dir sagen, daß sie in Sicherheit ist.«

»Wo ist sie?« fragte Nicole mit zitternder Stimme. Ihre Fassade zerbröckelte schnell.

»Bei einem Ehepaar in einem Dorf in Chalatenango. Das ist eine Region im Norden des Landes. Chalatenango ist eine Hochburg der FMLN, in der die Armee sich aus Angst vor Angriffen so gut wie nie blicken läßt.«

»Spricht dieses Ehepaar englisch?«

»Gustavo und ich sind zusammen in den Staaten aufs College gegangen. Sein Englisch ist so gut wie meins. Nur seine Frau spricht es kaum, aber Michelle dürfte die meiste Zeit mit ihm verbracht haben. Es lag uns am Herzen, daß Michelle sich bei uns wohl fühlt. Darum habe ich Gustavo gebeten, sich um sie zu kümmern. Keine Sorge, sie ist in guten Händen.«

»War sie bei Bob, als du ihn getroffen hast?«

»Nein, ich selbst habe sie nie zu sehen bekommen. Ich bin Bob in einem Hotel in San Salvador begegnet. Er sagte mir, sie würde mit den anderen Kindern unten am Swimmingpool spielen. Ich habe ihm nur eine Telefonnummer gegeben, unter der er Gustavo erreichen konnte. Danach habe ich Bob nicht mehr gesehen.«

»Und wann hast du zuletzt mit Gustavo gesprochen?« wollte Marlette wissen.

»Ich bin vor einer halben Stunde per Funk zu ihm durchgekommen. Er hat mir versichert, daß es Michelle gutgeht. Wenn sie sich nach ihrem Vater erkundigte, sagte er ihr immer, daß er sie abholen würde, sobald er seine Geschäfte in der Stadt erledigt hätte. Das schien sie zu beruhigen.«

»Weiß Dennison, wo sie ist?« fragte Nicole mit einem Anflug von Panik.

»Glaubst du wirklich, daß er eine der aufwendigsten Hetzjagden in der Geschichte dieses Landes inszenieren würde, wenn er es wüßte?« antwortete Ruiz. Er zog eine Schachtel Camels aus der Brusttasche und hielt sie Nicole entgegen, die sich dankbar bediente und sich Feuer geben ließ.

Marlette dagegen schüttelte den Kopf, als Ruiz auch ihm eine Zigarette anbot. »Haben sie dich in diesem Bauernhaus denn nicht nach Michelle ausgehorcht? Ich hätte gedacht, daß Dennison dich vor allem deswegen verschleppt hat.«

Ruiz zündete eine Zigarette an und reichte sie der neben ihm auf dem Sofa sitzenden Chavez, ehe er sich selbst eine ansteckte. Dann erst antwortete er: »Dennison weiß nicht, daß ich Bob getroffen habe. Meine Entführung hatte weder mit dem Mädchen noch mit dem Video zu tun.«

Marlette sah, daß Nicole ihm einen flüchtigen Blick zuwarf, den er sofort verstand. Er nickte zustimmend. »Tja, das stellt meine Theorie auf den Kopf, findest du nicht auch?«

Ruiz sah zwischen den beiden hin und her. »Theorie? Ich fürchte, ich komme nicht ganz mit.«

»Vergiß es«, brummte Marlette. »Es ist nicht so wichtig.

Wenn Dennison also von deinem Treffen mit Kinnard nichts wußte, was hätte er dann von deiner Entführung gehabt?«

Darüber dachte Ruiz sekundenlang nach. »Was weißt du eigentlich über den geplanten Staatsstreich?«

Marlette zuckte die Schultern. »Ich habe nur Gerüchte gehört, mehr nicht. Nichts Konkretes.«

Ruiz beugte sich weit vor und stützte die Ellbogen auf den Knien ab. »Nun, er steht unmittelbar bevor. Ich habe mitbekommen, wie Dennison und Jayson die Einzelheiten gestern im Bauernhaus besprachen. Ich hatte gerade das Bewußtsein wiedererlangt, hielt aber die Augen geschlossen, um nicht den Wächter auf den Plan zu rufen. Und da erfuhr ich den Grund für meine Verschleppung. Wie gesagt, es hat nichts mit Kinnard, dem Mädchen oder dem vermißten Video zu tun.«

»Womit denn?«

Ruiz rieb sich nervös die Hände. »Ich habe nicht alles gehört, aber doch das Wesentliche. Der Präsident gibt morgen abend im Hotel Camino Real ein Bankett. Fast das ganze Kabinett wird dort sein. Und später am Abend soll das Attentat verübt werden.«

»Attentat?« fragte Nicole entgeistert.

»Auf den Präsidenten. Ich weiß nicht, wen man dafür angeheuert hat, aber ich würde mein ganzes Geld auf Jayson setzen. Für diese Art von Auftrag ist er der ideale Mann. Die Soldaten, die für die Bewachung des Hotels ausgesucht worden sind, unterstützen alle die Putschisten. Damit ist gewährleistet, daß der Attentäter sich im allgemeinen Durcheinander nach den Schüssen davonschleichen kann. Vor dem Flughafen, dem staatlichen Rundfunk und der Telefongesellschaft werden weitere Truppen Gewehr bei Fuß stehen und, sobald der Tod des Präsidenten gemeldet wird, die strategisch wichtigsten Stellen besetzen. Bis dahin wird der Führer der Militärjunta im Hotel die Macht an sich gerissen haben. Dennison und Amaya schienen sich ziemlich sicher zu sein, daß der Großteil der Armee zu den Putschisten überläuft, wenn ihr Führer sich über Radio zum neuen Machthaber ausgerufen hat.« Ruiz wandte sich an Marlette. »Er heißt Ramon Vaquero.«

Der Amerikaner sah mit versteinertem Gesicht zu Boden. »Ich kann nicht sagen, daß mich das überrascht«, brummte er schließlich.

»Wer ist das?« fragte Nicole.

»General Ramon Vaquero«, erklärte Marlette, »war der oberste Heerführer, als ich hier arbeitete. Ich empfand ihn als arrogant und selbstherrlich, aber seine Untergebenen hatten stets größten Respekt vor ihn. Er war überaus beliebt, vor allem beim Fußvolk.«

»Jetzt ist er der Verteidigungsminister«, ergänzte Ruiz. »Er ist immer noch ein eingeschworener Faschist, und es hat uns nicht wenig überrascht, daß ausgerechnet er zum Verteidigungsminister ernannt worden ist. Es heißt, der Präsident hätte damit nur die Rechten in seiner Partei besänftigen wollen. Ich kann mir gut vorstellen, daß das stimmt.«

»Du hast uns immer noch nicht gesagt, warum sie dich verschleppt haben«, mahnte Marlette.

»Ich hätte einen Strohmann abgeben sollen. Es war ihre Absicht, mich neben dem Gewehr des Attentäters abzuladen. Meine Fingerabdrücke wären darauf gewesen. Später hätte man behauptet, ich wäre unmittelbar nach meiner Tat erschossen worden. Auf diese Weise hätte Vaquero die FMLN beschuldigen und den Ausnahmezustand verhängen können. Und wer hätte ihm da noch widersprochen? Die FMLN wäre sehr schnell ausgemerzt worden; wir hätten unter der Bevölkerung alle Sympathien verloren. Damit hätten die Putschisten zwei Fliegen mit einer Klappe geschlagen. Auch wenn ich ihnen jetzt entkommen bin, ist in dieser Sache das letzte Wort noch lange nicht gesprochen. Ich bin immer noch zentraler Bestandteil ihres Plans. Deshalb ist es ja so wichtig, daß ich der Regierung möglichst bald das Video vorführe.«

»Wann können wir in dieses Dorf fahren?« wollte Marlette wissen.

»Wir müssen in der nächsten Stunde aufbrechen«, antwortete Ruiz und wechselte ein paar Worte mit Chavez, die sofort zusammen mit Miguel das Zimmer verließ. Sekunden später wurde vor dem Haus ein Motor gestartet.

»Wer ist das?« fragte Marlette mißtrauisch.

»Das ist nur Miguel. Er muß ein paar Dinge erledigen. Aber macht euch keine Sorgen. Er ist bald wieder da und fährt uns ins Dorf. Er ist in Chalatenango aufgewachsen und kennt die Gegend wie seine Westentasche.« Ruiz zündete sich wieder eine Zigarette an und reichte die Schachtel Nicole. »Nimm sie. Auf dem Herd steht frisch gebrühter Kaffee. Ich würde jetzt gern mit Marlette unter vier Augen sprechen.«

Sie nahm die Zigaretten und verließ den Raum wortlos.

»Ich mag sie«, sagte Ruiz lächelnd, sobald sie die Tür zugemacht hatte. »Sie hat Mut. Das bewundere ich bei Frauen.«

»Lassen wir das Gesäusel und kommen wir zur Sache«, knurrte Marlette. »Ich weiß nicht, was du im Schilde führst, aber ich kaufe dir nicht ab, daß du das Gespräch zwischen Dennison und Jayson über die Einzelheiten dieses Putschs zufällig belauscht hast. So dämlich sind die nicht.«

Ruiz nahm einen tiefen Zug aus seiner Zigarette. »Ich habe mitgekriegt, was sie über meine Rolle bei dem Attentat gesagt haben; das stimmt wirklich. Was den Rest betrifft, so wollte ich testen, wieviel du schon über den Putsch weißt, bevor wir uns darüber unterhalten. Und deinem Verhalten nach zu urteilen, weißt du bis auf den wahren Grund für meine Entführung so gut wie alles. Wir haben mal auf entgegengesetzten Seiten gekämpft, Marlette, aber im Moment sind wir aufeinander angewiesen, wenn wir diesen Putsch noch vereiteln wollen. Unter Umständen müssen wir uns sogar in dieses Hotel wagen, um Jayson oder wen sie sonst angeheuert haben, am Schießen zu hindern. Ich selbst kann das nicht machen, denn mich würde man sofort erkennen. Bleibst also nur du übrig, Marlette.«

»Ich bin nicht gekommen, um mich in die Politik eures Landes einzumischen. Mir geht es nur darum, Nicoles Tochter zu finden. Und sobald ich das erreicht habe, bringe ich Nicole und das Mädchen nach Hause. Für deine Karriere kannst du andere einspannen, aber nicht mich.«

»Das hat doch nichts mit Karriere zu tun«, brauste Ruiz empört auf. »Wir müssen verhindern, daß dieses Land wieder in einem blutigen Bürgerkrieg versinkt. Andererseits sollte es mich nicht überraschen, wenn du dich nicht engagieren willst. Schließlich würdest du und deinesgleichen ja nur von einem Konflikt profitieren.«

»Es gibt kein ›meinesgleichen‹. Das ist schon lange vorbei. Ich habe nur noch diesen einen Auftrag zu erfüllen. Danach ist Schluß.«

»Irgendwie kann ich mir dich hinter der Theke eines Feinkostladens in New York nicht vorstellen«, meinte Ruiz mit einem süffisanten Lächeln. Er erhob sich und ging zur Tür, von wo aus er auf spanisch fortfuhr. »Wie ich vorhin gesagt habe, weißt du über den Putsch wahrscheinlich ebensoviel wie ich, wenn nicht noch mehr. Und glaube mir, du wirst uns dabei helfen, zu verhindern, daß das Militär die Macht an sich reißt.«

»Ist das eine Tatsache?« Marlette verschränkte die Arme vor der Brust und lehnte sich betont lässig zurück. »Und wenn ich mich weigere? Warte, laß mich raten – man würde mich hinrichten und in einer dunklen Seitengasse abladen, richtig?«

»Tot nützt du uns nichts, Marlette.« Ruiz kam zurück und baute sich, die Hände in die Hosentaschen gestopft, dicht vor Marlette auf. »Für die Frau und das Mädchen haben wir dagegen keine direkte Verwendung. Andererseits könnten sie uns bestimmt dabei helfen, dich von der Richtigkeit unseres Standpunkts zu überzeugen.«

Wie von der Tarantel gestochen sprang Marlette auf, packte Ruiz am Hemd und stieß ihn gegen die Wand. »Wenn du Nicole oder dem Mädchen auch nur ein Härchen krümmst, wird es deine Leiche sein, die in einer Seitengasse landet. Kapiert?«

»Vorhin war ich mir über deine Gefühle für Nicole noch nicht im klaren«, erwiderte Ruiz mit einem triumphierenden Grinsen. »Jetzt bin ich es. Ich würde sagen, ich halte alle Trümpfe in der Hand.«

Marlette funkelte Ruiz an, ließ ihn aber wieder los und setzte sich auf die Sofakante. Wütend war er vor allem auf sich selbst, weil er dem Kerl so naiv in die Hand gespielt hatte. Ruiz hatte recht: Er besaß alle Trümpfe. Das änderte jedoch nichts an Marlettes Entschlossenheit, sich nicht in die eigenen Karten schauen zu lassen.

Der Guerillaführer strich sich das Hemd glatt. »Die CIA hat sich in New York an dich gewandt, nicht wahr?« fragte er ihn, diesmal wieder auf englisch.

»Wovon sprichst du da?« Marlette mimte den Erstaunten und hoffte verzweifelt, daß der andere seiner Stimme nicht die Verunsicherung anmerkte.

»Gut, dann werde ich konkret: Du und Nicole habt euch einen Tag vor deinem Flug nach Honduras mit Alex Pruitt in deiner Wohnung getroffen. Natürlich weiß ich nicht, was er dir im einzelnen gesagt hat, aber es kann nicht allzu vertraulich gewesen sein, wenn er es in Nicoles Gegenwart tat. Was uns weitaus mehr interessiert ist die Frage, warum er später zurückgekommen ist, als Nicole weg war. Wir müssen wissen, was ihr da besprochen habt.«

Marlette massierte sich bedächtig das Gesicht. Es hatte keinen Zweck, zu leugnen. Ruiz verfügte ganz offensichtlich über Insiderwissen. Aber von wem? Und über welche Kanäle? »Wen meinst du mit *wir*? Garantiert nicht die FMLN.«

»Nein«, erwiderte Ruiz lächelnd. »Ich bin selbst bei der CIA. Seit meiner Studentenzeit in den Staaten schon. Mein Auftrag lautete ganz einfach: die FMLN auf oberster Ebene zu infiltrieren. Den Rest der Geschichte kennst du ja.«

Es war nicht so sehr Ruiz' Offenheit, die Marlette verblüffte, sondern die Tatsache, daß ausgerechnet er für die CIA arbeitete. Er hatte keinen Grund, an seiner Aussage zu zweifeln. Wie sonst hätte er wissen können, daß Pruitt bei ihm gewesen war? Und wie hätte er die Details des geplanten Putsches erfahren können, wenn nicht von Langley direkt? Nein, Ruiz war ehrlich; das stand für ihn fest. Und je genauer er es bedachte, desto klarer wurde ihm, was für ein kluger Zug Langley da geglückt war. Er war nicht nur ein hochrangiger Kämpfer im Herzen der FMLN gewesen, sondern hatte in den turbulenten Jahren des Bürgerkriegs beste Kontakte zu Offizieren anderer linker Fraktionen auf der ganzen Welt gepflegt. Und die ganze Zeit hatte er seinen Führungsagenten in Washington mit Informationen gefüttert. Wirklich ein gelungener Schachzug. Aber warum hatte Ruiz seine Tarnung dann so mir nichts dir nichts preisgegeben? Sein Führungsagent mußte es ihm befohlen haben. Bekam die CIA am Ende kalte Füße? Er mußte es unbedingt herausfinden.

»Warum interessiert sich die CIA so sehr für Pruitt? Er ist doch einer der ihren. Und er kam in ihrem Auftrag zu mir.«

»Alex Pruitt steht gegenwärtig im Zentrum interner Ermittlungen. Natürlich ahnt er das nicht mal. Er hatte in den letzten Jahren immer wieder die Finger in illegalen Operationen, und deswegen müssen wir von dir erfahren, was er von dir wollte.«

»Seit wann gelten illegale Operationen bei der CIA als Verbrechen?« spottete Marlette. »Der ganze Verein ist doch von halbseidenen Gestalten unterwandert, die jede linke Opposition aushebeln wollen, egal mit welchen Mitteln. Ich habe in Afrika gesehen, wie das läuft.«

»Ich kann mich nicht näher darüber auslassen, Marlette, weil ich selbst nicht weiß, was er getan hat. Mir hat man auch nur das Allernötigste mitgeteilt. Mein Führungsagent ist ein alter Fuchs. Was immer du mir erzählst, wird in den Staaten drüben ausgewertet. Sag mir bitte, was du weißt. Es geht um die Regierung unseres Landes.«

»Wußte Kinnard, daß du für die CIA arbeitest?«

»Nein. Und ich wußte nicht, daß er auch dazugehört, bis ich es vor wenigen Tagen von meinem Führungsagenten erfahren habe. Das war ein ganz schöner Schock. Ich erhielt den Auftrag, mit Bob Kontakt aufzunehmen und das Video an mich zu bringen. Nur hatte er es nicht dabei. Das Mädchen hatte es, aber an sie kam ich nicht heran. Die einzige Möglichkeit, das Video zu erhalten, bestand darin, Bob ihre Sicherheit zu garantieren. Dann schlug das Schicksal zu. Erst wurde Bob ermordet, und kurz darauf wurde ich in dieses Bauernhaus verschleppt. Eins hatte mit dem anderen überhaupt nichts zu tun, aber plötzlich war das Video in weite Ferne gerückt. Trotzdem ist noch nicht alles verloren, solange ich Dennison zuvorkomme.«

»Und wer kriegt letztlich das Video? Langley oder die salvadorianische Regierung?«

»Ich weiß es, offen gesagt, selbst nicht. Wenn ich das Video habe, soll ich sofort mit Langley Kontakt aufnehmen und erhalte dann meine weiteren Instruktionen. Wie gesagt, ich werde nur immer über den nächsten Schritt informiert.«

Marlette sah zu, wie Ruiz einen Lungenzug machte und den Rauch langsam durch die Nase ausstieß. Die Ereignisse um ihn herum schienen diesen Mann in keinster Weise zu beunruhigen. Oder gehörte das alles zu seiner Fassade? »Du bist ganz schön cool, Ruiz«, meinte er schließlich. »Wenn jemand von der FMLN je herausfinden sollte, daß du für die CIA arbeitest ...«

»Würde ich als Leiche in einer Seitengasse auftauchen«, schnitt ihm Ruiz das Wort ab. »Damit muß ich rechnen, aber bislang hatte ich Glück. Anna hätte ein-, zweimal fast Verdacht geschöpft, aber da ist mir gleich eine Ausrede eingefallen. Es fällt mir nicht allzu schwer, sie zu täuschen. Sie ist ganz verrückt nach mir, und das macht es mir um so leichter, meine Spuren zu verwischen. In ihren Augen begehe ich nie Fehler. Und das kommt mir sehr gelegen.«

»Du empfindest nichts für sie, oder?«

»Nicht das geringste. Ich habe sie nur benutzt, um in die Organisation hineinzukommen, und seitdem erhalte ich von ihr all die Informationen, die ich für Langley benötige. Ich bin glücklich. Sie ist glücklich. Für meine Begriffe haben wir die ideale Beziehung.« Ruiz betastete das herzförmige Amulett an seiner Halskette. »Das hat sie mir zu meinem letzten Geburtstag geschenkt. Es enthält ein kleines Bild von ihr. Natürlich ist es schrecklicher Kitsch, aber sie hat mich gebeten, es nie abzunehmen. Ich soll es als Zeichen meiner ewigen Liebe zu ihr tragen.«

»Und was hindert mich daran, ihr dein Doppelleben zu verraten?«

Ruiz brach in schallendes Gelächter aus. »Du bist wirklich lustig, Marlette. Bildest du dir im Ernst ein, daß sie dir glauben würde? Sie würde dir wohl eher eine Kugel durch den Kopf jagen, weil du es gewagt hast, eine solche Anschuldigung gegen den Mann, den sie liebt, vorzubringen. Glauben würde sie es nur, wenn sie es aus meinem Mund hörte. Warum, meinst du, sprechen wir die ganze Zeit englisch, seit ich das Wort CIA in den Mund genommen habe?« Er setzte sich wieder. »Tja, Marlette, wie du siehst, kämpfen wir sogar auf derselben Seite.«

»Stimmt nicht«, korrigierte Marlette ihn. »Wie jeder Söldner kann man mich für den richtigen Preis kaufen. Aber mein Land habe ich nie verkauft. Ich bin vielleicht kein echter Patriot, aber wenigstens bin ich auch kein Verräter.«

Ruiz bezähmte seine Wut. »Die Frage steht immer noch im Raum, Marlette: Was wollte Pruitt von dir, als er dich später allein in deiner Wohnung aufsuchte? Ich weiß, daß du mir irgendwas auftischen könntest und daß ich keine Möglichkeit habe, es zu überprüfen, aber in Langley wird man schnell herausfinden, ob du die Wahrheit gesagt hast. Ich habe den Auftrag, dich für uns zu gewinnen, egal mit welchen Mitteln. Sollte ich also merken, daß du mir etwas Wichtiges verschwiegen hast, würde ich mich an Nicole und dem Mädchen schadlos halten. Und bilde dir nicht ein, daß ich das nicht tun würde. Versuch also keine Tricks, Marlette. Ich garantiere dir, sie würden dir nichts nützen.«

Marlette strich sich nachdenklich über das kurzgeschnittene Haar. Ruiz hatte seine Angelschnur weit ausgeworfen. Jetzt lag es an ihm, daran zu zerren und ihm weiszumachen, er hätte etwas gefangen. Natürlich würde er kooperieren. Er würde Ruiz das sagen, was er nachprüfen konnte – nicht weniger, aber auch nicht mehr. Es stand zuviel auf dem Spiel, als daß er Risiken eingehen durfte. Für Nicoles Schutz würde er alles tun, die CIA dagegen war ihm herzlich egal. Obgleich Pruitt ihm eine hohe Summe in bar für ein Attentat morgen abend im Hotel geboten hatte und er sich viel darauf zugute hielt, daß er bislang jeden Kontrakt eingehalten hatte. Jeden einzelnen ...

»Hi«, sagte Marlette und steckte den Kopf durch die Küchentür. »Was dagegen, wenn ich reinkomme?«

»Ich doch nicht«, antwortete Nicole. »Möchtest du einen Kaffee?«

»Nein, danke. Auf dem Zeug sollte eine Warnung des Gesundheitsministers stehen.«

»Sag, was für große Geheimnisse habt ihr ausgetauscht, oder darf ich dich nicht fragen?«

Marlette setzte sich. Was sollte er ihr sagen? Sollte er ihr alles verschweigen? Dann dachte er sich, daß man ja auch sparsam mit der Wahrheit umgehen, ihr sozusagen eine zensierte Version geben konnte. Genauso hatte er schließlich auch reagiert, als Ruiz ihn zwanzig Minuten lang mit Fragen bombardiert hatte. Anscheinend mit Erfolg, denn Ruiz hatte ihn mit zufriedener Miene verlassen. Er hatte ihn aber auch nur mit der halben Wahrheit verlassen. Und genau darauf hatte Marlette mit seiner Hinhaltetaktik abgezielt. Zugleich hatte er ihm das Gefühl vermittelt, er habe einen großen Coup gelandet. Ob das bißchen seinem Führungsagenten in Langley genügen würde, stand auf einem anderen Blatt, aber zumindest gewann er etwas Luft und konnte in Ruhe seinen nächsten Zug planen.

»Rich?«

Marlette sah mit einem verlegenen Grinsen auf. »Tut mir leid, ich war in Gedanken ganz woanders.«

»Alles in Ordnung bei dir?«

»Klar. Ich bin nur ein bißchen müde.« Wie um seine Worte zu untermauern, unterdrückte er ein Gähnen. »Wir hatten einen interessanten Plausch. Wenn auch sonst nicht viel dabei rausgekommen ist, hat er doch die Atmosphäre gereinigt.«

»Und?« drängte sie, als er erneut verstummte.

»Nichts und.«

»Ich habe schon verstanden«, sagte sie mit einem wissenden Lächeln.

»Es ist wirklich nichts, Nicole. Glaube mir.« Er legte die Hand auf ihren Arm. »Du mußt ja ganz schön aufgeregt sein. In wenigen Stunden darfst du Michelle wieder in die Arme schließen.«

Nicole starrte über die Tasse in ihrer Hand hinweg nachdenklich die Wand an. »Ich fühle mich ... ich weiß nicht, wie ich es erklären soll ... Es ist wie ein Kitzeln am ganzen Leib. Vorfreude? Ungewißheit? Erleichterung? Ich weiß nicht, was davon es ist, aber trotzdem ist es auf eine ganz eigenartige Weise beruhigend. Besser auf alle Fälle als außer sich vor Sorge zu sein.«

Sie leerte die Tasse und ging zum Herd, um sich nachzuschenken. Als sie sich wieder zu Marlette umdrehte, stieß sie mit dem Fuß gegen das AK-47, das Miguel neben dem Herd an die Wand gelehnt hatte. »Diese Kalaschnikows sind doch wirklich lästig. Wenn es eine Uzi oder eine Heckler & Koch wäre, könnte man es in eine Schublade legen und fertig.«

Marlette sah langsam zu ihr auf. »Was hast du da gerade gesagt?«

»Was ist los mit dir, Rich?« Sie wurde nervös, als er ihr mit starrem Blick in die Augen sah. »Du wirst mir unheimlich. Menschenskind, sprich doch mit mir!«

»Eine Uzi«, murmelte er vor sich hin. »Eine Scheißuzi. Aber klar doch. Wie konnte ich nur so dämlich sein?«

»Rich, wovon redest du da?«

Marlette sprang so abrupt auf, daß der Stuhl umkippte, packte das AK-47 und stürmte zur Tür, in der er sich kurz zu ihr umdrehte. »Danke.«

»Wofür?« hörte er sie rufen, aber er jagte bereits weiter zu Ruiz' Zimmer. »Bist du da drin? Ruiz?«

Von drinnen hörte er einen wütenden Fluch. Eine Sekunde später wurde die Tür aufgerissen. Ruiz' Blick fiel automatisch auf die Waffe in Marlettes Hand. »Was willst du?«

»Wir müssen miteinander sprechen. Sofort!«

Ruiz stieß entnervt alle Luft aus. »Hoffentlich ist es was Wichtiges. Warte hier.«

Als er Marlette dann hereinholte, saß Chavez, notdürftig in einen Morgenrock gehüllt, gegen das Kopfteil gelehnt im Bett. Ihre Augen wanderten zu der Kalaschnikow, doch sie sagte kein Wort, sondern strich sich verärgert die Haare aus dem Gesicht.

»Okay, was ist so wichtig, daß du nicht warten konntest?« knurrte Ruiz. »Und was, zum Teufel, hast du mit dieser Knarre vor?«

»Miguel hat doch gesagt, er hätte gestern nacht den Wächter vor dem Bauernhaus erschossen.«

»Ja, und?«

»Das ist nicht möglich, nicht mit diesem Ding«, fauchte Marlette und warf das Gewehr aufs Bett. »Weil der Wächter mit einer Uzi erschossen wurde und nicht mit einer Kalaschnikow. Ich hatte seit unserer Flucht schon die ganze Zeit so ein merkwürdiges Gefühl, aber ich konnte es nicht richtig benennen. Und vorhin wurde es mir auf einmal klar. Beim Abfeuern klingen Uzis und Kalaschnikows jeweils ganz anders und ganz unverwechselbar. Ich bin lange genug in diesem Geschäft, um den Unterschied herauszuhören. Und der Wächter wurde mit einer Uzi getötet. Darauf würde ich jederzeit mein Leben verwetten.«

»Wie kommt es, daß du dir jetzt auf einmal so sicher bist, obwohl du vorher nichts gemerkt hast?« griff ihn Chavez an.

»Weil man diese Details in der Hitze des Gefechts nicht immer sofort wahrnimmt. Als ich den Schuß hörte, nahm ich automatisch an, daß es Miguel wäre. Wer außer ihm hätte denn auch auf den Wächter schießen sollen? Aber irgendwie speicherte ich den Knall im Hinterkopf, auch wenn ich ihn in dem Moment nicht bewußt wahrnahm. Ich hatte nur einen Gedanken im Kopf: da rauszukommen, und zwar so schnell wie möglich.«

Chavez nahm die Kalaschnikow und zog das Magazin heraus. »Es fehlen aber mehrere Patronen. Das bedeutet in meinen Augen, daß damit geschossen wurde.«

»Oder daß sie entfernt wurden, damit es so aussieht, als wäre damit geschossen worden. Ich habe dir doch schon bei unserer Rückkehr gesagt, daß mir die Sache verdächtig einfach vorgekommen ist. Fast so, als hätten die uns erlaubt, Ruiz da rauszuholen. So langsam sehe ich klarer.«

Ruiz schob das Gewehr beiseite und setzte sich aufs Bett. »Erzähl mir alles, was gestern nacht im Bauernhaus passiert ist, Marlette.«

»Du glaubst doch nicht im Ernst, daß ...« Anna Chavez fuhr hoch.

»Laß ihn ausreden!« fuhr Ruiz ihr über den Mund. Sie wollte schon protestieren, verzichtete dann aber darauf und lehnte sich mit trotzig verschränkten Armen zurück.

»Du hast gesagt, daß du klarer siehst«, wandte sich Ruiz an Marlette. »Was genau meinst du damit?«

»Es ist nicht mehr als eine Theorie, die allerdings auf den Ereignissen beruht. Vielleicht täusche ich mich ja ...«

»Laß hören.«

»Das erste, was mir spanisch vorkam, war das Trinken. Du weißt so gut wie ich, daß Dennison nie zulassen würde, daß seine Leute sich vollaufen lassen, wenn sie einen Gefangenen zu bewachen haben, noch dazu einen so wichtigen wie dich. Und ich kann mir nicht vorstellen, daß sie hinter seinem Rücken trinken würden. Ihnen war bestimmt klar, was für Konsequenzen es gegeben hätte, wenn das aufgeflogen wäre. Dann lagen fünf Kartenstöße auf dem Tisch. Es waren aber nur drei Wächter im Zimmer. Der vierte Spieler war bestimmt derjenige, der erschossen wurde, als ich Ruiz zum Auto trug.«

»Und der fünfte war der Wächter, den du gleich nach deinem Eindringen bewußtlos geschlagen hast«, schloß Chavez triumphierend.

»Der war so betrunken, daß er kaum noch stehen konnte«, hielt Marlette ihr vor. »In seinem Zustand war er jedenfalls nicht in der Lage, Karten zu halten. Die anderen hatten zwar getrunken, aber sie waren nicht betrunken. Ich könnte mir vorstellen, daß er auf Patrouille geschickt wurde. Und je mehr man ihm zu trinken gab, desto leichter hatten wir es, uns an ihm vorbeizuschleichen.«

»Und wer ist dann der geheimnisvolle fünfte Spieler?« schnaubte Chavez.

»Ich glaube, die Antwort liegt in den Gesprächsfetzen, die ich aufgeschnappt habe. Die Karten waren von einem der fünf Spieler ausgeteilt worden, der sie dann aufgefordert hatte, bis zu seiner Rückkehr im Zimmer zu bleiben. Und ihrem Tonfall nach zu urteilen müssen sie gehörig Angst vor ihm gehabt haben. Nur war dieser Spieler nicht anwesend. Er hatte den Raum verlassen, bevor ich die Veranda erreichte. Und dann wäre einer der Wächter auch schon fast über mich gestolpert. Er wollte weiterspielen und machte die Tür auf, um zu sehen, wo sich der andere nur rumtrieb. Als ihn ein Kollege aufforderte, ins Zimmer zurückzugehen, hörte ich ihn ›Leck mich am Arsch‹ brummeln. Erst dachte ich, er meinte seinen Kollegen, aber dann fügte er hinzu: ›Und du kannst mich kreuzweise, Dennison‹. Das ließ auf irgendeinen Beauftragten von Dennison schließen. Und da wurde ich hellhörig. Wer könnte den Wächtern Alkohol gebracht haben, ohne daß sie gleich eine Strafe von Dennison befürchteten? Doch nur jemand, der ihnen zuvor versichert hatte, daß alles mit Dennison geregelt wäre. Es gibt nur einen Menschen, auf den diese Beschreibung paßt: Jayson. Ich glaube, daß Jayson gestern nacht der fünfte Spieler war. Meiner Meinung nach wußte er genau, wann wir kommen würden, und das ist auch der Grund, warum er sich zurückzog und den Wächtern den ausdrücklichen Befehl erteilte, bis zu seiner Rückkehr in dem Zimmer zu bleiben. Wenn sie alle in einem engen Raum hockten, war es ja viel einfacher, sie auszuschalten. Und es gibt nur eine Erklärung dafür, daß er so genau wußte, wann wir bei dem Bauernhaus eintreffen würden: Er war informiert worden.«

»Willst du etwa unterstellen, daß Miguel mit Jayson unter einer Decke steckt?« spuckte Chavez.

»Wenn dem nicht so wäre, warum hat er sich dann so eilig gerühmt, er hätte den Mann erschossen?«

»Weil er ihn erschossen hat!« schrie Chavez. »Miguel und ich sind zusammen aufgewachsen. Er ist wie ein Bruder für mich, und in vielem bin ich ihm näher als Guillermo. Wenn du ihn beschuldigst, er würde mit dem Feind ...« Ihre Stimme erstarb. Sie rang um Fassung, doch auf einmal explodierte sie: »Raus aus meinem Zimmer! Hau ab!«

Ohne den Blick von Marlette zu wenden, gebot Ruiz ihr mit erhobener Hand Schweigen. »Na gut, nehmen wir mal an, du hast dich nicht getäuscht und Miguel arbeitet für Dennison – oder das Militär, was ja fast dasselbe ist: Warum nehmen die all die Mühe auf sich, mich zu verschleppen, um euch dann ungehindert hereinspazieren und mich rausholen zu lassen? Das ergibt doch überhaupt keinen Sinn.«

»Und ob es Sinn ergibt! Du hast doch selbst gesagt, daß deine Entführung nichts mit Michelle oder dem vermißten Video zu tun hat. Sie wollten dir den Mord am Präsidenten anhängen. Aber was meinst du, wenn Dennison erst danach von dem Video erfahren hat und jetzt hofft, daß du ihn zu ihm führst? Foltern konnte er dich ja nicht, denn dann hätte er dich nicht mehr als mutmaßlichen Attentäter benutzen können. Es wären unweigerlich Blutergüsse festgestellt worden, und die hätten höchst peinliche Fragen aufgeworfen. Also blieb ihm keine Alternative. Noch dazu bräuchte er dir gar nicht mehr nachzuspüren, denn Miguel hätte ihm die Arbeit abgenommen. Und hätte er erst mal das Video, könnte er dich jederzeit wieder verschleppten und morgen abend immer noch für das geplante Attentat benutzen.«

»Du übersiehst aber einen Punkt. Anna wußte von meinem geplanten Treffen mit Kinnard, und zwar bevor ich verschleppt wurde«, wandte Ruiz ein. Mit einem Seitenblick auf Chavez fragte er: »Wann genau hast du Miguel eingeweiht?«

»Ich habe es ihm gesagt ...« Sie verstummte und fuhr sich nervös mit der Hand über das Gesicht.

»Anna, hast du ihm vor oder nach meiner Entführung von dem Treffen erzählt?«

Chavez zog die Beine bis an die Brust und schlang die Hände um die Knie. »Er war an dem Tag unterwegs, und ich sah ihn erst spät am Abend. Da hatte ich schon erfahren, daß deine zwei Leibwächter tot waren und du vermißt wurdest.« Sie fixierte Marlette. »Aber das beweist durchaus noch nichts. Das sind alles haltlose Behauptungen, was du da vorbringst. Du scheinst ja wirklich alles ganz genau zu wissen. Wer sagt mir denn, daß *du* nicht Dennisons *Oreja* bist?«

Marlette wußte, daß *Oreja*, das spanische Wort für ›Ohr‹, im Sprachgebrauch der FMLN Spion bedeutete. »Theoretisch wäre es denkbar«, räumte er ein. »Nur bin ich nicht zu euch gekommen. Ihr wart ja diejenigen, die in den Slum gefahren sind, um mich da rauszuholen. Wie hätte Dennison das ahnen können, wenn ich sein Spion wäre?« Und als Chavez nichts sagte, setzte er nach. »Du hast ja selbst gesagt, daß du dich überall nach Ruiz erkundigt hast, ohne etwas zu erfahren. Und plötzlich kommt Miguel daher und verkündet, einer seiner Vertrauensleute hätte mit einem Kollegen zusammengesessen, und der hätte ihm brühwarm alles erzählt. Kam dir das nicht etwas merkwürdig vor, nachdem du selbst trotz aller Bemühungen mit leeren Händen heimgekommen bist?«

»Wer ist dieser Kontaktmann?« fragte Ruiz.

»Ich ... ich habe ihn nicht gefragt«, stotterte Chavez kleinlaut, um unvermittelt Ruiz am Arm zu packen. »Sag bloß, du glaubst auch nur ein Wort davon! Du kennst Miguel doch seit Jahren. Hat er dir je Anlaß gegeben, an seiner Treue zu zweifeln? Du weißt genau, daß das alles an den Haaren herbeigezogen ist. Er ist kein *Oreja*. Er ist einer von uns.«

Ruiz stand abrupt auf. »Im Moment weiß ich nicht, was ich glauben soll. Mein Herz sagt mir, daß Miguels Treue außer Frage steht. Mein Kopf dagegen meint, daß ich mich nicht von persönlichen Gefühlen beeinflussen lassen darf. Und Marlette hat fraglos ein überzeugendes Argument vorgebracht.«

»Unsinn!« fauchte Chavez. »Das sind doch nichts als böswillige Unterstellungen. Und du bist ihm auf den Leim gegangen.«

»Ich habe mich überhaupt noch nicht festgelegt«, versuchte Ruiz sie zu beschwichtigen.

»Ich kenne dich doch, Guillermo. Innerlich hast du Miguel längst zum Verräter abgestempelt.«

»Und wenn Marlette recht hat und Miguel tatsächlich ein *Oreja* ist?« blaffte Ruiz. »Wir dürfen diese Möglichkeit nicht ausschließen, egal wie unwahrscheinlich sie dir erscheinen mag. Als verantwortungsbewußter Führer unserer Organisation muß ich diese Argumente ernst nehmen. Wir richten ein Tribunal ein, vor dem Miguel sich verteidigen kann. Bis dahin wird er suspendiert.«

»Und was soll das bringen?« fragte Marlette. »Er wird das alles einfach leugnen. Würdest du das an seiner Stelle nicht auch tun?«

»Die FMLN ist eine demokratische Organisation, Marlette, und das bedeutet, daß er die Gelegenheit bekommt, zu den gegen ihn vorgebrachten Anschuldigungen Stellung zu nehmen.«

»Es gibt noch eine andere Möglichkeit«, sagte Marlette.

»Damit ließe sich ein für allemal feststellen, ob Miguel wirklich ein *Oreja* ist. Willst du sie hören?«

Ruiz setzte sich langsam wieder aufs Bett. »Schieß los.«

»Das ist genial, wenn es klappt.«

Und Dennison wußte bereits, daß es klappen würde. Ein Irrtum war ausgeschlossen. Diesmal zumindest. Sein guter Ruf war angekratzt, und ihm war klar, daß er sich keine weiteren Fehler erlauben durfte. Das hatte man ihm bei der Besprechung eindeutig zu verstehen gegeben. Er zündete sich eine Cheroot an und sah sich um. Zu dieser Runde fiel ihm spontan der Begriff ›Inquisition‹ ein. Gemeinsam mit Jayson war er an einen Tisch in der Mitte des Raumes gesetzt worden. Auf einer Plattform ihnen gegenüber befanden sich zwei lange, mit grünem Filz bespannte Konferenztische, zu denen sie ständig wie zu einem Richterpult aufsehen mußten. Das war der Versammlungsraum des Militärrats, der hier regelmäßig tagte, seit seine Mitglieder die Möglichkeit eines Staatsstreichs ernsthaft ins Auge gefaßt hatten. Jetzt standen die Chancen für die Machtergreifung durch die Armee mehr als gut.

Von den zwölf Stühlen hinter den Konferenztischen waren nur sieben besetzt. Fünf Mitglieder hatten sich entschuldigt. Dabei handelte es sich ausnahmslos um prominente Politiker oder Unternehmer, die so kurzfristig nicht hatten kommen können. Die sieben anwesenden Herren waren hochrangige Offiziere der Nationalgarde. In ihrer Mitte thronte der Vorsitzende des Militärrats, General Ramon Vaquero. Sein schwarzes Haar mochte schütterer geworden sein und sein Schnauzer graue Sprenkel aufweisen, doch in Dennisons Augen hatte dieser Mann nichts von seinem Scharfsinn und seiner Heimtücke eingebüßt. Er rutschte unbehaglich auf seinem Stuhl hin und her, als er durch die dunkle Sonnenbrille Vaqueros Blick auf sich spürte. Dabei konnte der Mann ihn gar nicht sehen, hatte er doch in der Endphase des Bürgerkriegs bei einem Attentat der FMLN das Augenlicht eingebüßt. Von seinem Naturell her hatte Vaquero freilich nie zu denen gehört, die vor Selbstmitleid zerflossen. So hatte er zwar seine Posten als Armeeoberbefehlshaber zur Verfügung gestellt, war aber sogleich in die Politik eingetreten und hatte sich für die zu Beginn der achtziger Jahre gegründete rechtsradikale ARENA-Partei stark gemacht. Unermüdlich hatte er bei den ersten demokratischen Wahlen nach dem Waffenstillstand für sie Wahlkampf betrieben und war dafür mit einem Kabinettsposten in der Koalitionsregierung belohnt worden. Von Anfang an hatte ihn nur ein bestimmtes Amt interessiert, das des Verteidigungsministers. Er hatte immer gewußt, daß es eine ideale Plattform darstellte, von der aus man den Sturz der Regierung betreiben konnte, während man zugleich vorgab, bei den wichtigen Vorhaben hinter der Regierung zu stehen. Für ihn hatte das bedeutet, zähneknirschend zuzustimmen, als der Armee ihr Herzstück herausgeschnitten wurde, außerdem mußte er sich mit linken Politikern arrangieren, von denen viele kurz zuvor noch als eingeschworene Staatsfeinde gegolten hatten. Andererseits hatte er stets gewußt, daß seine Zeit kommen würde, und das auch den Mitgliedern des von ihm gegründeten Militärrats ein ums andere Mal versichert.

Dennisons Blick flackerte zu dem rechts neben Vaquero postierten Amaya hinüber. Obwohl Amaya das stets abgestritten hatte, wußte Dennison, daß sein Platz in Vaqueros unmittelbarer Nähe kein bloßer Zufall war. Er war der offizielle Sekretär und hatte die Aufgabe, über jede Sitzung detailliert Protokoll zu führen, das Vaquero einen Tag später in Form eines ausführlich besprochenen Tonbands erhalten würde. Außerdem hegte Dennison den Verdacht, daß der General Amaya längst für den Posten des Verteidigungsministers in seinem Kabinett vorgesehen hatte, einer Regierung, der er, Dennison, nie angehören würde. Er war ja nicht einmal offizielles Mitglied des Militärrats und wurde allenfalls als Außenseiter geduldet. Vorteile konnte er sich folglich nur in finanzieller Hinsicht erwarten; die wären allerdings beträchtlich. Er hätte nicht nur wertvolle Kontakte zu sämtlichen Regierungsmitgliedern, sondern könnte auch den reichen *Patrónes* das Sicherheitspersonal stellen, das sie nach dem Putsch zum Schutz ihrer Ländereien dringend benötigen würden. Das wäre der endgültige Todesstoß für viele seiner Rivalen, die bereits jetzt um ihre Existenz kämpften. Er würde schon dafür sorgen, daß sie ihre Firmen für den Bruchteil ihres eigentlichen Wertes an ihn verkaufen müßten. Vor dem Waffenstillstand hatte er es auch nicht anders gehandhabt.

Vaquero tastete nach dem bereitliegenden Hammer und beendete die Versammlung mit einem scharfen Schlag. »Danke, daß Sie so kurzfristig kommen konnten, meine Herren. Über neue Entwicklungen werde ich Sie umgehend informieren. Mr. Dennison, Sie bleiben bitte noch. Das gleiche gilt auch für Sie, Colonel Amaya.« Als die anderen gegangen waren, lauschte er mit leicht nach hinten geneigtem Kopf nach Dennisons Schritten. Und als er den Amerikaner hinter sich spürte, huschte ein zufriedenes Lächeln über sein Gesicht. »Wir kennen uns ja schon sehr lange, Peter, nicht wahr?«

»Gut zehn Jahre, ja.«

»Die anderen im Militärrat sind für mich lediglich Kollegen, aber Sie betrachte ich als Freund. Vor Ihnen muß ich nicht den starken Mann markieren, während ich den anderen ständig beweisen muß, daß ich geeignet bin, dieses Land zu führen. Und gerade deswegen bin ich so von Ihnen enttäuscht. Sie haben mich vor der gesamten Runde bloßgestellt. Sie sind mein oberster Sicherheitsberater, Peter. Da muß ich von Ihnen erwarten können, daß Sie Ihre Aufgabe erfüllen und nirgendwo verräterische Indizien zurücklassen.«

»Ich habe Ihnen doch schon erklärt ...«

»Lassen Sie mich ausreden!« fuhr ihm Vaquero über den Mund. »Sie und Jayson haben gestern im Slum alles verpatzt, und nur dank Colonel Amayas Intervention konnte der Schaden noch begrenzt werden. Solche Fehler können wir uns nicht leisten, Peter, zumal der Putsch unmittelbar bevorsteht. Ich muß Ihnen sagen, daß Ihre Rolle in dieser Operation bei einigen Mitgliedern des Militärrats für Unruhe gesorgt hat. Und es wird allgemein Anstoß daran genommen, daß ausgerechnet ein ehemaliger CIA-Agent für die Sicherheitsbelange zuständig sein soll. Trotzdem glauben sie bislang meiner Versicherung, daß Sie der richtige Mann für diese

Aufgabe sind. Enttäuschen Sie mich aber nicht noch einmal, Peter.«

»Es wird keine Fehler mehr geben«, versprach Dennison.

»Nun gut, Ihr Plan ist ja wirklich überzeugend. Sollten Sie tatsächlich das Video aufspüren und Ruiz erneut gefangennehmen, hätten Ihre Kritiker so schnell nichts mehr zu vermelden. Sie sagen, daß Sie von Ihrem Informanten bereits erfahren haben, wo das Mädchen festgehalten wird?«

»Richtig. In einem Dorf in Chalatenango. Ich habe schon ein Team losgeschickt, das sich mit ihm treffen wird. Und sobald Sie mich entlassen, werde ich ebenfalls in dieses Dorf fahren.«

»Nehmen Sie Jayson mit«, schlug Vaquero vor. »Sie werden ihn vielleicht noch brauchen. Aber halten Sie ihn diesmal an der kurzen Leine. Er darf sich nicht noch mal wie ein Berserker aufführen. Ich will nicht leugnen, daß er ein vorzüglicher Soldat ist, diesem Marlette ist er jedoch nicht gewachsen. Wenn Sie Marlette töten können, um so besser, aber achten Sie darauf, daß Jayson kein Blutbad anrichtet. Chalatenango ist immer noch eine Rebellenhochburg. Schnappen Sie sich das Video und ziehen Sie dann sofort wieder ab. Habe ich mich klar genug ausgedrückt?«

»Jawohl«, stieß Dennison zwischen zusammengebissenen Zähnen hervor.

»Gut, ich freue mich schon auf Ihren Rapport heute nachmittag.«

Dennison warf Amaya einen fragenden Blick zu. Ihm war nicht ganz klar, ob das Gespräch nun beendet war. Als der andere nickte, ging er langsam zur Tür. Dort tauchte völlig unvermutet ein Mann auf. Dennison konnte gerade noch zurückweichen, sonst wären sie zusammengeprallt. Bei seinem Antrittsbesuch bei Vaquero war er auch diesem Mann vorgestellt worden, doch bis auf seinen Namen, Jek, wußte er absolut nichts über ihn, nicht einmal seinen Vornamen. Gut, Jek war Europäer, das hörte man, aber er gab nie etwas über sich preis. So wußte auch niemand, warum es ihn nach El Salvador verschlagen hatte. Wie die wenigen anderen, die so etwas wie ein Gespräch mit ihm geführt hatten, glaubte Dennison einen mediterranen Akzent herausgehört zu haben, doch der ließ sich beim besten Willen auf kein bestimmtes Land zurückführen. Jek rauchte nicht. Jek trank nicht. Und auch wenn er sich bei Vaqueros öffentlichen Auftritten stets in seiner Nähe aufhielt, hatte Dennison ihn kaum je mit jemandem sprechen sehen. Es hatte immer wieder Gerüchte gegeben, er sei im Bürgerkrieg Vaqueros Mann fürs Grobe gewesen und zuständig für all die Probleme, die sich außerhalb des Armeebereichs befunden hätten. Nur hatte Dennison ihn nie mit einer Waffe gesehen, was freilich nicht hieß, daß er nicht doch eine besaß. Jek war ein einziges Rätsel, und Dennison hatte es längst aufgegeben, aus ihm schlau zu werden; er akzeptierte ihn einfach als nicht wegzudenkenden Bestandteil von Vaqueros Umgebung.

Eine höchst angenehme Eigenschaft hatte Jek allerdings – seine geschliffenen Manieren. Auch diesmal trat er sofort beiseite und ließ den Amerikaner vorbei. Dennisons gemurmeltes ›Danke‹ nahm er mit unbewegter Miene zur Kenntnis.

Jek erklomm das Podest und bezog mit hinter dem Rücken verschränkten Händen und auf einen imaginären Punkt an der Wand gerichteten Blick hinter Vaquero Stellung.

»Ah, Jek, sehr schön.« Vaquero drehte den Kopf in Amayas Richtung. »Ich fand Ihren Bericht über Dennisons Theorie, wonach es im Militärrat einen Maulwurf geben könnte, hochinteressant. Nur hielt ich es für das klügste, vor den anderen nicht darüber zu reden. Wir wollen doch schließlich keine Meuterei in unseren Reihen. Gehe ich recht in der Annahme, daß Sie das Haus, in dem Marlette sich vor dem Fiasko im Waisenhaus aufhielt, inspiziert haben? Gibt es einen Zusammenhang mit der CIA?«

»Absolut keinen«, antwortete Amaya. »Es steht seit sechs Monaten leer. Heute morgen habe ich mit den Maklern geredet. Letzte Woche sprach ein Mann bei ihnen vor, der es für zwei Monate mieten wollte. Er zahlte bar. Ich habe eine Fotokopie des Mietvertrags, aber der Name wird sich bei einer Überprüfung vermutlich als gefälscht erweisen. Ich sehe jedenfalls keine Verbindung zur CIA. Aber natürlich kann ich mich auch getäuscht haben.«

Vaquero schüttelte den Kopf. »Sie haben sich nicht getäuscht, Hector. Und ich kann nur hoffen, daß Dennison nicht mit weiteren dieser kleinen Theorien daherkommt. Sein Verhalten in den letzten Tagen war, gelinde gesagt, bizarr. So langsam beunruhigt mich das. Wir können uns keine Trittbrettfahrer leisten. Wenn er zum Sicherheitsrisiko wird, nützt er uns überhaupt nichts mehr.«

»Mit Verlaub, General, ich glaube, Sie sind etwas zu streng mit ihm. Zugegeben, er hat gestern einen großen Fehler gemacht, aber Jayson trägt mindestens ebensoviel Schuld. Meiner Meinung nach haben beide daraus gelernt.«

»Dennison kann sich glücklich schätzen, daß er einen Freund wie Sie hat. Danke, Colonel. Das wäre alles.«

Amaya salutierte und ging hinaus. Vaquero wartete, bis er die Tür hinter sich geschlossen hatte, dann neigte er den Kopf zu der regungslos hinter ihm stehenden Gestalt. »Jek, ich möchte, daß Sie Peter Dennison im Auge behalten und mir jeden seiner Schritte melden. Egal wie banal es Ihnen erscheinen mag, aber ich will alles wissen, was er treibt. Und sollte er zum Risikofaktor werden, töten Sie ihn.«

## 9

Schon beim Aussteigen spürte Dennison die Feindseligkeit der Leute. Überraschen konnte ihn das nicht. Er war im tiefsten Chalatenango, einem Gebiet, das als die letzte Bastion der FMLN galt. Er musterte die versteinerten Gesichter der Dorfbewohner, die ihn voller Haß anstarrten. Zwischen ihm und ihnen bildete ein bis an die Zähne bewaffneter Trupp eine Absperrkette. Unter der glühenden Morgensonne scharrten die Soldaten unruhig mit den Füßen. In ihren Augen spiegelte sich nackte Angst. Da half es auch nichts, daß sie alle ihre Maschinenpistolen bereithielten. Diese hochexplosive Atmosphäre erforderte äußerste Konzentration. Dennisons Blick fiel auf zwei Soldaten, die auf einem Wasserturm vor der Einfahrt der ungeteerten Straße – der einzigen Verbindung des kleinen Dorfes zur Außenwelt – Stellung bezogen hatten. Beide beobachteten mit ihren leistungsstarken Feldstechern die Umgebung. Dennison wußte, daß es nur eines Funkens bedurfte, egal von welcher Seite, und die Situation würde zum Blutbad eskalieren. Darum hatte er seine Leute angewiesen, sich auf keinen Fall zu unbedachten Reaktionen provozieren zu lassen. Sie sollten ihre Stellung um jeden Preis halten und nur im äußersten Notfall zur Waffe greifen. Dennison tupfte sich mit einem Taschentuch das schweißbedeckte Gesicht ab. Freilich war es nicht die Hitze, die ihn zum Schwitzen brachte. Auch er hatte Angst. Ihm war klar, daß irgendwo in den umliegenden Bergen ein Heckenschütze lauern konnte, der ihn bereits im Visier hatte. Ein Schuß. Mehr wäre nicht nötig.

Obwohl es das erste Mal war, daß Dennison sich so tief in das Herz von Chalatenango hinein wagte, ging er davon aus, daß jeder hier sein Gesicht kannte. Schließlich war sein Foto gegen Ende des Bürgerkriegs oft genug in den Propagandapamphleten der FMLN veröffentlicht worden. Mit seinem massiven Eintreten für die reaktionäre Rechte und seiner engen Verbindung zur Armee hatte er sich beim Volk unbeliebt gemacht, ja, er galt als Todfeind. In den Augen vieler, insbesondere der Bewohner dieser Provinz, war der Waffenstillstand nicht als ein wertloses Papier, unterzeichnet von Verrätern. Für sie herrschte nach wie vor Krieg. Dennison warf Jayson, der nun ebenfalls aus dem Auto kletterte, einen Blick zu. Auch ihm war die Angst deutlich anzumerken. In seinem Rücken knallte der Chauffeur die Tür zu und duckte sich hinter den schützenden kugelsicheren Fenstern von Dennisons weißem Mercedes über das Lenkrad.

Der Amerikaner ging zu einer Hütte hinüber, vor der ein Soldat Wache stand. In der Tür drehte er sich noch einmal um. Mit zunehmendem Unbehagen registrierte er, daß die Menge seit ihrem Eintreffen noch angewachsen war. Gefolgt von Jayson betrat er das Haus, wo ihn ein Hauptmann der Nationalgarde in Empfang nahm.

»Nun?« fragte Dennison.

Der Offizier schüttelte den Kopf. »Von dem Mädchen fehlt jede Spur, *Patrón*. Wir haben das ganze Haus durchkämmt, aber nichts weist darauf hin, daß sie jemals hier gewesen ist. Das Haus gehört einer alten Frau. Sie ist blind und fast taub. Wohl kaum eine Betreuerin für eine Sechsjährige, die kein Wort spanisch spricht. Außerdem ist sie allein. Sie hat im Bürgerkrieg ihren Mann und zwei Söhne verloren. Sie waren Sympathisanten der Guerrilleros und sind in Gefechten mit der Armee gefallen.«

»Wir sind in eine Falle gelockt worden«, zischte Jayson.

»Es sieht ganz danach aus«, stimmte Dennison zu. »Wo ist die Alte jetzt?«

»Nachbarn haben sie nach dem Verhör mitgenommen«, antwortete der Offizier. »Möchten Sie sie sprechen?«

»Nein. Ist *er* da?«

»Si, *Patrón*. Er wartete in der Küche.«

»Sagen Sie den Männern, sie sollen die Stellung halten. Wir sind hier bald fertig.« Dennison legte dem Hauptmann warnend die Hand auf den Unterarm. »Das ist ein Pulverfaß da draußen. Es braucht bloß einer Ihrer Männer die Nerven zu verlieren, dann ist hier die Hölle los.«

»Sie haben ihre Befehle«, knurrte der andere empört, weil jemand seiner Einheit eine solche Disziplinlosigkeit auch nur zutrauen konnte.

»Hoffentlich, Hauptmann. Wenn nicht, kehren wir in Plastiksäcken nach San Salvador zurück. Warten Sie jetzt bitte draußen. Wir rufen Sie, wenn wir Sie brauchen.«

Der Offizier salutierte und ging, während Dennison und Jayson in die Küche traten. Das einzige Fenster war mit einem ausgebleichten orangefarbenen Vorhang verhüllt. Ein Stuhl war vor die Hintertür gezogen worden und fixierte mit der Lehne die Klinke. Am Tisch saß ein mit einer Kapuzenmütze getarnter Mann. Mit Daumen und Zeigefinger hielt er eine Zigarette fest umklammert. Der Aschenbecher vor ihm war gefüllt mit nur zur Hälfte gerauchten ausgedrückten Kippen. In Griffweite seiner linken Hand lag eine Tokarev-Pistole.

»Miguel!« donnerte Dennison.

Der Mann packte seine Waffe und richtete sie auf Dennison. Der hielt sofort Jayson zurück, dessen Hand bereits zum Holster gezuckt war.

»Seit wann so schreckhaft, Miguel?« spottete Dennison im Nähertreten.

Langsam ließ Miguel die Pistole sinken. »Das ist mein Dorf. Ich bin hier geboren. Das sind meine Leute. Wenn sie wüßten, daß ich ein Kollaborateur bin, würden sie mich mit bloßen Händen zerfetzen und an die streunenden Köter verfüttern, die in der Nacht den Müll plündern.«

»Ich hatte keine Ahnung, daß das dein Heimatdorf ist«, meinte Dennison. »Da hat jemand wirklich schwarzen Humor bewiesen.«

Miguel zog nervös an seiner Zigarette. »Wie meinen Sie das?«

»Das Mädchen war nie hier. Wir sind reingelegt worden.«

»I-ich verstehe nicht«, stammelte Miguel und zupfte mit fahrigen Bewegungen an seiner Mütze.

»Ich glaube, du verstehst nur zu gut«, erwiderte Dennison. »Deine Tarnung ist aufgeflogen. Die FMLN weiß, daß du ein *Oreja* bist. Aus welchem anderen Grund hätten sie dich sonst hergeschickt?«

Miguel drückte die Zigarette aus und zündete sich sofort die nächste an. »Das Mädchen muß aber hier gewesen sein!« rief er mit vor Verzweiflung schriller Stimme. »Sie müssen sie fortgeschafft haben, als sie hörten, daß die Nationalgarde im Anmarsch ist.«

»*Sie*?« fragte Dennison.

»Das Paar, das sie versteckt hält.«

»Hier ist aber kein Paar. Nur eine blinde alte Frau. Wer hat dich hergeschickt? Ruiz?«

Miguel nickte. »Er hat mich vorausgeschickt. Ich sollte auskundschaften, ob Soldaten in der Nähe sind. Nachdem er mir den Ort genannt hatte, habe ich umgehend Sie angerufen. So hatten Sie es mir ja auch aufgetragen.«

»Das war auch richtig so. Nur hat Ruiz ganz offenbar den Braten gerochen. Ich weiß nicht, wie, aber das ist auch völlig egal. Für uns hast du jetzt den gleichen Wert wie für ihn.«

Miguel schluckte. »Sie werden mich doch schützen, oder? Ich habe Ihnen in all den Jahren immer gut gedient. Sie dürfen mich nicht zurücklassen! Sie müssen mir helfen!«

»Keine Angst, wir kümmern uns schon um dich«, sagte Dennison lächelnd. »Das ist ja wohl das Mindeste, was wir tun können, nachdem du so viele Informationen an uns weitergegeben hast.«

Der Offizier erschien auf der Schwelle und verschaffte sich mit einem Räuspern Gehör. »*Patrón*, die Menge wird immer unruhiger. Wir müssen hier schleunigst raus, sonst kann ich für nichts mehr garantieren.«

»Sagen Sie Ihren Männern, daß Sie sich für den Rückzug bereithalten sollen, Hauptmann. Wir kommen gleich.«

»*Si, Patrón*.«

Sobald der Offizier gegangen war, nahm Jayson Dennison beiseite. »Was wollen Sie mit Miguel machen?« flüsterte er ihm ins Ohr.

»Wie gesagt, jetzt nützt er uns nichts mehr.«

»Soll ich ihn umlegen?«

»Nein!« bellte Dennison wütend.

»Was wollen Sie dann machen?«

»Überlaß das ruhig mir.« Dennison wandte sich wieder

Miguel zu und winkte ihn zu sich. »Gehen wir. Es ist Zeit, daß wir hier rauskommen.« Der Kollaborateur drückte hastig seine Zigarette aus und steckte die Pistole ins Holster. »Willst du da draußen einen Aufstand auslösen?« fuhr ihn Dennison an. »Ein bewaffneter Informant! Die würden dich lynchen, bevor du den Wagen erreicht hast! Gib mir die Pistole.« Miguel zögerte. »Gib sie mir, habe ich gesagt!«

Widerstrebend gehorchte Miguel. Dennison steckte sich die Waffe in den Gürtel und strich die Jacke darüber glatt, so daß sie niemandem auffallen konnte. Als sie dann zu dritt den Platz auf dem Weg zu seinem Mercedes überquerten, spürte er bereits, was für ein Haß dem Informanten entgegenschlug. Auf ein Zeichen von ihm hin stieg der Chauffeur aus und reichte ihm einen braunen Umschlag. Er streckte ihn Miguel entgegen. »Das ist die Bezahlung, die ich dir versprochen habe. Zwar hast du das Mädchen noch nicht gefunden, aber sagen wir einfach, es ist eine Prämie für jahrelange zuverlässige Arbeit. Na los, nimm schon.«

»Doch nicht hier vor all den Leuten«, flüsterte Miguel entsetzt.

»Wovor hast du solche Angst? Sie können dein Gesicht doch gar nicht erkennen.«

Jäh gewann Miguels Geldgier die Oberhand. Er nahm Dennison den Umschlag aus der Hand und wollte ihn schon aufreißen, als der Amerikaner ihn zurückhielt. »Damit forderst du das Schicksal nur heraus. Es ist mehr Geld darin, als die meisten dieser Leute im ganzen Leben je sehen werden.«

Der Chauffeur öffnete die hintere Tür, und Dennison bedeutete Jayson mit einem Nicken einzusteigen. Dann legte er Miguel einen Arm um die Schulter und führte ihn ein paar Schritte fort. »Du warst mir in all den Jahren stets eine wertvolle Informationsquelle. Einer in der Führungsetage der FMLN – das wird mir fehlen. Aber irgendwann hat wohl alles Gute sein Ende ...« Unvermittelt riß er Miguel die Mütze vom Kopf und schleuderte sie voller Verachtung auf die Erde.

Miguel bückte sich instinktiv danach, doch der Schaden war bereits geschehen. Mit ungläubigem Staunen starrten ihn die anderen an – bis die Fassungslosigkeit in blanken Haß umschlug. Der erste Stein traf Miguel am Hals, und Schritt für Schritt rückte die Menge näher. Miguel rannte Dennison nach, packte ihn am Arm und wollte sich nach ihm in den Wagen zwängen. »Sie können mich doch nicht zurücklassen!« kreischte er. »Bitte nehmen Sie mich mit, *Patrón*! Bitte!«

»Wir müssen die Leute von uns ablenken, wenn wir selbst mit heiler Haut davonkommen wollen«, höhnte Dennison. Er zog Miguels Tokarev heraus und warf sie ihm vor die Füße. »Damit du nicht allein stirbst. Die Hunde werden es sich heute abend bestimmt gutgehen lassen.«

Miguel klammerte sich weiter mit aller Kraft an Dennison. »*Patrón*, sie können mich doch nicht ...«

»Schaff ihn mir vom Hals!« fauchte Dennison den Chauffeur an.

Sofort packte der Fahrer Miguel am Nacken, zerrte ihn fort und stieß ihn zu Boden. Bevor der Kollaborateur sich aufrappeln konnte, knallte er hinter Dennison die Tür zu und klemmte sich hinter das Steuer.

»Los, weg hier!« bellte Dennison.

Das mußte der Fahrer sich nicht zweimal sagen lassen. Er riß das Lenkrad herum und trat das Gaspedal bis zum Anschlag durch. Ein Steinhagel prasselte hinter dem Wagen nieder, und vor ihm sprangen die Dorfbewohner zur Seite.

Durch das Heckfenster beobachtete Jayson, wie Miguel verzweifelt mit seiner Pistole herumfuchtelte, während die Dorfbewohner immer näher rückten. Ein Stein traf ihn von hinten, er stolperte und ging unter einem Hagel von wütenden Hieben zu Boden. Jayson genehmigte sich aus der Minibar einen Bourbon und fühlte sich danach ungleich besser. Seine Nerven schienen nicht mehr die besten.

Als sie das Dorf hinter sich gelassen hatten, reichte der Fahrer Dennison über die Schulter einen Umschlag, woraufhin der Amerikaner die Trennscheibe per Knopfdruck herunterließ und den Umschlag aufschlitzte.

»Was ist das?« wollte Jayson wissen.

»Die Belohnung, die Miguel bekommen hätte, wenn er uns zu dem Mädchen geführt hätte«, erwiderte Dennison und schob den Umschlag in die Jackentasche. Er bemerkte, wie der andere erstaunt die Augenbrauen hob. »Du glaubst doch nicht im Ernst, daß ich ihm Geld gegeben hätte, nur damit es der Meute dort in die Hände fällt! Darum habe ich zwei Umschläge mitgenommen. Im anderen war nichts als Zeitungspapier. Man muß für jede Eventualität vorsorgen.«

»Anscheinend. Und wie geht es jetzt weiter?«

»Diesmal mag Ruiz uns ja überlistet haben.« Dennison zündete sich eine Cheroot an, zog und stieß den Rauch genüßlich aus. »Aber er wird bald merken, daß das Spiel alles andere als vorbei ist.«

»Wie weit ist es denn noch?«

»Wir sind bald da«, ließ sich Ruiz vom Beifahrersitz aus vernehmen. »Nur noch vier, fünf Kilometer.«

Marlette warf der neben ihm auf der Rückbank sitzenden Nicole einen Blick zu. Trotz der Nachricht, daß sie gleich am Ziel wären, verriet ihr Gesicht keinerlei Gefühle. Er war sich nicht einmal sicher, ob sie Ruiz überhaupt gehört hatte. Sie starrte geradeaus nach vorne, ihre Hände lagen ineinander verkrallt in ihrem Schoß – man konnte meinen, sie nehme ihre Umgebung gar nicht wahr. Die ganze Fahrt über war das schon so, und nur wenn er sie etwas fragte, gab sie einsilbig Antwort. Er hatte schnell begriffen, daß ihr nicht nach Reden zumute war und ließ sie darum ungestört ihren Gedanken nachhängen. Vorne herrschte nicht minder angespannte Stille. Seit ihrem Aufbruch vor zwei Stunden hatte Anna Chavez nicht ein Wort verlaufen lassen. Sie hatte es Ruiz verübelt, daß er es gewagt hatte, an Miguels Treue zu zweifeln, und es hatte auch nicht zur Besserung der Stimmung beigetragen, als er mit Marlettes Plan einverstanden war, Miguel unter dem Vorwand, die Lage für sie zu sondieren, in irgendein Dorf in Chalatenango zu schicken. Daß Michelle dort nicht versteckt war, hatten sie ihm natürlich verschwiegen. In Marlettes Augen war das der einzige Weg gewesen, die Wahrheit herauszufinden. Ruiz war dann auf die Idee gekommen, Miguels Heimatdorf auszusuchen, denn er wußte genau, wie die Leute dort reagieren würden, falls Marlettes Theorie stimmte. Der Kommandant hatte es nicht direkt zugegeben, aber Marlette wurde den Verdacht nicht los, daß auch er Miguel längst für einen *Oreja* hielt.

Was nun ihre eigene Fahrt durch Chalatenango betraf, hatte Marlette gemischte Gefühle. Einesteils fühlte er sich im Herzen des Rebellengebiets vor Angriffen der Armee sicher, doch tief in seinem Innersten traute er dem Frieden nicht. Es konnte doch nicht mit rechten Dingen zugehen, wenn sie unterwegs nicht von einer einzigen Patrouille aufgehalten worden waren. Das war ja fast so, als hätte man ihnen freies Geleit gegeben! Er hatte Ruiz seinen Verdacht auch mitgeteilt, doch der hatte lapidar gemeint, er interpretiere da zuviel hinein; außerdem würden sie ohnehin die Städte und Dörfer meiden, wo die Soldaten verstärkt nach Michelle fahndeten. Marlette hatte versucht sich einzureden, daß Ruiz als Einheimischer wohl recht haben mußte, aber ganz vermochte er seinen Verdacht nicht abzuschütteln. Wurden sie nicht doch in eine Falle gelockt? Verfolgt wurden sie nicht, das stand fest – aber wie sollte Dennison sonst herausfinden, wohin sie fuhren? Diese Frage ließ ihm schon die ganze Zeit keine Ruhe, und noch immer hatte er keine Antwort gefunden ...

Wie so viele Orte in Chalatenango lag das Dorf inmitten von üppigem Grün, so weit das Auge reichte. Wie sich bald erwies, bestand es aus nicht mehr als zwei Dutzend Häusern, die sich um eine kleine Kapelle scharten. Ein paar davon hatten ein Strohdach, die meisten aber waren mit Blech gedeckt, das unter abgeblätterter Farbe vor sich hinrostete. Eine Gruppe von Kindern spielte auf dem Platz vor der Kapelle mit einer Plastikkugel Fußball.

Kaum hatte Chavez hinter einem zerbeulten Kleinlaster angehalten, kletterte Marlette als erster ins Freie. Er war froh, daß sein längst schweißgetränktes Hemd jetzt nicht mehr an der Lehne klebte und wischte sich dankbar mit seinem bereits feuchten Taschentuch Gesicht und Hals ab.

Das Panorama war atemberaubend. Mit seinem tiefen Blau bildete der wolkenlose Himmel einen herrlichen Kontrast zum frischen Grün der im Nachmittagswind raschelnden Bäume. In der Ferne konnte Marlette schemenhaft Gipfel in die Höhe ragen sehen. Sie gehörten zu den vielen erloschenen Vulkanen, für die dieses Land berühmt war. Marlette wandte sich langsam um und musterte die Dorfbewohner, die aus ihren Häusern geströmt waren, als sie das Auto hatten kommen hören. In ihren Mienen spiegelte sich Mißtrauen, gepaart mit Angst. Er wußte, daß es gerade diese Leute gewesen waren – des Lesens und Schreibens unkundige Bauern in ihrer harmonischen kleinen Welt fern der Ruhelosigkeit der Städte –, die im blutigen Bürgerkrieg am meisten unter der Wut und Rachsucht der Armee hatten leiden müssen. Wiederholt waren sie grausam dafür bestraft worden, daß sie es gewagt hatten, die FMLN in ihrem Kampf gegen die Korruption und Ungerechtigkeit der allgegenwärtigen Militärmaschinerie zu unterstützen. Zum erstenmal seit seiner Rückkehr nach El Salvador schämte sich Marlette, weil er Soldaten ausgebildet hatte, die dann durch Dörfer wie dieses marschiert waren, Häuser in Brand gesteckt, Frauen vergewaltigt und Kinder ermordet hatten. Angeblich um das Land vom Kommunismus zu befreien – aber war das nicht vielmehr ein Versuch gewesen, die Freiheit zu zertreten?

Nicole stieg ebenfalls aus. Sie schirmte ihre Augen gegen die grelle Sonne ab und betrachtete die Kinder, die ihr Spiel unterbrochen hatten und ihrerseits die Ankömmlinge unsicher anstarrten. Ruiz deutete auf ein strohgedecktes Haus. »Dort lebt Gustavo. Ich werde mit ihm sprechen.«

»Ich komme mit«, erklärte Nicole.

»Es ist wirklich besser, wenn ich zuerst allein ...«

»Spar dir das. Wir gehen zusammen.«

Achselzuckend gab Ruiz nach. »Aber du wartest hier, Marlette. Wir sind ja gleich wieder da. Und sag lieber nichts zu Anna. Sie ist sehr schlecht gelaunt.«

»Darauf wäre ich nie gekommen«, erwiderte Marlette trocken.

Nicole mußte sich zwingen, um nicht zu rennen. Nur noch eine einzige Tür trennte sie von Michelle ... Sie spürte das Herz in der Brust pochen. Jeder Schritt kam ihr vor wie eine Ewigkeit. Und ständig malte sie sich aus, wie die Tür aufflog und Michelle mit ausgestreckten Armen und einem frechen Grinsen über das ganze Gesicht auf sie zulief. Doch die Tür blieb geschlossen. Und plötzlich mischte sich ein Anflug von Angst in ihre Vorfreude. Als sie die Veranda erreichten, legte Ruiz ihr die Hand auf den Arm. Obwohl sie am liebsten an ihm vorbeigestürmt wäre, war sie so klug und bezähmte sich. Dann öffnete sich die Tür auch schon, und eine Frau, die so alt wie Nicole sein mochte, trat heraus. Ihre Augen wanderten sofort zu Nicole hinüber, die besorgt vor der Treppe stand. In diesem Moment wußte Nicole bereits, daß Michelle nicht hier war. Die traurige Miene der Frau verriet ihr alles. Sie winkte Nicole zu sich, woraufhin Ruiz diskret zurückwich und ohne ein Wort des Kommentars zusah, wie Nicole ins Haus eilte.

»Wo ist Michelle?« fragte Nicole mit zitternder Stimme. »Ist sie in Sicherheit?«

Mit einem sanften Lächeln nahm die Frau ihre Hände. »Ich ... nicht gut sprechen englisch«, radebrechte sie. »Du Mutter ... von Michelle?«

»Ja. Wo ist sie? Ist sie in Sicherheit? Bitte, du mußt es mir sagen!«

Die Frau schüttelte den Kopf. »Sie nicht hier ... aber kein Problem.«

Nicole warf Ruiz einen verzweifelten Blick zu. »Wo ist Michelle? Du mußt rausfinden, wo sie ist.«

Ruiz nahm die Frau beiseite und befragte sie auf spanisch. Nicole drehte sich abrupt um, als sie hinter sich Schritte hörte. Es war Marlette. Er legte schweigend den Arm um ihre Schultern und lauschte dem Gespräch zwischen Ruiz und der Frau. Nicole bat ihn sofort, jeden Satz für sie zu übersetzen, doch ohne den Blick von den beiden zu wenden, gab er ihr mit erhobener Hand zu verstehen, daß er sich konzentrieren müsse. Erst als Ruiz sich frustriert zu ihnen umdrehte, erklärte er: »Vor einer Stunde war eine Patrouille im Dorf. Sie sagt, die Männer hätten wie Soldaten ausgesehen, wären aber nicht uniformiert gewesen. Es könnte sich durchaus um Dennisons Leute handeln. Das Dorf war vorher schon gewarnt worden, so daß ihr Mann Michelle noch schnell ins nächste Dorf bringen konnte. Es ist nur eine Sicherheitsvorkehrung, und sie ist nicht in Gefahr.«

Nicole atmete auf. Michelle war also in Sicherheit. Nur darauf kam es an. Wäre ihr etwas zugestoßen ... Sie schob den Gedanken gleich wieder beiseite. In spätestens einer Stunde wären sie ohnehin wieder beieinander. Da war die geringfügige Verzögerung wirklich kein zu hoher Preis.

Auf Marlette deutend fragte die Frau: »Du ... Ehemann?«

»Nein«, antwortete Nicole an seiner Stelle.

Die Frau betrachtete Marlettes Arm, der noch immer um Nicoles Schultern lag. »Michelle ... schön. Sie aussehen wie du.«

»Ich weiß«, bestätigte Nicole. »Und ich weiß, daß ich dir und deinem Mann gar nicht genug für all das danken kann, was ihr für Michelle getan habt. Ohne euch wäre ich ...« Ihre Stimme erstarb, und sie wischte sich hastig eine Träne ab.

»Ich auch ...«, fing die Frau an. Als sie nicht mehr weiter wußte, wandte sie sich auf spanisch an Marlette.

»Sie sagt, sie weiß, was es heißt, ein Kind zu verlieren«, übersetzte Marlette. »Ihre Tochter ist im Krieg getötet worden. Darum wollte sie alles tun, um wenigstens Michelle zu schützen.«

»Danke«, flüsterte Nicole mit kaum vernehmbarer Stimme.

Marlette und Ruiz zogen sich zum Treppenabsatz zurück. »Kennst du den Weg zu diesem Dorf?« wollte der Amerikaner wissen.

»Nein, aber Anna kann ihn uns bestimmt zeigen.«

Jäh bemerkte Marlette, daß die Frau angestrengt in die Ferne spähte. Als er ihrem Blick folgte, fiel ihm eine Staubwolke auf, und Sekunden später erschien ein Fahrzeug auf der Straße.

Ruiz' Hand lag schon auf seinem AK-47, das er sich über die Schulter gehängt hatte. »Wer ist das?«

»Rafael«, antwortete die Frau und wies vage auf eins der benachbarten Häuser. »Er lebt dort mit seiner Mutter. Sein Vater ist von der Nationalgarde getötet worden. Jetzt kämpft er für unsere Sache.«

Marlette nahm an, daß sie die FMLN meinte, wollte aber nicht nachfragen. Bald hielt ein zerbeulter weißroter Oldsmobile hinter Chavez' Ford an, und ein junger Bursche sprang auf die Straße. Er war sichtlich aufgeregt, doch als er Anna

Chavez erkannte, blieb er wie angewurzelt stehen. Daß er einmal die neue oberste Kommandantin der FMLN persönlich antreffen würde, hätte er nie für möglich gehalten. Und kaum hatte er sich erholt, nahm er die zwei Männer wahr. Mit vor Verblüffen geweiteten Augen starrte er Ruiz an. »Das kann doch nicht sein«, flüsterte er, ungläubig den Kopf schüttelnd. »Uns wurde gesagt, du seist tot ...«

»Stimmt nicht, *Compo*«, grinste Ruiz. »Wie du siehst, bin ich quicklebendig.« Die Mitglieder der FMLN sprachen einander in der Regel mit dem Wort *Compañero* an, was soviel wie ›Freund‹ oder ›Genosse‹ bedeutet. Ruiz hatte bewußt die vertraulichere Kurzform gewählt, um dem jungen Mann die Befangenheit zu nehmen.

Inzwischen hatte sich schon eine Reihe von Dorfbewohnern hinter Ruiz versammelt. Immer wieder faßten sie sich ans Gesicht und debattierten aufgeregt miteinander, ob das wirklich Ruiz wäre, nur ohne seinen legendären Vollbart. Eine Frau trat vor und ergriff Ruiz' Hand. Er lächelte sie an. Dann näherte sich ihm eine andere. Voller Bewunderung beobachtete Marlette, welche Wirkung Ruiz' bloße Gegenwart auslöste. Einige berührten ihn ehrfürchtig, als wäre er ein leibhaftiger Messias. Nun, Marlette wußte, daß Ruiz für diese Leute in vieler Hinsicht tatsächlich eine Art Heilsbringer darstellte. Er war ihre einzige Chance auf Erlösung von Armut und Not. Anders als sie beschäftigten den Amerikaner ganz andere Fragen. Vor seiner Entführung hatte Ruiz doch offiziell ›tot‹ bleiben wollen, bis Kinnards brisantes Video in seinen Händen und der Regierung übergeben war. Warum jetzt dieser plötzliche Sinneswandel?

Marlette konnte nur vermuten, daß er es darauf anlegte, von möglichst vielen Leuten erkannt zu werden. Auf diese Weise würde sich die Nachricht um so schneller verbreiten, daß der Messias noch lebte und bereit war, sie in ein besseres Dasein frei von der Ungerechtigkeit des herrschenden Systems zu führen. Aber Marlette wußte auch, daß das noch nicht alles war. Ruiz wollte auch sich selbst schützen. Im Falle seiner Gefangennahme stünde er schlagartig im Rampenlicht der Öffentlichkeit, so daß Dennison – oder das Militär – ihn nicht mehr als Strohmann für das geplante Attentat benutzen konnten. Eine raffinierte Strategie, doch Marlette bezweifelte, ob sie wirklich funktionieren würde. Nun, er nahm an, daß Ruiz sich seiner Sache ebensowenig sicher war. Und welche andere Lösung wäre ihm auch übriggeblieben? Auch Marlette wußte keine Antwort auf diese Frage.

Irgendwann gelang es Ruiz, sich von den Dorfbewohnern zu lösen und den jungen Burschen beiseite zu ziehen. »Du bist in einem Höllentempo hierhergefahren. Hat es Probleme gegeben?«

»*Si, Compañero*. Die Soldaten des *Yanqui* sind im Nachbardorf. Mindestens zwanzig oder vielleicht sogar dreißig. Sie sind alle mit automatischen Gewehren bewaffnet. Und sie bewegen sich auf unser Dorf zu!«

»Woher weißt du das?« fragte Marlette.

Ruiz fiel die mißtrauische Miene des jungen Mannes auf. »Er ist in Ordnung. Er ist einer von uns.«

»Ich habe sie belauscht. Sie suchen das Mädchen. Die Kleine, von der alle Zeitungen voll sind. Sie wissen, daß sie von unseren Leuten beschützt wird und haben gedroht, jeden *Compañero* umzubringen, der sie versteckt hält. Um zu verhindern, daß jemand die anderen warnt, haben sie auch schon das Dorf abgeriegelt. Mein Wagen stand bei den Feldern, deswegen konnte ich auf Schleichwegen hierherfahren. Aber sie sind bald da.«

»Du sagst, das waren Soldaten des *Yanqui*«, schaltete sich Marlette ein. »Meinst du etwa Dennison?«

»*Si*, Dennison.«

»Woher weiß der, daß wir hier sind?« wunderte sich Ruiz.

»Sie suchen das Mädchen, nicht uns«, hielt ihm Chavez entgegen.

»Denk doch mal nach, Anna. Erst vor einer Stunde haben sie das Dorf nach dem Mädchen durchkämmt. Mit soviel Verstärkung würden sie doch nie anrücken, wenn sie nicht mit Ärger rechneten. Nein, sie haben offenbar rausgefunden, daß wir hier sind. Die Frage ist nur: Wie?«

Marlette nickte. »Ich gebe Ruiz recht. Während der Fahrt habe ich euch ja schon gesagt, daß es mir merkwürdig vorkommt, daß wir plötzlich auf keine Militärpatrouillen mehr stoßen. Es ist fast so, als hätten sie uns freie Zufahrt gestattet.«

»So wie sie dich und Miguel ins Bauernhaus reinspazieren ließen«, bestätigte Ruiz.

»Richtig. Nur kannte Miguel diesmal unser Ziel nicht. Es muß eine andere Erklärung geben.«

»Anna, du fährst mit Marlette und Nicole los und suchst das Mädchen, bevor es hier von Soldaten wimmelt«, befahl Ruiz. »Ich bleibe zurück und halte sie auf.«

»Ich bleibe bei dir«, erklärte Marlette.

»Nein, du gehst mit Nicole ...«

»Ich bleibe!« Marlette holte seine Heckler & Koch aus dem Auto und erklärte danach Nicole in knappen Worten die Situation.

Nicole legte beschwörend die Hand auf seinen Arm. »Was wollt ihr zu zweit gegen dreißig Männer ausrichten? Du mußt mitkommen. Sobald wir Michelle geholt haben, können wir weiter zur Grenze fahren.«

»Klar sind sie in der Überzahl, aber wir sind ja gar nicht auf einen Kampf aus. Schießen würden wir nur im äußersten Notfall. Aber wenn es soweit käme, wäre Ruiz allein geliefert. Darum muß ich bei ihm bleiben. Und du mußt unbedingt Dennison zuvorkommen.« Marlette sah ihren Augen an, wie sehr sie sich sorgte. »Du solltest mich doch allmählich kennen und mich nicht so schnell abschreiben. Um mich vorzeitig ins Grab zu befördern, sind schon andere Kaliber nötig als Dennisons Gorillas. Ausländische Söldner wie ich haben geholfen, diese Scheißkerle auszubilden, aber wie jeder gute Lehrer habe ich ihnen ein paar Feinheiten vorenthalten. Und das ist mein großer Vorteil.«

»Du warst schon immer ein sturer Bock, Richard Marlette«, stieß Nicole frustriert hervor. »Obwohl du weißt, daß wir eine gute Chance haben, sie über die Grenze ...«

»Ich wurde angeheuert, um einen bestimmten Auftrag zu erledigen, und das habe ich auch vor«, schnitt ihr Marlette wütend das Wort ab.

»Mit anderen Worten: Michelle ist nichts als ein Vertrag für dich!« ereiferte sich Nicole. »Wie dumm ich doch war, daß ich dachte, ihr Schicksal würde dir was bedeuten!«

»Zu meinem Deal mit Pruitt gehört, daß ich dich und Michelle sicher hier rausbringe. Wenn ich das nicht schaffe, ist die Summe im Eimer, die mir ansonsten zusteht. Das hat nichts mit Sentimentalität zu tun. Es geht um Geschäfte, Nicole. Und du weißt verdammt genau, daß ich Verträge nicht breche.«

Ruiz näherte sich vorsichtig den Streitenden. »Wir sind zu dem Schluß gekommen, daß es das Beste ist, wenn wir unseren Wagen fürs erste aus dem Verkehr ziehen, weil Dennisons Leute vielleicht schon eine Beschreibung davon haben. Rafael kennt eine Stelle, wo man ihn monatelang nicht finden wird.« Er deutete auf den Kleinlaster. »Der gehört Rafaels Onkel. Er meint, sein Onkel könnte Anna und Nicole in das Dorf fahren, in das Michelle heute gebracht worden ist.« Er wandte sich an Nicole. »Eine Handvoll Dorfbewohner wird mit euch hinten auf der Ladefläche sitzen. Dann sieht das Ganze viel unverfänglicher aus, falls ihr von einer Patrouille aufgehalten werdet.«

»Ich bin bereit«, zischte Nicole mit einem bösen Seitenblick auf Marlette. »Wann brechen wir auf?«

»Sobald die anderen fertig sind«, antwortete Ruiz.

»Und wenn eine Patrouille Ausweispapiere verlangt?« wandte Marlette ein.

»Das müssen wir riskieren. Im Notfall würde Anna ihre Waffe benutzen.

»Ich brauche auch eine Pistole«, verlangte Nicole. »Allein wird sie die Soldaten wohl kaum in Schach halten können, wenn es Ärger gibt.«

»Es ist wirklich besser, wenn wir so etwas Profis ...«

Marlette ließ sich von Ruiz' Skepsis nicht beirren. »Nicoles Vater war Waffenhändler. Sie ist mit Waffen aufgewachsen. Wahrscheinlich kennt sie sich damit besser aus als ich. Außerdem ist sie eine treffsichere Schützin.«

»Das wußte ich nicht«, gab Ruiz zu. »Trotzdem halte ich es für keine gute Idee. Nicole, du kannst dich ja nicht mit Anna verständigen, und wenn du auf eigene Faust handeln würdest, könntest du damit womöglich nur Schaden anrichten. Nein, es ist besser, du läßt Anna machen. Sie kennt die Sprache und – was noch wichtiger ist – sie kennt auch die Mentalität der Soldaten. Manchmal sind sie nämlich sehr berechenbar.« Er sah, daß die ersten Dorfbewohner zum Laster liefen. »Entschuldigt mich bitte, ich weise jetzt wohl besser die Leute ein.«

»Ich komme mit«, erklärte Nicole und folgte ihm.

Marlette sah zu, wie Rafael mit dem Ford die staubige Straße hinunterbrauste. Erst als er außer Sicht war, merkte er, daß Chavez ihn musterte, ohne daß ihre Miene allerdings die geringste Regung preisgab. Sie steckte die Tokarev-Pistole ein und stellte sich neben ihn. »Ich weiß nicht, worüber ihr gestritten habt, aber in ihren Augen habe ich gelesen, daß du sie zutiefst verletzt hast. Warum tust du das, wenn sie dich so sehr liebt?«

Marlette fiel aus allen Wolken. Er hatte angenommen, Chavez würde versuchen, ihn mit einer schneidenden Bemerkung zu provozieren und hatte sich schon eine schroffe Antwort zurechtgelegt. Statt dessen sah er nun nachdenklich zu Nicole hinüber, die mit dem Rücken zu ihm beim Laster stand. »Sie wollte, daß ich zusammen mit ihr Michelle hole. Sie gehört zu den Leuten, die immer ihren Kopf durchsetzen müssen. Und wenn ihnen das mal nicht gelingt, piesacken sie einen so lange, bis sie doch ihren Willen kriegen. Nur reichte jetzt die Zeit nicht mehr dafür, weil Dennison mit seinen Leuten im Anmarsch ist. Sie können jeden Moment eintreffen. Ich mußte sie also schleunigst in den Laster kriegen, und wie ich das schaffe, war mir offen gesagt egal. Ich weiß selbst, daß sie mich mag. Wie sonst hätte ich sie so leicht verletzen können? Je näher man einem Menschen steht, desto einfacher ist es, ihm weh zu tun. Das weißt du doch aus eigener Erfahrung.«

Chavez verstand nur zu gut. Ihr Blick wanderte zu Ruiz hinüber, der einem älteren Mann beim Einsteigen half. Sie mußte unwillkürlich lächeln, und in diesem Moment fiel alle Härte und Anspannung von ihr ab. »Guillermo und ich werden immer beieinander bleiben. Nur Gott kann uns jetzt noch trennen.«

Während Marlette zusah, wie sie sich zu Ruiz gesellte, tat sie ihm unendlich leid. Sie wechselten ein paar Worte, dann half er ihr auf die Ladefläche, wo sie sich neben Nicole setzte, deren Gesicht jetzt fast ganz von einem Kopftuch verhüllt war. Marlette hängte sich die Heckler & Koch über die Schulter und näherte sich langsam dem Laster. Nicole starrte stur den rostigen Boden an, ohne auch nur einmal den Blick zu Marlette zu heben. Der Motor knatterte und starb gleich wieder ab. Und noch einmal. Erst beim dritten Versuch sprang er an. Der Fahrer drückte das Gaspedal bis zum Boden durch, der Motor heulte auf, aber das Gefährt rührte sich nicht von der Stelle. Marlette dachte schon, der Motor würde seinen Geist endgültig aufgeben, doch dann wurde das Brummen stetiger, auch wenn es eher an ein Todesröcheln erinnerte. Ruiz schlug zum Abschied auf die Motorhaube, worauf ein Zittern durch das Gefährt ging und es erneut abzusterben drohte, doch es hielt durch. Langsam entfernte sich die Rostlaube von der kleinen Gruppe der Zurückbleibenden. Marlette starrte ihr nach, in der Hoffnung, Nicole würde ihn ansehen. Einmal wenigstens. Sie tat ihm den Gefallen nicht. Er wischte sich mit dem Unterarm über die verschwitzte Stirn und spürte, wie Staub und Sand über seine Haut schabten.

Auf ein Zeichen von Ruiz hin scharten sich die Dorfbewohner im Halbkreis um ihn. »Ihr müßt euren übrigen Alltagsverrichtungen nachgehen, so als wäre nichts geschehen«, schärfte er ihnen ein. »Sollten die Soldaten Verdacht schöpfen, daß ihr uns versteckt, würden sie das Dorf dem Erdboden gleichmachen, um uns zu finden. Ich brauche euch wohl nicht zu sagen, was für Bestien das sein können.«

»Wir haben Gewehre«, verkündete ein alter Mann und reckte stolz einen verrosteten Karabiner in die Höhe. »Wir werden kämpfen.«

Marlette verzog das Gesicht. Der Karabiner war in einem so desolaten Zustand, daß der Alte sich beim Schießen eher selbst verletzen würde, vorausgesetzt, der Abzug ließ sich überhaupt noch durchdrücken. Andererseits bewunderte er den Kampfgeist der Leute. Sie waren samt und sonders bereit, für Ruiz und ihre Sache zu sterben. Und sterben würden sie unweigerlich. Veraltete, rostige Karabiner gegen hochmoderne Maschinenpistolen. Das hatte er doch alles schon in Afrika gesehen. Nur hatte man damals mit Speeren und Macheten gegen AK-47-Gewehre gekämpft. Lieber tot als ohne Ehre. Er erhaschte Ruiz' Blick und schüttelte den Kopf. Der andere verstand sofort.

»Du darfst nicht gegen sie kämpfen, *Compañero*. Ich weiß, daß du Mut hast, aber eure Karabiner sind ihren Waffen nicht gewachsen. Man kann für unsere Sache sterben, aber ein sinnloser Tod ist bestimmt nicht ehrenhaft. Ihr seid alle gute Leute, und der Tag wird kommen, an dem ihr für Recht und Gerechtigkeit kämpfen werdet, aber noch ist es nicht soweit. Wir müssen unnötige Verluste unbedingt vermeiden. Der *Yanqui* und ich würden auch nur in Notwehr schießen. Wenn wir nicht aufgespürt werden sollen, müßt ihr so tun, als wären wir nicht hier. Das müßt ihr mir versprechen.«

Der *Cacique*, der Bürgermeister, sah in die Runde und brummelte widerwillig sein Einverständnis. »Wir werden uns an deine Anweisungen halten, *Compañero*.«

In diesem Augenblick trat die Frau vor, bei der Michelle versteckt gewesen war. Sie hatte den Arm um einen Jungen gelegt, den Marlette auf höchstens zehn Jahre schätzte. Der Amerikaner zuckte zusammen, als er erkannte, was das Kind vor sich hertrug: ein AK-47. Es war doch in all den Ländern der Dritten Welt, in denen er im Laufe der Jahre gekämpft hatte, stets dasselbe: die Unschuld der Jugend wurde unweigerlich geopfert, wenn es galt, Helfer für irgendeine Sache anzuwerben. Wie oft hatte er Kinder Gewehre schwingen sehen, die größer waren als sie selbst! Gewehre, die sie von ihren eigenen Eltern bekommen hatten. Und das sollte Liebe sein? Es war so grotesk, daß Eltern das Leben ihrer Kinder so gering einschätzten. So unsinnig. Das alles hatte er oft genug gesehen, doch er hatte sich nie an diese Bilder gewöhnen können.

»Mein Sohn wird euch in die Kapelle führen: Sie ist das beste Versteck«, erklärte die Frau, nachdem der Junge auf Ruiz' Anweisung hin das AK-47 widerwillig an den *Cacique* ausgehändigt hatte. Als sie den Blick auf das verlassene Gotteshaus lenkte, trat ein trauriger Schimmer in ihre Augen. »Sie wurde bei den Bombenangriffen der Armee beschädigt. Uns fehlt das Geld für den Wiederaufbau. Die Regierung hat uns zwar Hilfe versprochen, aber getan hat sie bis jetzt nichts.«

»Das tut mir leid«, murmelte Marlette, der genau wußte, welch hohen Stellenwert die Religion in einem Land hatte, dessen Einwohner zu über neunzig Prozent dem katholischen Glauben anhingen.

»Wir gehen jetzt in die Kirche in La Reina«, fuhr die Frau fort. »Aber jeden Sonntag, wie wir eigentlich sollten, schaffen wir es nicht. Das Benzin ist sehr teuer.« Sie bekreuzigte sich, als hätte sie mit ihrem Bekenntnis gesündigt, dann tätschelte sie ihrem Sohn die Schulter. »Bring die *Compañeros* in die Kapelle.«

»Wie heißt du, *Compito*?« fragte Ruiz, sobald sie sich in Bewegung gesetzt hatten.

»Juan«, strahlte der Kleine, doch sein Lächeln erstarb sogleich, als er zu Marlette aufsah. »Warum gehst du zusammen mit dem *Yanqui*? Er ist ein Feind.«

»Nicht alle *Yanquis* kämpfen gegen uns. Er ist ein *Compañero*. Wir sind füreinander da.«

Der Junge hob zum Zeichen seines Respekts die geballte Faust. Marlette erwiderte den Revolutionsgruß, doch mußte er dabei sein Unbehagen niederkämpfen. Ein zehnjähriges Kind, das jeden Amerikaner als Feind betrachtete! Für diese Vorurteile machte er Ruiz, Chavez und all die anderen Fanatiker verantwortlich. Sie rührte von den antiamerikanischen Reden her, mit denen sie die Eltern dieses Jungen und zahlloser weiterer Kinder im Krieg aufgehetzt hatten. Von frühester Jugend an lernten Kinder zu hassen. Marlette sah, daß sein Zorn Ruiz nicht entgangen war, aber keiner sagte ein Wort. Dann erreichten sie auch schon die Steinstufen zum Portal. Marlette machte Anstalten, hinaufzusteigen, als der Junge ihn am Ärmel zupfte. »Die Tür ist abgesperrt. Kommt, ich zeige euch einen anderen Eingang.« Sie folgten ihm um das Gebäude herum, bis er auf ein ebenerdiges Loch in der Fassade deutete. Ganz offenbar hatte hier eine Bombe eingeschlagen.

»Ist das der einzige Eingang?« fragte Ruiz.

»Hinten ist noch eine Tür«, meinte der Junge, »aber sie ist von innen verriegelt.«

»*Soldados*!« rief plötzlich jemand aufgeregt hinter ihnen.

Sofort hob Marlette seine Maschinenpistole. »Kriech rein!« zischte er Ruiz an. Der Salvadorianer gehorchte widerspruchslos und zwängte sich durch die enge Öffnung. Marlette spähte in die Ferne und sah bereits die von den rasch näherkommenden Jeeps aufgewirbelten Staubwolken. Das war ja eine richtige Streitmacht. Er kauerte sich vor den Jungen. »Geh sofort in dein Haus zurück.«

»Ich will bei euch sein!« maulte der Kleine.

»Nein!« rief Marlette und legte ihm die Hand auf die Schulter. »Dein Vater will doch sicher, daß du auf deine Mutter aufpaßt. Kannst du das, *Compañero*?«

»*Si, Yanqui*«, grinste der Junge und rannte los.

Marlette zwängte sich durch den Spalt. Als er in der Kapelle stand und sich zu orientieren versuchte, bemerkte er ein klaffendes Loch in der Decke. Dort also hatten die Bomben den größten Schaden angerichtet; der Schutt lag noch immer auf dem Boden. Aber auch der Altar und zwei Reihen Chorstühle waren demoliert worden. An der Wand über dem Portal verlief ein gezackter Riß bis zur Decke. Offenbar hatte dort ein Blitz eingeschlagen und wie durch ein Wunder das Gebäude nicht zum Einsturz gebracht. Marlette konnte freilich sehen, daß die Wand alles andere als stabil war. Damit war ihm auch klar, warum die Kapelle von innen verriegelt worden war. Er ging zum nächsten Fenster und spähte hinaus. Der erste Jeep des Konvois kam gerade ins Dorf gerumpelt. Es war ein cremefarbener Landrover. An der Seite wies er das Logo von Dennisons Sicherheitsdienst auf.

Marlette und Ruiz zogen sich sofort von ihrer Beobachtungswarte zurück, als das vorderste Fahrzeug vor den Steinstufen stehenblieb. Gleich danach rüttelte jemand am Portal. Sofort bebte die ganze Mauer, und ein Balken krachte von der Decke herunter. Marlette konnte sich gerade noch mit einem Sprung zur Seite retten. Über das Fenster fiel nun ein Schatten, als einer der Männer sich davorstellte und hereinzuschauen versuchte. Er rief seinen Kollegen zu, daß die

Tür von innen verriegelt wäre. Daraufhin entfernten sich die Schritte vom Portal, und ein ganzes Stakkato von Befehlen wurde gebellt, die Umgebung der Kapelle abzusichern. Marlette wartete noch ein paar Sekunden, dann richtete er sich langsam auf, bis seine Augen auf einer Höhe mit dem Fenster waren und er durch ein Loch im Glas spähen konnte. Am Fuß der Stufen hielten zwei Männer mit dem Rücken zum Portal Wache. Nicht weit von ihnen standen zwei weitere Landrover, deren Insassen, alle mit M-16-Schnellfeuergewehren bewaffnet, sich im Dorf verteilt hatten. Jeder Fluchtweg war versperrt. Und jetzt fuhr noch ein viertes Auto direkt ins Dorf hinein. Ein weißer Mercedes. Marlette beobachtete, wie der Fahrer ausstieg und die hintere Tür öffnete. Dennison stieg heraus und setzte sich als erstes eine Sonnenbrille auf. Dann strich er seinen weißen Anzug glatt und sah sich um. Nach ihm zwängte sich Jayson aus dem Wagen und drückte sich einen Strohhut auf den hellblonden Kopf. Anders als Dennison schien ihm die Gluthitze überhaupt nicht zu behagen. Er hatte einen Sonnenbrand an Kopf und Armen, und seine Haut war mit Blasen übersät.

»Der Scheißkerl weiß gar nicht, wie nahe er dem Tod ist – mit einem Schuß könnte ich ihn umpusten«, flüsterte Ruiz, um den erschrocken dreinblickenden Marlette gleich wieder mit einem Kopfschütteln zu beruhigen. »Aber das kann ich mir nicht leisten. Wenn ich Dennison abknalle, reagieren sich seine Handlanger nur an meinen Leuten ab. Sie würden jeden umbringen und das Dorf verwüsten.«

Sie sahen zu, wie Jayson eine alte Frau zu sich winkte und gestikulierend auf sie einsprach. Sie spuckte ihm nur vor die Füße und schlurfte davon.

»Ich dachte, du hättest ihm eingeschärft, auf keinen Fall Dennisons Leute zu provozieren«, zischte Marlette.

»Das tun sie ja nicht. Die Frau zeigt ihm nur die Verachtung, die alle hier für diese Brut empfinden.«

Marlette starrte Dennison an, der mit verschränkten Armen regungslos auf der Straße stand und das Geschehen mit einem arroganten, kalten Grinsen verfolgte. »Was, zum Teufel, macht er da nur?« fragte er entnervt.

»Er feixt.«

»Was?«

»Ich habe ihn im Fernsehen schon einmal in derselben Pose gesehen. Ein ausländischer Journalist fragte ihn anläßlich eines Dinners für Sponsoren, was denn nun nach Abschluß des Waffenstillstandsabkommens aus den Todesschwadronen geworden wäre. Er sagte kein Wort. Und nahm genau dieselbe Pose ein wie jetzt. Er feixte.«

»Aber warum?«

»Weil er die meisten bei sich eingestellt hatte und der Journalist nichts davon ahnte. Wenn er jetzt auch so feixt, dann weiß er offenbar etwas, das wir nicht wissen.«

»Warte«, flüsterte Marlette, als Dennison zum nächsten Landrover schritt, aus dem ihm ein Megaphon gereicht wurde.

Dennison wischte das Mundstück mit dem Ärmel ab und führte es an seine Lippen. »Ruiz, wir wissen, daß du da drinnen bist!« rief er auf englisch, wohl damit die Einheimischen ihn nicht verstehen konnten. »Ich will erst gar nicht die Zeit meiner Leute mit einer Durchsuchung des ganzen Dorfes verschwenden. Hier wohnen ohnehin nur Anhänger von dir, und die werden alles tun, um dich zu decken. Das ist verständlich, aber nutzlos. Ich gebe dir genau zwei Minuten. Wenn du dich dann immer noch nicht zeigst, fange ich an, die Dorfbewohner einen nach dem anderen zu erschießen, und zwar einen für jede Minute, in der du dich weigerst, dich zu ergeben. Du hast zwei Minuten, Ruiz. Danach klebt ihr Blut an deinen Händen.«

Ruiz sackte gegen die Wand. »Er weiß ganz offenbar, daß ich hier bin«, stöhnte er. »Auf gut Glück würde er mir bestimmt nicht damit drohen, das ganze Dorf auszulöschen.«

»Er könnte aber auch nur bluffen«, meinte Marlette.

»Nein, nicht bei dem Rückhalt, den die FMLN bei der Bevölkerung von Chalatenango genießt. So ein Massaker könnte einen Aufstand auslösen. Das würde er nie riskieren, wenn er nicht genau wüßte, daß ich hier drin bin.« Ruiz bemerkte ein unsicheres Flackern in Marlettes Augen. »Ich mag zwar ein Spion der CIA sein, aber ich bin immer noch Salvadorianer. Und ich weiß, was in diesem Land los wäre, wenn Vaqueros Pläne morgen tatsächlich gelingen sollten.« Er zog Rafaels Wagenschlüssel aus der Tasche und hielt sie Marlette entgegen. »Es sieht ganz so aus, als wüßte Dennison nicht, daß du bei mir bist, sonst hätte er was gesagt. Jetzt liegt es an dir, Vaquero zu stoppen.«

»Ich habe dir doch gesagt, daß ...«

»Daß Pruitt dich angeheuert hat. Richtig, das hast du mir gestern abend erklärt. Nur wolltest du mir nicht verraten, wofür. Ich kann nur hoffen, daß wir trotzdem auf derselben Seite stehen. Wenn nicht, versinkt dieses Land wieder in einem Bürgerkrieg. Glaub mir, Marlette, wenn niemand Vaquero daran hindert, die Macht in El Salvador an sich zu reißen, wird sich das Volk wieder erheben.«

»Eine Minute, Ruiz!« durchbrach Dennison die Stille. »Danach fangen wir an, pro Minute einen Dorfbewohner zu töten.«

Ruiz wischte sich den Schweiß aus dem Gesicht. »Nimm die Schlüssel«, drängte er. »Du tust das nicht für mich oder meine Organisation, sondern für die Menschen in diesem Land. Menschen wie die Bewohner dieses Dorfes. Sie haben ihr Leben riskiert, um Michelle zu schützen. Glaubst du nicht auch, daß wir ihnen Dank schulden? Es ist Zeit, daß du Partei ergreifst, Marlette. Nimm die Schlüssel.«

Marlette benetzte sich die Lippen. Wenn er die Schlüssel annahm, stand er in der Pflicht, morgen abend den Attentäter zu töten. Er würde dafür weder Geld noch Dank bekommen. Und nur er und Ruiz würden die Wahrheit wissen. Er sah auf die Uhr. Noch dreißig Sekunden. Seine Hand schloß sich um den Schlüsselbund. Sofort richtete sich Ruiz auf und ging zur Hintertür. Marlette folgte ihm und bezog daneben mit der Heckler & Koch im Anschlag Stellung. Ruiz zog den Riegel zurück und stieß die Tür auf. Von Dennisons Leuten war nichts zu sehen. Noch einmal drehte er sich zu Marlette um. »Behüte dich Gott, *Compo.*«

»Dich auch«, antwortete Marlette leise, doch Ruiz war bereits verschwunden. Eilig verriegelte Marlette die Tür wieder und kehrte zu seinem Beobachtungsposten am Fenster zurück. Von dort konnte er Ruiz mit den Händen flach auf dem Kopf vor der Kapelle stehen sehen. Das AK-47 hatten ihm zwei der Männer schon am Fuß der Stufen abgenommen.

Dennison warf das Megaphon auf den Rücksitz des Landrover und stieg neben dem Fahrer ein, der ihn sofort zu der Stelle fuhr, an der Ruiz stand. Als Dennison wieder ausstieg, musterte er aufmerksam die Mienen der hinter dem Sicherheitskordon an beiden Seiten der Straße zu einer immer größeren Menge anwachsenden Dorfbewohner. Marlette wußte, daß Dennison unter der Maske des Siegers genauso mulmig zumute war wie seinen Leuten.

Zwar bekam Marlette in der Folge nicht jedes Wort mit, doch konnte er genug aufschnappen, um sich ein Bild zu machen.

»Ist er sauber?« wollte Dennison von den zwei Männern wissen, die Ruiz bewachten.

»*Si, Patrón*«, wurde ihm eilfertig versichert.

Mit vor der Brust verschränkten Armen lehnte sich der Amerikaner gegen den Landrover. »Eins muß dir der Neid lassen, Ruiz: Du hast uns kurzzeitig ganz schön an der Nase herumgeführt. Sag, wie hast du herausgefunden, daß Miguel für mich gearbeitet hat?« Ruiz hielt Dennisons Blick stand und schwieg. »Ist ja auch egal, jetzt ist er tot. Aber es ist doch wirklich eine Ironie des Schicksals, daß selbst nach seinem Tod er es war, der uns auf deine Spur gebracht hat. Ja, wäre er nicht gewesen, könnten wir jetzt diesen netten Plausch nicht führen.«

»Es war wirklich ein Kinderspiel, dich hier aufzuspüren«, bekräftigte Jayson mit einem höhnischen Grinsen.

»Zeig's ihm«, wies Dennison ihn an.

Aus der Jackentasche zog Jayson ein Mikroempfangsgerät von der größte einer Zigarettenschachtel und hielt es Ruiz unter die Augen. »Es ist auf einen Sender eingestellt, den du am Leib trägst, seit wir dich von Marlette aus dem Bauernhaus rausholen ließen. Darum konnten wir jeden deiner Schritte bis auf kleinere Abweichungen immer genau verfolgen. Und als das Signal keine Bewegungen mehr anzeigte, konnten wir dich mühelos anpeilen. Tja, und jetzt sind wir da. So einfach ist das.«

Dennison gönnte sich ein dünnes, zufriedenes Lächeln. »Als mir die Idee kam, dir einen Mikrosender umzuhängen, wurde mir schnell klar, daß wir ihn dir nicht unter die Haut setzen konnten. Dazu wäre eine Operation nötig gewesen, und dir wäre bestimmt gleich die Wunde aufgefallen. Genausowenig hätten wir ihn unter deinen Kleidern verbergen können. Da kam uns Miguel zu Hilfe. Er verriet uns ein perfektes Versteck für einen Sender, ohne daß du je Verdacht schöpfen würdest. Und was ist der einzige Gegenstand, den du immer an deinem Körper trägst, egal was du machst oder wo du bist? Das Medaillon an deinem Hals. Du hast Anna Chavez versprechen müssen, daß du es nie abnimmst, solange ihr zusammen seid. Nun, ich habe den Sender hinter dem kleinen Foto der Dame installieren lassen.«

»Wir wissen, daß du mit Marlette und der Auger gekommen bist«, knurrte Jayson. »Wo sind sie?«

Ruiz sagte kein Wort.

»Du zögerst das Unvermeidliche nur hinaus, Ruiz«, belehrte ihn Dennison.»In dem ganzen Gebiet wimmelt es von meinen Leuten. Über kurz oder lang kriegen wir sie. Wenn du mit uns zusammenarbeitest, garantiere ich dir, daß Nicole Auger und ihre Tochter unversehrt freigelassen werden.«

Ruiz schwieg weiter.

»Ich bring' ihn schon zum Reden!« fauchte Jayson. Er baute sich bedrohlich vor dem Gefangenen auf.

»Laß ihn!« bellte Dennison, packte Jayson am Arm und nahm ihn beiseite. »Die Leute hier sympathisieren alle mit den Guerilleros. Wenn du Ruiz vor ihren Augen anfaßt, gibt es hier noch ein Blutbad.« Er kehrte zu Ruiz zurück. »Wenn sie nicht hier im Dorf sind, dann können sie nicht weit sein. Du kannst den Dorfbewohnern große Probleme ersparen, wen du uns sagst, wo sie sind. Tust du es nicht, bleibt hier kein Stein auf dem anderen stehen, bis ich sie gefunden habe. Und dafür habe ich die Ermächtigung des Präsidenten, falls ich den berechtigten Verdacht habe, daß die Bauern hier Marlette verstecken. Er ist ein gesuchter Mörder, und ich habe den Auftrag, ihn zu ergreifen, koste es, was es wolle. Denk dran, bevor diese Leute deinetwegen für nichts und wieder nichts leiden müssen.« Er griff wieder nach dem Megaphon, merkte dann aber, daß die Dorfbewohner schon gegen den Sicherheitsgürtel drängten. Zahlenmäßig waren er und seine Söldner ihnen hoffnungslos unterlegen, und die Ungewißheit und Angst spiegelten sich in den Gesichtern seiner Leute, die sich mit aller Kraft gegen die immer wütender werdende Menge stemmten. Er wußte, daß er sofort handeln mußte. »Hört mir zu!« dröhnte er. »Hört mit alle zu!«

Tatsächlich wurde es ruhiger; statt aufgebrachter Rufe war nur noch hier und dort ein Tuscheln zu hören. Dennison spürte, wie ihm der Schweiß über die Wangen strömte, machte aber keine Anstalten, ihn wegzuwischen. Das würde man ihm als Furcht auslegen, und gerade vor diesen Leuten durfte man sich keine Blöße geben.

»Wir wollen euch nichts Böses tun!« verkündete er. »Und um das zu beweisen, habe ich fünfzigtausend amerikanische Dollar dabei – das entspricht dreihundertfünfzigtausend Colónes. Die gehören demjenigen, der mir Hinweise zur Ergreifung dieses *Yanqui,* Richard Marlette, geben kann. Wir wissen, daß er zusammen mit Ruiz hier angekommen ist. Dreihundertfünfzigtausend Colónes für Marlettes Verhaftung!«

»Und wo ist dein Geld?« rief eine skeptische Stimme.

»In meinem Wagen.« Dennison schnippte mit den Fingern, woraufhin sein Chauffeur mit einem Diplomatenkoffer zu ihm eilte. Dennison ließ den Verschluß aufschnappen und hielt den Koffer hoch, so daß jeder die Geldscheine sehen konnte. »Fünfzigtausend amerikanische Dollar. Sie gehören euch, wenn ihr uns sagen könnt, wo wir den *Yanqui* finden.«

In gebanntem Schweigen starrten die Leute die Geldscheine im Koffer an. Solche Schätze bekamen sie sonst nur in den Hollywoodfilmen im Kino von La Reina zu sehen. Damit konnten sie die Kapelle wieder aufbauen. Ihre Kinder zur Schule schicken. Leitungen für frisches Trinkwasser ins Dorf verlegen. Dem *Yanqui* schuldeten sie doch nichts. Er gehörte nicht zu ihnen. Wieder setzte Getuschel ein.

»Ich habe etwas zu sagen!« kündigte der *Cacique* an, woraufhin Dennison seinen Soldaten befahl, ihn zu ihm zu bringen. »Du gibst uns das Geld und läßt den *Compo* unversehrt wieder frei.« Er machte eine dramatische Pause. »Und dafür geben wir die den *Yanqui.*«

»Nein!« schrie Ruiz aufgebracht. Er wollte sich dazwischen werfen, wurde aber von seinen Bewachern zurückgerissen. Dennisons Augen wanderten zu Ruiz hinüber. In einer anderen Situation hätte er ihn sofort bewußtlos schlagen lassen, hier war er sich aber nicht sicher. Ihm war klar, daß die Stimmung jederzeit gegen ihn umschlagen konnte.

Ruiz funkelte den *Cacique* böse an. Dann fuhr er zu den Dorfbewohnern herum. »Ich kann nicht glauben, daß ihr von solchen Leuten Geld nehmen würdet! Sie sind unsere Feinde. Wo ist eure Ehre?«

»Wir können das Geld gut fürs Dorf gebrauchen«, verteidigte sich der *Cacique.* Aus der Menge erhob sich zustimmendes Gemurmel.

»Dann nehmt doch ihr Blutgeld!« schrie Ruiz. »Aber benutzt dann nicht mich, um euch zu rechtfertigen. Ihr verratet den *Yanqui* und macht euch vor Gott und eurem Land schuldig. Lieber sterbe ich, als daß ich mit euch so tief sinke.«

Dennison spürte, wie die Stimmung schon wieder umzuschlagen drohte. Die Leute waren nachdenklich geworden. Ruiz' leidenschaftlicher Appell an ihr Gewissen hatte seine Wirkung nicht verfehlt.

Plötzlich bemerkte Dennison aus dem Augenwinkel eine Bewegung. Er wollte sich umdrehen, als ihn bereits ein Stein zwischen den Schulterblättern traf. Er taumelte, und der Diplomatenkoffer fiel ihm aus der Hand. Dicke Bündel aus weißem, Papier, die mit Gummis zusammengebunden waren und jeweils nur oben einen echten Fünfzigdollarschein aufwiesen.

Juan, der kleine Junge, der den Stein geworfen hatte, hob eins dieser Bündel auf und hielt die weißen Schnitzel hoch, damit jeder sehen konnte, was sie bekommen hätten. Einer der Soldaten legte auf den Jungen an, doch Ruiz rammte ihn mit der Schulter, bevor er abdrücken konnte. Einer der anderen Söldner drosch dem Rebellenführer den Kolben seines Gewehrs auf den Kopf, und Ruiz sackte bewußtlos zusammen.

»Schafft ihn in den Landrover!« überschrie Dennison die aufgebrachten Dorfbewohner, und sofort schleiften zwei seiner Handlanger Ruiz zum Wagen. Ihre Blicke flogen freilich ständig zu den Kollegen hinüber, die der wütenden Menge kaum noch Herr wurden. Kaum hatten sie Ruiz auf die Rückbank des Landrovers gewuchtet, als aus der Richtung der Kapelle ein Schuß krachte und einer der Söldner zu Boden stürzte. Die Kugel hatte ihn in den Rücken getroffen. Dennison brüllte seinen Männern den Befehl zu, das Feuer zu erwidern, kletterte dann nach Jayson eilig in den Fond des Mercedes und forderte den Chauffeur mit einem scharfen Klopfen gegen die Trennscheibe auf, Gas zu geben. Steine prasselten auf den Mercedes nieder, konnten seiner Panzerung jedoch nichts anhaben. Dennoch drehte sich Dennison erst um, als sie außer Wurfweite waren. Zu seiner Erleichterung folgte ihnen der Landrover mit dem bewußtlosen Ruiz. Er lehnte sich zurück, griff nach seinem Handy und forderte für die Rückfahrt nach San Salvador Verstärkung an.

Marlette hatte gesehen, wie sich der Junge von der Menge gelöst hatte, der Stein in seiner Hand war ihm jedoch nicht aufgefallen. Sein Wurf war gut gezielt, und hätte er ihn etwas höher angesetzt, wäre er weitaus wirkungsvoller gewesen. Spätestens da wurde ihm klar, daß sich die Lage zuzuspitzen begann. Er bekam mit, wie ein Mann auf den Jungen anlegte, doch bevor er reagieren konnte, stieß Ruiz den Kerl um. Aus Wut darüber schlugen Dennisons Söldner den Guerillaführer brutal zusammen. Als sie den Bewußtlosen zum Landrover schleiften, setzte er mehrmals zum Schuß an, drückte jedoch aus Furcht, er könne Ruiz treffen, nicht ab. Erst als Ruiz im Wagen lag, wagte er es und tötete einen der Söldner. Danach warf er sich sofort zu Boden. Keine Sekunde zu spät. Dennisons Schießbefehl war noch nicht verhallt, als Salven von Geschossen die Fenster durchschlugen und Glas- und Holzsplitter Marlette um die Ohren flogen. Nach der ersten Salve richtete Marlette sich auf, suchte hinter einer umgestürzten Bank Deckung und lauschte angespannt den Schreien und Schüssen. Draußen eskalierte die Gewalt. Auf einmal sah er, wie sich der Lauf eines Schnellfeuergewehrs durch das zersplitterte Fenster schob. Marlette warf sich zu Boden, als eine Geschoßgarbe in der Wand hinter ihm einschlug. Der Mann, der es auf ihn abgesehen hatte, konnte ihn offenbar nicht sehen, so wie auch er ihn nur hörte. Dann wurde der Lauf zurückgezogen, doch Sekunden später bebte die ganze Wand unter der Wucht schwerer Tritte. Ganze Mauerstücke fielen neben dem Portal zu Boden und wirbelten dichte Staubwolken auf. Erneut donnerten Stiefel gegen das Portal ... Und gleich noch einmal. Mit jedem Tritt löste sich mehr Mauerwerk, und die ganze Wand wankte bedenklich.

So unvermittelt wie es begonnen hatte, hörte das Hämmern wieder auf. Marlette sah noch zum Fenster hinüber, als es schon in seinem Rücken losdröhnte. Sie waren dabei, die Hintertür zu bearbeiten. Und dann ging auch das Hämmern am Portal weiter. Er wurde in die Zange genommen. Hastig richtete er sich auf und drückte sich an die Wand. Noch war er weiter von der Tür entfernt, als ihm recht war, doch näher durfte er sich nicht heranwagen, weil man ihn sonst durch das Fenster hätte sehen können. So blieb ihm nichts anderes als zu warten, bis sie eindrangen, egal aus welcher Richtung.

Das Portal gab zuerst nach. Mit einem Knirschen wurden die Angeln aus der Wand gerissen, der nächste Stoß sprengte den Riegel weg, und dann flog die Tür so abrupt auf, daß sie gegen die Wand donnerte. Ob es an der Wucht dieses Schlages lag oder an der ständigen Erschütterung blieb unklar, jedenfalls stürzte die gesamte Wand ein. Der Mann in der Türöffnung verschwand unter eine Lawine aus Ziegeln und Mörtel. Ein Stein schlug unmittelbar neben Marlette ein; er sprang erschrocken zur Seite, blieb mit dem Fuß an einer Bank hängen und krachte zu Boden. Dabei fiel ihm die Heckler & Koch aus der Hand und schlitterte unter eine der umgestürzten Bänke. Sofort sprang Marlette wieder auf und wollte nach ihr greifen, doch da hörte er schon wieder ein gewaltiges Knirschen und Splittern. Die Hintertür war aufgesprengt worden. Verzweifelt streckte er die Hand nach seiner Waffe aus – zu spät. Hinter ihm näherten sich Schritte. Mit vor Entsetzen geweiteten Augen sah er auf und schaute n dem Lauf einer Maschinenpistole. Es war zwecklos, jetzt noch nach der eigenen Waffe zu greifen.

Da sah er aus den Augenwinkeln, wie der kleine Juan über die Trümmer kletterte, in der Hand einen Stein haltend. Der Söldner folgte Marlettes verstörtem Blick und feuerte mit einem verächtlichen Schnauben eine ganze Salve auf das kleine Kind ab. Blind vor Wut stieß Marlette die Bank um, packte seine Heckler & Koch und hechtete damit zur Seite. Der Söldner versuchte noch zu zielen, als Marlette bereits feuerte. Die Kugeln zerfetzten dem Mann die Brust. Totale Fassungslosigkeit auf dem Gesicht taumelte er langsam nach hinten. Marlette kniete sich hin und schoß weiter, bis das Magazin leer war. Hastig schob er das nächste hinein, dann jagte er zu dem auf dem Boden liegenden Jungen hinüber, beugte sich über ihn und fühlte den Puls, obwohl er längst wußte, daß er tot war.

Ein Schatten tauchte über ihm auf. Marlette wirbelte herum, den Finger um den Abzug gekrümmt. Es war der *Cacique.* Er ging auf den toten Jungen zu, doch als er Anstalten machte, die Leiche zu berühren, stieß ihm Marlette den Lauf seiner Heckler & Koch in den Bauch. Der *Cacique* wich einen Schritt zurück, doch erst jetzt bemerkte Marlette, daß sie nicht allein waren. Das halbe Dorf hatte sich am Fuß der Steinstufen versammelt. Keiner sagte ein Wort. Jäh wich die Menge auseinander, um die Mutter zu ihrem Sohn zu lassen. Als der *Cacique* sie trösten wollte, stieß sie ihn unwirsch beiseite und erreichte den vor Juan knienden Marlette.

»Es tut mir so leid«, sagte Marlette leise. »Wenn ich ihm nur rechtzeitig hätte ...« Seine Stimme erstarb. Er wußte selbst, wie hohl seine Selbstvorwürfe klangen. Das, was geschehen war, ließ sich nicht mehr rückgängig machen. Der Junge war tot, und Schuldgefühle deswegen würden ihn bis zu seinem eigenen Tod verfolgen. Ein unschuldiges Gesicht mehr in seinen Alpträumen ...

Die Frau versuchte erst gar nicht, die über ihre Wangen

strömenden Tränen wegzuwischen. Stumm kauerte sie sich neben ihren toten Sohn und wiegte seinen Kopf in ihren Händen. Als sie irgendwann zu Marlette aufsah, war in ihren Augen nichts von Haß oder Bitterkeit zu sehen. Nur Trauer. »Sein Vater hat ihm von frühester Kindheit an beigebracht, jeden Amerikaner als Feind zu betrachten. Ich wußte, daß es ein Fehler war, einen solchen Haß im Herzen eines Kindes zu nähren, aber er ließ nicht mit sich reden. Juan vergötterte seinen Vater und glaubte an die Propagandasprüche, die er und die anderen ihm einbleuten. Aber heute hat er zum erstenmal begriffen, daß vielleicht nicht alle Amerikaner Feinde sind. Er hat gemerkt, daß er dir vertrauen darf, und Vertrauen ist das höchste Gut, das ein Erwachsener einem Kind schenken kann.«

»Und ich habe sein Vertrauen enttäuscht, als er mich am dringendsten brauchte«, stöhnte Marlette. »Wenn ich nur meine Waffe schneller erreicht hätte ...«

Sie berührte ihn am Arm. »In meinem Herzen weiß ich, daß du getan hast, was dir möglich war, um meinen Sohn zu schützen. Jetzt kannst du nichts mehr für ihn tun. Er ist jetzt bei Gott. Und du mußt zu deiner Frau gehen. Sie braucht dich.« Sie drückte den leblosen Körper an ihre Brust und trug ihn langsam und feierlich zum Altar, wo sie ihn behutsam zu Füßen der Marienstatue auf den Boden legte und sich danebenkniete.

Marlette hängte sich die Heckler & Koch über die Schulter, warf einen letzten Blick auf die vor der Heiligenstatue betende Frau und bahnte sich dann durch den Schutt den Weg ins Freie. Auf der Stufe blieb er noch einmal stehen und ließ den Blick über die Opfer des Gemetzels wandern. Über die kahle Erde verstreut lagen mindestens ein Dutzend Tote, mehr als die Hälfte davon Söldner von Dennison. Das waren aber nur die Leichen, die er sehen konnte; in den Gassen des Dorfs und den Wäldern ringsum lagen bestimmt noch mehr Opfer. Die Verwundeten wurden in den Schatten eines Baums gebracht, wo zwei Frauen sie mit Verbandszeug, Pflastern und allen möglichen Salben versorgten, die sie aus einem abgewetzten olivgrünen Rucksack holten. Marlette wollte ihnen spontan seine Hilfe anbieten, doch da ergriff ihn von hinten jemand am Arm. Es war der *Cacique,* der schweigend den Kopf schüttelte.

»Ich kann helfen«, protestierte Marlette. »Auch wenn ich kein Arzt bin, so kenne ich mich doch gut mit Schußwunden aus. Im Buschkrieg lernt man, die eigenen Wunden zu verarzten.«

»Wir wollen dich hier nicht«, wies ihn der Bürgermeister schroff ab. »Du hast uns nur Leid gebracht. Geh.«

Marlettes erster Impuls war es, sich zu verteidigen, dann sah er jedoch ein, daß es zwecklos wäre. Er zog die Autoschlüssel aus seiner Jackentasche.

»Du kannst den Wagen jetzt nicht benutzen«, belehrte ihn der *Cacique.* »Inzwischen wird die Armee erfahren haben, was hier passiert ist. Die Soldaten werden alle Straßen abriegeln und jedes Fahrzeug überprüfen. Du würdest nicht weit kommen.«

»Gibt es irgendein anderes Transportmittel?«

»Pferde. Mein Sohn wird mit dir in das Dorf reiten, in das deine Frau vorhin gefahren ist. Er kennt einen Weg, auf dem dich keine Patrouille abfangen wird.«

Marlette sah dem *Cacique* nach, der zur Kapelle zurückging und einige Worte mit einem jungen Burschen von etwa zwanzig Jahren wechselte. Beide warfen einen Blick in seine Richtung, dann verschwand der Bürgermeister im Inneren der Kapelle, während der junge Mann allein auf der obersten Stufe stehen blieb. Er winkte Marlette zu sich. Mit einer weit ausladenden Geste deutete er in Richtung des Pferdestalls und setzte sich in Bewegung. Marlette warf einen letzten Blick auf das Dorf, ehe er ihm folgte.

## 10

Der Laster mühte sich einen engen Paß hinauf, als Nicole in der Ferne Schüsse hörte. Sofort befürchtete sie das Schlimmste, und auch die anderen redeten aufgeregt durcheinander. Es war schon frustrierend: Sie saß mitten drin und verstand kein Wort. Und jetzt spürte sie auch noch, wie sich die Angst in ihrer Magengrube staute. Bislang hatten sich ihre Gedanken ausschließlich um Michelle gedreht, doch mehr und mehr sorgte sie sich auch um Rich. War alles in Ordnung? Hatten sie ihn ergriffen? Wurde er vielleicht gefoltert? War er am Ende schon ...

Nein, sie weigerte sich, das auch nur für möglich zu halten. Schließlich war er nicht irgendwer, sondern Rich Marlette, der Mann, der es noch immer geschafft hatte. Zwar konnte sie die Sorgen nicht ganz abschalten, doch jetzt fiel ihr wieder ihr Streit von vorhin im Dorf ein. Hatte er da am Ende sein wahres Gesicht gezeigt? War er innerlich wirklich so verhärtet, daß er Michelle nur noch als Teil eines Auftrags betrachtete? Nein, das war nicht der Rich, der ihr vertraut war. Selbst nach sechs Jahren der Trennung glaubte sie, ihn noch immer so gut zu kennen wie sonst niemand. Gewiß, er gab ihr gegenüber seine Gefühle nicht mehr so leicht preis, wofür sie die Schuld teilweise bei sich selbst suchen mußte. Andererseits war er auch schon in den Jahren ihres Zusammenseins verschlossen gewesen. Den Gedanken, daß er vielleicht unter Druck stand und seine barschen Worte nicht so gemeint hatte, verwarf sie gleich wieder. Unter Druck war er immer zu Bestform aufgelaufen, und sein kalter, zynischer Ton hatte ihr nur zu deutlich verraten, daß jedes Wort mit Bedacht gewählt war. Und gerade das hatte sie so empört. Ihr dämmerte, daß es naiv von ihr gewesen war, zu glauben, es könnte eine realistische Chance für einen Neuanfang geben. Sie liebte ihn noch immer und war der festen Meinung gewesen, daß es ihm ähnlich ging. Nun, anscheinend hatte sie sich getäuscht. Er wußte genau, wieviel Michelle ihr bedeutete, und dennoch hatte er kein Hehl daraus gemacht, daß sie für ihn nichts als ein Mittel war, um an das große Geld heranzukommen. Nein, diese Verbundenheit mit Michelle würde sie nie einem Mann zuliebe aufs Spiel setzen. Wenn Rich ihre Tochter nicht als festen Bestandteil einer etwaigen gemeinsamen Zukunft akzeptierte, sollte er eben zum Teufel gehen. Und sein Geld konnte er gleich mitnehmen ...

Aufgeregtes Stimmengewirr riß sie aus ihrem Sinnieren. Ihre Augen folgten den ängstlichen Blicken der anderen, und zu ihrem Entsetzen sah sie einen cremefarbenen Landrover mit dem Logo von Dennisons Sicherheitsdienst. Laut Ruiz waren das die Leute, die glaubten, sie stünden über dem Gesetz und könnten sich vor allem bei ihren Einsätzen in den Rebellenhochburgen alles herausnehmen. Durch den am Dach angebrachten Lautsprecher bellte der Fahrer einen Befehl. Nicoles Herz setzte einen Schlag aus, denn nun blieb der Laster stehen, und der Motor wurde abgeschaltet. Aus dem Landrover, der dicht hinter ihnen anhielt, sprangen zwei Männer. Einer von ihnen ging sofort zum Fahrer des Lasters, während der andere den Insassen irgendein Kommando auf spanisch zurief. Daraufhin schlugen sie die schwere Plane über der Ladefläche zurück. Instinktiv zog sich Nicole ihr Kopftuch tiefer ins Gesicht und sah angestrengt zu Boden, als sie den Blick des Mannes auf sich spürte. Er knurrte ein neuerliches Kommando. Da Nicole nicht reagierte, stieß Anna Chavez ihr den Ellbogen in die Rippen und deutete mit dem Augen auf ihre eigenen Ausweispapiere, die sie bereits in der Hand hielt. So zog auch Nicole die Dokumente, die man ihr im Dorf gegeben hatte, aus der Handtasche und gab sie ihrer Nachbarin, die sie gleich an die nächste weiterreichte. Als er merkte, was da für ein Spielchen getrieben wurde, forderte der Mann sie wütend auf, sofort damit aufzuhören und ihm die Papiere einzeln zu reichen. Ganz genau das hatte Nicole befürchtet. Anhand des Fotos würde der Mann sofort merken, daß sie nicht die Inhaberin des Dokuments sein konnte. Sie hatten gehofft, die Ausweise im Falle einer Kontrolle gesammelt auszuhändigen und so Nicoles Enttarnung zu verhindern. Vergeblich, wie sich jetzt herausstellte. Nicole saß in der Falle. Ob sie den Ausweis herzeigte oder ob sie sich weigerte, ihre Verhaftung war sicher unvermeidlich. Sie wußte, daß Anna die unter ihrem Poncho verborgene Waffe benutzen würde, aber damit wäre ihnen auch nur kurzfristig geholfen. Sobald Dennison erfuhr, daß seine Männer auf Gegenwehr getroffen waren, würde er sofort Verstärkung losschicken, und eine gnadenlose Hetzjagd würde beginnen. Aber blieb ihnen denn eine andere Wahl? Ruiz hatte Anna Chavez eingeschärft, die Pistole nur im äußersten Notfall zu benutzen – und der war nun allem Anschein nach eingetreten. Nicole sah, wie Anna in der einen Hand ihre Papiere hielt, während sie die andere unter den Poncho schob.

Nun kam auch der zweite Typ näher. Nach einem kurzen Wortwechsel mit seinem Kollegen forderte er Chavez' Nachbarin auf, ihm die Dokumente der Guerillaführerin zu geben. Nicole merkte, wie Anna erstarrte. Die nächste wäre unweigerlich sie. Ihre Hände begannen zu schwitzen. Sie konnte deutlich sehen, wie aufmerksam der Typ Chavez' abgegriffene Papiere durchblätterte. Ruiz hatte ihr gesagt, daß sie gefälscht waren – wie sämtliche Dokumente der FMLN-Angehörigen –, aber so echt aussehen würden, daß Anna sie seit Jahren unentdeckt hatte benutzen können. Auch diesmal erfüllten sie ihren Zweck. Der Mann gab sie Chavez ohne Beanstandung zurück und forderte mit einem Fingerschnippen Nicoles Ausweis.

Wieder spürte Nicole den Arm Annas in der Seite. Schlagartig wurde ihr klar, was die andere vorhatte. Mit dem verzweifelten Versuch, eine Schießerei zu verhindern, packte sie Anna am Handgelenk und gab den Ausweis ihrer Nachbarin, damit sie ihn weiterreichte. Gut, ihre Chancen standen schlecht, aber zumindest sollte Anna warten, bis die Sache tatsächlich aufgeflogen war. Nicole spürte Chavez' Anspannung, wußte aber nicht, ob das nun an der schrecklichen Ungewißheit oder an ihrem Klammergriff lag. Gebannt verfolgten sie, wie die Dokumente von Hand zu Hand wanderten, bis sie den Söldner erreichten.

Der Mann wollte sie gerade aufschlagen, als ein Schuß die Stille durchbrach. Nicole sah auf. Ihr war auf Anhieb klar, daß er irgendwo in den Hügeln neben ihnen abgegeben worden war. Chavez befreite sich von Nicoles Griff, riß ihre Waffe aber noch nicht heraus. Die zwei Männer hatten sich zu Boden geworfen und richteten ihre Maschinenpistolen auf die Hügel, doch solange sie die Position des Heckenschützen hinter dem dichten Laubwerk nicht ausmachen konnten, erwiderten sie das Feuer nicht. Ein zweiter Schuß peitschte, und aus einer anderen Richtung gleich darauf noch einer. Eine Kugel schlug unmittelbar vor einem der Männer ein. Er schoß blind zurück, rannte in geduckter Haltung zum Landrover und sprang dahinter in Deckung. Die nächste Kugel schlug dicht neben ihm in die Karosserie ein. Mit gehetztem Blick sah er sich um. Als der Fahrer hektisch den Motor anließ, winkte er seinen Kollegen zu sich.

Geschoßgarben pflügten die Erde vor und hinter dem Landrover auf. Allmählich dämmerte Nicole, daß die Heckenschützen es gar nicht auf das Leben der Söldner abgesehen hatten, die hätten sie längst erledigen können – vielmehr ging es ihnen nur darum, sie zu vertreiben. Jetzt wurde ich auch klar, warum Anna ihre Pistole nicht gezogen hatte.

Mit heulendem Motor wendete der Landrover, und der Fahrer riß ihn unter dem Gejohle der Dorfbewohner so ungestüm herum, daß der Kotflügel an einem Felsen hängenblieb und weggefetzt wurde. Irgendwie gewann der Fahrer die Kontrolle über das Auto zurück und jagte davon. Auf der Ladefläche des Lasters wurde diese Schmach ausgelassen mit Jubelgesängen und wilden Sprüngen gefeiert. Eine solche Stimmung hatte Nicole noch nie erlebt. Eigentlich hatte sie sich zurückhalten wollen, doch sie wurde sehr bald hochgezogen, und unvermittelt tanzte sie mit, bis Anna sie am Arm ergriff und auf den Hügel über ihnen deutete. Dort stand ein Mann in olivgrüner Tarnhose. Seine untere Gesichtshälfte war hinter einem roten Kopftuch verborgen. Zum Zeichen des Triumphs schwenkte er ein AK-47. Chavez reckte ihm stolz die Faust entgegen. Der Mann erwiderte den Gruß und verschwand im Unterholz.

Mit einem Schuß in die Luft beendete Chavez jäh die Feier. Sofort stieg der Fahrer aus und ließ sich von ihr Anweisungen geben, während die anderen sich gehorsam setzten. Nicole fand sich eingekeilt zwischen der Führerkabine und den Mitreisenden wieder, nahm das aber gerne als das kleinere Übel in Kauf. Was ohne das Eingreifen der Guerilleros geschehen wäre, wollte sie sich lieber nicht ausmalen. Einmal wenigstens schien es das Schicksal gut mit ihr zu meinen. Nach einigem Rattern und Zittern sprang der Laster wieder an und tuckerte auf die nächste Kurve zu. Frustriert ballte sie die Fäuste. Warum konnte diese Scheißkiste nicht schneller fahren? Sie selbst wäre mit nackten Füßen über Glasscherben gelaufen, hätte sie Michelle damit nur ein wenig früher erreichen können. Wie lange dauerte die Fahrt denn noch? Schließlich konnte sie ihre Ungeduld nicht mehr bezähmen und bestürmte Anna mit ihren Fragen. Die schaute sie natürlich verständnislos an.

»Dorf!« rief Nicole und deutete verzweifelte in die Ferne. »Wie weit? Wie viele Kilometer?«

Wenigstens ein Wort davon hatte in Chavez' Ohren einen vertrauten Klang. *»Kilómetro?«* fragte sie zurück. *»Aldea?«*

Nicole zuckte hilflos die Schultern. »Michelle? Wie weit?«

Chavez deutete mit der Hand die Größe eines Kindes an. »Michelle?«

Nicole schöpfte neue Hoffnung. Sie nickte und wiederholte ihre Geste. Chavez warf einen prüfenden Blick auf die Umgebung, dann zupfte sie Nicole am Ärmel und zeigte ihre einen Baumgruppe. Erst dachte Nicole, sie würden immer noch aneinander vorbeireden, doch als der Laster um die nächste Kurve rumpelte, begriff sie. Am üppig grünen Hang eines der vielen erloschenen Vulkane erstreckte sich eine Siedlung.

»Michelle«, verkündete Chavez.

Mit einem Mal verlor Nicole alle Zurückhaltung. Strahlend riß sie sich das Kopftuch herunter, sprang auf und schwang sich über die Brüstung auf die Straße. Daß sie dabei fast gestürzt wäre, merkte sie gar nicht. Sie gewann das Gleichgewicht sofort wieder und rannte los. Chavez mußte lächeln, als sie die verblüfften Gesichter der anderen sah, aber anstatt es ihnen zu erklären, sprang sie ebenfalls vom Laster, um Nicole zu folgen. Völlig außer Atem holte sie ihre Gefährtin ein. Danach schaffte sie es nur etwa hundert Meter, mit ihr Schritt zu halten, ehe sie erschöpft nach Luft japsend aufgab. Nicole dagegen rannte geradewegs durch die Bäume weiter und blieb erst am Dorfrand stehen. Keuchend strich sie sich die Haare aus dem verschwitzten Gesicht, während sich immer mehr Leute, die die Fremde mißtrauisch beäugten, um sie herum versammelten. Nicole wiederum suchte verzweifelt nach Michelle in ihrer Mitte. Vergeblich. Plötzlich zuckte sie zusammen. Verspätet meldete sich jetzt ein Seitenstechen. Zwar war sie eine geübte Dauerläuferin, doch dieses Tempo war zuviel gewesen. Gleichwohl biß sie die Zähne aufeinander und setzte sich wieder in Bewegung. Ihr Ziel war die Hauptstraße. Dieses kleine Dorf, das sich so anheimelnd an den Vulkan schmiegte, und die unberührte Schönheit der Landschaft darum herum hatten etwas sonderbar Unschuldiges an sich. Irgendwie kam es Nicole passend vor, daß man ihre Tochter ausgerechnet hier untergebracht hatte.

Ein Japsen in ihrem Rücken ließ sie herumfahren. Es war Chavez. Die Hände in die Hüften gestemmt, stand sie da und holte keuchend Luft. Prompt bekam sie einen Hustenanfall. Als er vorbei war, schüttelte sie unwillig den Kopf und schaffte es endlich, Nicole zu bedeuten, daß sie ihr zu einer Gruppe am Straßenrand sitzender Frauen folgen solle. Die Frauen flochten Weidenkörbe für durchfahrende Händler, die sie ihnen für ein bißchen Geld abnahmen und dann im Süden des Landes an Touristen weiterverkaufen würden. Nicole blieb stehen und sah zu, wie Chavez die Frauen ansprach.

»Mrs. Kinnard?« fragte eine Männerstimme hinter ihr.

Nicole erschrak. War das am Ende ein Soldat oder – schlimmer noch – einer von Dennisons Söldnern, der sie bis hierher verfolgt hatte? Aber der Teufel sollte sie holen, wenn sie sich kampflos ergab. Lieber wollte sie sterben als zulassen, daß diese Schweine Hand an Michelle legten. Mit vor Angst geweiteten Augen drehte sie sich langsam um. Der Mann mochte Anfang Vierzig sein, auch wenn sein schütteres Haar ihn älter machte als er war. Sein locker um den Kopf gewickeltes rotes Stirnband wies ihn eigentlich als Mitglied der FMLN aus, doch so ganz vermochte Nicole dem Frieden noch nicht zu trauen. Wer sagte ihr denn, daß das kein Spitzel war? Sie drehte sich hilfesuchend nach Anna um, die aber immer noch mit den Korbflechterinnen sprach. Nicole blieb nichts anderes übrig, als abzuwarten.

»Sie sind Nicole Kinnard?« wiederholte der Mann mit seinem harten spanischen Akzent. »Mein Name ist Gustavo. Ich habe mich um Ihre Tochter Michelle gekümmert.«

»Michelle?« platzte Nicole heraus. »Wo ist sie? Bitte, Sie müssen mich zu ihr bringen!«

Jetzt wirbelte auch Chavez herum und griff aufgeschreckt nach ihrer Pistole, ließ die Hand aber gleich wieder sinken, um auf den Mann zuzurennen und ihn zu umarmen.

Nicole trat unruhig von einem Fuß auf den anderen, während die zwei gar nicht aufhören wollten zu lachen und zu schwatzen. Schließlich platzte ihr die Geduld. Energisch trat sie dazwischen und stieß Anna kurzerhand beiseite. »Später könnte ihr quatschen soviel ihr wollt, aber erst bringt ihr mich zu meiner Tochter. Wo ist sie?«

»Ich bringe dich zu ihr«, versprach der Mann.

Kaum noch in der Lage, ihre Aufregung zu bezähmen, folgte Nicole ihm in eine schmale Seitengasse, wo er vor einer Tür stehenblieb und ein Klopfzeichen gab. Nach kurzem Warten hörten sie, wie drinnen ein schwerer Riegel zurückgeschoben wurde. Dann öffnete jemand die Tür, und eine Hand winkte sie herein. Nachdem Gustavo ein paar Worte mit einer Frau gewechselt hatte, führte er Nicole zu einer Tür am Ende des Flurs. »Sie ist da drinnen«, erklärte er und zog sich diskret zurück.

Nicole starrte stumm die geschlossene Tür an. Diesen Moment hatte sie in buchstäblich jeder Sekunde seit Michelles Verschwinden herbeigesehnt. Und jetzt sollte sie endlich ihr kleines Mädchen zurückbekommen. Sie griff nach der Klinke, ließ sie aber sofort wieder los und wühlte in der Hosentasche nach einem Taschentuch. Erst mußte sie sich den Schmutz aus dem verschwitzten Gesicht wischen; dann strich sie sich die

Haare aus der Stirn und klopfte das verstaubte T-Shirt ab. Mit einem verlegenen Lächeln erinnerte sie sich daran, daß sie vor ihrem ersten Rendezvous ähnlich aufgeregt gewesen war. Nun, im Grunde war das ja auch ein Rendezvous – ein ganz besonderes allerdings und das schönste ihres ganzen Lebens. Michelle zuliebe mußt du jetzt stark sein, sagte sie sich vor. Und das hieß: keine Tränen. Sie holte tief Luft, drückte die Klinke herunter und öffnete die Tür.

Michelle hockte im Schneidersitz vor einem Schwarzweißfernseher. Da sie mit dem Rücken zur Tür saß und gebannt einen Tom-und-Jerry-Trickfilm verfolgte, bekam sie gar nicht mit, daß jemand eingetreten war. So weit, so gut, sagte sich Nicole. Keine Tränen. Bis Michelle bei einem Streich von Jerry, der den armen Tom hart traf, in unbändiges Kichern ausbrach. Da flossen plötzlich die Tränen Nicoles Wangen hinunter, doch sie versuchte nicht, sie wegzuwischen. So stark war sie also doch nicht. Und als sie etwas sagen wollte, brachte sie keinen Laut heraus. Sie nahm einen neuerlichen Anlauf. »Michelle?« krächzte sie.

Das Mädchen drehte sich um. Zunächst starrte es seine Mutter ungläubig an, doch auf einmal fing es an zu strahlen und sprang auf. Nicole ging mit ausgebreiteten Armen in die Hocke, und im nächsten Moment warf sich Michelle ihr überglücklich an den Hals. Nicole schloß die Arme um sie und drückte sie fest an ihren zitternden Körper. Sie wollte sie nie wieder loslassen, nie wieder …

»Mommy, du tust mir weh!«

Erschrocken ließ Nicole los. »Das tut mir leid, Liebes. Ich wollte dir nicht weh tun.«

»Warum weinst du, Mommy?«

Nicole lächelte sie durch die Tränenschleier hindurch tapfer an … Sie konnte ihr unmöglich die Wahrheit sagen. Eines Tages vielleicht, wenn sie älter war. Aber jetzt, da sie in Michelles blaßblaue Augen sah, vermochte sie darin nichts als kindliche Unschuld zu entdecken. Nein, die durfte sie ihr nicht rauben! Sie wischte sich die Tränen von den Wangen und schloß Michelle erneut in die Arme. »Ich bin nur so froh, dich zu sehen, Liebes«, murmelte sie, obwohl sie selbst schon wußte, wie lahm das klang. Aber was hätte sie sonst sagen können, ohne Michelle in die beängstigende Realität miteinzubeziehen.

»Wo ist Daddy?«

Diese Frage hatte sie die ganze Zeit befürchtet. Sie fuhr sich mit den Fingerkuppen über die Lider, denn schon wieder spürte sie, wie die Tränen hochstiegen. Aber es waren keine Tränen um Bob. Sie galten allein Michelle. Nicole gab sich einen Ruck, und tatsächlich blieben die Augen trocken. Sie hielt Michelle auf Armeslänge von sich. »Daddy mußte weggehen, Liebes«, erklärte sie. »Darum bin ich gekommen, um dich heimzubringen.«

»Wann kommt er zurück?«

»Das weiß ich nicht«, antwortete Nicole leise.

»Aber ich bin froh, daß du da bist, Mommy. Im Flugzeug ist es doch immer so lustig.«

»Ich weiß«, flüsterte Nicole und strich Michelle eine Strähne aus dem Gesicht. »Und ich verspreche dir, daß wir ganz viel Spaß haben, wenn wir zusammnen nach Chicago zurückfliegen.«

»Wann geht es los?« fragte Michelle aufgeregt.

»Bald«, versicherte Nicole ihr und wischte sich mit ihrem längst verschmierten Taschentuch die Wangen ab.

Michelle rümpfte die Nase. »Dein Gesicht ist immer noch schmutzig, Mommy! Du siehst aus wie die Pennerin, die vor der Hintertür von deinem Restaurant rumsitzt. Ich glaube, die wäscht sich nie das Gesicht.«

»Oh, danke, Michelle«, lachte Nicole. »Die ist doch mindestens achtzig. Und du glaubst wirklich, ich sehe aus wie sie?«

»Ganz genauso!« kicherte Michelle.

»Dann gehe ich mich wohl besser waschen.«

Bevor sie aufstehen konnte, hielt Michelle sie an den Händen fest. »Erst einen Eskimokuß, Mommy.«

Ein paar Wochen zuvor hatte Michelle in einer Kindersendung gesehen, wie die Eskimos einander begrüßten, und seitdem verlangte sie mindestens einmal pro Tag einen solchen Eskimokuß. Aber nur ihre Mutter durfte ihn ihr geben. Nicole fiel wieder ein, wie ihre Partnerin, Carole, es auch einmal mit ihr hatte versuchen wollen, sich jedoch ein strenges Kopfschütteln eingehandelt hatte. Und das, obwohl Michelle von allen Erwachsenen in ihrem Umkreis Carole am liebsten hatte. Es war eine Geste der Zuneigung, die allein für ihre Mutter reserviert war. Was für ein Ritual! dachte Nicole und machte sich daran, die Nase gegen die ihrer Tochter zu reiben. Warum bekam sie nicht einen normalen Kuß wie jede andere Mutter? Andererseits war ihr klar, daß Michelle in allem ihr ähnelte, ja, fast meinte sie, in einen Spiegel zu schauen und sich selbst darin so zu sehen, wie sie in Michelles Alter gewesen war. Das war unheimlich, zugleich aber irgendwie wohltuend. Nicht zuletzt daran lag es auch, daß sie nicht nur mit dem Eskimokuß, sondern auch mit den übrigen Schrullen, die Michelle von ihr geerbt hatte, so mühelos umgehen konnte. Auf diese Weise wuchsen sie mit jedem Tag noch enger zusammen ...

Michelle schlang die Arme um Nicoles Hals. »Ich liebe dich, Mommy.«

»Und ich liebe dich auch, Schatz«, flüsterte Nicole und drückte sie fest an sich. »Mehr als du dir vorstellen kannst.« Nur widerwillig löste sie sich von Michelle und stand auf. »Weißt du, wo das Badezimmer ist?«

»Du mußt dir das Wasser aus einer Tonne im Hof holen. In Onkel Gustavos Haus ist es auch nicht anders.«

»Onkel Gustavo?« fragte Nicole überrascht.

Statt einer Antwort deutete Michelle auf die Tür. Nicole drehte sich um und erkannte den Mann, der sie hierher gebracht hatte. Er lächelte sie verlegen an. »Ich dachte, Michelle soll sich bei uns wie zu Hause fühlen. Darum habe ich sie gebeten, mich Onkel Gustavo zu nennen. Hoffentlich habe ich dich damit nicht verletzt.«

»Überhaupt nicht«, versicherte Nicole ihm. »Ich glaube, ich habe mir nie Gedanken darüber gemacht, wie sie dich nennen könnte.«

»Du willst dich waschen, habe ich gehört?« brach er das sich daran anschließende kurze Schweigen. »Die meisten Dörfer in Chalatenango haben kein fließendes Wasser. Es muß jeden Morgen aus einem Brunnen gepumpt oder vom Fluß geholt werden. In der Tonne hinter dem Haus haben wir aber einen ausreichenden Vorrat. An Wasser herrscht hier kein Mangel. Wenn es so warm ist wie zur Zeit mögen es die meisten lieber kalt, aber wenn du willst, kann ich es für dich erhitzen lassen.«

»Kalt ist mir recht«, antwortete Nicole. Sie sah Michelle an. »Möchtest du mitkommen, Liebes?«

»Darf ich auch hierbleiben und den Comic zu Ende sehen?«

»Aber natürlich!« rief Nicole und drückte dem Mädchen einen Kuß auf die Stirn. Normalerweise war Michelle Fremden – vor allem Männern – gegenüber zurückhaltend, aber so, wie sie sich gab, hatte ihr der Aufenthalt bei ›Onkel Gustavo‹ und seiner Familie keineswegs geschadet. Wahrscheinlich hatte Bob sie auch darauf vorbereitet. Und wenn er ihr gesagt hatte, daß sie Freunde seien, dann hatte sie ihm das auch geglaubt. Bob hatte sie ja immer vertraut. Nicole wußte, daß sie für ihn sogar durchs Feuer gegangen wäre, wenn er ihr gesagt hätte, ihr könne nichts dabei passieren. Dann fiel ihr wieder ein, daß sie damals in Afrika ihrem Vater ebensolches Vertrauen entgegengebracht hatte. Der Apfel fiel nicht weit vom Stamm …

Anna wartete noch, bis Nicole im Hinterhof verschwunden war, dann betrat sie schnell das Zimmer. Michelle sah nur flüchtig hoch, wandte sich aber gleich wieder dem Bildschirm zu.

»Bitte sie um das Video«, bedrängte sie Gustavo.

»Sollten wir nicht lieber warten, bis ihre Mutter zurückkommt?«

»Wir haben unseren Teil der Abmachung erfüllt. Jetzt will ich das Video. Frag sie.«

»Trotzdem finde ich …«

»Los schon!« fauchte Chavez.

Gustavo setzte sich neben dem Fernseher auf die Sessellehne. »Michelle, hat dir dein Daddy eine Videokassette gegeben, bevor du zu uns gekommen bist?«

Michelle reagierte nicht.

»Bestimmt hat er das. Möchtest du sie mir geben?«

»Nein.«

»Warum nicht?«

Michelle fummelte nervös an ihrem T-Shirt herum. »Daddy hat mir gesagt, daß ich sie für ihn aufbewahren soll. Er hat mir gesagt, ich darf sie niemand anderem geben.«

»Du kannst sie mir anvertrauen, ich bin ein Freund von deinem Daddy«, meinte Gustavo lächelnd. Doch als er ihr die Hand auf die Schulter legen wollte, wich sie ihm abrupt aus.

»Ich geb' dir die Kassette nicht. Ich geb' sie nur meinem Daddy.«

Chavez verlangte eine Übersetzung, und als sie von Michelles Weigerung erfuhr, stieß sie einen wütenden Fluch aus. »Frag sie noch mal.«

»Das bringt doch nichts«, wandte Gustavo ein. »Warte, bis ihre Mutter kommt. Sie kann es dem Kind sicher besser erklären.«

»Ich will die Kassette jetzt!« knurrte Chavez.

Michelle beäugte die Fremde ängstlich, stand plötzlich auf und lief zur Tür. Offenbar wollte sie zu ihrer Mutter, bei der sie sich in Sicherheit fühlte. Doch Chavez hielt sie am Arm fest und drehte sie zu Gustavo um. »Frag sie noch mal.«

»Sei doch so lieb und gib mir die Kassette«, bat Gustavo erneut.

»Nein!« erwiderte das Mädchen trotzig und wehrte sich wütend gegen Chavez' Klammergriff. »Laß mich los!« schrie sie in panischer Angst.

Chavez hörte hastige Schritte hinter sich. Sie hatte sich noch nicht ganz umgedreht, als Nicole sie packte und gegen die Wand schleuderte. Vor Wut zitternd richtete sie den Zeigefinger auf ihr Gesicht und sagte mit bedrohlich leiser Stimme: »Wenn du mein Mädchen noch einmal anfaßt, reiße ich dir mit bloßen Händen das Herz aus dem Leib.« Erneut stieß sie sie mit voller Wucht gegen die Wand. »Habe ich mich deutlich genug ausgedrückt, *Compita*?«

Auch wenn Chavez kein Wort davon verstanden hatte, so bedurften Nicoles Ton und das Funkeln ihrer Augen keiner Übersetzung Nicole schob die Frau beiseite, kauerte sich vor ihre tränenüberströmte Tochter und drückte sie an sich. Zärtlich streichelte sie ihr übers Haar und tröstete sie, bis sie zu schluchzen aufhörte.

Schließlich löste sich Michelle von ihrer Mutter und wischte sich selbst die Tränen aus den Augen. »Ich hab' Daddy versprechen müssen, die Kassette für ihn aufzuheben, bis er wieder da ist. Er hat mir gesagt, daß ich sie keinem Menschen geben darf und daß er ganz böse wird, wenn ich ihm nicht gehorche. Und ich will doch nicht, daß Daddy mir böse ist, Mommy.«

Mit einem Schlag war Chavez vergessen, und Nicoles ganzer Zorn richtete sich auf Kinnard. Dieses gefühllose Schwein! Das war wieder typisch für ihn. Wirklich interessiert war er nur an irgendwelchen dämlichen Stories, mit denen er seinen Chefs imponieren konnte; was galt da schon ein kleines Mädchen, das ihn liebte?

»Bist du mir jetzt böse, Mommy?« fragte Michelle ängstlich, als sie Nicoles zornige Miene bemerkte.

»Dir doch nicht, Liebes«, versicherte ihr ihre Mutter.

»Es tut mir wirklich leid, wenn Anna Michelle Angst eingejagt hat«, entschuldigte sich Gustavo. »Sie hat es nicht so gemeint.«

»Warum fällt es mir nur so schwer, das zu glauben?« entgegnete Nicole bitter.

»Gib uns einfach die Kassette«, brummte Gustavo kurz angebunden.

»Mich wundert nur, daß ihr Michelle nicht schon längst gezwungen habt, sie euch auszuhändigen.«

»Ich habe selbst erst vorhin von ihrer Existenz erfahren. Aber selbst wenn ich es gewußt hätte, wäre es mir nie eingefallen, Michelle unter Druck zu setzen. Das ist nicht unsere Art. Wir haben mit Kinnard eine Vereinbarung getroffen, und wir sind stolz darauf, daß wir nie unser Wort brechen. Deshalb haben wir dich zu deiner Tochter geführt. Von dir würden wir jetzt aber auch Hilfe erwarten.«

Nicole setzte sich auf den nächsten Stuhl und nahm Michelles Hand. »Liebling, wo ist die Kassette, die Daddy dir gegeben hat?«

»Ich habe Daddy versprechen müssen, sie keinem Menschen zu geben.«

»Nicht einmal mir?«

Michelle sah zu ihren Füßen hinunter. »Wahrscheinlich ...« Sie verstummte mit einem hilflosen Achselzucken.

»Wahrscheinlich?« half ihr Nicole lächelnd nach. »Hör zu, Liebes, Daddy hat das Video diesem Mann – Onkel Gustavo – versprochen. Er wollte es ihm gleich bei seiner Rückkehr geben. Aber dann ist ihm etwas dazwischengekommen. Deswegen bin ja jetzt ich bei dir.«

»Und Daddy ist mir bestimmt nicht böse?« fragte das Mädchen ängstlich.

»Ganz bestimmt nicht.«

»Schwörst du es mir bei deinem Leben?«

»Bei meinem Leben«, gelobte Nicole feierlich und fuhr sich mit den Fingern über die Kehle. Das war eines von Michelles makabren kleinen Ritualen, das sie in irgendeiner geschmacklosen Fernsehsendung gesehen hatte. Unvermittelt grinste sie ihre Tochter an. »Weißt du was, ich schlage dir ein Tauschgeschäft vor. Ich gebe dir etwas, wovon ich weiß, daß du es unbedingt haben willst.«

»Was ist es denn, Mommy?« rief Michelle aufgeregt. »Sag doch, was ist es?«

Nicole stand auf. »Ich zeig' es dir. Ich habe es in meiner Reisetasche.«

Michelle zerrte ungeduldig an ihrer Hand. »Und wo ist sie?«

Nicole wandte sich an Gustavo. »Ist sie noch im Laster?«

»Anna hat sie ins Haus bringen lassen. Sie steht im Flur.«

Nachdem Nicole ihre Reisetasche gefunden hatte, ließ sie sich von Michelle in ein Zimmer am Ende des Korridors führen. Dort standen unter dem Fenster ein rosa Köfferchen und eine Tasche, die genauso aussah wie die ihrer Mutter, nur entsprechend kleiner war. Nicole hatte beide zusammen gekauft. Beim Köfferchen, inzwischen vom vielen Ge- und Mißbrauch abgewetzt und zerkratzt, handelte es sich um ein Geburtstagsgeschenk von Bobs Eltern. Michelle öffnete es mit einem Schlüssel, den sie um ihren Hals hängen hatte. Tatsächlich lag eine VHS-Kassette darin. Michelle reichte sie ihrer Mutter und schielte verstohlen grinsend zur größeren Reisetasche hinüber, die Nicole auf das Bett gelegt hatte. Mit einer theatralischen Armbewegung steigerte Nicole die Spannung, bevor sie Kermit herauszog und ihn ihrer Tochter gab. Vor Entzücken quietschend drückte Michelle das Stofftier an die Brust.

»Mich hat gewundert, daß du ihn zurückgelassen hast«, sagte Nicole.

Michelle streichelte Kermit zärtlich. »Ich dachte, ich hätte in eingepackt. Danke, daß du ihn mitgebracht hast, Mommy.«

Lächelnd folgte Nicole ihrer Tochter auf den Flur. Sie wollte gerade wieder ins Wohnzimmer treten, als ein lauter Wortwechsel an ihre Ohren drang. Vor dem Haus standen Chavez und Gustavo und diskutierten aufgeregt mit einem jungen Burschen. An dem neu Hinzugekommenen fielen ihr seine olivgrüne Tarnhose und ein rotes Stirnband auf. Chavez schrie auf ihn ein und deutete wütend auf den nahe gelegenen Wald. Als Gustavo versuchte, sie zu beruhigen, schüttelte sie seine Hand ab. Nicole forderte Michelle auf, allein ins Wohnzimmer zu gehen und näherte sich zögernd der Vordertür. Der junge Bursche verstummte abrupt, als er sie kommen sah. Nun bemerkte auch Gustavo Nicole und eilte zu ihr hinüber.

»Was ist los?« fragte sie besorgt.

»Es hat ›Probleme‹ im Dorf gegeben.«

»Die Schüsse?« fragte Nicole.

»Hast du sie gehört?«

»Sie waren ja kaum zu überhören. Was ist geschehen?«

»Im Moment wissen wir nur das, was wir ihren Funksprüchen entnehmen konnten. Wir hören ihren Funkverkehr hier in der Gegend immer ab. Laut einer Meldung ist ein Teil von Dennisons Leuten im Dorf angegriffen worden. Wir wissen, daß Guillermo Ruiz während des Gefechts gefangengenommen wurde. Jetzt bringt man ihn nach San Salvador.«

»Und Rich?« fragte Nicole besorgt. »Gibt es von ihm Nachrichten?«

»Der Amerikaner? Marlette?«

»Ja, ist er davongekommen?«

»Von ihm war in den Meldungen keine Rede. Demnach ist anzunehmen, daß er ihnen nicht in die Hände gefallen ist. Aber es ist nicht auszuschließen, daß er getötet wurde. Noch wissen wir die genaue Anzahl der Toten nicht, aber in den Meldungen heißt es, unter den Opfern seien auch einige Dorfbewohner. Aber das war unvermeidlich. Die jungen Männer, die sich in den Bergen versteckt halten, kämpfen mit modernen Waffen. Im Dorf dagegen gab es nur eine Handvoll alter Karabiner. Was kann man schon mit so was gegen Maschinenpistolen ausrichten?«

»O Gott, deine Frau ist noch dort!« rief Nicole entsetzt.

»Und mein Junge, Juan.« Gustavo starrte zu den Bäumen am Dorfrand. »Ich mache mir Sorgen um sie. Juan ist erst zehn, aber schrecklich dickköpfig. Wie sein Vater.«

»Ihnen ist bestimmt nichts passiert«, versuchte Nicole ihn zu beruhigen. Wie hohl diese Worte klangen, hielt sie sich im selben Atemzug vor.

»Ich muß mich um meine Familie kümmern, aber Anna versteht das nicht.« Mit einem traurigen Lächeln drehte sich Gustavo zu Chavez um, die noch immer hitzig mit dem jungen Mann diskutierte. »Sie glaubt seit jeher, daß die Organisation vor allem anderen kommt. Aber sie hat ja auch leicht reden – sie hat keine Familie. Und jetzt will sie, daß ich und ein paar andere Genossen sie nach San Salvador begleiten und versuchen, Guillermo zu befreien. Aber da mache ich nicht mit. Nicht, solange ich nicht weiß, wie es meiner Familie geht.«

»Würde das Militär dich nicht verhaften, wenn du jetzt zurückgingst?«

»Das muß ich riskieren. Aber das kannst du sicher gut verstehen. Du hast ja auch keine Gefahr gescheut, um deine Tochter zurückzubekommen.«

»Doch, das verstehe ich sehr gut. Wann brichst du auf?«

»So bald wie möglich. Ich warte nur noch auf eine Fahrgelegenheit. Und wenn ich dort bin, werde ich mich auch nach Marlette erkundigen. Aber ihm ist bestimmt nichts zugestoßen. Gegen ihn läuft doch in ganz El Salvador eine Großfahndung. Wäre er unter den Opfern gewesen, hätten sie das sofort hinausposaunt. Die Armee rühmt sich doch immer so gern ihrer Erfolge, was vielleicht auch daran liegt, daß sie so wenige hat.«

»Dann viel Glück«, sagte Nicole und reichte ihm die Hand.

Er drückte sie fest. »Dir auch.«

»Ich weiß, daß ich euch nie vergelten kann, was du und deine Frau in den letzten Tagen für Michelle getan habt, aber eins kann ich dir versprechen: Ich werde es nie vergessen. Danke.«

»Eigentlich sind wir Michelle gar nicht richtig nahe gekommen, aber sie wird immer einen Platz in unserem Herzen haben. Sie ist eine richtige Draufgängerin ... Ist das der richtige Ausdruck?«

»Und ob sie eine Draufgängerin ist«, lächelte Nicole.

Ein Wagen näherte sich. Es war der klapprige Laster, mit dem Nicole gekommen war. »Das ist meine Fahrgelegenheit«, erklärte Gustavo und winkte dem Fahrer zu.

Er wollte schon einsteigen, als Chavez ihn zurückhielt. Was sie ihm sagte, konnte Nicole nicht verstehen, aber das wütende Aufblitzen in Gustavos Augen verriet ihr alles. Immer noch erregt kletterte Gustavo auf den Beifahrersitz und knallte die Tür zu. Dann fuhr der Laster auch schon los. Chavez blieb nichts anderes übrig, als ihm nachzusehen, bis er in der Ferne verschwunden war.

»Es wird immer Dinge geben, die wichtiger sind als eure Sache, egal wie fest ihr daran glaubt«, sagte Nicole, an Chavez gewandt, obwohl sie wußte, daß sie kein Wort verstehen würde. »Um deinetwillen hoffe ich, daß du das eines Tages begreifen wirst.«

Einen Moment lang glaubte Nicole, so etwas wie Verständnis in Chavez' Augen aufflackern zu sehen. Sie hatte den Eindruck, Chavez habe zumindest den Ton, die Gefühle begriffen. Aber nein, sie hatte sich wohl getäuscht ... Oder? Sie konnte es nicht mehr beurteilen. Der Augenblick war schon wieder vorbei, und Chavez entfernte sich. Nicole starrte ihr lange nach und kehrte schließlich achselzuckend ins Haus zurück.

Auf der gerippten Ladefläche eines Landrovers kam Ruiz wieder zu sich. Er hatte keine Ahnung, wie er dort gelandet war. Seine letzte Erinnerung war, daß er versucht hatte, Dennisons Söldner daran zu hindern, Gustavos Jungen zu erschießen, und daß er dann plötzlich einen Schlag auf den Hinterkopf erhalten hatte. Was war seitdem geschehen? Was hatten sie mit dem Jungen gemacht? Mit den Dorfbewohnern? Mit Marlette? So viele Fragen und keine Antwort. Der Landrover raste über ein Schlagloch, und Ruiz stöhnte vor Schmerzen auf, als sein Kopf gegen den Boden prallte. Mühsam versuchte er sich aufzusetzen, mußte aber feststellen, daß man seine Füße an eine der Rungen gekettet und seine Hände über dem Bauch mit Handschellen gefesselt hatte.

»Sieht so aus, als wäre da jemand aufgewacht«, hörte er eine hämische Stimme über sich und zuckte zusammen, als ihm eine Stiefelspitze in die Rippen gerammt wurde. Er wälzte sich wieder auf den Rücken und konnte sehen, daß die Ladefläche mit einer Plane verdeckt war und nur ein Schlitz einen schmalen Ausblick bot. Von seiner Position aus erkannte er die hinter ihnen liegenden Berge mit ihren zerklüfteten Abhängen. Demnach waren sie noch immer in Chalatenango. Es war die einzige Region von ganz El Salvador mit einem so atemberaubenden Panorama.

»Jetzt können dich deine *Compañeros* nicht mehr retten«, höhnte die Stimme von vorhin, und erneut bekam er einen schmerzhaften Tritt in die Rippen.

»Jayson hat gesagt, man darf ihm nichts ansehen!« zischte ein anderer. »Laß ihn in Ruhe.«

Ruiz beobachtete seine zwei Wächter. Sie saßen links und recht von ihm auf Holzbänken, die, wie er aus eigener Erfahrung wußte, äußerst hart und unbequem waren. Beide hatten G-3-Gewehre auf dem Schoß liegen. Derjenige, der ihn getreten hatte – ein gedrungener Typ mit Bartstoppeln und fettigem langem Haar – stierte ihn böse an. Der andere, auch er unrasiert, aber jünger, betrachtete seine abgewetzten Stiefel, während sein Oberkörper im Rhythmus des sich die enge Paßstraße hinauf mühenden Autos schaukelte.

»Kann ich eine Zigarette haben?« fragte Ruiz und rutschte

so lange herum, bis er den Kopf an der Fahrerlehne abstützen konnte.

»Nichtraucher«, brummte der Jüngere, ohne aufzusehen.

Sein Kollege maß Ruiz mit einem kalten Blick, während er sich genüßlich eine Zigarette anzündete und die Schachtel bedächtig wieder einsteckte. Dann blies er den Rauch mit voller Absicht in Ruiz' Richtung spuckte ihm unvermittelt mit einem entzückten Kichern genau vor die Füße.

Ruiz wandte die Augen nicht einen Moment ab. »Du freust dich über kleine Dinge«, stellte er fest. »Das liegt bei euch wohl in der Familie. Zumindest muß sich deine Frau auch über kleine Dinge freuen können, wenn sie sich von dir bumsen läßt.«

Der jüngere Mann fiel seinem Kollegen gerade noch in den Arm, bevor er sich auf Ruiz stürzen konnte. »Vergiß es!« fauchte er, mußte ihn aber weiter mit aller Kraft festhalten.

Lachend drehte sich der Fahrer zu ihnen um. »Hey, Rodriguez! Wenn du keinen hochbringst, dann sag deiner Frau doch, daß sie jederzeit zu mir kommen kann. Ich enttäusche sie garantiert nicht.«

»Halt's Maul und fahr lieber!« Rodriguez riß sich vom Griff des anderen los und ließ sich gegen die Runge in seinem Rücken sinken. Er funkelte Ruiz böse an. »Wenn du die Klappe noch mal aufreißt, trete ich dir mit dem Stiefel die Nase ein.«

»Was würde Jayson dazu sagen?« zog ihn sein Genosse auf.

»Scheiß auf Jayson.«

»Und Dennison?«

Rodriguez rutschte unbehaglich auf der Holzbank herum und gab keine Antwort. Ruiz konnte sich nicht genug über die schreckliche Angst von Dennisons Leuten vor ihrem Arbeitgeber wundern. Männer, die doppelt so kräftig wie er waren, fingen regelrecht zu zittern an, sobald sein Name fiel. Andererseits hatte er Gerüchte gehört, wonach in den letzten Jahren einige aufsässige Angestellte spurlos verschwunden waren. Auch wenn es sich dabei vielleicht nur um haltlose Behauptungen handelte, so hatten sie ihre Wirkung offenbar nicht verfehlt. Doch obwohl Dennison ein

Schreckensregiment führte, standen Tausende von Bewerbern auf der Warteliste seiner Firma, die meisten davon ehemalige Soldaten. Sie reizte mit Sicherheit das Prestige, das dieser Job mit sich brachte. Das zweite Lockmittel war der Lohn. Dennison galt als Arbeitgeber, der gut zahlte, dafür aber unbedingte Treue, absolute Ergebenheit und größten Respekt forderte. Alle drei hatte er bislang von jedem bekommen.

Der Fahrer warf eine Zigarettenschachtel über die Schulter. Sie blieb in Ruiz' Nähe liegen. »Du freust dich über kleine Dinge«, schmunzelte er. »Das ist lustig, Ruiz, wirklich lustig. Nimm dir eine. Du hast sie dir verdient.«

Trotz seiner Fesseln schaffte Ruiz es tatsächlich, sich eine Zigarette zwischen die Lippen zu klemmen. »Ich brauche Feuer«, sagte er.

»Gib ihm Feuer«, brummte der jüngere Söldner.

Fluchend zog Rodriguez ein Feuerzeug aus der Tasche und zündete Ruiz die Zigarette an. Der Guerillaführer machte einen tiefen Zug, dann reckte er den Hals, um durch den Schlitz ins Freie zu sehen. Sie fuhren noch immer die enge Serpentinenstraße hinauf. Auf den Abschnitten unter ihnen entdeckte er vier weitere Landrover. Bei zweien davon war das Verdeck zurückgeschlagen, und er sah die Richtschützen, die mit schweißglänzenden Gesichtern hinter ihren in der Sonne glitzernden Maschinengewehren kauerten und unablässig nach Anzeichen eines Hinterhalts Ausschau hielten. Unmittelbar vor der nächsten Kurve glaubte Ruiz einen gepanzerten Wagen auszumachen, war sich aber nicht sicher, ob er das Ende des Konvois bildete.

Er ließ den Kopf wieder zurücksinken, und während er den Rauch inhalierte, dachte er über seine eigene Lage nach. Sie war alles andere als gut. Hatte der Militärrat noch immer die Absicht, ihm morgen die Ermordung des Präsidenten anzuhängen? Im Hinblick auf Jaysons strikte Anweisung, ihm keine äußeren Verletzungen beizubringen, sah es ganz danach aus. Und der Engländer konnte nur in Dennisons Auftrag handeln. Andererseits hatte sich die Nachricht von seiner ›wundersamen Auferstehung‹ bestimmt wie ein Lauffeuer verbreitet und würde morgen überall in den Schlagzeilen stehen. Das bedeutete, daß der Militärrat seine Strategie neu überdenken mußte. Zumindest würde man seine Gefangennahme bekanntgeben, und das konnte ihm nur nützen. Doch je mehr er es bedachte, desto mehr Zweifel beschlichen ihn. Er war dem Militärrat zu wichtig, als daß man ihn so leicht den Behörden übergeben könnte. Vorausgesetzt, sie hatten das überhaupt vor. Wer sagte ihm denn, daß sie sich nicht schon für Fälle wie diesen gewappnet hatten? Er jedenfalls hätte an Vaqueros Stelle einen Alternativplan ausgearbeitet. Dennison konnte zum Beispiel behaupten, dem Gefangenen sei bei einem Überfall von Guerilleros auf den Konvoi die Flucht gelungen. Es würde plausibel klingen, und niemand würde es überprüfen. Und keine Chance, zu entkommen. Diesmal konnte ihn kein Marlette rausholen.

Mit einem Schlag war ihm klar, daß er sterben würde. Doch merkwürdigerweise hatte er keine Angst davor. War das am Ende so etwas wie ausgleichende Gerechtigkeit, weil er so viele Menschen so lange mit der Nachricht von seinem Tod genarrt hatte? Wie auch immer, er hatte nichts mehr zu verlieren. Das war ein gewaltiger Vorteil, und er wollte ihn nutzen ...

Er klopfte die Asche ab, spähte noch einmal durch die Ritze hinaus und sah, daß es hinter ihnen steil in den Abgrund ging. Wie viele abgestürzte Militärfahrzeuge hier in den Schluchten vor sich hinrosten mochten? In diesem Moment nahm sein Plan Gestalt an. Er war riskant, aber was blieb ihm anderes übrig? Er zog noch einmal heftig an seiner Zigarette. »Wie groß ist der Konvoi?« fragte er unvermittelt den jüngeren Wärter.

»Groß genug.«

»Groß genug wofür?«

»Wir haben dir schon mal gesagt, daß du das Maul halten sollst«, knurrte Rodriguez.

»Groß genug, um deine Genossen von Befreiungsversuchen abzuhalten«, grinste der Fahrer.

»Wo ist Dennison? Ich sehe seinen Mercedes nicht.«

»Er fährt mit Jayson an der Spitze«, erklärte der Fahrer.

»Warum verrätst du ihm nicht gleich alles?« fauchte ihn Rodriguez an.

»Was kann das schon schaden? Er kann ja nichts mit der Information anfangen.«

»Es sei denn, ich übermittle sie meinen Genossen per Telepathie«, spottete Ruiz.

Unwillkürlich sah der Fahrer zur bedrohlichen, dunklen Formation eines Felsens hinauf. »Wir sind hier ohne jeden Schutz!« stöhnte er. »Die brauchen ja bloß ein paar Felsbrocken loszutreten – damit lösen sie eine Steinlawine aus, und die reißt uns runter!«

Ruiz freute sich über ihr Unbehagen, doch er wußte, daß es keinen Hinterhalt geben würde. Nicht bei Tageslicht und schon gar nicht auf einen so schwer bewaffneten Konvoi von mindestens zwölf Militärfahrzeugen. Dennison hatte ganz offenbar seine Hausaufgaben gemacht und für Begleitschutz auf den gefährlichen Paßstraßen von Chalatenango gesorgt. Außerdem war Ruiz schon aufgefallen, daß auch noch andere Landrover hinter ihnen mit geschlossenem Verdeck fuhren. Sollten tatsächlich *Compañeros* den Konvoi von oben beobachten, könnten sie unmöglich erkennen, in welchem Fahrzeug er sich befand. So unwahrscheinlich ein Überfall auch war, Dennison war kein Risiko eingegangen.

Doch einen entscheidenden Faktor hatte der Amerikaner übersehen – die Möglichkeit eines Kamikaze-Attentats aus dem Innern des Konvois heraus. Hätte er sie bedacht, läge Ruiz noch immer bewußtlos auf dem Boden und könnte seinen Freitod nicht planen. Die bloße Vorstellung war ihm unheimlich, aber irgendwie bereitete es ihm enorme Genugtuung, daß Dennison eine Menge unangenehmer Fragen zu beantworten haben würde, wenn er dem Militärrat das Scheitern seiner Mission meldete. Er wünschte sich, er könnte zugegen sein und sehen, wie sein Feind sich zu rechtfertigen versuchte. Aber zuallererst mußte sein Plan gelingen ...

»Ich muß aufs Klo« erklärte er.

»Vergiß es«, brummte Rodriguez zwischen zwei Zügen an seiner Zigarette.

»Dann pisse ich eben auf den Boden«, meinte Ruiz achselzuckend. »Mir ist das egal.«

»Versuch's nur. Aber du weißt jetzt schon, wo mein Stiefel dann landet.«

»Denk dran – keine äußeren Verletzungen, sonst grillt Dennison deine Eier«, erinnerte ihn Ruiz.

Rodriguez sog die Luft wütend zwischen den Zähnen ein, sagte aber nichts mehr.

»Bilde dir bloß nicht ein, der Konvoi würde anhalten, nur damit du pissen kannst!« rief ihm der Fahrer über die Schulter hinweg zu.

»Ich kenne mich doch aus: Ihr habt einen Plastikkanister unter dem Beifahrersitz, weil ihr feigen Scheißer euch aus Angst vor Überfällen nie am Straßenrand erleichtern würdet.« Ruiz sah, wie seine Bewacher einander verblüfft anstarrten. »Ich hatte schon mal das Vergnügen, in so einer Kiste mitzufahren und habe eure Kumpane auf so einem Nachttopf gesehen. Kriege ich den Kanister, oder muß ich auf den Boden pissen?«

»Gib ihm das Scheißding«, brummte Rodriguez und richtete den Finger drohend auf Ruiz: »Eine falsche Bewegung und ...«

»Klar, mit gefesselten Armen und Füßen«, entgegnete Ruiz ironisch. »Ich bin doch kein Harry Houdini.«

Rodriguez runzelte die Stirn. Dieser Name sagte ihm nichts. Er packte sein Gewehr am Lauf, um gegebenenfalls mit dem Kolben zuzuschlagen. Unterdessen ließ sich sein Kollege vom Fahrer den Kanister geben.

»Darf ich aufstehen?« fragte Ruiz.

Tatsächlich löste Rodriguez den Knoten um die Runge, an die Ruiz' Füße gefesselt waren, und nickte seinem Gefangenen zu. Der rappelte sich mühsam auf, mußte sich aber wegen der niedrigen Abdeckung bücken. Er stand jetzt direkt hinter dem Fahrer. Das war seine Chance. Während er die Hose öffnete, flackerte sein Blick zur Fahrerkabine. Er traute sich zu, das Lenkrad von hier aus zu erreichen. Aber vorher mußte er den Fahrer ablenken, und er wußte auch schon wie. Er nahm die Zigarette mit den gefesselten Händen aus dem Mund, packte sie so fest er konnte mit zwei Fingern und rammte dem Mann die glühende Spitze ins Genick. Der heulte auf vor Schmerzen und griff instinktiv nach der brennenden Stelle. Daß er nur noch mit einer Hand lenkte, war ihm in diesem Moment nicht bewußt. Das nutzte Ruiz aus. Er traf ihn mit dem Ellbogen über dem Ohr, der Fahrer flog zur Seite, und dieser kurze Augenblick genügte Ruiz. Er hechtete über die Lehne und verriß das Lenkrad, so daß der Rover geradeaus auf die hölzerne Leitplanke zuschoß. Ein Gewehrkolben traf ihn schmerzhaft am Rücken, gleich darauf schloß sich ein Unterarm um seine Kehle, doch er klammerte sich weiter an das Lenkrad. Der Fahrer, der von dem Schlag gegen die Schläfe noch benommen war, trat in letzter Verzweiflung das Bremspedal durch, doch da durchbrach der Landrover bereits die Absperrung und stürzte den Abhang hinunter.

Als er im Rückspiegel sah, daß der Landrover hinter ihm außer Kontrolle geriet, trat Dennisons Fahrer sofort auf die Bremse. In stummem Entsetzen mußten Dennison und Jayson mit ansehen, wie das Fahrzeug von der Straße abkam und in die Tiefe krachte. Dennison riß die Tür auf, sprang aus dem Mercedes und jagte zur Unfallstelle. Gefährlich nahe am Abgrund postiert, spähte er eine senkrechte Felswand hinunter. Über fünfhundert Meter unter ihm schlängelte sich ein schmaler Fluß durch ein malerisches Tal. Von seinem Ufer, an dem der Landrover zerquetscht auf dem Dach liegen geblieben war, wirbelte eine dichte Rauchwolke in die Höhe.

»*Patrón,* hier draußen ist es zu gefährlich!« mahnte ihn eine besorgte Stimme. »In diesen Bergen wimmelt es von Terroristen. Sie müssen in Ihr Auto zurück.«

Dennison wandte sich langsam zu dem Mann um, einem früheren Offizier der Nationalgarde, der jetzt einer seiner zuverlässigsten Leutnants war, doch seine Augen nahmen ihn nicht wahr. »Er wußte es«, murmelte er tonlos vor sich hin. »Der Scheißkerl wußte genau, daß er erledigt war. Darum hat er das getan.«

»*Patrón?*« fragte der andere, der kein Englisch verstand.

Und als er immer noch keine Reaktion erhielt, zupfte er ihn vorsichtig am Ärmel.

Das genügte, um Dennison aus seinem tranceartigen Zustand zurückzuholen. »Du schickst auf der Stelle ein Kommando runter. Wir müssen wissen, ob Ruiz tatsächlich tot ist.«

»Kein Mensch kann einen solchen Absturz überleben«, sagte der Mann.

»Wir können uns keine Ungewißheit leisten. Ruiz hat schon einmal dem Tod ein Schnippchen geschlagen. Finde ihn, egal ob tot oder lebendig, und bring ihn in mein Gästehaus in San Benito. Und niemand darf davon erfahren, solange die zuständigen Behörden nicht benachrichtigt worden sind. Alle müssen bis zu gegenteiligen Anweisungen strenges Schweigen einhalten. Wer sich meinem Befehl widersetzt, dem schneide ich persönlich die Zunge heraus und verfütterte sie an meine Hunde. Habe ich mich klar ausgedrückt?«

*»Si, Patrón.«* Der Mann schluckte nervös, raffte aber all seinen Mut für einen Einwand zusammen: *»Patrón,* das ist Rebellengebiet. Wir geben für ihre Heckenschützen eine Zielscheibe ab, wenn wir da runtersteigen.«

»Dann nimmst du eben mehr Leute mit«, schleuderte ihm Dennison voller Verachtung entgegen. »Auf dem Firmenflughafen in San Salvador stehen drei Hubschrauber bereit. Fordere sie als zusätzliche Verstärkung an. Dafür sind sie schließlich da. Die anderen Leichen sind mir egal. Ich will nur Ruiz, denn wenn wir eins nicht brauchen können, dann einen toten Märtyrer. Aber den hätten wir, wenn die Terroristen die Leiche fänden, bevor die Behörden über die weitere Vorgehensweise entscheiden können.«

»Ich kümmere mich darum, *Patrón.«*

»Und vergiß nicht: Du führst das Kommando über diese Operation. Das heißt, dir stehen sämtliche Mittel der Firma zur freien Verfügung. Wenn das jemandem nicht paßt, sag ihm, er soll sich bei mir melden.«

*»Gracias, Patrón!«*

Bevor der Mann sich umdrehen konnte, packte Dennison

ihn am Arm. »Aber wenn du mich enttäuschst, verfüttere ich nicht nur deine Zunge an die Hunde.«

Plötzlich ratterte von einem der Wagen mit offenem Verdeck ein Zwanzigmillimetergeschütz los. Dennison winkte ärgerlich ab, als sein Leutnant ihn bat, in den sicheren Mercedes zurückzukehren, und starrte statt dessen in die Richtung, in die das Rohr zeigte. Er sah, wie die Geschosse ein Loch in ein Dickicht auf dem gegenüberliegenden Berg rissen. Abrupt wurde das Feuer wieder eingestellt, und der Richtschütze grinste seinen Kollegen triumphierend an. Mit einem Mal gefroren seine Züge jedoch, als er merkte, daß Dennison ihn beobachtete.

»Und?« rief der Amerikaner.

»Ein Heckenschütze, *Patrón*«, antwortete der Mann nervös.

»Hast du ihn erwischt?«

*»Si, Patrón.«*

Dennison reckte zufrieden den Daumen in die Höhe und stapfte zu seinem Mercedes zurück. Kaum saß er wieder neben Jayson, wurde die Tür zugeschlagen.

»Was soll das Ganze überhaupt?« fragte der Engländer. »Sie glauben doch nicht im Ernst, daß Ruiz das überstanden hat, oder?«

»Er hat meinen Hinterhalt letztes Jahr überlebt. Ich will nur genau wissen, daß er diesmal wirklich tot ist.«

»Und was wollen Sie Vaquero sagen? Er zerreißt uns in der Luft, wenn er das erfährt. Jetzt haben wir weder das Video noch Ruiz. Wir können einpacken!«

»Erstens sagen wir Vaquero nicht, was heute nachmittag passiert ist. Warum, meinst du, habe ich meinen Leuten Schweigen befohlen? Damit gewinne ich Zeit.«

»Wozu? Früher oder später wird der Militärrat es erfahren. Da ist es doch das Beste, wir machen gleich bei unserer Rückkehr reinen Tisch. Sie werden schon verstehen, daß das nicht unsere Schuld war. Ruiz muß dem Fahrer ...«

»Ruiz war unser Gefangener«, fiel ihm Dennison wütend ins Wort. »Und die Herrschaften sind ohnehin sauer auf uns. Erst gestern mußten wir dem Militärrat wegen der Panne im Waisenhaus Rede und Antwort stehen. Da ist uns Marlette durch die Lappen gegangen. Und jetzt haben wir Ruiz verloren. Glaubst du wirklich, Vaquero nimmt uns unsere Ausreden noch ab? Wir müssen etwas vorweisen können, bevor wir es ihm sagen. Schaff das Video und einen anderen Strohmann für das Attentat herbei, dann haben wir sofort viel bessere Karten und können ihm die Nachricht von Ruiz' Tod vorsichtig beibringen – vorausgesetzt, der Kerl ist wirklich tot.«

»Ich nehme an, daß Ihnen schon ein bestimmter Strohmann vorschwebt?«

»Wer dürfte jetzt denn am ehesten Kinnards Video in Händen haben?« fragte Dennison und zündete sich eine Cheroot an.

»Marlette«, antwortete Jayson nach kurzem Überlegen.

»Spür Marlette auf, dann haben wir das Video und unseren Strohmann«, sagte Dennison und gab den Befehl zur Weiterfahrt nach San Salvador.

# 11

»Marlette!«

»Ist Rich da?« fragte Nicole aufgeregt.

Chavez deutete zum Fenster. »Marlette. *Exterior.*«

»Danke«, sagte Nicole. Sie hoffte inständig, richtig verstanden zu haben. *»Gracias.«*

*»De nada.«*

»Was ist, Mommy?« fragte Michelle.

»Erinnerst du dich noch, daß ich dir von einem Freund erzählt habe, der spanisch spricht und mir helfen wollte? Ich glaube, er ist soeben gekommen. Ich gehe mal besser nachsehen.«

»Darf ich mitkommen?«

»Nein, Liebes, ich möchte, daß du hierbleibst.« Abrupt verschwand Michelles Grinsen. Als Nicole ihr die Enttäuschung ansah, fügte sie in sanftem Ton hinzu: »Ich muß was mit ihm besprechen. Okay?«

»Ist das Erwachsenengerede?« wollte Michelle wissen. Damit meinte sie die vielen Gespräche zwischen Nicole und Bob, bei denen sie nie hatte dabeisein dürfen. Es waren ohnehin meistens heftige Streitereien gewesen, unter denen das Mädchen nur gelitten hätte.

»Richtig, Erwachsenengerede. Aber ich bringe ihn rein, sobald wir fertig sind. Ehrenwort.«

»Schwöre es mir.«

»Bei meinem Leben.« Zur Bekräftigung des Gelöbnisses fuhr sich Nicole mit den Fingern über die Kehle, dann eilte sie auf die Veranda hinaus. Einen Moment lang verschlug es ihr die Sprache, als sie Marlette neben einem schweißbedeckten Pferd sah, daß mit den Vorderhufen in der trockenen Erde scharrte. Daneben stand Chavez und redete auf einen Jugendlichen ein, der ein zweites Pferd festhielt. Marlette hörte stumm zu. Nicole bemerkte er erst, als sie von der Veranda herunterkam.

Beim Anblick des verkrusteten Bluts an seinem Hals schnitt sie vor Schreck eine Grimasse.

»Hi«, begrüßte er sie. »Geht's dir gut?«

»Besser als dir, so wie du aussiehst.« Sie gab sich reserviert, führte aber in Wahrheit einen inneren Kampf. Ein Teil ihrer selbst wollte sich ihm aus Freude und Erleichterung in die Arme werfen, der andere dagegen hatte seine Worte über Michelle noch immer nicht vergessen. Nur nichts überstürzen, hielt sie sich vor. Nichts und niemand ist es wert, daß ich ihm meine besondere Beziehung mit Michelle opfere.

»Das ist immer noch die Verwundung, die ich im Waisenhaus erlitten habe«, sagte er. »Sie ist bei dem Durcheinander aufgeplatzt. Hast du die Schüsse gehört?« Keine Antwort. »Ist ja auch nur eine oberflächliche Schnittwunde. Du hast mich schon mit viel schlimmeren Verletzungen gesehen. Rippenbrüchen, Schußwunden ... Menschenskind, im Vergleich dazu ist das hier nichts.«

»Genau, es ist gar nichts!« fauchte sie ihn an. »Wo ist Ruiz?«

»Das ist eine lange Geschichte; ich erzähle sie dir später. Wie geht es Michelle?«

»Prima. Sie scheint zu glauben, daß das ein aufregender Urlaub ist.« Für einen Moment wurde Nicole sanfter. Mit einem Lächeln blickte sie zum Haus. »Und ich bin froh, daß ich auf dieses Spiel eingehen kann. Je weniger sie von den schrecklichen Ereignissen mitkriegt, desto besser für sie. Ich werde alles tun, um sie vor der Wahrheit zu schützen, Rich. Alles.«

»Ist das auf mich gemünzt?« fragte Marlette argwöhnisch. »Wenn du das meinst, dann ist es absolut unbegründet. Wofür hältst du mich? Meinst du etwa, ich würde ihr all die grausigen Einzelheiten der letzten Tage schildern?«

»Ich sage nur, daß du in ihrer Gegenwart auf deine Worte achten solltest.« Nicole zeigte auf das Haus. »Sie ist da drinnen. Ich habe ihr gesagt, du wärst ein Freund, der gut spanisch spricht und mir helfen will.«

»Von mir aus gern. Aber wie erklären wir ihr das mit meinem Hals?«

»Wir sagen ihr ganz einfach, daß du auf dem Weg hierher vom Pferd gestürzt bist.«

»Nicole?« fragte er, als sie sich schon abwenden wollte. »Ich habe heute was zu dir gesagt, was ich ...«

»Vergiß es«, unterbrach sie ihn mit einer wegwerfenden Handbewegung. »Es ist wirklich nicht so wichtig.«

»Mir schon!« rief er ihr nach. »Hör mich wenigstens an. Bitte!«

Sie blieb am Fuß der Treppe stehen. Erneut war sie hin und hergerissen. Wozu sollte sie sich irgendwelche lahmen Entschuldigungen anhören? Mit Lügen käme er ihr nicht davon. Sollte er das jetzt tatsächlich versuchen, wäre er bei ihr für immer unten durch. *Nein, dreh dich um und geh weg.*

»Nicole?«

Geh weg! hielt sie sich vor, doch ihr Gewissen – oder die Stimme der Vernunft – riet ihr, sich anzuhören, was er vorzubringen hatte. Schuldete sie ihm denn nicht wenigstens das?

»Was ich da über Michelle gesagt habe, war nicht so gemeint«, erklärte Marlette und hob eilig die Hand, bevor sie ihm über den Mund fahren konnte. »Ja, ja, ich weiß, du hättest es gemerkt, wenn ich dich angelogen hätte, aber ich habe nicht gelogen. Als ich den Vertrag annahm, sah ich darin wirklich nichts anderes als einen schnellen Weg, meine Schulden zu begleichen und endgültig aus diesem Geschäft auszusteigen. Und in einem Teil des Vertrags ging es um Michelle. Herrgott noch mal, das gebe ich ja zu! Aber in den letzten Tagen hat sich vieles geändert. Ich habe begriffen, daß viel mehr dahinter steckt als nur Geld. In all den Jahren habe ich nie Gefühle an mich herangelassen. Wer starb – ob Männer, Frauen oder Kinder –, das war mir egal. So etwas lernt man in diesem Geschäft, sonst geht man unter. Töten oder getötet werden – das sind die Alternativen. In diesem Spiel ist kein Platz für Sentimentalität.« Er hielt inne. Während er seine Gedanken zu ordnen versuchte, rieb er sich unbewußt die unrasierten Wangen. »Wahrscheinlich glaubte ich, mit dir wäre es genauso. Aber ich habe mir etwas vorgemacht. Wenn man einen Menschen mag, kann man nicht einfach wegschauen, wenn er leidet. Man leidet mit. Ich habe dich nur deswegen so angefahren, weil ich dich immer noch liebe. Ich mußte dich aus dem Dorf schaffen, bevor Dennison dort mit seinen Gorillas einmarschierte. Aber du hattest dir unbedingt in den Kopf gesetzt, du müßtest zusammen mit mir weggehen oder auch bleiben. Ich kenne dich und weiß, wie dickschädelig du sein kannst. In dieser Hinsicht bist du wie ein Bullterrier. Wenn du dir was einbildest, verbeißt du dich darin und gibst es nicht mehr her. Nur darum war ich so hart zu dir. Ich wußte, daß ich dich damit verletzen und daß du endlich loslassen würdest. Anders wäre es nicht gegangen, Nicole.«

Sie antwortete nichts. Was hätte sie auch sagen können? Vorhin noch hatte sie geradezu auf irgendeine faule Ausrede gewartet, nur um ihn mit ihrem Hohn zu überschütten, und jetzt auf einmal fühlte sie sich zutiefst beschämt und schuldig, weil sie die Aufrichtigkeit seiner Liebe bezweifelt hatte. Wenn ihr jemand mit leerem Gerede und allzu glattem Charme gekommen war, dann nur Bob. Rich war das glatte Gegenteil. Er konnte lügen, wenn es sein mußte – aber anders als die meisten Männer, die sie kannte, hatte er sich dann immer äußerst unwohl gefühlt. Und sie wußte auch, daß es an seinem Unbehagen gelegen hatte, wenn sie ihn bei einer Lüge ertappen konnte. Er nannte die Dinge gern beim Namen. Bisweilen war er brutal offen, besonders in Gegenwart anderer Söldner, wenn es darum ging, eine Situation einzuschätzen; dann wiederum gab es Momente – vor allem, wenn er mit engen Freunden zusammen war und sich entspannt fühlte –, in denen seine Ehrlichkeit fast schon an Naivität grenzte. Bei Rich Marlette wußte man immer, woran man war. Kein Gesäusel. Kein Blabla. Nichts als die Wahrheit. Und mehr als alles andere hatte sie genau das an ihm geliebt ...

»Möchtest du etwas sagen?«

»Du bist ein Mistkerl«, murmelte sie, doch ihr Ton beinhaltete nichts Böses.

»Das sagen mir andere Leute auch immer«, grinste er.

»Als du diese Bemerkung über Michelle hast fallen lassen, dachte ich ...« – sie breitete hilflos die Arme aus –, »ach, vergiß es. Komm schon, Michelle will dich unbedingt kennenlernen.«

Beim Betreten des Hauses stellte Marlette zunächst die

Heckler & Koch hinter der Tür ab, bevor er Nicole ins Wohnzimmer folgte. Michelle sprang auf, als ihre Mutter hereinkam, um eine Sekunde später beim Anblick des blutverschmierten und total verschmutzten Marlette erschrocken nach Luft zu schnappen. Schutzsuchend rettete sie sich hinter Nicole und starrte den Fremden mit vor Angst geweiteten Augen an.

»Hab keine Angst, Liebes«, beruhigte Nicole sie. »Das ist Rich Marlette.« Sie nahm Michelle bei der Hand und führte sie behutsam zu Marlette. »Er hat bestimmt nichts dagegen, wenn du ihn Onkel Rich nennst.«

»Klar habe ich was dagegen«, grinste Marlette und kauerte sich vor das Mädchen. »Du brauchst mich nicht ›Onkel‹ zu nennen.« Dabei verzog er das Gesicht, als hätte er soeben in eine Zitrone gebissen. »Deine Mommy nennt mich Rich. Und auch bei meinen anderen Freunden heiße ich Rick oder Richie. Du kannst es dir auswählen, Michelle. Was soll es sein? Rich oder Richie?«

Michelle schielte unsicher zu ihrer Mutter hinauf. »Rich«, hauchte sie. Dann senkte sie sogleich wieder den Blick und klammerte sich an Nicoles Hand.

»Und wer ist das da drüben?« fragte Marlette unvermittelt und deutete auf das auf dem Stuhl hockende Stofftier. »Irgendwie sieht es aus wie Kermit der Frosch.«

»Es ist Kermit der Pirat«, verbesserte Michelle mit fester Stimme.

»Alles klar.« Marlette hockte sich vor das Spielzeug. »Sag mal, Piraten-Kermit, du siehst doch aus, als wärst du im Krieg gewesen. Was ist eigentlich mit deinem Auge passiert?«

Michelle schüttelte unwillig den Kopf. »Er kann doch nicht sprechen.«

»Da hast du's mir aber gegeben«, räumte Marlette mit einem verlegenen Grinsen ein. »Und was ist nun mit seinem Auge passiert? Und mit seiner Hand? Herrgott im Himmel, all die Flicken!«

Auf einmal stieß Michelle einen erstickten Schrei aus und schlug sich die Hand vor den Mund.

Marlette sah verunsichert zu Nicole auf. »Was ist denn?«

»Du hast den Namen des Herrn in den Mund genommen«, schalt ihn Nicole sanft. »*Wir* halten das nicht für richtig.«

»Das tut mir leid«, entschuldigte sich Marlette. »Ist mir einfach so rausgerutscht. Es wird nie wieder vorkommen. Kannst du es mir noch mal verzeihen?«

Michelle nickte. Dann drückte sie ihm das Spielzeug in die Hand. »Ein Hund ist mal in unsere Wohnung gekommen und hat ihn gebissen. Mommy hat ihn für mich zusammengeflickt.«

Marlette drehte das Stofftier vorsichtig hin und her. Dann stieß er ein anerkennendes Pfeifen aus. »Da gibt's ja eine Menge von Nähten. Der Hund muß ihn ganz schön übel zugerichtet haben.«

»Was ist mit deinem Hals passiert?« fragte Michelle abrupt.

»Ich bin auf dem Weg hierher vom Pferd gefallen.«

»Warum?«

»Da mußt du das Pferd fragen. Es war seine Schuld.«

»Tut es weh?«

»Es geht.« Marlette hob jäh den Finger, als hätte er plötzlich einen Geistesblitz. »Vielleicht sollte ich deine Mommy bitten, meinen Hals zusammenzuflicken. Kermit hat sie ja auch ganz toll hingekriegt.«

»Nein«, widersprach ihm Michelle lächelnd. »Du brauchst einen Arzt.«

»Aber Ärzte kosten viel Geld«, meinte Marlette. Gleichzeitig streifte er mit den Fingern über Michelles Ohr, und als er die Hand öffnete, lag ein glänzendes Vierteldollarstück darin. »Glaubst du, das reicht für einen Arzt?«

»Nein!« kicherte Michelle und betastete verblüfft ihr Ohr.

»Warte«, sagte Marlette und holte hinter dem anderen Ohr einen weiteren Vierteldollar hervor. »Fünfzig Cents. Ist das genug?«

»Nein.« Michelle drehte sich verwirrt zu ihrer Mutter um. »Wo kommen die Geldstücke in seiner Hand her, Mommy?«

»Sie waren wohl hinter deinem Ohr, Schatz«, erwiderte Nicole mit ernstem Gesicht, mußte dann aber doch hinter vorgehaltener Hand ein Lächeln verbergen.

»Nun, wenn das für einen Arzt nicht reicht, dann gebe ich

es dir wohl besser zurück«, meinte Marlette und drückte Michelle die zwei Geldstücke in die Hand.

»Darf ich sie behalten, Mommy?« fragte sie aufgeregt.

»Sie haben dir doch schon immer gehört, Liebes«, machte Nicole ihr weis.

In diesem Moment kam Chavez herein, und zu Nicoles Erstaunen suchte Michelle sofort hinter Marlette Schutz. Der kniff die Augen zusammen, als er sah, wie verängstigt das Mädchen war, packte Chavez wütend am Arm und zerrte sie in den Flur hinaus. »Was zum Teufel ist hier los?« fauchte er sie an. »Warum hat das Mädchen solche Angst vor dir? Was hast du ihr getan?«

»Nichts«, erwiderte sie und riß sich los. »Das Kind ist für mich nicht mehr interessant. Ich habe die Kassette und bin nur gekommen, um dir zu sagen, daß ich jetzt nach Tejutla fahre. Das ist eine Stadt ungefähr fünfzehn Kilometer nördlich von hier. Ich habe schon mit einem Sympathisanten vereinbart, daß ich seine Videoanlage benutzen kann. Dann wissen wir auch, ob Kinnards Film authentisch ist. Ich dürfte irgendwann am Abend wieder zurück sein.«

»Nach der Schießerei heute nachmittag wird es auf den Straßen doch sicher von Soldaten wimmeln«, gab Marlette zu bedenken.

»Deine Besorgtheit ist rührend, aber ich kann ganz gut selbst auf mich aufpassen«, belehrte ihn Chavez. »Bis später.«

Damit stolzierte sie zur Tür. Marlette sah ihr nach, bis die Haustür hinter ihr zugefallen war, dann kehrte er ins Wohnzimmer zurück und nahm Nicole kurz zur Seite. »Was war zwischen ihr und Michelle los?«

»Ach, nichts«, meinte Nicole mit einer wegwerfenden Handbewegung.

»Komisch, dasselbe hat mir auch Chavez gesagt. Allerdings habe ich Michelles verängstigte Miene gesehen, als Chavez reingekommen ist. Also ist heute doch etwas passiert, als ich nicht da war.«

»Ja, und ich habe es selbst in Ordnung gebracht. Können wir es jetzt bitte einfach vergessen?«

»Na gut«, brummte Marlette. »Verzeih mir, daß ich dich gefragt habe.«

»*Señor?*« rief eine Stimme von draußen.

Marlette ging zum Fenster, vor dem der Jugendliche stand, der ihn hierher begleitet hatte. Sie wechselten ein paar Worte, dann eilte der Junge fort.

»Stimmt was nicht?« flüsterte Nicole, nachdem sie sich vergewissert hatte, daß Michelle nicht zuhörte.

»Im Gegenteil«, beruhigte Marlette sie. »Er hat nur gefragt, ob wir vielleicht baden möchten. Was mich betrifft, so habe ich ein Bad dringend nötig. Und ich könnte mir vorstellen, daß es dir nicht anders geht. Jedenfalls ist er losgelaufen und trifft alle Vorkehrungen.«

»Vorkehrungen?«

»Du weißt doch, daß es hier kein fließendes Wasser gibt, oder?«

»Ja, sie haben große Tröge hinter den Häusern stehen, die sie regelmäßig mit Wasser füllen.« Auf einmal weiteten sich Nicoles Augen vor Schreck. »Du willst doch nicht sagen, daß wir dort draußen baden sollen?«

»Nein, nein«, versicherte er ihr lächelnd, »du kannst dich zusammen mit Michelle hier drinnen baden. Es gibt Blechwannen, die so groß sind, daß sogar zwei Erwachsene bequem reinpassen. Das Baden gilt in den Dörfern hier als gemeinschaftlicher Zeitvertreib, vor allem bei den Frauen. Sie sitzen zusammen in den Wannen und tauschen den neuesten Klatsch aus. Es ist ein tägliches Ritual. Die Salvadorianer halten sich viel auf ihre Hygiene zugute.«

»Aber hier kann man doch nicht allein sein!« protestierte Nicole. »Es kommen ständig Leute vorbei und schauen durchs Fenster rein.«

»Wir sind hier nicht in den schmuddeligen Gassen von Chicago oder New York, Nicole. Glaub mir, niemand wird hinsehen. Gerade beim Baden sollte man sich unbedingt an die Gepflogenheiten der Einwohner halten, sonst fühlen sie sich verletzt. Ein nackter Busen ist nicht anstößig, aber die meisten Frauen baden trotzdem lieber in ihrer Unterwäsche. Und wenn man fertig ist, hüllt man sich in ein großes Handtuch, bevor man den Slip wechselt. Ob oben ohne oder mit, leg das Handtuch erst dann beiseite, wenn du frische Wäsche anhast. Ansonsten fällst du hier garantiert unangenehm auf.«

»Damit kann ich leben«, seufzte Nicole erleichtert. »Und Michelle? Gilt für sie dieselbe Prozedur?«

»Ja. Aber wenn sie bei ihrer Gastfamilie schon mal gebadet hat, dann kennt sie sich aus.«

Wenig später wurde die Blechwanne gebracht und in der Mitte des Raums aufgestellt. Zwei Frauen mittleren Alters kamen mit Keramikschüsseln und schütteten so oft kaltes Wasser hinein, bis die Wanne halb voll war. Bei ihrem letzten Gang legten sie ein Stück Seife und zwei bunte Handtücher neben der Wanne ab und zogen sich mit einem freundlichen Lächeln diskret zurück.

»Tja, dann lasse ich mir jetzt wohl besser mein Bad zeigen«, meinte Marlette. »Bis später.«

»Tschüs«, zirpte Michelle, aber Marlette war bereits gegangen.

Nicole lächelte ihre Tochter an. »Du magst Rich, was?«

Michelle nickte. »Ist er dein neuer Freund?«

»Nein, er ist kein *neuer* Freund!« gab sich Nicole entrüstet, um gleichzeitig mit den Augen zu zwinkern. »Ich habe dir doch gesagt, daß er nur ein guter Bekannter ist. Jetzt komm schon, Kleines, holen wir uns frische Kleider und dann ab ins Bad.«

»Klopf, klopf.«

»Du kannst reinkommen, Rich!« rief Nicole.

Eine Sekunde später stand Marlette in weißem Hemd, blauen Shorts und etwas zu großen Sandalen im Zimmer. Ein Dorfbewohner hatte ihm kurzerhand Sachen von sich geliehen, während seine eigenen Kleider im Fluß gewaschen wurden. »Wer ist denn diese hübsche junge Dame?« rief er und zeigte auf Michelle. »Wo ist Michelle geblieben? Was habt ihr mit ihr gemacht?«

»Ich bin doch Michelle!« kicherte das Mädchen.

»Unmöglich! Als ich Michelle zuletzt gesehen habe, trug sie einen vergammelten Trainingsanzug und hatte einen

Zopf. Du bist viel zu schön, um dasselbe kleine Mädchen zu sein.«

»Bin ich aber doch!« beharrte Michelle.

»Nun, das läßt sich überprüfen.« Marlette hockte sich vor sie und griff kurz hinter ihr Ohr. Als er die Hand wieder öffnete, lag ein Vierteldollar darin. Er gab ihn ihr und brummte. »Tja, dann bist du wohl tatsächlich Michelle.«

Sie drückte die Münze strahlend an ihre Brust. Unvermittelt trat sie näher heran und deutete auf seinen Arm. »Was ist das?«

»Eine Tätowierung. Hast du so was schon mal gesehen?«

Michelle schüttelte den Kopf. Fast ehrfürchtig zeichnete sie die Abbildung nach. »Das ist ja ein Gewehr. Hast du es gemalt?«

»Nein, ein Freund von mir in New York hat es gemacht.«

»Kann man es ausradieren und was Neues hinmalen?«

»Nein, Liebes«, ließ sich Nicole vernehmen, die auf dem Stuhl vor dem Fenster saß und sich die Haare trocknete. Sie legte das Handtuch beiseite und stellte sich zu den beiden. »Das ist eine ganz besondere Zeichnung. Die kann man nicht einfach ausradieren.«

»Warum nicht?«

»Weil man dafür einen speziellen Stift und spezielle Tinte hernimmt«, erklärte Marlette. »Es würde weh tun, wenn man das wegmachen wollte.«

»Bist du ein Soldat?«

»Das war ich mal vor langer Zeit.« Er schielte zu Nicole hinüber. Sie dankte ihm für die vage Antwort mit einem zustimmenden Nicken.

Die Frau, die vorhin die Handtücher gebracht hatte, erschien nun in der Tür und kündigte auf spanisch an, daß Chavez sie gebeten habe, etwas für sie zu kochen; sie könnten jetzt in der Küche essen.

*»Muchas gracias!«* rief Marlette, um sich sogleich aufzurichten und in die Hände zu klatschen. »Das Essen ist fertig, Leute.«

»Großartig, ich sterbe vor Hunger«, stöhnte Nicole, die froh war, daß sie so um weitere Fragen zu Marlettes Vergangenheit herumkamen. »Also los, lassen wir's uns gut gehen.«

Sie folgten der Frau in die Küche, wo der Tisch bereits gedeckt war.

»Was ist das eigentlich?« fragte Nicole, als die Frau sich zurückgezogen hatte. »Es riecht jedenfalls köstlich.«

»Dann wollen wir mal sehen.« Marlette setzte sich und beugte sich über seinen Teller. »Es ist ein einfacher Bohneneintopf mit Fleisch. Davon habe ich mich ernährt, als ich ...« Er biß sich auf die Zunge. Michelle durfte doch nichts von seinem ersten Einsatz in diesem Land erfahren. Zu seiner Erleichterung hatte sie jedoch nicht hingehört.

»Und wie ißt man das?« wollte Nicole wissen. »Ich sehe nirgendwo Besteck.«

»Mit Tortillas.« Marlette deutete auf einen Berg von dünnen Maismehlpfannkuchen, der sich auf einem Extrateller auftürmte. »Man bricht sich immer ein Stück ab und taucht es wie einen Löffel in die Suppe. So einfach geht das.«

»Ich mache es dir vor, Mommy«, erbot sich Michelle. Sie nahm sich eine Tortilla, riß ein Randstück herunter, tunkte es in den Teller, lud es mit Bohnen und Fleisch voll und schob sich das Ganze in den Mund. Als sie die verblüffte Miene ihrer Mutter bemerkte, mußte sie unwillkürlich grinsen. »Onkel Gustavo hat es mir beigebracht.«

»Hoffentlich hat er dir auch beigebracht, daß man nicht mit vollem Mund spricht.« Nicole holte sich nun auch zwei Tortillas und setzte sich auf den Korbstuhl vor einen Teller.

»Und? Was hältst du davon?« fragte Marlette, als er sah, wie gierig sie sich über den Eintopf hermachte.

»Ich muß mir unbedingt das Rezept fürs Restaurant geben lassen«, erwiderte sie zwischen zwei Bissen. »Und diese Tortillas sind einfach himmlisch! Viel besser als die teigigen Dinger, die man bei uns kriegt.«

»Was mich betrifft, geht nichts über schlichte Gerichte, auch nicht die sogenannte Haute Cusine«, erklärte Marlette und grinste sie schelmisch an, als er ihr gespielt strenges Stirnrunzeln bemerkte. »O je, jetzt habe ich mir die Einladung in dein Restaurant verscherzt.«

»Kommst du zu uns essen?« rief Michelle. »O ja, du mußt kommen! Bitte sag, daß du kommst.«

»Nur, wenn du dann auch da bist.«

»Darf ich, Mommy?« fragte Michelle.

»Da läßt sich bestimmt was machen, vorausgesetzt, du mußt am nächsten Tag nicht in die Schule. Vielleicht in den Ferien.«

»In den Ferien bin ich doch wieder bei Daddy.«

Nicoles Lächeln erstarb, doch sie gewann gleich wieder die Fassung zurück. »Ach ja, richtig! Wie dumm von mir, daß ich nicht daran gedacht habe. Aber keine Angst – wir laden Rich nach Chicago ein und zeigen ihm die Stadt.«

»Kann er dann auch bei uns wohnen?«

»Ich glaube, du hast eine neue Freundin erobert«, sagte Nicole an Marlette gewandt.

»Unsinn«, widersprach Marlette und zwinkerte Michelle zu. »Wir sind längst alte Freunde. Stimmt doch, oder?«

»Stimmt«, antwortete sie fröhlich. »Wo wohnst du überhaupt?«

Kurzfristig fühlte sich Marlette von dem abrupten Themenwechsel überrumpelt. »In New York«, erwiderte er schließlich.

»Hast du Kinder?« setzte sie das Verhör fort.

»Michelle«, tadelte Nicole. »Dein Bauch möchte doch sicher noch etwas mehr Essen und dafür weniger Gerede.«

»Weder Frau noch Kinder«, sagte Marlette. »Aber ich habe eine Schwester. Und sie hat zwei Kinder.«

»Lebt sie auch in New York?« setzte Michelle nach, allerdings nicht ohne einen nervösen Seitenblick in Richtung ihrer Mutter.

Nicole sagte nichts. Sie wartete selbst gespannt darauf, wie sich Marlette diesmal aus der Affäre ziehen würde, wußte sie doch von der tiefen Kluft zwischen ihm und seiner Familie. Auch wenn sie ihn sechs Jahre lang nicht mehr gesehen hatte, so bezweifelte sie doch sehr, daß es seitdem eine Versöhnung gegeben hatte. Dafür war einfach zuviel geschehen.

»Nein, sie wohnt noch in Alabama. Dort bin ich auf die Welt gekommen. Hast du schon mal von Alabama gehört?« Michelle schüttelte den Kopf. »Das ist ein Staat neben Florida. Hast du von Florida gehört?« Diesmal nickte sie. »Meine Mutter lebt jetzt dort.«

»Und dein Daddy?«

»Mein Daddy ist schon lange tot.« Marlette schob seinen leeren Teller von sich und beugte sich weiter vor. »Mein Daddy war Prediger. Er war groß, noch größer als ich. Seine Augen sahen aus wie glühende Kohlen, und seine Stimme klang wie Donnergrollen. Und sein Haar war so weiß wie frisch gefallener Schnee. Ich erinnere mich an ihn, als hätte ich ihn erst gestern gesehen.«

Zum erstenmal hörte Nicole ihn ohne jedes böse Wort von seinem Vater erzählen. Dabei wußte sie genau, wie sehr er ihn zu seinen Lebzeiten gehaßt hatte. Auch nach seinem Tod war diese Bitterkeit nicht verschwunden. Doch dafür hatte Nicole Verständnis. Wallace Marlette, ein fanatischer Verfechter von Disziplin und Ordnung, hatte seinen Sohn von frühester Jugend an gezwungen, lange Bibeltexte auswendig zu lernen und vor dem Zubettgehen zu rezitieren. Und wehe, er vergaß etwas! Für jeden Fehler bekam er mit dem Riemen einen Hieb auf die Hand. Ganze Nächte lang konnte er vor Schmerzen nicht schlafen. Seine Schwester dagegen, seit jeher Vaters Liebling, mußte nie für ihre Fehler büßen. Marlettes Mutter wiederum duldete diese Ungleichbehandlung stillschweigend. So ging die Saat des Hasses im Laufe der Jahre in Marlette auf. Schließlich kam es zur offenen Rebellion gegen den Vater, und nach mehreren Konflikten mit dem Gesetz lief er kurz vor seinem achtzehnten Geburtstag weg. Über New York verschlug es ihn zur Fremdenlegion nach Afrika, wo ihn vier Jahre später die Nachricht vom Tod seines Vaters erreichte. Er setzte sich mit seiner Schwester in Verbindung, um mit ihr seinen Rückflug zur Beerdigung zu besprechen, doch sie teilte ihm unverblümt mit, daß er weder bei ihr noch bei seiner Mutter erwünscht wäre. Erst jetzt erfuhr er, daß sein Vater ihn aus Scham über seinen Weggang zur Fremdenlegion für tot ausgegeben hatte und die Familie ihm noch am Sterbebett hatte schwören müssen, den verstoßenen Sohn nie zurückzuholen. Das war zwölf Jahre her, und soweit Nicole wußte, hatte Rich seitdem keinen Kontakt mehr zu seiner Familie aufgenommen …

Sie spürte, daß er sie beobachtete und daß ihm klar war, woran sie jetzt dachte. Mit einem wehmütigen Lächeln erhob er sich, öffnete die Hintertür und sah zum Himmel hinauf. »Es gibt in den nächsten Stunden noch Regen«, verkündete er. »Allerdings wird es nur ein kurzer Schauer. Das ist in dieser Jahreszeit normal.«

Jetzt erst fiel Nicole auf, daß Michelle ihren Teller nicht leer gegessen hatte. »Was ist, Schatz? Bist du schon satt?«

»Es war zuviel für mich, Mommy. Ich habe es einfach nicht geschafft.«

»Das glaube ich dir gern.« Nicole stellte die Teller zusammen und sah auf die Uhr. »Was? Es ist schon nach halb acht. Zeit, ins Bett zu gehen.«

»Darf ich nicht ein kleines bißchen länger aufbleiben?« bat das Mädchen.

»Nein«, erwiderte Nicole streng. »Sag Rich jetzt gute Nacht.«

»Gute Nacht, Herr Soldat.«

»Gute Nacht, Fräulein Wildfang.«

»Was ist ein … Wildfang, Mommy?« wollte Michelle wissen.

»Ich sage es dir, wenn du im Bett bist«, versprach Nicole.

Als die zwei gegangen waren, durchquerte Marlette das Wohnzimmer und stellte sich auf die Veranda. Ein leichter Wind war aufgekommen – ein weiteres Anzeichen für einen bevorstehenden Schauer. Er setzte sich auf die oberste Stufe und lehnte den Kopf gegen die Säule, die das Vordach stützte. Der Wind strich ihm angenehm kühl über Hals und Gesicht. Die Straße vor dem Haus war fast vollständig verlassen; nur gelegentlich huschte ein Schatten zwischen den Hütten vorbei, um gleich wieder zu verschwinden. Der Duft von frischem Kaffee, den sich die Leute über einem kleinen Feuer vor ihrem Haus kochten, stieg ihm in die Nase. Marlette wunderte sich über sich selbst. Eigentlich müßten diese Eindrücke Erinnerungen an seinen letzten Abend in El Salvador wecken, als er in einem ähnlichen Dorf zu Gast gewesen war, doch nichts fiel ihm ein. Oder sperrte sein Unterbewußtsein all die Bilder aus? Damals hatte er nicht gelassen auf einer Veranda gesessen, und auch die Abendstimmung war durchaus nicht friedlich gewesen. Der Himmel hatte vielmehr gelodert, und Schreie von Frauen und Kindern gellten durch die Nacht. In panischer Angst waren sie aus ihren brennenden Häusern gerannt – mitten in den Kugelhagel hinein. Soldaten der Nationalgarde hatten gnadenlos auf alles geschossen, was sich bewegte, und viele waren tot zusammengebrochen. Und er hatte dieses Kontingent befehligt. Auch wenn ihn dieses und andere Gemetzel schon damals angewidert und er sich nie daran beteiligt, sondern stets abseits gehalten hatte – meistens auf dem Beifahrersitz irgendeines Jeeps –, so hatte er dennoch nie versucht, sie zu verhindern. Es war nicht sein Krieg gewesen.

Keiner dieser Kriege ging ihn etwas an. Er war lange genug dabei, er kannte das Geschäft: Ein Söldner ließ seine Emotionen nicht zu. Man kämpfte für die Seite, die am meisten bot. Kriege waren immer Verhandlungssache. Man erfüllte seinen Vertrag – nicht mehr und nicht weniger. Eines Tages dann wurde alles anders – er konnte selbst nicht sagen, ab wann genau –, und ihm dämmerte, daß er angesichts dieser Brutalität um ihn herum einfach nicht neutral bleiben konnte. Gleichwohl war ihm bewußt, daß er nichts sagen durfte, ohne sofort von allen abgelehnt zu werden. Ein solcher Mensch war, um im Jargon der Söldner zu bleiben, nicht mehr vermittelbar. In dieser Branche war kein Platz für das Gewissen. Entweder man akzeptierte die Regeln – oder man stieg aus. Und seit zwei Jahren stand für Marlette fest, daß er aussteigen mußte. Es ging nur noch darum, den passenden Zeitpunkt zu finden.

»Das hatte ich ganz vergessen.«

Marlette schreckte hoch. Vor ihm stand Nicole in der Tür. »Bitte? Was hast du gesagt?«

»Ich habe gesagt, daß ich das mit der Tätowierung ganz vergessen hatte«, antwortete sie, setzte sich neben ihn und zündete sich eine Zigarette an. »Ich dachte, du hättest sie nach der Trennung entfernen lassen.«

Marlette senkte den Blick auf seinen Oberarm. Darauf

prangte eine Rose, die sich um ein FAMAS-Schnellfeuergewehr rankte, die Standardwaffe der französischen Fremdenlegion. Und in seinen Schaft war in mühseliger Kleinarbeit der Name Nicole geritzt worden. »Du hast ja recht«, brummte er, »jetzt stört es eher.«

»Danke«, sagte sie und sog an ihrer Zigarette.

»Hör schon auf damit«, grinste er. »Du weißt doch, daß ich nur noch Heckler & Koch benutze.«

Sie stieß den Rauch aus und nahm die Tätowierung genauer in Augenschein. »Ich werde den Tag nie vergessen, an dem du sie dir hast machen lassen. Du warst ganz begeistert davon. Und ich traute meinen Augen nicht. Jeder andere hätte sich ein Herz mit dem Namen seiner Freundin darin eintätowieren lassen. Aber du nicht. O nein. Bei dir mußte mein Name auf einem Gewehrschaft stehen.«

»Herzen langweilen doch«, meinte er achselzuckend. »Das hier war eben etwas anderes. Etwas Besonderes.«

»Und so ungemein romantisch«, fügte sie mit mildem Spott hinzu.

»Ist Michelle im Bett?« fragte Marlette.

»Wenn man eine Decke auf dem Boden ein Bett nennen kann. Na gut, ich kann mich an Nächte erinnern, in denen ich auf hartem Boden schlafen mußte und nicht einmal eine wärmende Decke hatte. Das ließ sich nicht vermeiden, wenn mein Vater mich in ein abgelegenes Dorf mitnahm, um irgendein lukratives Geschäft abzuschließen. Es dauerte immer Ewigkeiten, bis ich einschlief. Aber Michelle scheint das überhaupt nicht zu stören. Die meisten anderen Kinder quengeln doch gleich, wenn sie ausnahmsweise mal keine weiche Matratze als Unterlage haben. Michelle erstaunt mich immer wieder aufs Neue.«

»Sie ist wirklich ein Prachtmädchen«, stimmte Marlette zu. Er sah zum Himmel auf, denn die ersten Regentropfen plätscherten auf den Boden.

»Ich wußte, daß du sie mögen würdest. Und sie hat offenbar auch einen Narren an dir gefressen, und das obwohl sie normalerweise Männer gegenüber sehr zurückhaltend ist. Irgendwie war es bei ihr Liebe auf den ersten Blick. Der Trick mit den Münzen hat da vielleicht auch ein bißchen nachgeholfen. Sag mal, wo hast du ihn gelernt?«

»Von einem holländischen Kollegen bei einem Einsatz in Armenien.«

»Verborgene Talente«, murmelte sie und legte spontan den Kopf an seine Schulter, eine Geste, die in diesem Moment vollkommen selbstverständlich wirkte. »Das erinnert mich an den Abend, an dem wir uns kennengelernt haben. Das war in dieser Bar in Bardai im Norden des Tschad. Was für eine Kaschemme! Weißt du noch, wie wir draußen auf der Veranda saßen und dem Regen lauschten? Er ließ bis zum Morgen nicht nach.«

»Das werde ich nie vergessen, wie die Regentropfen auf das Wellblechdach trommelten«, meinte er.

»Das irgendwo ein Loch hatte«, ergänzte sie mit einem nachdenklichen Lächeln. »Ob diese Bar heute noch steht?«

»Das weiß nur der liebe Gott«, brummte er, um noch im selben Atemzug beschwichtigend die Hand auf ihre Schulter zu legen. »Entschuldige bitte, ich wollte nicht lästern.«

»Michelle hat das in der Schule so gelernt«, entgegnete Nicole und legte ihre Hand auf die seine. »Ich mache da gern mit, befürchte aber, daß sie über kurz oder lang von anderen Kindern die übelsten Ausdrücke aufschnappen wird. In ihrer Schule gibt es ganz schön wilde Rabauken, die mit Schimpfwörtern nur so um sich werfen. Und was für Manieren die haben! Damit werden sie sich später gehörige Schwierigkeiten einhandeln.«

»Michelle ist schon auf dem richtigen Weg«, meinte Marlette. »Sie geht ganz nach ihrer Mutter.«

»Und nach ihrem Vater«, sagte Nicole zärtlich.

»Welche guten Eigenschaften hatte Bob Kinnard denn schon?« schnaubte Marlette verächtlich, bedauerte seinen Ausbruch aber gleich, als Nicole sich abrupt aufsetzte und ihre Zigarette in den Regen warf. »Das tut mir leid, Nicole. Das war gemein von mir.«

»Darum geht es gar nicht.« Sie ging zur Brüstung, wo sie sich mit zitternden Fingern eine neue Zigarette anzündete.

»Worum dann?« Er stand ebenfalls auf. »Was ist los?«

Mit vor der Brust verschränkten Armen starrte Nicole auf die verlassene, nasse Straße hinaus. Schließlich antwortete sie mit leiser, zittriger Stimme: »Bob ist nicht Michelles Vater.«

»Was?« rief Marlette verdattert. Nach kurzem Nachdenken nickte er dann aber vor sich hin, als wüßte er Bescheid. »Mir ist ja klar, daß du im Moment stinkwütend auf Bob bist, aber wenn du ihm jetzt sogar die Vater ...«

»Bob ist nicht Michelles Vater!« fauchte Nicole. »Mach es mir doch nicht noch schwerer, als es ohnehin schon ist!«

»Wer soll es denn sonst ...?« Er verstummte abrupt, und ein Ausdruck ungläubigen Staunens breitete sich auf seinem Gesicht aus. Langsam wich er zurück und plumpste auf den Holzstuhl hinter ihm. »Willst du etwa sagen ...? Heißt das, daß ...« Unfähig zu begreifen, was ihm in diesem Moment durch den Kopf jagte, geschweige denn es in Worte zu fassen, brachte er nichts als hilfloses Gestammel zuwege.

»Michelle ist *deine* Tochter, Rich.«

Jetzt hatte es ihm endgültig die Sprache verschlagen. Er starrte sie mit offenem Mund an. Dabei wußte er genau, was er sagen wollte. Oder doch nicht? Wie sollte er all die Gedankenfetzen in seinem Kopf zusammenfügen? Zu guter Letzt brachte er ein Wort hervor: »Zigarette ...«

»Ich dachte, du hättest aufgehört zu rauchen?« fragte sie, reichte ihm aber die Schachtel.

Er steckte sich eine Zigarette zwischen die Lippen und riß ihr das Feuerzeug aus der Hand. Sie sah zu, wie er sich wiederholt erfolglos damit abmühte, es anzuknipsen. Schließlich nahm sie ihm das Feuerzeug mit einem liebevollen Lächeln ab und zündete ihm die Zigarette an. Er sog mehrmals daran und warf sie mit einem angewiderten Kopfschütteln in den Regen. Danach herrschte Stille.

»Sag doch was, Rich«, bat sie ihn. »Bitte sprich mit mir. Sperr mich nicht aus. Ich möchte doch wissen, was du denkst.«

»Im Moment weiß ich nicht, was ich denke.« Er beugte sich vor und stützte die Ellbogen auf die Knie. »Ich bin ganz benommen. Es ist, als wäre ich gerade aus einer Betäubung aufgewacht. Mir schwirrt so vieles im Kopf herum. Wahrscheinlich brauche ich nur ein bißchen Zeit, um das zu ordnen.«

»Ich hatte meine Gründe, es dir zu verschweigen, Rich. Bitte glaub mir das.«

»Wußte Kinnard Bescheid?«

»Nein. Außer mir wußte es niemand. Anders wäre es nicht gegangen.«

»Nicht mal dein Vater?«

»Vor allem nicht mein Vater. Du weißt doch, wie gern er dich mochte. Wenn ich ihm die Wahrheit über Michelle gesagt hätte, wäre er außer sich gewesen. Er konnte mir ohnehin nicht verzeihen, daß ich dich verlassen habe.«

»Sei froh, daß du ihn jetzt nicht hören kannst«, meinte Marlette und deutete zum Himmel. »Wahrscheinlich spuckt er dort oben Gift und Galle.«

»Bestimmt«, gab sie mit einem traurigen Lächeln zu.

»Wußtest du vor unserem Bruch, daß du schwanger warst?«

»Ja.«

»Wie lange?«

»Ich habe dich an dem Tag verlassen, an dem ich es erfuhr.«

»Mein Gott, Nicole! Am selben Tag?«

»Du weißt so gut wie ich, daß unsere Beziehung schon vorher kaputt war«, verteidigte sie sich. »Es war nur noch Routine, aber keine Liebe mehr. Meine Schwangerschaft gab den letzten Anstoß.«

»Und ich hatte da kein Mitspracherecht?«

»Es war *mein* Leben, Rich!«

»Es war *unser* Kind! Oder spielte das überhaupt eine Rolle?«

»Damals nicht«, entgegnete sie trocken. Sie warf die nur halb gerauchte Zigarette in eine Pfütze und zündete sich gleich die nächste an. Zerstreut starrte sie die im Wasser tanzende Kippe an, während sie ihre Gedanken zu ordnen versuchte. »Als wir uns in Afrika kennenlernten, war ich noch ein richtiger Trotzkopf«, fing sie stockend an. »Ein wildes Kind, und das weißt du auch. Und diese Nicole Auger verknallte sich in dich. Wahrscheinlich war es ganz natürlich, daß es ein Söldner sein mußte. Diese Sorte von Männern war ich ja von frühester Jugend an gewöhnt – aber du warst anders. Du hast mich so respektiert, wie ich war; und du hast mich immer auf den Teppich zurückgeholt, wenn ich abheben wollte. Damals hatte ich jemanden wie dich einfach nötig. Von dir habe ich so viel über das Leben gelernt, vor allem, als wir zusammen nach New York gegangen sind. Das war für mich eine völlig neue Welt. Es gab so viel zu entdecken, nicht nur über das Leben, sondern auch über mich selbst. Aber schon damals, glaube ich, begannen wir uns auseinander zu entwickeln. Ich begriff, daß man in Amerika nicht von anderen abhängig sein darf, wenn man im Leben weiterkommen will. Man muß sein Schicksal in die eigene Hand nehmen. Ich mußte erwachsen werden. Amerika war ein entscheidender Schritt für mich, und ich weiß auch, daß ich ihn ohne dich nicht geschafft hätte. In gewisser Hinsicht war ich eine Raupe, die sich in einen Schmetterling verwandelte. Aber als ich soweit war, wollte ich die Flügel ausbreiten und wegfliegen. Ich wollte mich von meiner Vergangenheit befreien. Und du warst eben ein Teil dieser Vergangenheit. Außerdem fiel es mir immer schwerer, mich damit abzufinden, daß du ständig in irgendwelchen Kriegen mitkämpfen mußtest. Aber das war deine Entscheidung, und ich akzeptierte sie.

Doch als ich das Ergebnis des Schwangerschaftstests erfuhr, wurde mir schlagartig klar, daß ich meinem Kind auf keinen Fall zumuten wollte, in dem Bewußtsein aufzuwachsen, daß sein Vater monatelang unterwegs ist und Leute tötet, die er gar nicht kennt. Ich wollte nicht in einem mit Blutgeld finanzierten Haus leben. Und was vielleicht noch wichtiger ist: Ich wollte, daß mein Kind in einem richtigen Elternhaus aufwächst und nicht in so verlotterten Verhältnissen wie ich. Kinder sollten ein Recht haben, die wenigen Jahre der Unschuld zu genießen; die Wahrheit über die Welt lernen sie ohnehin früh genug. Und das wünschte ich mir für Michelle. Ich wollte ihr die Unschuld schenken, die mir nie vergönnt war. Ich weiß nicht, ob du das verstehen kannst, Rich, aber das ist der eigentliche Grund, warum ich dich an jenem Tag verlassen habe.«

»Warum hast du es mir damals nicht gesagt?«

»Was hätte es denn genützt? Es hätte doch nur wie ein Ultimatum geklungen: Gib deinen Beruf auf, oder du hast mich und das Kind die längste Zeit gesehen. Das konnte ich dir nicht antun, Rich. Ich glaube, eine der großen Stärken unserer Beziehung war, daß jeder die Unabhängigkeit des anderen respektierte. Und ich weiß, daß dir deine Karriere damals noch viel bedeutete. Selbst wenn du dem Kind zuliebe bereit gewesen wärst, darauf zu verzichten, wer sagt mir, daß du es später nicht doch bereut und deinen Frust an mir – oder schlimmer noch an Michelle – ausgelassen hättest?«

»Dafür kennst du mich zu gut, Nicole. Ich hätte dir oder Michelle nie etwas zuleide getan.«

»Das nicht, aber es gibt auch andere Wege, Menschen zu verletzen; dazu braucht man keine Fäuste.«

»Als ob ich das nicht wüßte!« Er sah ihr tief in die Augen.

»Das hat gesessen«, seufzte sie.

Er stand auf und stellte sich vor die Brüstung. »Und warum sagst du es mir *jetzt*? Wäre es nicht einfacher gewesen, schlafende Hunde nicht zu wecken?«

»Im Leben ist nichts einfach, Rich. Warum ich es dir nicht gesagt habe? Weil wir beide uns seit der verrückten Zeit damals verändert haben. Ich bin abgeklärter geworden, und du bist auch nicht mehr derselbe Richie Marlette, den ich vor sechs Jahren sitzenließ. Damals warst du viel härter und zynischer. Ich denke, daß du älter – und weicher geworden bist. Aber ausschlaggebend war wohl der Moment, in dem ich euch zusammen gesehen habe. Es hat mich offen gesagt verblüfft, daß ihr zwei so schnell miteinander warm geworden seid. Na ja, im nachhinein ist das vielleicht gar nicht so überraschend. Die Anlagen waren ja von Anfang an da. Ich habe es vorhin schon gesagt: Sie hat viel von dir geerbt.«

»Wirst du *ihr* irgendwann die Wahrheit sagen?«

»Darüber grübele ich seit ihrer Geburt nach, aber bisher habe ich mich immer dagegen entschieden, weil ich sie schützen will, zumal sie doch eine so enge Beziehung zu Bob hatte. Und jetzt graut mir davor, ihr zu sagen, daß Bob tot ist. Ich weiß, daß sie sehr darunter leiden wird. Das ist ja auch nur natürlich. Sollte ich ihr je die Wahrheit sagen, dann viel später, wenn sie älter ist. Im Moment ist sie noch zu klein dafür. Es reicht, daß sie Bobs Tod verkraften muß ...«

»Ich möchte, daß du mir etwas versprichst, Nicole«, bat Marlette. »Daß ich dabei sein darf, wenn es einmal so weit sein sollte.«

»Anders würde ich es gar nicht wollen«, entgegnete sie. »Und wie fühlst du dich jetzt als Vater?«

»Ich komme mir immer noch vor, als würde ich aus einer Narkose aufwachen«, lächelte er. »Aber es wird mir schwerfallen, vor ihr so zu tun, als wäre nichts.«

»Rich, es ist wirklich in ihrem Interesse, wenn sie es nicht erfährt. Fürs erste zumindest.«

»Ich gebe dir ja recht. Und ich will auch nichts erzwingen. Ich sage nur, daß es für mich nicht ganz leicht sein wird, mehr nicht.«

»Das weiß ich doch«, erwiderte sie leise.

Schweigen trat ein. »Es hat aufgehört zu regnen«, brummte er schließlich. »Ich habe dir ja gesagt, daß es nur einen kurzen Schauer geben würde. Riech nur die Luft. Wie angenehm frisch sie ist!«

»Und so friedlich. Ich glaube, ich könnte es an einem Ort wie diesem mein Leben lang aushalten.«

»Genieße es, solange du kannst.«

»Bis eine Patrouille von Dennisons Gorillas einmarschiert und das Dorf dem Erdboden gleichmacht?«

»Heute nacht gibt es keine Razzia mehr. Es führt nur eine Straße durch das Dorf. Und da fährt man in beiden Richtungen über enge Bergpässe, die in der Nacht von schwerbewaffneten Guerilleros bewacht werden. Die Gefahr eines Hinterhalts wäre zu groß. Nicht einmal Helikopter würden über diesem Gebiet einen Nachtflug wagen. In den Schluchten hier liegen überall Wrackteile von Hubschraubern, die im Bürgerkrieg abgeschossen wurden. Heute nacht sind wir sicher, aber morgen kommen sie garantiert.«

»Sind wir dann schon an der Grenze?« Sie wartete auf eine Bestätigung, doch er blieb stumm. »Wir werden dann doch sicher über der Grenze sein, oder?«

»Darüber spreche ich mit Chavez, sobald sie von Tejutla zurück ist. Sie kann dafür sorgen, daß man dich und Michelle noch vor Tagesanbruch zur Grenze bringt.«

»Kommst du etwa nicht mit?«

»Ich kann nicht«, antwortete er. »Verlange bitte keine Erklärung. Es ist wirklich besser, wenn du nicht mehr als das Nötigste weißt.«

Wütend stürmte sie zum anderen Ende der Veranda. »So ist das also? ›Ach, übrigens, ich begleite dich morgen nicht, aber frage mich bitte nicht nach dem Grund, weil ich ihn dir nicht nennen will.‹ Das ist ja unglaublich! Da habe ich meine Seele vor dir entblößt und dir auch die Wahrheit über Michelle gesagt, weil ich wirklich dachte, du hättest dich geändert – und mit einem Mal merke ich, daß du dich immer noch verschließt, genauso wie früher. Aber was mich am tiefsten verletzt ist, daß ich die Wahrheit selbst rausfinden muß. Du hättest mir bestimmt nicht verraten, daß du nicht mitkommen willst.«

»Doch, ich hätte es dir gesagt«, verteidigte sich Marlette. »Ich wollte nur den richtigen Moment abwarten.«

»Den richtigen Moment! Wie edel von dir. Und für wann genau hattest du diese kleine Überraschung vorgesehen? Für später, bei einem romantischen Candlelight-Dinner vielleicht?«

»Ich hätte es dir gesagt«, wiederholte er, von ihrem beißenden Sarkasmus verletzt.

Sie setzte sich auf die oberste Treppenstufe und zog die Zigarettenschachtel aus der Tasche, öffnete sie jedoch nicht. Schließlich sah sie wieder zu ihm auf. »Das hat doch sicher mit diesem Putsch zu tun, nicht wahr?«

»Ich habe dir doch gesagt, daß ich dir nichts verraten kann.«

»Du hast die Hände im Spiel, stimmt's?«

»Glaubst du wirklich, sie würden mich hetzen wie ein Tier, wenn das der Fall wäre? Glaubst du wirklich, Jayson hätte dann versucht, mich im Waisenhaus abzuknallen? Oder habe ich mir diese Wunde am Hals vielleicht selbst zugefügt?«

»Warum bleibst du dann zurück?« Sie breitete verzweifelt die Arme aus. »Was frage ich dich überhaupt ... Es nützt ja sowieso nichts. Und du sagst, ich sei stur.«

Seufzend setzte sich Marlette neben sie. »Pruitt hat mich angeworben, damit ich morgen abend einen Anschlag durchführe.«

»Geld! Ich hätte es mir ja gleich denken können.«

»Das Geld ist mir scheißegal, Nicole. Ich tue es nur wegen eines Tötungsauftrags, der mich seit fünf Jahren nicht mehr ruhig schlafen läßt.«

»Gegen dich liegt ein Tötungsauftrag vor?«

Er sah zu, wie ein ausgemergelter Hund hinter einer Lehmhütte hervorgeschossen kam, gleich darauf eine Tür aufflog und eine Frau einen Eimer Wasser über ihn schüttete. Winselnd brachte sich der Hund in Sicherheit. Als die Frau merkte, daß Marlette sie beobachtete, zog sie sich eilig zurück und knallte die Tür zu.

»Tja, dann bin jetzt wohl *ich* an der Reihe, mich zu der Leiche in *meinem* Keller zu bekennen.« Marlette lehnte sich gegen die Säule und zog scheinbar lässig ein Bein an. »Als ich vor fünf Jahren hier war, wurde ich beschuldigt, ein zwölfjähriges Mädchen vergewaltigt und ermordet zu haben. Aber das hast du ja schon gehört. Du hast angedeutet, der amerikanische Botschafter hätte geradezu darauf gebrannt, es dir unter die Nase zu reiben. Na gut, ich kann es dem Kerl nicht verübeln. Es ist die offizielle Version, und er kennt keine andere. Aber das ist nicht die Wahrheit. Nur vier Menschen haben je erfahren, was damals wirklich geschehen ist.« Er ließ die Arme über das Knie hängen und spielte zerstreut an seiner Sandale herum. Stockend fuhr er fort: »Sie hieß Marisa und war ein nettes Mädchen. Zurückhaltend, ja sogar schüchtern, und intelligent. Ihre Familie gehörte der sogenannten ›Oligarchie‹ an. So wurden früher die dreizehn Sippen bezeichnet, die als erste in El Salvador den Kaffeeanbau in großem Stil betrieben. Ihre Mitglieder waren allesamt steinreich, mächtig und korrupt. Bis zu den achtziger Jahren war die ›Oligarchie‹ auf zweihundert Familien angewachsen – und sie waren immer noch reich, mächtig und korrupt. Marisas Vater lernte ich bei einem Empfang in San Salvador kennen. Er fragte mich, ob ich daran interessiert wäre, Söldner aus Nicaragua und Guatemala, die seine Plantage schützten, auszubilden. Sein Angebot war zu gut, als daß ich es hätte ausschlagen können. Allerdings hatte ich keine Ahnung, daß er auch zwei ehemalige Marineinfanteristen bei sich beschäftige. Und die lehnten mich von Anfang an ab, weil ich ihnen praktisch als Chef vor die Nase gesetzt wurde. Ich hätte gleich gehen sollen, aber das wollte ich nicht. Dafür war die Sache zu lukrativ.

In der fraglichen Nacht wurde ich zu einer Feier im Herrenhaus eingeladen. Die Gästeliste las sich wie ein Who is Who der salvadorianischen High Society. Du kennst mich ja und weißt, daß diese Leute nicht unbedingt mein Fall sind. Ich schnappe mir also ein Bier und verzog mich in den Garten. Dort traf ich Marisa an. Wir unterhielten uns ein bißchen und trennten uns wieder. Ich spazierte weiter zu einem Teich, als ich plötzlich ein Kreischen hörte. Es kam aus einer Scheune ganz in der Nähe. Natürlich ging ich sofort nachsehen. Das Tor war zu, aber nicht verriegelt. Ich riß es auf ...« Marlette verstummte abrupt und verbarg das Gesicht in den Händen. Es dauerte einen langen Augenblick, bis er wieder zu Nicole aufsah.

»Die zwei Marineinfanteristen hatten das Mädchen an den Armen gepackt und drückten es zu Boden. Ein dritter Mann kniete über ihr. Ich sah ihn nur von hinten und konnte nicht erkennen, was er machte. Dann bemerkte mich einer der Söldner und griff nach seiner Pistole. Ich hatte auch eine dabei – Macht der Gewohnheit. Kurz und gut, ich erschoß ihn. Es war Notwehr. In diesem Moment drehte sich der dritte Typ zu mir um. Kurzzeitig war ich zu keiner Regung fähig. Zum einen, weil ich jetzt sah, wer es war, und zum anderen aus Abscheu darüber, was er mit dem armen Mädchen machte. Weißt du, was das Dreckschwein in der Hand hatte? Eine zerbrochene Flasche! Ich brauche dir wohl nicht zu schildern, was er dem Mädchen antat.«

Nicole schlug sich die Hand vor den Mund. »Mein Gott, das ist ja furchtbar!«

»In diesem Moment griff mich der andere Söldner an und riß mich um. Ich konnte ihn auch erschießen. Und dann sah ich rot. Ich wollte nur noch diesen Typen packen und buchstäblich zerfetzen. Aber noch hatte ich mich nicht ganz aufgerichtet, als er mir etwas gegen den Hinterkopf schlug. Eine Schaufel, wie ich später herausfand. Wie auch immer, ich verlor das Bewußtsein. Als ich zu mir kam, lag ich vor der Scheune. Polizisten liefen herum, und dann erfuhr ich, daß Marisa tot war. Sie war mit meiner Pistole erschossen worden. Außerdem klebte ihr Blut an meinen Kleidern, und damit galt ich automatisch als Mörder. Niemand glaubte mir, als ich zu erklären versuchte, was wirklich geschehen war. Ich wurde in Untersuchungshaft gesteckt und des Mordes angeklagt. Später kam Dennison zu mir in die Zelle und erklärte mir, die Behörden schreckten davor zurück, mich vor Gericht zu stellen, weil sonst auch meine Zusammenarbeit mit den Todesschwadronen ans Licht käme. Darum sollte ich in aller Stille deportiert werden. Er hatte sogar schon die Ausweisungsverfügung dabei. Und sie trug die Unterschrift von General Ramon Vaquero, dem Mann, der das Mädchen so brutal ermordet hatte. Schlagartig wurde mir klar, warum sie mich los sein wollten. Meine Ausweisung hatte nichts mit den Todesschwadronen zu tun – der Kerl konnte es einfach nicht riskieren, daß ich ihn vor Gericht beschuldigte. Selbst wenn mir niemand geglaubt hätte, es hätte seinem Ruf geschadet. So aber schwang er sich zum viel bejubelten Helden auf. Er drehte den Spieß kurzerhand um und behauptete, er hätte mich und die zwei Söldner in der Scheune ertappt. Zeugen gab es ja keine. Und wem hätten die Geschworenen glauben sollen – einem ausländischen Söldner mit einem Alkoholproblem oder einem mit zig Orden ausgezeichneten General? Insofern konnte ich von Glück reden, daß ich nicht vor ein Hinrichtungskommando gestellt wurde. Nur dank dem Einschreiten der amerikanischen Botschaft kam ich mit einem blauen Auge davon. Und da hatte vor allem Dennison die Hände im Spiel. Er war ein persönlicher Freund von Vaquero, der prompt dafür sorgte, daß die Ausweisung problemlos abgewickelt wurde.

Dennison eskortierte mich auch zum Flughafen. Erst dort erfuhr ich von dem Tötungsauftrag. Vaquero und Dennison hatten ihn zusammen ausgeheckt. Außer ihnen wußte niemand von seiner Existenz. Es läuft darauf hinaus, daß er in

Kraft tritt, sobald ich mein Schweigen breche und sage, was wirklich in der Scheune geschehen ist. Natürlich war mir auch so klar, daß ich nirgendwo mit der Wahrheit durchkommen würde. Eines Abends habe ich sie im Rausch Coughlin anvertraut. Aber er war der einzige. Nicht einmal Brad konnte ich es erzählen. Er hat mir zwar stets versichert, daß er diese Anschuldigungen gegen mich nie geglaubt hat, aber es hat mich immer belastet, daß er vielleicht doch insgeheim Zweifel hegte. Jetzt werde ich es nie erfahren.«

»Das tut mir leid, Rich«, flüsterte Nicole. »Und du mußtest diese Last die ganze Zeit mit dir herumschleppen ... Das muß ja entsetzlich für dich gewesen sein.«

»Das war es auch, aber nicht so wie du meinst. Sie haben mir damit gedroht, *dich* umbringen zu lassen und nicht mich.«

Sie starrte ihn fassungslos an. »*Mich?* Ich ... ich verstehe nicht ...«

»Sie wußten, daß eine Todesdrohung mich wenig beeindrucken würde. Schließlich bin ich Söldner. Wenn man täglich mit dem Tod konfrontiert ist wie unsereins, verliert er seinen Schrecken. Um sich also sicher sein zu können, daß ich stillhalten würde, machten sie mir klar, daß sie den einzigen Menschen umbringen würden, der mir in dieser elenden Welt etwas bedeutet – dich. Sie konnten sich darauf verlassen, daß ich allein dir zuliebe verhindert wäre, etwas gegen sie zu unternehmen.«

»Du hast also die ganzen fünf Jahre mit diesem Damoklesschwert über dir gelebt, nur um mich zu schützen?«

»Hätte ich den Mund aufgemacht, wärst du ohne jeden Skrupel umgebracht worden. Daran habe ich keinen Zweifel.«

»Und wenn du dieses Attentat morgen durchführst, nehmen sie den Tötungsauftrag zurück, richtig?«

»Nein, das wird Vaquero nie tun«, stieß Marlette hervor. »Er weiß, daß ihm nichts passieren kann, solange ich nicht auspacke. Der Tötungsauftrag ist seine Versicherung. Mir sind die Hände gebunden.«

»Warum hast du dich dann auf diese Sache eingelassen?«

Marlette stand auf und beugte sich über die Brüstung.

»Pruitt kam noch einmal zu mir zurück, nachdem er dich in dein Hotel gebracht hatte. Er machte mir ein Angebot: Hunderttausend Dollar für die Ermordung des salvadorianischen Präsidenten.«

»Des Präsidenten? Dann würdest du Vaquero helfen!«

»Ganz offenbar will Pruitt das, ja. Ich weiß nicht, warum, und er nannte mir auch keinen Grund; ich bin nur ein Helfershelfer, der damit viel Geld verdient. Seine Leute wollen mich in das Gebäude gegenüber dem Hotel schleusen. Von ihnen bekomme ich auch das Gewehr. Es wird nur eine Patrone darin sein. Allerdings befürchtete Pruitt, ich könnte versucht sein, statt des Präsidenten Vaquero zu erschießen. Darum hat er mir gesagt, daß er über diesen Tötungsauftrag Bescheid weiß. Mir ist ein Rätsel, wie er es erfahren hat, aber er kannte wirklich die gesamte Geschichte, bis ins letzte widerwärtige Detail.«

»Solltest du morgen Vaquero erschießen, würde Pruitt also dafür sorgen, daß der Tötungsauftrag ausgeführt wird«, schloß Nicole. »Wenn du aber tust, was sie von dir wollen, bist du um hundert Riesen reicher, und ich bin aus dem Schneider, richtig?«

Marlette nickte. »Richtig. Erst hielt ich Pruitt ja für verrückt und dachte, für hunderttausend könnte ich meine persönlichen Gefühle ohne weiteres zügeln. Na ja, nach den Ereignissen der letzten zwei Tage bin ich mir da nicht mehr so sicher.«

»Das kann ich gut verstehen«, meinte Nicole. »Wenn du den Präsidenten ermordest, war alles, was dieses Land seit dem Waffenstillstand unter so großen Mühen erreicht hat, völlig umsonst. Es würde wieder Kriegsrecht herrschen, und mit ihm würden die Todesschwadronen zurückkehren. Willst du das wirklich, Rich?«

»Wenn ich Vaquero töte, wird Pruitt dich ermorden lassen.«

»Das muß ich riskieren.« Nicole warf entschlossen den Kopf zurück. Dann schritt sie zum Stuhl am anderen Ende der Veranda und setzte sich wieder, um sich eine weitere Zigarette anzuzünden. »Schau doch um dich, Rich. Was siehst du? Ich kann dir sagen, was *ich* sehe: Ein Land, das endlich in Freiheit lebt. Keine Kämpfe mehr. Keine Angst mehr. Vergiß Ruiz, Chavez und ihren versprengten Haufen. Sie leben irgendwo in den Wolken. Aber auch sie werden sich ändern, wenn sie kapieren, daß der Marxismus nur noch dem Namen nach existiert. Nach Jahrzehnten der Unterdrückung fangen die Leute jetzt an, ihr Leben neu zu ordnen. Und da wärst du bereit, ihnen das aus purer Habgier wegzunehmen?«

»Ich habe dir doch schon mal gesagt, daß es nichts mit Geld zu tun hat.«

»Sag bloß nicht, du würdest es für mich tun. Du glaubst doch nicht im Ernst, ich könnte in dem Bewußtsein weiterleben, daß meinetwegen ein Blutvergießen angerichtet wurde? Und dazu wird der Putsch zwangsläufig führen.« Sie zog heftig an ihrer Zigarette und starrte weiter in die Dunkelheit. »Bevor ich hierher kam, war mir El Salvador natürlich ein Begriff, auch wenn ich es nicht auf Anhieb auf der Landkarte gefunden hätte. Es war ein Name für mich, mehr nicht. Aber jetzt ist es ein Teil meiner selbst. Ich werde nie vergessen, was diese Menschen für Michelle getan haben. Sie gehörte nicht zu ihnen, und trotzdem haben sie ihr Leben riskiert, um sie zu beschützen. Wären sie nicht gewesen, hätte ich meine Tochter wahrscheinlich nie wiedersehen können. Nein, Rich, du darfst mich nicht als Ausrede benutzen, um damit deine letzten Skrupel loszuwerden. Wenn du morgen abend den Präsidenten erschießt, tust du es ausschließlich des Geldes wegen. Laß dich dann aber nie wieder in meiner und Michelles Nähe blicken.«

»Das ist Nicole Auger, die ich von früher her kenne«, meinte Marlette mit einem wehmütigen Lächeln. »Angenommen, ich erschieße morgen Vaquero, dann kann ich das nur tun, wenn ausgeschlossen ist, daß sie sich an dir und Michelle schadlos halten. Vor meinem Abflug aus New York habe ich die Details des Vertrags mit Pruitt auf Band gesprochen. Ursprünglich wollte ich nur für den Fall vorsorgen, daß Pruitt auf die Idee kommt, mich nach dem Attentat reinzulegen. Darum habe ich eine Kopie an sein Büro im Hauptquartier der CIA und eine zweite an dich in dein Restaurant geschickt. Das Paket für dich enthält auch einen persönlichen Brief mit Anweisungen, wie du die Kassette den Medien zuspielen kannst, falls mir etwas passiert. Jetzt haben wir die Kerle in der Hand. Wenn Chavez dich in einen Nachbarstaat schmuggelt, kannst du dich unverzüglich an Amnesty International oder eine ähnliche Organisation wenden und dort den Fall schildern. Du wärst schlagartig so bekannt, daß Pruitt es nicht mehr wagen könnte, seine Drohung wahr zu machen.«

»Das ist doch alles pure Spekulation, Rich«, hielt ihm Nicole vor.

»Einen wasserdichten Plan kann es nicht geben. Wir müssen die Mittel benutzen, die uns zur Verfügung stehen. Und wir haben es mit der CIA zu tun, Nicole. Die kennt keine Regeln. Wer in ihrer Welt überleben will, muß sich auf seinen Instinkt verlassen. Natürlich kann der Schuß nach hinten losgehen, aber das muß man riskieren.«

»Und was wird mit dir?«

»Laß das ruhig meine Sorge sein«, sagte er entschieden.

In der Ferne leuchteten Scheinwerfer auf. Ein Wagen näherte sich. Nicole sprang nervös auf und spähte in die Dunkelheit hinaus. »Rich, glaubst du nicht ...?«

»Ich habe dir doch gesagt, daß die Armee sich in der Nacht nicht hierher wagt.«

Daß Chavez auf dem Beifahrersitz saß, erkannten sie erst, als der Wagen vor dem Haus anhielt. Kaum war sie ausgestiegen und hatte die Tür zugeknallt, wendete das Auto und brauste davon. Chavez stürmte die Stufen zur Veranda hinauf und warf die Videokassette wütend auf den Tisch. *»Blanco!«* fauchte sie.

»Was ist los?« wollte Nicole wissen.

»Sie sagt, die Kassette sei leer«, erklärte Marlette.

Nicole sah ihn verwirrt an. »Das ergibt doch überhaupt keinen Sinn!«

»Das hat uns gerade noch gefehlt«, ächzte Marlette verzweifelt. »Bist du sicher, daß das die Kassette ist, die Kinnard Michelle gegeben hat?«

»Wie viele hat Michelle denn deiner Meinung nach noch dabei?« fragte Nicole spitz zurück. »Natürlich ist sie es.«

»Prüf es nach«, brummte Marlette, um sich sofort im Ton zu

mäßigen, als er ihre Augen zornig aufblitzen sah. »Bitte, Nicole. Es ist wichtig.« Er wartete, bis sie gegangen war, dann wandte er sich an Chavez. »Hast du das ganze Band überprüft?«

»Spiel dich nicht als Oberlehrer auf!« zischte Chavez. »Die Kassette ist gelöscht worden. Entweder hat Kinnard die Bänder vertauscht und dem Mädchen eine leere Kassette gegeben, oder deine Freundin hält uns hin.«

»Das Video ist Nicole doch völlig egal. Sie ist nur wegen ihrer Tochter da. Aber ich kann mir durchaus vorstellen, daß Kinnard zwei Bänder vertauschen würde. So etwas war ihm jederzeit zuzutrauen.«

Chavez schlug voller Wut mit der Faust auf die Brüstung. »Die ganze Zeit haben wir das Mädchen beschützt – und wofür? Für ein leeres Video!«

Nicole erschien in der Tür. In der Hand hielt sie Michelles rosa Koffer. »Rich, kann ich dich einen Moment sprechen?«

»Hast du es gefunden?«

»Ja, aber es sieht nicht gut aus.«

»Was ist es?«

Nicole gab ihm den Koffer. »Schau rein. Oberstes Fach.«

Marlette öffnete den Koffer und löste ein Gummiband, das die Fächer sicherte. »Oh, Scheiße!« entfuhr es ihm.

Chavez riß ihm den Koffer aus der Hand und sah selbst nach. Mit einem wütenden Fluch warf sie ihn Nicole wieder zu.

»Wo, zum Teufel, hat sie das Ding bloß her?« fragte Marlette entnervt.

»Es ist ein Industriemagnet. Bob hat ihn letztes Jahr bekommen, als er eine Serie von Artikeln über amerikanische Fabriken schrieb. Ich kann mich nicht erinnern, ihn eingepackt zu haben. Michelle hat ihn wohl später dazugelegt.«

»Und dieser Magnet hat das ganze Video gelöscht«, schloß Marlette. »Tja, dafür wird Vaquero ihr bestimmt einen Orden verleihen.«

»Was soll das schon wieder heißen?« brauste Nicole auf. »Sie ist ein Kind von sechs Jahren! Wie soll sie da wissen, daß ein Magnet ein Video zerstören kann?«

»Hier gibt's für mich nichts mehr zu tun«, erklärte Chavez an Marlette gewandt. »Ich fahre noch in dieser Nacht nach San Salvador. Jetzt muß eben *ich* Vaquero töten. Anders läßt sich der Putsch nicht mehr verhindern.«

»Du hättest nicht den Hauch einer Chance«, beschwor Marlette sie. »Im Hotel wird es bestimmt von Leibwächtern wimmeln.«

»Ich kann doch nicht danebenstehen und zuschauen, wenn es um die Zukunft meines Landes geht!« sie machte ein paar Schritte.

»Ich töte ihn!« rief Marlette ihr nach.

Sie drehte sich langsam um. »Und welche Chance hättest du? Ich habe wenigstens Beziehungen und ...«

»Ich auch«, unterbrach Marlette sie. »Und meine Kontaktpersonen bringen mich bis in Schußweite des Hotels. Der Anschlag ist schon bis ins Detail geplant.«

Michelle erschien in der Tür und rieb sich verschlafen die Augen. »Ihr habt mich geweckt, Mommy. Weil ihr so laut redet.«

»Das tut mir leid, Liebling«, flüsterte Nicole und drückte sie zärtlich an sich. »Komm, ich bringe dich wieder ins Bett.«

»Nicole, ich muß noch ein paar Dinge mit Chavez besprechen. Bis später dann.«

»Klar.« Nicole nahm ihre Tochter bei der Hand und führte sie ins Haus zurück.

»Wir müssen miteinander reden«, sagte Marlette zu Chavez.

»Richtig, das müssen wir«, erwiderte die Partisanin. »Dort drüben ist eine leere Hütte. Ich habe auch etwas *Aquardiente* aus Tejutla mitgebracht. Im Moment habe ich ein Glas dringend nötig.«

*Aquardiente.* Marlette hatte dieses Zeug seit seinem letzten Aufenthalt in El Salvador nicht mehr angerührt. Es war ein hochprozentiger Zuckerrohrschnaps, dem er einen der schlimmsten Kater seines ganzen Lebens verdankte. Das sollte ihm eine Lehre sein. Solche Unmengen wie damals würde er bestimmt nicht noch einmal in sich hineinkippen.

Als Marlette eine Stunde später wieder aus der Hütte trat, hatte er nur zwei Gläser *Aquardiente* getrunken, die ihm freilich gleich zu Kopf gestiegen waren. Chavez hatte sich die doppelte Menge genehmigt, doch ihr war nichts anzumerken. *Du wirst alt,* sagte er sich etwas griesgrämig.

Gleichwohl war es ein erhellendes Gespräch gewesen. Direkt. Ehrlich. Offen. Und zwar auf beiden Seiten. Nur so konnten sie weiterkommen. Marlette war von Anfang an klar gewesen, daß er Chavez über Pruitt und den Tötungsauftrag aufklären mußte, allein schon um Nicole und Michelle zu schützen. Er hatte alles auf eine Karte gesetzt, aber es hatte sich anscheinend gelohnt. Seine Idee, die zwei morgen früh zur Grenze zu bringen, war von Chavez verworfen worden. Wie sie in Tejutla in Erfahrung gebracht hatte, warteten an allen Straßen bereits Dennisons Leute. Chavez sah zwar, daß es eine Möglichkeit gab, sie zu überlisten, dennoch hielt sie das Risiko für zu hoch. Statt dessen schlug sie vor, Nicole und Michelle in den Süden des Landes zu bringen, ein Schachzug, mit dem Dennison und seine Schergen bestimmt nicht rechnen würden. So einigten sie sich darauf, die beiden zur La Puerta del Diablo, dem Teufelstor, zu fahren, wo Marlette am Abend ein Helikopter abholen sollte. Allerdings flog der Pilot in Pruitts Auftrag und würde sie an einen von Pruitt bestimmten Ort bringen, und dort würde sie garantiert einer seiner Leute erwarten. Um das zu verhindern, müßten sie den Piloten zwingen, ein anderes Ziel anzusteuern, ein Drittland wenn möglich. Marlette wußte, daß er den Helikopter ohne weiteres entführen konnte, allerdings würde er einen Flugplan benötigen und vor allem eine Landeerlaubnis. Chavez hatte Kontakte in Honduras und wollte alles Nötige in die Wege leiten. Beide waren sich der Unwägbarkeiten ihres Planes bewußt, doch was blieb ihnen anderes übrig ...?

Marlette erklomm die Stufen zur Veranda und ging ins Haus. Im Schlafzimmer schlummerten Nicole und Michelle eng aneinandergeschmiegt unter einer Decke auf dem Boden. Keine rührte sich, als er in das Zimmer trat. Er wollte schon die Decke über Nicoles Schultern anheben, hielt sich dann aber doch zurück. Warum sollte er sie wecken? Sie schlief so friedlich … Was er ihr sagen mußte, konnte auch bis morgen warten.

Er setzte sich auf den Stuhl in der Ecke und betrachtete Michelle. Zum erstenmal sah er sie in dem Bewußtsein, daß sie nicht nur Nicoles Tochter war, sondern *ihrer beider* Tochter. *Seine* Tochter. Am liebsten hätte er es unablässig vor sich hingesagt. Es löste ein so wunderbar warmes Gefühl in ihm aus. Sein ganzes Erwachsenenleben lang hatte er für Geld Menschen verstümmelt und getötet. Was für ein ehrloses Handwerk! Er hatte nur immer zerstört, doch jetzt gab es diesen kleinen Wildfang, seinen kleinen Wildfang – das Gegenteil von allem, woran er in den letzten zwanzig Jahren geglaubt hatte. Endlich leuchtete in dieser schrecklichen Finsternis ein Licht. Nicole hatte recht gehabt, als sie ihn von einem Tag auf den anderen verlassen hatte. Die Unschuld ihres Kindes war wichtiger als alles andere. Auch wenn er sich jetzt wegen all der Toten schämte – nicht nur vor Michelle, sondern auch vor sich selbst –, so fragte er sich, ob ihr bloßes Dasein vielleicht auch eine Art Erlösung von seinen Verfehlungen darstellte. Ihm wurde bewußt, daß er einen Punkt ohne Wiederkehr erreicht hatte. Von jetzt an zählte nur noch die Zukunft, was immer sie bereithielt – für ihn allein oder für alle drei zusammen. Nie wieder sollte sich seine Tochter seinetwegen schämen müssen. Nie …

Er spürte etwas an seiner Wange. Hastig fühlte er mit der Hand nach und stellte überrascht fest, daß seine Fingerspitzen naß waren. Mit einem nachdenklichen Lächeln wischte er sich die Augen aus. Er hatte nicht mehr geheult, seit er … Verdammt, er konnte sich nicht erinnern, wann er zuletzt geweint hatte.

»Schlaf gut«, flüsterte er und huschte aus dem Zimmer.

## 12

»Ihr Riecher hat sie vielleicht doch nicht getäuscht. Es ist tatsächlich möglich, daß Marlette für die CIA arbeitet«, sagte Amaya.

Dennison stand vor dem Fenster seines luxuriösen Penthousebüros und betrachtete das atemberaubende Panorama San Salvadors; der Stadt und der wild wuchernden Landschaft, die sich bis zu den am Horizont auftürmenden zerklüfteten Bergen und Vulkanen hinzog. Es war ein Blick, an dem er sich nie satt sehen konnte und in dessen Genuß die wenigsten Einheimischen je kommen würden. Nun, der Reichtum brachte eben bestimmte ästhetische Privilegien mit sich. Dennison klopfte die Asche seiner Cheroot ab und wandte sich zu Hector Amaya um, der sich gerade einen Bourbon aus seiner Hausbar einschenkte. »Wenn das kein Rückzieher ist«, brummte er. »Gestern abend haben Sie sich darüber noch lustig gemacht.«

»Ich habe mich nur über die Vorstellung lustig gemacht, daß im Militärrat ein Maulwurf sitzen soll«, verbesserte ihn Amaya. »Aber um mein Gewissen zu beruhigen, habe ich drei meiner zuverlässigsten Mitarbeiter gebeten, jedes einzelne Mitglied des Militärrats auf etwaige Verbindungen zur CIA oder zu anderen Geheimdiensten hin zu überprüfen. Es kam wie erwartet nichts dabei heraus.«

»Und wer hat *Sie* überprüft?« fragte Dennison. Er kehrte zu seinem Schreibtisch zurück und ließ sich in den gepolsterten Ledersessel sinken.

»Sie«, erwiderte Amaya. »Auch ich verfüge über Kontakte in Langley, Peter. Und ich habe gehört, daß Erkundigungen über mich eingezogen wurden. Darf ich annehmen, daß ich den Test bestanden habe?«

»Ich würde nicht mit Ihnen sprechen, wenn das nicht der Fall wäre. Nun, was haben Sie über Marlette in Erfahrung gebracht? Meine Nachfragen in Langley haben nichts ergeben.«

»Von Langley erhielt ich keine Informationen. Vielmehr hat mir ein verläßlicher Kontaktmann einen Tip hinsichtlich eines Angestellten des Ministeriums gegeben, das gegenüber dem Hotel Camino Real liegt. Eins konnte mein Informant allerdings nicht wissen, nämlich daß dieser Angestellte früher hier in San Salvador Botengänge für die CIA erledigt hat.«

»Kenne ich ihn?«

»Nein, Sie waren damals schon nicht mehr bei der Botschaft. Und als er uns auffiel, war er ein so kleiner Fisch, daß wir ihn einfach gewähren ließen. Wie Sie sicher verstehen werden, kann ich mich weder näher über die Identität meiner Quelle noch über den Inhalt ihrer Mitteilungen äußern, aber aufgrund ihrer Informationen ließ ich diesen Angestellten zum Verhör vorführen. Er ist Abteilungsleiter und hat damit zu jedem Raum Zutritt. Wir hatten keine große Mühe, ihn zu einer Aussage zu überreden. Sein Auftrag war, Marlette heute nachmittag in das Gebäude zu schmuggeln und bis Dienstschluß in einem leeren Lagerraum im obersten Stockwerk zu verstecken. Außerdem hätte er ihm Zweitschlüssel für mehrere Büros gegenüber dem Hotel geben sollten. Wahrscheinlich hätte sich Marlette dann das geeignetste Attentat ausgesucht. Die Frage, wie er an ein Gewehr herangekommen wäre, haben wir noch nicht geklärt. Wahrscheinlich hat eine andere Kontaktperson es irgendwo für ihn deponiert.«

»Und wem hätte der Anschlag gegolten? Vaquero?«

»Dem Präsidenten wohl kaum, oder sehen Sie das anders?« schnaubte Amaya.

»Das bedeutet, daß Langley über den Putsch Bescheid weiß«, schloß Dennison. »Haben die am Ende schon den Präsidenten alarmiert?«

»Glauben Sie nicht, daß ich das als erster erfahren hätte? Immerhin bin ich Kommandant der Präsidentengarde. Ganz offenbar will die CIA Marlette benutzen, damit er ihr die Schmutzarbeit abnimmt, um dann den Ruhm für die Zerschlagung des Putsches für sich zu beanspruchen. Aber jetzt hat Langley seinen Trumpf ausgespielt und kann uns keine Probleme mehr bereiten.«

»Haben Sie das Vaquero schon mitgeteilt?«

Amaya schüttelte den Kopf. »Ich dachte mir, daß Sie die gute Nachricht vielleicht als erster hören sollten. Gleich nachher gehe ich zu ihm.«

»Dann legt sich sein Zorn über die Sache mit Ruiz vielleicht ein bißchen«, spekulierte Dennison.

»Darauf würde ich mich nicht verlassen. Im Moment ist er stinksauer auf Sie. Ich habe es Ihnen ja schon am Telefon gesagt. Es war Ihr Glück, daß Sie nicht dabei waren, als ich ihm die Nachricht von Ruiz' Tod überbrachte. Er bekam einen regelrechten Tobsuchtsanfall.«

»Werde ich froh sein, wenn wir die ganze Geschichte endlich hinter uns haben und halbwegs normal weitermachen können!« stöhnte Dennison. »Wissen Sie, wieviel Geld ich in den letzten Tagen verloren habe? Meine halbe Belegschaft müßte ich von ihren eigentlichen Aufgaben abziehen!«

»Denken Sie doch nur an die Regierungsaufträge, an die Sie rankommen, wenn Vaquero erst mal an der Macht ist«, hielt ihm Amaya vor.

»Das ist im Moment mein einziger Trost«, brummte der Amerikaner und drückte seine Zigarre aus. »Sagen Sie, was machen wir mit Marlette? Soll ich ihn übernehmen?«

»Nein«, erwiderte Amaya. »Überlassen Sie ihn mir.«

»Was haben Sie mit ihm vor?«

»Nichts. Fürs erste zumindest. Wir warten, bis er im Gebäude ist, und wenn er merkt, daß er in eine Falle getappt ist, wird es zu spät sein.«

»Wie gern wäre ich dabei und könnte das sehen!« feixte Dennison, während Amaya schon zur Tür strebte. »Halten Sie mich auf dem laufenden.«

»Darauf können Sie sich verlassen.«

Die zwei großen internationalen Hotels in San Salvador waren das Sheraton und das Camino Real. Das Sheraton, das weithin als das vornehmere galt, wurde vorwiegend von Diplomaten und Geheimdienstagenten benutzt und hatte sich vor allem während des Bürgerkriegs hoher Beliebtheit bei der CIA erfreut. Im Camino Real, dem eine freundlichere

Atmosphäre anhaftete, stiegen eher Journalisten und Geschäftsleute ab.

Auch wenn Marlette weder in dem einen noch dem anderen übernachtet hatte, war er während seines ersten Aufenthalts fast jeden Sonntag zum Brunch ins Camino Real gegangen. Dort traf er ausländische Journalisten, mit denen er regelmäßig Neuigkeiten ausgetauscht hatte. Sie hatten mehr über die Manöver der Armee in den abgeriegelten Gebieten erfahren wollen und ihn als Gegenleistung dafür über die neuesten Entwicklungen in den Krisengebieten der Erde informiert. Beide Seiten waren gut damit gefahren, sagte er sich jetzt, da er auf dem Boulevard los Heros stand und zur weiß und braun getünchten Fassade des Hotels emporsah. Hier hatte sich seit damals wenig geändert.

Er wartete, bis die Ampel umschaltete, dann sprintete er über die zweispurige Fahrbahn. Als er sich dem Hotel näherte, hielt ihn ein übereifriger Taxifahrer auf und deutete auf eine ganze Armada gelber Taxis auf dem Parkplatz. Marlette schüttelte energisch den Kopf, drehte sich dann um und betrachtete das schwarzgraue Gebäude gegenüber. Wie oft hatte er damals im Hotel gesessen, ohne auch nur ein einziges Mal diesen Kasten zu bemerken. Sehr viel mehr wußte er heute immer noch nicht darüber. Man hatte ihm lediglich gesagt, daß dort für die Öffentlichkeit zugängliche Ämter untergebracht waren. Er ging weiter zum verglasten Haupteingang des Hotels. Sofort kam ein Bediensteter herbeigestürzt und hielt ihm die Tür auf. Noch einmal drehte sich Marlette zu dem Ministeriumsgebäude um und stellte erschrocken fest, daß von hier aus nur die untersten zwei Stockwerke zu sehen waren. Und ungefähr dort, wo er jetzt stand, würden heute abend die Würdenträger aus ihren Limousinen steigen. Er brauchte sich nichts vorzumachen: die Bedingungen waren äußerst schwierig.

Er trat ins Foyer und sah auf die Uhr. Seine Kontaktperson soll um drei eintreffen. Er mußte also noch zwanzig Minuten totschlagen. *Was für eine makabre Wortwahl!* hielt er sich vor und machte sich auf den Weg zur Bar. Dort bestellte er sich eine Cola und setzte sich an einen freien Tisch.

Es war nicht leicht gewesen, Nicole zu erklären, daß es wegen der Truppenmassierungen an der Grenze für die FMLN zu gefährlich wäre, sie und Michelle nach Honduras zu schmuggeln. Einen Streit hatte es allerdings nicht gegeben. Fast schien es so, als hätte sie längst mit einem weiteren Rückschlag gerechnet. Andererseits hatte er ihre deutlichen Vorbehalte gegen den Plan, sie bei der La Puerta del Diablo abholen zu lassen, bemerkt. Nun, sie war nicht die einzige, die am Erfolg des Unternehmens zweifelte. Abgesehen davon wäre für ihn zumindest ohnehin jeder Plan hinfällig, falls er den Präsidenten erschoß. Vergiß es, sagte er sich ärgerlich, doch dieser Gedanke ließ sich nicht verdrängen. Wenn er den Präsidenten ermordete, bedeutete das die endgültige Trennung von Nicole. Wenigstens wüßte er dann sie und Michelle in Sicherheit. Aber um welchen Preis! Er trüge am Wiederausbruch des Bürgerkriegs Mitschuld. Tötete er dagegen Vaquero, würde Pruitt seine Drohung ohne zu zögern wahr machen. Es sei denn, Nicole erreichte rechtzeitig ein sicheres Drittland und schlug soviel Krach, daß er nichts mehr unternehmen konnte. Doch zuerst mußte sie es über die Grenze schaffen. Wie viele möglichen Konsequenzen es doch zu bedenken gab. Was sollte er nur tun? Keiner konnte ihm einen Rat geben. Es lag allein bei ihm. Zwei Ziele. Eine Kugel. Kein zweiter Versuch.

Er trank sein Glas leer und sah auf die Uhr. Noch acht Minuten. Er stand auf. Beim Verlassen der Bar fiel ihm ein Gast mit der neuesten Ausgabe der *La Prensa* in den Händen auf. Auf der Frontseite prangte in großen Buchstaben: *Mercenario – Asesino.* Marlette zuckte zusammen: Söldner als Mörder. Unter der Schlagzeile war ein Schwarzweißfoto von ihm abgebildet. Tröstlich war einzig der Umstand, daß er darauf lange Haare und Bartstoppeln hatte. Aber es war schon ein unheimliches Gefühl. Genau dasselbe Foto hatte er in seiner Wohnung. Plötzlich spürte er den Blick eines Mannes auf sich. In der ersten Schrecksekunde glaubte er, jetzt sei er erkannt worden, doch dann trat der Mann in den Aufzug, und die Tür schloß sich hinter ihm. Marlette verfluchte sich insgeheim, daß er auf einmal so schreckhaft reagierte.

Sonst verlor er doch nie die Nerven. Andererseits war das auch keine normale Operation. Es stand einfach zuviel auf dem Spiel. Mit gesenktem Kopf durchquerte er das Foyer. Als er auf die Straße trat, bemerkte er, daß die meisten der Taxifahrer auf dem Grünstreifen vor dem Parkplatz saßen und Zeitung lasen, fast ausnahmslos die *La Prensa*. Nur einer hatte die Morgenausgabe des anderen führenden Blattes, des *Diario de hoy*. Auch dort war auf der ersten Seite sein Gesicht abgebildet. Marlette setzte sich die Sonnenbrille auf, die ihm Ruiz geliehen hatte, eilte an ihnen vorbei und rannte im Zickzack zwischen den vorbeifahrenden Wagen zur anderen Straßenseite.

Inzwischen war er schweißgebadet. Als er sich mit dem Oberarm das Gesicht abwischt, fiel ihm auf, daß sich direkt neben dem Regierungsgebäude das Einkaufszentrum Metrocentro befand. Sollte er sich dort vielleicht eine Schirmmütze kaufen? Schließlich trugen die meisten Einheimischen eine Kopfbedeckung; vor allem Baseballmützen schienen modern zu sein. Mit einem Blick auf die Uhr vergewisserte er sich, daß er noch genügend Zeit hatte, und betrat das Metrocentro. Er fand auch gleich ein Sportgeschäft, das jede Menge Touristenhüte führte. Die ließ er links liegen und erstand eine Baseballmütze mit der Aufschrift ›Mets‹. Er zog sie sich über die Stirn und schlenderte zum Hotel zurück. Gerade wollte er eintreten, als ein bewaffneter Polizist herauskam und die Tür aufhielt. In der Annahme, das sei eine höfliche Geste, wollte Marlette durchgehen, doch in diesem Moment kam ihm ein zweiter Polizist entgegen, der ihn wütend anherrschte, er solle gefälligst Platz machen. Dann eilten zwei Beamten die Treppe hinunter. Marlette trat ins Foyer. Neben der Tür standen zwei bewaffnete Sicherheitsbedienstete, doch sie waren zu sehr in ein Gespräch mit einer atemberaubenden Schönheit von vielleicht Anfang Zwanzig vertieft, um auf ihn zu achten. Die junge Frau hatte eine Figur, um die sie so manches Model beneidet hätte. Marlette wußte, daß es in El Salvador Hunderte von ähnlich aufregenden Mädchen gab. Für ihn war es ein böser Witz des Schicksals, daß die meisten dieser Traumfrauen, die in Europa Karriere hätten machen können, ohne Hoffnung und Aussicht auf einen Beruf in den Elendsvierteln des Landes hausen mußten.

Pruitt hatte ihm gesagt, daß seine Kontaktperson ihn ansprechen würde. Widerstrebend nahm Marlette darum seine Schirmmütze ab und steckte die Sonnenbrille in die Brusttasche seines T-Shirts. Nach Pruitts Angaben sollte der Mann mit einer bestimmten Frage an ihn herantreten, woraufhin sich Marlette mit seiner Antwort ausweisen mußte. Das war natürlich Spionageromantik, aber immer noch besser als Nelken im Revers oder die gestrige Ausgabe der New York Times. Aber handelte es sich bei der Kontaktperson überhaupt um einen Mann? Marlettes Augen wanderten zu der jungen Frau hinüber, die sich immer noch mit den zwei Wachmännern unterhielt. Das wäre doch was! Er sah auf die Uhr. Eins vor drei. Er fühlte sich immer unbehaglicher hier mitten im Foyer. Und dann lagen auch noch überall Zeitungen herum. Fast kam es ihm so vor, als starre ihm sein Konterfei aus allen Richtungen entgegen. Gib dich natürlich, nahm er sich vor. Sonst konnte er gleich aufgeben ...

»Verzeihen Sie bitte, wann fährt der nächste Bus der Linie 406 nach Santa Ana?« hörte er eine Stimme hinter sich.

Das war die Parole. Sein Kontakt. »Ich fürchte, die Linie 406 geht nicht nach ...« Marlette verstummte jäh, als Hector Amaya vor ihn trat.

»Schön, sie wiederzusehen, Marlette«, sagte der Major mit einem kalten Lächeln.

Marlette überlegte fieberhaft. War etwa Amaya sein Kontakt? Oder war er in eine Falle gelockt worden? Plötzlich fiel ihm wieder ein, daß Pruitt einen Maulwurf im Militärrat hatte. Doch nicht Amaya? Es war der letzte, dem er so etwas zugetraut hätte. Nein, das mußte eine Falle sein.

Amayas Blick flackerte vorbei an Marlette zu den zwei bewaffneten Wachmännern. »Hinter Ihnen stehen zwei meiner Leute. In meinem Rücken vor dem Aufzug sind noch mal zwei postiert. Sie sehen sie doch, wie? Ich will keinen Ärger hier, Marlette, aber wenn Sie sich Ihrer Verhaftung widersetzen, werden Sie das garantiert bedauern.«

Marlette drehte sich um. Tatsächlich standen die zwei Typen, die vorhin noch mit dem Mädchen geplaudert hatten, jetzt dicht hinter ihm. Er war also reingelegt worden. Aber wie hätte er das auch ahnen können?

Einer der Männer begann, Neugierige, die sich genähert hatten, zu verscheuchen. Sein Kollege stieß unterdessen Marlette den Lauf seiner Maschinenpistole in den Rücken und tastete ihn nach Waffen ab. Auch Amaya zog eine Pistole, trat einen Schritt zurück und deutete auf den Boden. Marlette sah mit gehetztem Blick um sich, aber er saß in der Falle. Liefe er los, würden sie ihn auf der Stelle erschießen.

Der Kolben der Maschinenpistole traf ihn schmerzhaft im Rücken, und prompt geriet Marlette ins Stolpern. Bevor er reagieren konnte, wurde er von hinten gepackt und zu Boden gedrückt. Dann rammte ihm jemand ein Knie in den Rücken, verdrehte ihm die Arme und legte ihm Handschellen an. Sobald er gefesselt war, wurde er hochgerissen und zur Tür gestoßen. Die zwei Männer, die vor dem Aufzug Wache gestanden hatten, folgten nun mit Amaya dem sich heftig wehrenden Marlette zu einem vor dem Hotel wartenden Wagen. Marlette wurde unsanft auf die Rückbank befördert. Während seine Bewacher sich sofort neben ihm setzten, stieg Amaya auf der Beifahrerseite ein. Der Major wartete, bis der Wagen losfuhr, dann drehte er sich zu Marlette um, der sich noch immer nicht geschlagen geben wollte. »Stellt ihn ruhig«, bellte er. »Es darf aber keine Blutergüsse geben.«

Während einer der Männer Marlette auf das Polster drückte, zückte der andere eine Betäubungsspritze und preßte die Spritze Marlette ins Genick. Marlette spürte einen stechenden Schmerz. Binnen Sekunden setzte die Wirkung des Sedativums ein. Er schüttelte wütend den Kopf und versuchte verzweifelt, die Schläfrigkeit zu bekämpfen, die ihn zu ersticken schien. Doch ihm war klar, daß er das Unvermeidbare bestenfalls hinauszögerte. Noch einmal funkelte er Amaya an, dessen Züge bereits vor seinen Augen verschwammen. Er hörte ihn höhnisch lachen, als sein Kinn nach unten klappte. Mit letzter Kraft versuchte er den Kopf zu heben, doch die Genickmuskeln versagten ihm den Dienst. Dann wurde ihm schwarz vor Augen.

Als Marlette zu sich kam, lag er auf einem harten, kalten Betonboden. Mühsam setzte er sich auf. Weitere Bewegungen verhinderte eine von einem rostigen Deckenhaken herabhängende Kette, die zwischen seinen Handschellen durchgezogen war. Hals und Schultern taten ihm weh, aber er nahm an, daß das mehr mit seiner verkrampften Haltung auf dem Boden als mit dem Betäubungsmittel zu tun hatte. Ansonsten registrierte er zu seiner Überraschung keine Beschwerden, nicht einmal Kopfschmerzen. Er fühlte sich nach dem tiefen Schlaf nur etwas benommen.

Aber wo war er überhaupt? Er sah sich langsam um. Der Raum hatte keine Fenster; die einzige Lichtquelle war eine nackte Birne direkt über ihm. Bis auf einen ausziehbaren Tisch an der von ihm aus entferntesten Wand gab es keine Einrichtungsgegenstände. Auf dem Tisch lag eine zusammengeknüllte Plane. Ob sie etwas verbarg, vermochte Marlette nicht zu erkennen. Neben dem Tisch machte er Steinstufen aus, die zu einer massiven Holztür führten. Über der Tür hing eine genau auf ihn gerichtete Filmkamera. Demnach konnte es sich um eine Polizeizelle handeln, doch Marlette entdeckte immer mehr Indizien, die dagegen sprachen. So waren auch mehrere Scheinwerfer an der Decke angebracht, die in verschiedene Richtungen wiesen; allerdings hatten nur zwei eine Birne. Nein, so waren keine Polizeizellen ausgestattet. Aber wo war er dann?

Er wurde jäh aus seinen Gedanken gerissen, als die Tür aufging. Auf der obersten Stufe erschien Stuart Jayson. Er schlug die Tür zu und kam langsam die Treppe herunter. An ihrem Fuß hielt er inne und starrte Marlette voller Verachtung an. »Gut geschlafen?« feixte er.

»Wo, zum Teufel, bin ich?«

»Hast du dir das nicht schon selbst zusammengereimt?« fragte Jayson zurück und ließ sich auf der untersten Stufe nieder. »Du bist in Dennisons Gästehaus in San Benito.«

»Natürlich«, brummte Marlette. Er ließ den Blick noch einmal wandern. *La muerte sótano.* Der Todeskeller. »Ich habe Gerüchte über dieses Loch gehört, wußte aber nie, ob es wirklich existiert. Sieht allerdings nicht gerade beeindruckend aus ...«

»Nach dem Waffenstillstand wurde es leergeräumt. Ich habe mir aber sagen lassen, daß die Todesschwadronen in den achtziger Jahren ihre wertvolleren Gefangenen regelmäßig hierher zum Verhör gebracht haben. Die Wände sind schalldicht, so daß sie mit ihnen anstellen konnten, was sie wollten, und niemand ihre Schreie hörte. Ich glaube, Dennison hat oben sogar Dinner Partys abgehalten, während im Keller die Gefangenen gefoltert wurden. Das ist doch was, oder?«

»Meine Bewunderung kennt keine Grenzen«, gab Marlette voller Abscheu zurück. »Ist unser geschätzter Gastgeber im Moment auch da?«

»Er kommt bald runter.«

»Und was wollt ihr von mir?«

»Das wirst du noch früh genug erfahren«, knurrte Jayson und betastete vorsichtig das Pflaster, das die genähte Wunde an seiner Wange bedeckte.

Marlette konnte sich seine Schadenfreude nicht länger verkneifen. »Und wie geht es deinem Gesicht?«

»Der Splitter ist bis zum Knochen durchgedrungen«, meinte Jayson achselzuckend. »Es wird eine Narbe zurückbleiben, aber viele Frauen scheinen ja auf so was zu stehen.«

»Für genügend Geld machen Nutten alles mit«, erwiderte Marlette. »Aber das weißt du ja wohl selbst. Anders kriegst du doch bestimmt keine Frau rum.«

»Ich brauch' keine Ficks mit Nutten! Wo ich doch 'ne Frau in Guatemala City hab'.«

»Hoffentlich gibst du ihr auch genügend Geld. Sonst muß sie sich wieder für zehn Dollar pro Nummer flachlegen, sobald du weg bist.«

Jetzt ließ sich Jayson doch provozieren. Erregt sprang er auf und zog seine Pistole. »Das brauch' ich mir von dir nicht gefallen zu lassen!«

»Steck die Pistole weg!« bellte Dennison, der oben in die Tür getreten war.

»Erst wenn er sich entschuldigt«, zischte der Engländer, ohne den Blick von Marlette zu wenden.

Dennison eilte die Treppe hinunter und riß ihm die Automatic aus der Hand. »Wenn er dich so leicht auf die Palme bringen kann, dann ist vielleicht doch was an seinen Behauptungen dran. Geh jetzt nach oben und warte im Wohnzimmer auf mich.«

»Ich freu' mich schon jetzt drauf, dich umzubringen, Marlette«, zischte Jayson. Dann griff er sich seine Waffe und verließ den Raum.

»Sie lassen nach, Dennison«, brummte Marlette, sobald sie allein waren. »Da schwimmen Sie in Geld, und trotzdem finden Sie nichts Besseres als einen Psychopathen wie Jayson.«

»In seinem Spezialgebiet kennt er sich aus, wie Sie in wenigen Stunden bemerken werden«, erwiderte Dennison kalt.

»Soll das heißen, nachdem er mich – wenn auch vergeblich – foltern durfte, um den Verbleib von Kinnards Video zu erfahren?«

»Das Video ist im Moment nicht so wichtig.«

»Aus welchem Grund wurde ich dann hierher gebracht?«

»Sie sind der letzte Teil in unserem Puzzle. Es wird einen Aufschrei in der UN geben, wenn in El Salvador wieder das Militär die Macht ergreift. So was ist leider unvermeidlich. Aber wenn wir die Sache so hindrehen, daß es so aussieht, als hätte das Militär eingreifen müssen, um das Land nach der Ermordung des Präsidenten zu stabilisieren, dann beruhigen sich die Gemüter bestimmt sehr schnell. Wie Sie wahrscheinlich schon wußten, wollten wir das Attentat Ruiz in die Schuhe schieben. Leider ist nicht alles wunschgemäß verlaufen – darum sahen wir uns gezwungen, auf den Reserveplan zurückzugreifen. Wir brauchen einen neuen Sündenbock, und wer eignet sich da besser als ein international tätiger Söldner, von dem außerdem bekannt ist, daß er neuerdings mit der FMLN gemeinsame Sache macht? Die Ermittlungen werden den unwiderlegbaren Beweis erbringen, daß die FMLN Sie für das Attentat auf den Präsidenten angeworben hat. Und ist die FMLN erst mal beim eigenen Volk in Ungnade gefallen, kann das die Position der Armee nur stärken.«

»Was ist Ruiz passiert?«

Statt einer Antwort schaltete Dennison einen der Scheinwerfer an, ging zum Tisch und hob die Plane an. Marlette stieg der Brechreiz in die Kehle. Vor seinen Augen lag Ruiz' grotesk verstümmelte Leiche.

»Was habt ihr mit ihm gemacht?« flüsterte er.

»Nichts«, antwortete Dennison und schlug die Plane zurück. »Der Landrover, in dem er fuhr, kam von der Straße ab und stürzte in eine Schlucht. Da es keine Überlebenden gab, können wir nur vermuten, daß er es irgendwie geschafft hat, das Lenkrad zu packen und herumzureißen.«

»Selbstmord?« fragte Marlette verblüfft.

»Das wird sich nie mit Sicherheit feststellen lassen. Wahrscheinlich ahnte er schon, was mit ihm geschehen würde und beschloß, seinem Leben selbst ein Ende zu bereiten. Ein Märtyrer für die Sache. Bewundernswert, aber leider ging der Schuß nach hinten los, denn bei der FMLN weiß noch niemand, daß er tot ist. Und wir haben nicht vor, die Bande aufzuklären. Darum habe ich keine Mühe gescheut, die Leiche zu bergen. Dabei habe ich sogar acht meiner Leute verloren. Sie wurden während der Durchsuchung des Wracks von Heckenschützen ermordet. Aber das ist nicht so schlimm – sie lassen sich jederzeit ersetzen. Wichtiger ist, daß wir die Leiche haben.«

»Vaquero muß ja stinkwütend sein«, schnaubte Marlette. »Sie haben doch in einem fort nur gepfuscht.«

»Ich habe mir zugegebenermaßen den einen oder anderen Fehler geleistet – aber wer steckt denn in Handschellen und hat nur noch ein paar Stunden zu leben? Sie oder ich?«

Jayson erschien in der Tür. »Ein Anruf für Sie. Es ist Vaquero.«

»Was will er denn?« fragte Dennison gereizt.

»Das hat er nicht gesagt. Er wollte nur Sie sprechen.«

»Sag ihm, daß ich gleich komme.«

»Eine Frage noch, bevor Sie gehen«, bat Marlette, sobald sie wieder allein waren.

»Die letzte Frage des zum Tode Verurteilten. Schießen Sie los.«

»Warum wurde Brad Casey ermordet?«

»Ich habe von Nicole gehört, daß er in New York erschossen

wurde. Aber von hier aus wurde das nicht organisiert, wenn Sie darauf hinauswollen.«

»Jetzt kann Ihnen doch gar nichts mehr passieren, wenn Sie mir die Wahrheit sagen«, knurrte Marlette. »Brad war mein bester Freund. Ich will die Wahrheit wissen, Dennison. Warum wurde er ermordet?«

»Wenn ich es wüßte, würde ich es Ihnen sagen.«

»Ein Zeuge hat behauptet, der Mörder hätte mit Cockney-Akzent gesprochen. Das hieße doch wirklich den Zufall über Gebühr strapazieren, wenn es nicht Jayson gewesen wäre.«

»Wann genau wurde der Mord begangen?«

»Vor vier Tagen.«

»Dann kann es nicht Jayson gewesen sein. In den letzten sechs Wochen hat er das Land nur einmal verlassen, und da war er in Guatemala City, um seine Frau zu besuchen. Ich würde sagen, Sie sind reingelegt worden, Marlette. Schade, daß Sie nicht mehr herausfinden können, wer dahinter steckt.«

Marlette bezweifelte nicht, daß Dennison die Wahrheit sagte. Er hatte ja auch keinen Grund, ihn anzulügen. Nicht nach allem, was er ihm gesagt hatte. Stimmte demnach Dennisons Vermutung? War er getäuscht worden? Aber von wem? Und warum? Der einzige Name, der ihm dazu einfiel, war der von Pruitt. Von ihm hatte er schließlich die Nachricht von Brads Ermordung erhalten. War Brad auf etwas gestoßen, das Pruitt irgendwie in Zusammenhang mit dem Putsch brachte? Doch wie konnte Brad ohne Kontakte zum Militärrat von den Umsturzplänen gewußt haben? Nein, das war zu verrückt. Nichts von all dem ergab Sinn. Es mußte eine andere Erklärung geben. Aber der Teufel sollte ihn holen, wenn er wußte, welche ...

Plötzlich war Dennison hinter ihn getreten, und bevor er reagieren konnte, spürte Marlette einen Stich im Genick. Er wußte bereits, was es war, noch ehe er die Betäubungsspritze in Dennisons Hand sah.

»Das Sedativum wird sich in wenigen Sekunden in Ihrem Blut auflösen«, erklärte Dennison. »Danach werden Sie tief schlafen. Auf diese Weise ersparen wir uns viel Ärger mit Ihnen.«

Schon spürte Marlette die ersten Anzeichen von Müdigkeit. Wütend zerrte er an den Handfesseln. »Wehren Sie sich nicht dagegen, Marlette, lassen Sie es einfach zu«, hörte er Dennison sagen. Er blinzelte mehrmals, versuchte wieder klar zu sehen, doch schon verschwamm das Zimmer vor seinen Augen. Erneut vernahm er Dennisons Stimme, nur klang sie diesmal wie ein entferntes Echo auf etwas, das aus seinem tiefsten Inneren zu kommen schien. »Wie ... gesagt ... Jayson ... guter Mann ...« Die Worte gingen ineinander über wie Traumbilder. »... Sauberer Schuß, ... Herz ... braucht Sie nicht zu kümmern ... werden nichts spüren ...«

Ein letzter verzweifelter Gedanke durchzuckte ihn, bevor er endgültig einschlief: *Du wirst nie wieder aufwachen!*

Jayson zog noch einmal an seiner Zigarette, dann drückte er sie an seiner Schuhsohle aus und legte den Stummel sorgfältig in eine Papiertüte, die er vor sich auf dem Tisch liegen hatte. Er durfte keinerlei Spuren hinterlassen. Zum wiederholten Mal sah er auf die Uhr. Sieben Uhr – der Präsident wurde in dreißig Minuten im Hotel erwartet. Es war ein drückender, schwüler Abend, und seine Hände schwitzten in den Handschuhen. Schon mehrmals hatte er überlegt, ob er sie nicht ausziehen und sich die Handflächen am T-Shirt abwischen sollte, doch hatte er der Versuchung widerstanden. Ein einziger versehentlich hinterlassener Fingerabdruck, und sie konnten den Plan vergessen. Ungeduldig griff er nach der nächsten Zigarette, hielt sich dann aber zurück und stand auf.

Er befand sich in einem Büro im ersten Stock des Regierungsgebäudes gegenüber dem Camino Real. Die zwei Schreibtische waren übersät mit Akten, alle mit Eselsohren; die offen stehenden Türen der Aktenschränke gaben den Blick auf mit zahllosen Ordnern vollgestopfte Fächer frei. Jayson hatte sich zusammengereimt, daß er in der Buchhaltung gelandet sein mußte, aber wer hier arbeitete, war ihm im Grunde egal. Er ging zum Fenster, vor dem bereits das Maadi-Griffin-Gewehr, mit dem er das Attentat verüben sollte, auf einem Stativ stand. Auch wenn ihm eine finnische Sako TRG 21 lieber gewesen wäre, hielt er es dennoch für eine taugliche Waffe, gerade für Schüsse aus dem Hinterhalt. Das Fenster stand bereits offen, die Rollos hatte er heruntergelassen. Die Mündung des Gewehrs lugte zwischen zwei Lamellen hindurch. Um zu verhindern, daß das Metall im Licht der untergehenden Sonne glitzerte, hatte er ein dunkles Klebeband um den Lauf gewickelt. Er kauerte sich vor die Waffe und spähte durch das Zielfernrohr, das er längst auf den Haupteingang des Hotels eingestellt hatte. Von der Glastür bis zum Randstein war ein roter Teppich ausgelegt worden. Obwohl die geladenen Gäste noch nicht eingetroffen waren, flitzten bereits Sicherheitsbeamte und Hotelangestellte hektisch hin und her. Sobald die erste Limousine vorfuhr, mußte alles reibungslos ablaufen.

Auf dem Hoteldach entdeckte Jayson schwerbewaffnete Soldaten, aber von ihnen hatte er nichts zu befürchten. Sie waren allesamt speziell ausgebildete Mitglieder der Antiterroreinheit der Nationalgarde und unterstützten den Putsch. Ihre Kollegen waren rund um das Hotel verteilt. Deren Aufgabe bestand ausschließlich darin, Vaquero abzuschirmen, sobald er die Macht an sich gerissen hatte. Das Hotel würde bis zum Eintreffen von Verstärkung aus den Kasernen zu einer regelrechten Festung umfunktioniert. Dann sollten die Soldaten Vaquero zum nationalen Radiosender eskortieren – der bis dahin von Putschisten besetzt worden wäre –, wo er offiziell die Rückkehr zur Militärherrschaft ausrufen konnte. Mittlerweile hätte sich die Armee auch der Fernmeldegesellschaft ANTEL, des Flughafentowers und sämtlicher Grenzstationen bemächtigt. Und all dies würde gleichzeitig geschehen, sobald er den Präsidenten erschossen hatte. Ein einziger Schuß. Ein schwieriger überdies – er durfte sich keinen Fehler leisten.

Er sah erneut auf die Uhr. Acht Minuten nach sieben. Marlette sollte um Viertel nach sieben ins Büro geschafft werden. Jayson mußte sich – wenn auch widerwillig – eingestehen, daß er Marlette zumindest als Söldner respektierte. Der Mann war gut. Zu gut. Er wußte schon nicht mehr, in wie vielen

Kriegen sie sich im Laufe der Jahre gegenübergestanden hatten. Und dennoch war es ihm bei keinem einzigen Scharmützel gelungen, Marlette zu überlisten. Richtig, er hatte eine Menge Rechnungen mit ihm offen. Und endlich konnte er sie begleichen.

»Er kommt zu sich.«

Die Worte klangen hohl und schienen aus weiter Ferne zu kommen, als wären sie irgendwo in seinem tiefsten Innern gefangen. Gedanken? Erinnerungen? Nein, unmöglich. Aber warum nicht? Keine Ahnung. Unverständlich ...

Plötzlich merkte er, daß er geschüttelt wurde. Mehr Stimme. Verschiedene Stimmen. Diesmal schienen sie näher zu sein. Klangvoller. Der Nebel um ihn lichtete sich langsam. Doch etwas an den Stimmen war nicht normal. Was, das begriff er erst nach ein paar Sekunden. Sie sprachen spanisch. Aber er dachte nicht auf spanisch. Diese Stimmen kamen ja gar nicht aus seinem Bewußtsein. Mühsam öffnete er die Augen, doch um ihn herum war alles verschwommen. Wie ein Filmbild, das nicht richtig eingestellt war. Er blinzelte mehrmals, als wolle er den Projektor justieren. Und es wurde besser. Klarer. Fast schon scharf. Als er sich die Augen reiben wollte, merkte er, daß seine Hände ihm nicht gehorchten. Sie waren gefesselt. Mit einem Schlag kehrte alles zurück ...

»Marlette?«

Ein Gesicht tauchte vor ihm auf. Die Augen waren kalt und gefühllos. Eine Zunge benetzte flüchtig wulstige Lippen und leckte an einem Schnauzer, der so dünn wie ein Strich war. Hector Amaya. Der Mund verzog sich zu einem müden Lächeln, als der Mann merkte, daß Marlette ihn erkannt hatte.

»Eins steht schon mal fest«, brummte Marlette. »Wenn ich tot bin, dann bin ich nicht im Himmel. Nicht, wenn auch Sie da sind.«

»Galgenhumor konnte ich noch nie verstehen, Marlette«, entgegnete Amaya, »aber ich habe mir sagen lassen, daß er helfen soll, die Todesangst zu mindern.« Er schnippte mit den Fingern. »Stellt ihn auf die Füße.«

Sofort zerrten zwei Männer Marlette hoch. Jetzt erkannte der Amerikaner, daß sie sich in einem matt beleuchteten Korridor befanden. Irgendwo tropfte Wasser. Längs der ungetünchten fensterlosen Wände verliefen dicke, unansehnliche und nach jahrelangem Gebrauch ohne Wartung verrostete Wasserrohre. Weiter hinten glaubte Marlette einen Generator auszumachen. In der Luft hing der ätzende Gestank von Diesel und Öl.

»Wo, zum Teufel, sind wir?« fragte Marlette.

»*Sie* sind genau dort, wo ich Sie haben will«, erwiderte Amaya und ging zum Aufzug weiter.

Marlette wurde gepackt und hinter ihm hergeschleift. »Wir sind wohl in dem Gebäude gegenüber dem Hotel!« rief der Amerikaner. Amaya drückte schweigend den Knopf, um den Aufzug anzufordern. »Ich dachte, ich hätte bis zum Schluß betäubt bleiben sollen. Woher der plötzliche Sinneswandel?«

»Das werden Sie schon noch sehen.« Mehr ließ sich Amaya nicht entlocken.

In diesem Moment kam der Aufzug. Amaya betrat ihn als erster. Während er auf den Knopf für den ersten Stock drückte, stießen die zwei Männer Marlette grob hinterher und stellten sich neben ihn. Inzwischen hatte sich Marlette soweit erholt, daß er seine Bewacher mustern konnte. Beide hatten kurz geschnittene Haare und waren jeweils mit grauen Flanellhosen und kurzärmeligen Hemden bekleidet, deren oberste Knöpfe offen waren. Ihre Pistolen steckten in Gürtelhalftern. Zu Dennisons Schlägertrupp gehörten sie eindeutig nicht. Waren sie am Ende Mitglieder der Präsidentengarde? Diese Erklärung zumindest erschien Marlette noch am plausibelsten. Wie sie, nur diskreter, war vermutlich auch Amaya bewaffnet. Zumindest ließ sein weit geschnittener Anzug auf ein unter dem Jackett verborgenes Holster schließen.

Als der Aufzug hielt, verließ ihn Amaya, sah sich kurz um und winkte dann seine Leute zu sich. Erneut wurde Marlette durch einen langen, verlassenen Gang gezerrt. Vor einer Tür blieb Amaya stehen und klopfte in einem bestimmten Rhythmus.

Eine Sekunde später drehte sich ein Schlüssel im Schloß; die

Tür wurde einen Spaltbreit geöffnet, und Jayson steckte den Kopf heraus. Sein Blick fiel sofort auf Marlette. »Warum ist er jetzt schon wach? Was soll das?«

»Dürfen wir reinkommen?« fragte Amaya sarkastisch.

Jayson öffnete die Tür ganz und trat beiseite, so daß die zwei Männer Marlette ins Büro schieben konnten. Amaya folgte ihnen, blieb aber bei der Tür stehen. »Wartet unten auf mich«, befahl er den zwei Männern und sperrte ab, sobald sie gegangen waren.

»Was soll das Ganze?« fauchte Jayson. »Dennison hat doch gesagt, er soll erst aufwachen, wenn alles vorbei ist!«

»Das war Dennisons Idee«, beschwichtigte ihn Amaya. »Aber ich weiß schließlich, wie sehr Sie Marlette verachten. Da dachte ich mir, Sie würden ihm vielleicht ganz gern in die Augen schauen, wenn Sie abdrücken.«

Ein Lächeln kroch über Jaysons rotes, fleckiges Gesicht. »Stimmt, der Gedanke gefällt mir. Ihm in die Augen schauen, wenn ich abdrücke. Haben Sie die Knarre dabei?«

Amaya zog eine Smith & Wesson aus dem Schulterhalfter und schraubte einen Schalldämpfer an den Lauf. Unterdessen wanderten Jaysons Augen zu Marlette hinüber, der sich verzweifelt nach irgendeiner Fluchtmöglichkeit umsah. »Du kommst hier nicht mehr raus, Marlette. Es sei denn, du probierst es mit einem Sprung durchs Fenster, aber die sind alle aus kugelsicherem Glas. Und überhaupt, bevor du in ihre Nähe kommst, bist du schon tot.« Mit einem ungeduldigen Fingerschnippen forderte er den Revolver. »Bringen wir's hinter uns. Geben Sie schon her.«

»Prophetische letzte Worte«, sagte Amaya und schoß dem Engländer durchs Herz.

Jayson taumelte zurück, blieb mit dem Fuß in einem Stapel Akten hängen und krachte dann zu Boden. Marlette überlegte fieberhaft, während er zusah, wie Amaya sich über den regungslos zwischen den mit Blut bespritzten Akten daliegenden Mann beugte. Noch war er zu verblüfft, um die Situation einschätzen zu können. Warum hatte Amaya Jayson erschossen? Kam er als nächster an die Reihe? Er schaute gehetzt zur Tür. Sie war verschlossen. Das Fenster? Sollte er um Hilfe schreien? Würde es überhaupt etwas nützen? Oder würde er dann gleich erschossen?

»Tot.« Ohne den Blick von Marlette zu wenden, hatte Amaya Jaysons Puls gefühlt und richtete sich nun auf. »Umdrehen.«

»Warum? Damit Sie mir in den Rücken schießen können?«

»Damit ich Ihnen die Handschellen abnehmen kann«, erwiderte Amaya und hielt den Schlüssel hoch. Er ließ seinen Revolver sinken, trat hinter Marlette und befreite ihn von der Fessel. Dann zog er ein Paar Handschuhe aus der Tasche und gab sie Marlette. »Streifen Sie sich die über.«

Marlette gehorchte. Bedächtig massierte er sich die noch tauben Handgelenke und setzte sich auf den nächsten Stuhl. »Ich glaube, Sie schulden mir ein paar Antworten.«

»Hat Ihnen Pruitt nichts von mir gesagt?« fragte Amaya auf spanisch zurück.

»Dann sind Sie also Pruitts Mann?«

»Richtig. Ich hatte den Auftrag, auf Sie aufzupassen. Ich war sozusagen die ganze Zeit Ihr Schutzengel.«

»Ich bin gerührt«, spottete Marlette.

Amaya sah auf die Uhr. »Der Präsident trifft in knapp zehn Minuten vor dem Hotel ein. Jayson hat das Gewehr bereits vor dem Fenster montiert. Es ist ein Maadi-Griffin, das Modell, das Sie von Pruitt haben wollten.« Er fischte eine Patrone aus der Jackentasche und reichte sie Marlette. »Abgeflacht, um die Wirkung beim Einschlag zu maximieren. Ein Schuß. Hunderttausend Dollar. Geben Sie Ihr Bestes, Marlette.«

Der Amerikaner erhob sich und ging zum Fenster hinüber, wo das Gewehr auf einem Stativ aufgebaut war. Bedächtig beugte er sich darüber und schob die Patrone in die Kammer; dann warf er einen Blick auf den toten Jayson. »Ich kann ja verstehen, warum Sie nach Ruiz' Tod einen anderen Sündenbock brauchen, aber warum haben Sie Jayson umgebracht? Er gehörte doch zu Ihnen.«

»Er gehörte zu Dennison«, verbesserte ihn Amaya. »Und Dennison gehört nicht zu uns.«

»Was soll das heißen?«

»Er ist ein Außenseiter. Und er ist radikaler als die meisten

Mitglieder des Militärrats. Außerdem ist er engstirnig, bigott, machtbesessen – und gerade letzteres behagt den wenigstens von uns. Aber nicht, weil er Aussichten auf ein Regierungsamt hätte, sondern weil er genügend Geld auf der Seite hat, um einen eigenen Putsch zu finanzieren, sobald Vaquero sich weigert, ihn zu seinem Berater zu ernennen. Ich sage bewußt *sobald* und nicht *wenn*, weil Dennison seinen Wunsch schon geäußert hat. Er ist ein gefährlicher Mann, der seine Macht allerdings etwas überschätzt. Da liegt es doch auf der Hand, ihn zu diskreditieren. Wenn das mit Jayson bekannt wird, ist sein Ruf zerstört. Und genau das ist Vaqueros Absicht.«

»Warum töten Sie ihn nicht einfach?«

»Er ist nicht ohne Einfluß. Das ergibt sich zwangsläufig, wenn man zu den reichsten Männern in El Salvador zählt. Wenn wir ihn töteten, würden wir überall nur auf Mißtrauen stoßen. Abgesehen davon ist Vaquero auf vorbehaltlose Unterstützung durch die reichen Kaffeebarone angewiesen. Und die sind Dennisons engste Verbündete.«

Marlette spähte durch das Zielfernrohr und stellte es einen Tick schärfer ein. »Aber dafür hätten Sie doch nicht mich gebraucht. Sie hätten genausogut Jayson das Attentat ausführen lassen und ihn danach töten können. Zur Not wären Sie sogar selbst in der Lage gewesen, die Sache zu erledigen.«

»Pruitt sieht das anders. Und er hat recht. Ich bin kein Scharfschütze, und Jayson ist zu unzuverlässig für solche Aufgaben. Wir dürfen uns aber keinen Fehler leisten. Und Sie haben nun mal den Ruf, einer der sichersten Schützen in diesem Geschäft zu sein. Darum haben wir Sie geholt.«

»Haben Sie Brad Casey etwa deswegen töten lassen? Wollten Sie dafür sorgen, daß ich auch garantiert rüberkomme, um seinen Tod zu rächen?«

»Ich habe gehört, daß Casey erschossen wurde, aber ich habe keine Ahnung, wer dahinter steckt.« Amaya sah auf die Uhr. »Noch sieben Minuten. Und Sie können sich darauf verlassen, daß der Präsident pünktlich ankommt. Bei ihm gibt es nie Verspätungen.«

»Wer sagt mir, daß Sie mich nicht umlegen, sobald ich den

Anschlag durchgeführt habe? Aus Ihrer Perspektive wäre das ja nachvollziehbar.«

»Sie haben doch einen Vertrag mit Pruitt geschlossen. Er hält immer Wort.«

»Warum fühle ich mich trotzdem nicht beruhigt?« fragte Marlette sarkastisch.

»Alex belohnt Treue stets. Auf diese Weise hat er weltweit ein Netz von Kontakten knüpfen können. Wenn Sie ihm helfen, dann hilft er auch Ihnen, so einfach ist das. Erledigen Sie Ihren Auftrag, dann sind Sie in wenigen Minuten auf dem Weg zu dem Treffpunkt an der La Puerta del Diablo. Hinter dem Haus steht ein Wagen. Ich soll Sie persönlich hinfahren. Bis morgen früh sind Sie wieder in den Staaten und um hunderttausend Dollar reicher.« Amaya öffnete das zweite Fenster einen Spaltbreit, zog aus der Brusttasche ein kleines Nachtsichtfernglas und nahm den Haupteingang in Augenschein. Ohne sich zu Marlette umzudrehen, fuhr er fort: »Doch wenn Sie pfuschen, knalle ich Sie ab. Und die Frau und ihre Tochter würden nach ihrer Rückkehr nach Chicago noch höchstens vierundzwanzig Stunden leben. Aber das wissen Sie ja schon. Wie gesagt, Alex Pruitt hält immer Wort.«

»Glauben Sie mir, ich würde nichts lieber tun, als Vaquero für all das, womit er mich in den letzten fünf Jahren gequält hat, eine Kugel in den Kopf jagen. Aber was nützt das? Nein, von mir aus kann er seinen Putsch haben. Das hier ist nicht mein Land. Das ist nicht mein Kampf.«

»Sehr vernünftig«, murmelte Amaya zerstreut. Er suchte noch immer die Umgebung ab.

»Wer weiß, vielleicht ein andermal.«

Amaya ließ das Fernglas sinken. »Möglicherweise erteilen sogar wir den Auftrag dazu.«

»Wollen Sie damit sagen, daß Vaquero nicht lange Präsident bleibt?«

»Ich sage, daß es fünf vor halb acht ist«, antwortete Amaya ausweichend. »In fünf Minuten wird der Präsident erwartet. Der Konvoi besteht aus einem schwarzen Lincoln Continental, die von zwei Polizeimotorrädern eskortiert werden. Da er vom Präsidentenpalast kommt, wird er sich dem Hotel von links nähern. Die Motorräder werden am Hotel vorbeifahren. Die ersten zwei Lincoln biegen dann ins Parkhaus ab. Der dritte und vierte Wagen bleiben unmittelbar vor dem Portikus stehen. Der Präsident und seine Frau werden in der dritten Limousine sitzen. Vaquero und Guaverra, der Finanzminister, werden im vierten Wagen sein. Das Protokoll sieht vor, daß der Präsident und seine ranghöchsten Minister die Gäste bei ihrem Eintreffen gemeinsam begrüßen.«

»Drinnen oder draußen?«

»Drinnen. Die Zeremonie findet im Foyer statt. Ich habe die Szene Anfang dieser Woche mehrmals mit meinen Leuten durchgespielt. Nach meiner Schätzung wird der Präsident vom Wagen bis zum Hotel höchstens zehn Sekunden brauchen. In dieser Zeit müssen Sie Ihren Schuß anbringen. Da die ganze Gegend abgeriegelt worden ist, wird er diesmal keiner jubelnden Menge zuwinken. Das heißt, daß Ihnen vielleicht sogar noch weniger Zeit bleibt.«

»Ich brauche nicht mehr als eine Sekunde, um seinen Kopf ins Visier zu nehmen und abzudrücken.«

»Achten Sie darauf, daß es auch wirklich der richtige Kopf ist«, sagte Amaya kalt.

»Ich habe Ihnen doch schon ...«

»Ersparen Sie sich Ihre Beteuerungen, Marlette. Und falls Sie auf die Idee kommen sollten, Sie könnten den Putsch mit Vaqueros Tötung verhindern, würden Sie sich täuschen. Dann würde eben ich einspringen und an seiner Stelle die weiteren Schritte ergreifen. Ob so oder so, heute abend gibt es in jedem Fall eine neue Regierung. Es liegt ausschließlich an Ihnen, ob Sie ihre Einsetzung erleben.«

Marlette maß ihn mit einem Blick von der Seite. »Sie hören sich ja an, als wünschten Sie sich Vaqueros Tod.«

»Nicht heute abend«, entgegnete Amaya. »Garantiert nicht heute abend.«

Marlette wischte sich mit dem Ärmel über die Stirn, dann zog er sein Halstuch aus der Tasche und schlang es sich als Stirnband um den Kopf. Seine Gedanken jagten einander. Am Morgen war er noch bereit gewesen, Vaquero umzubringen, komme, was wolle. Und jetzt war ihm auf einmal klar, daß er den Putsch keinesfalls verhindern konnte. Er hatte nur einen Schuß. Erledigte er damit Vaquero, würde er diesen Raum nicht lebend verlassen. Und was geschah dann mit Nicole und Michelle? Sicher, Nicole und er waren sich gestern nacht einig gewesen, daß Vaquero unbedingt aus dem Weg geräumt werden müsse, doch da hatte er noch gedacht, nur ihr Leben wäre gefährdet. So hatte es Pruitt ihm in New York erklärt. Aber jetzt hatte er von Amaya erfahren, daß sie auch Michelle ermorden würden. Wie konnte er seine einzige Tochter opfern? Nein, dazu war er nicht in der Lage. Und selbst wenn Nicol ihre Drohung wahr machte und er sie nie wiedersehen würde, falls er doch den Präsidenten erschoß, dann wüßte er sie und Michelle wenigstens in Sicherheit. Das war doch das einzige, was zählte. Oder etwa nicht? Hunderttausend Dollar für den Verkauf einer ganzen Nation. Blutgeld bis zum letzten Cent. Der Dollar – eine Währung, die härter war als eine Demokratie? Aber Söldner hatten keine Prinzipien, hielt er sich vor. Geld war Geld, egal in welcher Währung. Zum Teufel mit der Demokratie.

Vor einem Jahr hätte er sich das noch einreden können. Selbst noch vor einem halben Jahr. Aber jetzt nicht mehr. Also doch Vaquero umbringen, koste es, was es wolle? Aber dann würde der Putsch trotzdem stattfinden, und er wäre tot. Und seine Familie mit ihm. *Seine* Familie. Was sollte er nur tun? Es war höchste Zeit, sich zu entscheiden – so oder so ...

»Der Konvoi kommt in Sicht!« rief Amaya aufgeregt.

Marlette verlagerte unruhig sein Gewicht von einem auf den anderen Fuß. Kalter Schweiß trat ihm auf die Stirn. Zum erstenmal in seinem Leben stand er echte Angst aus, denn er wußte, daß jede Entscheidung die falsche sein würde. Und er würde schuldbeladen sterben oder sterben müssen. Er preßte die Augen an das Okular des Zielfernrohrs und folgte dem Konvoi mit dem Gewehrlauf. Die zwei Motorräder donnerten am Hotel vorbei, während die erste Limousine die Rampe zum Parkhaus hochfuhr. Dann folgte die zweite. Männer in dunklen Anzügen sprangen aus den zwei Wagen und rannten zum Portikus, vor dem die Präsidentenlimousine inzwischen angehalten hatte. Marlette benetzte die trockenen Lippen. Sein Finger wanderte zum Abzug, als nun auch der zweite Lincoln Continental stehenblieb. Die Hintertüren flogen gleichzeitig auf, und einen Moment schwankte der Gewehrlauf zwischen den beiden Wagen. Aus dem Fond der vorderen Limousine stieg eine gutaussehende Frau in elegantem Abendkleid. Das konnte nur die Präsidentengattin sein. Jeden Moment mußte der Präsident kommen.

Plötzlich hatte Marlette nur noch Augen für die andere Limousine, aus der jetzt Vaquero trat und sich von einem Leibwächter mehrere Schritte geleiten ließ. Dann hielt er inne und legte den Kopf zurück, als erwarte er den unvermeidlichen Schuß. Mit einem Schlag schwappten all die Erinnerungen an jene Nacht vor fünf Jahren über Marlette hinweg. Unwillkürlich schwenkte er das Gewehr auf dem Stativ, bis er Vaqueros Kopf genau im Fadenkreuz hatte. Sein Finger krümmte sich um den Abzug. Tu's doch einfach, sagte er sich. Ein Schweißtropfen sickerte unter seinem Stirnband hindurch und kullerte ihm in den Augenwinkel. Abrupt löste er sich vom Okular und wischte ihn weg. Erst jetzt merkte er, daß Amaya die schallgedämpfte Smith & Wesson in der Hand hatte und ihn scharf beobachtete. Es war, als warte er geradezu auf Ärger. Marlette sah wieder durchs Zielfernrohr. Inzwischen hatte der Präsident den Portikus erreicht. Dort hielt er inne, berührte Vaquero am Arm und sagte etwas zu ihm. Einen Moment lang hatte Marlette alle beide im Gesichtsfeld. Die Sekunden verrannen. Er mußte sich entscheiden. Für Nicole ... Für Michelle ... Für sich ... Er mußte die richtige Entscheidung treffen.

Und endlich wußte er, was er zu tun hatte.

# 13

La Puerta del Diablo. Das Teufelstor. Zwei Felsmassive von jeweils gut dreizehnhundert Metern Höhe, die in Vorzeiten eine gewaltige Formation gebildet hatten und die heute einen atemberaubenden Blick auf ein wildes, immergrünes Tal bieten. Zwischen den Felsen liegt ein tiefer, mit Steinen übersäter Abgrund, und diese Schlucht wird vom Volk ›Teufelstor‹ genannt.

Nicole blieb der vielgerühmte Ausblick allerdings vorenthalten, denn es war bereits dunkel, als sie die La Puerta del Diablo erreichten. Für die Touristen hatte man einen großen Parkplatz angelegt, doch Chavez zog es vor, den Wagen in einem Waldstück zu verbergen. Da sie bis zur Ankunft des Hubschraubers noch fünfundzwanzig Minuten Zeit hatten, beschloß Nicole, sich die Schlucht näher anzusehen. Michelle war sofort Feuer und Flamme, was vor allem damit zu tun hatte, daß sie nicht mit Anna Chavez allein sein wollte. Im Licht der Autoscheinwerfer durchquerten die zwei den Parkplatz, bis sie den Abgrund erreichten. Während sie schweigend dastanden und hinunterschauten, klammerte sich Michelle unwillkürlich an die Hand ihrer Mutter. Nur gelegentlich flackerten in einem der Dörfer in der Ferne Lichter auf. Nicole mußte daran denken, wie Rich ihr erzählt hatte, daß hier die Leichen derer abgeladen worden waren, die es gewagt hatten, gegen die brutale Unterdrückung aufzubegehren. Männer. Frauen. Kinder. Man hatte keinen Unterschied gemacht. Die Hände waren ihnen hinter dem Rücken gebunden worden, dann hatte man sie mit einer Kugel in den Hinterkopf getötet und ihre Leichen wie Müll in die Schlucht geworfen. Aber sie waren weder verschwunden noch vergessen. Bildete sie es sich nur ein oder spürte sie tatsächlich die Nähe von Geistern? Flüsterten wirklich Stimmen in der Abendbrise, die ihr sanft über die feuchte Stirn strich, waren das unsichtbare Finger, die ihr das Haar zerzausten und die Haut liebkosten? Sie fühlte sich auf einmal unendlich klein, versank ganz in der Mystik dieses Orts, doch unvermittelt wurde sie aus ihrer Träumerei gerissen, als Michelle nervös an ihrer Jeans zupfte. Erst jetzt merkte sie, daß es begonnen hatte zu regnen. Sie liefen zum Auto zurück.

Fünfzehn Minuten später prasselten die Regentropfen noch immer unablässig auf das Dach. Niemand sagte etwas. Nicole saß zusammen mit Michelle hinten. Das Mädchen starrte stumm die Windschutzscheibe an, auf der das herablaufende Wasser ständig neue Muster bildete. Nicole hatte keine Ahnung, was ihrer Tochter durch den Kopf ging, aber sie wollte sie nicht stören. Unmittelbar vor der Abfahrt aus dem Dorf hatte sie ihr erklärt, daß sie von einem Hubschrauber abgeholt würden. Michelle war ganz aus dem Häuschen gewesen, weil sie zum erstenmal in einem Helikopter fliegen durfte. Und als sie gehört hatte, daß Rich mitkommen sollte, hatte ihre Freude keine Grenzen mehr gekannt. So schnell wie mit Rich hatte sich Michelle noch nie mit einem Fremden angefreundet. Freilich wunderte das Nicole nicht allzusehr. Es bestand eben doch ein unsichtbares Band zwischen Vater und Tochter. Sie hatte die ganze Zeit versucht, nicht an Rich zu denken, aber das war gar nicht möglich gewesen. Wenn man den ganzen Tag nur im Auto saß, gab es eben wenig Abwechslung. Da spielte man höchstens ›Ich sehe was, was du nicht siehst‹. Normalerweise strapazierte Michelle damit die Geduld ihrer Mutter über Gebühr, doch diesmal war Nicole ihr dankbar gewesen und hatte sogar versucht, das Spiel in die Länge zu ziehen. Zum einen hatte es sie von Rich abgelenkt, zum anderen hatte Michelle, der beim Autofahren sonst immer schlecht wurde, sich wunderbar entspannt. Zwar hatte sie zwischendurch aussteigen müssen, um den revoltierenden Magen zu beruhigen, aber im großen und ganzen war die Fahrt ohne Krisen verlaufen.

Nicoles Blick fiel auf die Reisetasche zu ihren Füßen, die Chavez unterwegs in San Salvador abgeholt hatte. Sie hatte Michelle erklärt, die Tasche gehöre Rich und dürfe nicht geöffnet werden. Offenbar hatte das Mädchen gehorcht. Nicole wußte natürlich, was die Tasche enthielt: eine zerbeulte

Keksdose, die mit Plastiksprengstoff gefüllt und mit einem elektrischen Zünder versehen war. Die Fernbedienung befand sich in Nicoles Tasche. Äußerlich ähnelte der Sprengsatz denen, die ihr Vater an die kriegführenden Parteien in Afrika verkauft hatte, war aber im Unterschied dazu völlig harmlos, denn die Fernbedienung war eine bloße Attrappe. Doch gerade auf ihr beruhte der Plan, den sich Rich und Chavez am Abend in ihrem Gespräch unter vier Augen zurechtgelegt hatten. Nicole hatte ihre Vorbehalte, andererseits wußte auch sie, daß dieses Ding ihre einzige Überlebenschance darstellte …

Auf einmal deutete Chavez in die Ferne. »*Helicóptero.*«

Durch die Regenschlieren auf dem Fenster konnte Nicole nichts erkennen, und es war Michelle, die ihr den Scheinwerfer des sich nähernden Hubschraubers zeigte. Zwar sah Nicole nur eine Silhouette, doch das unverkennbare Rattern der Rotoren verriet ihr bereits, daß es nur eine Bell Huey sein konnte. Die zwei Vietnamveteranen, die regelmäßig für ihren Vater geflogen waren, hatten auf die Hueys wegen ihrer Zuverlässigkeit geschworen. Wie oft hatte sie angeschnallt mit im Wind flatterndem Haar vor der offenen Tür einer solchen Maschine gesessen, unter sich die ausgedörrte Steppe und die vor dem bedrohlichen Schatten fliehenden Zebra- und Impalaherden. Hoch am Himmel über Afrika. Das waren die schönsten Erinnerungen.

Nicole sah zu, wie Chavez eine Leuchtrakete aus dem Handschuhfach nahm, damit aus dem Wagen kletterte und sie anzündete. Plötzlich war der Himmel taghell, und sie sahen den gähnenden Abgrund vor sich. Das Geräusch kam näher. Michelle drückte sich an ihre Mutter und deutete aufgeregt nach oben, als der Huey hinter dem Felsen auftauchte. Einen Moment lang schwebte der Helikopter in der Luft wie ein Raubvogel, bevor er auf sein Opfer herabstößt, dann flog er über die Felsenkante hinweg und senkte sich Stück für Stück als hinge er an einem unsichtbaren Seil.

Nicole sah auf die Uhr. Der Hubschrauber hatte sieben Minuten Verspätung. Und wo war Rich? Er hätte längst hier sein müssen! Er kannte doch die Bedingungen: der Helikopter würde nicht auf ihn warten. Aber irgendwie mußte sie den Piloten hinhalten und Zeit gewinnen. Sie packte die Reisetasche und öffnete die Tür. Schlagartig drang das ohrenbetäubende Donnern der Maschine in den Wagen. Um sich vor dem Krach zu schützen, schnitt Nicole eine Grimasse – es nützte nichts. Dann nahm sie Michelle bei der Hand und lief mit ihr auf den Helikopter zu. Die Luke war bereits offen. Nicole hob Michelle behutsam in die Passagierkabine. Gleichzeitig versuchte sie, Blickkontakt mit dem Mann herzustellen, der nervös über die Schulter herübersah, doch sein Gesicht war hinter einem Helm mit Visier fast vollständig verborgen. Mit einer aufgeregten Geste forderte er sie auf, schnell einzusteigen und sich anzuschnallen.

Nicole gehorchte nur teilweise. Als sie ihre Tochter in die Passagierkabine gehievt und auf der Bank längst der Wand abgesetzt hatte, kauerte sie sich vor sie und rief ihr ins Ohr: »Warte auf mich, Liebling!«

Michelle klammerte sich voller Angst an ihrem Arm fest. »Wohin gehst du, Mommy?«

»Ich will nur auf Rich warten«, erklärte Nicole und legte ihr den Sicherheitsgurt an. »Versprich mir, daß du nicht rausgehst.«

»Und wenn der Hubschrauber ohne dich wegfliegt?«

»Das wird er nicht, Liebes«, versprach Nicole und küßte sie auf die Stirn. Gleichwohl waren ihre Augen immer noch vor Angst weit aufgerissen. »Habe ich dich je angelogen?« Michelle schüttelte den Kopf. »Dann versprich mir, daß du drin bleibst. Versprich es mir, Michelle.«

»Bei meinem Leben« sagte das Mädchen leise.

Nicole drückte sie noch einmal fest an sich, dann sprang sie auf den Boden und rannte um das Cockpit herum. Wütend fuchtelte der Pilot in Richtung der Kabine, doch sie schüttelte den Kopf und bedeutete ihm, die Luke zu öffnen. Nach kurzem Zögern tat er es. »Rich Marlette ist noch nicht da, und ohne ihn fliegen wir nicht los!« überschrie sie das Rattern der Maschine.

»Den Teufel werden wir tun!« brüllte er. »Sie kennen die Vereinbarung. Ich komme, sammle die auf, die da sind, und nichts wie weg. Mit jeder Sekunde, die ich hier stehe, riskiere ich mein Leben!«

»Wir warten!« rief sie und öffnete die Reisetasche. Ihre Finger griffen schon nach der Keksdose, aber dann überlegte sie es sich blitzschnell anders. Besser, sie würden den Sprengsatz erst in der Luft benutzen. Statt dessen packte sie das Video und wedelte damit vor dem Piloten herum. »Das ist das Ding, auf das Pruitt so scharf ist. Wenn Sie mit leeren Händen zurückkehren, wird er sich gar nicht freuen!«

Der Mann funkelte sie bitterböse an. Sie hatte ihn in der Hand. Ob er wollte oder nicht, er mußte diese Kröte schlucken. Vor dem Abflug vom geheimen Stützpunkt in Guatemala war ihm noch einmal eingeschärft worden: »Bring das Video mit, koste es, was es wolle.« Er sah auf die Uhr. »Fünf Minuten!« knurrte er und hielt fünf Finger hoch. »Danach fliege ich los, mit Ihnen oder ohne Sie.«

Nicole entfernte sich ohne eine Antwort, duckte sich unter den wirbelnden Rotorflügeln hinweg und hastete zur Straße. Chavez stand vor ihrem Auto. Sie hatte sich nun ein ausgebleichtes Käppi aufgesetzt und hielt eine Kalaschnikow in den Händen. Nicole wischte sich den Schweiß aus dem Gesicht. Wo zum Teufel steckt Rich nur? War ihm im Hotel etwas passiert? Sie konnte es nicht ausschließen, zumal dann, wenn er Vaquero getötet hatte. Andererseits traute sie ihm durchaus zu, daß er Typen wie Dennison und Amaya austrickste. Sie sah auf die Uhr. *Komm schon, Rich,* flehte sie, die Augen starr auf die Straße gerichtet. Sie wußte, daß der Pilot nicht länger als fünf Minuten warten würde. Aber sie mußte auch an Michelle denken. Je länger der Hubschrauber unten blieb, desto größer wurde die Gefahr ihrer Entdeckung. Hastig schaute sie zum Helikopter hinüber. Michelle war von hier aus nicht zu sehen. Ein gutes Zeichen. So hatte sie wenigstens die Gewißheit, daß das Mädchen im Hubschrauber geblieben war. Bei wichtigen Dingen gehorchte Michelle zum Glück immer. Ihr Blick wanderte zum Cockpit. Der Pilot pochte ungeduldig auf seine Uhr und reckte zwei Finger in die Höhe. Nicole zuckte zusammen. Nur noch zwei Minuten. *Komm doch, Rich, mach schon ...*

Chavez berührte Nicole am Arm und schüttelte den Kopf. Die Amerikanerin begriff, daß sie sich der Realität stellen mußte. *Denk an Michelle. Bring sie raus, solange es noch geht.* Sie warf einen letzten verzweifelten Blick auf die Straße. Immer noch nichts. *Sieh's endlich ein, Nicole. Er kommt nicht mehr.* Es ging nicht anders. Sie eilte zum Hubschrauber zurück.

*»Carro!«* schrie Chavez. Nicole wirbelte herum. *»Carro!«* wiederholte Chavez und deutete auf die Straße. *»Automóvil.«*

Tatsächlich näherten sich Scheinwerfer. Nicole konnte ihre Aufregung nicht mehr verbergen. Ohne auf die Proteste des Piloten zu achten, rannte sie zurück zu Chavez, die auf einem Knie kauerte und die Kalaschnikow auf das heranrasende Fahrzeug richtete. Der Wagen – es war ein Audi – kam zehn Meter vor ihnen mit quietschenden Bremsen zum Stehen. Wer der Fahrer war, konnte Nicole nicht erkennen, weil die Scheinwerfer sie blendeten. Chavez richtete die Kalaschnikow auf eine Gestalt, die nun aus dem Wagen sprang und auf sie zulief.

»Rich!« Nicole lief zu ihm und fiel ihm um den Hals. »Ich dachte schon, du hättest es nicht mehr geschafft. Ist alles in Ordnung?«

»Schon, ja«, brummte Marlette. Er spähte nervös über die Schulter. »Ich werde verfolgt. Wir müssen weg.«

»Nur zu gern. Was ist im Hotel geschehen? Ist Vaquero tot?«

»Ich sag's dir später.« Er sah sich erneut um.

»Dann komm!« drängte sie. »Der Pilot verliert sonst die Geduld.«

»Geh schon mal vor; ich komme gleich nach. Erst muß ich was mit Chavez besprechen.«

»Der Pilot wartet wirklich nicht länger.«

»Er wird schon warten«, versicherte Marlette ihr und wandte sich zu Chavez um. »Dennison hat mich gesehen, als ich das Gebäude verließ. Er ist mir bestimmt auf den Fersen.«

»Überlaß ihn mir.«

»Und wenn er schon Verstärkung angefordert hat ...?«

»Kann ich sie aufhalten, bis ihr weg seid.« Sie packte Marlette am Arm. »Vaquero?« Der Amerikaner nickte. »Und Guillermo?«

»Tot!« Marlette mußte schreien, um den Helikopter zu übertönen. »Es tut mir sehr leid!«

Chavez rannte wortlos zum Wagen zurück, ließ den Motor an, wendete mit kreischenden Reifen und raste auf die Straße zu. Marlette lief in die andere Richtung. Er hatte den Hubschrauber noch nicht erreicht, als er Scheinwerfer bemerkte, die aber nicht näher kamen. Wer immer der Fahrer war, mußte einen verdammt guten Grund haben, wenn er anhielt. Ein Feuerstoß ratterte. Das war Chavez. Sie raste auf das stehende Auto zu, hielt die Kalaschnikow seitlich aus dem Fenster und schoß unentwegt.

»Komm schon, Rich!« schrie Nicole vom Hubschrauber aus. »Mach doch endlich!«

In diesem Moment leuchtete hinter den Scheinwerfern ein greller Blitz auf, und eine ohrenbetäubende Explosion zerfetzte das Auto von Anna Chavez. Brennende Trümmer wurden weit in den Nachthimmel geschleudert. Eins davon flog geradewegs auf Marlette zu. Der wollte ausweichen, geriet dabei ins Stolpern und krachte zu Boden. Nicole sprang aus dem Hubschrauber und jagte auf ihn zu.

»Bring dich in Sicherheit!« schrie er sie an. »Das war eine Rakete. Ich halte die Kerle auf, bis ihr in der Luft seid!«

»Sie bringen dich um, wenn du zurückbleibst!«

»Sie bringen uns alle um, wenn ich auch abhaue. In der Luft hätte der Helikopter keine Chance mehr. Ich muß sie ablenken. Hau ab, solange es noch geht!« Er sah sich gehetzt um, als er einen Motor hörte. Jetzt erkannte er Dennisons weißen Mercedes. Es sah ganz so aus, als könne Dennison den Helikopter mit seinem Raketenwerfer abschießen, bevor er überhaupt abhob. »Lauf los, Nicole! Hau auf! Sofort!«

Sie drehte sich um, rannte zum Hubschrauber und kletterte mit zitternden Beinen in die Kabine. Marlette forderte den Piloten mit einer Geste auf, aufzuheben, dann sprintete er zum Audi. Er wußte, daß er jetzt nur noch eine Chance hatte, schnallte sich hastig an und startete den Motor. Dann drückte er das Gaspedal bis zum Anschlag durch und raste geradewegs auf den Mercedes zu.

Auch wenn er die Ereignisse im Hotel nur am Rande mitbekommen hatte, war Dennison auf Anhieb klar gewesen, daß der Staatsstreich fehlgeschlagen war. Jetzt konnte es nur noch darum gehen, das Schlimmste zu verhüten und Kinnards Video, den einzigen noch existierenden Beweis für seine Zusammenarbeit mit dem Militärrat, zu vernichten. Die Machtergreifung mochte gescheitert sein, aber kampflos würde er sich bestimmt nicht ergeben.

Sein Fahrer hatte als erster den tieffliegenden Hubschrauber ausgemacht. Daraufhin hatte Dennison sein Nachtsichtfernglas, das er bei jeder Fahrt dabei hatte, aus dem Handschuhfach geholt und die Maschine nicht mehr aus den Augen gelassen. Ein nicht gekennzeichneter Huey ... Und allem Anschein nach auf dem Weg zum Teufelstor. Natürlich. Alle anderen Fluchtwege waren Marlette versperrt. Bestimmt sollte er dort abgeholt werden.

Und der Helikopter hatte Dennison auf die Idee gebracht, seinen Raketenwerfer einzusetzen. Die ›*Blowpipe*‹ war ursprünglich für den Einsatz gegen regierungstreue Truppen gedacht gewesen, doch da der Putschversuch so kläglich gescheitert war, wurde sie auf einmal nicht mehr gebraucht, und er hatte sie kurzerhand in den Kofferraum gepackt. Jetzt hatte er das Gerät hinter dem Wagen aufgebaut und brauchte nur noch zu warten, bis der Helikopter abhob. Auch wenn er bezweifelte, daß der Hubschrauber bewaffnet war, befahl er dem Fahrer der Sicherheit halber, die Scheinwerfer abzuschalten. Der Helikopter war so gut wie zerstört ...

Das hatte er zumindest gedacht, bis Chavez den Mercedes entdeckte und sofort das Feuer eröffnete. Zwar bot ihm die gepanzerte Limousine Deckung, doch konnte er jederzeit einen Querschläger abbekommen. So hatte er sich entschlossen, die *Blowpipe* auf Chavez' Wagen zu richten. Gern tat er das nicht, denn das Wiederaufladen des Geräts würde ihn wertvolle Zeit kosten. Nachdem er das Geschoß auf ein neues Ziel eingestellt hatte, betätigte er per Joystick die Fernbedienung, und wunschgemäß löste die Rakete beim Aufschlag ein flammendes Inferno aus. Auch nicht schlecht: Ruiz tot, Chavez tot – zwei Sargnägel mehr für die FMLN. Vielleicht hatte sich die Aktion ja doch gelohnt ...

Da ein Felsblock die Sicht auf den Helikopter versperrte, stieg Dennison wieder in den Mercedes und forderte den Chauffeur auf, ihn näher zum Ziel zu bringen. Der Fahrer gehorchte und steuerte den Wagen aufs offene Gelände. Kurz vor der Kante blieb er stehen. Sofort kletterte Dennison ins Freie, kauerte sich in den Schutz der Limousine und baute das Gerät hastig wieder auf. Er brauchte nur noch eine der Raketen, die auf dem Rücksitz lagen, ins Rohr zu schieben. Seine Augen flackerten währenddessen ständig zum Helikopter hinüber. Zwar konnte er von hier aus weder Marlette noch Nicole sehen, doch er hörte Marlette etwas rufen. Dann kam Nicole in sein Blickfeld und kletterte in den Hubschrauber. Gleich darauf hob die Maschine ab.

*»Patrón!«*

Dennison folgte dem ausgestreckten Finger seines Fahrers und sah, wie Marlette in den Audi sprang. Schlagartig begriff er, daß er ihn rammen wollte. Sein Blick hetzte wieder zum Helikopter hinüber. Er hatte an Höhe gewonnen. Da die Rakete eine Reichweite von drei Kilometern hatte, blieb ihm eigentlich noch genügend Zeit; andererseits konnte er den Hubschrauber leicht verfehlen, wenn er erst mal zwischen den Bergen verschwunden war. Er mußte ihn abschießen, solange er ihn noch sehen konnte.

»Knall ihn ab!« brüllte Dennison. Dann stellte er die elektronisch gesteuerte *Blowpipe* genau auf den Hubschrauber ein, löste den Sicherungshebel und krümmte den Finger um den Abzug ...

Marlette sah die Uzi einen Wimpernschlag zuvor, bevor der Fahrer schoß. Er duckte sich rasch hinter das Lenkrad, als die Kugeln die Windschutzscheibe durchschlugen und ein Hagel von Splittern auf ihn herabregnete. Er spürte, wie Blut über sein Genick floß, als er vorsichtig den Kopf hob und durch die von einem Spinnennetz aus feinen Rissen überzogenen Reste der Glasscheibe spähte. Der weiße Mercedes stand höchstens noch dreißig Meter vor ihm. Aber er konnte Dennison nicht sehen, und das berunruhigte ihn. War er schon dabei, die nächste Rakete abzufeuern? Ließ sich das überhaupt noch verhindern? Schon wieder sah er die Uzi im Fahrfenster auftauchen. Sofort duckte er sich hinter das Steuer, und diesmal prasselte die Salve gegen die Kühlerhaube. Eine Kugel durchlöcherte einen der Vorderreifen, sofort geriet das Fahrzeug ins Schlingern und drohte außer Kontrolle zu geraten. Verzweifelt klammerte sich Marlette ans Lenkrad. Der Audi raste weiter, wenn auch mit Schlagseite, auf den Mercedes zu. In Erwartung des unvermeidlichen Zusammenpralls riß Marlette die Arme über den Kopf. Dann gab es einen schmetternden Krach. Die Wucht des Aufschlags schleuderte Marlette zur Seite. Er brüllte vor Schmerzen auf, als ihn der Sicherheitsgurt auffing und er mit einem jähen Ruck auf den Sitz zurückgezogen wurde. Benommen registrierte Marlette, daß der Audi sich immer noch zur Seite drehte. Schlagartig war er hellwach. Zu seinem Entsetzen sah er, daß die zwei Fahrzeuge sich ineinander verkeilt hatten und der Mercedes sich schwankend auf den Abgrund zubewegte. Marlette war klar, daß der Mercedes den Audi unweigerlich mit in die Tiefe reißen würde. Und immer mehr neigte sich die Limousine zur Seite, sie stand nur noch auf zwei Rädern. Hektisch fummelte Marlette an der Schnalle des Sicherheitsgurts herum, doch sie klemmte. Unter dem Gewicht des Mercedes gab die Erdkante weiter nach. Und auch der Audi geriet mehr und mehr in Schräglage. Marlette kämpfte noch mit der Schnalle, als sich der Mercedes mit einem schrecklichen Knirschen zur Seite drehte und in die Tiefe stürzte. Im letzten Moment hatte er sich von dem Audi gelöst, doch die Befreiung kam zu spät. Auch Marlettes Auto hing bereits mit zwei Rädern über dem Nichts. Jetzt konnte jede Gewichtsverlagerung den Absturz auslösen, aber regungslos konnte Marlette auch nicht sitzenbleiben! Nein, er mußte es riskieren und versuchen, sich zu befreien.

Plötzlich bebte die Erde unter ihm. Der Mercedes war explodiert. Und dann gab es einen jähen Ruck, als ein brennendes Teil unten im Fahrgestell einschlug. Das genügte, um den Schwerpunkt zu verschieben. Verzweifelt zerrte Marlette am Sicherheitsgurt, während der Audi unaufhaltsam über die grasbewachsene Kante rutschte. Plötzlich öffnete sich die Schnalle doch noch. Marlette griff nach der Tür, als der Wagen umkippte ... Schützend hielt er sich die Arme vor den Kopf, dann wurde er gegen die Windschutzscheibe geschleudert.

Um ihn herum wurde es schwarz.

Dennison suchte hektisch nach der Rakete, als im Abgrund der Mercedes explodierte. Vor dem Zusammenprall der zwei Autos hatte er sich gerade noch mit einem Sprung zur Seite retten können, aber dabei war ihm die Rakete aus den Händen geglitten. Jetzt war sie nirgendwo zu entdecken. Vielleicht war sie über die Kante gerutscht. Frustriert sah er dem Hubschrauber nach, der das Teufelstor schon ein gutes Stück hinter sich gelassen hatte und in Richtung Norden davonflog. Er folgte ihm mit den Augen, bis er endgültig hinter einem Berg verschwunden war, dann ging er zur Kante und starrte niedergeschlagen in die Tiefe, wo am Fuß des Felsens die Trümmer des Audi ausbrannten. Der Gedanke an Marlettes Tod konnte ihn wenig trösten, denn selbst im Sterben hatte Marlette ihn noch geschlagen.

Erst jetzt bemerkte er einen Riß in seiner Hose. Aus einer tiefen Wunde unter dem Knie strömte Blut und floß sein Bein hinunter. Die Socke war bereits durchtränkt. Als er vorhin mit einem gewaltigen Satz zur Seite gesprungen war, hatte er sich offenbar das Schienbein aufgerissen. Noch spürte er keinen Schmerz, aber der würde schon noch kommen. In mehr als nur einer Hinsicht, dachte er bitter.

Ein Motorengeräusch ließ ihn aufhorchen. Er drehte sich um. Scheinwerfer tasteten sich auf der Straße heran. Ein Wagen näherte sich, wurde langsamer und hielt vor ihm. Der Motor wurde abgestellt, doch die Scheinwerfer strahlten ihn weiter an. Dann ging die Tür auf, und eine vertraute Gestalt stieg aus.

»Jek?« rief Dennison verdattert. Mit Vaqueros rechter Hand hatte er nun wirklich nicht gerechnet. »Was machen Sie denn hier?«

Jek wischte sich als erstes einen Regentropfen vom Smoking, bevor er auf ihn zutrat. »Sie haben versagt, Dennison«, erklärte er in seiner abgehackten Sprechweise.

»Wir alle haben versagt«, erwiderte der Amerikaner.

»General Vaquero hat mir für diesen Notfall Instruktionen erteilt.«

»Was für Instruktionen?«

»Sie hinzurichten.« Jek zog aus einem unter seinem Smoking versteckten Halfter eine Pistole.

In Todesangst riß Dennison beide Hände hoch. »Warten Sie! Hören Sie mir zu, Jek ... Es ist noch nicht vorbei. Ich habe noch jede Menge Geld. Wir können ganz von vorne anfangen!«

»Ich halte mir viel darauf zugute, daß ich jeden Auftrag ausführe, Mr. Dennison.«

»Wollen Sie Geld?« heulte Dennison. »Ich gebe Ihnen, was Sie wollen! Eine Million? Zwei Millionen? Nennen Sie mir einfach Ihren Preis, Jek! Es gehört alles Ihnen. Aber bitte bringen Sie mich nicht um!«

Wortlos hob Jek seine Automatic und schoß ihm ins Herz. Dennison taumelte zurück. Seine Hand klammerte sich an der Brust fest; er konnte spüren, wie ihm das Blut zwischen den Fingern hindurchsickerte. Seine Beine wurden schwer wie Blei; er konnte sie schon nicht mehr heben. Eine zweite Kugel durchschlug seine Brust. Er war tot, noch bevor er rücklings auf dem vom Regen aufgeweichten Boden aufschlug. Aus seinem Mundwinkel sickerte Blut, das schnell vom Regen weggewaschen wurde. Mit dem Fuß drehte Jek den Amerikaner auf den Bauch und schoß ihm noch einmal in den Hinterkopf. Dann wandte er sich mit einem verdrießlichen Blick auf die Wolken ab und kehrte zu seinem Wagen zurück. Beim Einsteigen fiel ihm ein Spritzer Schlamm an der Spitze seines Lackschuhs auf. Sofort zog er ein Taschentuch aus der Brusttasche und rieb den störenden Schmutzfleck sorgfältig weg. Nachdem er das Taschentuch wieder eingesteckt hatte, setzte er sich hinter das Steuer und ließ den Motor an.

Nicole kauerte regungslos neben der offenen Luke und klammerte sich an den über ihr hängenden Gurt, als der Hubschrauber sanft abhob und die La Puerta del Diablo in Richtung Nordwesten verließ. Sie hatte noch immer die schrecklichen Bilder vor Augen, sah wie der Audi zu schlingern anfing, außer Kontrolle geriet und dem Mercedes in die Seite raste, wie der Mercedes in den Abgrund stürzte und der Audi halb über der Kante wippte. Sie hatte auch schemenhaft Richs Gestalt hinter dem Steuer ausgemacht. Hektisch, ja verzweifelt, hatte er am Sicherheitsgurt gezerrt und sich nicht davon befreien können. Wie grausam das Schicksal doch sein konnte! Das, was ihn eigentlich hätte schützen sollen, hatte ihn also das Leben gekostet. Schreckensstarr hatte sie verfolgt, wie der Audi über die Kante gekippt, einen Moment hinter einem Überhang verschwunden und dann in die Tiefe gestürzt war. Am Fuß des Felsens explodierte der Benzintank in einem lodernden Feuerball.

Jetzt erst kamen die Tränen. Langsam strömten sie aus ihren Augenwinkeln und mischten sich mit den Regentropfen, die der Wind über ihre Wangen sprühte.

»Wein doch nicht, Mommy. Bitte wein nicht.«

Das dünne Stimmchen ging fast unter in dem Dröhnen des Motors und dem rhythmischen Rattern der Rotoren. Aber sie hörte es. So zart und tränenerstickt. Eilig drehte sie sich zu Michelle um, die, die Arme um die Brust geschlungen, jetzt in hemmungsloses Schluchzen ausbrach. Mit der freien Hand griff Nicole hinter sich und knallte die Luke mit einer Wucht zu, als wollte sie das, was draußen geschehen war, aussperren. Michelle brauchte sie, und zwar jetzt. Sie ließ den Haltegriff los und kniete sich vor Michelle, die sofort beide Arme mit aller Kraft um den Hals ihrer Mutter schlang.

»Ich habe Angst, Mommy!« wimmerte sie.

»Ich bin doch bei dir, Liebes«, beruhigte Nicole das Mädchen und drückte es fest an sich. »Du brauchst keine Angst mehr zu haben.«

»Ich hab' doch das Knallen draußen gehört.«

»Dir kann doch nichts geschehen.« Nicole löste sich von Michelle und strich ihr zärtlich mit dem Finger über die tränenüberströmten Wangen. »Wenn ich bei dir bin, kann dir nichts passieren. Du weißt doch, daß ich das nie zulassen würde.«

»Wo ist Rich?« fragte Michelle und schluchzte wieder. »Du hast gesagt, daß er mitkommt.«

»Er mußte zurückbleiben.«

»Du weinst selber, weil du ihn furchtbar lieb hast, Mommy.«

»Ja, das stimmt wohl«, gab Nicole zu und wischte sich die Tränen aus dem Gesicht.

»Ich hab' ihn auch lieb. Wann kommt er uns in Chicago besuchen?«

»Das weiß ich nicht, Liebling«, schniefte Nicole.

»Hoffentlich kommt er bald, damit du nicht mehr traurig bist«, flüsterte Michelle.

Nicole streichelte ihr lächelnd die Haare. Sie wollte sich schon neben Michelle auf die Bank setzen, als sie die Reisetasche auf dem Boden bemerkte. Sie hatte die Bombenattrappe ja ganz vergessen! Rich hätte das erledigt, wäre er zum Helikopter durchgekommen. Jetzt mußte sie ihren Mann stehen. Würde der Pilot den Bluff durchschauen? Sie wußte, daß Rich einen Ton angeschlagen hätte, der für den Piloten überzeugend genug gewesen wäre. Bestimmt hätte er seine Forderungen erfüllt. Nun mußte sie es versuchen. Gelang es ihr nicht, würde Pruitt sie beide mit Sicherheit ermorden lassen. Um ihr eigenes Leben ging es ihr nicht. Aber sie durfte nicht zulassen, daß Michelle etwas geschah.

Sie packte entschlossen die Reisetasche. »Möchtest du vorne beim Piloten sitzen?«

Trotz der Tränen nickte Michelle aufgeregt und wollte auch schon den Sicherheitsgurt lösen, doch Nicole hielt sie zurück. »Erst muß ich ihn fragen. Es ist wohl besser, wenn ich allein mit ihm spreche. Wenn er es erlaubt, setzen wir uns beide neben ihn, einverstanden?« Michelle strahlte sie an. Nicole tätschelte ihr zärtlich die Wange, dann kletterte sie nach vorne in die Kabine und stellte die Reisetasche neben dem Piloten ab.

»Was wollen Sie?« fuhr er sie an. »Gehen Sie zurück und setzen Sie sich wieder neben die Kleine. Ich sage Ihnen schon, Bescheid, wenn wir landen.«

*Du arrogantes Arschloch!* dachte Nicole empört. *Dir werd' ich's zeigen!* »Und wo genau wollen Sie landen?« fragte sie.

»Guatemala!« bellte er.

»Irrtum.« Nicole zog ein Blatt Papier aus der Hosentasche und hielt es ihm unter die Nase. »Das hier sind Ihre neuen Koordinaten.«

Ärgerlich stieß er das Papier zur Seite. »Was soll das sein? Ein dämlicher Witz? Gehen Sie wieder nach hinten und setzen Sie sich.« Er achtete nicht darauf, daß Nicole die Reisetasche öffnete und den Deckel der Keksdose anhob. Da er sie auch weiterhin beharrlich ignorierte, stieß sie ihn an und deutete stumm auf die Dose, als er sich endlich umdrehte.

Der Pilot prallte entsetzt zurück. »Himmel!« ächzte er. »Sind Sie verrückt? Das ist ja eine Bombe!«

»Und ich habe die Fernbedienung«, sagte Nicole und klopfte auf ihre Jackentasche. Sie sah, wie er verstohlen zur Dose schielte. Hastig klappte sie den Deckel wieder zu. »Ich möchte Sie darauf aufmerksam machen, daß die Ladung von selbst hochgeht, falls Sie auf die Idee kommen sollten, die Drähte rauszureißen. Erwischen Sie den falschen zuerst, explodiert das Ding.«

Der Mann schluckte nervös. Mit zitternden Fingern nahm er seinen Helm ab und wischte sich den Schweiß von der Stirn. »Hören Sie, Lady, ich bin doch bloß ein Pilot, der nichts zu sagen hat. Und jetzt habe ich den Auftrag, Sie zu einem Stützpunkt in Guatemala zu bringen.«

»Nicht mehr.« Erneut reichte ihm Nicole das Papier. Diesmal nahm er es. »Das sind Ihre neuen Koordinaten. Es ist eine private Landebahn in Honduras. Die Formalitäten sind bereits mit den Behörden geregelt. Sie brauchen uns nur noch dorthin zu bringen.«

»Honduras?« fauchte der Pilot. »Sie haben sie nicht alle! Ich flieg' doch nicht nach Honduras.«

Nicole zog die Fernbedienung aus der Tasche, nahm die Schutzkappe ab und legte den Daumen auf den roten Auslöseknopf. »Wollen Sie es darauf ankommen lassen?« fragte sie mit drohendem Unterton. »Möchten Sie es wirklich wissen?«

»Um Himmels willen, regen Sie sich nur nicht auf!« flehte der Mann. Sein Blick flackerte gehetzt zwischen dem Sprengsatz und seinem Armaturenbrett hin und her. »Wenn wir in Turbulenzen geraten, jagen Sie uns alle in die Luft!«

Es klappte. Der Mann schwitzte vor Angst. Aber sie dufte nicht locker lassen, bis er sich geschlagen gab. »Ich stecke den Signalgeber erst wieder ein, wenn Sie Kurs auf Honduras nehmen.«

Nun wechselte der Pilot seine Strategie. »Wenn Sie den Knopf da drücken, bringen Sie auch Ihre eigene Tochter um. Das kann ich mir nicht vorstellen.« Seiner Stimme fehlte allerdings jede Überzeugungskraft.

»Falls Sie es noch nicht wissen: Der Putsch ist gescheitert. Das heißt, daß Pruitt stinksauer sein wird. Er hat Rich damit gedroht, daß er Michelle und mich umbringen läßt, wenn er seine verrückten Befehle nicht ausführt. Wie Sie sehen, habe ich nichts mehr zu verlieren. Und Michelle genausowenig. Mir ist lieber, sie stirbt zusammen mit mir, als daß dieser Dreckskerl von Pruitt sie zwischen die Finger kriegt.« Nicole staunte über sich selbst. Und sie hatte befürchtet, sie würde diesen Mann nicht einschüchtern können! Dabei war ihr Ausbruch überhaupt nicht gespielt. Ihre Wut war echt. Und sie wußte, daß der Typ tun würde, was sie von ihm verlangte.

»Sie sind total verrückt«, murmelte der Pilot resigniert. Langsam entfaltete er das Papier und studierte die neue Route. »Okay, ich tu', was Sie von mir verlangen, und wechsle den Kurs. Aber stecken Sie bloß dieses Ding da ein, sonst passiert am Ende noch was, was uns alle umbringt.«

Sie riß die Reisetasche wieder an sich, trat einen Schritt zurück und schob hinter seinem Rücken die Attrappe in die Jackentasche. Ohne die Hand aus der Tasche zu nehmen, stellte sie sich erneut neben ihn. »Noch etwas: Falls Sie versucht sein sollten, doch nach Guatemala zu fliegen, und darauf zu bauen, da ich es nicht merke – man hat mir einige unverkennbare Merkmale in der Nähe des Flugplatzes beschrieben. Wenn ich keins davon sehe, jage ich uns alle in die Luft. Überlegen Sie es sich lieber doppelt und dreifach, bevor Sie den Helden markieren.«

»Herrgott, ich will doch kein Scheißheld sein, Lady. Wie gesagt, ich bin nichts als ein harmloser Pilot. Daheim in Miami hab' ich 'ne Frau und drei Kinder. Die will ich bald wiedersehen.«

»Sagen Sie, fluchen Sie vor ihnen auch so viel?«

»Was?«

»Die Sache ist nämlich die: Da ich Sie im Auge gehalten muß, werden meine Tochter und ich für den Rest des Flugs neben Ihnen im Cockpit sitzen. Mich selbst stören Ihre Flüche nicht, aber es wäre mir sehr lieb, wenn Sie in Gegenwart meiner Tochter Ihre Zunge hüten könnten.« Damit öffnete Nicole die Tür zur Kabine, reckte mit einem triumphierenden Lächeln den Daumen in die Höhe und winkte Michelle zu sich.

»Oh, Scheiße«, brummte der Pilot.

»Und noch was. Sie weiß nichts von der Bombe. Dabei soll es bleiben, einverstanden?«

»Ganz wie Sie meinen, Lady«, seufzte der Pilot schicksalsergeben. »Ganz wie Sie meinen.«

## 14

Es war der ideale Standort für ein sicheres Versteck. Verborgen hinter einem dichten Fichtenwald stand das Haus auf der Kuppe eines steilen Hügels. Zu erreichen war es nur über einen mit Schlaglöchern übersäten Schotterweg, den allenfalls ein robuster Geländewagen mit äußerst zuverlässigen Stoßdämpfern bewältigen konnte. Aus diesem Grund bevorzugten seine Benutzer für die An- und Abreise vorwiegend den Luftweg und hatten bald nach seinem Erwerb ein Stück Wald gerodet und einen Hubschrauberlandeplatz angelegt.

Die Baumwipfel bogen sich, als zwischen ihnen ein Helikopter mit wirbelnden Rotoren auf einen gelb markierten Kreis in der Mitte der Betonpiste zuschwebte. Kaum hatten die Landekufen aufgesetzt, eilte ein mit einer Maschinenpistole bewaffneter Mann herbei und öffnete die Luke. Eine Gestalt stieg aus. In der einen Hand trug sie einen Diplomatenkoffer, die andere preßte sie an das schlohweiße Haar. Die zwei Männer liefen sogleich zum Haus. Der Weißhaarige hatte die Veranda noch nicht betreten, als die Haustür geöffnet wurde.

»Morgen, Sir!« rief ein Brillenträger und wartete, bis der Mann eingetreten war, um die Tür sofort wieder zu schließen.

»Morgen, McCrain«, brummte der Neuankömmling und strich sich die weißen Haare glatt. »Schrecklicher Lärm das. An diese Scheißdinger werde ich mich nie gewöhnen.«

Der andere gestattete sich ein höfliches Lächeln. »Hier entlang, Sir«, sagte er dann und ging voran in die Küche.

Auf der Schwelle blieb der Weißhaarige abrupt stehen und betrachtete einen am Tisch sitzenden Mann, der gierig Rührei mit Speck und Würstchen verschlang. »Für einen Toten haben Sie ja einen erstaunlich gesunden Appetit.«

Richard Marlette sah langsam von seinem Teller auf. Sein Gesicht war unrasiert und wies mehrere Blutergüsse auf. Besonders auffällig war ein dunkler Striemen unter dem linken Auge. Und von der Nase bis zur Oberlippe verlief eine gezackte Schnittwunde. »Ein Heil dem Häuptling«, sagte er sarkastisch.

»Dann wissen Sie also, wer ich bin?«

»Warren van Horn, der neue Direktor in Langley. Ich habe letzten Monat das Interview mit Ihnen gesehen. Sie haben sich wirklich gut geschlagen. Es ist ja auch nicht ganz leicht, die kritische Öffentlichkeit davon zu überzeugen, daß die CIA aus lauter guten Menschen besteht, wo Sie doch Typen wie Alex Pruitt auf der Gehaltsliste stehen haben.«

»Alex Pruitt arbeitet nicht länger für die CIA«, beschied ihn van Horn knapp und nahm ihm gegenüber Platz. »Bitte, lassen Sie sich nicht vom Essen abhalten.«

Marlette stützte sich mit den Ellbogen auf den Tisch und beugte sich weit vor. »Es ist höchste Zeit für ein paar Antworten, finden Sie nicht auch?«

Van Horn nickte McCrain zu. »Ich hole Sie, wenn ich sie brauche.« Er wartete, bis der andere gegangen war und die Tür hinter sich geschlossen hatte, dann wandte er sich wieder an Marlette. »Was hat McCrain zu Ihnen gesagt?«

»Nur das, was er mir mitteilen durfte«, stieß Marlette ärgerlich hervor. »Daß der Putsch gescheitert ist und daß die Mitglieder des ›Militärrats‹ verhaftet werden konnten. Jetzt wird ihnen der Prozeß wegen Hochverrats gemacht. Außerdem ließ er mich wissen, daß Dennison tot ist. Nur habe ich ihn nicht getötet.«

»Sie sagen mir nichts Neues«, erwiderte van Horn. »Ist Ihnen überhaupt klar, wo Sie sind?«

»In einem sicheren Haus der CIA etwa vierzig Kilometer östlich von Chicago. Ich bin hier schon seit zwei Tagen. McCrain hat Sie doch bestimmt gleich angerufen, als ich gestern zu mir kam, oder?«

»Das ist richtig.« Van Horn stand auf und schenkte sich eine Tasse Kaffee ein. »Ich nehme an, Sie haben auch schon gehört, daß Nicole Auger und ihre Tochter sicher und wohlbehalten in Chicago eingetroffen sind, richtig?«

»Das war das erste, was ich nach dem Aufwachen wissen

wollte. McCrain teilte mir mit, sie würden bis zur Aufhebung von Pruitts Tötungsbefehl rund um die Uhr bewacht.«

»Er wurde sofort nach Pruitts Verhaftung zurückgenommen«, versicherte ihm van Horn und setzte sich. »Übrigens wäre der Befehl vom selben Mann ausgeführt worden, der auch Ihren Freund Brad Casey erschossen hat.« Er wartete auf eine Reaktion, es kam jedoch keine. »Sie scheinen ja gar nicht überrascht zu sein. Hatten Sie denn nicht Jayson unter Verdacht?«

»Doch, am Anfang, bis ich begriff, daß Jayson es nicht gewesen sein kann. Danach blieb nur noch Pruitt übrig. Wer sonst käme in Frage?«

»Kennen Sie auch den Grund, warum Pruitt Casey ermorden ließ?«

»Ich kann es mir vorstellen. Er wird sich gedacht haben, daß ich wahrscheinlich auch nicht für viel Geld zu einer Rückkehr nach El Salvador bereit sein würde und eine besondere Motivation bräuchte. Darum ließ er Brad ermorden und stellte Jayson als Täter hin. Er wußte, daß ich drauf brennen würde, Jayson dafür büßen zu lassen. Sehe ich das richtig so?« Van Horn nickte stumm. »Eigentlich hätte ich sein Spiel gleich durchschauen müssen. Was man auch über Jayson sagen mag – er war ein Vollprofi. Und das bedeutet, daß er am Tatort den Mund gehalten hätte, zumal bei seinem auffälligen Akzent, der zwangsläufig verräterisch für ihn gewesen wäre. Aber anscheinend sah Pruitt keine andere Möglichkeit, Jayson ins Spiel zu bringen, und ich bin ihm auf den Leim gegangen.« Marlette schob seinen Teller zurück. »Aber eins verstehe ich immer noch nicht: Was versprach sich Pruitt von der Zusammenarbeit mit den Putschisten?«

»Es ging ihm ausschließlich ums Geld. Sie wissen ja bereits, daß Amaya der Maulwurf Pruitts im Militärrat war. Wie Amaya im Verhör bereits zugegeben hat, war ihm im Falle des Erfolgs das Verteidigungsministerium versprochen worden. Zu seinen Aufgaben hätte dann die Wiederaufrüstung der Armee gehört, die nach dem Waffenstillstand radikal verkleinert worden ist. Pruitt unterhielt enge Kontakte zu führenden europäischen Waffenherstellern und hätte ihnen lukrative Aufträge zugeschanzt. Das wäre ein Millionengeschäft geworden und Pruitt hätte beträchtliche Provisionen kassiert. Woher, glauben Sie, stammt das Geld, das er Ihnen zahlen wollte? Was sind schon zweihunderttausend Dollar im Vergleich zu dreißig oder vierzig Millionen? Da kann man die paar Kröten schon mal investieren. Waffen sind nach wie vor ein Geschäft, Marlette. Ein Milliardengeschäft.« Van Horn nippte an seinem Kaffee. »Ich werde nur aus Ihrem Verhalten bei dem versuchten Attentat nicht ganz schlau. Wie ich das sehe, hatten Sie doch nur zwei Möglichkeiten: Entweder Sie töten den Präsidenten und spazieren mit zweihundert Riesen in der Tasche davon, oder Sie erschießen Vaquero und verhindern den Putsch. Aber statt dessen haben Sie das Gewehr auf Amaya gerichtet. Warum?«

Darüber dachte Marlette eine Weile nach. »Ich hatte nur eine Patrone in der Kammer. Auf die kam es an. Hätte ich den Präsidenten erschossen, wäre das Land wieder im Bürgerkrieg versunken. Hätte ich Vaquero umgepustet, wäre ich von Amaya getötet worden, und Pruitt hätte seinen Killer auf Nicole und Michelle angesetzt. Ich hatte sowohl den Präsidenten als auch Vaquero im Fadenkreuz, als mir plötzlich wieder einfiel, was Amaya kurz vorher angedeutet hatte – daß er bald selbst die Macht ergreifen würde. Ob so oder so, ich wäre in jedem Fall ein toter Mann gewesen. Darum habe ich plötzlich auf ihn geschossen. Nennen Sie es, wie Sie wollen. Überlebenstrieb ... Instinkt ... In diesem Moment erschien es mir einfach als das Natürlichste. Und er konnte nicht mehr rechtzeitig reagieren. Leider habe ich ihn nicht richtig getroffen. So mußte ich ihn eben zusammenschlagen und mit den Handschellen an die Heizung fesseln. Dann habe ich das Weite gesucht.«

Van Horn musterte Marlette über den Rand seiner Tasse hinweg. »Und jetzt glauben Sie, daß *Sie* den Putsch verhindert haben?«

»Ich weiß nur, daß es nicht zum Putsch gekommen ist. Irgendwas muß ich zumindest richtig gemacht haben.«

»Das stimmt«, versicherte ihn van Horn lächelnd. »Sie haben Pruitt eine Kassette mit dem Protokoll der zwei Besprechungen in Ihrer Wohnung geschickt.«

»Wie haben Sie das in Erfahrung gebracht?«

Van Horn stellte sich vors Fenster. Den Blick auf die Bäume gerichtet, erklärte er: »Gegen Alex Pruitt sind schon lange interne Ermittlungen im Gange.«

»Das hat mir Ruiz auch schon gesagt. War er *Ihr* Mann?«

»Ja, ich war von Anfang an sein Führungsagent, seit wir ihn in Notre Dame angeheuert hatten. Es ist schade um ihn. Er war ein nützlicher Informant.« Mit einem Schulterzucken beendete van Horn dieses Thema. »Seit einem Monat wird Pruitt beschattet. Seine ganze Post wird abgefangen und ausgewertet, bevor sie ihn erreicht. So ist die Kassette bei uns gelandet. Es war hochinteressant, sie abzuhören. Allerdings ist sie nie bei ihm gelandet. Wir konnten es uns nicht leisten, ihn zu erschrecken. Nicht an diesem kritischen Punkt der Untersuchung.«

»Demnach wußten Sie, daß ich an jenem Abend beim Hotel sein würde, richtig?«

»Natürlich wußte ich das. Darum habe ich einen eigenen Plan aufgestellt, um möglichen Konsequenzen Ihrer kleinen Eskapade vorzubeugen. Einige hochrangige Offiziere der salvadorianischen Nationalgarde arbeiten für uns, müssen Sie wissen. Mit ihrer Hilfe konnte ich den Staatsstreich neutralisieren, ohne daß Pruitt etwas erfuhr. Die Soldaten auf dem Hoteldach hätten einem Vaquero ergebenen Eliteregiment angehören sollen, doch wurden diese Männer abgefangen, bevor sie das Hotel erreichten. An ihrer Stelle bezogen regierungstreue Soldaten auf dem Dach Position. Und überall dort, wo Vaquero Truppen aufgestellt hatte, waren wir bestens für den Gegenschlag gerüstet. Wir hatten nicht nur den Funkverkehr gestört und bestimmte Einheiten in ihren Kasernen eingesperrt, so daß sie Vaquero und seine Mitverschwörer nicht mehr warnen konnten, sondern auch den loyal zur Regierung stehenden Teil der Armee mobilisiert. Sie sehen, Marlette, auf Sie kam es wirklich nicht mehr an.«

»Warum hat der Präsident nicht früher gehandelt und die Verschwörer verhaften lassen, wenn er vom Komplott wußte?

Und warum hat er sich überhaupt ins Hotel gewagt? Dann hat er ja wissentlich sein Leben aufs Spiel gesetzt. Das ist doch absurd!«

Van Horn drehte sich wieder zu Marlette um. »Wer sagt denn, daß der Präsident Bescheid wußte? Natürlich gab es Gerüchte über einen Staatsstreich, aber die sind in Ländern wie El Salvador an der Tagesordnung. Selbstverständlich beauftragte er seinen Sicherheitschef damit, der Sache nachzugehen, aber es ist nicht weiter verwunderlich, daß Amaya sie als Fehlalarm hinstellte. Und da der Präsident ihm blind vertraute, ergriff er keine weiteren Maßnahmen.«

»Dann *erwarteten* Sie ja sogar von mir, daß ich den Präsidenten umbringe!«

»Damit hätten wir Pruitt im Sack gehabt«, gab van Horn zu. »Aber jetzt haben wir mehr als genug Beweise und können den Sack auch so zuschnüren.«

»Das ist also das neue Gesicht der CIA«, stellte Marlette voller Abscheu fest. »Sie hätten in aller Seelenruhe zugeschaut, wie ein ausländischer Staatschef ermordet wird, nur weil Sie Pruitt auf frischer Tat ertappen wollten!«

»Daß ausgerechnet *Sie* das sagen!« ereiferte sich van Horn. »Sie waren doch bereit, den Präsidenten für hunderttausend Dollar umzubringen. Im Unterschied zu Ihnen stehen wir wenigstens für ein Prinzip.«

»Im Gegensatz zu Ihnen habe ich allerdings nie im Fernsehen Predigten über den Werteverlust in unserem Land oder über eine neue Ära der Offenheit in Langley gehalten.«

»Und worum, glauben Sie, geht es hier?« donnerte van Horn und drosch wütend mit der Faust auf das Fensterbrett. Sofort ging die Tür auf, und McCrain lugte besorgt ins Zimmer. Van Horn verscheuchte ihn mit einer Handbewegung, dann stapfte er zum Tisch zurück und baute sich vor Marlette auf. »Die Central Intelligence Agency mußte in den letzten Jahren verheerende Kritik einstecken, was dazu geführt hat, daß das amerikanische Volk Langley als mehr oder weniger korrupte Geheimorganisation ansieht, die anscheinend meint, sie stünde über dem Gesetz. Als ich das Amt des Direktors antrat, gelobte ich öffentlich, die Korruption auszumerzen und für mehr Transparenz zu sorgen. Genau das habe ich auch vor. Und ich fange ganz oben an. Alex Pruitt wird vor Gericht gestellt, und er kommt ins Gefängnis. Das kann ich Ihnen schon jetzt versprechen.«

»Und um das zu erreichen, wären Sie bereit gewesen, eine Regierung zu stürzen?«

»Was kümmert mich die Innenpolitik einer Bananenrepublik? Mir geht es ausschließlich um die Zukunft unseres Landes. Das amerikanische Volk hat zu Recht die Nase voll von laschen Regierungen, die vor den Wahlen das Blaue vom Himmel herunter versprechen und, kaum sind sie an der Macht, ihr Wort brechen. Die Central Intelligence Agency ist nun mal Bestandteil jeder Regierung. Es ist höchste Zeit, daß wir aufstehen und uns bemerkbar machen. Und es werden Köpfe rollen, egal, wie unbeliebt ich mich bei meinen Kollegen mache.«

»Auf alle Fälle wird es Ihnen Stimmen einbringen, wenn Sie fürs Weiße Haus kandidieren«, erwiderte Marlette. »Oder täusche ich mich, wenn ich annehme, daß das der eigentliche Grund für Ihre Aktivitäten ist?«

»Wer weiß?« meinte van Horn mit einem vielsagenden Lächeln.

»Und ich soll wohl mit meiner Aussage gegen Pruitt als lebender Beweis für Ihre Glaubwürdigkeit dienen?«

»Das wird schwer möglich sein«, entgegnete van Horn und setzte sich wieder. »Wie heißt es doch? Tote singen nicht.«

»Was zum Teufel meinen Sie damit?«

Van Horn starrte Marlette ungläubig an. »Sagen Sie bloß, Sie wissen es noch nicht?«

»Wovon reden Sie da?«

»Sie sind tot«, meinte der CIA-Direktor lapidar. »Wer hat Sie denn entdeckt, als Sie im letzten Moment aus dem Wagen gefallen waren? Wer hat Sie dann über die Grenze nach Honduras geschmuggelt und weiter in die Staaten geflogen?« Er sah Marlette die Verwirrung an. »Das waren meine Leute. Sie waren an diesem Teufelstor. Sie haben alles genau gesehen. Nur machten sie sich vor dem Eintreffen der salvadorianischen Armee aus dem Staub. Was, glauben Sie, wäre geschehen, wenn die Sie gefunden hätten? Eins ist jedenfalls sicher: Hier wären Sie jetzt nicht. Sie würden in einer Gefängniszelle schmachten und auf Ihren Prozeß warten, nachdem man ein Geständnis aus Ihnen herausgeprügelt hätte.«

»Ihre Leute waren die ganze Zeit an der La Puerta del Diablo und haben nicht einen Finger gerührt?«

»Menschenskind, seien Sie realistisch! Was hätten sie denn tun können? Warten, bis einer von ihnen umgebracht wird? Ein Langley-Schnüffler, der tot in El Salvador aufgefunden wird! Können Sie sich vorstellen, wie die Journaille der ganzen Welt das ausgeschlachtet hätte? Und dazu auch noch am Abend eines Putschversuchs! Meine Leute waren nur als Beobachter dort. Und das war Ihr Glück.«

»Von wem haben Sie das mit dem Teufelstor erfahren?«

»Von Ihnen. Auf der für Pruitt bestimmten Kassette haben Sie ja Datum, Uhrzeit und Ort genau angegeben. Sie waren wirklich gründlich.« Van Horn beugte sich vor. »Ich habe mich bereits mit einem hochstehenden salvadorianischen Politiker in Verbindung gesetzt, der mir, sagen wir, den einen oder anderen Gefallen schuldet. Er hat die Nachricht verbreiten lassen, daß die Leiche von Dennisons Fahrer, der bis zur Unkenntlichkeit verbrannt war und nur anhand der Zähne identifiziert werden konnte, die Ihre war. Ihr Totenschein ist bereits unterschrieben und abgestempelt. Von Amts wegen sind Sie also tot.«

»Und wenn ich nicht tot sein will?«

»Da wir uns nicht der Vereitelung des Putsches rühmen durften, haben wir Sie posthum als Retter El Salvadors geehrt. Jetzt sind Sie dort drüben so etwas wie ein Held. Natürlich waren nicht alle von dem Ergebnis erbaut, vor allem die Kaffeebarone nicht, die die Verschwörung finanziert haben dürften. Wenn die je davon Wind bekommen, daß Sie noch leben, können Sie Gift darauf nehmen, daß sie ein lukratives Kopfgeld auf Sie aussetzen. Sie können Ihr Leben natürlich gern riskieren, aber das ist dann Ihre Sache.«

Marlette mußte das alles erst noch verdauen, doch ihm war jetzt schon klar, daß van Horn recht hatte. Und das ärgerte ihn maßlos. Sollte er sich noch einmal in El Salvador blicken lassen, würde die ›Oligarchie‹ in Null Komma nichts davon erfahren. Lukratives Kopfgeld? Das war noch untertrieben. Der Preis wäre schwindelerregend! Profis wie Amateure würden Schlange stehen. Kurz, man würde ihn bis an sein Lebensende hetzen – und sein Gefühl sagte ihm, daß ihm nur noch ein sehr kurzes Leben bleibe. Als ›Toter‹ hatte Richard Marlette es besser. Zumindest eröffnete ihm das eine Chance für die Zukunft. Trotzdem war damit immer noch nicht erklärt, warum van Horn so viele Mühen und Gefahren auf sich genommen hatte, um ihn in die Vereinigten Staaten zu schmuggeln. Was versprach sich der CIA-Direktor davon? Es sei denn ... »Jetzt geht mir ein Licht auf!« fauchte er. »Sie verpassen mir eine neue Identität, damit Sie mich überall dorthin schicken können, wo Sie mich gerade brauchen. Und ich soll ein Schattendasein als Killer fristen!«

»Sie würden in einem Land Ihrer Wahl außerhalb der Vereinigten Staaten leben, zur Tarnung einen angesehenen Job bekommen und für jeden erfolgreich abgeschlossenen Auftrag eine angemessene Vergütung erhalten – in bar selbstverständlich.«

»Lecken Sie mich am Arsch!« schrie Marlette und sprang so wütend auf, daß sein Stuhl umkippte. Sofort flog die Tür auf, und McCrain platzte in die Küche. »Raus!« brüllte ihn Marlette an.

»Es ist gut«, beschwichtigte van Horn seinen Untergebenen und deutete mit dem Kinn auf die Tür.

Marlette wartete, bis McCrain verschwunden war. Doch kaum hatte sich die Tür geschlossen, war es vorbei mit der Zurückhaltung. »Sie verlogener Scheißkerl! Soeben haben Sie verkündet, Sie seien dabei, die Korruption in der CIA auszumerzen, doch im gleichen Atemzug eröffnen Sie mir, daß Sie mich für die Erledigung Ihrer Schmutzarbeit einsetzen wollen. Im Grunde gibt's doch überhaupt keinen Unterschied zwischen Ihnen und Pruitt.«

»Irrtum«, widersprach van Horn. »Pruitts einziges Motiv war Geldgier. Mir dagegen geht es ausschließlich um das Wohl meines Landes. Das ist ein grundlegender Unterschied.«

»Stimmt. Geldgier läßt sich irgendwann befriedigen, während Patriotismus eine Art Religion ist – er kennt keinen Preis. Aber gerade das macht ihn so gefährlich.«

»Ich erwarte von Ihnen ja gar nicht, daß Sie mich verstehen. Sie fühlen sich immer dem verpflichtet, der Ihnen den höchsten Preis für Ihre Dienste bietet.«

Marlette bückte sich und stellte den Stuhl wieder auf. »Mit dem Töten für Geld bin ich fertig, van Horn.«

»Es ist das einzige, was Sie können, Marlette«, erwiderte der andere. »Und Sie beherrschen Ihr Metier verdammt gut. Experten wie Sie brauche ich in meinem Team.«

»Ich habe es Ihnen doch gesagt: Mit dem Töten bin ich fertig.«

»Meines Erachtens haben Sie in dieser Hinsicht nicht viele Alternativen«, lächelte van Horn. »Offiziell sind Sie jetzt tot. Sie existieren nicht mehr. Sie haben auch keinerlei Papiere, auf denen Ihr Name steht. Das einzige, was Sie jetzt noch haben, sind wir. Gut, Sie können immer noch auf Pruitts Vorschuß zurückgreifen. Davon könnten Sie sich gewiß eine neue Identität und einen Flugschein irgendwohin kaufen. Aber das würde ich mir an Ihrer Stelle genau überlegen. Es sollte mir wirklich sehr leid tun, wenn Nicole Auger und ihrem kleinen Mädchen etwas zustieße.«

»Wenn Sie ihnen auch nur ein Haar krümmen ...«

»Eigentlich wäre mir viel lieber, die beiden würden mit Ihnen zusammen bleiben«, fuhr van Horn ungerührt fort. »Dann hätten Sie eine vorzügliche Tarnung für Ihre neue Identität. Haben Sie sich schon überlegt, warum Sie gerade hierher gebracht worden sind? Es ist nur ein Katzensprung zum Chicagoer Flughafen. Wir könnten mühelos einen ›Unfalltod‹ für die zwei arrangieren und jederzeit Totenscheine ausstellen. Auf diese Weise wäre es Ihnen möglich, zu dritt ganz neu anzufangen. Wenn Sie mit meinen Bedingungen einverstanden sind, besorge ich Ihnen nicht nur neue Ausweise und Reisedokumente in ein Land Ihrer Wahl, sondern zahle auch den Rest der Summe, die Ihnen zusteht. Es ist schließlich Ihr Geld. Also, was sagen Sie dazu?« Marlette blieb stumm. »Ich kann ja verstehen, daß Sie Nicole Auger und ihre Tochter nicht in bestimmte Dinge hineinziehen wollen, aber wenn sie mit Ihnen gehen, brauchen sie ja nicht zu wissen, daß Sie immer noch für uns arbeiten. Wie gesagt, wir würden Ihnen einen angesehenen Beruf anbieten. Und es ließe sich auch was Geeignetes für Nicole Auger finden.«

»Und was würde ich dann für Sie tun?«

»Gelegentlich mal ein Attentat ausüben, das wäre alles. Und Sie würden ein ordentliches Honorar dafür erhalten, das kann ich Ihnen versprechen. Primitive Handlangerdienste würden wir nie von Ihnen verlangen. Lassen Sie es sich durch den Kopf gehen und teilen Sie Ihre Entscheidung McCrain mit. Er ist Ihr Verbindungsoffizier. Und sollten Sie Mrs. Auger wiedersehen wollen, sagen Sie es ihm einfach. Dann fordert er einen Hubschrauber an, der Sie nach Chicago bringt. Einverstanden? Wenn Sie mich jetzt bitte entschuldigen würden ... Ich muß nach Washington zurück.« Van Horn erhob sich. »Wir werden uns nicht mehr sehen. Unsere Kontakte laufen ab sofort über McCrain. Betrachten Sie sich bis dahin als unseren Gast. Ich bin sicher, daß Sie sich hier wohlfühlen werden.«

Marlette ignorierte van Horns ausgestreckte Hand. »Hoffentlich setzt die CIA eines Tages ein Kopfgeld auf Sie aus«, knurrte er. »Zum Wohle des Landes.«

Van Horn lächelte nur und ging. Marlette schenkte sich eine zweite Tasse Kaffee ein und verfolgte durch das Fenster, wie der CIA-Direktor über den Landeplatz lief und in den Hubschrauber stieg. Als der Pilot den Motor startete, drehte er sich um und setzte sich an den Tisch. Er war aufgewühlt wie noch nie zuvor. Was sollte er nur tun? Er sehnte sich nach Nicole und Michelle – seiner Familie. Gleichzeitig wußte er, daß das nichts als Wunschdenken war. Sein Herz bestimmte über den Verstand. Wie konnte er nur von Nicole erwarten, daß sie alles, was sie sich in Chicago aufgebaut hatte – die Wohnung, das Restaurant, ihren Freundeskreis –, einfach aufgab und ihm in ein fremdes Land folgte? In ein neues Leben, eine ungewisse Zukunft. Es wäre einfach nicht fair, ihr so etwas zuzumuten. Dennoch schloß er nicht aus, daß sie trotz allem bereit war, mit ihm zu gehen. Könnte er in dem Bewußtsein leben, daß er ihr diese Chance verwehrt hatte?

Verdammt, er war einfach zu egoistisch! Er mußte einen Schnitt machen. Das hieß – sie nie wiedersehen. Michelle nie wiedersehen. Seine Vernunft sagte ihm: Wenn du sie liebst, dann laß sie los. Das war der einzig mögliche Weg. Und dennoch nagten Zweifel an ihm ...

Plötzlich packte er die Tasse und schleuderte sie gegen die Wand. Sein Wutschrei ging im Rattern des Hubschraubers unter.

»Heute sperre *ich* zu.«

»Sei nicht kindisch, Nicole. Geh heim und laß mich das übernehmen.«

»Ich habe gesagt, daß ich zusperre«, fuhr Nicole ihre Freundin Carole an, um sich sogleich mit einem verlegenen Lächeln zu entschuldigen. »Sei mir bitte nicht böse, Carole. Weißt du, seit meiner Rückkehr habe ich bei mir daheim ständig das Gefühl, daß mir die Decke auf den Kopf fällt. Und heute habe ich zum erstenmal wieder im Restaurant gearbeitet. Ich muß mich in die Arbeit stürzen. Sie hilft mir, zu vergessen ...«

»Fehlt dir was?« fragte Carole bestürzt, als ihre Freundin abrupt verstummte.

»Nein, nein, mach dir um mich keine Sorgen. Ich löse mich schon nicht in Tränen auf. Ich habe genug um Rich geweint. Jetzt ist es höchste Zeit, daß es mit dem Leben weitergeht.«

»Du hast ihn geliebt, nicht wahr?«

»Ich glaube, ich habe nie aufgehört, ihn zu lieben.«

»Sag mir lieber was Neues«, lächelte Carole.

»Mein Vater hat immer gesagt, man liebt nur einmal im Leben. Vielleicht hatte er recht.«

»In deinem Fall ganz bestimmt«, sagte Carole. Sie hielt die Restaurantschlüssel hoch. »Bist du sicher, daß du zusperren willst?«

Nicole nahm ihr den Bund aus der Hand. »Absolut. Auf dich wartet ein liebender, geduldiger Ehemann, und ich weiß, daß er gerne ein bißchen mehr von dir hätte. So, und jetzt mach, daß du fortkommst. Bis morgen.«

Carole pochte auf ihre Uhr. »Es ist schon morgen.«

»Geh heim«, sagte Nicole und setzte ihre strengste Miene auf.

»Also, bis später.« Damit öffnete Carole die Tür und trat in die Kälte hinaus.

Nicole sperrte hinter ihr ab. Dann nahm sie die Kassenschublade an sich, löschte im Restaurant die Lichter und ging nach oben ins Büro. Dort zündete sie sich als erstes eine Zigarette an und schaltete den CD-Spieler ein. Ihre CDs lagen in einem Ständer neben der Anlage. Sie besaß eine bunte Mischung: klassische Musik und Hard Rock. Zwischen Bartók, Debussy und Tschaikowski fanden sich Black Sabbath, Iron Maiden und Led Zeppelin. Sie lächelte vor sich hin, als sie ihre Rocksammlung durchging. Jede Scheibe hatte ihre eigene Geschichte. Schließlich blieb ihr Finger bei *Defenders Of The Faith* von Judas Priest hängen. Richs Lieblingsalbum. Judas Priest hatte auch auf der Bühne gestanden, als Rich sie nach ihrer Ankunft in New York zum erstenmal in ein Konzert mitgenommen hatte. Sie sah Rich noch vor sich mit seiner schwarzen Lederjacke und den hautengen Jeans, seinem am verschwitzten Gesicht klebenden Haar und total versunken in die wummernden Rhythmen. Nie würde sie diese Nacht vergessen. Sie legte die CD in die Schublade und programmierte dasjenige Stück, das sie am stärksten an Rich erinnerte: ›Rock Hard, Ride Free.‹

Ihre Füße wippten unwillkürlich mit, doch bald merkte sie, daß sie sich nicht konzentrieren konnte. Sie griff nach der Fernbedienung, aber dann waren ihre Finger wie gelähmt. Nein, dieses Stück auszuschalten – das war ihr nicht möglich. So schloß sie die Augen und lehnte sich mit einem traurigen Lächeln zurück.

»Du spielst ja mein Lied. Sag bloß, du hast mich erwartet?«

Nicole fuhr zusammen. Ihr Herz begann heftig zu pochen. Aber diese Stimme konnte nicht echt sein. Bestimmt war es nur ein schöner Traum, und sobald sie aufwachte, war alles vorbei. Widerwillig, fast ängstlich schlug sie die Augen auf und starrte fassungslos die in der Tür stehende Gestalt an.

»Hi«, sagte Marlette mit einem schiefen Grinsen. »Ich wollte dich ja anrufen, aber du weißt ja, wie das so ist.«

Mit einem Satz sprang Nicole auf und rannte auf ihn zu. Ohne sich ihrer Tränen zu schämen, die ihr jäh aus den Augen schossen, warf sie sich ihm an den Hals, küßte ihn und ließ ihn erst los, als er einen unterdrückten Schmerzensschrei ausstieß.

»Ich habe mir zwei Rippen gebrochen«, erklärte er und betastete vorsichtig seine bandagierte Brust.«

»Und dein Gesicht!« stieß sie hervor. Den tiefen Riß an der Nase hatte sie in der ersten Freude gar nicht gesehen.

»Ein paar Schnittwunden, Blutergüsse und die zwei gebrochenen Rippen. Aber was soll's? Ich hätte genausogut draufgehen können.«

»Wie bist du aus dem Auto rausgekommen?«

»Keine Ahnung. Ich weiß nur noch, daß ich den Gurt aufgekriegt habe, als sich der Wagen überschlug. Dann wurde mir schwarz vor Augen. Der Arzt, der mich zusammengeflickt hat, meinte, ich müsse durch die Windschutzscheibe geflogen sein. Anscheinend hat ein Felsvorsprung oder so was den Wagen einen Moment aufgehalten, bevor er endgültig runtergekracht ist; irgendwo muß ich hängen geblieben sein. Wie auch immer, ich hatte unverschämtes Glück.« Er setzte sich auf das Ledersofa. »Wie geht's Michelle?«

»Am Anfang war es ziemlich schwer für sie, aber jetzt hat sie wohl das Schlimmste hinter sich. In den ersten zwei Nächten konnte sie nicht allein schlafen. Ich wollte schon mit ihr zu einem Kinderpsychologen gehen, aber dann meinte meine Hausärztin, sie sei stabil genug und würde das Ganze innerhalb weniger Wochen auch allein verarbeiten. Das Wichtigste ist, daß sie keine einzige Greueltat mitbekommen hat. Der Sicherheit halber hat mir die Ärztin aber ein Beruhigungsmittel für sie gegeben. Und es hat gewirkt. Jetzt schläft sie ganz friedlich durch. Darum konnte ich es mir erlauben, wieder mit der Arbeit anzufangen.« Ein Lächeln huschte über Nicoles Gesicht. »Ich habe ihr gesagt, du hättest noch was in El Salvador zu erledigen. Aber sie erkundigt sich ständig nach dir. Du scheinst sie sogar weitaus mehr zu beschäftigen als Bob.

Du hast dir eine Verehrerin angelacht, Rich. Eine glühende Verehrerin.«

»Ja, ja«, brummte Marlette, der in seiner Freude für einen kurzen Moment vergessen hatte, daß er Michelle wahrscheinlich nie wieder sehen würde. Gut, er hatte sich innerlich darauf eingestellt, denn wie könnte er es Nicole auch verdenken, wenn sie sich entschied, in Chicago zu bleiben? Trotzdem ließen sich seine Gefühle nicht ganz beherrschen ...

»Wer hat dich gefunden?« fragte Nicole. »Und wie bist du in die Staaten zurückgekommen. Erzähl mir alles, Rich!«

Marlette ging zum Schreibtisch hinüber und schaltete mit der Fernbedienung den CD-Spieler aus. Jetzt war der Moment gekommen, vor dem er sich die ganze Zeit gefürchtet hatte. Was sollte er ihr sagen? Und was verschweigen? Als er sich zu ihr umwandte, war seine Miene düster. »Mein Überleben hat einen Preis, Nicole. Einen sehr hohen Preis.«

»Was soll das heißen?« Sie beugte sich weit vor. Ihre Augen hielten seinen Blick fest. »Sag doch, Rich.«

Seine Hände krallten sich an der Tischkante fest. »Offiziell ist Richard Marlette gestorben. Ich kann nicht mehr nach New York zurück. Schlimmer noch, ich muß das Land verlassen. Je eher, desto besser.«

Nicole setzte sich schweigend auf das Sofa. Sie wollte warten, bis er von selbst weiterredete. Aber sie sah ihm die innere Zerrissenheit an. Am liebsten hätte sie sich neben ihn gestellt, ihm geholfen, doch sie blieb, die Hände ineinander verkrallt, sitzen.

Schließlich begann Marlette seine Schilderung der Unterredung mit van Horn. Nur die Gewaltandrohung gegen sie und Michelle im Falle seiner Weigerung, auf die Bedingungen der CIA einzugehen, verschwieg er ihr. Er hatte seine Entscheidung ja längst getroffen. Abgesehen davon hatte er auch keine Wahl gehabt.

Als er fertig war, zog Marlette seinen neuen Paß aus der Tasche und reichte ihn ihr. »Das bin jetzt ich.«

»Frank Leonard«, las sie. »Auf dem Foto hast du ja gar keine Narben. Wann wurde es gemacht?«

»Vor ein paar Tagen. Der Fotograf hat mit ein bißchen

Creme und Puder nachgeholfen. Er hat das wirklich toll hingekriegt.«

Sie gab ihm das Dokument zurück. »Wo liegt dieses sichere Haus?«

»Genau kann ich es dir auch nicht sagen. Irgendwo in Illinois, mehr weiß ich nicht. Aber es ist mit allen Schikanen ausgestattet: Kabelfernsehen, Trainingsraum, Whirlpool, und das Essen ist einsame Klasse. Weißt du, sie haben eine kubanische Haushälterin, die den ganzen Laden schmeißt und auch kocht. Sie lebt dort. Ihr Mann wurde von Castros Geheimpolizei ermordet. Verständlicherweise ist sie alles andere als gut auf das kubanische System zu sprechen; ich komme prima mit ihr aus, zumal wir uns in ihrer Sprache unterhalten können. Mensch, die haben sogar einen Billardtisch. Meistens spiele ich mit den Wachmännern Pool. Und dann ist dort auch noch McCrain. Er ist mein Führungsagent.«

»John McCrain. Lockiges Haar. Brillenträger. Redet wie ein Wasserfall.«

Marlette sah sie erstaunt an. »Stimmt. Aber woher weißt du das?«

»Er hat uns am Flughafen abgeholt, als wir aus Honduras zurückkamen. Er organisierte auch unsere Betreuung und ließ uns rund um die Uhr bewachen, bis die CIA absolut sicher war, daß niemand Pruitts Tötungsauftrag ausführen würde. Ich glaube, er war fast zehnmal bei mir in der Wohnung, aber dich hat er nie erwähnt. Das hätte er wohl auch gar nicht dürfen.«

»Van Horn hielt es für das Klügste, mich selbst entscheiden zu lassen, ob du erfahren sollst, daß es mich noch gibt. Ich habe in den letzten Nächten kaum ein Auge zugetan, weil ich mich einfach zu nichts durchringen konnte. Auch jetzt bin ich mir nicht sicher, ob ich das Richtige getan habe.«

»Du hast das Richtige getan, und das weißt du auch, sonst wärst du nicht gekommen.« Nicole stellte sich vor ihn hin und legte die Hände in die seinen. Ihr Mund war ausgetrocknet, und es dauerte eine ganze Weile, bis ihre Stimme zurückkehrte. »Rich, du hast vorhin angedeutet, daß du dir wünschen würdest, Michelle und ich könnten mitkommen ...«

»Das mußt du nicht, Nicole. Ich hätte es für mich behalten sollen. Ich war zu egoistisch.«

»Das warst du nicht«, sagte sie und drückte fest seine Hände. »Vor sechs Jahren hätte ich sofort meine Koffer gepackt, aber seitdem hat sich viel verändert. Das Restaurant. Die Wohnung ... Und vor allem muß ich an Michelles Wohl denken. Ich müßte alles hier aufgeben, und das ausgerechnet zu einer Zeit, in der ich mein Leben endlich geordnet habe. Wenn hier jemand egoistisch ist, dann ich.« Ihre Emotionen drohten sie zu überwältigen. Sie hielt inne, bis sie sich wieder unter Kontrolle hatte. »Aber es geht bei mir viel tiefer. Weißt du noch, wie ich dir erklärt habe, daß ich an dem Tag aus deinem Leben verschwunden bin, an dem ich erfuhr, daß ich schwanger war, weil mein Kind nicht in dem Bewußtsein aufwachsen sollte, einen Söldner zum Vater zu haben? Ich weiß, daß du nach deiner Rückkehr aus El Salvador damit aufhören wolltest, aber nun ist es doch wieder anders gekommen. Gut, du kannst nichts dafür und wirst von der CIA erpreßt, aber das ändert nichts daran, daß du als eine Art Kontraktmörder für sie arbeiten mußt. Sicher wäre es möglich, das Michelle zu verheimlichen, aber ich könnte es nicht verkraften, daß ich sie permanent anlügen müßte. Das würde zwangsläufig auch zu Spannungen zwischen dir und mir führen. Und was wäre, wenn unsere Beziehung auseinanderbräche? Was würde dann aus Michelle und mir? Zurück könnten wir nicht mehr – wir wären ja tot. Wir säßen irgendwo im Niemandsland fest, und Michelle wäre die Hauptleidtragende. Das kann ich ihr nicht antun, Rich.«

»Sie hat Glück, daß sie eine Mutter wie dich hat.«

»Ach, ihr Vater ist auch nicht schlecht.«

»Hm, vielleicht«, meinte Marlette schulterzuckend. »Na ja, ich muß wohl langsam wieder los. McCrain wartet unten im Wagen. Ich habe ihm versprochen, daß es nicht lange dauert und will nicht, daß er glaubt, ich hätte eigene Pläne und könnte versucht sein, mich abzusetzen.«

»Das wäre doch keine schlechte Idee«, murmelte Nicole nachdenklich.

»Ich habe es mir auch schon überlegt, aber das müßte ich

von langer Hand planen.« Er deutete auf die Tür. »Ich nehme am besten denselben Weg, auf dem ich gekommen bin.«

»Ach Gott, ich habe dich ja gar nicht gefragt, wie du reingekommen bist!« rief sie mit einem verlegenen Kichern.

»Ich habe eins der Küchenfenster mit Hilfe einer Kreditkarte entriegelt. Mir ist aufgefallen, daß ihr eine ziemlich gute Alarmanlage habt, aber sie war offenbar nicht eingeschaltet. An deiner Stelle würde ich alle Fenster gründlich überprüfen. Es war wirklich ein Kinderspiel, dich zu überraschen.«

»Ich gehe nachschauen«, versprach sie. »Wann verläßt du das CIA-Versteck?«

»Ich bin mir noch nicht sicher. Wahrscheinlich in den nächsten Tagen. Jetzt habe ich ja nichts mehr zu erledigen.«

»Sehen wir uns vorher noch mal?«

»Nein, das wäre wohl keine gute Idee. Ich bringe dich sogar jetzt schon in Gefahr. Wenn bestimmte Personen herausfinden, daß ich noch lebe, würden sie bedenkenlos Michelle und dich benutzen, um mich aus der Deckung zu locken.«

Nicole griff nach dem gerahmten Foto von Michelle und hielt es Marlette entgegen. »Es wurde Anfang diesen Jahres in einem Fotoatelier gemacht. Ich möchte, daß du es mitnimmst.«

»Aber das ist doch dein Lieblingsbild von ihr!« protestierte er. »Das kann ich unmöglich annehmen.«

»Gerade darum will ich es dir geben.«

Er steckte es lächelnd ein. Dann schlang er beide Arme um sie. »Paß auf dich auf«, flüsterte er. »Und vor allem auf den kleinen Wildfang.«

»Das werde ich ganz bestimmt.«

Er küßte sie zärtlich und löste sich dann – wenn auch widerstrebend – von ihr.

»Rich?« rief sie ihm nach, als er schon fast die Tür erreicht hatte. Er drehte sich noch einmal um. »Ich liebe dich!« Er wandte sich eilig ab, bevor sein Gesicht ihr verraten konnte, was in ihm vorging, und verschwand im Flur.

Nicole sah ihm traurig nach. Ein Teil von ihr wollte, daß er umkehrte, sehnte sich danach, ein letztes Mal in den Arm genommen zu werden. Doch sie wußte, daß er nicht zurückkommen würde. Er konnte von jetzt an nur noch nach vorne schauen. Das bedeutete, daß er die Vergangenheit begraben mußte. Und sie war Teil seiner Vergangenheit. Wenigstens würde ihr die Gewißheit, daß er lebte, das Loslassen erleichtern. Und sie mußte sich ja auch um die eigene Zukunft kümmern. Sie hatte eine Tochter, die sie brauchte, und war fest entschlossen, sich von nichts und niemanden von ihrer Aufgabe ablenken zu lassen.

Widerstrebend setzte sie sich hinter den Schreibtisch. Ihr Blick wanderte erneut zur Tür, als ein erster Zweifel sie befiel. Hatte sie Richs Vorschlag übereilt abgelehnt? Nein, hielt sie sich sogleich vor. Diese Entscheidung diente dem Wohl ihrer Tochter. Michelles Zukunft war alles, was jetzt für sie zählte. Als könne sie damit auch den letzten Rest des Zweifels verscheuchen, griff sie nach einer Zigarette, doch als sie sie anzünden wollte, zitterten ihre Hände zu sehr. Sie wandte ihre Aufmerksamkeit wieder der Kassenschublade zu und versuchte, das Geld zu zählen. Konzentrieren konnte sie sich jedoch nicht, zumal die Zweifel sich einfach nicht wegschieben ließen. Entnervt warf sie die Scheine, die sie soeben abgezählt hatte, auf den Tisch und ließ sich zurücksinken. Sie hatte sich bereits damit abgefunden, daß ihr wieder einmal eine lange, schlaflose Nacht bevorstand.

# 15

»Warten Sie hier drinnen.«

Marlette trat zögernd ein. Der Raum war spartanisch mit einem Aktenschrank, einem Tisch und zwei äußerst unbequem aussehenden Holzstühlen ausgestattet. Die weiß getünchten Wände hatten kein Fenster, und es roch leicht nach Desinfektionsmitteln. Er drehte sich zu McCrain um, der hinter ihm in der Tür stehengeblieben war. »Wo, zum Teufel, sind wir hier?«

»Hier werden normalerweise die Leibesvisitationen vorgenommen«, erwiderte der andere. »Drogen, Schmuggel und dergleichen.«

»Und was haben Sie mit mir vor?«

»Das werden Sie bald selbst sehen. Ich bin gleich wieder zurück.«

»Hören Sie, ich möchte wissen, was ...« Doch McCrain war bereits verschwunden. Frustriert warf Marlette seine Reisetasche auf den Tisch und setzte sich auf einen der Stühle. Er war ja noch unbequemer als er aussah. Wenigstens konnte es nicht mehr lange dauern, denn er hatte bereits seine Bordkarte für den Flug nach London Heathrow in der Tasche. Ungeduldig sah er auf die Uhr. In zwanzig Minuten war es soweit. Aber wohin war McCrain gegangen? Und warum diese Geheimniskrämerei? Hatte es in letzter Sekunde noch Probleme gegeben? Nun, er wußte, daß es keinen Sinn hatte, Spekulationen anzustellen. Ihm blieb nichts anderes übrig, als zu warten ...

Es war drei Tage her, daß er Nicole in ihrem Restaurant besucht hatte, und seither war er in Gedanken ständig bei ihr gewesen. Mehrmals hatte er schon den Telefonhörer in die Hand genommen, aber dann doch nicht ihre Nummer gewählt. Ein Gespräch mit ihr hätte mehr geschadet als geholfen. Nicole hatte ihre Entscheidung in Michelles Interesse getroffen und – so ungern er es zugab – das einzig Richtige getan. Es war Zeit, mit der Vergangenheit zu brechen. Eine neue Identität. Ein neues Land. Ein neuer Anfang ...

Er sah abrupt hoch, als die Tür aufging. Doch nicht McCrain trat ein, sondern ...

»Nicole?« krächzte er und starrte sie mit offenem Mund an.

»Nicht mehr«, erwiderte sie. »Jetzt heiße ich Catherine Toure. So steht es zumindest in meinem Paß.«

»Du meinst ... du kommst mit?« fragte er ungläubig. Er konnte es immer noch nicht fassen.

»Nicht nur ich.«

»Wo ist Michelle?« Sein Blick flackerte zu McCrain hinüber, der nun hinter Nicole in der Tür stand.

»In der Abflughalle gibt's eine Kinderkrippe«, erklärte ihm Nicole. »Ich habe sie dort gelassen, weil ich es für klüger hielt, allein zu dir zu kommen.«

»Weiß sie, daß ich hier bin?«

»Ja. Ich habe ihr gesagt, daß wir einen langen Urlaub mit dir machen. Sie freut sich unbändig, vor allem, weil du dabei bist.«

»Ich kann es immer noch nicht glauben«, murmelte Marlette. »Vor drei Tagen stand für dich doch fest, daß du nicht mitkommen würdest. Was ist passiert, daß du es dir anders überlegt hast?«

»Ich finde, eine Frau hat ein Recht auf einen Sinneswandel, ohne sich dafür rechtfertigen zu müssen«, entgegnete sie lächelnd. »Ich erkläre es dir ausführlich nach dem Abflug. Sagen wir, es sollte eine Überraschung für dich sein.«

»Die ist dir auf alle Fälle gelungen«, gab Marlette zu.

»Mrs. Auger rief mich am Tag nach Ihrem Besuch an«, schaltete sich McCrain ein. »Sie lud mich für den Abend in ihr Restaurant ein. Beim Essen bat sie mich dann, es ihr und ihrer Tochter zu ermöglichen, Sie zu begleiten. Ich mußte ihr allerdings Stillschweigen geloben – und wie hätte ich ihr das nach einem so vorzüglichen Mahl verweigern können?«

»Mr. McCrain, dürften Rich ... Verzeihung, Frank und ich einen Moment unter vier Augen sprechen, bevor wir meine Tochter aus der Krippe abholen?« bat Nicole.

»Ich wollte sowieso verschwinden«, antwortete der andere. »Wir müssen noch das mit dem Unfall heute nachmittag regeln. Mein Kollege hat doch schon Ihren Autoschlüssel, oder?

Wir werden dafür sorgen, daß die Nachricht heute abend in die örtlichen Zeitungen kommt. Wenn Sie in London eintreffen, sind Sie und Ihre Tochter offiziell ›tot‹.« Er zog einen Umschlag aus der Tasche und reichte ihn ihr. »Darin sind Ihr Flugschein, die Bordkarte und die Bestätigung der Zimmerreservierung in London. Ein Mitarbeiter von uns wird in den nächsten Tagen mit Ihnen Kontakt aufnehmen.«

»Vielen Dank für Ihre Hilfe«, sagte sie und schüttelte seine Hand.

McCrain löste sich von ihr und nahm Marlette beiseite. »Wir haben unseren Teil der Abmachung eingehalten«, raunte er ihm ins Ohr. »Lösen nun auch Sie Ihr Versprechen ein. Ich bin mir bewußt, daß Sie versucht sein könnten, sich mit Pruitts Geld abzusetzen und irgendwo unterzutauchen. Aber davon möchte ich Ihnen abraten. Wir bräuchten ja nur die Nachricht zu verbreiten, daß Richard Marlette immer noch am Leben ist. Dann wären Sie beide den ganzen Rest Ihres Lebens auf der Flucht. Das wäre doch wirklich nicht schön für die Kleine ...«

»Wie mitfühlend Sie sind«, knurrte Marlette.

»Sie arbeiten jetzt für uns, Marlette. Vergessen Sie das nie.«

Nicole wartete, bis McCrain gegangen war, dann führte sie Marlette in die hinterste Ecke des Raums. »Wir müssen miteinander sprechen, Rich. Nur darum habe ich McCrain gebeten, uns allein zu lassen.«

»Schieß los«, brummte er und setzte sich. »Du hättest es dir doch bestimmt nicht anders überlegt, wenn dir nicht etwas verdammt Schlaues eingefallen wäre. Offenbar hast du irgendeinen raffinierten Plan ausgeheckt und willst Langley übers Ohr hauen. Aber was immer du vorhast, es wird nicht klappen, Nicole. Das sind keine Amateure.«

»Hör dir meinen Plan wenigstens an, bevor du ihn in Bausch und Bogen verdammst!« ereiferte sie sich.

»Wozu? Es klappt ohnehin nicht. Diese Scheißkerle haben mich in der Tasche, und ich kann nichts tun, ohne euer Leben ...« Er knallte wütend die Faust auf den Tisch. Fast hätte er sich verplappert. Sie sollte doch von der Drohung nichts wissen.

»Ohne unser Leben zu gefährden«, vollendete Nicole den Satz an seiner Stelle. »Das wolltest du doch sagen, oder?«

»Ich hätte nie zu dir ins Restaurant kommen dürfen ...«

»Ist es für Bedauern nicht etwas zu spät? Du hast mir alles erzählt, was van Horn dir in dem sicheren Haus gesagt hat. Nur darüber, wie er sich deiner Mitarbeit vergewissern will, hast du dich in Schweigen gehüllt. Aber es liegt doch auf der Hand. Er benutzt Michelle und mich als Druckmittel, nicht wahr? Und wenn du nicht spurst, bekommst du die Rechnung präsentiert. Oder sehe ich das falsch?« Er brauchte nichts zu sagen; seine Miene verriet ihr deutlich, daß sie recht hatte. »Fünf Jahre lang hast du alles getan, um mich zu schützen. Genug ist genug, Rich. Ich könnte nicht in dem Bewußtsein weiterleben, daß Langley Michelle und mich dazu benutzt, dich zur Mitarbeit zu zwingen. Du bedeutest mir zuviel, als daß ich das zulassen könnte.« Er öffnete den Mund, doch sie hatte jetzt Oberwasser. »Laß mich ausreden.«

»Ich höre ja«, murmelte er kleinlaut.

»McCrain habe ich weisgemacht, daß ich dich heute überraschen wolle. Der wahre Grund, warum du vorher nichts erfahren solltest, ist der, daß ich selbst noch nicht wußte, ob ich es überhaupt schaffen könnte.« Sie öffnete die Tasche für ihr Handgepäck und zog zwei Reisepässe heraus. »Ich habe sie erst heute morgen gekriegt. Es war alles andere als sicher, daß sie rechtzeitig fertig würden.«

Marlette nahm die zwei Dokumente in die Hand. Beide waren in Amerika ausgestellt worden und gehörten einer gewissen Nicole Devereaux und einem Richard Tyler. Marlette durchblätterte den zweiten Paß. Er enthielt mehrere authentische Ein- und Ausreisestempel. Beeindruckt war er aber vor allem von der Professionalität der Fälschung. Sie war dem CIA-Paß in seiner Tasche in jeder Hinsicht ebenbürtig. Er sah verblüfft zu Nicole auf. »Wo, zum Teufel, hast du das her?«

»Vom besten Paßfälscher in ganz Chicago«, antwortete sie schulterzuckend. »Sie waren nicht ganz billig, aber er mußte sie ja auch in kürzester Frist ausstellen.«

»Und woher kennst du den besten Paßfälscher Chicagos?«

»Ich kannte ihn nicht persönlich, wurde aber von einem unserer Stammkunden informiert. Daraufhin habe ich diskret einige Nachforschungen angestellt und konnte mich mit ihm in Verbindung setzen.«

»Woher hast du mein Foto?«

»Als wir in New York zusammenlebten, mußtest du doch einmal deinen Paß verlängern lassen. Aus irgendeinem Grund sind die überzähligen Fotos in meinem Album gelandet. Bis auf die Haare hast du dich in den letzten sechs Jahren kaum verändert. Aber der Sicherheit halber habe ich den Paß ohnehin ein paar Jahre zurückdatieren lassen.«

»Raffiniert. Und das sind also die Pässe, die wir auf der Flucht benutzen werden, richtig?«

»Es wird keine Flucht sein«, verbesserte sie ihn. »Ich dachte mir, wir könnten uns irgendwo in Frankreich niederlassen. Seit deiner Zeit in der Fremdenlegion beherrschst du ja die Sprache, und Michelle hat Französisch von mir gelernt. Als Kind war ich mal mit meinem Vater in der Gegend von Bordeaux. Es hat mir dort unheimlich gut gefallen. Und es gibt dort sehr viele kleine Restaurants. Da wird immer mal eins frei. So ein Familienbetrieb wäre doch das Ideale für uns.«

»Das klingt ja alles schön und gut, aber du kannst Gift darauf nehmen, daß Langley uns früher oder später aufspürt, und dann geht der ganze Ärger von vorne los.«

»Langley wird nicht nach uns fahnden. Du selbst hast mich mit der Kassette, die du für Pruitt besprochen hast, darauf gebracht: Sobald wir in London sind, schickst du ihnen wieder eine. Nur schilderst du diesmal van Horns Machenschaften und alles, was seit deiner Begegnung mit Pruitt geschehen ist.«

»Ich habe doch nichts Konkretes gegen van Horn in der Tasche. Er wird immer ein Schlupfloch finden, selbst wenn ich an die Öffentlichkeit gehe.«

Sie zog eine Mikrokassette aus ihrer Tasche. »Damit lassen sich alle Schlupflöcher verstopfen.«

Marlette nahm ihr die Kassette aus der Hand. »Was ist darauf?«

»Das Gespräch, das ich mit McCrain im Restaurant geführt habe. Wir verfügen über zwei Nischen für Gäste, die beim Essen vertrauliche Gespräche führen wollen. Normalerweise werden sie von Leuten aus dem Showbusiness in Anspruch genommen. Nun, in einer davon habe ich mit McCrain gesessen. Ich spielte die naive Freundin und konnte so Dinge aus ihm herauslocken, die er sonst nie erwähnt hätte. Dramatische Enthüllungen enthält die Kassette zwar nicht, aber das, was zwischen den Zeilen gesagt wird, könnte van Horns Glaubwürdigkeit nachhaltig schaden, zumal McCrain freimütig zugegeben hat, daß er zu van Horns engsten Vertrauten zählt. Jeder halbwegs gute Journalist würde einen Knüller daraus machen.«

»Du schlägst also vor, daß wir van Horn eine Kopie schicken und ihm androhen, die Kassette zu veröffentlichen, wenn er Schwierigkeiten macht?«

»Nein, es ist besser, wenn wir ihn im Ungewissen lassen. Du schickst eine Kopie der zwei Kassetten zusammen mit einem ausführlichen Brief an den amerikanischen Botschafter in London. Darin erklärst du ihm, daß du nichts als ein friedliches Leben führen willst, ohne Langley auf dem Hals zu haben, aber daß sofort eine der großen Zeitungen hier in den Staaten die Originalkassetten mitsamt den gefälschten CIA-Pässen erhält, falls einem von uns etwas zustößt. Jede Wette, daß der Botschafter das alles mit der nächsten Diplomatenpost ins Weiße Haus schickt! Und der Präsident würde sofort begreifen, wie gefährlich solche Enthüllungen für ihn und seine Regierung sein könnten. Schließlich hat er van Horn kurz nach seinem Amtsantritt persönlich zum Direktor ernannt. Käme die Sache ans Licht, würde das nur peinliche Fragen aufwerfen. Er könnte natürlich behaupten, er hätte von van Horns Machenschaften nichts gewußt, aber dann würde es heißen, er sei inkompetent. Genausowenig wäre es ihm möglich, sich hinter ihn zu stellen, weil er doch nicht als korrupt gelten will. Er ist also durchaus denkbar, daß die Regierung über van Horn stolpert. Kurz, der Präsident hätte nur eine Möglichkeit, sich von diesem säbelrasselnden CIA-Direktor zu distanzieren: ihn aus dem Amt zu entfernen. Damit wären aber van Horns Ambitionen auf eine Kandidatur für das Weiße Haus ein für allemal erledigt.«

Marlette drehte die Kassette hin und her. »Und wenn van Horn die Nachricht verbreitet, daß ich doch nicht tot bin?«

»Das würde er nicht wagen, weil du ihn als deinen Zahlmeister bloßstellen kannst. Er könnte alles noch so heftig abstreiten, aber trotzdem wäre er weg vom Fenster, wenn die Sache ans Licht käme. Die erste Regel für Journalisten: Laß dir eine gute Story nie von der Wahrheit versauen. Bob hat sie mir beigebracht. Es ist Zeit, den Kampf mit van Horn aufzunehmen. Wir können ihn nur mit seinen eigenen Waffen schlagen.«

»Es ist trotzdem gefährlich ...«

»Klar ist es gefährlich! Aber welche Wahl haben wir schon? Willst du van Horn und seine Nachfolger ewig in deinem Leben rumpfuschen lassen, nur damit Michelle und mir nichts passiert? Vergiß es, Rich. Was aus mir wird, ist mir egal, aber ich werde den Teufel tun und zusehen, wie diese Scheißkerle Michelle benutzen! Und ich hoffe, daß du die gleichen Gefühle für deine Tochter hegst.«

»Ein kleines Restaurant in Bordeaux, sagst du?« sinnierte Marlette nach langem Schweigen. »Hm, ich glaube, ich könnte damit leben.« Er gab ihr die Kassette zurück und stand auf. »Du hast das Ganze von A bis Z durchgeplant, was?«

»Einer von uns muß ja das Heft in die Hand nehmen – vor allem, wenn das Schicksal unserer Tochter auf dem Spiel steht«, entgegnete sie trocken. »Ich sehe nur ein Problem. Wir werden für unser kleines Unternehmen ein Teil von Pruitts Geld benötigen. Wo ist es? In New York?«

»Da drinnen«, antwortete Marlette und pochte auf seine Reisetasche.

»Was?«

»Zweihunderttausend Dollar in bar. McCrain bot mir an, sie nach London zu überweisen. Ich hätte sie dann dort abheben können, aber ich wollte das Geld nicht aus den Augen lassen. Schließlich willigte er ein, es mir persönlich zu geben und ließ es durch den Zoll schleusen, noch bevor wir das sichere Haus verließen. Er hat mir versprochen, daß mich auch in Heathrow niemand aufhalten wird. Allein hätte ich einen

Mordsaufwand betreiben müssen, um das Geld außer Landes zu schaffen.«

»McCrain hat also auch seine Vorzüge.« Sie legte den Arm um seine Taille. »Wenn ich es recht bedenke, könnte ich leicht eine Schwäche für einen Mann entwickeln, der zweihundert Riesen mit sich herumträgt.«

»Wetten, daß du das allen anderen auch gesagt hast«, grinste Marlette.

»Woher weißt du das nur?« gurrte sie, stellte sich auf die Zehenspitzen und küßte ihn. »So, mein lieber Rockefeller, wir holen jetzt besser unsere Tochter ab, bevor der Flug aufgerufen wird.«

»Einverstanden!« rief er und griff nach der Reisetasche.

Als sie die Kinderkrippe erreichten, war Michelle zu sehr in ein Spiel mit zwei gleichaltrigen Mädchen vertieft, um sie zu bemerken.

Nicole stupste Marlette an. »Nun, willst du nicht reingehen und sie holen?«

»Ich soll da rein?« Er starrte unsicher durch die Acrylscheibe, hinter der mehrere Dutzend Kinder lachend und kreischend herumtollten.

Nicole schüttelte in gespielter Verzweiflung den Kopf. »Du kannst wochenlang im Dschungel überleben, schaffst es aber nicht, in ein Zimmer voller Kinder zu gehen und deine Tochter abzuholen.«

»Wenn sie vor derselben Wahl stünden, würden sich wohl die meisten meiner Kollegen für den Dschungel entscheiden.«

»Du bist mir ein Held«, spottete sie und setzte sich in Bewegung.

Marlette sah zu, wie sie im Stil einer Slalomfahrerin die vielen Arme und Beine umkurvte und im Nu Michelle erreichte. Als sie auf ihn deutete, strahlte das Mädchen über das ganze Gesicht, dann ließ sie ihre Mutter stehen und rannte ihm entgegen. Marlette empfing sie mit offenen Armen. »Hey, Wildfang!« rief er zur Begrüßung und zuckte zusammen, weil sie ihn zu stürmisch umarmte und dabei seiner verletzten Rippe zu nahe kam. »Was ist denn das?« fragte er und griff hinter ihr Ohr. Als er die Hand wieder öffnete, lag ein Vierteldollar darin.

Michelle nahm ihn an sich und zeigte ihn grinsend ihrer Mutter. Plötzlich wurde ihr Gesicht wieder ernst. »Bist du Mommys Freund?« fragte sie Marlette

Er sah sie verdattert an. »Äh... ich... na ja...«, stammelte er und wandte sich hilfesuchend an Nicole, doch die verschränkte nur lächelnd die Arme vor der Brust.

»Mommy hat keinen Freund«, verkündete Michelle, »aber ihre Freunde sagen ihr alle, sie soll sich einen zulegen. Denn wenn man alt wird, sieht man aus wie so eine Pennerin, und dann hält einen niemand mehr für schön.«

Schmunzelnd griff Marlette ihre Hand und legte sie sanft auf die seine. »Möchtest du denn, daß ich der Freund deiner Mommy werde?«

Michelle nickte energisch. »Ja, und wenn du Mommy richtig liebst, dann darfst du sie heiraten und mein anderer Daddy werden.«

»Das gefällt mir!« rief Marlette und drückte sie fest an sich.

»Mir auch.« Sie nahm ihren rosa Koffer. »Mommy, können wir jetzt schon ins Flugzeug steigen?«

»Bald, Liebes. Aber gehen wir schon mal in die Abflughalle und warten, bis der Flug aufgerufen wird.«

Michelle hängte sich an Marlettes Hand und sah fröhlich zu ihm auf. Er zwinkerte ihr zu, dann setzte er sich mit bewußt kleinen Schritten in Bewegung. Nicole wollte schon ihre Tasche nehmen, als sie am anderen Ende des Flurs McCrain bemerkte. Er starrte sie unverwandt an. Langsam verzog er den Mund zu einem anerkennenden Lächeln, doch seine Augen blieben kalt. Was wollte er hier nur? Plötzlich befiel sie panische Angst. Hatte er sie am Ende belauscht? Unnötige Sorge, hielt sie sich vor.

»Mommy, kommst du?«

Sie fuhr herum und sah, daß Michelle sie zu sich winkte. Rich hatte McCrain nicht bemerkt, und als sie noch einmal zurückblickte, war der Agent verschwunden. Gleichwohl wurde sie ihr Unbehagen nicht los. Beklommen griff sie nach ihrer Tasche und folgte den beiden.